HEYNE ‹

蟻生

WANG JINKANG

DIE
KOLONIE

ROMAN

AUS DEM CHINESISCHEN
VON MARC HERMANN

DEUTSCHE ERSTAUSGABE

WILHELM HEYNE VERLAG
MÜNCHEN

Die Originalausgabe ist unter dem Titel 蚁生 (*Yi Sheng*)
bei Fujian Publishing erschienen.

Penguin Random House Verlagsgruppe FSC® N001967

Deutsche Erstausgabe 2/2023
Copyright © 2007 by 王晋康 Wang Jinkang
German rights authorized by
China Educational Publications Import & Export Corp., Ltd.
Copyright © 2023 der deutschsprachigen Ausgabe und der Übersetzung
by Wilhelm Heyne Verlag, München,
in der Penguin Random House Verlagsgruppe GmbH,
Neumarkter Str. 28, 81673 München
Redaktion: Thomas Salter
Umschlaggestaltung: Das Illustrat, München,
unter Verwendung von Motiven von Shutterstock.com
Satz: KCFG – Medienagentur, Neuss
Druck und Bindung: CPI books GmbH, Leck
Printed in the Czech Republic

ISBN: 978-3-453-32133-5

www.diezukunft.de

INHALT

PROLOG
7

ERSTES BUCH – DIE AMEISEN
13

ZWEITES BUCH – DIE KÖNIGIN
149

DRITTES BUCH – DIE AMEISENESSENZ
433

ANMERKUNGEN
473

Figuren und Handlung dieses Romans sind frei erfunden,
doch den historischen Hintergrund hat der Autor
am eigenen Leib erlebt.

PROLOG

Als sich vor sechsunddreißig Jahren, in einem anderen Jahrhundert und, so scheint es beinahe, in einem anderen Leben, die zu der Zeit achtzehnjährige Guo Qiuyun, eine von Millionen gebildeter junger Menschen, die damals aus den Städten aufs Land verschickt worden waren, heimlich mit ihrem Geliebten Yan Zhe traf, einem jungen Städter wie sie, am Staubecken der Farm, auf der beide mit ihresgleichen arbeiteten, da erreichte beide aus heiterem Himmel eine schockierende Nachricht: Angeblich wollte der Leiter der Farm, Lai Ansheng, Yan Zhe ermorden.

Anfangs schenkten beide dieser Behauptung keinen Glauben. Lai Ansheng mochte ein Tyrann und obendrein ein Schürzenjäger sein, dem sie alles Mögliche zutrauten – aber ein Mord und noch dazu am helllichten Tag?! Das erschien ihnen dann doch allzu abwegig.

Dass die Warnung ausgerechnet von Zhuang Xuexu überbracht wurde, schmälerte ihre Glaubwürdigkeit noch zusätzlich. Als Kind war Xuexu ihrer beider Nachbar gewesen und obendrein Yan Zhes Klassenkamerad. Auch Qiuyun hatte dieselbe Schule besucht, nur zwei Stufen unter ihnen, und alle drei waren einmal befreundet gewesen. Doch als die Kulturrevolution ausgebrochen war, hatte Xuexu wie so viele Menschen in China sein wahres Gesicht gezeigt – ein Gesicht, von dem er vielleicht nicht einmal selbst etwas geahnt hatte. Yan Zhes Vater Yan Fuzhi und seine Mutter Yuan Chenlu wurden an der Schule, an der sie unterrichteten, so lange gequält, bis sie im Selbstmord Zuflucht suchten, und Xuexu war derjenige gewesen, der den ersten Stein geworfen hatte. Selbst hier auf der Farm, auf die es sie alle drei verschlagen hatte, brachte er noch immer kein Wort der Reue über die Lippen.

Yan Zhe hegte seit dem Tod seiner Eltern einen tiefen Hass auf seinen einstigen Freund. Und ausgerechnet dieser Verräter wollte sich jetzt als sein Retter aufspielen?

In diesen wahnwitzigen Zeiten war jedoch gerade das normal, was zunächst der Vernunft zu widersprechen schien. Die Lawine von Ereignissen, die sie alle drei in den folgenden Monaten überrollte, sollte im Nachhinein bestätigen, dass Xuexu tatsächlich die Wahrheit gesagt hatte: Bei dem Blutbad, das er damit indirekt heraufbeschworen hatte, fand über ein halbes Dutzend Menschen einen gewaltsamen Tod, darunter der Kopf des Mordkomplotts Lai Ansheng, zwei seiner Komplizen, der Informant Xuexu, Genosse Wei von der Volkskommune und seine Geliebte, die Genossin Gu. Yan Zhe selbst starb zwar nicht von Lais Hand, wie Xuexu gewarnt hatte, doch er verschwand spurlos und ist bis heute verschollen.

Die Erinnerung an ihn hinterließ eine blutige Wunde in Qiuyuns Herzen. Sie glaubte zunächst, diese Wunde würde nie verheilen, doch nichts ist so zauberkräftig wie die Zeit. Nach und nach vernarbte die Wunde, bis Qiuyun den Tod ihres Geliebten schließlich akzeptierte – denn wenn er noch am Leben gewesen wäre, hätte er sich gewiss nicht für immer wer weiß wo verkrochen und wäre dort geblieben, nachdem sich die Wogen der Katastrophe schon längst geglättet hatten.

Qiuyun kehrte nach den Ereignissen auf der Farm in ihre Heimatstadt zurück, arbeitete in einem staatseigenen Betrieb, der Hanfseile herstellte, heiratete und gebar Kinder, ehe sie als eine der Letzten ihrer Generation doch noch studierte. Zurück an ihrer alten Schule, der Ersten Mittelschule von Beiyin, unterrichtete sie

Chinesisch, und schließlich fing sie an, sich um ihre Enkelkinder zu kümmern. Der Alltag mit seinen Sorgen hielt sie so sehr auf Trab, dass sie keine Zeit fand, auf die Vergangenheit zurückzublicken. Ihre alten Erinnerungen hatte sie gründlich weggeräumt und in den Tiefen ihres Gedächtnisses eingeschlossen, wo sich eine dicke Staubschicht darauf legte.

Vielleicht war es göttliche Fügung, jedenfalls hörte Qiuyun, als sie schon pensioniert war, von einem »wundersamen Vorfall«, der sich auf dem einstigen Gelände ihrer Farm ereignet hatte: Ein Zug von Ameisen, so hieß es, sei an Yan Zhes leeres Grab »gepilgert«. Um dieser Nachricht auf den Grund zu gehen, kehrte sie mit ihrem Mann Gao Ziyuan im Schlepptau noch einmal an ihre alte Arbeitsstätte zurück. Die Farm selbst existierte nicht mehr, und nicht nur die achtundsechzig jugendlichen Städter von damals hatten sich längst in alle Winde zerstreut, sondern auch die achtzehn älteren einheimischen Bauern, die hier gearbeitet hatten. Viele von ihnen waren vielleicht schon tot. Die primitiven Lehmbehausungen, in denen die jungen Leute gewohnt hatten, waren von der Flut hinweggeschwemmt worden. Nur von dem Getreidespeicher und dem Haus des Farmleiters, beide aus Ziegelsteinen gemauert, standen noch ein paar Überreste. Die Fensterscheiben und Türen waren gestohlen worden, die zurückgebliebenen Lücken klafften leer und schwarz in den Mauerresten – wie die Augenhöhlen von Toten, denen man die Augäpfel herausgerissen hat.

Qiuyun suchte die acht Gräber auf der höchsten Anhöhe der Farm auf – darunter auch das leere von Yan Zhe – und gedachte der dort begrabenen Toten. Der Regen von sechsunddreißig Jahren hatte die Grabhügel noch nicht flach gespült, vermutlich, weil das ganze Gelände von kniehoch wucherndem Gestrüpp bedeckt war.

Das Gerücht, das Qiuyun zu Ohren gekommen war, war kein leeres Gerede gewesen. Es wimmelte von Ameisen, sie drängten sich überall in dichten, endlosen Strömen, und zum Mittelpunkt ihres Treibens hatten sie Yan Zhes Grab erkoren. Wenn man den Einheimischen glauben konnte, hatte sich diese »Pilgerschar« schon vor drei oder vier Tagen hier versammelt. »Wie seltsam!«, raunten die Dorfbewohner. »Vielleicht kann der Tote Wunder wirken?«

Qiuyun wusste nur zu gut, dass hier keine übernatürlichen Kräfte aus dem Jenseits am Werk waren und dass sich diese Erscheinung sicher streng wissenschaftlich erklären ließ. Sie hatte mit eigenen Augen gesehen, wie ihr Freund mit einem Extrakt, den er »Ameisenessenz« oder »Altruismusessenz« nannte, in Windeseile Heerscharen von Ameisen anlocken konnte. Damals hatte sich ihr ein ganz ähnliches Naturschauspiel geboten wie jetzt. Die ominöse Essenz, die sich dahinter verbarg, hatte Yan Zhes Vater, ein renommierter Insektenkundler, im Zuge seiner lebenslangen Forschungen entwickelt. Nach dem Tod des Vaters war das Geheimnis dieser Essenz in die Hände des Sohnes übergegangen – womöglich war er also doch nicht gestorben? Vielleicht war er an seine alte Wirkungsstätte zurückgekehrt, um die Macht zu demonstrieren, die er besaß? Und um allen, vor allem aber Qiuyun zu zeigen, dass er letztlich doch Erfolg gehabt hatte – oder schlicht, dass er noch lebte?

Beseelt von diesem Funken Hoffnung, machte sich Qiuyun auf die Suche nach einer weiteren Spur.

Ein Schatten der Schwermut begleitete sie in dieser Zeit, und sie sprach kaum ein Wort. Ihr Mann Gao Ziyuan war zwar noch nie an diesem Ort gewesen, doch auch er war in jungen Jahren aufs Land verschickt worden. Er war damals schon im zweiten Studienjahr gewesen, während Qiuyun, bevor sie hierhergekommen war, noch die zehnte Klasse besucht hatte. Doch auf der Farm, auf der er gearbeitet hatte – einer Farm, die unter Militärverwaltung stand, auf der Insel Chongming bei Shanghai –, hatte er eine ähnlich entbehrungsreiche Zeit durchlebt wie seine spätere

Frau. Er wusste, dass sie hier ihre erste Liebe gefunden hatte, und verstand, welche Gefühle nun wieder in ihr hochkamen. Einfühlsam, wie er war, beschränkte er sich darauf, ihr schweigend Gesellschaft zu leisten, während sie die allenthalben verstreuten Bruchstücke ihrer Erinnerungen auflas. Und dabei entdeckte sie, dass diese Erinnerungen, einmal von ihrer Staubschicht befreit, nicht etwa verblasst waren, sondern noch genauso klar und lebhaft wie eh und je.

Sie glaubte förmlich zu spüren, wie der erste Kuss damals ihren ganzen Körper durchzuckt hatte wie ein Stromschlag. Sie konnte zwischen ihren Fingern fast schon das seidige Fell der Rinder fühlen – einer besonders edlen Rasse, die nach dem zentralchinesischen Nanyang benannt war. Wenn man die Tiere berührte, kräuselte sich ihr Fell in feinen Wellen, die einem über die Fingerspitzen direkt ins Herz drangen. Sie sah wieder all die kleinen Teiche vor sich, die in das dichte Gras an den Hängen der Hügel gebettet waren und so anmutig und blitzblank funkelten wie die Spiegel einer Fee – nur dass sie eine der abscheulichsten Kreaturen Gottes beherbergten: den Blutegel. Und ringsum auf den weiten Feldern, unter einem Himmel, der so blau war, dass ihr das Herz höherschlug, erblickte sie wieder den Weizen, der sich sachte im Sommerwind wiegte …

Als hätte sie eine Zeitreise angetreten, löste sich ihr Bewusstsein von ihrem fünfundfünfzig Jahre alten Körper und betrachtete mit den Augen einer Außenstehenden den Lebensweg der achtzehnjährigen jungen Frau, die es damals aus der Stadt hierherverschlagen hatte. Sie fühlte sich in die Freude und das Leid, die Liebe und den Hass dieser jungen Frau ein, doch die Vergangenheit wiederholte sich nicht einfach vor ihren Augen: Nun, da sie mit dem Blick einer Frau, die die Wendungen des Lebens kannte, auf ihre Jugend zurücksah, stellten sich bei ihr naturgemäß ganz andere Empfindungen ein.

Und während sich ihre Erinnerungen immer mehr verdichteten, nahm auch die junge Frau, die sie einmal gewesen war, immer klarere Konturen an, bis aus der unbeteiligten Betrachterin ein Ich, aus der Fünfundfünfzigjährigen die Achtzehnjährige geworden war.

ERSTES BUCH
DIE AMEISEN

Unter allen tierischen Organismen auf der Erde dürfte die Familie der Ameisen die erfolgreichste darstellen. Sie sind staatenbildende Lebewesen wie wir, doch ihre Gesellschaften sind weit fortschrittlicher und edler als die unseren. Es sind gänzlich altruistische Gesellschaften, in denen jedes Individuum ein Muster an Selbstlosigkeit, Opferbereitschaft, Disziplin und Fleiß ist. Dieser Altruismus – das ist das Außerordentlichste daran – rührt allein aus den Genen, er ist das Ergebnis ihrer biologischen Konstitution (beispielsweise der Drüsen und der Pheromone). Er ist ihnen angeboren und bleibt ihnen ein Leben lang erhalten, ohne dass sie dafür auf Erziehung oder Bekehrung, Zwang oder Strafe, Religion oder Gesetz, Gefängnisse oder Regierungen angewiesen wären. Deshalb wird jeder Funke ihrer sozialen Energie ohne jeden Reibungsverlust genutzt. Da der Altruismus ihrer Individuen auf einer festen intrinsischen Grundlage beruht, stellen auch ihre Gesellschaften ein Muster an Stabilität und Kontinuität dar, und die Ameisen blicken auf eine ununterbrochene Geschichte von rund achtzig Millionen Jahren zurück.

Wir als die vermeintliche Krone der Schöpfung sollten uns vor ihnen wahrlich in Grund und Boden schämen. Schließlich ist die rund zehntausendjährige Geschichte unserer Zivilisation zum größten Teil von abscheulichen Untaten, blutiger Gewalt, Chaos, maßloser Selbstsucht und moralischem Verfall geprägt. Gott und die Heiligen mögen uns noch so sehr zum Guten bekehren wollen, die angeborene Neigung zum Bösen ist in uns allen stärker, und eine jede friedliche, blühende Gesellschaft, die wir mit viel Mühe errichtet haben, ist auf Sand gebaut und zerfällt in Windeseile.

Zu welchen Höhen könnte sich unsere Kultur doch aufschwingen, wenn wir uns die Ameisenstaaten zum Vorbild nähmen!

(Aus: »Über den Altruismus der Ameisenstaaten«, einem Artikel des Entomologen Yan Fuzhi, erschienen 1948 im britischen *Journal of Theoretical Biology*)

1.

EINE SCHOCKIERENDE NACHRICHT

Es war der Mai in meinem dritten Jahr auf der Farm, der Weizen war noch nicht reif, und auf den Feldern gab es noch nicht viel zu tun. Ich hockte mit den anderen auf der Brunnenbrüstung und aß. Als ich hörte, dass für den Abend keine politische Schulung anberaumt war, tauschte ich mit Yan Zhe einen vielsagenden Blick. Nach dem Essen wollte sich Li Dongmei, mit der ich zusammenwohnte, mit mir zu einem Spaziergang verabreden, und ich dachte mir irgendeinen Vorwand aus, um mich ihr zu entziehen.

»Hast du keine Augen im Kopf, Dongmei?«, spöttelte Ruan Yueqin. »Qiuyun hat Wichtigeres zu tun.«

Ich errötete und versuchte gar nicht erst, mich zu verteidigen, während die beiden gackernd davonzogen. Kaum wurde es dunkel, sonderte ich mich von den anderen ab und schlich mich zu dem Staubecken, das einen Kilometer vom Hof der Farm entfernt lag – dem üblichen Treffpunkt für unsere heimlichen Zusammenkünfte.

Die Farm war eigens für uns junge Leute aus der Stadt gegründet worden, auch das Staubecken hatten wir erst nach unserer Ankunft ausgehoben. Die jungfräuliche Erde hatten wir ringsum zu einem Damm aufgehäuft und darauf Rizinusbäume gepflanzt.

Der Boden in dieser hügeligen Gegend eignete sich eigentlich kaum zur Landwirtschaft: Bei sonnigem Wetter war er steinhart, bei Regen verwandelte er sich im Handumdrehen in einen Morast. Die Erde war karg, und wo die Hasen sie nicht mit ihrem Kot düngten, gedieh nichts, egal was man auch anpflanzte. Nach einer Weile aber hatte ich entdeckt, dass die Rizinusbäume ausgerechnet diesen mageren Boden liebten und auf der ungedüngten Erde des Damms besonders üppig in die Höhe schossen. Wie ein kleiner Wald, ein dichter grüner Schirm, boten die Bäume Yan Zhe und mir Schutz, wenn wir uns heimlich trafen. Obendrein hatten wir beide von der Höhe des Damms aus einen guten Überblick über die Umgebung, sodass wir keine Gefahr liefen, ohne Vorwarnung ertappt zu werden, wenn wir bei unseren Zärtlichkeiten ein wenig über die Stränge schlugen.

Denn Yan Zhe trat bei diesen Treffen immer dreister auf, am Vortag hatte er mir die Hand schon unter die Bluse gesteckt und mir die Brüste massiert. Anfangs hatte ich zwar noch ein wenig Widerstand geleistet, doch ehrlich gesagt war dieser Widerstand rein symbolischer Natur gewesen und unter seinem Ansturm bald ermattet. Wie selig so eine kleine Streicheleinheit von einem Mann eine Frau doch machen konnte! Und wie zittrig noch dazu! Als wäre es ein elektrischer Schlag.

Bei der Erinnerung daran streichelte ich mir sacht den Busen, während ich auf dem Damm auf Yan Zhe wartete. So innig sehnte ich seine Umarmung und die Liebkosung seiner Hände herbei, dass meine Wangen glühten.

Dieser Abend war einer der wenigen in jener Zeit, an denen wir keine ideologische Schulung über uns ergehen lassen mussten. Unsere Farm gehörte zur Volkskommune »Roter Stern« der Stadt Beiyin im Kreis Jiucheng, und Jiucheng wiederum war damals offiziell zu einem von vier mustergültigen Kreisen in ganz China ernannt worden. Entsprechend hohe Wellen schlug bei uns die

»Treue-Bewegung«. An den Straßen wurden überall Statuen von Liu Shaoqi und seiner Gattin Wang Guangmei errichtet: Nackt und auf Knien wurde das Verräterpaar zur Schau gestellt, die Frau mit grotesk herunterbaumelnden Brüsten und heraushängender Zunge. Und auf den Feldern wurden zahlreiche »Treue-Altäre« mit der Büste unseres geliebten Führers erbaut. Leider war unser Kreis so arm, dass diese Altäre einen alles andere als imposanten Anblick boten: Sie bestanden aus nichts als ein paar rohen Lehmziegeln, zur kümmerlichen Größe eines Hühnerkäfigs angehäuft – dem Großen Vorsitzenden erwiesen wir damit wenig Ehre.

Auch weitere Formen der Verehrung waren im Kreis Jiucheng allgegenwärtig, darunter »Treue-Tänze« vor dem Bildnis des Großen Steuermanns oder das Ritual des »morgendlichen Ersuchens um Anweisungen und des abendlichen Berichterstattens«, das wie eine tägliche Andacht vor den *Worten des Vorsitzenden Mao Zedong* (volkstümlich auch *Mao-Bibel* genannt) praktiziert wurde. Selbst wer nur in einem Geschäft etwas einkaufen wollte, erwies zuerst mit ein paar Floskeln jenem *Kleinen Roten Buch* seine Ehrerbietung, als sei er ein Untergrundkämpfer, der mit einem geheimen Kennwort seine Kontaktperson anspricht.

Wann immer von höchster Stelle aus der Hauptstadt eine neue Weisung erging, wurde sie im Kreis Jiucheng unverzüglich verbreitet. Nicht selten wurden wir Jugendlichen auf der Farm von einer Lautsprecherdurchsage aus dem Schlaf gerissen, die uns mitten in der Nacht zum Studium der jüngsten Direktive auf den Dreschplatz beorderte. Nach erfolgter Schulung teilten wir uns in Trupps auf und schwärmten unter großem Getöse und mit brennenden Fackeln in die umliegenden Dörfer aus, um ein Haus nach dem anderen abzuklappern und an die Türen und Fenster zu klopfen: »Liebe Leute, wir bringen euch geistige Nahrung! Wir bringen euch die neueste Weisung!«

Ohne die Lampen zu entzünden oder gar die Tür zu öffnen,

brummte dann gewöhnlich einer der aufgeschreckten Bewohner durch das Papierfenster: »Ja, bitte, dann lasst mal hören.«

Begleitet vom Gekläff der Hunde, verlasen wir daraufhin im Schein der Fackeln lauthals das Dekret, ehe wir zum Nachbarhaus weiterzogen. Wenn wir endlich die ganze Umgebung belästigt hatten, graute oft schon der Morgen.

Doch in letzter Zeit hatten derlei Strapazen womöglich auch unseren Großen Steuermann in Peking ermüdet, jedenfalls ergingen solche Weisungen nun deutlich seltener als früher.

Zwei Jahre zuvor hatte er noch kurzerhand verkündet: »Die gebildeten Jugendlichen sollen von den Städten aufs Land und in die Berge gehen und sich von den einfachen Bauern umerziehen lassen.« Darum holte man auch ein paar Dutzend Bauern auf unsere neu gegründete Farm, damit sie die verantwortungsvolle Aufgabe der Umerziehung übernahmen. Doch als wir erst einmal auf dem Land eingetroffen waren und die vermeintlich so einheitliche Klasse der »einfachen Bauern« – oder korrekter gesprochen: der »armen und unteren Mittelbauern« – in eine bunt gemischte Schar aus lauter handfesten Individuen zerfiel, verflüchtigte sich sehr bald unser Gefühl, auf einer heiligen Mission zu sein. Denn vieles an diesen Bauern war durchaus unheilig.

So hatten nicht wenige von ihnen aufseiten der Nationalrevolutionären Armee der Kuomintang gekämpft. Lao Chu etwa, der Führer unserer zweiten Gruppe, hatte dort als Maschinengewehrschütze gedient. Er war eigentlich ein biederer und rechtschaffener Kerl, der nicht viele Worte machte, doch einmal, als wir gerade mit Erdarbeiten beschäftigt waren, sprang er, von einer plötzlich aufwallenden Nostalgie beflügelt, mit einem mächtigen Satz in die Grube, hielt seinen Spaten vor sich, als wäre es seine Waffe, und rief:

»Ich zeige euch mal, wie man mit einem MG feuert! Ruckzuck bestreicht man einen ganzen Halbkreis mit einer Salve! Die von der Achten Armee waren lausig bewaffnet, die hatten einen Mordsbammel vor unseren MGs!«

Ein anderer Bauer namens Chen Decai war, so erzählte man sich, der nichtsnutzige Sohn eines reichen Grundbesitzers. Mit seiner Opiumsucht hatte er das väterliche Vermögen durchgebracht und sich mit seinem liederlichen Lebenswandel auch noch den Tripper eingefangen.

Wieder andere Bauern waren faul und verfressen, und viele ließen sich über nichts so gern aus wie über Frauen und Sex. Natürlich gab es unter ihnen auch nicht wenige grundanständige Menschen wie den Rinderhirten Gao Xiangfu oder die Führer der ersten, zweiten und vierten Gruppe, Lao Xiao, Lao Chu und Lao Pang. Doch alle hatten sie eine Schwäche gemein: ihren Mangel an Bildung. Sie wussten weder, welche Dynastien im alten China geherrscht hatten, noch, warum Regen fiel oder wie ein Regenbogen entstand. Und die Worte unseres Großen Vorsitzenden konnten sie sich auch nicht merken.

Wenn wir auf unseren Massenversammlungen zusammen eine Parole wiederholen sollten, sorgten sie deshalb immer wieder unfreiwillig für Gelächter. Galt es beispielsweise, unseren »entschiedenen Widerstand gegen die unrechtmäßige Okkupation unserer Insel Zhenbaodao durch die sowjetischen Revisionisten und Imperialisten« zu verkünden, gipfelnd in dem Schlachtruf: »Kampf dem Egoismus und Revisionismus!«, so wurde bei ihnen aus dem »Revisionismus« der »Revisismus« und aus der »unrechtmäßigen Okkupation« die »unrechtmäßige Kopulation«.

Unser Farmleiter Lai Ansheng war noch vergleichsweise gebildet, wenn auch auf einem sehr niedrigen Niveau: Während seiner Zeit als Freiwilliger in der Armee hatte er sich vielleicht hundert Schriftzeichen angeeignet. Nach seiner Rückkehr ins zivile dörfliche Leben hatte er im Alter von über vierzig Jahren noch immer keine Familie gegründet und galt damit in den Augen der Bauern als gescheiterte Existenz. Doch dann, mit dreiundvierzig Jahren, nahm sein Schicksal eine unverhoffte Wendung, als er von der Volkskommune zum stellvertretenden Leiter der Farm für die gebildeten Jugendlichen ernannt wurde. Nicht lange danach wurde der Leiter, der Genosse Hu, zum stellvertretenden Leiter des Revolutionskomitees der Volkskommune befördert, und Lai selbst stieg damit sogar zum Farmleiter auf.

In seiner neuen Position fühlte er sich ganz in seinem Element. Dabei kam ihm nicht nur seine tyrannische und skrupellose Natur zupass, sondern auch die politische Gunst der Stunde – die vorgebliche »Umerziehung« durch die Bauern, der wir Jugendlichen uns zu unterwerfen hatten, und unsere inbrünstige Hoffnung, in unsere Heimatstadt zurückkehren zu dürfen. Unter diesen Umständen gelang es ihm, sich eine absolute Macht zu sichern. Nur im vergangenen Herbst bei der Verbuchung der Arbeitspunkte war seine Autorität vorübergehend durch eine Wandzeitung erschüttert worden, ausgelöst durch den Eklat um einen geheimen Sonderzuschlag für die Bauern. Doch nachdem er diese Krise gemeistert hatte, war seine Macht unerschütterlicher denn je.

Nicht zuletzt fühlte er, der mittlerweile fünfundvierzigjährige Junggeselle, sich auch deshalb wie im Schlaraffenland, weil ihm nicht weniger als zweiunddreißig blutjunge Frauen aus der Stadt anvertraut waren – eine Versuchung, der er nur schwer widerstehen konnte. Und so bildete er mit wachsendem Eifer seine »revolutionären Gespanne« (um eine zeitgenössische Phrase aufzugreifen) mit uns jungen Mädchen – angeblich hatte er schon mehrere von uns ins Bett gelockt. Doch das waren nur Gerüchte, die wir Jugendlichen uns zutuschelten. Noch konnte niemand einen handfesten Beweis gegen den Farmleiter vorbringen – abgesehen von dem Zeugenbericht, den mir Sun Xiaoxiao zwei Tage zuvor anvertraut hatte.

Ich schob also diese unangenehmen Gedanken beiseite, um

mich auf mein bevorstehendes Treffen mit Yan Zhe zu freuen, während ich, die Arme um die Knie geschlungen, auf dem Damm saß und wartete. Wie schön doch das Staubecken im Mondschein schimmerte! Im spiegelglatten Wasser leuchteten der Vollmond und die Sterne. Vom fröhlichen Gequake der Frösche und dem Gezirpe der Zikaden begleitet, glitten ein paar Sumpfhühner unter hellen Rufen tief über das nächtliche Wasser. Meine Arme waren ins kühle Mondlicht getaucht.

Im Süden lag ein weites Brachland, das an die Provinz Hubei grenzte. Vor der Gründung der Volksrepublik China war dies ein gesetzloser Landstrich gewesen. Räuberbanden, deren Anführer oft einige Berühmtheit erlangten, hatten hier ihr Unwesen getrieben, und in den Tümpeln und Brunnen waren nicht wenige Tote verrottet.

»Lass dich nicht davon täuschen, wie arm und heruntergekommen Jiucheng jetzt ist«, hatte mich Yan Zhe einmal belehrt. »Im Kaiserreich, vor allem zur Zeit der Östlichen Han-Dynastie vor gut zweitausend Jahren, war diese Region berühmt für ihren Wohlstand. Viele Generäle und hohe Beamte kamen von hier, auch einige Kaiserinnen, darunter Yin Lihua, die legendäre Schönheit und zweite Gemahlin von Kaiser Guangwu, der im Jahr fünfundzwanzig nach Christus die Östliche Han-Dynastie gründete.«

Wahrscheinlich, so ging es mir durch den Kopf, hatte Yin Lihua in ihrer Jugend genau wie ich auf einem Damm oder Ackerrain gesessen, zum selben Mond aufgeblickt und ganz ähnliche Mädchenträume geträumt.

Endlich hörte ich leise Schritte, und schon bahnte sich Yan Zhe einen Weg aus dem Rizinusgebüsch. Sogleich drückte er mich heftig an sich, küsste mich und saugte an meiner Zunge, während seine Hand voll brennender Ungeduld unter meine Bluse drang.

Ich erwiderte seine Zärtlichkeiten, auch wenn ich ihn leise tadelte:

»Du wirst aber auch immer dreister! Ein richtiger Lustmolch bist du geworden! Früher hast du immer noch so kultiviert getan, und jetzt?«

Er grinste nur und versuchte erst gar nicht, sich zu rechtfertigen, während seine Hand weiter und weiter vorrückte. Erst als sie schließlich unter meine Gürtellinie vorzustoßen drohte, gebot ich ihr Einhalt.

»Jetzt reicht es aber! Sei nicht so unersättlich! Für alles andere musst du dich bis nach der Hochzeit gedulden.«

Obwohl Yan Zhe mächtig in Wallung geraten war, war er doch Gentleman genug, um mich nicht weiter zu bedrängen. Nachdem er seine Begierde mühsam gezügelt und sich einigermaßen beruhigt hatte, setzten wir uns nebeneinander auf den Damm.

Ich zog ein Bündel Essensmarken hervor und hielt es ihm hin.

»Die habe ich für dich aufgespart. Du weißt ja, dass ich keine große Esserin bin. Bald kommt die Weizenernte, da musst du ordentlich was im Magen haben.«

Doch er schlug mein Geschenk aus. »Nicht nötig, ich habe genug für diesen Monat. Ach ja, übrigens, Lao Huo, der Buchhalter, hat mir gestern verraten, dass es bei der Abrechnung in diesem Sommer wieder nicht viel zu holen gibt. Wenn es hoch kommt, zwanzig oder dreißig Yuan pro Kopf. Und einer wie ich muss sogar noch draufzahlen, obwohl ich mit meinen zehn Arbeitspunkten schon zu den besten Arbeitskräften gehöre.«

Die Arbeitspunkte, die jeder von uns für seine Arbeitsleistung zugeteilt bekam, waren lächerlich wenig wert: Die tüchtigsten Arbeiter unter uns konnten mit ihrem Mehr an Punkten das Mehr an Essensmarken, die sie dafür verbrauchten, nicht aufwiegen. Yan Zhe war zwar eher schmal gebaut, doch er schuftete wie ein Berserker, weshalb die Bauern einhellig über ihn urteilten:

»So ein schmächtiger, hübscher Junge, aber rackert wie um sein Leben! Was ihm an Kraft fehlt, macht er an Fleiß doppelt wett.«

Als wir nicht lange nach unserer Ankunft auf der Farm das Staubecken ausgehoben hatten, hatte er sich am Tag davor drei Blutblasen an der Hand zugezogen und zwei Spaten zerbrochen. Dem Lagerverwalter Siwa blutete bei diesem Anblick das Herz – nicht etwa angesichts der Blasen, sondern angesichts des Materialverschleißes.

»Junge«, grummelte er immer wieder, »ihr Burschen aus der Stadt könnt einfach nicht pfleglich mit euren Sachen umgehen.«

»Setz mir den Schaden einfach auf die Rechnung, damit er mir von den Arbeitspunkten abgezogen wird, in Ordnung?«, unterbrach ihn Yan Zhe schließlich entnervt.

»Auf die Rechnung?«, erwiderte Siwa verächtlich. »Weißt du, für wie viele Tage dich das deine Arbeitspunkte kosten würde? Junge, auch wenn es *dir* darum nicht leidtut – *mir* schon! Dieses Mal drücke ich noch ein Auge zu und setze es dir nicht auf die Rechnung – aber pass mir in Zukunft ja besser auf!«

Wie sehr der Lagerverwalter mit seinen Worten recht hatte, sollte sich bei der Endabrechnung des ersten Jahres zeigen, als jedes Farmmitglied für seine Arbeitsleistung gerade einmal zwanzig oder dreißig Yuan verbucht bekam. In Arbeitstage umgerechnet, entsprach das nicht einmal einem Mao pro Tag. Zwei Spaten dagegen kosteten einen Yuan, sodass Yan Zhe mit seinen zehn Arbeitspunkten rund zwei Wochen hätte schuften müssen, um den Schaden zu ersetzen. Erst Siwa habe ihm wirklich die Augen geöffnet, was seine Arbeit eigentlich wert sei, kommentierte er später ironisch.

Ich drängte ihm jetzt meine Essensmarken auf, indem ich sie ihm einfach in die Tasche steckte.

»Das macht doch nichts, wenn du am Ende ohne Geld dastehst«, versuchte ich, ihn lächelnd zu trösten. »Ich werde schon was bekommen, und das kannst du dann haben – ich weiß sowieso nicht, was ich damit anstellen soll.«

Das sei nicht nötig, erwiderte er. »Tatsächlich«, fügte er nach einem Zögern hinzu, »haben mir meine Eltern eine beträchtliche Summe Geld hinterlassen. Das Geld stammt eigentlich von unseren Verwandten im Ausland, die uns damit vor der Kulturrevolution unterstützt haben. Aber mein Vater hat es nie angerührt, selbst während der Hungersnot nicht. Er meinte, er habe Großes damit vor. Niemand ahnt etwas von diesem Geld, und man hat es auch nie beschlagnahmt. Aber ich hüte es genauso sorgsam, denn auch ich will damit etwas Großes tun.«

Es rührte mich, dass er mir ein derart gewichtiges Geheimnis anvertraute. Ich hatte keine Ahnung, was er damit »Großes tun« wollte, und fragte ihn auch nicht danach; ich antwortete nur:

»Mach mit deiner Erbschaft, was immer du im Sinn hast. Und wenn du knapp bei Kasse bist, nimm mein Geld. Mein Vater ist ja gerade aus dem Lager entlassen worden, und jetzt, wo er wieder Geld verdienen kann, muss unsere Familie auch nicht mehr jeden Fen zweimal umdrehen.«

Mein Vater war ein städtischer Transportarbeiter mit einem absolut untadeligen Familienhintergrund aus der Arbeiterklasse, doch während der Kulturrevolution war er als Anführer der von ihm und seinen Kollegen gegründeten »Roten Revolutionären Vereinigung« in die Plünderung eines Waffenarsenals durch die Rebellenbewegungen verwickelt gewesen und, als sich die ersten Wirren der Kulturrevolution gelegt hatten, zu einem Jahr Arbeitslager verurteilt worden. Nur deshalb war auch ich damals trotz meines Familienhintergrunds mit den anderen gebildeten Jugendlichen aufs Land verschickt worden.

»Ich soll dir von meinen Eltern ausrichten, dass sie die ganze Zeit ein Auge auf dein Elternhaus gehabt haben, damit sich dort nicht irgendwelches Gesindel einnistet. Du musst dir deswegen keine Sorgen machen.«

Meine Eltern hatten einen Narren an Yan Zhe gefressen, und

mein Vater hatte mir noch mit auf den Weg gegeben, ich solle meinen Freund ruhig mit Geld unterstützen. »Der Junge ist aber auch wirklich arm dran – die Eltern schon tot und kein Verwandter, der ihm unter die Arme greift!« Doch ich behielt seine Worte lieber für mich, um Yan Zhe nicht in seiner Selbstachtung zu kränken.

»Richte deinen Eltern meinen Dank aus«, antwortete er nach einem kurzen Schweigen. »Aber vielleicht brauche ich das Haus in der Stadt gar nicht mehr, sie können also gern darin einziehen.«

Ihm schwante, er würde für den Rest seines Lebens auf dem Land bleiben müssen, und tatsächlich waren für einen Jugendlichen wie ihn mit einem derart problematischen Familienhintergrund die Zukunftsaussichten denkbar düster. Weil ich ihn nicht mit ein paar billigen Phrasen trösten wollte, schwieg ich, und auch er sagte nichts mehr. Stattdessen griff er neben sich und schleuderte einen Erdklumpen in den Teich. Die aufgeschreckten Frösche verstummten für einen Moment, ehe sie umso erregter wieder drauflosquakten. Ich wusste, dass unser Gespräch schmerzhafte Erinnerungen an seine Eltern in ihm wachgerufen hatte, und versuchte, ihn auf andere Gedanken zu bringen.

»Als du gerade die Erde geworfen hast«, warf ich schmunzelnd ein, »ist mir die Geschichte mit Lao Huo wieder eingefallen. Erinnerst du dich noch an den ganzen Ärger, den er damit ausgelöst hat?«

»Wie könnte ich das vergessen!«, lachte Yan Zhe. »Unglaublich, dass ein Kerl in seinem Alter sich noch zu so etwas hinreißen lässt!«

Unser Buchhalter Lao Huo war gänzlich ergraut und klapperdürr. Eine besonders lächerliche Erscheinung gab er ab, wenn er zum Essen auf der Brunnenbrüstung hockte: Er saß dann derart zusammengekauert da, dass seine spitzen Knie ihm über die Schultern und fast bis an die Ohrläppchen seines dazwischen eingezwängten Kopfes ragten.

»So sieht nur einer von königlichem Geblüt aus!«, witzelte einmal einer von uns Jugendlichen namens Lin Jing. »Wie heißt es doch gleich über Liu Bei in den *Drei Reichen*: ›Seine Ohren hingen ihm bis zu den Schultern hinab, seine Hände reichten ihm bis unter die Knie.‹ Bei Lao Huo muss es heißen: ›Seine Knie reichten ihm bis über die Schultern, seine Ohren hingen ihm bis zu den Knien hinab.‹ Das ist sogar ein noch königlicheres Aussehen!«

Alle lachten, nur Lao Huo vergrub seinen Kopf noch tiefer zwischen den Knien, ohne sonst eine Regung zu erkennen zu geben.

Lange Zeit hielten wir ihn für mindestens sechzig Jahre alt – bis einmal eine junge Frau von Mitte dreißig, mit kurzem Haar und jugendlicher Ausstrahlung, ihn besuchen kam. Als die beiden nach dem Abendessen noch einen Spaziergang unternahmen und ich ihnen mit einem Pulk anderer Mädchen an dem Graben begegnete, der die Farm umschloss, plapperte Sun Xiaoxiao drauflos: »Lao Huo, deine Tochter ist echt hübsch!«

Den beiden schoss prompt das Blut ins Gesicht, und da dämmerte uns erst, dass sie ein Ehepaar waren. Danach erfuhren wir auch, dass der Buchhalter in Wahrheit gerade einmal vierzig Jahre alt war. Und obendrein war er auch noch ein richtiger staatlicher Kader.

Alle Kader, die zu einer Jugendlichenfarm aufs Land versetzt worden waren, waren zuvor mehr oder weniger in Ungnade gefallen. Vielleicht hatten sie sich während der Kulturrevolution auf die falsche Seite gestellt oder waren mit ihrem Verhalten irgendwie angeeckt, hatten Geldprobleme oder Kontakte ins Ausland. Dem Genossen Hu zum Beispiel, der unser erster Farmleiter gewesen war, haftete damals noch das Etikett des Kapweglers an, also eines Parteimitglieds, das den kapitalistischen Weg ging. Doch selbst ein Kader, dessen Ruf derart ramponiert war, stand auf einer Farm wie der unseren immer noch eine ganze Klasse über den Jugendlichen – er war der Hirte, die Jugendlichen seine Schafe.

Lao Huo war denn auch der Einzige unter allen Kadern, die wir kannten, der derart furchtsam auftrat. Jedes welke Blatt schien ihm Angst einzuflößen, als könnte es ihm den Schädel zertrümmern. Er redete nur im Flüsterton, krümmte sich vor, wenn er einem anderen begegnete, und hob den Blick allenfalls auf Hüfthöhe seines Gegenübers. Und ausgerechnet dieser kläglichen Figur, die weniger Raum für sich beanspruchte als eine Ameise, war im vorigen Sommer – ungefähr zur gleichen Zeit wie jetzt – ein schweres Missgeschick passiert.

Er kam damals gerade mit seinem Kassierer von der Volkskommune zurück – die Dunkelheit war schon hereingebrochen –, und als sie den Graben erreichten, der die Farm umgab, hörten sie plappernde und kichernde Mädchenstimmen, die wie Spatzengezwitscher aus dem nahen Rizinusgebüsch hervordrangen. Eine der Stimmen erkannte der Buchhalter: Sie gehörte Zhang Keyu, die ihm vergleichsweise vertraut war, weil sie oft in der Küche aushalf.

Und nun geschah das Verblüffende: In einem Anfall kindlichen Übermuts – dieses ältliche Männchen hatte sich also tatsächlich etwas Kindliches bewahrt, das unter seiner fest verschlossenen Schale nur darauf wartete, einmal auszubrechen – wisperte Lao Huo seinem Begleiter zu: »Denen jagen wir mal einen tüchtigen Schreck ein.«

Er las den erstbesten »Ingwerbrocken« vom Boden auf – so nannten wir die nur halb verwitterten, unregelmäßig wie Ingwerwurzeln geformten Steine, die überall zwischen den Hügeln verstreut lagen – und schleuderte ihn in die Dunkelheit. Und prompt kam die Antwort zurück: ein Schmerzensschrei! Der Stein hatte der armen Keyu einen halben Schneidezahn ausgeschlagen. Ihre Lippen jedoch waren erstaunlicherweise unversehrt geblieben – gewiss hatte sie gerade lauthals gelacht, als Lao Huos Wurfgeschoss sie präziser als eine amerikanische Lenkrakete getroffen hatte.

Lai Ansheng war damals gerade vom Stellvertreter zum Farmleiter aufgestiegen und auf dem Gipfel seiner Macht. Als er von Lao Huos Vergehen erfuhr, tobte er vor Wut und stauchte ihn nach Strich und Faden zusammen. Überdies befahl er ihm, auf einer Massenversammlung öffentlich seine Schuld zu bekennen – danach werde er weitere »strenge Maßnahmen ergreifen«, je nachdem, welches Maß an Reue der Buchhalter zu erkennen gebe. Zur eigens anberaumten Kampf- und Kritiksitzung fanden sich sämtliche Bauern und Jugendlichen ein. Es war mucksmäuschenstill. Nur die Gaslampe, die Lao Huos kreidebleiches Gesicht beschien, zischelte vor sich hin. Die Hände in die Hüften gestemmt, baute sich Lai Ansheng auf dem Podest auf und durchbohrte den Missetäter mit seinem grimmigen Blick. Als Lao Huo seine Selbstkritik verlas, zitterten ihm die Hände so sehr, dass er den Zettel nicht ruhig halten konnte, und seine dürren Beine schlotterten. Unten vor dem Podest pressten wir Jugendlichen uns die Hände auf die Münder, um nicht lauthals loszuprusten. Später behauptete jemand, vor lauter Angst habe sich der Buchhalter in die Hose gemacht, und der Urin sei aus seinen Hosenbeinen nur so herausgeplätschert, aber das war vermutlich nur böser Tratsch.

Nach dieser Sitzung wagte Lao Huo weniger denn je, anderen Menschen in die Augen zu sehen. Die größte Furcht flößte ihm Lai Ansheng ein: Ein Blick des Farmleiters genügte, und er fing an zu zittern. Wie die Bauern zu sagen pflegten: Der Schreck machte ihm die Galle kaputt.

Wenigstens zog dieser Schreck für ihn keine ernsthaften Konsequenzen nach sich. Dank der Fürsprache seines Opfers ging er am Ende gänzlich straffrei aus. Lediglich für Keyus Zahnkrone musste er aufkommen. Danach trieben die Jungen für eine längere Zeit erst einmal ihre Späße mit ihr, und Keyu selbst gewöhnte es sich an, beim Lachen die Oberlippe zu straffen, um ihren neuen Goldzahn nicht zu entblößen.

Mit all diesen Erinnerungen im Kopf imitierte ich nun vor Yan Zhe den tragikomischen Auftritt des Buchhalters auf der Kampf- und Kritiksitzung. »Ich w-will meine Sch-Schuld von Gr-Grund auf b-büßen«, stammelte ich am ganzen Körper schlotternd, »und ein n-neuer Mensch w-werden. – Und? Habe ich ihn gut getroffen?«

»Ja«, lachte Yan Zhe, »das hast du. Aber das ist nicht gerade nett, dass du dich über diesen Unglückswurm auch noch lustig machst!«

»Mir tut nur seine Frau leid. Wie kann sie es ihr Leben lang mit diesem erbärmlichen Tropf aushalten, wo sie doch noch so jung ist!«

»Da liegst du falsch. Ich habe gehört, dass es bei diesem ungleichen Paar besonders liebevoll zugeht. Nachdem ihn seine Frau an dem einen Abend besucht hatte, hat einer der Köche von nebenan erzählt, dass die beiden …«

»Was? Was hast du denn auf einmal?«

Doch er grinste nur in sich hinein, und weil ich mir denken konnte, dass er sich eine der Zoten verkniffen hatte, wie sie sich die Männer gern erzählen, fragte ich nicht weiter nach.

»Qiuyun«, begann er stattdessen, »ich habe eine schlechte Nachricht. Ich weiß nicht, ob ich dir davon erzählen soll – besser nicht, denn das würde dir ziemlich aufs Gemüt schlagen. Ich weiß ja, dass du vor nichts so eine große Angst hast.«

»Was redest du da? Nun sag schon! Na los!«

Er zeigte auf das Staubecken vor uns. »Dort drin gibt es auch Blutegel. Das ist kein Gerücht, an Liu Weidong hat sich gestern beim Baden einer festgesaugt.«

Mich überlief ein kalter Schauder. Ich hatte von klein auf einiges durchgemacht, und meine Mutter pflegte zu sagen: »Du warst die wildeste Göre der Welt, du hast weder Himmel noch Hölle gefürchtet. Sogar Skorpione hast du gepackt!« Tatsächlich fasste ich als fünfjähriges Kind einmal einen Skorpion an. Zum Glück bemerkte mein älterer Spielkamerad Xuexu noch rechtzeitig, was ich da trieb, riss mich beiseite und trat das Tier tot.

Das einzige Wesen, das mir Angst einflößte, war der Blutegel. Schuld daran war das viele Gerede unserer Nachbarinnen, aber auch meiner Mutter.

»Kein Tier unter der Sonne«, so behaupteten sie, »ist so heimtückisch wie der Blutegel. Er saugt sich so klammheimlich an dir fest, dass du gar nichts davon merkst. Sein Speichel verhindert, dass dein Blut gerinnt, damit er dich nach Lust und Laune aussaugen kann. Hat er sich einmal an dich geheftet, und du entdeckst ihn nicht schnell genug, dringt er in deine Adern ein. Oder er findet in deinem Unterleib die passende Öffnung – wir Frauen sind da besonders gefährdet! –, und schon schlüpft er in dich hinein, während du ahnungslos im Fluss badest. Oder du willst nur ein bisschen Wasser trinken und trinkst seine Eier gleich mit – dann nisten sie sich in deinem Magen, deiner Lunge, ja, sogar in deinem Gehirn ein, und für dich kommt jede Rettung zu spät.«

Zumindest die ersten beiden Aussagen stimmten – das erlebte ich, nachdem ich aufs Land gekommen war, am eigenen Leib. Der Rest war wahrscheinlich ein bisschen übertrieben, aber schon allein die Vorstellung machte mir mächtig Angst, denn wenn auch nur ein Körnchen Wahrheit daran war, dann konnte sich niemand, egal wie vorsichtig, vor so viel Heimtücke schützen.

Meine erste indirekte Begegnung mit Blutegeln hatte ich, nachdem wir auf der Farm einen Brunnen gegraben hatten. Der Brunnen lag gleich neben der Kantine, sodass wir mit seinem Wasser immer unsere Schüsseln abwuschen. Einmal hörte ich plötzlich einen Frosch, der auf dem Grund des Brunnens kläglich quakte. Verdutzt fragte ich unseren Gruppenführer Lao Xiao: »Woher kommt denn der Frosch? Wir haben den Brunnen doch gerade erst gegraben?!«

»So was passiert hier öfter«, antwortete er. »Wenn die Felder trocken sind, hüpfen die Frösche am Abend herum, und wenn einer nicht aufpasst, landet er in einem Brunnen und kommt nie wieder raus. Die kleinen Kinder haben doch dieses Spiel, das nennen sie: ›Der Frosch hüpft in den Brunnen‹ – das kommt daher.«

»Und warum schreit er jetzt so jämmerlich?«, fragte ich weiter. »Wahrscheinlich hat sich ein Blutegel an ihm festgesaugt. So ein Egel saugt an allem, was Blut hat. So kleine Tiere wie ein Frosch sind dann hoffnungslos verloren. Die saugt der Egel aus, bis kein Tropfen Blut mehr in ihnen ist.«

Seine Worte ließen mich erschaudern. »Aber wie kommt denn der Blutegel in den Brunnen?«, fragte ich ungläubig nach. »So ein Egel kann doch nicht springen wie ein Frosch!«

Lao Xiao stutzte. »Da bin ich jetzt auch überfragt, aber irgendwie hat der liebe Gott das eben so eingerichtet. Ich weiß nur, dass es in den Bergen Landegel gibt, die können dich von Weitem anspringen, sobald sie dich gewittert haben. Aber die Wasseregel, die wir hier haben, können eigentlich keine größeren Strecken zurücklegen.«

Seitdem schaute ich immer erst genau hin, ob in dem Brunnenwasser auch keine Blutegeleier schwammen, bevor ich damit meine Schüssel sauber machte.

Der Untergrund unserer Farm hatte eine Eigenart: Er war kaum wasserdurchlässig. Für den Getreideanbau war das ein Nachteil, doch dafür hatten sich in unserer Gegend lauter kleine Teiche gebildet. Sie hatten sich an die wellige Oberfläche des Geländes angepasst und waren meistens länglich-oval, aber es gab auch rundlichere, ja, sogar kreisrunde Teiche, die anmutig wie Spiegel aus einem Märchenreich in die Landschaft gebettet waren. Ihr Wasser war außerordentlich klar, fast durchsichtig. Die Gewächse darin leuchteten sattgrün, und die langen Halme wiegten sich sachte mit den Wellen. Manchmal sah man einen kleinen Fisch oder

Frosch darin schwimmen, und das wirkte so mühelos und geschmeidig, als würde er in der Luft schweben. Am schönsten waren die Teiche am Abend, wenn die untergehende Sonne das Wasser rot färbte und die Landschaft, die sich darin spiegelte, so sanft schimmerte, als wäre sie mit einer Kamera mit Kontrastfilter aufgenommen.

Bevor wir das große Staubecken gegraben hatten, hatten Yan Zhe und ich uns immer an diesen kleinen Teichen getroffen, wo ich dann meine nackten Füße in das wohlig kühle Wasser hielt und sie sachte mit der Strömung schwanken ließ. Ich fühlte mich so sehr zu diesen Teichen hingezogen, dass ich eines Abends, als die Sonne das Wasser wieder einmal rötete, der Versuchung nicht länger widerstehen konnte und all meine Bedenken beiseiteschob.

»Ich habe unglaublich Lust zu baden«, gestand ich Yan Zhe. »Kannst du für mich aufpassen, ob auch niemand kommt? Aber nicht heimlich gucken!«

Grinsend willigte er ein. Sonst hatten wir Jugendlichen immer in einem Staubecken beim Nachbardorf gebadet: die Jungen vor dem Abendessen, die Mädchen danach, wenn die Dunkelheit schon hereinbrach. In stillschweigendem Einvernehmen hatten wir uns auf diese Geschlechtertrennung geeinigt. Deshalb war es nun das erste Mal, dass ich in Yan Zhes Sichtweite baden würde, obwohl wir schon so lange ein Liebespaar waren. Der Gedanke, er könnte die Situation ausnutzen, ließ mir keine Ruhe, und ich ermahnte ihn mehrmals, er dürfe auf keinen Fall spannen. Er versprach es mir nochmals feierlich, und als wollte er seinen Worten Taten folgen lassen, trat er ein paar Schritte zurück und drehte mir den Rücken zu. Rasch schlüpfte ich aus meiner Kleidung und glitt ängstlich und freudig erregt zugleich ins Wasser.

Im nächsten Moment stürmte er herbei, riss mich an Land und drückte mich an sich. Meine Scham verwandelte sich in Wut, ich versuchte, mich mit aller Kraft aus seiner Umarmung zu befreien, und schrie ihn mit schriller Stimme an: »Du Schuft! Du schamloser Kerl! Du hast mich angelogen!«

Statt sich irgendwie zu rechtfertigen, hielt er mir nur meine Kleidung hin. Als ich mich wieder angezogen hatte, drückte er meinen Kopf Richtung Teich.

»Schau dir erst mal an, was da im Wasser herumschwimmt. Danach kannst du mich immer noch beschimpfen. Na los, nun schau schon.«

»Ich gebe zu«, fuhr er grinsend fort, »dass ich heimlich einen Blick riskiert habe, bevor du ins Wasser gestiegen bist. Aber dann ist mir etwas anderes ins Auge gesprungen: das, was da im Teich herumschwimmt. Ich brauchte ein paar Sekunden, bis ich begriffen habe, was es ist. Tut mir echt leid, dass ich dich so unsanft aus dem Wasser herausgerissen habe, obwohl du nackt warst, aber ich weiß, dass du vor nichts anderem so große Angst hast, also – habe ich notgedrungen den Sittenstrolch gespielt.«

In meiner Wut stellte ich mich erst einmal taub, doch schließlich gab ich dem Druck nach, mit dem er meinen Kopf Richtung Teich schob, und folgte mit meinem Blick seinem ausgestreckten Zeigefinger – und da sah ich die Blutegel, mindestens sieben oder acht Stück, blauschwarz mit einem Muster aus fünf gelben Streifen auf dem Rücken. Sie waren sehr groß – wenn sie sich langmachten, sicher über zehn Zentimeter – und hatten spitz zulaufende Enden, sodass sie wie in die Länge gezogene Spindeln wirkten. Völlig entspannt schwammen sie im Wasser, indem sie ihre Körper beugten und streckten. Wenn ich nicht so eine tiefe Abscheu gegen sie empfunden hätte, hätte ich fast zugeben müssen, dass ihre Bewegungen voller Anmut und Eleganz waren. Sie wirkten so gelassen und selbstsicher, als wüssten sie genau, dass sie in ihrer kleinen Welt die Herren waren.

Mich überlief ein kalter Schauder nach dem anderen. Wenn Yan Zhe mich nicht herausgerissen hätte, dann … Ich wagte gar nicht, mir auszumalen, was dann geschehen wäre. Voll Dankbarkeit schmiegte ich mich an seine Brust und küsste ihn reuig.

An diesem Abend konnten wir uns lange nicht von unserem lauschigen Plätzchen losreißen. Wir sahen zu, wie sich die rote Wasseroberfläche langsam schwarz färbte. Ich wagte nicht mehr, meine nackten Füße in das Wasser zu halten, und beim Gedanken daran, wie oft ich das vorher getan hatte, fuhr mir noch nachträglich der Schreck in die Knochen.

Mir wollte einfach nicht in den Kopf, wie sich ausgerechnet an so einem schönen Ort die abscheulichste Kreatur auf Erden hatte einnisten können – wenn das keine göttliche Heimtücke war, was dann?

Nachdem das neue Staubecken ausgehoben war, trafen wir beide uns nicht mehr an diesen Teichen. Auch die anderen jungen Leute badeten nun im neuen Becken. Seltsam war nur, dass ich dort nie einen Blutegel entdeckte – war dieses Staubecken etwa nur deshalb so sauber, weil es frisch gegraben war? Aber die Egel waren doch sogar bis in den neuen Brunnen vorgedrungen! Umso mehr freute ich mich lange Zeit darüber, dass dieses Becken scheinbar egelfrei war. Denn wo sonst hätte ich baden sollen, wenn selbst dieser paradiesische Flecken Erde an die widerlichen Kreaturen verloren gewesen wäre!

Und nun hatte Yan Zhe mir die Augen geöffnet und mir auch diese letzte Idylle zerstört. In was für einer trügerischen Sicherheit ich mich noch am Vortag gewiegt hatte, als ich hier gebadet hatte! Mich überlief es eiskalt.

»Ins Staubecken werde ich mich nun auch nicht mehr trauen«, klagte ich bedrückt. »Ich kann mich jetzt nur noch mit ein bisschen Brunnenwasser im Zimmer waschen.«

Yan Zhe fühlte sich nun auch schuldig, so als hätte er mir diesen Kummer verursacht. »Eigentlich wollte ich es dir ja nicht sagen – aber dass du so eine Heidenangst vor Blutegeln hast, passt auch gar nicht zu dir. Und dabei dachte ich, du hättest deine Angst überwunden, seit wir den Reis angepflanzt haben!«

Ursprünglich hatten wir auf der Farm ausschließlich Weizen angebaut, doch im zweiten Jahr hatten wir damit angefangen, den Anbau auf Wasserreis umzustellen, sodass ich einer Konfrontation mit den scheußlichen Kreaturen nicht länger ausweichen konnte. Ich hatte mich nach Kräften bemüht, meine Angst zu unterdrücken, und aus Scham niemandem davon erzählt, denn die alten Bauern und die Jungen aus der Stadt gaben sich völlig gelassen und setzten eine gleichgültige Miene auf, wenn die Rede auf die Blutegel kam. In Wahrheit fürchtete zumindest Yan Zhe die Egel genauso sehr wie ich – oder wenigstens verabscheute er sie genauso sehr. Nur durfte er sich als Mann nichts von seiner Angst anmerken lassen, damit er nicht zum Gespött der anderen wurde.

Mir jedenfalls konnte er nichts vormachen. Wenn ich hörte, wie er sich bemühte, so unbekümmert wie die anderen von den Egeln zu reden, dachte ich mir unwillkürlich: Ihr Männer habt es auf dieser Welt doch wirklich schwer.

Meine erste richtige Begegnung mit den Egeln gestaltete sich dann viel harmloser, als ich sie mir vorher ausgemalt hatte. Als ich mich zum ersten Mal auf einem Schemel in das Reisfeld hockte, um die Setzlinge herauszuziehen, und meine nackten Füße ins schlammige Wasser getaucht waren, konnte ich vor lauter Angst keinen klaren Gedanken mehr fassen. Alle naslang hob ich die Füße aus dem Wasser, um sie zu mustern. Erst als ich nach einer Stunde immer noch keinen Egel gefunden hatte, entspannte ich mich ein wenig.

Nach zwei Stunden, als ich die Füße erneut untersuchte, entdeckte ich am Knöchel zu meinem Entsetzen einen feinen Blutstreifen. Ich bekam eine Gänsehaut. Und tatsächlich fand ich einen kleinen Egel, der still und leise an meinem Unterschenkel saugte. Wie sehr hatte ich mich vor genau dieser Situation gefürchtet!

Nun jedoch, da sie wirklich eingetreten war, fühlte sie sich nicht weiter dramatisch an.

Sogleich schnappte ich mir die Schuhsohle, die ich mir vorher griffbereit zurechtgelegt hatte – so hatten die Bauern es uns empfohlen –, und schlug den Blutsauger mit einem kräftigen Hieb von meinem Bein. Dann transportierte ich ihn mit einem Halm auf den Ackerrain, wo ich ihn mit einem Stein zu Brei zerquetschte. Denn die Bauern hatten uns ausdrücklich gewarnt, wie zäh so ein Tier sei: Um es zu töten, dürfe man keine halben Sachen machen. Die sicherste Methode sei, es mit einem Stock aufzuspießen und ihm das Innerste nach außen zu kehren. Doch dazu konnte ich mich nicht überwinden.

Danach wurden mir die Blutegelattacken zu einem vertrauten Anblick. Manchmal saugten gleichzeitig drei oder vier von ihnen an mir, und bald flößten sie mir keine Furcht mehr ein. Anfangs zermalmte ich noch gewissenhaft jedes einzelne der kleinen Scheusale, doch in einem Reisfeld findet sich nicht so leicht ein Stein, und die Arbeit ließ es nicht zu, dass ich jedes Mal zum Ackerrain lief, um mir einen zu suchen. Mit der Zeit stumpfte ich genauso ab wie alle anderen: Wir pflückten die Egel nur noch von unseren Beinen und schleuderten sie möglichst weit weg auf das angrenzende unbewässerte Feld – und fertig. Von dort würden sie zwar ganz gewiss wieder auf das Reisfeld zurückkriechen, doch wir hielten uns an das Motto: Aus den Augen, aus dem Sinn.

Als nun Yan Zhe also zu mir sagte, ich hätte doch gar keine Angst mehr vor den Egeln, schüttelte ich den Kopf. »Ich habe keine Angst mehr davor, dass sie mir an den Beinen saugen. Aber dass sie in meinen Körper eindringen, während ich bade, davor habe ich immer noch Angst.«

»Nun siehst du aber Gespenster!«, erwiderte er schmunzelnd. »So außerordentliche Fähigkeiten haben diese Viecher nun auch wieder nicht. Jeden Tag baden bei uns so viele Leute – und ist schon mal irgendjemandem davon ein Egel in den Bauch gekrochen?«

»Wer weiß!«, widersprach ich. »Man sagt, dass so ein Blutegel sich jahrelang im Körper eines Menschen verstecken kann, ehe er sein Opfer krank macht.«

Da gab er es auf, mit mir zu diskutieren. »Na, wenn das so ist, traue ich mich jetzt auch nicht mehr zum Baden ins Wasser.«

Keiner von uns konnte mit Sicherheit sagen, ob so ein Blutegel tatsächlich in den Körper seines Wirts eindringen konnte oder nicht. Also ließen wir das Thema fallen. Als später der schönste Bulle unserer Farm elend zugrunde ging, hieß es, ein Egel habe sich in seinem Magen eingenistet. Ob dieses Gerücht der Wahrheit entsprach, wage ich nicht zu entscheiden.

»Ach übrigens«, lenkte ich das Gespräch in eine andere Richtung, »meine große Schwester hat heute jemandem eine Flasche Chilisoße für dich mitgegeben. Sie weiß, dass du für dein Leben gern Chilis isst, und hat die Soße extra für dich gemacht. Ich bringe sie dir morgen mit.«

Ich habe nur eine ältere Schwester. Sie ist zehn Jahre älter als ich und hat mich von klein auf sehr verwöhnt. Den ganzen Tag trug sie mich auf den Schultern umher, bis sie mit fünfzehn Jahren anfing, in einer Traktorenwerkstatt in Jiucheng als Dreherin zu arbeiten. Als ich aufs Land verschickt wurde, hatte sie schon zwei Kinder zur Welt gebracht. Ihr Leben war so strapaziös und noch dazu von ständiger Geldnot geprägt, dass sie damals fast schon wie eine ältere Frau aussah.

Als ich mich für einen Ort auf dem Land entscheiden sollte, wählte ich Jiucheng, um meiner Schwester nahe zu sein. »Dann kann sich deine große Schwester ein bisschen um dich kümmern«, hatten mir meine Eltern vorher zugeredet. Yan Zhe kam mit mir. Kaum war ich auf der Farm eingetroffen, legte meine Schwester fast dreiundzwanzig Kilometer mit dem Fahrrad zurück, um mich zu besuchen. Wir hatten gerade Erntezeit, und die Plackerei erreichte ihren Höhepunkt. Meiner Schwester fiel sofort auf, dass meine Haut überall da, wo meine Glieder aus den Ärmeln und Hosenbeinen hervorlugten, von der Sonne rotbraun gebrannt war und von der weißen Haut darüber abstach. Und als sie dann auch noch das Süßkartoffelbrötchen bemerkte, das ich an das Kopfende meines Bettes gelegt hatte und nicht wegwerfen wollte, obwohl es schon grün schimmelte, da schossen ihr die Tränen in die Augen.

Viel konnte sie zwar nicht für mich tun, doch wann immer ich auf dem Weg in unsere Heimatstadt bei ihr vorbeikam, kaufte sie ein ganzes Pfund Eier und briet mir eine Schüssel voll Rührei. Mein wortkarger Schwager nahm meine beiden kleinen Neffen dann stets zum Spielen nach draußen. Den Grund dafür begriff ich erst später: Die Eltern hatten Angst, dass die Kleinen mein Essen mit den Augen verschlingen würden, denn so eine große Schüssel Rührei bekamen sie selbst nie vorgesetzt.

So ausgehungert, wie ich immer war, verschmauste ich das Rührei, als wäre es ein wahres Festmahl. Auch Yan Zhe nahm ich einmal zu meiner Schwester mit. Prompt briet sie nur für ihn noch eine zweite Schüssel Rührei. Als ich ihm aber nun von der Chilisoße erzählte, die sie angeblich eigens für ihn gekocht hatte, grinste er nur wortlos in sich hinein, und ich las etwas Abschätziges aus seiner Miene.

»Was grinst du denn so?«, stellte ich ihn zur Rede. »Ich weiß, dass du etwas gegen meine Schwester hast – du bist ja nur ein Mal mit mir mitgekommen und dann nie wieder. Du bist so undankbar! Sie hat dich so großzügig bewirtet! Hast du dich an dem Rührei überfressen oder was?«

Von meinen Vorwürfen in Bedrängnis gebracht, gab er endlich zu:

»Deine Schwester hat mich wirklich gut behandelt, aber ich konnte spüren, dass sie es nicht gutheißt, dass wir beide zusammen sind. Deshalb hat sie diese Chilisoße auch bestimmt nicht extra für mich gemacht, da musst du mir gar nichts vorflunkern.«

Er hatte recht: Meine Schwester hatte sich einmal lange unter vier Augen mit mir unterhalten und dabei nachdrücklich auf mich eingeredet, ich solle mit ihm Schluss machen. Gegen ihn selbst hatte sie gar nichts einzuwenden, sie missbilligte nur seinen familiären Hintergrund: Er komme aus politisch und finanziell allzu schlechten Verhältnissen, so erklärte sie mir bekümmert. Von dieser Bürde würde ich mich mein Leben lang nicht befreien können.

»Ein armes Ehepaar hat nichts als Sorgen. Denk an meine Worte, sonst bereust du es eines Tages!«

Trotzdem war es mir ein Rätsel, woraus Yan Zhe ihre Ablehnung herausgelesen hatte. Bei seinem Besuch hatte sie sich jedenfalls nichts anmerken lassen.

Ich versuchte damals erst gar nicht, sie eines Besseren zu belehren, und änderte nichts an meiner Beziehung zu Yan Zhe. Stattdessen bat ich meine Schwester um die Flasche Chilisoße, ohne ihr zu sagen, für wen sie gedacht war. Allerdings konnte sie es sich sicher auch selbst denken, schließlich esse ich nicht gern scharf. Tatsächlich wollte ich zwei Fliegen mit einer Klappe schlagen: Meine Schwester sollte ruhig wissen, wie ich zu meinem Freund stand, und gleichzeitig wollte ich sie und ihn ein Stückchen näher zusammenbringen. Dass er meinen Plan so prompt durchschaut hatte, quittierte ich nur mit einem Lächeln und gab mir keine Mühe, es abzustreiten. Den Kopf an seine Schulter gelehnt, betrachtete ich schweigend die Wolken, die am vollen Mond vorüberzogen. Da verstummte auch er und folgte meinem Blick.

»Weißt du noch, wie wir uns kennengelernt haben?«, beendete ich nach einer Weile die Stille.

»Na klar. An dem Tag war ich gerade mit meinen Eltern aus Peking in unsere alte Heimat zurückgezogen. Du hast mit Zhuang Xuexu in unserem Hof gehockt und ein Ameisennest ausgegraben.

Ich glaube, du warst damals noch keine sechs Jahre alt. Du warst dunkel und schmächtig, ein richtiges hässliches Entlein. Wer hätte gedacht, dass dieses Entlein sich mal in so einen Schwan verwandeln würde!«

»Ich bin doch kein Schwan!«, wehrte ich bescheiden ab. »Wenn es hochkommt, bin ich eine gewöhnliche Ente. Weißt du eigentlich, was ihr – ich meine: du und deine Eltern – für einen Eindruck auf mich gemacht habt, als ich euch das erste Mal gesehen habe?«

Er drehte sich zu mir und musterte mich aufmerksam. »Na?«

Lächelnd blickte ich zum nächtlichen Sternenhimmel empor und hüllte mich in Schweigen. Manche schönen Dinge bleiben besser ungesagt, selbst unter Menschen, die einander sehr nahestehen. Ich wollte den Eindruck, den ich damals gewonnen hatte, für immer in meinem Herzen hüten.

2.

DIE WISSENSCHAFT
VON DEN AMEISEN

Yan Zhe entstammte einer der vier einflussreichsten alteingesessenen Familien von Beiyin. Zu ihrer Blütezeit besaß die Familie Yan rund tausend *Mu*, also an die siebzig Hektar Land. Nach der Gründung der Volksrepublik China wurde ihr ländlicher Grund- und Immobilienbesitz restlos beschlagnahmt. Ihre städtischen Immobilien dagegen galten als Betriebsvermögen und hätten den offiziellen politischen Leitlinien zufolge eigentlich im Familienbesitz verbleiben sollen. Tatsächlich jedoch verloren die Yans auch den Großteil dieses Besitzes: Ihre Häuser wurden ohne jede Entschädigung von diversen kleineren staatlichen Organisationen wie der lokalen Ein- und Verkaufsgenossenschaft, der Kreditgenossenschaft und dem Büro des Nachbarschaftskomitees in Beschlag genommen. Faktisch wurden also auch diese Besitztümer konfisziert. Am Ende blieb den Yans nichts als ein großer Hof am Stadtrand, den die Familie ursprünglich einmal als Maulbeergarten genutzt hatte: eine bis auf ein paar Strohhütten weitgehend unbebaute Fläche voller Maulbeerbäume, umgeben von einem niedrigen Lehmwall. Weil die Alten in der Familie bereits verstorben waren und die mittlere Generation sich größtenteils im Ausland niedergelassen hatte, hatte dieser Hof lange leer gestanden und sich in ein Paradies für uns spielende Nachbarskinder verwandelt.

Yan Zhes Vater Yan Fuzhi war in jungen Jahren zum Studium nach England gegangen und hatte sich als Entomologe in der internationalen Fachwelt einen Namen gemacht. Nach der Gründung der Volksrepublik China war er in sein Vaterland zurückgekehrt und hatte an einer renommierten Pekinger Universität eine Professur angetreten. Seine alte Heimatstadt hatte er in diesen Jahren kaum einmal besucht. 1957 jedoch, während der Kampagne gegen Rechtsabweichler, wurden einige seiner Äußerungen als »bösartige Attacken« auf die revolutionäre Gesinnung angeprangert: Man dürfe, so hatte er kritisiert, »nicht aufgrund von politischen Kriterien die Vererbungslehre von Mendel und Morgan unterdrücken«; die sowjetische Lehre von Mitschurin und Lyssenko sei »nichts als eine politische Missgeburt« und Lyssenko selbst »ein Scharlatan reinsten Wassers«. Mehr noch: »Eine Wissenschaft, der man die Freiheit genommen hat, wird ersticken.«

Diese Aussagen hätten eigentlich genügt, um ihn zum »Ultrarechten« abzustempeln. Glücklicherweise legte ein hoher Kader ein gutes Wort für ihn ein: Während des Koreakriegs habe sich Yan als Insektenkundler darum verdient gemacht, die bakteriologische Kriegsführung der amerikanischen Imperialisten aufzudecken. In der Folge wurde er nicht mehr als »rechtes Element« gebrandmarkt, sondern nur noch als »rechtes Objekt« und samt Familie in seine alte Heimat geschickt.

Nachdem er auf den verwaisten Hof zurückgekehrt war, erzählten mir die Erwachsenen in meinem Umfeld von seiner Einstufung als »rechtes Objekt«. Doch ich wurde aus diesem Ausdruck nicht schlau, gerade weil ich schon wusste, was das Wort »Objekt« normalerweise bedeutete: Wenn die »Rechten«, wie ich naturgemäß glaubte, Herrn Yan zu ihrem Ziel gemacht hatten, wer waren dann diese Rechten? Etwa seine Frau?

Nein, belehrten mich die Erwachsenen: Ein »rechtes Objekt« erfülle zwar eigentlich alle Voraussetzungen, um als Rechter zu gelten, aber die Regierung habe Milde mit ihm walten lassen und ihn deshalb nicht zum »rechten Element« erklärt. Und Tante Yuan, die Frau von Onkel Yan, sei weder ein rechtes Element noch ein rechtes Objekt, sondern nur von ihrem Mann in die Sache hineingezogen worden. Deshalb sei im Grunde *sie* das rechte Objekt.

Die Erwachsenen gaben sich alle Mühe, mir das Unerklärliche zu erklären, und ich nickte artig, auch wenn ich noch immer allenfalls die Hälfte begriffen hatte. Die Feinheiten der politischen Terminologie waren einfach zu kompliziert für den beschränkten Verstand eines sechsjährigen Kindes.

An dem Tag, als die Familie Yan wieder in ihrer alten Heimat ankam, spielten wir also gerade auf dem Hof voller Maulbeerbäume. Meine Spielgefährten und ich kamen alle aus ärmlichen Verhältnissen, und entsprechend bescheiden waren auch unsere Vergnügungen: Zu unseren liebsten Beschäftigungen gehörte es, die heimischen Ameisen dabei zu beobachten, wie sie eine Raupe mit sich fortschleppten. Zhuang Xuexu, der zwei Jahre älter als ich und unser aller Anführer war, leitete auch an diesem Tag unser Spiel. In Reichweite einer suchend umherkrabbelnden schwarzen Ameise platzierte er eine halb tote Raupe. Kaum hatte die Ameise die Raupe entdeckt, stürzte sie sich auf sie, verbiss sich in ihr und zerrte mit aller Kraft an ihrem verzweifelt sich wehrenden Opfer. Bald aber sah sie ein, dass sie allein nichts würde ausrichten können. Kurz entschlossen entfernte sie sich und kehrte schnurstracks zu ihrem Nest heim.˙

»Gleich kommt sie mit einem großen Trupp zurück!«, prophezeite Xuexu aufgeregt. »Wartet's nur ab!«

Und tatsächlich marschierte kurz darauf eine mächtige Kolonne aus Hunderten von Ameisen herbei, umzingelte die Raupe und griff sie an. Ihr Opfer hatte bald seine letzten Kräfte erschöpft, oder vielleicht war es von den feindlichen Heerscharen auch ohnmächtig gestochen worden, jedenfalls leistete es keinen Widerstand mehr. Die Ameisen begannen nun, an ihrer Beute zu zerren – anfangs noch in einem chaotischen Gewimmel, in dem jede einzelne von ihnen mit ihren sechs Beinchen in eine andere Richtung zu ziehen schien, sodass sich ihre Beute keinen Millimeter vom Fleck rührte. Dann jedoch koordinierten die Ameisen auf geheimnisvolle Weise ihre Anstrengungen, sodass sich nun all die Hunderte von Beinchen in dieselbe Richtung stemmten – und endlich, ganz langsam, setzte sich der aus ihrer Sicht ungeheure Körper in Bewegung. Davon angespornt, trippelten die Ameisen mit verdoppeltem Schwung voran, und alle legten sie sich so eifrig ins Zeug, dass sich ihre Beute bald mit gleichmäßiger Geschwindigkeit auf ihr Nest zubewegte.

Auch wenn wir solch ein Schauspiel nicht zum ersten Mal erlebten, konnten wir uns doch nie daran sattsehen. Dieses einfache Treiben weckte in mir mit meinen sechs Jahren die Ehrfurcht vor dem Geheimnis des Lebens.

»Woher wusste die Späherin eigentlich den Weg?«, fragte ich Xuexu. »Und wie hat sie Verstärkung geholt? So eine Ameise kann doch gar nicht sprechen! Und dann hat sie auch noch genau gewusst, wie viele andere Ameisen sie herbeirufen muss für so eine große Raupe – wie ist denn das möglich?«

Wir hatten nämlich auch schon beobachtet, wie die Ameisen für kleinere Insekten entsprechend kleinere Trupps von manchmal nur einem guten Dutzend Tieren aufboten.

»Und wie schaffen es die Ameisen, dass sie alle in dieselbe Richtung ziehen?«, bohrte ich weiter. »Die können doch keine Kommandos schreien.«

Xuexu kratzte sich am Hinterkopf. »Keine Ahnung. Ich weiß nur: Die Ameisen können es von Geburt an. Anscheinend hat der liebe Gott das so eingerichtet.«

»Wollen wir mal ihr Nest ausbuddeln und gucken, wie es darin ausschaut?«, schlug er vor. »Seid ihr dabei? Drüben im Hof haben die Ameisen ein großes Nest, da gehe ich jede Wette ein.«

Wir wussten genau, wie wir in den Hof der Familie Yan gelangen konnten: An einer Stelle der Mauer, an der der Lehm abgebröckelt war, stiegen wir zu fünft oder sechst auf das Grundstück. Xuexu hatte einen kleinen Spaten dabei. Erst am Vortag hatte ein Trupp Männer, angeführt von meinem Vater, das Anwesen aufgeräumt, denn der Eigentümer, so erklärte mir mein Vater, werde jetzt zurückkehren. Diese Aussicht trübte unsere ausgelassene Laune jedoch nicht im Geringsten.

In dem großen Ameisennest, das wir zwischen den Maulbeerbäumen ausgruben, herrschte ein ungeheuer dichtes schwarzes Gewimmel – über zehntausend Tiere mussten das sein, die da in kopfloser Erregung wie die sprichwörtlichen Ameisen in der heißen Pfanne durcheinanderwuselten! Wenn man allerdings genau hinblickte, erkannte man selbst in diesem Getümmel noch eine verborgene Ordnung: Während die kleinköpfigen Ameisen – die Arbeiterinnen – mit den weißen, ovalen Eiern im Mund hastig einen Schlupfwinkel suchten, spreizten ihre großköpfigen Artgenossinnen – die Soldatinnen – drohend ihre mächtigen Beißwerkzeuge, als wollten sie ihrem unsichtbaren Feind den Krieg erklären.

Mit meinen scharfen Augen erspähte ich inmitten dieses Gewühls auch die Königin, die drei- oder viermal so groß wie eine gewöhnliche Ameise war. Verstört irrte sie mit plumpen Bewegungen zwischen den Trümmern ihres Nestes umher, fand sich jedoch bald von einem guten Dutzend Arbeiterinnen umringt, die sie mit ihren Kiefern an den Beinen packten und sie energisch unter einen Klumpen Erde zerrten, um sie zu verstecken. Die Disziplin dieser winzigen Tierchen, die Selbstaufopferung, mit der sie für die Schwachen und Jungen sorgten, rührte mich zutiefst.

»Ich habe heute noch was Spaßiges mitgebracht«, verkündete Xuexu.

Er zog eine alte Lupe hervor, die schon halb zerbrochen war, aber noch immer als Brennglas taugte. Ich staunte nicht zum ersten Mal, was für kleine Schätze er ein ums andere Mal von zu Hause hervorzauberte, obwohl seine Familie noch ärmer war als meine: außer dieser Lupe zum Beispiel einen Kompass, eine kaputte Taschenuhr in einem goldenen Gehäuse oder den kleinen Armeespaten, mit dem wir soeben das Ameisennest ausgegraben hatten. Ich hatte sogar einmal ein Foto seiner Mutter gesehen, auf dem sie Ohrringe und einen Cheongsam trug – sie sah darauf wie ein anderer Mensch aus, nicht wie die zerzauste Gestalt, die ich kannte. Mit jedem dieser Schätze bewies er mir, wie gern er mich hatte: War ich einmal nicht dabei, behielt er sie allesamt für sich.

Er legte sich bäuchlings auf den Boden und bündelte mit seinem Brennglas die gleißende Mittagssonne zu einem blendend grellen kleinen weißen Fleck, der von einem hübschen bunten Saum eingefasst war. Niemand von uns wagte es, lange auf diesen Fleck zu starren, denn sonst hätte sich uns ein schwarzer Punkt derselben Form in den Augenhintergrund gebrannt – ein Punkt, der selbst bei geschlossenen Augen erst nach einer längeren Weile wieder verschwunden wäre.

Behutsam fokussierte Xuexu den Lichtfleck auf eine Arbeiterin, die mit ihren Beißwerkzeugen Eier transportierte. Die Ameise zuckte einige Male krampfartig, ehe sie rücklings zu Boden kippte, die sechs Beinchen von sich gestreckt. Und schon war sie tot. Der winzige Körper rollte sich im Lichtfleck zu einem Klümpchen zusammen, der allmählich zu qualmen anfing.

Vorher hatten wir die Ameisen nur mit »Stinkeiern«, also Mottenkugeln, gepiesackt. Mit den Kugeln hatten wir in die Erde weiße Kreise gezogen und die Ameisen ins Innere gesetzt. Von dem Geruch verschreckt, rannten die Ameisen immer hektischer an den weißen Rändern entlang, ohne eine Überquerung zu wagen. Für uns war das ein Riesenspaß gewesen. Das Brennglasspektakel jedoch war neu für uns, und wir alle rissen uns darum, Xuexus Lupe halten zu dürfen:»Xuexu, lass mich auch mal! Ich will auch mal!«

Wie üblich überließ er mir seinen Schatz zuerst. Nachdem ich eine Ameise verbrannt hatte, reichte ich das Brennglas an den Nächsten weiter, und so machte es unter uns die Runde. Als das Hoftor aufging und mehrere Erwachsene mit zwei Karren hereinkamen, beachteten wir sie gar nicht weiter, so versunken waren wir in unser Spiel. Dann jedoch riss uns der eindringliche Ruf eines Erwachsenen aus unserem Bann:

»He! Hört sofort damit auf, die Ameisen zu verbrennen!«

Ein Mann mittleren Alters lief hastig zu uns herüber und schob uns auseinander. Mitleidig tippte er den zusammengerollten Körper einer toten Ameise an und belehrte uns:»Ihr solltet die Ameisen nicht quälen. Sie sind klein, aber sie sind Lebewesen wie wir, und zwar ganz besonders edle Lebewesen.«

So lernten wir die Familie Yan kennen: Neben dem Vater, den ich bald »Onkel Yan« nennen sollte, stand die Mutter, »Tante Yuan«, mit dem damals achtjährigen Yan Zhe. Unterdessen lud mein Vater mit einem anderen Möbelpacker den Hausrat von den beiden Karren. Noch viele Jahre danach steht mir dieser erste Eindruck so lebhaft vor Augen, als wäre es gestern gewesen. Denn die Angehörigen dieser Familie wirkten auf mich so weit allem Gewohnten entrückt, als wären sie wie höhere Wesen vom Himmel zu uns herabgestiegen. Dabei war ihre Kleidung gar nicht einmal sonderlich extravagant: Der Vater trug ein traditionelles weißes Gewand mit passender Hose, die Mutter ein geblümtes Kleid russischen Stils, wie es damals in Mode war, und der Sohn ein weißes Hemd und eine kurze Hose mit Trägern. Nur die weißen Turnschuhe an Yan Zhes Füßen waren damals in Beiyin eine Rarität, und trotzdem wirkten alle drei keineswegs übertrieben protzig herausgeputzt, sondern strahlten eine erfrischend zwanglose Eleganz aus. Ihre Gesichter hinterließen auf mich dagegen zunächst keinen besonders tiefen Eindruck, so sehr hatte mich ihr sonstiges Erscheinungsbild in Bann geschlagen.

Mit meinen sechs Jahren wusste ich meine Gefühle kaum zu benennen, nur eines stand außer Zweifel: Ich war tief beeindruckt und spürte den überwältigenden Drang, mich mit den Neuankömmlingen anzufreunden.

Der Tadel des Vaters hatte mir freilich wie all meinen Gefährten die Schamröte ins Gesicht getrieben. Über unserem ausgelassenen Treiben hatten wir völlig vergessen, dass auch die Ameisen ein Recht auf Leben hatten, mehr noch: dass sie eigentlich unsere kleinen Spielkameraden waren. Betreten lächelten wir vor uns hin, die Köpfe gesenkt, während wir uns mit den nackten Fußsohlen die Waden rieben. Nur Xuexu empfand die Rüge als Angriff auf seine Autorität. Wütend starrte er den ungebetenen Eindringling an und war kurz davor, zum Gegenschlag auszuholen, da schaltete sich rasch die Mutter ein.

»Musst du denn gleich so streng sein?«, ermahnte sie ihren Mann. »Die Kinder sind doch noch so klein – sie haben sich gewiss nichts Böses dabei gedacht.«

An meinen Vater gewandt, fuhr sie fort: »Mein Mann ist auf die Erforschung von Insekten spezialisiert. Was auch immer auf der Erde herumkrabbelt – er liebt es über alle Maßen. Deshalb dürfen Sie nicht gleich jedes Wort von ihm auf die Goldwaage legen.«

Bei dieser Gelegenheit hörte ich zum ersten Mal den Pekinger Dialekt und fand ihn sogleich überaus anziehend. Mein Vater jedoch fragte mit einem dümmlichen Grinsen: »Kann man denn aus solchen Krabbelviechern auch eine Wissenschaft machen?«

Seine Frage war nicht gerade höflich, doch Herr Yan schien ihm das kein bisschen zu verübeln. Stattdessen zog er seinen Sohn zu sich und ermunterte ihn: »Na komm, nun mach dich mal mit deinen neuen Freunden vertraut.«

Anders als wir wurde Yan Zhe in Gegenwart von Fremden nicht schüchtern. Lächelnd begrüßte er uns mit einem höflichen Nicken.

»Und das hier«, fuhr Herr Yan fort, während er mir den Kopf tätschelte, »das ist gewiss die kleine Qiuyun.«

»Ganz recht«, bestätigte mein Vater an meiner Stelle. »Sie ist unsere zweite Tochter. Ihre große Schwester ist zehn Jahre älter als sie und hat nach der Unterstufe schon angefangen, in einer Treckerwerkstatt in Jiucheng zu arbeiten. Die Kleine ist ein richtiger Wildfang, tollt jeden Tag durch die Gegend und liebt alles, was kreucht und fleucht und wächst und blüht.«

»Das passt ja perfekt! Genau wie unser Sohn. Also, Kinder, dann hört mir mal zu: Über Ameisen gibt es viel Wissenswertes. Soll ich euch davon erzählen?«

Ich blickte erst zu ihm und dann zu Yan Zhe und nickte nachdrücklich. Sogleich scharte er uns um sich, und als er anfing, sein reiches Wissen über die Ameisen mit uns zu teilen, lauschten wir ihm andächtig. Nachdem mein Vater die Möbel abgeladen hatte, gesellte auch er sich zu uns und war bald so fasziniert, dass er sich wie wir nicht mehr vom Fleck rührte.

Sechsunddreißig Jahre später klingen mir Yan Fuzhis Ausführungen noch immer klar und deutlich in den Ohren. Freilich erzählte er vielleicht nicht alles davon tatsächlich schon an diesem ersten Tag, denn er dozierte auch später immer wieder über seinen Lieblingsgegenstand, und womöglich bündelt meine Erinnerung Äußerungen, die er über die Jahre verstreut hat fallen lassen, auf diesen einen Moment.

»Die Ameisen«, so begann er, »sind die erfolgreichste Tierfamilie der Erde. Sie existieren schon seit über achtzig Millionen Jahren. Schon aus der mittleren Kreidezeit, also vor rund hundert Millionen Jahren, hat man Versteinerungen von ihnen gefunden. Wahrscheinlich haben sie sich aus der Familie der Rollwespen entwickelt. Man schätzt, dass es auf dem ganzen Erdball Dutzende von Billionen Ameisen gibt, das heißt rund zehntausendmal so viele wie Menschen. In den Tropen macht die Biomasse der Ameisen und Termiten – also ihr Gesamtgewicht – ein Drittel des Gewichts aller Insekten aus. Im Amazonasdschungel leben sogar noch mehr Ameisen. Auf jeden Hektar Fläche kommen dort acht Millionen Ameisen und eine Million Termiten, die zusammen ein Drittel des Gewichts aller tierischen Organismen ausmachen – eine erstaunliche Zahl!

Ameisenstaaten sind in der Regel weiblich: Die Königin ist allein für die Vermehrung zuständig, und auch die Arbeiterinnen und Soldatinnen, die für die Nahrungssuche beziehungsweise Verteidigung verantwortlich sind, sind ausschließlich weiblich. Die männlichen Ameisen sterben normalerweise, nachdem sie sich mit der Königin gepaart haben, sie sind also in diesen Staaten nur flüchtige Gäste.

Man hat auf der Welt bereits über neuntausend Ameisenarten entdeckt, die sich zu mehr als dreihundertsechzig Gattungen zusammenfassen lassen. Bei uns in China kommen unter anderem die Asiatische Weberameise, die Polyrhachis dives – die fälschlicherweise auch oft als Weberameise bezeichnet wird –, die Japanische Rossameise, die Japanische Waldameise und die Chinesische Waldameise, die Formica fukaii und die Pharaoameise vor …«

»Onkel Yan«, unterbrach ich ihn rasch, »wieso sind denn unsere Ameisen aus Japan hierhergelaufen? Liegt das daran, dass die japanischen Ameisen besonders herrschsüchtig sind und besonders gern China überfallen?«

Er schmunzelte und tätschelte mir den Kopf. »Nein, das ist nicht der Grund. Unsere einheimischen Ameisen sind nicht aus Japan hierhergekommen, sondern hier geboren und aufgewachsen. Viele Arten sind bei uns genauso heimisch wie in Japan, aber die japanischen Wissenschaftler haben relativ früh angefangen, die ostasiatischen Ameisen zu erforschen, und diesen Vorsprung haben sie bei der Namensgebung ausgenutzt, indem sie die Namen der neu entdeckten Arten oft mit dem Zusatz ›japanisch‹ versehen haben.

Das Nest, das ihr hier ausgegraben habt, gehört einer Kolonie Japanischer Waldameisen. Die Kolonien dieser Art haben normalerweise nur eine Königin und einige Tausend Arbeiterinnen, aber es gibt auch Kolonien mit bis zu sechs Königinnen und Zehntausenden von Arbeiterinnen. Das ist ein bemerkenswertes Phänomen: Andere Tierpopulationen – zum Beispiel die Bienen – haben gewöhnlich nur eine Königin. Wenn doch einmal zwei oder mehr Bienenköniginnen in einer Population auftreten, teilt die Kolonie sich entweder auf, oder die Königinnen führen untereinander einen Kampf auf Leben und Tod. ›Am Himmel gibt es keine zwei Sonnen, auf Erden keine zwei Könige‹: Dieses alte Prinzip menschlicher Gesellschaften gilt meist auch für die Tierwelt. Unter Ameisenvölkern jedoch kann man immer wieder beobachten, wie zwei oder sogar viele Königinnen friedlich miteinander koexistieren. In einer Kolonie der Formica yessensis beispielsweise, einer ostasiatischen Waldameisenart, hat man neben dreihundert Millionen Arbeiterinnen auch hundertacht Königinnen gefunden. Und in einer Superkolonie der Argentinischen Ameise, die bis nach Europa vorgedrungen ist, koexistieren sogar Tausende von Königinnen!«

Ein Punkt, über den er uns aufklärte, hat sich mir besonders tief eingeprägt, denn dabei hob er die Stimme, fuchtelte heftig mit den Armen und redete sich regelrecht in Feuer.

»Die Ameisen«, rief er, »sind ein Muster an Altruismus! Es gibt keine egoistische Ameise! Keine einzige!

Wenn zum Beispiel die südamerikanischen Wanderameisen einer besonders glühenden Sommersonne ausgesetzt sind, ballen sie sich zu einem großen Klumpen. Die kräftigen Arbeiterinnen bilden die Oberfläche, während im Innern der Nachwuchs und die Königin geborgen sind. Die Sonne verbrennt die Arbeiterinnen, die sich ganz außen formiert haben, und ihre toten Körper bilden einen Schutzschild für ihre Artgenossen im Innern. Wenn sich das Wetter abkühlt, zerfällt der Klumpen, und die Kolonie wandert weiter, während diejenigen, die sich bereitwillig geopfert haben, sich in Erde verwandeln.

Oder die Honigtopfameisen: Manche von ihnen fressen sich mit Nahrung so voll, dass ihre Körper wie Tonnen anschwellen. Dann hängen sie sich kopfüber von einer Decke im Nest, und wenn die anderen Arbeiterinnen hungrig sind und ihnen mit den Antennen auf den Hinterleib klopfen, dann würgen sie einen Teil der Nahrung wieder heraus. Auf diese Weise verbringen sie ihr Leben als Vorratsbehälter, als lebende Honigtöpfe oder Kühlschränke, aber sie nehmen dieses Dasein ohne jede Klage hin.«

Dank Herrn Yan erweiterte sich unser Horizont schlagartig. Selbst mein Vater nickte vor sich hin und kommentierte:

»Wie viel Wissenswertes sich doch hinter diesen Krabbelviechern verbirgt! Herr Yan, Sie sind ein echter Intellektueller! Qiuyun, in Zukunft solltest du Onkel Yan immer gut zuhören, da kannst du was lernen!«

Mit einem Schmunzeln drehte er sich wieder zu Herrn Yan.

»Unsere Qiuyun ist am falschen Platz geboren – in einer Familie wie Ihrer hätte sie auf die Welt kommen sollen! Ich glaube, sie ist auch so eine geborene Intellektuelle.«

So ungebildet mein Vater auch war, mit seinem gesunden Menschenverstand traf er oft ins Schwarze. Tatsächlich war ich von klein auf anders als die Nachbarskinder gewesen: Ich konnte mich an den Tieren und Pflanzen um mich herum gar nicht sattsehen und staunte immer wieder darüber, wie der liebe Gott solch kunstvolle Gebilde hatte erschaffen können. Ich liebte die Natur. Die winterliche Schneelandschaft weitete auch mein Herz; die zarten

Knospen zu Beginn des Frühlings weckten auch in mir Frühlings-gefühle; die rosigen Wolken eines sommerlichen Abendhimmels stimmten mich selig; und ab dem Alter von fünf oder sechs Jahren ergriff mich sogar eine herbstliche Melancholie, wenn ich die wel-ken Blätter auf dem Boden wirbeln sah. Um es ein wenig pathe-tisch zu sagen: In meiner Kindheit schlug mein Herz noch im Gleichtakt mit Himmel und Erde. Erst als ich älter wurde, verlor sich diese angeborene Eigenart allmählich.

»Ihr seid alle willkommen, wenn ihr hier spielen wollt«, lud uns Herr Yan ein. »Und was die Ameisen angeht: Mein Sohn weiß auch schon eine Menge über sie. Wenn ihr Fragen habt, wendet euch einfach an ihn.«

»O ja!«, rief ich freudig aus und ergriff Yan Zhes Hand. »Du kannst immer mit uns spielen und uns Geschichten über die Ameisen erzählen, in Ordnung?«

Yan Zhe nickte lächelnd. »Kein Problem«, erklärte er in breites-tem Pekinger Dialekt, und dabei strotzte er vor Gelassenheit und Selbstbewusstsein. »Ich weiß tatsächlich so einiges über die Amei-sen, das hat mir alles mein Vater beigebracht.«

»Also, dann spielt mal schön weiter«, verabschiedete sich Herr Yan von uns.

Während die Erwachsenen in einer der Hütten verschwanden, um die Möbel aufzustellen, weihte Yan Zhe uns weiter in die Geheimnisse der Ameisen ein. Eine Königin, so erzählte er uns beispielsweise, könne sowohl befruchtete Eier – sogenannte di-ploide Zygoten – legen, aus denen dann Arbeiterinnen werden, als auch unbefruchtete Eier – Haplonten –, aus denen männliche Ameisen heranwachsen. Wir kamen aus dem Staunen gar nicht mehr heraus. Aber dann bewies ich ihm, dass ich auch kein Dumm-chen war, indem ich ihm dieselben Fragen stellte, mit denen ich schon Xuexu in Verlegenheit gebracht hatte:

»Woher weiß eine Späherin unter den Ameisen eigentlich so

genau, welchen Weg sie nehmen muss? Woher weiß sie, wie viele andere Ameisen sie braucht, um eine große Raupe in ihr Nest zu schleppen? Und wie kann sie das den anderen Ameisen verständlich machen?«

Nun war selbst Yan Zhe überfragt, was er auch freimütig zugab: »Das weiß ich auch nicht. Aber so eine Ameise orientiert sich bestimmt an ihren Botenstoffen. Dank der Botenstoffe, die sie auf dem Hinweg ausgeschüttet hat, findet sie auch den Rückweg. Und auf ähnliche Weise fordert sie wahrscheinlich auch Verstärkung im Nest an: Je mehr Botenstoffe sie freisetzt, desto mehr Ameisen sollen mit ihr mitkommen. Aber das ist nur so eine Vermutung von mir, in den Büchern steht darüber nichts.«

»Hast du nicht behauptet, du weißt alles über die Ameisen?«, trumpfte Xuexu lautstark auf.

Offensichtlich hatte er Yan Zhe das Wort im Mund verdreht, denn der hatte nur erklärt, er wisse »so einiges« über die Ameisen, keineswegs »alles«. Doch statt sich zu verteidigen, wurde Yan Zhe verlegen und grübelte eine Weile angestrengt nach, ehe er erwiderte: »Ich weiß nur, wie es bei den Bienen ist: Wenn eine Biene eine Honigquelle entdeckt hat, informiert sie die übrigen Arbeiterinnen im Nest mit einem kreisförmigen Tanz, und mit der Größe und Intensität ihrer Kreise drückt sie aus, wie weit entfernt und wie groß die Honigquelle ist. Ob die Ameisen mit Botenstoffen über ihre Nahrungsquellen kommunizieren, hat anscheinend noch niemand erforscht. Alle Achtung, Qiuyun, da hast du eine knifflige Frage aufgeworfen! Ich recherchiere mal und sage dir dann Bescheid.«

Doch wahrscheinlich kam er mit seinen Nachforschungen nicht weit, denn kurz danach wurde der »Große Sprung nach vorn« eingeläutet, und für derart abgehobene Fragen war keine Zeit mehr. In den Jahren danach wurde es nicht besser: Erst kamen die drei Jahre Hungersnot und später die Kulturrevolution.

Der Große Sprung nach vorn begann 1958. Die Massen waren von einem glühenden Eifer beseelt. Zum Essen fanden sich alle in den Volksküchen ein, wo sie kostenlos versorgt wurden. Es schien, als könnte die kommunistische Utopie vorzeitig wahr werden. Astronomisch hohe Weizen- oder Reiserträge von Hunderten von Tonnen pro Hektar – nichts schien unmöglich. Wenn sich das ganze Volk am »Großen Stahlschmelzen« beteiligen würde, würde China, so glaubte man, nach nur fünfzehn Jahren harter Arbeit getreu dem sowjetischen Modell Großbritannien überholen und mit den USA gleichziehen. Die Haushalte zertrümmerten dafür alles, was sie an Töpfen und anderen eisernen Geräten besaßen; die Haken und Ösen an Türen und Toren, die Schlösser von Kleidertruhen und den blechernen Eckenschutz von Koffern, alles rissen sie ab und übergaben es den Volkskommunen. Auf den Sportplätzen der Grundschulen errichtete man Hochöfen aus Sand oder Lehm, und die sonst so wenig respektierten Naturkundelehrer wurden auf einmal zu Anführern, die sich unter dem Druck der neuen Verhältnisse als Ofenkonstrukteure, Baumeister und Schmelztechniker zugleich versuchten. Eine besonders kühne Heldentat, von der die *Chinesischen Kindernachrichten*, die offizielle Kinderzeitung der Kommunistischen Jugendliga, in überschwänglichem Ton berichtete, hat sich mir tief eingeprägt: Ein Grundschüler hatte aus Lössschlamm eigenhändig einen kleinen Hochofen geformt, sich vor die Öffnung auf den Boden gelegt, mit seinem Atem das Gebläse ersetzt – und damit tatsächlich Eisen geschmolzen.

In Beiyin nahm die Stahlschmelzkampagne eine ganz eigene Gestalt an, denn die Stadt war von der Natur mit dem Bai-Fluss begünstigt, der in ihrem Süden vorbeifloss. Auf seinem Weg aus dem Bergen strömte das Gewässer wohl an einer Erzlagerstätte vorbei, denn an den Ufern setzte sich Schicht um Schicht Eisensand ab. Diesen kostbaren Sand legten die Einwohner frei, breiteten ihn an den abfallenden Uferhängen aus und bespritzten ihn so lange mit Wasser aus dem Fluss, bis sie den gewöhnlichen leichten Sand fortgespült hatten und den herausgewaschenen schweren Eisensand behutsam vom Boden kratzen konnten, damit sie ihn danach als Rohmaterial für das Stahlschmelzen verwenden konnten.

Ganz Beiyin wurde vom Eisensandfieber gepackt, und natürlich war auch unsere Grundschule mit von der Partie. Yan Zhes Eltern hatten sich zwar schon bei der Ersten Mittelschule unserer Stadt zum Dienst gemeldet, wo der Vater Biologie und die Mutter Russisch unterrichten sollte, doch sie hatten ihre Tätigkeit noch nicht offiziell aufgenommen, deshalb konnten sie sich uns Grundschülern anschließen. (Die Mutter war zwar eigentlich Englischlehrerin, doch der nationale Lehrplan, an den sich selbstverständlich auch unsere städtische Mittelschule hielt, sah Russisch als einzige Fremdsprache vor, und so sattelte Frau Yuan notgedrungen um.)

In der glühenden Morgensonne marschierte unsere Schar aus Hunderten von Grundschülern hinter unserer Schulfahne her zum Ufer des Bai-Flusses. Als wir das kleine Stadttor passiert hatten und auf den Fluss hinabblickten, der zu Füßen der steil abfallenden Berge lag, staunten wir nicht schlecht: Wie viele Menschen sich dort drängten! Zu beiden Seiten des ruhig dahinströmenden, von weißem Schaum gekrönten Wassers wimmelten Abertausende von Menschen durcheinander – wie ein gewaltiges Heer von Ameisen, das eine riesige weiße Raupe fortschleppte.

Obwohl es noch früh am Morgen war, brannte die Sonne schon so heiß herunter, dass die meisten Männer und Jungen mit nacktem Oberkörper umherliefen. Selbst viele Mädchen, die noch so klein waren wie ich, hatten ihre Brust entblößt. Deshalb sah ich, während ich den Blick über die Menge schweifen ließ, überall gelb schimmernde schweißnasse Leiber. Wenn eine Menschenmasse einer Schar Ameisen ähnelt, dann war diese Menge eine Schar gelber Ameisen.

Yan Fuzhi bewies auch beim Waschen des Eisensands, dass er ein echter Gelehrter war: Anstatt sich wie die Heerscharen um ihn herum am erstbesten Ort in die Arbeit zu stürzen, schritt er erst das Gelände ringsum ab, ehe er uns – das heißt: seine Frau, seinen Sohn, Xuexu und mich – an eine Stelle führte, an der der Fluss eine Biegung machte.

»Lasst uns mal hier versuchsweise eine Grube ausheben«, sagte er. »Hier hat sich ein kleiner Strudel gebildet, deshalb müsste sich ringsum relativ viel Eisensand abgelagert haben.«

Und tatsächlich: Schon nach ein paar Spatenstichen legten wir eine vier Finger dicke Schicht schwarzen Eisensand frei, was uns danach beim Auswaschen viel Mühe ersparte.

Bald hatten auch andere mitbekommen, dass wir auf eine wahre Goldader gestoßen waren: Zwei Männer kamen herbeigelaufen, beäugten voller Neid den schwarz schimmernden Eisensand, den wir auf dem Hang ausgebreitet hatten, und murmelten: »Unglaublich, was ihr für ein Glück habt …«

»Das ist kein Glück!«, widersprach ich fröhlich. »Onkel Yan hat einen Riecher für die Schatzsuche!«

Die beiden Männer trollten sich wieder, doch Xuexu blieb auf der Hut und behielt sie im Auge, und so entging ihm nicht, wie sie, nachdem sie eine Weile mit ihren Kameraden getuschelt hatten, ihre Sachen zusammenräumten. Offensichtlich beabsichtigten sie, uns unseren Fundort streitig zu machen.

»Onkel Yan«, fragte Xuexu sogleich, »wie groß ist unser Erzvorkommen ungefähr?«

Ohne zu ahnen, was der Junge mit dieser Frage bezweckte, deutete Yan Fuzhi mit einer flüchtigen Geste einen vagen Umkreis an. Hastig markierte Xuexu den beschriebenen Bereich mit einer Linie im Sand, rannte zum Weidengehölz am Ufer und kehrte mit einem Stapel Zweige zurück, die er dort abgebrochen hatte. Noch bevor die Gruppe um die beiden Männer bei uns eintraf, hatte er mit den Zweigen die Grenze unseres imaginären Territoriums abgesteckt.

Natürlich begriffen die ungebetenen Neuankömmlinge sofort, was diese Grenze zu bedeuten hatte. Doch obwohl sie gefügig davor haltmachten, wollten sie die Hoffnung noch nicht aufgeben und musterten uns verlegen. Yan Fuzhi war mit dem Bespritzen des Eisensands so beschäftigt gewesen, dass er Xuexus eigenmächtige Landnahme erst jetzt bemerkte. Prompt riss er den luftigen Zaun aus Weidenzweigen wieder heraus und hieß die Gruppe lächelnd willkommen.

»Na los, kommt ruhig dazu! Immerhin wollen wir zwölf Millionen schaffen – da müssen wir doch an einem Strang ziehen!«

Zwölf Millionen Tonnen Stahl waren in jenem Jahr die Planziffer für die nationale Stahlproduktion. (Später wurde dieses Ziel auf 10,7 Millionen Tonnen gesenkt.)

Freudig lachend bezog der neue Trupp neben uns Stellung und stürzte sich mit Feuereifer in die Arbeit, ohne uns den ertragreichsten Platz streitig machen zu wollen. Anfangs war Xuexu über die Konkurrenz sichtlich verstimmt, doch bald arrangierte er sich mit ihr – wahrscheinlich sah er selbst ein, dass er zu weit gegangen war. Schließlich sollten wir doch alle gemeinsam auf dasselbe Ziel hinarbeiten und das freiwillig und unentgeltlich. Egal wie viel Eisensand eine Gruppe am Ende erbeuten würde, sie würde dafür nicht einen Fen Belohnung kassieren. Ausgerechnet an einem derart imposanten Schauplatz der kommunistischen Bewegung einen individualistischen kleinen »Claim« abzustecken, nahm sich dann doch allzu reaktionär aus!

Der Eisensand, den wir an diesem Tag gewannen, wog stolze sechzig Kilo und füllte einen ganzen Eisenkübel. Keine andere Gruppe konnte auch nur im Entferntesten mit uns mithalten, sodass wir bei der abschließenden Sichtung der Ergebnisse unangefochten die Siegerkrone errangen: eine rote Fahne, die wir in unseren Kübel stecken durften. Als die beiden Jungen den Eimer wieder anhoben, die Gesichter rot glänzend vor Triumph, kam ihnen ihre Last gar nicht mehr schwer vor.

Auf dem Heimweg sprang uns ein ausländisches Ehepaar ins Auge. Beide hatten tiefschwarz schimmernde Haut und waren in exotische Gewänder gekleidet. Sie standen unter dem Stadttor und blickten lange auf die ameisengleiche Menschenmenge zu ihren Füßen hinab, während sie mit ihrem Begleiter – offenbar ihr Dolmetscher – in ein Gespräch vertieft waren. Als wir an ihnen vorbeikamen, fielen dem Ehemann die kleine rote Fahne in unserem Kübel und die Jubelstimmung auf den Gesichtern von uns Kindern auf. Vermutlich entging ihm auch die intellektuelle Aura von Yan Fuzhi und seiner Frau nicht – immerhin waren die beiden inzwischen weit und breit die Einzigen, die nicht mit nacktem Oberkörper, sondern immer noch proper gekleidet umherliefen. Jedenfalls trat der Fremde auf uns zu und sprach uns an.

»Der Herr fragt euch«, begann der Dolmetscher lächelnd, doch da fiel ihm Yan Fuzhi schon ins Wort und antwortete dem Besucher in derselben eigentümlich gluckernden Sprache. Beide redeten sich rasch in Feuer, gestikulierten lebhaft und brachen immer wieder in lautes Gelächter aus. Auch Frau Yuan und die fremde Ehegattin warfen gelegentlich ein paar Worte ein. Nur der Dolmetscher fand sich unversehens aufs Abstellgleis geschoben. Yan Zhe und Xuexu stellten die Tragstange mit dem Eisenkübel ab, und wir alle umringten die Erwachsenen, um ihrem Gespräch zu lauschen.

»Verstehst du, was die da reden?«, wisperte ich Yan Zhe zu.

»Das ist Englisch«, erklärte er. »Der Schwarze spricht es nicht gerade wie aus dem Lehrbuch, aber das meiste verstehe ich.«

»Kannst du es dann nicht für uns übersetzen?«, bettelte ich.

»Ist gut.« Er spitzte die Ohren und begann, mit Unterbrechungen zu dolmetschen.

»Der Mann sagt, dass er aus Ghana stammt, das ist ein Land in Afrika. Er ist Kulturattaché seiner Botschaft in China. Nach Beiyin ist er gekommen, um Jadeschnitzereien und anderes Kunsthandwerk zu kaufen. Unterwegs hat er hier haltgemacht. Vor Kurzem hat er an einem freiwilligen Arbeitseinsatz in Peking teilgenommen. Dabei ging es um den Dreizehn-Gräber-Stausee. Das Chinesische Außenministerium hatte diesen Einsatz organisiert. Der Enthusiasmus an der Baustelle dort hat ihn sehr bewegt. Aber dass hier, an einem so entlegenen Ort wie Beiyin, die Leute mit dem gleichen Eifer bei der Sache sind, das berührt ihn noch mehr!«

Vor lauter Begeisterung sprudelten die Worte nur so aus dem Schwarzen hervor. Yan Zhe hörte angestrengt zu und flüsterte:

»Gerade eben habe ich vieles nicht verstanden, aber die ungefähre Bedeutung war: Die westlichen Länder behaupten immer, wir Chinesen würden hinter Stacheldraht gesperrt und mit der Peitsche zur Arbeit getrieben werden, und wir seien ein Haufen gedankenloser blauer Ameisen. Er findet, das ist eine zutiefst schamlose Verleumdung. Und er fragt sich, wie es unsere Regierung bloß zustande bringt, im Volk eine so allgemeine Begeisterung zu entfachen – er bewundert das aufrichtig.«

»Und was sagt Onkel Yan dazu?«

»Mein Vater sagt: China und Afrika haben in den letzten Jahrhunderten viel Leid durchgemacht, aber jetzt bemühen wir uns darum, unsere großartigen Nationen wiedererstarken zu lassen. Er selbst ist mit diesem Ziel aus England in sein Vaterland heimgekehrt, und er hat diesen Entschluss nie bereut.«

Bei diesen Worten empfand ich nicht nur eine große Zuneigung zu den beiden Besuchern aus dem fernen Afrika, sondern auch und vor allem eine noch tiefere Bewunderung für Yan Zhes

Vater als je zuvor – zumal ich anders als die beiden Fremden wusste, dass er zu dieser Zeit immer noch als »rechtes Objekt« gebrandmarkt war.

Seine letzten Worte sprach der Schwarze besonders langsam und nachdrücklich, und dabei nahm sein Gesicht einen unerwartet ernsten, ja, bedrückten Ausdruck an. »Das müsst ihr euch anhören!«, zischte Yan Zhe erregt. »Er sagt: ›In meinem Land sind die Menschen noch weit davon entfernt, sich zu vereinen. Erst wenn unser Volk mit einem solchen Feuereifer arbeitet wie das chinesische, gibt es Hoffnung für unsere Nation. Ich sehne diesen Tag wirklich herbei.‹«

Diese Worte erfüllten uns mit Stolz, und wir fühlten uns den fremden Besuchern noch inniger verbunden.

Schließlich verabschiedeten sich beide mit einem Händeschütteln und einem strahlenden Lächeln erst von den Erwachsenen, dann von uns Kindern. Mich, die Kleinste, hoben sie sogar in die Höhe, um mich auf die Wange zu küssen, ehe sie in ihren Wagen stiegen und davonfuhren.

Einige Monate lang lief die Stahlschmelzkampagne weiter, und der Unterrichtsbetrieb an den Schulen ruhte. Leider erwies sich unser Enthusiasmus am Ende als »Ödblume«, wie man im Beiyiner Dialekt eine Blütenpflanze nennt, die keine Früchte trägt. All der viele Eisensand, den die Menschen so mühsam herausgewaschen hatten, verwandelte sich in unförmige Klumpen, die sich nur mit viel gutem Willen als »Eisen« bezeichnen ließen. Für uns Schüler war die ganze Kampagne nicht viel mehr als ein weiterer Arbeitseinsatz neben den regelmäßigen Säuberungen des Schulhofs. Die glühende Begeisterung, von der der »Große Sprung nach vorn« anfangs beseelt war, kühlte bald ab. Und dann kamen drei Jahre Hungersnot. Die selbstlos arbeitenden Ameisen verwandelten sich in hungernde Ameisen, die nur noch von einem einzigen Instinkt geleitet waren: Nahrung suchen. Allerdings suchten die menschlichen Ameisen im Gegensatz zu den echten Ameisen nicht für eine ganze Kolonie, sondern nur für ihre kleine Kernfamilie.

Meine Familie und die Familie Yan halfen einander, die drei Jahre zu überstehen. Wenn meine Mutter ein paar wilde Kräuter oder ein paar kleine Brötchen aus Sojapülpe gedämpft hatte, gab sie den Yans stets etwas davon ab. Denn als städtische Intellektuelle verstanden sie sich nicht so gut auf die Nahrungsbeschaffung wie meine Mutter, die noch in den verborgensten Winkeln Essen für uns Kinder auftrieb, darunter Portulak und Ackermelde, Fuchsschwanz, Leim- und Besenkraut, Seidenspinnerpuppen und Holzblumen (also die fleischigen weißen Larven des Bockkäfers, die auf Bäumen – besonders auf Feigenbäumen – leben), Heuschrecken und Mönchsmützen (eine Grillenart, deren Kopf an die Kappe eines taoistischen Mönchs erinnert), Sojapülpe, zarte Rizinusblätter und Distelsprossen (deren übermäßiger Verzehr zu Blutarmut führt, doch mit derlei Bedenken konnten wir uns in jenen Jahren nicht aufhalten) und zermahlene Maiskolben als ein Stärkemehlersatz. Eines dieser aus der Not geborenen Nahrungsmittel schmeckte sogar richtig lecker: ein goldgelb glänzender Ölkuchen, wie ihn manche Bauern aßen, gemacht aus den Resten, die beim Pressen von Erdnussöl abfielen.

Meine große Schwester arbeitete zu dieser Zeit schon in Jiucheng, doch obwohl sie rund sechzig Kilometer weit von uns entfernt lebte, war sie in Gedanken stets bei uns, und wann immer sie eine freie Minute hatte, ging sie in die Natur, um Essbares für uns zu suchen, las übrig gebliebene Ähren und Süßkartoffelschalen auf oder pflückte die Flügelnüsse von den Ulmen, um ihre Beute dann ein ums andere Mal nimmermüde wie eine Feldmaus zu uns zu tragen.

Einmal plünderte sie sogar ihre Ersparnisse, um uns einen kleinen Sack Sojabohnen zu kaufen. Frohgemut radelte sie mit dem

Sack auf dem Gepäckträger hinter sich los, doch als sie endlich vor unserer Haustür ankam und vom Sattel stieg, traf sie vor Schreck fast der Schlag: Der Gepäckträger war leer – offensichtlich hatte sie den Sack nicht richtig festgebunden, und er war unterwegs hinuntergefallen. Die Nacht war schon hereingebrochen, und es war eigentlich schon zu spät, um noch einmal umzukehren und zu suchen, doch die verlorene Fracht war einfach zu kostbar! Ohne auch nur unser Haus zu betreten, machte sie sich unter Tränen sogleich wieder auf den Rückweg. Zum Glück hatte sie für alle Fälle eine Taschenlampe dabei, und nach drei oder vier Kilometern fand sie tatsächlich den Sack wieder: Er lag wohlbehalten am Straßenrand. Offenbar hatte ihn in der Dunkelheit niemand bemerkt. Halb lachend, halb weinend schnürte sie ihn fest und drehte eilig wieder um.

Mitten in der Nacht wurde ich von ihrem Kommen aus dem Schlaf gerissen. Ihr Gesicht war schweißnass, doch das minderte nicht die überschäumende Freude, mit der sie unserer Mutter von ihrem Abenteuer berichtete. »Du Dummerchen!«, schimpfte unsere Mutter sie liebevoll. »Was hängst du so sehr an ein paar Bohnen! Was, wenn du da draußen im Stockdustern irgendeinem Schurken begegnet wärst? Du willst doch wohl nicht dein Leben für einen Sack Bohnen geben!«

Doch auch wenn alle Menschen weit und breit damals hungerten, war die öffentliche Ordnung noch intakt, und ich hörte nie etwas von irgendwelchen Wegelagerern und Räubern.

Nach und nach jedoch wurde es immer schwerer, noch irgendetwas Essbares zu finden. Der Grund war denkbar einfach: Sechshundert Millionen Augenpaare in ganz China waren auf der Suche nach Nahrung.

Im dritten Jahr der Hungersnot ereigneten sich zwei Dinge, die mir besonders im Gedächtnis geblieben sind. Das erste war, dass meine Mutter von der Wassersucht befallen wurde. Während sie für die ganze Familie unermüdlich Nahrung auftrieb, war sie selbst von der chronischen Unterernährung schwer gezeichnet: Ihre Unterschenkel waren von den Ödemen so aufgedunsen, dass schon ein leichter Druck mit der Hand eine tiefe Grube darin hinterließ, die erst nach einer ganzen Weile wieder verschwand. Dabei hatte es meine Mutter noch vergleichsweise gut getroffen: Viele Frauen auf dem Land erlitten infolge der Unterernährung einen Gebärmuttervorfall, bei dem ihre Gebärmutter aus der Scheide heraussackte. Nur mit einem der kostenlos vom Staat verteilten Pessare konnten sie sich überhaupt noch mühsam vorwärtsschleppen.

Was auch immer meine Mutter an Essbarem erbeuten konnte, teilte sie zwischen mir und meinem Vater auf. Mein Vater schuftete als Lastträger und zog dabei einen Karren hinter sich her – eine Arbeit, die im Volksmund »Menschenschmelzofen« genannt wurde, weil sie mit den Jahren die Gesundheit völlig ruinieren konnte. Umso wichtiger war es, dass ein Lastträger – er mochte noch so arm sein – nicht beim Essen knauserte. In gewöhnlichen Zeiten mussten ein Gläschen Reiswein und ein Teller Schweinekopffleisch für meinen Vater auf den Tisch kommen. Doch im dritten Jahr der Hungersnot konnte man von einem Happen Schweinefleisch nur noch träumen, und meine Mutter war froh, wenn sie sich etwas Getreide für meinen Vater vom Mund absparen konnte. Als er ihre Wassersucht bemerkte, tat es ihm in der Seele weh, und von da an nötigte er sie, stets als Erste zu essen.

Der zweite Vorfall, an den ich mich erinnere, war, dass Yan Zhes Vater kurz entschlossen auf sein ererbtes Vermögen zurückgriff, um zwei Säcke voll getrockneter Süßkartoffeln zu kaufen – den einen für seine eigene Familie, den anderen für uns. »Egal, wie hart es auch kommt«, verkündete er, »unsere Familien werden dieses Jahr überstehen!«

Für beide Säcke zusammen hatte er zweihundertfünfzig Yuan ausgegeben – damit hätte man damals ein Haus mit Ziegeldach und drei Zimmern kaufen können. Er bezog zwar auch ein außerordentlich hohes Gehalt von monatlich hundertfünfzig Yuan – kein anderer Lehrer in ganz Beiyin verdiente so viel –, doch dafür lebten er und seine Frau auch auf großem Fuß.

Zum Beispiel liebte er die traditionelle chinesische Oper. Ursprünglich hatte seine Liebe der Peking-Oper gegolten, aber in Beiyin gab es kein einziges einschlägiges Ensemble, und so begann er, sich für die Hubei-Oper zu begeistern. Diese Oper, so dozierte er gern, sei die eigentliche Quelle der Peking-Oper und all der anderen regionalen Operntraditionen. Nur für die heimische Henan-Oper konnte er, obwohl er hier geboren war, sich nicht erwärmen: Es gebe darin zu wenige Gesangsmelodien, und die Texte seien allzu plump. Wie feinsinnig seien dagegen die Libretti der Hubei-Oper! An ihren Stücken konnte er sich gar nicht sattsehen, vor allem wenn sie von historischen Stoffen handelten wie der berühmten Schlacht an den Roten Klippen (in *Zhuge Liang opfert dem Wind*) oder historischen Gestalten wie den Rebellenführern Li Mi (in *Li Mi unterwirft sich der Tang-Dynastie*) oder Xue Gang (in *Die Schlacht am Neunflammenberg*).

Jeden Samstag nahm er seine Familie mit in die Oper: Entweder fuhren sie mit einem dreirädrigen Lastenfahrrad dorthin, oder sie spazierten Hand in Hand zu Fuß, was in unserer Stadt ein echtes Schauspiel darstellte. Denn dass Mann und Frau öffentlich Händchen hielten, gehörte sich damals nicht.

Auch mich nahm Herr Yan einige Male mit. Am Eingang der Oper reihte er sich nicht etwa in die Schlange vor der Kasse ein, sondern wandte sich schnurstracks an einen Alten, der ihm schon vorher ein paar Karten für die besten Plätze besorgt hatte und ihm jetzt ein paar Beutel Melonenkerne und einen Teller erlesener süßer Leckereien verkaufte. In den Augen meiner Eltern zeugte dieses unbekümmerte Verhalten von einer unverzeihlichen Verschwendungslust.

»Ihr dürft euer Geld doch nicht so verprassen!«, pflegte meine Mutter Frau Yuan zu ermahnen. »In guten Jahren muss man schon für schlechte vorsorgen!«

Frau Yuan quittierte diese Vorhaltungen nur mit einem sanftmütigen Lächeln, ohne sich in ihrem Verhalten im Geringsten beeinflussen zu lassen. Als dann die Jahre der Not kamen und sich zeigte, wie weitsichtig meine Mutter gewesen war, besaßen unsere Nachbarn kaum Ersparnisse. Eben deswegen musste Yan Fuzhi sein letztes Geld hergeben, um die beiden Säcke Notproviant zu kaufen.

Doch seine Läuterung kam zu spät. All die Süßkartoffeln waren uns kaum noch von Nutzen, denn die Regierung hatte bereits einen politischen Kurswechsel vollzogen und den Bauern Parzellen zur privaten Nutzung zugeteilt. Das Tempo, mit dem sich daraufhin die allgemeine Lage zum Guten wendete, überraschte alle. Wenn meine Erinnerung mich nicht trügt, konnten wir uns schon bald wieder satt essen, und genauso schnell war meine Mutter von ihrer Wassersucht genesen.

Niemand wollte nun noch die alten Süßkartoffeln essen, und als an den Vorräten der Familie Yan auch noch die Würmer fraßen, schleppte Yan Zhe den ganzen Sack kurzerhand auf den Müll. Meine Mutter dagegen brachte es nicht übers Herz, auch unseren Sack zu entsorgen. Stattdessen kochte sie alle paar Tage einen Topf voll getrockneter Süßkartoffeln, den sie uns förmlich aufnötigte, bis mein Vater und ich einen tiefen Ekel dagegen entwickelten.

»Daran ist nur dein Vater schuld!«, beklagte ich mich einmal bei Yan Zhe. »Nur dein Vater! Was musste er uns bloß so viel von diesen Süßkartoffeln schenken! Dieser Fraß wird einfach nicht weniger. Mein Magen ist schon ganz übersäuert.«

Dann schickte ich auch noch eine scherzhafte Drohung hinterher: »Wenn meine Mutter mir das nächste Mal eure Süßkartoffeln aufdrängt, komme ich damit bei euch vorbei und tausche mein Essen mit dir!«

Yan Zhe nahm meine Undankbarkeit mit einem gelassenen Schmunzeln auf. »Mach ruhig, lass uns tauschen. Ich habe so lange keine Süßkartoffeln mehr gegessen, dass ich wieder richtig Appetit darauf habe.«

Während der Hungersnot hatte Herr Yan meinen Vater regelmäßig mit Zigaretten versorgt. Denn in jenen Jahren fehlte es an allem: nicht nur an Essen, sondern auch an Zigaretten und Streichhölzern, Milchpulver und Zucker, Nadeln, Haarspangen und vielerlei mehr. Selbst mit noch so viel Geld kam man an solche Mangelwaren nicht mehr heran. Herr Yan dagegen war privilegiert: Obwohl er bei den Mächtigen in Ungnade gefallen war, wurde er als Angehöriger der intellektuellen Elite noch immer bevorzugt behandelt. So erhielt er eine feste Menge an Bezugsscheinen für Speiseöl, Zucker und Zigaretten. Niemand von uns konnte damals ahnen, was für ein Drama daraus erwachsen würde: Nach diesem Vorfall sprachen Herr Yan und mein Vater praktisch kein Wort mehr miteinander.

Gerechterweise muss man sagen, dass Herr Yan daran keinerlei Schuld trug. Die Schuld lag allein bei meinem Vater – und genau genommen auch nicht bei ihm, denn ins Rollen gebracht wurde die ganze Affäre ausgerechnet durch seine Rechtschaffenheit. Doch je mehr ich darüber rede, desto verwirrender wird meine Erklärung, also gebe ich am besten einfach den Gang der Ereignisse wieder.

Wann immer die Raucher aus unserer Nachbarschaft in jenen Jahren ihre erzwungene Abstinenz nicht mehr aushielten, taten sie sich zusammen und suchten Herrn Yan auf, der einem jeden von ihnen stets freigebig eine Zigarette der Marke »Baihe Qiao« (»Brücke über den Bai-Fluss«) spendierte, um ihnen vorübergehend über ihre Entzugserscheinungen hinwegzuhelfen. Die Beschenkten fanden für ihr Verhalten einen treffenden Ausdruck: »sich bei reichen Leuten durchfressen«. In ganz Zentralchina war es seit jeher Tradition, dass sich die Armen in Hungerjahren verbündeten, um den Reichen etwas abzupressen, und genau dafür stand die besagte Redewendung (auch wenn sie sich, soweit ich weiß, üblicherweise nur auf Getreide und nicht auf Zigaretten bezog).

Der Erste, dem diese ständigen Schnorrereien schließlich peinlich wurden, war mein Vater. Schließlich war Herr Yan selbst ein starker Raucher – wie sollte er da bei all den Schmarotzern, die ihn belagerten, noch auf seine Kosten kommen? Deshalb beschloss mein Vater, sich nicht mehr den anderen Schnorrern anzuschließen – zur Verwunderung von Herrn Yan, der meine Mutter ein ums andere Mal fragte:

»Wieso kommt denn dein Mann gar nicht mehr zu mir, um sich bei mir durchzufressen? Hat er irgendwas gegen mich?«

An jenem denkwürdigen Tag nun war bei unserer Nachbarsfamilie niemand daheim, was meinen Vater – wie sonst auch – nicht davon abhielt, das Haus zu betreten. Unter Nachbarn pflegte man damals keinerlei Vorsichtsmaßnahmen zu treffen und verließ das eigene Haus, ohne die Tür abzuschließen. Selbst wenn man sie hätte zuschließen wollen, hätte man es gar nicht gekonnt, denn seit dem Großen Stahlschmelzen fehlten an sämtlichen Türen die Haken und Ösen, und niemand machte sich die Mühe, neue anzubringen. Diese Angewohnheit, die Türen bei Tag und Nacht unverschlossen zu lassen, endete erst nach der Kulturrevolution.

Als mein Vater das Wohnzimmer der Yans betrat, entdeckte er zu seiner freudigen Überraschung überall auf dem Boden verstreut Zigarettenstummel – offensichtlich hatte eine Horde von Schnorrern hier gerade eben wieder ihr Unwesen getrieben. Mit leuchtenden Augen ging er sogleich in die Hocke, um die Kippen aufzulesen. Ihm schien dies das Naheliegendste auf der Welt zu sein, denn die Zigaretten dieser Marke hatten keinen Filter, sodass selbst die gierigsten Nikotinsüchtigen am Ende einen kleinen Stummel übrig lassen mussten. Wenn er diese Kippen sammelte, aufriss und die Tabakreste in seine Pfeife stopfte, würde er am Ende ein paar schöne Züge nehmen können, ohne den Konsum seines Nachbarn zu schmälern – wenn das nicht die ganze Mühe wert war!

Da jedoch kam der Hausherr heim und geriet sogleich in Rage. Das Gesicht bleich vor Wut, zog er die Schachtel Zigarretten hervor, die er gerade gekauft hatte, riss sie auf, schleuderte den Inhalt meinem Vater vor die Füße und schnauzte ihn an:

»Na los! Nun heb schon auf!«

Er kochte vor Wut. Selbst seine Frau, die sich still von hinten genähert hatte, war von seiner Miene so eingeschüchtert, dass sie ihm keine Vorwürfe zu machen wagte. Hastig las sie die Zigaretten vom Boden auf und steckte sie meinem Vater in die Tasche, ehe sie ihn freundlich hinauskomplimentierte.

Meine Mutter und ich, die wir das Drama nicht miterlebt hatten, bekamen nur mit, wie mein Vater heftig schnaufend und mit puterrotem Gesicht aus dem Nachbarhaus heimkehrte. Nachdem er sich ins Wohnzimmer gesetzt und eine Weile vor sich hin gebrütet hatte, nahm er alle zwanzig Zigaretten aus der Tasche, riss sie eine nach der anderen entzwei und zertrat sie auf dem Boden.

»Mama, komm schnell!«, kreischte ich. »Papa dreht jetzt völlig durch!«

In der Hand noch das Küchenmesser, stürzte meine Mutter ins Wohnzimmer. Als sie sah, dass ihr Mann seine geliebten Zigaretten zerstörte, schrie sie ihn an:

»Was treibst du denn da? Spinnst du? Die schönen Zigaretten! Jetzt ruinierst du sie, und in ein paar Minuten packt dich wieder die Tabaksucht, und du kannst vor lauter Hibbeligkeit keine Sekunde mehr still sitzen!«

Sie legte ihr Messer beiseite und bückte sich, um schleunigst die noch brauchbaren Zigaretten zu retten, und ich tat es ihr nach. Doch mein Vater stieß uns beiseite und setzte sein Zerstörungswerk fort.

»Das geht euch einen Dreck an!«, brüllte er uns an. »Ich rühre mein Lebtag keine Zigarette mehr an!«

Bei uns zu Hause führte normalerweise meine Mutter das Kommando, doch wenn mein Vater einmal wütend wurde, hielt sie sich zurück und ließ allenfalls noch mit gedämpfter Stimme eine spitze Bemerkung fallen so wie jetzt:

»*Du* willst das Rauchen aufgeben? Seit wann legt ein Hahn ein Ei? Seit wann geht die Sonne im Westen auf? Komm, Qiuyun, wir verschwinden. Soll dieser Irre doch machen, was er will!«

Doch diesmal sollte sie sich täuschen. Von jenem Tag an rührte mein Vater tatsächlich nie mehr eine Zigarette an. Selbst als die Hungersnot endlich überstanden war und er sich wieder ohne Weiteres Zigaretten hätte kaufen können, wurde er nicht mehr rückfällig. Meine Mutter jedoch lief damals, kaum hatte sie den Grund für seine unverhoffte Abstinenz erfragt, kichernd hinüber zu unseren Nachbarn und scherzte gegenüber dem Hausherrn:

»Wie schön, dass du meinen Mann neulich erwischt hast! Nie im Leben hätte er sonst das Rauchen aufgegeben. Das Ganze hat nur Vorteile: Wir sparen Geld, er spuckt und hustet nicht mehr, wenn er aufsteht, und um seine Tabakbezugsscheine muss er sich auch nicht mehr sorgen.«

Herr Yan und seine Frau setzten ein Lächeln auf, doch selbst ich, die ich noch gar nicht durchschaute, was hier eigentlich vor sich ging, konnte sehen, wie säuerlich ihr Lächeln war.

Von da an ging mein Vater praktisch nie mehr zu den Yans hinüber. Herr Yan hatte ohnehin nie bei seinen Nachbarn vorbeigeschaut. Wenn sich beide doch einmal auf der Straße begegneten, gingen sie zwar nicht stumm aneinander vorbei, aber sie wechselten nur ein paar höfliche Floskeln miteinander. Die alte Herzlichkeit zwischen ihnen war unwiederbringlich verloren. Und dennoch verlor mein Vater nie ein schlechtes Wort über seinen einstigen Freund, und nachdem Yan Zhe und ich ein Paar geworden waren – als ich in die zehnte Klasse ging, war das schon kein Geheimnis mehr –, äußerte mein Vater zwar nie ein Wort der Zustimmung, doch im Stillen war er darüber sehr glücklich. Denn eines konnte er nicht vor mir verbergen: Er liebte Yan Zhe von ganzem Herzen, liebte ihn sogar noch mehr als mich.

3.

DIE WARNUNG
DES RIVALEN

Bei meinen heimlichen Treffen mit Yan Zhe verging die Zeit stets wie im Flug. Während wir einmal auf dem Damm am Staubecken saßen und plauderten, war es tiefe Nacht geworden.

»Wahrscheinlich ist es schon zehn Uhr«, sagte Yan Zhe. »Wir gehen lieber zurück – sonst machen sich Dongmei und Yueqin wieder über dich lustig.«

»Na gut«, stimmte ich zu.

Yan Zhe erhob sich sogleich und breitete grinsend die Arme aus. »Dann komm! Wir wollen doch unserer alten Sitte treu bleiben.«

Zum Abschied bestand er stets darauf, noch einmal mit mir zu kuscheln. Dann schmiegte ich mich an seine Brust und genoss seine Umarmung, seine leidenschaftlichen Küsse und Liebkosungen. Doch dieses Mal schreckte uns plötzlich ganz in der Nähe spöttisches Gelächter auf! Schlagartig lösten wir uns voneinander. Ich zupfte hastig meine Kleidung zurecht und spähte angestrengt in die Dunkelheit ringsum. Nein, ich täuschte mich nicht: Hinter einem Rizinusbaum kaum mehr als einen Meter von uns entfernt zeichnete sich klar und deutlich eine männliche Silhouette ab. Wir hatten überhaupt nicht bemerkt, dass sich ein Unbekannter an uns herangeschlichen hatte. Ausgerechnet das Gebüsch, das wir für unseren Schutzschirm gehalten hatten, hatte ihm als Deckung gedient.

»Wer ist da?«, fragte ich mit zitternder Stimme.

»Ich bin's, Xuexu«, antwortete er kühl. »Ich habe eine dringende Nachricht für Yan Zhe.«

Vor Scham fingen meine Wangen sofort an zu glühen. Er hatte bestimmt unser Geturtel mitverfolgt, schoss es mir durch den Kopf – und unser Gekuschel erst recht. Dass ausgerechnet Xuexu Zeuge unserer Intimitäten geworden war, war mir besonders unangenehm – schließlich waren wir Nachbarskinder gewesen, er hatte mich von klein auf beschützt und, als wir älter wurden, offenkundig ein Auge auf mich geworfen. Doch da hatte ich mich schon für Yan Zhe entschieden, was mich von da an stets mit einem vagen Schuldgefühl erfüllte.

Danach hatte ich bemerkt, wie er gegenüber Yan Zhe eine untergründige Feindseligkeit an den Tag legte. Nachdem die Kulturrevolution ausgebrochen war, warf er den ersten und tödlichsten Stein auf Yan Zhes Vater. Die tief in ihm schlummernde Bosheit, die dabei ans Licht kam, verzieh ich ihm nie. Seit er diese dunkle Seite offenbart hatte, war unsere Beziehung merklich erkaltet. Zugleich ahnte ich jedoch, dass die Grausamkeit, die er damals gezeigt hatte, sich womöglich auch aus dem Hass gespeist hatte, den die Eifersucht auf Yan Zhe in ihm erzeugte.

Wie auch immer: Nun musste ich mich ihm stellen. Ich überwand mich und trat auf ihn zu. »Xuexu, was willst du von Yan Zhe?« In meiner Aufregung schickte ich noch eine Frage hinterher: »Woher weißt du überhaupt, dass wir hier sind?«

Er lachte daraufhin nur höhnisch. »Die ganze Farm weiß, dass ihr hier euer Liebesnest habt.«

Ich spürte, wie mir noch mehr Blut ins Gesicht schoss. Unser vermeintlich so gut gehütetes Geheimnis war in Wahrheit längst zum allgemeinen Gesprächsthema geworden!

Yan Zhe trat hinter mich und zupfte nachdrücklich an meiner Bluse. Auch ohne ein einziges Wort erriet ich, was er mir mit seiner Geste sagen wollte: *Du musst dich vor ihm nicht schämen. Dass Verliebte zärtlich miteinander sind, ist völlig normal.* Dann wandte er sich zu Xuexu und fragte ihn mit ruhiger Stimme:»Also? Worum geht es?«

»Worum es geht?«, zischte Xuexu ihn an.»Für dich geht's um Leben und Tod!«

Wir erschraken – aber nur ein bisschen. Yan Zhe war bloß ein gewöhnlicher gebildeter Jugendlicher, den man aufs Land verschickt hatte; er hatte weder einen Menschen ermordet noch ein Haus in Brand gesteckt, noch konterrevolutionäre Parolen an die Wände geschmiert. Warum also sollte sein Leben in Gefahr sein?

Wieder zupfte er an meiner Bluse, offensichtlich um mir zu bedeuten: *Nur die Ruhe. Lass dich von ihm bloß nicht ins Bockshorn jagen.*

Xuexu quittierte unsere Skepsis mit einem höhnischen Grinsen.

»Yan Zhe, willst du nicht in die Provinzhauptstadt gehen, um Lai Ansheng anzuzeigen?«

Nun erschraken wir wirklich – schließlich hatten wir nur unter vier Augen über unseren Plan gesprochen. Anscheinend war Xuexus Warnung doch nicht aus der Luft gegriffen.

Sun Xiaoxiao, die »Kleine Sun«, hatte die ganze Geschichte ins Rollen gebracht. Unter den achtundsechzig gebildeten Jugendlichen aus Beiyin und Jiucheng war sie die Jüngste: Als sie auf die Farm gekommen war, war sie noch keine vierzehn Jahre alt gewesen. Eigentlich hatte sie damit noch nicht das Mindestalter für eine Landverschickung erreicht, doch sie kam aus zerrütteten Verhältnissen: Sowohl ihre Mutter als auch ihre ältere Schwester waren im ganzen Kreis als Flittchen berüchtigt. Angeblich hatte die Schwester, die in die Oberstufe ging, es mitten im Klassenzimmer, im Stehen an die Wand gelehnt, mit einem Jungen getrieben. Der Vater, weil er die Schande nicht ertragen konnte, verließ die Familie und verschwand für immer.

Dann erwachte in Jiucheng als erstem Kreis von ganz China die Begeisterung für die Landverschickungsbewegung. Jiucheng avancierte zum politischen Vorbild und nationalen Vorreiter – sogar mehr noch als der später allgemein als musterhaft geltende Kreis Huining in der nordwestchinesischen Provinz Gansu. Aber anders als Jiucheng besaß Huining einen mitreißenden Slogan: »Wir haben zwei Hände zum Arbeiten und wollen nicht nur in der Stadt schmarotzen!« Und so erlangte Huining landesweite Berühmtheit.

Zuerst waren die Reporter der Pekinger Zeitungen jedoch in Jiucheng aufgetaucht. Leider hatten sie dort nur lauter Schmähparolen wie diese vorgefunden: »Sowieso ist eine Grundherrin! Soundso ist eine Schlampe! Verpisst euch aufs Land!«

Mit solchen Parolen, die um Klassen schlechter waren als die von Huining, schaffte es Jiucheng natürlich nicht in die nationalen Schlagzeilen. Außerdem war das dortige Vorgehen sehr radikal: Wer aufs Land verschickt werden sollte und nicht auf der Stelle spurte, bei dessen Familie machte sich die zuständige Arbeitsgruppe breit, plünderte deren Vorräte und verwüstete das Haus. Genauer gesagt, bestand die Methode, die man in Jiucheng dafür entwickelte, darin, bei einem Haus mit drei Zimmern nur das größte, zentrale Zimmer zu zerstören, denn so war die Verwüstung am effizientesten.

Im ganzen Kreis waren die Wehklagen der Opfer dieser Zerstörungswut zu hören. Die Menschen warfen sich auf offener Straße vor den Reportern aus Peking auf die Knie und flehten sie um Hilfe an. Kein Wunder, dass die Regierung am Ende Huining zum nationalen Modell erhob und Jiucheng das Nachsehen hatte.

Als berüchtigte Flittchen gehörten Sun Xiaoxiaos Mutter und

ihre ältere Schwester naturgemäß zu den Ersten, die man aufs Land jagte. Und weil die kleine Xiaoxiao nicht allein zu Hause bleiben, aber auch nicht gut mit ihrer Mutter mitgehen konnte, gab man sie in die »Obhut« unserer Farm. Wir Jugendlichen kannten alle ihre familiäre Vorgeschichte und waren, ob bewusst oder unbewusst, ihr gegenüber entsprechend voreingenommen. Zu allem Überfluss war sie auch nicht besonders hell im Kopf – oder, um es in der Sprache der Bauern zu sagen: sie war eine »Halbe«. Beides zusammen machte sie vor allem unter den männlichen Jugendlichen zu einer beliebten Zielscheibe des Spotts.

Als wir also eines Tages in den Reisfeldern Hühnerhirse jäteten, war Xiaoxiao auch dabei. Ihr sorgloses Gelächter schallte über die Felder. Sie war ein sehr hübsches Mädchen, mit einer zarten, hellen Haut, großen, leuchtenden Augen und zwei niedlichen Wangengrübchen. Und obwohl sie noch so jung war, zeichneten sich bei ihr schon die Brüste ab. Jeder, der ihre Familie kannte, sagte, sie komme ganz nach ihrer Mutter und ihrer Schwester: Alle drei gehörten zu den größten Schönheiten des ganzen Kreises.

»Xiaoxiao, was machst du denn da?«, foppte ein Junge namens Lin Jing sie. »Du hast ja lauter Reisschößlinge herausgerupft!«

Xiaoxiao musterte die Hühnerhirse in ihrer Hand und protestierte: »Stimmt doch gar nicht! Das ist Hühnerhirse, das weiß ich genau! Schau mal meine Wurzeln an, das ist ganz klar Unkraut!«

Ihr letzter Satz inspirierte Lin Jing zu einem gemeinen Witz: »Das kannst du laut sagen, dass deine Wurzeln Unkraut sind.«

Die Jungen ringsum verstanden den Witz sofort und brachen in schallendes Gelächter aus. Nur die begriffsstutzige Xiaoxiao wiederholte entrüstet: »Ich hab aber keinen Reis rausgerupft!«

Mit jeder Wiederholung heizte sie das allgemeine Gelächter nur noch mehr an. Weil ich dieses Schauspiel nicht länger mitansehen konnte, rief ich sie zu mir und bat sie, mir einen Becher Trinkwasser aus dem Eimer zu holen, der auf dem Ackerrain stand.

Xiaoxiao tat seit jeher willig, was ich ihr auftrug, und so lief sie auch jetzt artig davon.

Kaum war sie außer Hörweite, stellte ich Lin Jing zur Rede: »Soll ich dir mal was sagen? Ich weiß, dass ihr auf Xiaoxiao herabblickt, weil sie so einen schlechten Familienhintergrund hat. Aber das ist nicht ihre Schuld. Wenn ihr sie weiter so hänselt, erreicht ihr damit nur eins: dass sie genauso endet wie ihre Mutter und ihre Schwester. Ist es das, was ihr wollt?«

Lin Jing schoss das Blut ins Gesicht, er schämte sich in Grund und Boden. Auch die anderen Jungen, die ihr Opfer eben noch so mitleidlos ausgelacht hatten, versanken in ein betretenes Schweigen. Eigentlich war Lin Jing ein gutherziger Junge und auch zu mir und Yan Zhe stets freundlich. Meinen Tadel nahm er sich sehr zu Herzen: Von nun an foppte er Xiaoxiao nie mehr, im Gegenteil: Er nahm sie oft in Schutz.

Xiaoxiao selbst erkannte instinktiv, dass ich es gut mit ihr meinte – wie ein kleiner Hund, der genau spürt, wer in der Familie ihm am meisten zugetan ist. Wenn ihr etwas auf dem Herzen lag, zögerte sie nicht, es mir anzuvertrauen.

Am Abend zwei Tage zuvor, als ich schon im Bett gelegen und geschlafen hatte, war ich von einem sanften Rucken am Arm aufgewacht. Als ich die Augen aufschlug, hatte sich Xiaoxiao direkt über mein Gesicht gebeugt. Sie war wohl extra aus ihrem Wohnheim herübergekommen. Mit einer abwehrenden Geste und einem Kopfschütteln bedeutete sie mir zu schweigen und zog mich leise zur Tür hinaus. Erst draußen in einiger Entfernung zum Wohnheim, wo niemand uns hören konnte, blieb sie endlich stehen.

»Was ist denn los?«, fragte ich sie mit gedämpfter Stimme. »Was hat dich denn so aus der Fassung gebracht?«

Sie wirkte tatsächlich völlig aus dem Gleichgewicht, sie zitterte am ganzen Körper, und ihre Augen glühten wie die eines Fieberkranken. Anfangs glaubte ich noch, irgendwas hätte ihr einen

Schrecken eingejagt. Erst später begriff ich – und diese Erkenntnis tat mir in der Seele weh –, dass sie nicht nur verängstigt, sondern vor allem aufgeregt war. Die Szene, deren Zeugin sie soeben geworden war, sollte ihrem ganzen Leben ihren Stempel aufdrücken und sie letztlich auf die schiefe Bahn führen.

»Genosse Lai hat gerade unser Wohnheim verlassen«, flüsterte sie mir zu. »Danach bin ich gleich zu dir gekommen.«

Ihr eigenartiger Gesichtsausdruck und die Tatsache, dass es schon mitten in der Nacht war, weckten in mir den falschen Verdacht, der alte Lüstling habe sich an ihr vergriffen. Doch ihre Erzählung belehrte mich eines Besseren.

Eine ihrer beiden Zimmergenossinnen, Zong Dalan, war für ein paar Tage zu Besuch bei ihren Eltern in Beiyin, sodass nur noch sie selbst und Cen Mingxia das Zimmer bewohnten. Vor einer Stunde nun, als Xiaoxiao kurz vorm Einschlafen gewesen war, hatte ein Mann mit einem Knarren die halb offene Tür aufgestoßen. (In heißen Sommernächten pflegten wir alle bei offener Tür zu schlafen.) Der Besucher kannte den Raum offensichtlich gut und marschierte zielstrebig auf Mingxias Bett zu. Er lüftete das Moskitonetz, setzte sich auf die Bettkante und fing eine leise Unterhaltung mit Mingxia an. Nun erkannte Xiaoxiao ihn: Es war unser Farmleiter Lai Ansheng.

Die beiden redeten lange miteinander. Xiaoxiao belauschte sie, so gut es ging, und konnte das meiste verstehen.

»Wir haben ein erstes Kontingent von städtischen Arbeitsplätzen zugeteilt bekommen. Leider sind keine besonders tollen Stellen dabei, nur etwas in der kreiseigenen Spinnerei, also nur auf lokaler Ebene und nicht bei einem staatseigenen Betrieb. Ich stecke in der Klemme: Vielleicht lasse ich dich jetzt gehen, und später kommt eine bessere Gelegenheit? Aber was, wenn ich dich hierbehalte, und das nächste Angebot ist noch schlechter? Was meinst du?«

»Ich höre ganz auf dich«, hauchte Mingxia.

Lai Ansheng schwieg eine Weile, ehe er forscher wurde. »Ich will dich nicht verlieren.«

»Dann bleibe ich hier und warte auf das nächste Mal.«

Danach sagte keiner mehr ein Wort. Xiaoxiao hörte aus dem Bett nur noch ein Rascheln und Knistern. Die Betten waren in allen Wohnheimen aus ungebrannten Lehmziegeln gemauert. Darauf lag statt einer Matratze eine Schicht Hirsehalme, und diese Halme knackten und knisterten nun.

Verstohlen hob Xiaoxiao den Kopf und spähte zum Bett ihrer Zimmergenossin. Durch das Moskitonetz konnte sie im Mondschein verschwommen Lai Ansheng erkennen, der auf Mingxia lag und den nackten Hintern mit kräftigen Stößen bewegte, das Bett knisterte im Rhythmus seiner Bewegungen. Xiaoxiao war ängstlich und traute sich nicht, sich zu rühren, aus Angst, der Farmleiter könnte sie entdecken. Doch Lai bemerkte sie nicht.

Schließlich flehte Mingxia leise: »Pass bitte auf, dass du nicht in mir kommst.«

Dann wurde es still. Eine Weile blieb ihr Liebhaber wortlos auf ihr liegen, ehe er aus dem Bett stieg und verschwand. Xiaoxiao jedoch konnte danach nicht mehr einschlafen und schlich sich, sobald ihre Zimmergenossin eingeschlafen war, zu mir.

Während ich ihrer anschaulich ausgemalten Erzählung zuhörte, spürte ich eine kalte Wut in mir aufsteigen. Alle Moral einmal beiseite: Wenn Lai dieses liederliche Mädchen in sein Haus bestellt hätte, um dort was auch immer mit ihr zu treiben, hätte ich mich sicherlich nicht derart empört. Doch er war so unverfroren, es vor den Augen eines anderen Mädchens zu tun! Vor einer Vierzehnjährigen! So wenig fürchtete er also, angezeigt zu werden.

Schon bevor die ersten gebildeten Jugendlichen aufs Land verschickt worden waren, hatte die politische Führung die Gefahr erkannt, in der die Mädchen schweben würden – die Gefahr, die von den männlichen Kadern ausging. Auf der einen Seite die blutjungen, anmutigen Mädchen aus den Städten, auf der anderen Seite die mit nahezu unbegrenzter Macht ausgestatteten, sexuell oft ausgehungerten Kader vom Land – es war nicht schwer, sich die drohenden Konsequenzen dieser explosiven Mischung auszumalen. Entsprechend strenge Maßnahmen ergriff die Regierung, um die Mädchen zu schützen – rigoroser noch als bei Soldatenehen.

In Jiucheng hatte ein Vorfall für großen Wirbel gesorgt: Als eine gebildete Jugendliche zum Postamt ihrer Volkskommune gegangen war, um einen Brief aufzugeben, spielte ihr ein Angestellter, den sie kannte, einen groben Scherz: Er schnitt ihr mit seiner Schere die Zopfspitze ab. Das Mädchen war darüber so wütend, dass sie sogleich andere junge Leute aus ihrer Gruppe herbeirief, die den Übeltäter nach Strich und Faden verprügelten. Damit war ihr Rachedurst aber noch nicht gestillt: Sie zeigte den Mann auch noch bei der Kreisleitung an. Das dortige Revolutionskomitee nahm den Fall sehr ernst und überantwortete ihn dem lokalen Gericht mit der Aufforderung, die Tat mit aller Strenge zu ahnden.

Am Ende wurde der Mann unehrenhaft aus dem öffentlichen Dienst entlassen und zu zwei Jahren Gefängnis verurteilt. Die Straftat, der man ihn für schuldig befand, lautete: »Sabotage der Landverschickung einer gebildeten Jugendlichen«. Die Staatsanwaltschaft und das Gericht bewiesen mit dieser Formulierung einigen Einfallsreichtum, denn das bloße Abschneiden eines Zopfs hätte sicher nicht gereicht, um die Tat als »unzüchtige Handlung« zu qualifizieren.

Dieser Fall jagte vielen ländlichen Kadern einen gehörigen Schreck ein. Wenn sie einander nun begegneten, tauschten sie untereinander schlüpfrige Sprüche wie diesen aus: »Da setzt man uns all diese taufrischen Zuckermelonen vor die Nase, und wir trauen uns nicht mal mehr reinzubeißen! Wir sollen uns wohl die Augen aus dem Kopf starren!«

Auf unserer Farm aber trieb ein Schürzenjäger trotzdem dreist sein Unwesen! Während Xiaoxiao mich erwartungsvoll mit ihren großen, katzenhaft funkelnden Augen ansah, zwang ich mich, einen kühlen Kopf zu bewahren, und überlegte einen Moment, ehe ich sie ermahnte:

»Du darfst niemandem etwas davon erzählen! Das ist eine Angelegenheit von großer Tragweite. Wenn du das öffentlich machst, ohne handfeste Beweise zu haben, wird Lai Ansheng keine Gnade mit dir kennen.«

Xiaoxiao nickte immer wieder und beteuerte: »Ich traue niemandem außer dir. Ich werde auch niemandem sonst etwas davon erzählen.«

»Geh jetzt zurück und schlaf erst mal«, redete ich ihr zu. »Wenn Mingxia noch mal aufwacht und merkt, dass du dich heimlich davongestohlen hast, schöpft sie sonst bestimmt Verdacht.«

»Ja, ist gut«, willigte sie ein. »Ich gehe gleich wieder zurück.«

Doch sie machte noch keine Anstalten zu gehen.

»Hast du noch was auf dem Herzen?«, fragte ich sie.

Offensichtlich brannte ihr noch eine Frage auf den Lippen, die auszusprechen sie einige Überwindung kostete. »Qiuyun«, stammelte sie endlich, »Mingxia hat zu Lai Ansheng gesagt, er soll ›nicht in ihr kommen‹ – was hat sie denn damit gemeint?«

Ich war von der Frage überrumpelt und wurde rot. »Das brauchst du nicht zu wissen! Na los, geh jetzt schnell zurück in dein Zimmer!«, zischte ich sie an.

Als sie merkte, dass sie mich verärgert hatte, traute sie sich nicht mehr weiterzubohren, gehorsam kehrte sie zu ihrem Wohnheim zurück. Im Mondschein sah ich ihr nach, und beim Anblick ihres Körpers, der schon weibliche Rundungen annahm, überlief mich ein kalter Schauder, denn ich erahnte die Zukunft, die vor ihr lag.

Widrige Umstände hatten sie etwas sehen lassen, was sie in ihrem Alter nicht hätte sehen sollen. Die Erregung, die diese Szene in ihr ausgelöst hatte, war zu stark gewesen, als dass Xiaoxiao der verderblichen Wirkung hätte widerstehen können. Und so wurde sie von einem Interesse an der Sexualität gepackt, das weit über das Maß hinausging, das für eine Vierzehnjährige angemessen war. In diesem Moment schwante mir schon, dass sie nur schwerlich die Abwege würde vermeiden können, auf die ihre Mutter und ältere Schwester geraten waren.

Leider sollte ich mit meiner Vorahnung recht behalten. Schon ein Jahr später, als sie noch keine sechzehn war, durfte sie eine Arbeit in der Stadt annehmen, wo sie bald ein völlig zügelloses Leben führte. Ihre Liebhaber gingen in die Dutzende. Zwanzig Jahre später – sie war inzwischen Oberschwester an der städtischen Klinik für Osteologie und schrieb sich mit anderen Schriftzeichen, die ihrem Vornamen eine wesentlich gewähltere Bedeutung gaben (»Aurora«) – war sie bereits von ihrem dritten Ehemann geschieden, übernachtete aber noch tagtäglich bei ihm, was in der Stadt für viel Gerede sorgte.

Ich hatte damals praktisch keinen Kontakt mehr mit ihr, doch als ich ihr eines Tages zufällig auf der Straße begegnete, kam ich mit ihr ins Gespräch. Sie war mittlerweile um die siebenunddreißig oder achtunddreißig Jahre alt, und auf den ersten Blick war sie immer noch schön: die großen Augen und die Wangengrübchen, die reine Haut und der volle Busen – überhaupt hatte sie sich eine attraktive Figur bewahrt. Ihre jugendliche Ausstrahlung von einst jedoch war unwiederbringlich verflogen; stattdessen musste sie nun auf Schminke und Brauenschatten setzen. Sie kleidete sich auf eine für Beiyin damals geradezu unerhört freizügige Weise: mit Minirock und schulterfreiem Top. Dennoch wurde ich das Gefühl nicht los, dass sie – anders als die jungen Mädchen, die den Geist der neuen Zeit in sich trugen, weil sie mit ihm aufgewachsen waren – nur krampfhaft einer neuen Epoche hinterherjagte, zu der sie nicht mehr gehörte. Es hatte etwas Tragisches.

Eingedenk unserer alten Freundschaft erzählte ich ihr auch vom Tratsch, der über sie kursierte, und versuchte, behutsam auf sie einzuwirken. Sie antwortete mir völlig offenherzig und in der Überzeugung, nichts Unrechtes getan zu haben:

»Qiuyun, du kennst die Hintergründe nicht. Dieser schamlose Kerl hat eine Bedingung gestellt, bevor er in die Scheidung eingewilligt hat: Ich musste ihm versprechen, dass ich danach noch hundert Mal mit ihm schlafe. Ich hatte keine andere Wahl, sonst wäre die Scheidung nicht so glatt über die Bühne gegangen. Aber ich zähle genau mit, wie oft ich noch zu ihm muss. Und sobald ich die hundert Mal voll habe, sieht er mich nie wieder – das Schwein kriegt von mir nichts geschenkt!«

Ich seufzte nur und sparte mir weitere Ermahnungen. *Allein dafür, dass sie so heruntergekommen ist, hat Lai Ansheng schon den Tod verdient*, schoss es mir durch den Kopf.

Am Abend nachdem Xiaoxiao sich mir nachts anvertraut hatte, weihte ich Yan Zhe bei unserem heimlichen Treffen in die Geschichte ein. Er kochte sofort vor Wut. Genau wie bei mir rührte sein Zorn nicht allein daher, dass unser Farmleiter ein Mädchen verführt hatte. Viel mehr ärgerte er sich, mit welcher Unverfrorenheit Lai seine Gelüste befriedigte.

Yan Zhe geriet darüber derart in Rage, dass er, dem sonst nie ein derbes Wort über die Lippen kam, sich sogar zu einer wüsten Schimpftirade hinreißen ließ:

»So ein verfickter Wichser! Scheißkerl! Mädchenschänder! Das Schwein glaubt, er kann alles mit uns machen! Morgen gehe ich in die Kreisstadt und zeige ihn an – und wenn ich da kein Gehör finde, gehe ich in die Bezirksstadt, und wenn es sein muss: in die Provinzhauptstadt!«

Da ich bereits eine Nacht darüber geschlafen hatte, betrachtete ich diese Angelegenheit ein wenig abgeklärter.

»Ich bin nicht dagegen, dass du ihn anzeigst. Aber du musst dabei sehr vorsichtig vorgehen. Cen Mingxia wird garantiert alles abstreiten, und Xiaoxiao ist als Zeugin sehr unzuverlässig: Sie ist noch so jung und obendrein so naiv, dass sie sich von Lai Ansheng wahrscheinlich ganz leicht verarschen lässt. Vielleicht wird er dich auch mit irgendeiner Gegenanschuldigung in die Enge treiben, nach dem Motto: Du intrigierst gegen einen revolutionären Führungskader.«

Ich hielt einen Moment inne, ehe ich fortfuhr: »Besser ich zeige ihn an. Ich habe zumindest nicht so einen problematischen Familienhintergrund. Und außerdem hat Xiaoxiao ja auch mir die Geschichte anvertraut.«

Bei meinen Worten beruhigte er sich wieder, schüttelte aber nach kurzem Nachdenken den Kopf.

»Du musst dich da raushalten. Du bist eine unverheiratete Frau, deshalb darfst du auf keinen Fall in diese Sache hineingezogen werden.«

Damit hatte er auch wieder recht. Wenn ich mich in diesen Skandal verwickeln ließ, würde man mich, egal wie untadelig mein Lebenswandel bis dahin gewesen war, gründlich in den Dreck ziehen. Am Ende kamen wir überein, erst einmal keine weiteren Schritte zu unternehmen und nur im Geheimen Beweise zu sammeln, bis wir sicher waren, die Sache gewinnen zu können.

Als uns nun Zhuang Xuexu auf diese heimliche Unterhaltung ansprach, bekam ich einen riesigen Schreck: Woher nur konnte er das wissen? Ich hatte niemanden sonst in unser Vorhaben eingeweiht, und an Yan Zhes Verschwiegenheit zweifelte ich genauso wenig. Plötzlich kam mir ein schrecklicher Verdacht: Wenn Xuexu sich an diesem Abend so unbemerkt an uns hatte heranschleichen können, war ihm das vielleicht auch davor gelungen. Hatte er uns belauscht und dann bei Lai Ansheng denunziert? Hatte er mich womöglich die ganze Zeit bespitzelt und mit finsterem Blick zugeschaut, wie die Frau, nach der er sich so innig sehnte, mit einem anderen Mann Zärtlichkeiten austauschte?

Nach gründlicher Überlegung kam ich zu dem Schluss, dass ich damit im Großen und Ganzen richtigliegen musste. Diese Erkenntnis ließ mich schaudern. Nicht nur die Sache selbst machte mir Angst – die Vorstellung, während meiner zärtlichen Zusammenkünfte mit Yan Zhe ständig belauert worden zu sein, war einfach grauenhaft! –, sondern auch die Ahnung, was das über den Charakter meines Kindheitsfreundes aussagte. Was war Xuexu für ein Mensch, wenn er all das wirklich getan hatte, wenn er uns wirklich bespitzelt und ausspioniert und danach an unseren Feind verraten hatte!

Doch warum kam er nun dahergelaufen, um uns zu warnen? Ehe ich weiter über diese Frage nachgrübeln konnte, wartete Xuexu mit einer noch schockierenderen Nachricht an Yan Zhe auf:

»Lai Ansheng weiß, dass du ihn anzeigen willst, und deshalb will er das Übel an der Wurzel packen und dich beseitigen. Deine Mörder hat er auch schon gefunden: Chen Decai und Chen Xiukuan hier von unserer Farm.«

Doch so erschrocken wir auch waren, im Grunde glaubten wir ihm nicht. Lai Ansheng mochte ein Schuft sein, dem wir alle möglichen Schandtaten zutrauten – aber ein offener Mord? Das schien uns dann doch allzu abwegig. Und selbst wenn er ein solches Komplott ausgeheckt hätte, hätte er doch wohl kaum so ohne Weiteres Xuexu eingeweiht! Vielleicht war Xuexu der wahre Intrigant, der einen tödlichen Streit zwischen Yan Zhe und Lai provozieren wollte, um am Ende als lachender Dritter dazustehen?

Xuexu durchschaute offenbar genau, was wir dachten, denn auf einmal schrie er:

»Glaubt bloß nicht, er würde das nicht wagen! Wacht endlich auf! Überlegt mal, was für Konsequenzen es für ihn hätte, wenn herauskommt, dass er eine gebildete Jugendliche zum Sex verführt hat. Ihr könnt euch doch denken, zu was er dann fähig ist!«

In diesem Moment wurde uns beiden plötzlich klar, dass er recht hatte. Angeblich hatte Lai schon vorher zwei von uns Mädchen auf der Farm zu seinen Geliebten gemacht. Im Licht seiner Affäre mit Mingxia schienen diese Gerüchte plausibel. Wenn das alles stimmte, drohten ihm mindestens zehn Jahre Gefängnis – und, falls an ihm ein Exempel statuiert werden sollte, vielleicht sogar die Todesstrafe. Sobald wir uns in seine Lage versetzten, begriffen wir: Um seine Position als Farmleiter zu sichern und dem Gefängnis oder gar der Erschießung zu entgehen, würde ein skrupelloser Tyrann wie er bedenkenlos auch das Risiko eines Mordes eingehen – er hatte ja ohnehin nichts mehr zu verlieren.

Yan Zhe und ich waren eben typische Bewohner des Elfenbeinturms: Selbst wenn wir versuchten, gerissene Strategien auszuhecken und listige Pläne zu schmieden, wandelten wir unweigerlich auf den geistigen Pfaden eines Schafs, dem die Gedankenwelt eines Wolfs auf ewig fremd bleibt. Xuexu dagegen konnte sich offensichtlich bestens in einen Wolf einfühlen.

Beim Anblick unserer Gesichter wusste er, dass er ins Schwarze getroffen hatte. Auf einmal hatte er es eilig zu gehen.

»Jedenfalls habe ich getan, was ich konnte. Ob ihr mir glaubt oder nicht, ist eure Sache. Pass gut auf dich auf, Yan Zhe.«

Er wandte sich schon ab, da hielt ihn Yan Zhe auf. »Darf ich dich noch etwas fragen? Warum hast du uns das alles erzählt?«

Xuexu hatte mit dieser Frage augenscheinlich gerechnet. »Lai Ansheng ist ein skrupelloser Dummkopf«, antwortete er ruhig, »aber dass er nun selbst vor einem Mord nicht zurückschreckt? Damit kommt er nicht durch. Früher oder später fliegt die Sache auf, und dann will ich nicht, dass er mich mit in den Abgrund reißt. Außerdem sind wir alte Nachbarn und Schulkameraden. Einen solchen Tod hast du nicht verdient.«

Yan Zhe und ich tauschten einen stummen Blick aus. Xuexus zweitem Punkt schenkte ich wenig Glauben und das aus einem einfachen Grund: Wenn das Komplott, in das er uns eingeweiht hatte, der Wahrheit entsprach, dann hatte er uns höchstwahrscheinlich vorher selbst verraten. Denn warum sonst hätte der Farmleiter ihm so weit vertrauen sollen, dass er ihn zum Mitwisser und womöglich gar Mittäter seines mörderischen Plans gemacht hatte? Gewiss hatte Xuexu Yan Zhe denunziert und es dann, als Lai sich entschlossen zeigte, bis zum Äußersten zu gehen, mit der Angst zu tun bekommen. Darum hatte er noch einmal kehrtgemacht und uns Lais Plan enthüllt. Sollte das Komplott ans Licht kommen, könnte er sich von jeder Schuld reinwaschen.

Normalerweise hätten wir ihm danken sollen, dass er uns eine derart wichtige Information anvertraut hatte. Doch aus dem genannten Grund war ich nicht gewillt, auch nur ein Wort des Danks über die Lippen zu bringen.

»Aber solange du keine hieb- und stichfesten Beweise gegen Lai in der Hand hast«, ergänzte Xuexu an Yan Zhe gewandt, »werde ich für dich nicht als Zeuge aussagen. Das sage ich dir lieber gleich, bevor du mich nachher damit belästigst.«

»Schon klar, du wirst die Kastanien für mich nicht aus dem Feuer holen«, entgegnete Yan Zhe. »Wenn ich Lai dann zu Fall gebracht habe, kannst du in aller Ruhe zum Farmleiter aufsteigen.«

Ohne ein weiteres Wort zu erwidern, machte sich Xuexu hastig aus dem Staub.

Wir begannen, ernsthaft über die Gefahr nachzugrübeln, in der Yan Zhe schwebte. Das Damoklesschwert hing direkt über seinem Kopf.

»Vielleicht lauern die Mörder schon ganz in der Nähe!«, argwöhnte ich.

»Nun hör aber auf«, tat er meine Ängste ab. »Du siehst Gespenster.«

Trotzdem ging ich lieber auf Nummer sicher. Mir war erst wohler in meiner Haut, nachdem ich ihn im Schutz des Rizinusgebüschs leise an ein anderes Plätzchen gezogen und mich vergewissert hatte, dass niemand uns belauschte.

»Aus welchem Motiv Xuexu uns all das erzählt hat, kann uns jetzt erst mal egal sein«, fing ich im Ton größter Dringlichkeit an. »Jedenfalls bin ich überzeugt, dass er uns die Wahrheit gesagt hat. Yan Zhe, wir dürfen nicht tatenlos auf deine Mörder warten. Wenn du hier auf der Farm bleibst, schwebst du in zu großer Gefahr. Wer weiß, wann Lai zuschlägt? Du kannst dich nicht gegen jeden möglichen Anschlag wappnen. Am besten, wir reißen jetzt alle Brücken hinter uns ab und zeigen ihn in der Kreisstadt an. Wenn wir diese Sache erst einmal öffentlich gemacht haben, wird er es nicht mehr wagen, dir etwas anzutun.«

Doch Yan Zhe schüttelte den Kopf. »Du hattest recht mit dem, was du vorgestern gesagt hast: Es ist noch zu früh, um diese widerwärtige Eiterblase Lai Ansheng zu zerquetschen. Erst müssen wir uns handfeste Beweise besorgen. Sonst stehen wir, wenn Xuexu seine Verstrickung in die Sache abstreitet und Xiaoxiao sich verarschen lässt, auf verlorenem Posten und enden als ›Verleumder eines revolutionären Führungskaders‹.«

»Daran habe ich auch schon gedacht«, räumte ich ein. »Dann lass uns einen anderen Weg wählen: Du meldest dich krank und tauchst für ein paar Monate unter, am besten bei meinen Verwandten. Meine Tante wohnt in Xiangyang, das ist in der Provinz Hubei, gar nicht weit von hier. Bei uns auf der Farm mag Lai Ansheng der Alleinherrscher sein – seine Macht reicht aber bestimmt nicht bis in eine fremde Provinz. Wenn die Eiterblase reif ist und wir unsere Zeugen haben, bist du außer Gefahr und kannst wieder zurückkommen.«

Er schüttelte den Kopf. »Nein, das ist mir zu feige. *Er* hat ein Verbrechen begangen, nicht wir.«

»Und was sollen wir deiner Meinung nach tun?«

Er versank in Gedanken. Ich wandte den Blick nicht von seinem mondbeschienenen Gesicht. Nach einer langen Weile hellte sich endlich seine Miene schlagartig auf, als hätte er eine Lösung gefunden. Er lächelte erleichtert.

»Qiuyun, ich weiß jetzt einen Weg. Vielleicht ist all das ein Geschenk des Schicksals, das es mir erlaubt, etwas Großes zu leisten – etwas, das ich eigentlich schon längst tun wollte. Ja, ich weiß einen Weg, und er ist absolut sicher. Die Einzelheiten kann ich dir im Moment noch nicht verraten, aber auf jeden Fall musst du dir keine Sorgen mehr machen.«

Seine Worte machten mich skeptisch. Mir fiel wieder ein, was er mir einmal anvertraut hatte: Seine Eltern hätten ihm eine beträchtliche Summe Geld hinterlassen, und damit wolle er »etwas Großes« tun. Damals hatte ich diese Ankündigung für eine vage Idee gehalten, doch nun klang es so, als verfolgte er einen ganz konkreten Plan, den er sich schon längst in seinem Kopf ausgeklügelt hatte.

»Wie soll ich mir denn keine Sorgen machen, wenn du mir nichts Genaueres verrätst?«, sagte ich wütend. »Dein Leben steht auf dem Spiel, nimm das doch nicht auf die leichte Schulter!«

»Hör auf zu drängen, Qiuyun«, antwortete er mit einem Lächeln. »Wenn die Zeit reif ist, bist du die Erste, der ich alles erzähle.«

»Das reicht mir aber nicht! Gib mir wenigstens ein paar grobe Anhaltspunkte.«

»Im Moment«, antwortete er nach kurzem Zögern, »kann ich dir nur so viel verraten: Ich werde von einem Schatz, den mir mein Vater hinterlassen hat, Gebrauch machen. Das, wovon ich rede, ist perfekt geeignet, um mit Abschaum wie Lai Ansheng fertigzuwerden – nur schade, dass mein Vater es nicht mehr selbst einsetzen konnte.«

Als er auf Herrn Yan zu sprechen kam, verdüsterte sich seine Miene. Mir fiel wieder ein, was er einmal zu mir gesagt hatte: Sein Vater habe selbst während der Hungersnot eine beträchtliche Summe Geld nicht angetastet, denn er wolle damit »etwas Großes tun«. Hatten Vater und Sohn womöglich das Gleiche im Sinn gehabt? Auf einmal erschienen mir beide wieder in jenem geheimnisvollen Licht, in dem ich sie als kleines Kind bei unserer ersten Begegnung gesehen hatte. Mit der Zeit war dieses Gefühl des Mysteriösen verblasst, doch nun war es plötzlich wieder voll da.

Yan Zhes Miene hatte sich schon wieder aufgehellt. »Wirklich: Du musst dir keine Sorgen machen. Ich treibe keine Scherze mit meinem Leben.« Er umarmte mich und hauchte mir grinsend ins Ohr: »Du hast mir ja noch nicht mal Kinder geboren – wie könnte ich dich da allein zurücklassen?«

Sein Lachen klang so aufrichtig und unbeschwert, dass es mich ansteckte.

»Du schamloser Kerl!«, stellte ich mich schmollend. »In so einem ernsten Moment machst du noch solche Witze!«

Dann machten wir uns auf den Heimweg. Mit seiner Sorglosigkeit hatte Yan Zhe auch mich beruhigt. Aber nein, er war mehr als nur sorglos – dieses Wort reicht nicht aus, um die tiefgreifende Verwandlung zu beschreiben, die er durchgemacht hatte. Er schien ein anderer Mensch geworden zu sein, ein farbenfroher Schmetterling, der aus seiner Puppenhaut ausgebrochen war, ein Phönix, der aus der Asche wiederauferstanden war. In jenem Moment hatte er sich offenkundig ein neues Lebensziel gesteckt.

Mir fiel wieder ein, wie er nach dem Selbstmord seiner Eltern während der Kulturrevolution beinahe einen psychischen Zusammenbruch erlitten hätte und erst nach einem Jahr wieder richtig ins Leben zurückgefunden hatte. Meine Eltern und ich hatten ihm in dieser Zeit viel Trost gespendet, aber vielleicht hatten wir doch nur eine Nebenrolle gespielt. Denn als er so nahe am Abgrund gestanden hatte, hatte ich ihn einmal unaufhörlich vor sich hinmurmeln hören: »Ich werde etwas Großes tun. Ich werde Papas Werk vollenden und etwas Großes tun.« Die Bedeutung dieser Worte war mir damals ein Rätsel gewesen, doch vielleicht hatte seine Vision ihm die Kraft gegeben, sich aus seiner Depression zu befreien.

Verunsichert warf ich dem neuen Yan Zhe an meiner Seite einen verstohlenen Blick zu. Mit einem Mal wurde mir klar, wie wenig ich ihn kannte.

Als wir uns am Eingangstor der Farm voneinander verabschiedeten, lächelte er und sagte mir noch einmal, ich solle mir keine Sorgen machen, dann gingen wir in unterschiedliche Richtungen, er zu seinem Wohnheim, ich zu meinem. Doch ich kehrte nicht in mein Zimmer zurück. Denn meine Erleichterung hatte nur kurz meine Ängste verdrängt. Dabei zweifelte ich keineswegs an den Fähigkeiten meines Freundes – als Mensch, der es gewohnt war, sich an Ehrgefühl und Anstand zu halten, war er zwar zwangsläufig ein wenig unbedarft, doch gleichzeitig war er, wenn es denn sein musste, auch zu so mancher List imstande. Einem derart einfach gestrickten Gegner wie Lai Ansheng war er gewiss mehr als ebenbürtig. Außerdem war er, soweit ich wusste, kein Draufgänger. Er war sich seiner Sache also anscheinend sehr sicher.

Trotzdem lösten sich meine Sorgen um ihn nicht einfach in nichts auf. Er setzte all seine Hoffnung auf einen »Schatz« seines Vaters – sicher eine wissenschaftliche Erfindung. Doch wer die Kulturrevolution erlebt hatte, machte sich keine Illusionen darüber, wer gewinnen würde, wenn sich die Wissenschaft oder die

Vernunft gegen die Politik erhebt. Das schlagkräftigste Beispiel dafür war Yan Zhes Vater selbst, dessen mysteriöse Erfindung weder ihm noch seiner Frau das Leben gerettet hatte.

Nachdem Yan Zhe sich von mir getrennt hatte, zögerte ich nur einen kurzen Moment, ehe ich ihm heimlich hinterherschlich. Ich war entschlossen, in dieser Nacht vor seinem Zimmer Wache zu halten, um ihn zu beschützen. Natürlich war das ein ziemlich kindisches Vorhaben, denn die Kräfte eines Einzelnen sind begrenzt, und ich konnte meinen Freund unmöglich jede Sekunde im Auge behalten. Doch solange mir keine bessere Idee einfiel, musste ich tun, was in meiner Macht stand.

Als Yan Zhe in sein Zimmer zurückgekehrt war, zündete er seine Lampe an – eine Petroleumlampe mit Schirm – und stieg mit ihr unter das Moskitonetz in sein Bett, um sein allabendliches Ritual aufzunehmen: das Rösten von Bettwanzen. Schließlich war er »ein in Not geratenes Königskind« (wie meine Mutter zu sagen pflegte), und obwohl er sich nach dem Abstieg seiner Familie keineswegs wie ein verweichlichtes Herrensöhnchen gebärdete, erwies er sich in manchen Kleinigkeiten des alltäglichen Lebens doch als weniger leidensfähig als Jugendliche meinesgleichen, die von klein auf allerlei Härten gewohnt waren.

Zum Beispiel hatte er eine ausgeprägte Angst vor Mückenstichen und Bettwanzenbissen. Die Nächte konnten noch so heiß sein, er verkroch sich unter seinem Moskitonetz und fixierte es so fest wie möglich. Allerdings konnte so ein Netz zwar die Mücken, nicht aber die Wanzen aufhalten. In jedem Wohnheim fielen sie in Scharen über ihre Opfer her – es blieb mir stets ein Rätsel, woher all diese Tiere kamen. Es half noch nicht einmal, das Insektenpulver Lindan auf die Strohmatte zu streuen. In unserem ersten Sommer auf der Farm trieben die Wanzen Yan Zhe beinahe in den Wahnsinn.

Er hatte einen Freund namens Wang Quanzhong, der in den

letzten Schuljahren mit ihm in eine Stufe gegangen war und dort für die *Rote Flagge* geschrieben hatte, ein kommunistisches Parteiorgan, das unter den Massenorganisationen in Beiyin höchstes Ansehen genoss. Im Zuge der Landverschickung waren Yan Zhe und sein Freund dann in derselben Gruppe und im selben Wohnheimzimmer gelandet, und beide galten als äußerst tüchtige Arbeitskräfte.

Quanzhong war mongolischer Abstammung, hatte sich allerdings schon immer voll als Han-Chinese gefühlt und dies auch in Formularen noch als Oberschüler stets so angegeben, bis die »Abteilung der Einheitsfront«, die unter anderem auch für die ethnischen Minderheiten zuständig war, alle Träger des Nachnamens Wang, die im Kreis Xixia in der zentralchinesischen Provinz Henan lebten, darüber informierte, dass sie ursprünglich mongolischer Herkunft seien: Ihre Vorfahren seien gegen Ende der Yuan-Dynastie im vierzehnten Jahrhundert, als sich die Han-Chinesen gegen die mongolischen Fremdherrscher erhoben, in die hiesigen Berge geflohen. Erst seit dieser offiziellen Verlautbarung erklärte sich auch Quanzhong in seinen Personaldaten zum Mongolen. Und tatsächlich, so schien es Yan Zhe und mir, hatte er von seinen Ahnen nicht nur das breite Gesicht und die flache Nase, sondern auch die Furchtlosigkeit geerbt. Er war von stattlicher, kräftiger Statur und hatte eine große Zähigkeit und Ausdauer, weder Mückenstiche noch Wanzenbisse schienen ihm etwas anhaben zu können. Sein Bett und das von Yan Zhe grenzten mit den Kopfenden aneinander, und mehr als ein Mal hatte er seinen Freund verwundert gefragt:

»Wieso fallen die Wanzen immer über dich her und nicht auch über mich? Bei mir waren noch nie welche!«

Yan Zhe fand das genauso rätselhaft – bis er eines Tages versehentlich gegen die Strohmatte seines Zimmergenossen stieß und mit einem kalten Schauder die Wanzen entdeckte, die sich an allen vier Ecken in dicken Klumpen in den Vertiefungen der eingeschlagenen Säume ballten – weit über hundert mussten es sein! Und natürlich waren diese Schmarotzer keine Vegetarier, doch der Tatarensohn aus der Steppe mit seiner dicken Haut und seinem unempfindlichen Fleisch hatte sie einfach nie gespürt.

Meinem Yan Zhe mit seiner zarten Mädchenhaut dagegen war dieses Glück nicht vergönnt, doch dafür war er nicht auf den Kopf gefallen und entwickelte schon bald eine wirksame Methode, um die Wanzen zu bekämpfen. Er entdeckte, dass es überhaupt nicht in der Natur der Tiere lag, an dunklen, verborgenen Stellen zu lauern. Stattdessen krochen sie, wenn man tagsüber das Moskitonetz nicht hochzog, daran hinauf und sammelten sich trüppchenweise an den Ecken. Yan Zhe musste nur jeden Abend vor dem Schlafengehen seine Petroleumlampe der Reihe nach an jede Ecke halten, und schon prasselten die verbrannten Wanzen in den Lampenschirm. Auf diese Weise brachte er Abend für Abend ein paar Dutzend seiner Feinde zur Strecke.

Allerdings verfügten diese Tiere über eine schier unerschöpfliche Fruchtbarkeit. Auch wenn er sie allabendlich dezimierte, wurde er die ungeliebten Mitbewohner einfach nicht los. Er konnte ihre Zahl lediglich so weit in Grenzen halten, dass er ruhig schlafen konnte, doch die Voraussetzung dafür war, dass er jeden Abend auf die Jagd ging. Als er mir voller Stolz von seiner Methode erzählte, sprach er vom »dynamischen Gleichgewicht des Schreckens«, das er zwischen sich und dem Feind hergestellt habe.

Während er an diesem Abend die Wanzen röstete, schwebte sein vom gelben Lampenschein erleuchtetes Gesicht im Dunkeln wie eine goldene Büste, und diese Büste wirkte zutiefst unschuldig und friedlich. Seine Miene war heiter, ja, er summte sogar eine Melodie vor sich hin – als ich die Ohren spitzte, erkannte ich das »Lied der Wolgaschlepper«, begleitet vom Schnarchen seiner Zimmergenossen. Offensichtlich war er wirklich voller Zuversicht, dass sein mysteriöser Plan funktionieren würde: Die tödliche

Bedrohung, die ihm Xuexu übermittelt hatte, verängstigte ihn nicht. Diese Gelassenheit beruhigte auch mich einigermaßen.

Dann löschte er seine Lampe und legte sich schlafen, während ich im Dunkeln weiter Wache hielt. Wie ich seiner reglosen Gestalt entnahm, war er schnell eingeschlafen. Gewiss hätte er sich nicht träumen lassen, dass das Mädchen, das ihn liebte, draußen in der Nacht ein Auge auf ihn hatte. Allerdings setzten mir die Mücken ringsum so übel zu, dass selbst ich, die ich eigentlich nicht besonders empfindlich war, es bald nicht mehr aushielt. Meine nackten Arme und Unterschenkel brannten schon wie Feuer. Ich überlegte gerade, ob ich in mein Zimmer zurückkehren sollte, um mir lange Kleidung anzuziehen, da fiel mein Blick auf die Konstruktion vor dem Wohnheim, die der Blinde Huang ersonnen hatte: einen Türflügel, der über einem Basketballkorb angebracht war.

Der Blinde Huang hatte seinen Namen bekommen, weil er kurzsichtig wie ein Maulwurf war. Er gehörte derselben Gruppe von Jugendlichen an wie Yan Zhe, doch seine Familie war derart arm, dass sie nicht einmal die vier oder fünf Yuan für ein Moskitonetz aufbringen konnte. Also blieb ihm nichts anderes übrig, als seinen Körper dem Blutdurst der Tiere auszusetzen. In einem einzigen Jahr fing er sich deshalb dreizehn Mal hintereinander den »alten Ochsen« ein – wie Malaria im Dialekt von Beiyin heißt –, womit er einen neuen farminternen Rekord aufstellte.

Ein Arzt, dem ich Jahre später davon erzählte, wollte mir partout nicht glauben, dass ein und derselbe Mensch innerhalb von zwölf Monaten dreizehn Mal an der Malaria erkranken konnte. »Schon hohes Fieber in einer solchen Frequenz wäre zu viel!«

»Diese Sache ist aber hundertprozentig wahr«, versicherte ich ihm und schlug ihm vor, den Blinden Huang zu untersuchen. »Vielleicht kannst du auf diese Weise noch eine medizinische Entdeckung machen!«

Eines Abends, als die Mücken ihn an die Grenze seiner Leidensfähigkeit gebracht hatten, hob der Blinde Huang – Not macht bekanntlich erfinderisch – eine Wohnheimtür aus den Angeln, zog
sie mit einem Seil draußen auf einen Basketballkorb hinauf und
schnürte sie daran fest. Dann kletterte er auf den Türflügel, band
sich daran fest und schlief. Weil es dort oben relativ windig war,
quälten ihn nicht mehr allzu viele der kleinen Blutsauger, und er
verbrachte eine ruhige Nacht.

Am nächsten Morgen waren wir alle beim Anblick seiner Konstruktion voll des Lobs. Da hatte doch tatsächlich ein Halbblinder
mitten in der Nacht ganz allein einen Türflügel auf so eine Höhe
gehievt – wenn das keine Leistung war! Besonders Lin Jing rühm-
te ihn dafür in den höchsten Tönen: Am Blinden Huang habe sich
auf eindrucksvolle Weise ein altes Sprichwort bewahrheitet, das
von den ungeahnten Kräften handle, die ein Mensch in Bedrängnis entwickle: »Ein gehetzter Hund springt über die Mauer.«

An diesem Abend war der Blinde Huang jedoch nicht auf der
Farm, weil er für einige Tage zur Arbeit an den Fluss abkommandiert worden war. Und so hatte ich die Idee, sein improvisiertes
Hochbett zu benutzen – zum Schutz vor den Mücken, aber auch
als strategisch günstig gelegene Aussichtswarte. Mich als Mädchen
hätte es sonst in einige Verlegenheit gebracht, wenn man mich
dabei erwischt hätte, wie ich vor einem Jungenwohnheim herum-
lungerte. Also schlich ich mich in mein Zimmer zurück, holte mir
ein Laken und schlang es mir um die Hüfte, ehe ich auf den Basketballkorb hinaufkletterte. Das Seil, mit dem der Blinde Huang
sich immer an dem Türflügel festband, war noch immer dort; ich
schnürte mich damit fest und zwar sehr gründlich, denn ich wollte
mir gar nicht ausmalen, ich könnte mich im Schlaf herumwälzen
und zu Boden stürzen. Dann wickelte ich mich in das Laken ein,
um mich ein wenig auszuruhen.

Tatsächlich ließen mich die Mücken dort oben einigermaßen in

Ruhe, und kühl war es auch – es war einfach himmlisch. Ich fing an zu dösen, fuhr aber alle paar Minuten aus dem Halbschlaf auf und musterte kurz die Umgebung, ehe ich weiterschlief.

Dünne weiße Wolken zogen am Mond vorbei, über mir drehte sich langsam und lautlos die Milchstraße. Immer schwerer wurden mir die Lider, und nachdem ich mir die Augen gerieben hatte, sah ich plötzlich Yan Zhes Eltern, die in der Luft auf mich zuschwebten. *Das ist ja ganz normal, dass sie fliegen können*, sagte ich mir. *Schließlich sind sie Gespenster.*

»Qiuyun«, sprachen sie mich an, »nun, da wir tot sind, musst du auf unseren Sohn aufpassen.«

Bedrückt vom Anblick ihrer blutbesudelten Gestalten, versuchte ich, sie zu beruhigen: »Nur keine Sorge, Xuexu hat uns alles erzählt. Wir sind gewappnet.«

»Xuexu?«, hakte die Mutter nach. »Dem darfst du nicht trauen.«

»Sei nicht so streng«, widersprach ihr der Vater. »Vor der Kulturrevolution war er ein guter Junge.«

»Ein guter Junge?« Die Mutter schüttelte den Kopf und zeigte hinter mich. »Und warum fesselt er die beiden dann gerade heimlich aneinander?«

Als ich mich hastig umdrehte, sah ich tatsächlich Yan Zhe – er schlief, eng an mich geschmiegt, während Xuexu uns mit dem Seil an das Hochbett fesselte. Eilig versuchte ich, meinen Freund wach zu rütteln, und uns zu befreien, doch das Seil war ungeheuer straff gespannt, und Yan Zhe schlief wie ein Toter. Dann sah ich in diesem Moment auch noch Lai Ansheng mit einem Messer in der Hand auf uns zuschleichen. Von panischer Angst gepackt, versuchte ich zu schreien, doch ich brachte keinen Laut hervor.

Yan Zhes Eltern wurden vor Angst um ihren Sohn schier wahnsinnig. Wie aufgescheuchte Fledermäuse flatterten sie um ihn herum, während das Blut, das aus den Pulsadern an ihren Handgelenken strömte, als roter Regen herabrauschte.

Kalter Schweiß stand mir auf der Stirn, als ich endlich aus meinem Albtraum aufschreckte. Natürlich war da keine Menschenseele um mich – kein Yan Zhe oder dessen Eltern und auch kein heimtückischer Xuexu oder Lai Ansheng. Nur ich und das Seil, mit dem ich mich an den Türflügel festgebunden hatte – vermutlich hatte es mich davor gerettet, im Schlaf hinabzustürzen. Allerdings hatte ich mich offenbar allzu fest geschnürt und so den Albtraum überhaupt erst heraufbeschworen.

Meine Laune war jedenfalls noch bedrückter, und auch nach Schlafen war mir nicht mehr zumute. Ich lockerte das Seil ein wenig, setzte mich auf und starrte vor mich hin, in trübselige Gedanken versunken. Der Mond war untergegangen und die Welt in tiefe Finsternis getaucht. Die lautlose Dunkelheit schien sich immer weiter auszubreiten. Die Farm lag in tiefem Schlaf, genau wie das ferne Dorf; ich nahm nicht einen einzigen Lichtschimmer oder Laut wahr, der auf menschliches Leben hingedeutet hätte. Nicht einmal einen Hund hörte ich bellen, so als wäre dieser Ort von aller Zivilisation verlassen.

Vor meinen Augen schwebte immer noch das Traumbild von Yan Zhes blutbesudelten Eltern, die ich so lange nicht mehr leibhaftig gesehen hatte. Sie hatten ihren Sohn in meine Obhut gegeben, ohne mir einen Vorwurf zu machen. Und trotzdem quälte mich der Gedanke, dass ich an ihrem Tod vielleicht eine Mitschuld trug.

Es war ein Geheimnis, das ich tief in meinem Herzen hütete. Selbst Yan Zhe hatte ich nie ein Wort davon gesagt.

4.

SCHULD

Dass bis heute kein chinesischer Schriftsteller den Literatur-nobelpreis gewonnen hat (den Exilanten Gao Xingjian nicht mitgerechnet), sollte für alle chinesischen Autoren Grund genug sein, sich kollektiv bei ihren Landsleuten zu entschuldigen – schließlich hat das letzte halbe Jahrhundert unserer nationalen Geschichte ihnen einen derartigen Reichtum an Erlebnissen beschert, dass kein anderes Land damit konkurrieren kann. 1958 waren wir selbstlos rackernde Ameisen, 1960 verwandelten wir uns in hungernde Ameisen, die sich auf der Suche nach Nahrung nur noch von ihrem Instinkt leiten ließen. Nach ein paar friedlichen Jahren zwischen 1962 und 1966 mutierten wir dann zu Ameisen, die sich gegenseitig zerfleischten – aber nein, diesen Vergleich noch weiter fortzuführen, täte den Tieren unrecht. Zwar führen auch die Ameisen untereinander Kriege, aber nur zwischen unterschiedlichen Völkern. Innerhalb einer Kolonie würde keine Ameise jemals ihre Artgenossen attackieren.

Yan Zhe war damals Schülervertreter für das Fach Mathematik in der Klasse 12c der Ersten Mittelschule von Beiyin, und in dieser Funktion suchte er am Montag, dem 6. Juni 1966, den Fachbereich auf, um die Hausaufgaben abzuholen. Die Abiturprüfung war schon beendet, und nun begann die offizielle Phase der Wiederholung und Vorbereitung auf die Hochschulaufnahmeprüfung.

Doch er kehrte mit leeren Händen zurück, denn soeben war die Weisung von der Schulleitung ergangen, man werde in den nächsten zwei Wochen erst einmal an der »Großen Proletarischen Kulturrevolution« teilnehmen.

Auch ich als Schülerin der zehnten Klasse wollte an jenem Tag die Hausaufgaben abholen, und dabei hörte ich, wie Yan Zhe verständnislos rief: »Zwei Wochen? Aber in einem Monat ist doch schon die Hochschulaufnahmeprüfung!«

Niemand ahnte damals, dass aus den zwei Wochen dieser sogenannten »Kulturrevolution« erst zwei Monate, dann zwei Jahre und schließlich ein geschlagenes Jahrzehnt werden würden. Viele versäumten mehr als eine Prüfung: Sie versäumten ihr ganzes Leben.

Yan Zhe und ich verließen an diesem Tag gemeinsam den Fachbereich. »Was das wohl sein soll, diese ›Kulturrevolution‹?«, fragte ich ahnungslos. »Kann man dann keine alten Opern mehr sehen? Dann wären deine Eltern aber arm dran – keine *Schlacht am Berg Dingjun* und kein *Zhuge Liang opfert dem Wind* mehr!«

In diesem Moment begegneten wir Yan Fuzhi, der gerade zur Arbeit wollte. Er war schlechter informiert als wir und erfuhr erst aus unserem Mund von der Lage. Ich erinnere mich noch, als wäre es gestern gewesen, wie sich sein Blick schlagartig verfinsterte, als ahnte sein Unterbewusstsein schon, welches Unheil ihn erwartete – so wie jemand, der sich die Finger verbrennt, unfreiwillig zurückzuckt, noch bevor sein Gehirn begriffen hat, was passiert.

Nachdem er sich mit einem gequälten Lächeln von uns verabschiedet hatte, hörte ich noch, wie er leise seufzte: »Schon wieder so eine Kampagne ...«

Anfangs nahmen wir Schüler eher gezwungen an dieser neuerlichen Massenbewegung teil, doch schon bald fingen wir Feuer und waren mit Leib und Seele bei der Sache. Auf dem Hügel des Schlafenden Drachen rissen wir den steinernen Ehrenbogen nieder,

der »Dem unsterblichen menschlichen Drachen«, dem genialen Strategen Zhuge Liang gewidmet war. Auf demselben Hügel zerstörten wir auch die achtzehn glasierten Arhats – eines von nur zwei Sets dieser Art, die damals in ganz China noch erhalten waren. Auf dem Wangfu-Berg zerschlugen wir die Windglöckchen, die den auf einem künstlichen Felsen errichteten Pavillon geschmückt hatten. Wir durchsuchten die Häuser der kapitalistischen Grundherren und beschlagnahmten alles, was nicht über jeden Zweifel erhaben war.

Die Schüler der zwölften Stufe waren anfangs noch in Gedanken bei ihrer vermeintlich bevorstehenden Hochschulaufnahmeprüfung. Unter der Kleidung versteckt trugen sie ihre Mathematik-, Physik-, Chemie- oder Russisch-Lehrbücher mit sich herum und warfen während der politischen Vorträge den einen oder anderen verstohlenen Blick hinein. Doch bald dachten auch sie nicht mehr an ihre Bücher.

Wie auf Kommando wurde an unserer Schule erst Yan Fuzhi, dann auch seine Frau Yuan Chenlu zum bevorzugten Angriffsziel der öffentlichen Kritik. Auch wenn ich mich um beide sorgte und sie bemitleidete – überraschend kam diese Wendung angesichts der allgemeinen Lage nicht. Beide hatten schon immer zu sehr aus der Masse hervorgestochen; sie schienen über die Niederungen des gewöhnlichen Lebens erhaben. Ganz unverkennbar gehörten sie dem Typus des klassischen Gelehrten an, mit ihrer Liebe zu einer elitären Kultur mussten sie in einer so provinziellen, rückständigen Stadt wie Beiyin überall anecken. Kurz gesagt: Wer auf der Suche nach zwei Vertretern der bourgeoisen Intelligenz als Zielscheibe des revolutionären Kampfs war, stieß wie von selbst auf sie.

Die Hausdurchsuchung bei den Yans stand unter einem Motto, das anfangs noch nicht zum politischen Leitprinzip erhoben war: »Zerschlagt die Vier Alten« (also überkommene Ideen, Kultur, Sitten und Gewohnheiten). Relikte dieser als verderblich verdammten vier Bereiche fanden sich bei den Yans in Hülle und Fülle, darunter Cheongsams, hochhackige Schuhe und Abschlussfotos, auf denen die Absolventen Doktorhüte trugen. Den größten Wirbel jedoch verursachten einige Fotos, die die junge Frau Yuan im Badeanzug an einem britischen Strand zeigten. Gemessen an den damaligen Maßstäben, war ihr Aufzug sehr freizügig, und wie sie sich dort an einem schneeweißen Strand vor dem tiefblauen Himmel mit ihren schlanken, jugendlich zarten Gliedern rekelte, gab sie einfach einen bezaubernden Anblick ab. Die Rotgardisten, die diese Fotos mit zitternden Händen herumzeigten, brandmarkten sie als Beweis eines »dekadenten bourgeoisen Lebensstils«, und die Gröberen unter ihnen beschimpften ihr Opfer kurzerhand als »schamlose Schlampe«.

Die Eheleute hatten sich in eine Ecke gekauert und verfolgten wortlos und mit gequältem Lächeln, wie die Rotgardisten ihr Zuhause verwüsteten, während sich draußen an den Lücken der Hofmauer die Nachbarn versammelt hatten und tuschelnd das Geschehen kommentierten. Auch Xuexu und ich standen nur an der Mauer und nahmen nicht an der Durchsuchung teil.

»Anscheinend gibt es bei den Yans ganz schön viel zu holen«, bemerkte Xuexu.

»Bei wem zu Hause gibt es keine Vier Alten?«, konterte ich. »Wir haben daheim eine Buddhafigur, und bei euch gibt es Fotos von deiner Mutter im Cheongsam.«

Er wurde ganz blass und brauchte eine Weile, ehe er mir endlich zuflüsterte: »Qiuyun, häng das bloß nicht an die große Glocke.«

»Keine Sorge«, beruhigte ich ihn. »Von mir erfährt niemand ein Sterbenswörtchen.«

Dann tauchten an unserer Schule die ersten Wandzeitungen auf, die Yan Fuzhi verunglimpften. Anfangs waren es noch unsystematische Angriffe von Schülerhand, doch nach ein paar Tagen

erschien eine sogenannte »Prachtzeitung«, die die gesamte Giebel-
wand unserer Schulbücherei bedeckte. Die Bücherei war damals
das größte Gebäude unserer Schule; das Schild mit der Kalligrafie
ihres klangvollen Namens – Lu-Xun-Bücherei – hatte Guo Moruo
höchstpersönlich auf Bitte des alten Schulrektors beschrieben.
Während der Kulturrevolution wurde »Prachtzeitung« zu einem
geläufigen Begriff für jene besonders gewichtigen Wandzeitungen,
die die revolutionäre Stoßrichtung im Sinne der »Arbeitsgruppen«
vorgaben. Ihre Schriftzeichen waren in einer kräftigen, leuchtenden schwarzen Tusche geschrieben und wirkten dadurch deutlich
einschüchternder als gewöhnliche Wandzeitungen.

Die Prachtzeitung an der Büchereimauer trug die Handschrift
von Herrn Wang, der in der Bücherei arbeitete und in unserer
Stadt einen Ruf als hervorragender Kalligraf genoss, aber auch für
sein übles Temperament berüchtigt war. Doch der Wind hatte
sich gedreht, und in Zeiten der Revolution konnte sich ein Intellektueller keine cholerischen Ausbrüche mehr erlauben. Wenn die
Arbeitsgruppe es befahl, musste auch ein Herr Wang spuren. All
seine Kunstfertigkeit hatte er aufgeboten, um die rund zehntausend Schriftzeichen der Prachtzeitung, die seinen Freund Yan
Fuzhi attackierte, fein säuberlich ins Reine zu schreiben.

Ich las diese Anklageschrift gemeinsam mit meinen Mitschülern. Während wir uns in einer lärmenden Schar vor der Mauer
drängten, vibrierte die Luft vor einer Erregung, die der Lust eines
Raubtiers glich, seine Beute zu zerfleischen. So ähnlich stelle ich
mir ein Rudel afrikanischer Streifenhyänen vor, das auf Aas gestoßen ist. Ich war wohl die Einzige im Gewimmel, die insgeheim
erschauderte. Die Prachtzeitung nannte ihr Angriffsziel nicht nur
direkt beim Namen, sie wurde auch bei den Inhalten ihrer Anklage viel konkreter als ihre Vorläufer, die sich in vagen Nebensäch-
lichkeiten verloren hatten. Jede Aussage, für die der Beschuldigte
hier öffentlich angeprangert wurde, war so gefallen, wie ich selbst

bezeugen konnte. Die Anklage reihte lauter Bemerkungen über Ameisen aneinander, Bemerkungen, die Yan Fuzhi im Plauderton fallen gelassen hatte: über die Ameisen als Inbegriff des Altruismus, über ihre Staaten, die fortschrittlicher und edler als die menschlichen Staaten seien, über die Opferbereitschaft der Wanderameisen, über die stoische Art, mit der sich die Honigtopfameisen als lebenslange Vorratsbehälter zur Verfügung stellen, und dergleichen mehr. In diesen so harmlosen, fast philosophischen Aussagen wurde im Licht des Klassenkampfs auf einmal vermeintlich eine tief verborgene Heimtücke entdeckt.

Die Prachtzeitung gebrauchte dabei wiederholt zwei wichtige Formulierungen:

Was für eine Niedertracht!
Wenn wir dies dulden, müssen wir alles dulden!

Diese beiden Sätze sollten zu klassischen Phrasen aller kulturrevolutionären Wandzeitungen avancieren.

Unterschrieben war die Prachtzeitung mit »Kampftruppe Dämonentod«, doch ich wusste genau, dass Xuexu dahinterstand. Schließlich waren wir beide öfter als jeder sonst zu den Yans gegangen, und bei solchen Gelegenheiten hatte Yan Fuzhi genau die Aussagen vor uns beiden und seinem Sohn gemacht, die ihm jetzt zur Last gelegt wurden. Selbst ein so naives fünfzehnjähriges Mädchen wie ich konnte sich unschwer denken, welches Schicksal den Beschuldigten nun erwartete: Er war erledigt. Die Beweislast war so erdrückend, dass man ihn endgültig im konterrevolutionären Lager verorten würde.

Später erfuhr ich, dass man ihn schon am Vorabend seiner öffentlichen »Demaskierung« festgenommen und im schuleigenen »Kuhstall« eingepfercht hatte – also in einem jener berüchtigten Verschläge, die den Feinden der Revolution, den »Rinderteufeln und Schlangengeistern«, vorbehalten waren. In jenen außergewöhnlichen Zeiten konnte die schulische »Arbeitsgruppe« einfach festnehmen und gefangen halten, wen immer sie wollte, ohne dafür die Justizorgane einzuschalten.

Die Frau des Beschuldigten wurde zwar auch isoliert, aber mit deutlich mehr Milde behandelt, denn die Arbeitsgruppe legte Wert auf ein politisch korrektes Vorgehen. Frau Yuan galt nur als unter Aufsicht – als Vorsichtsmaßnahme, damit sie keine heimlichen Absprachen traf oder Selbstmord beging.

Als ich mich aus der Menge hinausdrängte, die sich vor der Wandzeitung versammelt hatte, erblickte ich Yan Zhe, der sich mit wachsbleichem Gesicht im Hintergrund hielt, seine Augen glänzten unnatürlich, wie die eines Fieberkranken. Ich konnte mir vorstellen, wie in ihm eine Welt zusammenbrach: Er musste gerade mit eigenen Augen zusehen, wie das Unheil sich wie ein riesiger schwarzer Vogel auf ihn und seine Eltern herabstürzte. Nach außen hin jedoch bewahrte er Haltung und reckte den Kopf trotzig empor.

Später, als dieser Albtraum ausgestanden war, vertraute er mir an, wie es damals wirklich in ihm ausgesehen hatte. »Ich war nicht im Geringsten so stark, wie du glaubst. Das war bloß Fassade. Dahinter steckte nichts als mein krankhafter Stolz – es war eine brüchige Hülle, die ich zusammengeflickt hatte, um mich selbst zu schützen.«

An jenem Abend fühlte ich mich außerstande, ihn zu grüßen, mit gesenktem Kopf und einem stummen Seufzer stahl ich mich davon. *Ich sollte zu seiner Familie auf Abstand gehen*, fuhr es mir durch den Kopf. Den ganzen Vormittag verbrachte ich in gedrückter Stimmung und bemerkte die widersprüchlichen Blicke meiner Mitschüler, die von meiner Freundschaft mit Yan Zhe wussten. Unsere Liebesbeziehung war damals schon ein offenes Geheimnis, doch nun überlegte ich ernsthaft, ob ich sie nicht beenden sollte – nicht etwa aus eigennützigem Kalkül (zu einem derart berechnenden Verhalten war ich in meinen jungen Jahren noch gar nicht fähig), sondern einzig und allein aus Klassenbewusstsein. Ich hatte Yan Zhe lieb – aber er hatte einen niederträchtigen Konterrevolutionär zum Vater! Wie hätte ich, eine Tochter der Arbeiterklasse aus untadeligen Verhältnissen, jemals in eine solche Familie einheiraten sollen!

Als ich mittags nach Hause zurückkam, erzählte ich meinen Eltern, was in der Schule vorgefallen war. »Die Wandzeitung von Xuexu ist ganz anders als die früheren«, fügte ich hinzu. »Alles, was er darin enthüllt hat, stimmt. Und an seiner Analyse ist ja irgendwie auch was Wahres dran. Wenn man genauer darüber nachdenkt, hatte Herr Yan vielleicht wirklich irgendwelche Hintergedanken ...«

»Blödsinn!«, schrie mein Vater wutentbrannt dazwischen. »So ein verdammter Blödsinn! Herr Yan erzählt uns ein bisschen was über seine Krabbelviecher, und das soll ein Verbrechen sein?! Wir sind jetzt seit acht Jahren Nachbarn – da weißt du ja wohl ganz genau, was das für Leute sind! Durch und durch gute Menschen sind das! Qiuyun, wir trauen unseren eigenen Augen und nicht dem Gerede von denen da oben. Mir ist das schon früher aufgefallen, dass sich die hohen Tiere seit ein paar Jahren oft wie die Verrückten aufführen ...«

»Qiuyun«, fiel meine Mutter ihm rasch ins Wort, ehe er die Regierung mit weiteren Schmähungen überziehen konnte, »egal, was die anderen treiben: Wir bleiben unserem Gewissen treu. Du verhältst dich zu Yan Zhe so, wie er es verdient hat, und fertig. Um es mal ganz offen zu sagen: Yan Zhe ist nicht nur ein guter Junge, er ist ein richtig feiner Herr. Wenn er unser Schwiegersohn wäre, wäre das für uns ein großes Glück!«

Die Worte meiner Eltern vertrieben mit einem Schlag den Nebel, der mir den Blick getrübt hatte. Mir fiel ein Stein vom Herzen, denn in Wahrheit hatten sie mir beide aus der Seele gesprochen, ich hatte meine Gefühle nur unter dem Druck meiner

Umgebung verleugnet. Nun schätzte ich mich aufrichtig glücklich, dass ich solche Eltern hatte: ungebildet zwar und ohne besonderes politisches Gespür, aber mit einem gesunden Menschenverstand ausgestattet, der sie zuverlässig in ihrem Urteil über Recht und Unrecht in der Welt leitete.

Nach ihrer Zurechtweisung war meine Unentschlossenheit weg und kam auch nie mehr zurück. Nur über den letzten Satz meiner Mutter genierte ich mich und tat, als wäre ich verärgert. »Mama, was redest du denn da! Schwiegersohn und hoher Herr? Du solltest dich was schämen!«

Als Nächstes nahm ich meinen Vater ins Visier. »Papa, zumindest eine Schuld hat Herr Yan doch aber wirklich auf sich geladen: Er hat eine Schachtel Zigaretten vor dir auf den Boden gestreut, damit du sie aufhebst! Er hat die Arbeiterklasse beleidigt!«

»Du dumme Göre!« Er errötete. »Musst du dieses Fass jetzt auch noch aufmachen? Da war ich doch eigentlich selber dran schuld. Vor lauter Gier hatte ich mich völlig vergessen – ich bin auf dem Boden rumgekrochen, nur um ein paar Kippen aufzusammeln. Wäre Herr Yan wohl auch so tief gesunken, wenn ihn die Lust auf eine Zigarette gepackt hätte? Na, was meinst du?« Ohne meine Antwort abzuwarten, fuhr er fort: »Nein, niemals! Herr Yan ist ein echter Intellektueller, der stirbt lieber, als dass er seine Würde verliert!«

Ich dachte über seine Worte nach und musste ihm im Stillen recht geben. Die ganze Familie Yan hätte lieber ihr Leben verloren als ihre Selbstachtung – und genau das machte sie auch so verletzlich. So ungebildet mein Vater auch war, er bewies immer wieder einen erstaunlich scharfen Blick. Das Maß an kritischer Selbsterkenntnis, das er allein in diesen wenigen Worten offenbart hatte, hätte ich niemals aufgebracht. In Wahrheit war auch er selbst nicht immer ein einfacher Arbeiter gewesen: In den ersten Jahren der Volksrepublik, zur Zeit der Bodenreform und der Kampagne gegen Konterrevolutionäre, hatte er das Amt eines Gemeindevorstehers bekleidet – ein Amt, dessen Macht damals so weit reichte, dass er Erschießungen anordnen konnte.

Als ein Kurier seiner Gemeinde einmal allein eine Gruppe von einem guten Dutzend Häftlingen in die Kreisstadt eskortieren sollte, gingen ihm einige davon zu langsam, und er erschoss sie kurzerhand, ehe er weitermarschierte. Ich habe nie erfahren, ob der Kurier eigenmächtig oder mit Rückendeckung meines Vaters handelte, denn mein Vater redete mit uns Kindern nie darüber. Jedenfalls legte er danach sein Amt nieder, verließ seine Heimat und begann ein neues Leben als Lastträger in Beiyin.

Und nun bewies er eine geradezu beängstigende prophetische Gabe. Hätte er nur nicht das Wort »sterben« in den Mund genommen! Zu diesem Zeitpunkt ahnte er noch nicht, wie recht er damit haben sollte.

Am Nachmittag kam Xuexu an unsere Tür und rief meinen Namen. Früher waren er, Yan Zhe und ich gewöhnlich gemeinsam zur Schule gegangen, auch wenn wir nicht demselben Jahrgang angehörten. Doch schon seit dem Ausbruch der Kulturrevolution – und nun erst recht – hielt sich Xuexu von Yan Zhe fern, und da ich mich normalerweise seinem Rivalen anschloss, ging er notwendigerweise auch zu mir auf Distanz. An diesem Tag jedoch wollte er mich zum ersten Mal seit Längerem wieder abholen.

»Qiuyun«, rief er, »Zeit, zur Schule zu gehen! Die Arbeitsgruppe hat angeordnet, dass heute die ganze Schule die neue Prachtzeitung diskutieren soll!«

Aus seiner Stimme sprach unüberhörbar der Stolz, mehr noch: die Prahlerei dessen, der den Lauf der Dinge von einer höheren Warte aus zu verfolgen glaubt.

Ich wusste seit Langem, dass er ein Auge auf mich geworfen hatte. Nachdem ich mich unmissverständlich für seinen Nebenbuhler entschieden hatte, hatte er gewiss eine trübselige Zeit durchgemacht. Nun jedoch sah er die Stunde gekommen, um sich für seine Niederlage zu rächen.

Noch ehe ich dazu kam, ihm zu antworten, stürmte mein Vater mit nacktem Oberkörper aus dem Wohnzimmer hervor und brüllte in das westlich daneben gelegene Zimmer, das ich bewohnte:

»Qiuyun, schreib dir eins hinter die Ohren: Du bist ein Mensch und kein Hund, also benimm dich auch so! Wenn ein anderer in Not ist, musst du ihm wieder aufhelfen und nicht noch nach ihm beißen! Falls du dich in der Schule nicht wie ein anständiger Mensch verhältst, dann wunder dich nicht, wenn ich dich als Tochter verstoße!«

Es war offensichtlich, dass er den Sack schlug und den Esel meinte. Als ich durch das Fenster blickte, sah ich Xuexu wie einen begossenen Pudel vor der Tür stehen. Ihm wurde sicher abwechselnd heiß und kalt. Lange blieb er dort stehen, offensichtlich unwillig, diese Demütigung auf sich sitzen zu lassen, doch am Ende schluckte er seine Wut hinunter und trollte sich grimmig. Mein Vater entstammte nicht nur einer Familie armer Bauern, er war auch ein ungehobelter Kerl, der das Herz auf der Zunge trug und nicht davor zurückscheute, einen Gegenspieler verbal zur Schnecke zu machen. Im Wortgefecht mit ihm hätte Xuexu bestimmt den Kürzeren gezogen.

Damals ahnte ich noch nicht, dass Xuexu selbst keineswegs einen so untadeligen Familienhintergrund hatte, wie er immer behauptete. In Wahrheit war seine Mutter die Nebenfrau eines Majors der Nationalrevolutionären Armee der Kuomintang gewesen. Nachdem ihr Gatte nach dem verlorenen Bürgerkrieg nach Taiwan geflohen war, hatte sie sich notgedrungen mit einem armen Bauern als neuem Mann begnügt, um ihren zweijährigen Sohn durchzubringen. Alle älteren Leute in unserer Nachbarschaft kannten diese Geschichte, und später bekam man auch an höherer Stelle davon Wind. Deshalb entging auch Xuexu, der sich an unserer Schule eine Zeit lang als Speerspitze der Revolution aufgespielt hatte, dem Schicksal nicht, wie alle Kinder mit schlechtem Klassenhintergrund aufs Land geschickt zu werden. Vielleicht wagte er an jenem Tag auch deshalb keinen Streit mit meinem Vater, weil er fürchtete, der könnte die dunkle Vergangenheit seiner Familie ans Licht zerren?

Manches wusste er wohl schon darüber, anderes nicht. Doch ich vermute, sein Wissen war größer als sein Unwissen – warum sonst war er damals, als das Haus der Yans durchsucht wurde und ich die Rede auf den Cheongsam seiner Mutter brachte, sofort kreidebleich geworden? Spätestens als er dann aufs Land verschickt wurde, kannte er mit Sicherheit die ganze Wahrheit. Doch noch immer gaukelte er, ob bewusst oder nicht, sich selbst und uns anderen einen revolutionären Familienhintergrund vor, den er gern gegen den »konterrevolutionären Klassencharakter« mancher anderer Leute ausspielte – zum Beispiel gegen Yan Zhe. Seine Heuchelei war mir zuwider, doch ich empfand auch Mitleid mit ihm. Glücklicherweise verschwand die kollektive Hysterie, die während der Kulturrevolution grassierte, beim Großteil der Menschen danach wieder. Nur bei Xuexu nistete sich diese Hysterie so tief ein, dass er sich vermutlich sein Leben lang nicht mehr von ihr frei machen konnte.

Erst als er sich nun davongetrollt hatte, traute ich mich aus dem Haus und rief nach Yan Zhe – doch bei den Yans war niemand zu Hause. In der Schule angekommen, lief ich sogleich zu seinem Klassenzimmer. Durch das Fenster sah ich, dass er ganz allein in dem verwaisten Raum saß, vor sich den »Beschluss des Zentralkomitees der Kommunistischen Partei Chinas über die Große Proletarische Kulturrevolution«, einen Band *Ausgewählte Werke von Mao Zedong*, eine englische Ausgabe von Marx' *Kapital* und ein dickes englisch-chinesisches Wörterbuch, in dem er immer wieder blätterte. Eigentlich war sein Englisch sehr solide, schließlich hatte er die Sprache von klein auf von seinen Eltern gelernt. Aber seit er an der Ersten Mittelschule von Beiyin auf Russisch hatte umsatteln müssen, war sein Englisch ein wenig eingerostet.

Die Kulturrevolution veränderte im Handumdrehen alle zwischenmenschlichen Beziehungen. Mitschüler, die eben noch befreundet gewesen waren, wurden plötzlich zu Todfeinden. Zwar hätte das Schandmal des »rechten Objekts«, mit dem Yan Zhes Vater bereits vor der Kulturrevolution gebrandmarkt worden war, schon genügt, um das Selbstvertrauen so manches jungen Menschen zu zerstören, doch Yan Zhes schulische Leistungen waren so herausragend, dass sie ihm bis zu diesem Zeitpunkt immer noch großen Respekt unter seinen Mitschülern eingebracht hatten. Auch wenn sie ihn oft für sein politisches Desinteresse kritisiert hatten, konnten sie ihm tief im Innern doch ihre Achtung nicht verwehren.

Nach dem Ausbruch der Kulturrevolution jedoch behandelten sie ihn nur noch wie einen Haufen Dreck. Keine Schülerorganisation wollte ihn mehr in ihren Reihen haben, ja, kaum jemand wollte überhaupt noch mit ihm verkehren. Wang Quanzhong war einer der wenigen, die es wagten, den Kontakt mit ihm aufrechtzuerhalten. Für einen so stolzen Jugendlichen, wie Yan Zhe es war, muss das ein vernichtendes Gefühl gewesen sein, schwerer zu ertragen als der Tod.

Und so kam es, dass er nun mutterseelenallein im leeren Klassenzimmer saß, still in das Studium seiner Texte vertieft – wobei die Tatsache, dass er anders als jeder andere auch eine englische Ausgabe des *Kapitals* zum Gegenstand seiner Lektüre machte, einen subtilen Akt des Widerstands darstellte: Denn die Lehren und Gedanken, die man damals in China hochhielt, hatten mit dem Marxismus in Wahrheit nur noch wenig gemeinsam.

Starr und aufrecht wie eine steinerne Statue saß er da, doch die ruhige Miene war nur eine Maske. Seine zerfurchte Stirn verriet den Zorn, der in ihm loderte. Während ich ihn durch das Fenster beobachtete, überkam mich tiefes Mitleid. Die Attacken auf die »Rinderteufel und Schlangengeister« hatten in diesen Tagen eine neue Dimension erreicht: Die Täter quälten ihre Opfer nicht mehr nur seelisch, sondern auch körperlich, und Yan Fuzhi war ihr bevorzugtes Angriffsziel. Selbst in das Klassenzimmer, in das sich Yan Zhe verkrochen hatte, drangen gewiss noch immer die Schreie seines Vaters vom Schauplatz der öffentlichen Kampfsitzung – und er war außerstande, seine Eltern zu schützen oder für sich selbst eine Zuflucht zu finden. Wie schrecklich er darunter leiden musste! Der Gedanke daran, dass ich mich ausgerechnet in der Stunde seiner größten Not von ihm hatte abwenden wollen, beschämte mich zutiefst. Erst die Ermahnungen meiner Eltern hatten mich wieder der Stimme meines Herzens folgen lassen.

Mit einem stummen Seufzer trat ich an die Tür seines Klassenraums und rief seinen Namen. Er saß mit dem Rücken zu mir, doch ich sah ganz deutlich, wie er beim Klang meiner Stimme erbebte – vielleicht hatte er schon nicht mehr damit gerechnet, dass ihn noch jemand so zärtlich mit Namen anreden würde. Doch als er sich zu mir umdrehte, war sein Ausdruck gefasst.

Ich vermied es, von seinen Eltern zu sprechen, und versuchte erst gar nicht, ihn zu trösten, aus Furcht, ich könnte ihn in seinem Stolz verletzen. Ich sagte nur so ruhig wie möglich:

»Ich soll dir von meinen Eltern sagen, dass du immer bei uns essen kannst.«

Er blickte mich an, als wäre ich eine Fremde, doch seine Augen wurden feucht. Mir wurde so traurig zumute, dass ich am liebsten lauthals losgeheult hätte. Mit eiserner Selbstbeherrschung hielt er seine Tränen zurück und antwortete mir so gelassen, wie es ihm möglich war:

»Richte deinen Eltern meinen Dank aus, aber das wird nicht

nötig sein. Ich kann kochen und für mich selbst sorgen.« Nach einer Pause fügte er hinzu: »Und dir auch danke, Qiuyun.« Dann vertiefte er sich wieder in seine Lektüre.

An diesem Abend fand wie üblich eine Kampfsitzung statt. Die »reaktionäre Bande« war inzwischen auf fünf Delinquenten angewachsen, die nebeneinander in der Mitte des Sportplatzes standen. Zur Demütigung hatte man ihnen die Schädel halb kahl geschoren und ihnen schwere Schilder um die Hälse gehängt, die sie als »Reaktionäre« auswiesen. Über ihren Köpfen baumelten starke 200-Watt-Birnen, die man absichtlich so tief angebracht hatte, dass sie ihnen bei diesem heißen Wetter bald die restlichen Haare versengten. Obendrein lockte das grelle Licht Scharen von Insekten herbei, die die fünf Köpfe umschwirrten und wie feindliche Flieger über sie herfielen. Die Angeklagten ließen diese Folter stumm über sich ergehen und wagten nicht, die Tiere zu verscheuchen.

Als Yan Fuzhi an der Reihe war, trat er vor. Auf ein scharfes Kommando hin stieg er auf eine lange, lehnenlose Bank mit nur drei Beinen. Kaum hatte er endlich mühsam sein Gleichgewicht gefunden, trat einer seiner Peiniger mit voller Wucht gegen die Bank, sodass er mit dem Gesicht voran auf den Boden knallte. Unter gellendem Gejohle und wüsten Beschimpfungen rappelte er sich mühselig wieder auf, das Gesicht blutverschmiert. Wahrscheinlich hatte er sich die Schneidezähne ausgeschlagen.

Das Blut verwandelte sein Gesicht in eine abscheuliche Fratze, die nichts mehr mit jenem Fremden gemeinsam hatte, der mir als sechsjährigem Kind wie eine Erscheinung aus höheren Sphären vorgekommen war. Als er den Kopf hob, blickte er genau in meine Richtung. Ich bin außerstande, den Ausdruck auf seinem Gesicht damals zu beschreiben, doch er hat sich mir tief ins Gedächtnis eingebrannt. Viele Jahre danach, als ich in einem Tierfilm im Fernsehen einen schwer verletzten Kaffernbüffel sah, der von einer

Horde Hyänen umzingelt war, fiel es mir plötzlich ein: Genau wie dieser Büffel hatte damals auch Yan Fuzhi dreingeblickt – voll schicksalsergebener, ohnmächtiger, tiefer Traurigkeit und doch zugleich auf eine verzweifelte, geradezu lachhafte Weise bemüht, sich einen letzten Rest Würde zu bewahren.

Wieder nötigten ihn seine Peiniger auf die Bank, auf der er nur mit Mühe und Not sein Gleichgewicht halten konnte. Dann trat Wan Jiasheng vor, ein Schüler der zwölften Jahrgangsstufe, und ergriff das Wort. Ich kannte ihn ziemlich gut, denn er gehörte wie ich der Agitationsgruppe unserer Schule an, mehr noch: Er war ihre treibende Kraft. Obendrein hatte er ein überaus einnehmendes Äußeres und verströmte eine sanfte, höchst kultivierte Aura, sodass nicht wenige Mädchen heimlich in ihn verliebt waren. Zu allem Überfluss spielte er auch noch hervorragend Flöte und Erhu; wenn er auf der Flöte die Weise von den »Frühlingsblüten in einer Vollmondnacht am Fluss« anstimmte, rührte er die Herzen seiner Zuhörer so sehr, dass sie sich in ätherische Gefilde versetzt glaubten. Doch natürlich trat er an diesem Abend nicht als Musiker auf.

Die Kulturrevolution hatte bereits eine Phase erreicht, in der die Akteure »den Pinsel weglegten und zur Waffe griffen«. Eine Kritik nur mit Worten galt nichts mehr – und was hätte man Yan Fuzhi schon fragen sollen außer: »Welche heimtückische Absicht hast du mit deiner Behauptung verfolgt, die Ameisen seien altruistisch? Worauf hast du mit deinem Loblied auf die Honigtopfameisen abgezielt?« Der Angeklagte hatte sich so geradeheraus geäußert, dass selbst eine Kritik von einer noch so hohen Warte des Klassen- und Linienkampfs die revolutionären Massen nicht mehr zufriedenstellen konnte. Bei einer »bewaffneten Kritik« dagegen waren der Fantasie keine Grenzen gesetzt. Zwar hatte unser Oberster Führer höchstpersönlich uns ermahnt: »Ihr sollt mit Worten kämpfen, nicht mit Waffen«, doch die linke Studenten- und Schülerschaft wusste instinktiv, welche Worte ihres Großen Steuermanns unverletzliche Gebote waren und welche bloß Lippenbekenntnisse, über die man sich lächelnd hinwegsetzen konnte.

Wan Jiasheng überschüttete den Delinquenten mit Schmähungen und versetzte ihm einen Fausthieb. Der Schlag wirkte nicht besonders heftig, dennoch stieß Yan Fuzhi einen schrillen Schmerzensschrei aus. Rasend vor Wut, starrte er seinen Peiniger an. Jiasheng hielt seinem Blick stand und schlug mit großer Gelassenheit noch mal zu. Wieder schrie sein Opfer auf, und diesmal sah ich auch, warum: Als Jiasheng seine Faust zurückzog, blitzte es zwischen seinen Fingern auf – in die Lücken hatte er sich lange Nadeln gesteckt, an deren Spitzen jetzt frisches Blut klebte.

Ich ertrug das grausame Schauspiel nicht länger. Gegen die Tränen kämpfend, bahnte ich mir mit gesenktem Kopf hastig einen Weg aus der Menge zum Revolutionsbüro. Der offizielle Name der Institution, die in diesem Büro residierte, lautete: »Kulturrevolutionskomitee der Ersten Mittelschule von Beiyin«. Formal handelte es sich um die erste städtische Schülerorganisation dieser Art, doch in Wahrheit war diese Organisation staatlich gelenkt: Song Tianming, Mitglied im Bezirksparteikomitee und Leiter der Finanz- und Handelsabteilung dieses Komitees sowie Leiter der lokalen Arbeitsgruppe, hatte sie höchstpersönlich gegründet. Jeder, der die Kulturrevolution erlebt hat, weiß: Die grauenhafteste und brutalste Phase an den Schulen und Universitäten war die erste, in der die Arbeitsgruppen und Roten Garden das Sagen hatten. Später, als die Rebellenbewegungen die Macht an sich rissen, kam es zwar auch zu blutigen bewaffneten Kämpfen, doch das waren wenigstens Kämpfe unter ebenbürtigen Gegnern und keine enthemmten Grausamkeiten, die die Stärkeren an ihren gänzlich wehrlosen Opfern verübten.

Im Revolutionsbüro traf ich Xuexu an. Er saß in einem großen Lehnstuhl und las Zeitung. Nachdem er sich mit seiner »Prachtzeitung« einen Namen gemacht hatte – die Parteioberen ahnten damals noch nichts von seinem familiären Hintergrund –, war er zum Vorsitzenden des Kulturrevolutionskomitees aufgestiegen und sonnte sich in der Gunst der Arbeitsgruppe. Unsere Lokalzeitung stimmte sogar in ihrer Kolumne auf dem Titelblatt ein Loblied auf ihn an: Er sei »ein guter Schüler des Vorsitzenden Mao«. Für einen einfachen Mittelschüler war dies eine unerhörte Auszeichnung. Womöglich las er in diesem Moment sogar ebendiesen Artikel. Gestützt auf seinen neuen Status, änderte er nun auch sein Vorgehen und orchestrierte die immer brutaler werdenden Kampfsitzungen nur noch hinter den Kulissen, ohne selbst in Erscheinung zu treten.

Bei meinem Eintreten rief ich ihn nicht mit Vornamen, sondern versuchte, ihm mit seinem neu erlangten Titel zu schmeicheln: »Vorsitzender Zhuang!«

Er war sichtlich überrascht von meinem Kommen und stutzte kurz – und für einen flüchtigen Moment huschte ein Ausdruck der Freude über sein Gesicht: der spontanen, aufrichtigen, gänzlich apolitischen Freude eines Jungen über »sein« Mädchen. Doch gleich danach erstarb diese unfreiwillige Gefühlsbekundung auch schon wieder – wahrscheinlich war ihm die Demütigung durch meinen Vater wieder eingefallen, aber auch seine Würde als »Amtsperson«.

»Qiuyun, was führt dich zu mir?«, fragte er kühl.

Ich schilderte ihm die Szene, deren Zeugin ich soeben geworden war, und schloss mit den Worten: »Yan Fuzhi mag noch so verabscheuenswert sein, aber man darf ihn doch nicht so quälen! Der Vorsitzende Mao hat selbst gesagt: ›Ihr sollt mit Worten kämpfen, nicht mit Waffen.‹ Deshalb bitte ich dich, diesem Treiben ein Ende zu setzen.«

Ich war ohne große Hoffnungen zu ihm gekommen und hatte damit gerechnet, dass er mich mit ein paar amtlichen Floskeln abspeisen und die Verantwortung auf andere abschieben würde. Doch die Schärfe, mit der er mich im Brustton der Überzeugung zurechtwies, kam für mich dennoch überraschend.

»Guo Qiuyun!«, rief er mich mit erhobener Stimme und strenger Miene zur Ordnung. »Ich weiß, dass du und Yan Fuzhi Nachbarn seid und dass du mit Yan Zhe« – hier betonte er seine Worte mit besonders viel Nachdruck – »*befreundet* bist. Aber du solltest dich einmal fragen, aus welchem Klassengefühl heraus du deine Bitte an mich richtest!« Als wäre er tief enttäuscht von mir, fuhr er fort: »Mit so einer Bitte aus deinem Mund hätte ich wirklich nicht gerechnet. Du solltest dich in Acht nehmen und ernsthaft in dich gehen!«

Seine Maßregelung verschlug mir die Sprache. Mit einem gequälten Lächeln trat ich den Rückzug an.

Zum Schauplatz der Kampfsitzung kehrte ich nicht mehr zurück. Stattdessen trieb ich mich in den stillen Ecken des Schulhofs herum. Niedergeschlagen grübelte ich wieder und wieder über dieselbe Frage: Wie konnte es sein, dass Xuexu mich für ein völlig berechtigtes Anliegen abgekanzelt hatte, als hätte ich mich moralisch vergangen? Unbewusst lenkte ich meine Schritte zu dem kleinen Wäldchen auf dem vorderen Schulhof.

Die Erste Mittelschule von Beiyin blickte auf eine gut hundertjährige Geschichte zurück, und ihre Gebäude waren sogar noch älter: Ursprünglich hatten sie ein buddhistisches Kloster beherbergt, den »Großen Tempel des Ostens«. Auch viele uralte Bäume hatten den Wandel der Zeiten überdauert und ragten im Schulhof in den Himmel. In ihrem Geäst nisteten die weißen Vögel vom fernen Fluss. Jeden Abend, wenn die Sonne unterging, schwebten Scharen dieser Vögel unter einem betörenden Gesang aus dem tiefblauen Himmel herab, wie bleiche Geister aus dem Paradies.

Manchmal, wenn ein Sturm gewütet hatte, lagen hinterher die herabgefallenen Eier und Jungen auf dem Boden verstreut. Die

Eier waren natürlich zerbrochen, und man konnte sie nur noch betrauern, doch von den Jungen blieben manche unversehrt und stießen lange Klagelaute aus. Einmal hatte ich Xuexu gebeten, für mich auf einen Baum zu klettern, um ein Junges in sein Nest zurückzutragen. Er war schon immer ein guter Kletterer gewesen, doch dieses Mal brachte ich ihn in ernsthafte Bedrängnis. Tatsächlich kletterte er auf den riesigen Schnurbaum und lieferte das Junge erfolgreich oben ab, aber dabei hätten ihm die Vogeleltern fast die Augen ausgepickt.

Die Schüler der anderen Schulen beneideten uns um unseren Schulhof. »Was ihr für ein Glück habt! Morgens und abends könnt ihr euch in den Schatten der Bäume setzen und eure Bücher lesen, und dazu zwitschern euch die Vögel etwas vor.«

1958, während des Großen Sprungs nach vorn, wollten manche die Bäume fällen, doch der Parteisekretär der Schule hielt sie davon ab. »Diese alten Bäume sind die Seele unserer Schule. Wenn ihr sie abhacken wollt, müsst ihr mir zuerst die Beine abhacken!«

Damit rettete er die Baumriesen fürs Erste. In der Spätphase der Kulturrevolution jedoch, als man eine große Eisenbahnlinie zwischen Mittel- und Südchina bauen wollte, zogen sie erneut begehrliche Blicke auf sich – diesmal sollten sie als Holz für die Schienenschwellen herhalten. Der alte Parteisekretär diente zwar immer noch an unserer Schule, doch nachdem man ihn zu Beginn der Kulturrevolution gedemütigt hatte, hatte er seinen Schneid verloren und wagte nun keinen Widerstand mehr zu leisten. Und so fanden all diese uralten Bäume ein trauriges Ende – aber das ist eine andere Geschichte.

Allein lief ich in dem stillen Wäldchen umher, doch selbst hier, in diesem einstigen »Märchenwald«, spürte ich, wie die gesamte Schule unter Hochspannung stand und die Luft vor fiebriger Erregung und brennender Blutgier förmlich vibrierte – und mittendrin mein alter Sandkastenfreund Zhuang Xuexu! Genauso wenig hätte ich mir träumen lassen, dass auch der so kultivierte Wan Jiasheng solch eine abgrundtief sadistische Seite offenbaren würde – ich glaube, auch er selbst hatte das unmöglich vorhergesehen. Wie konnte derselbe Mensch, der auf seiner Flöte überirdische Schönheit heraufbeschwören konnte, eine derartige Bestialität in sich bergen?

Die Schläger und Mörder unter den Schülern wurden nie zur Rechenschaft gezogen, auch später nicht, als die Arbeitsgruppe und das Revolutionskomitee ihre Macht längst eingebüßt hatten. Mehr noch: Sie brachten nicht einmal ein Wort des Bedauerns über ihre Lippen. Soweit ich weiß, war Jiasheng der Einzige, der aufrichtige Reue empfand. Nachdem der »kollektive Wahnsinn« wieder verflogen war, so vertraute er einem Zimmergenossen im Wohnheim an, sei er viele Nächte schlaflos auf und ab gewandelt, in endlose Selbstgespräche versunken.

»Ich begreife einfach nicht, wie ich mich in so einen tollwütigen Hund verwandeln konnte!«, bekannte er gegenüber seinem besten Freund. »Ich war wie besessen!«

Einmal kam er sogar zu mir und fragte mich zaghaft, ob ich nicht ein Treffen mit Yan Zhe arrangieren könne: Er wolle ihn um Verzeihung bitten. Gerührt suchte ich sogleich meinen Freund auf und trug ihm Jiashengs Bitte vor. Leider lehnte er es ab, sich mit Jiasheng zu verabreden. Nachdem er in ein langes, brütendes Schweigen versunken war, den finsteren Blick auf den Boden geheftet, hob er endlich die Augen und sagte:

»Ich will ihn nicht sehen. Wenn meine Eltern nach all den unsäglichen Leiden noch am Leben wären, könnte ich ihm wahrscheinlich vergeben. So aber bin ich dazu außerstande. Sag ihm, dass sich mein Groll nicht gegen ihn im Speziellen richtet. Aber es gibt zwischen uns nichts zu bereden.«

Mir tat Jiasheng leid. Yan Zhe dagegen kam mir kleinherzig vor – schließlich war Jiasheng damals nur ein Junge von siebzehn oder achtzehn Jahren gewesen, und vor allem bereute er als einziger ehemaliger Schüler unserer Schule aufrichtig, was er getan hatte. Allein das war doch schon aller Ehren wert! Dennoch versuchte ich nicht, meinen Freund zu überreden – ich fühlte mich nicht dazu berechtigt, das von einem Menschen zu fordern, der Vater und Mutter verloren hatte.

Nach dem gewaltsamen Tod seiner Eltern hätte er beinahe einen Zusammenbruch erlitten. Er verkroch sich in seinem Zuhause, kam nicht mehr heraus und aß und schlief kaum noch. Meine Mutter und ich verbrachten damals jeden Tag viel Zeit mit ihm, und zu den Mahlzeiten nötigten wir ihn zu uns. Unter dem ständigen Zuspruch unserer ganzen Familie kämpfte er sich endlich wieder aus seinem schwarzen Loch heraus und kehrte ein halbes Jahr nach dem schweren Schicksalsschlag ins Leben zurück. Sein Gemütszustand normalisierte sich allmählich, und er beteiligte sich auch wieder an den Aktivitäten der Schülerorganisationen. Trotzdem blieb ich ihm gegenüber stets auf der Hut: In seiner Gegenwart wagte ich es nicht mehr, seine Eltern zu erwähnen, aus Angst, damit alte Wunden aufzureißen. Deshalb unternahm ich auch gar nicht erst den Versuch, ihn umzustimmen, als er sich weigerte, mit Jiasheng zu sprechen.

So schonend wie möglich brachte ich seine Ablehnung Jiasheng bei: In nächster Zeit könne Yan Zhe ihn leider nicht treffen. Ich sah, wie sich sein Blick schlagartig trübte. Mit gesenktem Kopf, von einer Aura der Einsamkeit umgeben, trottete er langsam davon. Ich empfand tiefes Mitleid mit ihm.

Nachdem ich erlebt hatte, wie unversöhnlich mein Freund war, traute ich mich erst recht nicht mehr, ihm zu gestehen, welche Schuld ich gegenüber seinem Vater auf mich geladen hatte. Ihm dies zu verschweigen, hat mich mein Leben lang geschmerzt.

An jenem Abend trieb ich mich noch lange in dem kleinen Wäldchen herum. Erst tief in der Nacht legte sich langsam der

Blutdurst, der die Schüler ergriffen hatte, die allgemeine Erregung wich der Erschöpfung, und meine Mitschüler gingen grüppchenweise in die Wohnheime zurück, während die Delinquenten wieder in ihren »Kuhstall« gesperrt wurden, damit sie dort an ihren endlosen Selbstkritiken weiterschreiben konnten.

Als auch ich endlich in mein Mädchenwohnheim zurückkehrte, schliefen meine Zimmergenossinnen schon alle – genau wie ich es erhofft hatte. Weil ich die Freundin von Yan Zhe war, herrschte zwischen mir und den anderen Mädchen in diesen Tagen oft ein betretenes Schweigen, das wir mit gezwungenen Konversationsversuchen zu brechen versuchten. Deshalb ging ich jeder Begegnung so weit wie möglich aus dem Weg.

Da in vielleicht zwei Stunden schon der Morgen grauen würde, legte ich mich bekleidet, wie ich war, aufs Bett. Doch kaum war ich eingedöst, läuteten die Glocken Sturm, und eine Lautsprecherdurchsage ertönte:

»Alle revolutionär gesinnten Rotgardisten sollen unverzüglich in die große Aula kommen! Unverzüglich in die große Aula!«

Meine aus dem Schlaf geschreckten Zimmergenossinnen zogen sich schleunigst etwas über und hasteten, ohne sich davor auch nur das Gesicht zu waschen, im Laufschritt nach draußen. Doch ich war die Allererste, denn ich musste mir ja gar keine Kleidung mehr anziehen. Draußen vor der Aula angekommen, drang mir ein herzzerreißendes Geheul an die Ohren, das meine noch schlafvernebelten Sinne so unvorbereitet traf, dass mich ein kalter Schauder überlief.

Im Innern der Halle fanden wir Xuexu, der mit seiner Hand ein Porträt unseres Großen Vorsitzenden in die Höhe reckte. Er schluchzte so heftig, dass er kaum noch Luft bekam, als sei er von riesigem Schmerz überwältigt, trotzdem gelang es ihm, in Bruchstücken, unterbrochen von Schluchzern, seine Klage rauszupressen. Es dauerte eine Weile, bis ich aus seinem Gestammel schlau wurde: Dieses scheinbar so harmlose Porträt sei in Wahrheit ein widerwärtiger, heimtückischer Angriff auf unseren geliebten Führer, denn wer genau hinsehe, könne im Hintergrund ein verstecktes Wort erkennen: *Tyrann.*

Was die Enttarnung solcher verdeckter Attacken anging, hatte Xuexu schon eine Weile zuvor ein außerordentliches Gespür bewiesen, als er auf dem Umschlag eines Buches – *Ein rotes Herz strebt zur Partei. Auszüge aus dem Tagebuch von Tan Jianhua* – einen konterrevolutionären Giftpfeil entdeckte. Tan Jianhua, der aus einer Familie der Ausbeuterklasse stammte, galt damals als Muster eines ideologisch geläuterten Intellektuellen. Nach seinem Tod fand sein Tagebuch weite Verbreitung, und auch Xuexu und ich hatten uns vor der Kulturrevolution wiederholt daran erbaut, ohne irgendetwas Böses zu ahnen. Doch dann machte Xuexu mich darauf aufmerksam, dass man bei genauem Hinsehen an den Kniekehlen des auf dem Umschlag porträtierten Tagebuchschreibers ein verborgenes Wort erkennen konnte: *Clown.* So raffiniert dieses Wort auch versteckt war – war man einmal darauf aufmerksam gemacht worden, so sah man es klar und deutlich.

Wir teilten unsere Entdeckung sogleich in einem von uns beiden unterschriebenen Brief dem renommierten Volksverlag mit, bei dem das Buch erschienen war. Die Antwort ließ nicht lange auf sich warten: Der für den Umschlag verantwortliche Grafiker sei bereits dingfest gemacht worden und werde nun zur Rechenschaft gezogen. Wie die Redaktion nicht müde wurde zu beteuern, war sie uns jungen revolutionären Kämpfern überaus dankbar für unsere Wachsamkeit. Daraufhin liefen Xuexu und ich eine Weile mit stolzgeschwellter Brust umher und prahlten überall mit unserer unerhörten Entdeckung. In der Spätphase der Kulturrevolution munkelte allerdings tatsächlich manch einer, Tan Jianhua sei ein Heuchler und Clown gewesen – aber das ist eine andere Geschichte.

Auf dem Porträt des Großen Vorsitzenden jedoch, das Xuexu nun in die Höhe reckte, ließ sich das ketzerische Wort, das er entdeckt haben wollte, kaum erkennen. Genauer gesagt, in einem gewöhnlichen Gemütszustand hätte man es nicht erkannt, doch in der eigentümlichen Atmosphäre jener Nacht, in unserem fast hypnotischen Zustand, glaubten wir alle es zu sehen, während Xuexu sich noch immer in seinen von Schluchzern unterbrochenen Wehklagen über diesen heimtückischen Anschlag des Klassenfeindes auf unseren geliebten Führer erging.

Es war, als sei die Aula mit Botenstoffen gefüllt, wie die der Ameisen, von denen Yan Zhe des Öfteren gesprochen hatte. Bloß waren diese menschlichen Botenstoffe von einer ganz anderen Natur: erfüllt von Hass und Wut. Mehr noch: von einem schmerzlich brennenden heiligen Zorn. Der Klassenfeind, den wir aus tiefster Seele verabscheuten, hatte sich doch tatsächlich erdreistet, seine Klauen nach unserem Großen Vorsitzenden zu strecken! Die empörte Menge steigerte sich immer weiter in ihre Erregung hinein. (Zu diesem denkbar unpassenden Moment schoss mir eine Formulierung von Yan Fuzhi durch den Kopf: Die Botenstoffe hätten in einer Ameisenkolonie einen »positiven Rückkopplungseffekt«.) Die meisten von uns vergossen stumme Tränen, doch nicht wenige brachen wie Xuexu in ein ersticktes Schluchzen aus. Uns alle aber packte die Wut.

Fast geschlossen stürmte der entfesselte Mob in den nahen Unterrichtsraum für Geschichte, Geografie und Biologie, denn dort waren die Konterrevolutionäre eingesperrt, an denen unsere »revolutionäre Masse« jetzt Vergeltung üben wollte – egal ob die Angeklagten nun in diese Tat verwickelt waren oder nicht. Auch ich rannte mit den anderen mit.

Die sechs oder sieben »Rinderteufel und Schlangengeister« kauerten dort bäuchlings auf dem Boden im Kreis, wie eine Lotosblume: die Hintern hochgereckt, die Köpfe in der Mitte. Die hereinstürmenden Schüler gingen mit stummer Hingabe ans Werk, traten und prügelten mit Füßen und Knüppeln auf Gesäß und Rücken ihrer Opfer ein. Die Wortlosigkeit, mit der sie ihre Rache übten, steigerte noch den Blutdurst, der in der Luft lag.

Unter den Delinquenten auf dem Boden war auch eine Frau. Erst später bemerkte ich, dass es sich um Yan Zhes Mutter handelte, Yuan Chenlu. Auch wenn man sie – als einzige Frau unter lauter Männern – schon frühzeitig verhaftet hatte, so sah man in ihr keine politische Konterrevolutionärin im engeren Sinne. Ihr Verbrechen beschränkte sich darauf, dass sie einem »dekadenten bourgeoisen Lebensstil« gefrönt hatte. Deshalb war sie auch von den Quälereien der Kampfsitzungen weitgehend verschont geblieben.

Das wahrscheinlich belastendste Material gegen sie waren und blieben jene Fotos, die man bei der Hausdurchsuchung beschlagnahmt hatte und die sie an einem englischen Strand zeigten. Eine Frau in einem so freizügigen Badeanzug hatten wir noch nie zuvor gesehen, entsprechend aufgewühlt waren wir – vor allem die Jungen, deren Geschlechtstrieb gerade erwacht war. Die Fotos übten auf sie eine geradezu magnetische Anziehungskraft aus. Natürlich sprach niemand von ihnen diese Erregung aus, stattdessen übten sich alle in heuchlerischer Verdammung. Und dennoch hatte die erotische Schönheit dieser Bilder vermutlich einen so tiefen Eindruck in ihrem Unterbewusstsein hinterlassen, dass sie die Frau, der sie diese Offenbarung zu verdanken hatten, lange schonten. In dieser Nacht jedoch fielen alle Hemmungen, und auch Frau Yuan wurde zur Zielscheibe der Rache.

Mitten in diesem Mob mit seinen von Hass geröteten Augen tobte auch ich, die ich mich nie zuvor an irgendwelchen Handgreiflichkeiten beteiligt hatte. Erst wenige Stunden zuvor hatte ich mich sogar noch politisch verdächtig gemacht, indem ich Xuexu gebeten hatte, der Gewalt ein Ende zu bereiten. Nun jedoch, in der außergewöhnlichen, albtraumhaften Atmosphäre, die sich über der Schule zusammengebraut hatte, hatte sich auch in mir eine rasende Wut aufgestaut.

Mein Blick fiel auf einen widerspenstigen Delinquenten, der sich mit aller Macht aufzurichten versuchte, obwohl zwei Schüler angestrengt seinen Kopf zu Boden pressten. Ohne auch nur eine Sekunde zu zögern, trat ich ihm mit solcher Wucht gegen den Hintern, dass er nach vorn geschleudert wurde und mit dem Kopf gegen einen anderen Delinquenten prallte. Die beiden Schüler, die ihn niedergehalten hatten, waren überrascht und lockerten für einen Moment ihren Griff, sodass er den Kopf heben konnte. Es war Yan Fuzhi.

Er war damals noch nicht alt, vielleicht dreiundvierzig oder vierundvierzig Jahre, doch sein Haar war bereits halb ergraut, sodass ich ihn schon von hinten erkannte, noch bevor er sich umdrehte, die Stirn blutverschmiert, und mit abgrundtiefer Wut in meine Richtung starrte.

Gewiss erkannte er mich nicht, denn das Blut musste ihm den Blick verschleiert haben. Er sah nur noch eine verschwommene, in Rot getauchte Welt voller bestialischer, nicht auseinanderzuhaltender Fratzen. Dennoch jagte mir sein Blick einen Schrecken ein, und ich erwachte schlagartig aus dem albtraumhaften Blutrausch. Ich rannte davon.

An die nachfolgenden Ereignisse erinnere ich mich nur noch schemenhaft. Mein Gehirn war wie gefroren, während ich auf dem Schulhof umherirrte. Nur ein einziger Gedanke ging mir durch den Kopf: *Wie konnte ich mich nur in so eine widerliche Totschlägerin verwandeln? Wie konnte all das nur passieren?*

Ein anderer Totschläger, Wan Jiasheng, brauchte mehrere Monate, um zur Besinnung zu kommen, meine albtraumartige Trance dagegen währte nur eine Stunde. Ich dachte an »meinen« Yan Zhe und seine Eltern, die immer so gütig und freundlich zu mir gewesen waren – Erinnerungen, die mir so fremd vorkamen, als stammten sie aus einem anderen Leben. Und ich fragte mich, ob mich meine Eltern wohl mit einem Stock verprügeln würden, wenn sie von meiner nächtlichen Raserei erführen.

Dann durchzuckte mich plötzlich ein ganz anderer Gedanke: *Wo steckt Yan Zhe jetzt? Weiß er, wie seine Eltern leiden? Und stürzt er sich in seiner Verzweiflung womöglich selbst in Gefahr?*

Diese bangen Fragen brachten mein Denken wieder in Fluss. Nun wusste ich, was ich zu tun hatte: Ich musste meinen Freund finden, um ihn zu besänftigen und zu beschützen. Nur so konnte ich meine Schuld wiedergutmachen. Hastig begab ich mich auf die Suche nach ihm und lief alle möglichen Orte ab, darunter das schattige Plätzchen unter den Bäumen, an das er sich – zumindest vor der Kulturrevolution – morgens und abends immer so gern zum Lesen und Lernen zurückgezogen hatte, und das Klassenzimmer, in dem er in letzter Zeit so oft allein gesessen hatte. Vergebens. Schließlich tappte ich im Dunkeln zu seinem Wohnheim, in dem damals wie in allen Wohnheimen auf dem Gelände zwanzig oder dreißig Schüler untergebracht waren. Vorsichtig schob ich die Tür auf – sie war nur angelehnt – und schlich mich in sein Zimmer.

Das dröhnende Schnarchen, das mir entgegenschlug, stammte nicht von Yan Zhe, sondern vom Arbeitsgruppenleiter Song Tianming. Im gesamten Bezirk von Beiyin gab es damals keine einzige Universität, unsere Mittelschule war die höchste Lehranstalt und avancierte daher zum lokalen Experimentierfeld der gesamten revolutionären Bewegung. Seit dem Anfang der Kulturrevolution lebte Song gemeinsam mit den »jungen Kämpfern«, den Schülern der Klasse 12c. Eigentlich kam er aus dem Nordosten, aus der Provinz Shandong, wie man unschwer an seinem Akzent hören konnte. Als Kader des dreizehnten Rangs erschien er uns Mittelschülern, die wir noch nichts von der Welt gesehen hatten, beinahe wie ein höheres Wesen. Und diese göttergleiche Erscheinung hatte sich dazu herabgelassen, in einem Wohnheim unter uns Schülern zu hausen! Wir waren von so viel Demut tief bewegt.

Wenn ich Yan Zhe sonst in jenen Tagen besuchte, traf ich dort meistens Song Tianming an, der auf seinem Bett thronte wie ein dickbäuchiger lachender Buddha, oft von zwanzig oder dreißig Schülern umringt, die andächtig an seinen Lippen hingen, während er von seinen revolutionären Erlebnissen erzählte. Später, als das Feuer der Revolution auch die Arbeitsgruppe nicht mehr verschonte, verrieten die ehemaligen Zuhörer, dass Songs allabendliche Aufklärungsarbeit zur Hälfte aus derben Zoten bestanden hatte, die nicht für die Ohren der Öffentlichkeit geeignet waren – eine Enthüllung, die mich tief desillusionierte. Dabei galt meine Enttäuschung gar nicht einmal dem Arbeitsgruppenleiter selbst, denn ich war trotz meiner jungen Jahre schon abgeklärt genug, um zu wissen, dass die Männer – vor allem die unkultivierten – nicht von solchen Schlüpfrigkeiten lassen können und solche Witze zwar schmutzig, aber letztlich harmlos sind. Nein, was mich wirklich enttäuschte, waren die Schüler, die sich wie eine Glaubensgemeinde um Song versammelt hatten: Wie hatten sie nur mit solch ehrfurchtsvoller Miene all diesen Zoten lauschen können! Diese Leistung nötigte mir fast Respekt ab.

Yan Zhe jedoch hatte sich nie unter die Zuhörer gemischt – vielleicht nicht aus Stolz, sondern gerade umgekehrt: aus einem Gefühl der eigenen Minderwertigkeit. Er wusste, dass er nicht zu diesem Kreis gehörte; wenn er sich hineingedrängt hätte, hätte er nur Abscheu erregt.

Als ich nun die Tür aufschob, schlief Song wie ein Stein. Die Glieder weit von sich gestreckt, lag er mit nacktem Oberkörper da. Sein Schnarchen dröhnte aus den Tiefen seines Brustkorbs hervor – vielleicht ahnte er nichts von den Grausamkeiten, die sich gerade an der Schule abspielten, und schlief deshalb den Schlaf des Gerechten.

Nachdem ich eine Weile unschlüssig an der Tür gestanden hatte, machte ich wieder kehrt, weil ich nicht an dem Kader vorbeischleichen wollte, und betrat den Schlafsaal durch die andere Tür. Wie erwartet fand ich auch Yan Zhe in tiefem Schlaf. Die beiden waren die einzigen Schlafenden im ganzen Wohnheim, ja, in diesem Moment vermutlich sogar auf dem gesamten Schulgelände. Als per Lautsprecher der Appell zur Versammlung an »alle revolutionär gesinnten Rotgardisten« ergangen war, war Yan Zhe ihm offenbar im Bewusstsein seines eigenen fragwürdigen Status nicht gefolgt, sodass ihm der Anblick der Tragödie, die seine Eltern durchlitten, erspart geblieben war.

Leise schlich ich zu ihm und verharrte lange an seiner Seite. Im matten Licht der Straßenlaterne, das durch das Fenster hereinsickerte, betrachtete ich seine gerunzelte Stirn und lauschte seinem leisen Atem. Nicht zum ersten Mal kam mir beim Anblick seiner fein geschnittenen und doch so kühnen Züge Zhang Xun in den Sinn, der ruhmreiche General der Tang-Dynastie, gebürtig aus dem Kreis Deng im hiesigen Bezirk. Diesen großen Krieger, der so furchtlos gegen die Rebellen gekämpft hatte, doch zugleich ein Mann von hoher Bildung gewesen war, stellte ich mir genau wie meinen Freund vor.

Ich freute mich für ihn, dass er so friedlich vor sich hin schlummerte – in diesem Moment schien es fast das Beste, was ihm unter diesen schrecklichen Umständen hätte passieren können. Am Morgen würde er der Realität ins Auge blicken müssen, doch zumindest in dieser Nacht musste er sich seinem Leid noch nicht stellen. Wie gern hätte ich seine Hand gestreichelt oder meine Wange an die seine geschmiegt! Doch aus Angst, ihn zu wecken, unterdrückte ich diesen Impuls und schlich mich schließlich wieder hinaus.

Eine Weile trieb ich mich wieder auf dem Schulhof herum. Es war die finsterste Stunde vor Anbruch des Morgengrauens. Die

Gewaltexzesse im Unterrichtsraum waren fürs Erste beendet und die »Rinderteufel und Schlangengeister« wieder in ihre Zellen gesperrt, während die todmüden Schüler grüppchenweise in ihre Wohnheime zurückkehrten. Auch ich schloss mich ihnen unauffällig an. Doch als wir am »Kuhstall« für die weiblichen Delinquenten vorbeikamen, schreckte uns ein schrilles Kreischen auf. Hastig rannte ich hinüber. Der Schrei kam von Yan Zhes Mutter! Ich konnte meinen Sinnen kaum glauben, dass ausgerechnet Frau Yuan, die immer so sanftmütig und ruhig gewesen war, ein derart grauenerregendes Geschrei ausgestoßen haben sollte. Doch ein Irrtum war ausgeschlossen, sie war die Einzige in jenem Kuhstall.

Ein gutes Dutzend Rotgardisten hatte sich dort bereits versammelt, und nun stürmten auch die Schüler herbei, die in der Nähe waren – angeführt von Xuexu. Mit ernsten Mienen standen sie rings um die Tür und hörten Frau Yuans Geständnis zu. Sie und ihr Mann hätten, so bekannte sie voller Angst, schon vor ihrer Verhaftung vereinbart, dass, wer auch immer sein Leid nicht mehr ertrüge, Selbstmord begehen und der andere, sobald er davon erführe, seinem Partner folgen würde. Sie hätten sich für diesen Fall gewappnet, indem sie in ihren Schuhsohlen Rasierklingen versteckt hätten.

Um ihr Geständnis zu untermauern, zog sie tatsächlich aus einer Schuhsohle eine halbe Rasierklinge hervor. Wir Umstehenden zuckten zusammen. Um zu verhindern, dass die Delinquenten Selbstmord begingen, hatte die Arbeitsgruppe uns dazu angehalten, bei der Verhaftung gründliche Leibesvisitationen durchzuführen, bei denen noch die unscheinbarsten Gegenstände wie Füllfederhalter, Ledergürtel oder Taschentücher beschlagnahmt worden waren – die Arbeitsgruppe verfügte in dieser Hinsicht über eine Fülle an einschlägigen Erfahrungen. Mit Rasierklingen in Schuhsohlen hatten aber selbst die Mitglieder der Arbeitsgruppe nicht gerechnet.

»Ich bin mir sicher, dass er heute Selbstmord begehen will! Ganz sicher! Ihr müsst ihn aufhalten! Schnell, sonst ist es zu spät!«, flehte uns Frau Yuan an, sie war vor Angst wie von Sinnen.

Kaum hatte er von dieser neuen List des Klassenfeinds erfahren, setzte sich Xuexu an die Spitze einer Gruppe von Getreuen und stürzte zum Kuhstall für die Männer. Ich heftete mich an ihre Fersen. Doch als wir keuchend dort eintrafen, kam jede Rettung zu spät. Ein Mensch hat nur vier oder fünf Liter Blut. Es braucht nicht lange, um diese Menge zu verlieren.

Die übrigen vier Delinquenten lagen auf ihren Strohmatten und schliefen tief und fest. Dem Fegefeuer zum Trotz, das sie soeben durchlitten hatten, war ihre physische Erschöpfung schließlich größer gewesen als ihre Angst. Yan Fuzhi kauerte halb liegend, halb sitzend in einer Ecke, als schliefe auch er. Doch ich bemerkte sofort die Blutlache, die sich von seinem Körper bis zur Tür schlängelte, und der metallische Geruch stach mir in die Nase. Mir wurde schwarz vor Augen, beinahe fiel ich in Ohnmacht.

Xuexu weckte den Wächter mit einem Tritt. Er schimpfte auf ihn ein und befahl ihm, unverzüglich den Schularzt zu holen. Der Arzt, der sich in aller Hast etwas übergezogen hatte, kam schlotternd vor Angst herbeigestürzt. Er prüfte, ob der Tote nicht vielleicht doch noch atmete, und hob ihm die Lider, ehe er zaghaft befand:

»Da kann man nichts mehr machen, Herr Vorsitzender. Seine Pupillen haben sich geweitet, sein Körper wird schon kalt.«

Xuexu drehte sich zu dem Leichnam um. »Jetzt hast du endgültig mit der Volksgemeinschaft und der Partei gebrochen!«, schrie er ihn an. »Du hast den Tod mehr als verdient!«

Wütend trat er nach den anderen Delinquenten, die bereits aus dem Schlaf aufgeschreckt waren. »Will einer von euch es ihm vielleicht gleichtun? Nur zu, krepiert ruhig! Meinen Segen habt ihr!«

Doch ich durchschaute, wie es in ihm aussah: Mit seinen

Schmähreden kaschierte er nur seine Angst. Schließlich war dies der erste Selbstmord an unserer Schule, und er hatte ihn mit dem von ihm geschürten kollektiven Gewaltexzess heraufbeschworen. Nachdem er noch eine Weile geschimpft hatte, brach er hastig auf – gewiss, um Rat beim Leiter der Arbeitsgruppe zu suchen.

Doch vorher fiel sein Blick noch auf mich, die ich, von Trauer überwältigt, meinen Tränen freien Lauf ließ. Er blieb kurz stehen, durchbohrte mich mit den Augen und marschierte davon, drehte sich nach ein paar Schritten aber noch einmal um und befahl:

»Guo Qiuyun! Du gehst zu Yuan Chenlu und hältst bei ihr Wache! Pass auf, dass sie nicht auch Selbstmord begeht!«

Vermutlich kommandierte er gerade mich zu dieser Aufgabe ab, weil er sich dachte, dass jemand wie ich, die der Witwe besonders nahestand, den Wachdienst so gewissenhaft wie möglich verrichten würde. Tatsächlich hatte ich gegen seinen Befehl nichts einzuwenden und eilte sogleich zu Frau Yuans Zelle.

Die Wächterin, eine blutjunge, klein gewachsene Schülerin, die vor Müdigkeit kaum noch die Augen aufhalten konnte, freute sich sehr über die Ablösung und trottete unter unaufhörlichem Gähnen davon. Die Gefangene dagegen hatte die ganze Zeit aus dem Fenster gespäht und mit ängstlicher Ungeduld auf eine Nachricht von ihrem Mann gewartet. Als sie nun merkte, wie ich ihren Blick mied, begriff sie sofort, was passiert war. Die Gefasstheit, mit der sie diesen Schicksalsschlag aufnahm, überraschte mich. Ohne mich auch nur ein Wort zu fragen, wischte sie sich die Tränen ab, die ihr aus den Augen schossen, und zog sich still auf ihr Bett zurück, um zu schlafen.

Schweigend hielt ich draußen Wache. Durch die offene Tür – wenn die Delinquenten schliefen, musste die Tür stets geöffnet bleiben – ließ ich sie nicht einen Moment aus den Augen.

Ich bewachte sie nicht zum ersten Mal, doch wenn ich vorher diesen Dienst übernommen hatte, sah ich sie so gut wie immer stumm und mit gesenktem Kopf an ihrer Selbstkritik schreiben. Sie war dabei fast regungslos, als sei sie mit dem Stuhl verwachsen, doch immer wieder bemerkte ich, wie ein Ausdruck von Schmerz über ihr Gesicht huschte, während sie sachte mit dem Gesäß ruckte und sich so unauffällig, dass man es kaum merken konnte, an die Lendenwirbel klopfte.

Später erfuhr ich aus dem Mund eines anderen Delinquenten, dass er und seinesgleichen nichts so sehr fürchteten wie das endlose Selbstkritikschreiben – mehr noch sogar als die Quälereien auf den Kampfsitzungen. Denn die eine, immer gleiche Bewegung in der einen, immer gleichen Position verursachte mit der Zeit einen stechenden Schmerz in den Lendenwirbeln, der von geradezu schockierender Intensität sein konnte. Obendrein führte die ewige Sitzposition dazu, dass einem die Beine anschwollen, bis man mit einem Fingerdruck eine tiefe Kuhle darin hinterlassen konnte.

Nicht einmal regelmäßige Hofgänge wie im Gefängnis standen den Delinquenten zu. Die einzige Gelegenheit, bei der sie aus ihren Zellen herauskamen, waren die Toilettenbesuche. Deshalb empfanden sie diese kurzen Gänge als zutiefst kostbar, ja, diese flüchtigen Augenblicke waren die einzige Freude, die sie noch am Leben hielt.

Später, als die Schüler der Bekämpfung gewöhnlicher Delinquenten überdrüssig waren und sich ambitioniertere Angriffsziele in den Arbeitsgruppen und unter den Kapweglern suchten, nötigten sie die einfachen Schuldigen nicht mehr zu endlosen Selbstkritiken, sondern zur Umerziehung durch schwere körperliche Arbeit. Doch die Verurteilten jubelten: »Ihr habt ja keine Ahnung, was für eine Freude ihr uns damit macht! Das ist wie eine himmlische Begnadigung.«

Frau Yuans Leidensfähigkeit war unglaublich. Sie ertrug viel mehr als ihre männlichen Schicksalsgefährten, ohne dass ich in all diesen Tagen je ein Wort der Klage von ihr gehört hätte. Auch wenn ich ihr als einzige Wache zugeteilt war, versuchte sie nicht, die besondere Beziehung, die zwischen uns bestand, auszunutzen und eine Sonderbehandlung für sich zu erflehen. Ich konnte in dieser Zeit – auch ohne dass sie darum gebeten hätte – ohnehin nur eines für sie tun, nämlich ihr in regelmäßigen Abständen Toilettengänge zu erlauben und zwar zu einem entfernten Plumpsklo unter freiem Himmel. Wenn ich sie dorthin gebracht hatte, flüsterte ich ihr zu: »Ich warte hier draußen, gehen Sie nur.«

In Wahrheit wollte ich ihr damit sagen: »Ich stehe hier draußen Schmiere, also lassen Sie sich ruhig Zeit, tanken Sie ein bisschen Sonne und recken Sie die Glieder.«

Natürlich verstand sie, was ich für sie tat, und jedes Mal, wenn sie aus dem Plumpsklo wieder herauskam, dankte sie mir mit einem stummen, aber vielsagenden Blick.

Doch verglichen mit der Schuld, die ich jetzt auf mich geladen hatte, fielen meine früheren Wohltaten kaum ins Gewicht. Ich wurde das Gefühl nicht los, dass ich die Verantwortung an Yan Fuzhis Tod trug. Erst nachdem ausgerechnet ich – das Mädchen, das sein Sohn liebte! – ihn getreten hatte, war auch der letzte Funken Glaube an die Menschheit in ihm erloschen. Meine Gewissensbisse quälten mich wie ein loderndes, erstickendes Feuer. Mit einem schmerzlichen Seufzer platzte es aus mir heraus: »Tante Yuan ...«

In den Tagen zuvor hatte ich sie zwar nie wie die anderen als »Angeklagte Yuan« angeredet, aber auch nie mit dem vertraulichen Wort »Tante«. Sie wirkte überrascht, erhob sich von ihrem Bett und blickte mich fragend an.

Auf einmal fehlten mir die Worte. »Es ist nichts weiter«, stammelte ich hastig. »Ich wollte Ihnen nur sagen, dass Yan Zhe bei uns zu Hause immer zum Essen willkommen ist.«

Wie zuvor bei ihrem Sohn füllten sich auch bei ihr die Augen mit Tränen – trotz der nächtlichen Dunkelheit sah ich den nassen Schimmer.

»Danke«, hauchte sie kaum hörbar.

Dann zog sie sich wieder auf ihr Bett zurück und versank in einen ruhigen Schlaf.

Später sollte ich meine Worte bereuen. Ich wollte ihr nur die Sorge um ihren Sohn nehmen, doch vielleicht bestärkte ich sie gerade dadurch in ihrem Entschluss, sich das Leben zu nehmen. Nachdem ihr Mann von ihr gegangen war, musste sie sich nur noch um ihren Sohn sorgen, und da sie nun auch ihn in guten Händen wusste, konnte sie ihrem Mann beruhigt folgen. Noch lange nach ihrem Selbstmord lastete ein drückendes Schuldgefühl auf mir, aus dem es wie aus einer belagerten Stadt kein Entrinnen gab. Und ich musste allein mit dieser Bürde zurechtkommen, ich wagte nicht, mich Yan Zhe zu offenbaren – nicht etwa aus Sorge um mich selbst, sondern aus Angst, dass er, der er so unversöhnlich war, diesen neuerlichen Schicksalsschlag nicht mehr würde verkraften können. Würde nicht sein letzter seelischer Halt zusammenbrechen, wenn er erführe, dass auch an den Händen des einzigen Menschen, der ihm noch geblieben war, Blut klebte? Würde er sich dann nicht gänzlich verloren geben?

Mein Schuldgefühl hatte noch eine andere Ursache: Obwohl ich in jener Nacht Wache hielt, konnte ich den Selbstmord seiner Mutter nicht verhindern. Freilich war zumindest dieser Selbstvorwurf überzogen, denn einen Menschen, der von einer echten Todessehnsucht getrieben ist, vermag niemand aufzuhalten – vor allem nicht, wenn es sich bei diesem Menschen um eine Frau wie Yuan Chenlu handelt, die hinter ihrer grazilen, sanften Erscheinung einen eisernen Willen verbarg. Man stelle sich nur einmal vor: Selbst in jenem Moment, in dem sie ihren Mann »denunzierte«, bewahrte sie noch einen so kühlen Kopf, dass sie ihren Peinigern nur die eine Hälfte ihrer Rasierklinge aushändigte und die andere Hälfte für sich behielt! Auf diese Weise blieb sie für den Fall gewappnet, dass ihr Mann nicht von seinem Selbstmordversuch abgehalten werden konnte. Sosehr mich meine Schuldgefühle in jener Nacht auch quälten, ich ließ Frau Yuan nicht aus den Augen, ja, ich wage zu behaupten: Ich vernachlässigte nicht eine Sekunde meine Pflicht, während sie ganz ruhig auf dem Bett zusammengekauert lag. Allerdings erfordert es auch keine besonders auffällige Bewegung, sich die Pulsader aufzuschneiden.

Als der Morgen heraufdämmerte, entdeckte ich verwundert eine große Kolonne roter Ameisen, die gemächlich unter Frau Yuans Bett hervorkroch. Eine Weile hielt die Kolonne inne, als sondierte sie die Lage, ehe sie sich langsam weiterbewegte. Anfangs konnte ich mir darauf keinen Reim machen: Was hatte diese Schar Ameisen in der Nacht hierherverschlagen? Dann roch ich einen vertrauten Geruch: denselben Geruch von Blut, den ich schon vom toten Yan Fuzhi kannte. Ich starrte angestrengt zu Boden, und da ging mir endlich auf, dass ich eine Blutlache und keine roten Ameisen vor mir hatte. Das Blut war schon dickflüssig geworden und floss nur noch träge voran, als müsste es vor jedem neuerlichen kleinen Vorstoß erst mühsam seine Kräfte bündeln.

Der zierliche Körper, aus dem dieser zähe Strom floss, hatte zu dem Zeitpunkt sicher schon all sein Blut verloren. Die Erlebnisse der letzten Stunden überstiegen nun endgültig die Leidensfähigkeit einer Sechzehnjährigen; mir wurde schwarz vor Augen, und ich sackte, an den Türpfosten gelehnt, zusammen.

5.

MORD

Gemächlich dämmerte auf der Farm der Morgen herauf. Am östlichen Himmel zeichnete sich ein milchiger Streif ab, der nach und nach das nächtliche Dunkel ringsum zurückdrängte und endlich die Oberhand gewann und sein fahles Licht auf die Felder streute. Noch lag Stille über der Landschaft, die Hähne krähten noch nicht, nur vereinzeltes Hundegebell drang aus der Ferne herüber, unwirklich wie aus einem Traum. Die kühle Luft trug den Duft von Weizen mit sich. Auch auf der Farm ertönte noch kaum ein Laut, nur im Rinderstall rührte sich ein helles metallisches Klirren – wahrscheinlich bereitete Gao Xiangfu, der Rinderhirte, schon das Zuggeschirr für den neuen Tag vor.

Mit einem schmerzlichen Seufzer tauchte ich aus meinen bitteren Erinnerungen wieder auf. In jedem Fall waren Yan Zhes Eltern tot, und egal ob ich nun eine Mitschuld daran trug, all das war Vergangenheit. Jetzt konnte ich nur noch eines tun: ihren Sohn beschützen. Andernfalls würden mich die Gewissensbisse tatsächlich bis an mein Lebensende verfolgen.

Ich wollte gerade von meinem Hochbett auf dem Basketballkorb hinunterklettern, als ich Schritte näher kommen hörte. Zwei Männer waren aus einem der hinteren Wohnheime aufgetaucht. Der eine, groß und stämmig, marschierte voran, der andere, klein und dürr, trabte hinterher und schien dabei flehentlich auf seinen

Vordermann einzureden, doch der würdigte ihn keines Blickes. Als ich die beiden erkannte, zuckte ich zusammen: Es waren die vom Farmleiter gedungenen Mörder, von denen Xuexu uns erzählt hatte.

Der Kräftige, Selbstsichere war Chen Decai, ein Junggeselle Anfang vierzig, genau wie Lai Ansheng. Die anderen Bauern konnten sich, obwohl sie offiziell unsere »Umerzieher« waren, nie von einem Gefühl der Minderwertigkeit befreien – der Minderwertigkeit des Provinzlers gegenüber dem Städter und des Analphabeten gegenüber dem Gebildeten. Einzig Chen Decai trat geradezu herrisch auf, dahinter steckte das rachsüchtige Ressentiment des Lumpenproletariers und dessen Hass auf alle Reichen – auch wenn wir Jugendlichen kaum als »reich« gelten konnten. Deshalb fing er bei jeder beliebigen Nichtigkeit einen Streit mit uns an und steigerte sich dabei regelmäßig in Rage.

Lin Jing machte sich öfters einen Spaß daraus, ihn zu provozieren. Als er ihn wieder einmal zur Weißglut getrieben hatte, platzte es aus Decai heraus:

»Du kleiner Wichser, du bist ein Niemand! Ich war in der Nationalrevolutionären Armee, hab ein Gewehr getragen und bin mit dem Schiff gefahren! Zwei Dutzend Schuss hatte ich dabei und fünf Handgranaten, und wenn mir einer von der Achten Marscharmee über den Weg gelaufen ist, ist er, so schnell er konnte, abgehauen!«

Lin Jing erzählte so oft von diesem Ausbruch, bis er zu einem geflügelten Wort wurde, das selbst unter den gebildeten Jugendlichen benachbarter Kreise kursierte.

Der andere Mann hieß auch Chen mit Nachnamen: Chen Xiukuan. Er war jener Bauer, den die Opiumsucht ruiniert hatte. Er hatte die abstoßende Angewohnheit, sich unter uns Mädchen zu mischen und scheinbar unabsichtlich unsere Körper zu streifen oder uns auf den Rücken zu klopfen, als verschaffte ihm das wer weiß was für eine Befriedigung. Wenn wir ihn herumkommandierten, eilte er wie ein Dachs los, um unsere Befehle auszuführen, und dennoch behandelten wir ihn bald alle wie Luft. Selbst die Jungen mieden ihn, denn die Bauern verbreiteten das Gerücht, er habe den Tripper. Als reicher junger Herr habe er sich die Krankheit im Bordell eingefangen und das so heftig, dass sein Urin ganz weiß sei.

Unsere Kenntnis dieser Krankheit erschöpfte sich in ihrem Namen, wir wussten weder, wie sie sich äußerte, noch, wie sie sich verbreitete. Und gerade diese Ahnungslosigkeit steigerte unsere Angst ins Maßlose, sodass wir Xiukuan scheuten wie der Teufel das Weihwasser.

Wir hatten auf der Farm weder Leitungswasser noch Spülbecken; wer sein Geschirr waschen wollte, musste zum Brunnen gehen und zwei andere finden, die für einen das Schöpfrad drehten, während man selbst sein Geschirr unter den Wasserauslass hielt. Weil man das Schöpfrad nur zu zweit in Gang setzen konnte, mussten sich also immer drei zusammentun. Doch seit sein Tripper ein offenes Geheimnis war, fand Xiukuan niemanden mehr, der ihm helfen wollte. Er wusste, dass er sich diese Lage selbst eingebrockt hatte, und wartete klaglos abseits, bis irgendjemand, der sein eigenes Geschirr bereits gewaschen hatte, sich seiner erbarmte und ihm eine Schüssel Wasser brachte.

Oft war ich es, die Mitleid mit ihm hatte. Seine Krankheit flößte zwar auch mir Angst ein, und eigentlich graute mir davor, mich ihm zu nähern – doch dem Kranken selbst sauberes Geschirr zu verwehren, schien mir eine allzu unbarmherzige Bestrafung.

Und ausgerechnet dieser erbärmliche Wicht sollte nun meinen Freund ermorden.

Die beiden Männer kamen schnurstracks auf mich zu. Vermutlich suchten sie den Farmleiter. Ich drückte mich, so flach ich konnte, an den Türflügel und wagte kaum zu atmen. Doch natürlich kamen die beiden gar nicht auf die Idee, dort oben über dem Basketballkorb könnte ein heimlicher Lauscher lauern.

Genau in diesem Moment beschleunigte Xiukuan seinen Laufschritt und zerrte seinen Mitverschwörer am Ärmel. »Decai, nun hör mir doch mal zu!«, bettelte er mit gedämpfter Stimme. »Mir ist die Sache zu heiß! Dafür können die uns glatt erschießen!«

Wie ich nun merkte, ist der beste Ort, um jemanden zu bespitzeln, oberhalb von ihm. So leise die beiden auch sprachen, ich verstand sie dank des Bodens, der den Schall reflektierte, klar und deutlich. Decai blieb direkt unter mir stehen und zischte verächtlich:

»Du Schlappschwanz! Waschlappen! Hast jetzt plötzlich Muffensausen bekommen oder was? Kriegst du eigentlich irgendwas auf die Reihe? Glaubst du, du kannst mit so einer kleinen Schnepfe aus der Stadt vögeln, wie du lustig bist? Das ist eine noch ernstere Sache, als wenn du eine Soldatenehe brichst! Und dann haben wir alle drei es auch noch mit derselben Göre getrieben! Vor Gericht gilt das als gemeinschaftlicher Missbrauch, das hat Lai selbst gesagt! Dafür kriegen wir alle drei eine Kugel, ganz sicher! Wenn wir also sowieso ins Gras beißen müssen, dann erledige ich lieber erst den kleinen Wichser – vielleicht kommen wir dann noch mal davon.«

Ich hörte, wie er auf den Boden spuckte. »Also hör jetzt auf, mir die Ohren vollzujammern, du Schisser! Wir hängen alle drei auf Gedeih und Verderb in der Sache drin, deshalb musst du da jetzt mitziehen, ob du willst oder nicht. Wenn du jetzt noch den Schwanz einziehst, dreh ich dir eigenhändig den Hals um.«

Ich schauderte. Das bestätigte meine schlimmsten Ängste: Der Farmleiter wollte Yan Zhe also wirklich ermorden lassen! Und auf welche abscheuliche Weise er sich seine Mitverschwörer ins Boot geholt hatte! Doch wer war das Opfer ihres »gemeinschaftlichen Missbrauchs«? Cen Mingxia wohl kaum, dafür hing Lai viel zu sehr an ihr – es schien mir wenig wahrscheinlich, dass er sie mit zwei anderen Männern teilen wollte. Vermutlich handelte es sich um ein Mädchen, das er schon vorher verführt hatte, und als er genug von ihr hatte, hatte er sie seinen Kumpanen überlassen. Aber welches Mädchen? Und warum hatte sie sich darauf eingelassen, sich von drei Männern, darunter einem Tripperkranken, beschmutzen zu lassen? Zwang? Oder in der Hoffnung, zur Belohnung in die Stadt zurückkehren zu dürfen?

»Schon gut, schon gut«, versicherte Xiukuan eilig. »Ich tue, was ihr sagt.«

Ohne ein weiteres Wort gingen die Männer wieder weiter, um den Farmleiter zu finden. Sobald sie um die Ecke verschwunden waren, kletterte ich eilig von meinem Hochbett hinunter und stürzte zu Yan Zhes Wohnheim. Die Tür zu seinem Zimmer stand wie üblich weit offen, im Innern rührte sich noch niemand. Plötzlich jedoch drehte sich Yan Zhes Gruppenführer Lao Xiao in seinem Bett herum. Im ersten Moment fürchtete ich schon, er würde aufwachen, doch er wälzte sich nur kurz und schlief weiter. Leise schlich ich mich zu Yan Zhes Bett hinüber und schüttelte ihn behutsam wach, während ich ihm die andere Hand auf den Mund presste. Ich gab ihm ein Zeichen, mir nach draußen zu folgen.

Ich lief hastig vorweg und blieb erst stehen, als wir den Schutzgraben erreicht hatten, der die Farm umschloss. Als ich mich umdrehte und die Hand meines Freundes ergriff, zitterte ich am ganzen Körper.

Er bemerkte, wie aufgewühlt ich war. »Was hast du denn?«, fragte er zärtlich und drückte mich an sich. »Jetzt beruhig dich erst mal und erzähl mir der Reihe nach, was los ist.«

An seine Brust geschmiegt, versuchte ich, meine Beherrschung zurückzuerlangen, während ich ihm von dem Dialog erzählte, den ich soeben belauscht hatte. Zwar hatte uns Xuexu schon vorher vor der Todesgefahr gewarnt, in der Yan Zhe schwebte, doch den handfesten Beweis hatte uns erst das Gespräch der beiden gedungenen Mörder geliefert, das ich mit eigenen Ohren gehört hatte. Und dem Ton nach zu urteilen, in dem sie gesprochen hatten, stand ihr Plan unmittelbar vor der Ausführung – wahrscheinlich schon heute.

Nachdem sich Yan Zhe in aller Ruhe meinen Bericht angehört hatte, drückte er mich noch inniger an sich und sagte gerührt:

»Du hast die ganze Nacht kein Auge zugetan, um draußen vor meinem Wohnheim Wache zu schieben? Du kleines Dummchen!«

»Hm«, schniefte ich, während mir die Tränen über die Wangen strömten. »Ich hatte solche Angst, dass dir was zustößt und du wie deine Eltern ...«

Aus Furcht, alte Wunden aufzureißen, brach ich mitten im Satz ab. Tatsächlich verdüsterte sich seine Miene schlagartig – ein Anblick, der mir nur allzu vertraut war. Doch im nächsten Moment hatte er die düstere Anwandlung schon wieder überwunden und erklärte gelassen:

»Qiuyun, du musst keine Angst haben. Ich habe gesagt, dass mir nichts passieren wird, und dabei bleibt es auch. Und wenn mir Lai Ansheng *zehn* Mörder auf den Hals hetzt – ich bin gewappnet. Ich habe doch meinen *Schatz*!«

Doch natürlich konnten seine Worte mich nicht beschwichtigen, denn ich hatte ja keine Ahnung, ob dieser ominöse »Schatz«, den ihm sein Vater hinterlassen hatte, wirklich so mächtig war.

Er umfasste meinen Kopf, schob ihn sanft von seiner Brust und küsste mich innig, ehe er noch einmal bekräftigte:

»Du musst wirklich keine Angst haben. Geh jetzt in dein Wohnheim, es ist Zeit aufzustehen. Ich bin dir sehr dankbar für das, was du für mich getan hast.«

Zum Frühstück versammelten wir uns alle wie üblich am Brunnen vor der Kantine, und wie üblich verschlang Lao Huo, der Buchhalter, seine Mahlzeit so in sich zusammengekauert, dass ihm die spitzen Knie über die Schultern ragten. Die Kantine und das Büro des Buchhalters lagen etwa sechs- oder siebenhundert Meter westlich vom Hauptgelände, sodass wir von unseren Wohnheimen aus immer ein paar Minuten zu gehen hatten. Der Hauptgrund dafür war, dass die Küche nahe beim Brunnen sein musste. Das Lagerhaus und das Haus des Farmleiters dagegen befanden sich südöstlich des Hauptareals und damit noch weiter vom Brunnen entfernt. Deshalb schrie Huo später, als er sich vor der Überschwemmung auf die Brunnenbrüstung flüchtete, zwei ganze Tage und Nächte um Hilfe, ohne dass man ihn im Haus des Farmleiters gehört hätte – aber ich greife vor.

An diesem Morgen jedenfalls war von dem Unheil, das sich über unseren Köpfen zusammenbraute, nichts zu spüren. Lin Jing hatte wie immer nichts als Unfug im Kopf und gab eine Anekdote vom Blinden Huang zum Besten:

»Wisst ihr noch, wie er am Abend mal hier mit uns gehockt hat und uns schnell noch ein paar Chilischoten vor der Nase wegschnappen wollte? Der Teller ist schon leer, wir haben die Stäbchen alle schon beiseitegelegt, da stochert er mit seinen Stäbchen immer noch in der Luft herum und wundert sich: ›Häh? Wieso kriege ich denn gar nichts mehr zu fassen? Nanu!‹ Und wisst ihr, was es wirklich war, wonach er da gefischt hat? Das Blumenmuster in der Glasur vom Teller!«

Alle lachten. »Der Blinde Huang auf seiner Baustelle muss jetzt bestimmt gerade niesen, weil wir uns so über ihn lustig machen!«, witzelte einer. Meine Zimmergenossin Li Dongmei nutzte die allgemeine Ablenkung, um mich unauffällig mit dem Ellbogen anzustupsen.

»Qiuyun, du bist die ganze Nacht nicht heimgekommen, oder?«, wisperte sie mir zu. »Keine Sorge, ich sage den anderen einfach, dass du bei Wang Ying geschlafen hast. Wang Ying habe ich auch schon Bescheid gesagt. Verplapper dich nur nicht, wenn dich jemand fragt!«

Meine Zimmergenossinnen wussten nicht nur von meinen heimlichen Treffen mit Yan Zhe, sie zogen mich auch gern damit auf. Dass ich jedoch die ganze Nacht ausblieb, war neu. Ich verstand nur zu gut, warum Dongmei im Ton einer Verschwörerin mit mir sprach: Sie glaubte sicher, mein Freund und ich hätten nun auch den letzten Schritt getan und uns damit in ernsthafte Gefahr begeben. Denn obwohl wir beide ein Liebespaar waren, mussten wir schlimmstenfalls – je nachdem, wie der Farmleiter den Fall handhaben würde – fürchten, öffentlich als »moralisch degeneriert« gebrandmarkt zu werden.

Ich versuchte gar nicht erst, mich vor Dongmei zu rechtfertigen – wie auch? Ich nickte ihr nur dankbar zu.

Auch Lai Ansheng nahm sein Frühstück auf der Brunnenbrüstung zu sich. Nach dem Essen erhob er sich, verschränkte die Hände hinter seinem Rücken und ließ seinen Blick über die fernen Weizenfelder schweifen. Die Jacke hatte er sich lose über die Schultern gehängt – vielleicht imitierte er bewusst oder unbewusst die revolutionären Filme jener Zeit, in denen ein derartiges Outfit ein untrügliches Erkennungszeichen der Heldenfiguren war. Es war Ende Mai, und der Weizen, der goldgelb vor seinen Augen wogte, stand unmittelbar vor der Ernte.

Das Hügelland, auf dem unsere Farm lag, war eigentlich sehr unfruchtbar. Die Bäume hier waren, so weit das Auge reichte, so kümmerlich und krumm, dass man sie von Weitem für Sträucher halten konnte. Der Weizen dagegen gedieh erstaunlich gut, denn aus politischen Motiven unterstützte die Kreisverwaltung unsere Farm vergleichsweise großzügig mit Kunstdünger, und kaum war der Boden gut gedüngt, wurde er auf einmal geradezu verschwenderisch – so wie ein Mensch, der sich zum ersten Mal in seinem Leben richtig satt gegessen hat, nicht mehr mit seinen Kräften haushält. Auch im zweiten Jahr, als unsere Farm als erste in der Region zum Reisanbau überging, waren unsere Erträge hoch. Allerdings hatten wir das wohl weniger dem Kunstdünger zu verdanken – angeblich bringt jedes vorher unbewässerte Feld, das man zu einem Reisfeld umwandelt, am Anfang eine reiche Ernte ein.

Lai Ansheng war eine von Kopf bis Fuß stattliche Erscheinung. Er gehörte zu den kräftigsten Männern auf der Farm, und auch bei der Arbeit übertraf ihn keiner. Unter seinem Hemd konnte man seine Muskeln ausmachen. Nur der übergroße Mund, der an ein Froschmaul erinnerte, beeinträchtigte sein Erscheinungsbild, sonst hätte man ihn einen schönen Mann nennen können.

Als die Farm gerade erst gegründet worden war, hatte er noch genau wie wir Jugendlichen selbst auf den Feldern geschuftet und das mit schier unermüdlichem Einsatz. Einen besonders tiefen Eindruck hinterließ er bei mir, nachdem ausgerechnet zur allerersten Weizenernte ein sintflutartiger Regen die Felder in einen einzigen Morast verwandelt hatte. Um zu verhindern, dass die Schuhe darin hängen blieben, trugen wir Turnschuhe mit Schnürsenkeln. Wer keine Turnschuhe hatte, musste sich seine Stoffschuhe mit Schnüren festziehen. Wenn man dann eine Weile im Schlamm herumgestapft war, hatten sich die Schuhe derart mit Matsch und Gras gefüllt, dass sie fast auf Fußballgröße anschwollen und man sich nur noch mühsam fortbewegen konnte. Dennoch wagte niemand unter uns Jugendlichen, sich die Schuhe einfach auszuziehen, denn die schief aufragenden Weizenstoppeln waren scharf genug, um einem die Füße aufzuschlitzen. Nur Lai Ansheng und einige Bauern waren offensichtlich durch die dicke Hornhaut an ihren Fußsohlen so gut geschützt, dass sie barfuß herumspazieren konnten, als wären die Stoppeln nichts als ebene Erde. Nachhaltig beeindruckt, schrieb ich an diesem Abend in mein Tagebuch:

»Unser stellvertretender Farmleiter, Herr Lai, hat mir mit seinen Füßen aus Eisen gezeigt, wie viel mich noch von den armen Bauern trennt.«

Doch sobald er zum Farmleiter aufgestiegen war, rackerte er nicht mehr auf den Feldern. Stattdessen bemühte er sich darum, so viel Distanz wie möglich zu uns zu halten. Ich vermute, er nahm sich seinen Vorgänger zum Vorbild, den Genossen Hu. Hu war vor der Kulturrevolution Kreisvorsteher gewesen und mit allen Wassern gewaschen. Eine Farm zu führen, unterforderte ihn. Die Aura unerschütterlicher Gelassenheit, die ihn umgeben hatte, konnte sein Nachfolger unmöglich imitieren.

Heute stand Lai lange vor uns und kehrte uns dabei den Rücken zu. Ich fragte mich, was wohl in ihm vorging – nun, da er vorhatte, alles zu riskieren und sein Mordkomplott in die Tat umzusetzen.

Wenn man genau hinsah, konnte man an diesem scheinbar gewöhnlichen Morgen doch einige ungewöhnliche Details entdecken. Xuexu zum Beispiel streifte immer wieder Yan Zhe und mich mit einem Blick, als wollte er uns sagen: *Was wollt ihr denn nun unternehmen? Ich hoffe, ihr seid gewappnet!* Die beiden Chens dagegen, Decai und Xiukuan, ließen sich beim Frühstück nicht blicken, und ich fragte mich, wo sie sich verkrochen hatten. Am auffälligsten jedoch benahm sich Sun Xiaoxiao: Sonst hängte sie sich immer wie eine Klette an mich, doch nun schien sie mich regelrecht zu meiden, warf mir aber gleichzeitig immer wieder mit besorgter Miene kurze Blicke zu. Ich spürte, dass sie irgendein Geheimnis mit sich herumtrug – nur dass sie Geheimnisse nie lange für sich behalten konnte und mir schon am Nachmittag anvertraute, was ihr auf dem Herzen lag. Am Vorabend nämlich hatte der Farmleiter ihr wütend gedroht:

»Halt gefälligst dein verficktes Maul, du kleine Schlampe! Wenn du Guo Qiuyun oder Yan Zhe noch einmal so einen Scheiß erzählst, dann sorge ich dafür, dass dich die Polizei in den Knast wirft!«

Sie war danach so eingeschüchtert gewesen, dass sie sich am nächsten Morgen nicht einmal mehr getraut hatte, auch nur in meine Nähe zu kommen.

Eine andere Sache verschwieg sie mir, doch ich hatte eine Vermutung und bin mir noch immer ziemlich sicher, dass ich damit richtiglag: Nachdem Lai sie bedroht hatte, brachte er sie dazu, mit ihm zu schlafen. Sie war erst vierzehn und noch Jungfrau, aber offensichtlich empfand sie dabei keinen Widerwillen, ja, sie fand sogar prompt Gefallen an der körperlichen Liebe. Die beglückte Erregung in ihrem Gesicht und die glühenden Blicke, mit denen sie ihrem Liebhaber folgte, sprachen Bände. Vielleicht lag ihr die Lust wirklich im Blut? Ich komme mir selbst herzlos vor, wenn ich das frage – schließlich rede ich über ein blutjunges Mädchen. Doch jedenfalls geriet Xiaoxiao damals auf jene Abwege, die ihr weiteres Leben prägen sollten.

Verstohlen beobachtete ich auch Yan Zhe: Er wirkte tief entspannt und schien die Welt mit dem gelassenen Interesse eines Unbeteiligten zu betrachten, der über den Dingen schwebt. Seine Selbstsicherheit beruhigte mich ein wenig.

Nachdem die Glocke geläutet hatte, die uns alle zur Arbeit rief, teilte Xuexu als stellvertretender Farmleiter uns wie üblich unsere Aufgaben zu. Weil der Weizen auf einem Großteil der Felder noch nicht ganz reif war, stand der Tag vor allem im Zeichen der Erntevorbereitung. Nur die erste Gruppe, der Yan Zhe und ich angehörten, sollte auf dem kleinen Stück Land, auf dem der Weizen tatsächlich schon reif war, mit der Ernte beginnen. Lai Ansheng hatte sich hinter seinem Stellvertreter aufgebaut und verfolgte schweigend dessen Ansprache, doch als Xuexu mit der Einteilung fertig war, korrigierte er ihn:

»Yan Zhe macht nicht beim Mähen mit, sondern geht mit den beiden Chens in die Kreisstadt und holt zwei Karren Dünger.«

Der irritierte Blick, den Xuexu dem Farmleiter zuwarf, verriet überdeutlich, dass er in diesen Plan nicht eingeweiht war. Ich zuckte zusammen: Nun wurde die Gefahr, in der Yan Zhe schwebte, also akut. Die neue Anweisung war mehr als seltsam: Normalerweise wurde für jeden Karren mit Gütern, die wir aus der Kreisstadt beschaffen sollten, einer von uns abgestellt – oder, wenn es sich um besonders schwere Waren handelte, allenfalls noch ein Mädchen zusätzlich, das an der Seite mitziehen konnte. Dass aber drei kräftige Männer für zwei Karren eingeteilt wurden, war ein beispielloser Vorgang und ergab keinen Sinn – es sei denn, es sollten nur zwei der drei Männer am Ende auch wieder zurückkehren.

In diesem Moment entdeckte ich auch Lais zwei Komplizen: Sie hatten die beiden Karren schon bereit gemacht und warteten in einiger Entfernung.

»Also, Yan Zhe, du gehst dann auch mit, wie der Farmleiter gesagt hat«, ordnete Xuexu an.

Yan Zhe nickte und rief den beiden Chens zu: »Wartet kurz, ich ziehe mir nur andere Schuhe an!«

Als er an mir vorbeikam, warf er mir mit unbewegter Miene einen Blick zu, aus dem ich vieles herauslas: *Keine Sorge, ich weiß, was sie vorhaben. Deshalb hole ich jetzt meinen »Schatz«.*

Mit der Sichel in der Hand brach ich mit meiner Gruppe zu den Feldern auf. Auch Lai schloss sich uns an – eine weitere Anomalie an diesem Morgen, schließlich war er als Farmleiter seit einem halben Jahr von der Feldarbeit freigestellt. Auf dem Acker angekommen, machte ich in der Ferne die drei Männer aus, wie sie mit ihren zwei Karren über die Ziegelbrücke marschierten. Wer die Farm betreten oder verlassen wollte, musste dafür diese Brücke überqueren, die über den Graben führte, der rings um die Farm verlief. Dann entfernten sich die drei auf dem neu angelegten Feldweg, bis sie schließlich im Schatten der Rizinusbäume und Pappeln verschwanden.

Den ganzen langen Vormittag über musste ich, weil ich unter

Lais Beobachtung stand, mich sorglos stellen, obwohl mir vor Angst das Herz in der Brust hämmerte. Denn im Geist begleitete ich Yan Zhe auf seiner Wanderung, im Ungewissen darüber, ob er lebend zurückkehren würde.

ZWEITES BUCH
DIE KÖNIGIN

Ameisen sind staatenbildende Insekten. Solche Insekten zeichnen sich durch drei Haupteigenschaften aus: 1. Die Individuen einer Art kooperieren miteinander und ziehen gemeinsam die Brut einer Kolonie auf. 2. In jeder Kolonie herrscht eine klare Arbeitsteilung. 3. In jeder Kolonie gibt es mindestens zwei Generationen, die sich überlappen.

Staatenbildende Insekten teilen noch eine weitere Gemeinsamkeit: Unter ihnen gibt es notwendigerweise stets eine Königin, die als einziges Weibchen in der Kolonie fortpflanzungsfähig ist. Doch anders als der Begriff suggeriert, erfüllt die Königin nur eine bestimmte Funktion im Rahmen der allgemeinen Arbeitsteilung; sie nimmt dadurch keinen höheren Status ein, der sie zur Organisation des Ameisenstaates oder zur Herrschaft berechtigen würde. Die Ordnung eines solchen Staates ist naturgegeben; sie wird allgemein von den Genen und in ihrer konkreten Erscheinungsform von der Kommunikation der Individuen untereinander durch ihre Botenstoffe bestimmt. Sobald die Anzahl der Individuen einen bestimmten Schwellenwert erreicht, lernen die Tiere ähnlich wie in einer Termitenkolonie automatisch, komplexe Nester zu bauen.

In menschlichen Staaten steht das Bedürfnis nach »Königtum« in einem unauflöslichen Widerspruch zur Notwendigkeit seiner Beschränkung, denn wer auch immer an der Spitze einer hoch entwickelten

Gesellschaft steht, wird seine Macht maßlos ausweiten und so zum Krebsgeschwür im sozialen Organismus werden. Infolge fehlender Kontrollmechanismen ist dieser Prozess nahezu unausweichlich. In den Ameisenstaaten dagegen geht von der Königin, die nur Pflichten hat und keine Macht, keinerlei Bedrohung aus.

(Aus: »Über den Altruismus der Ameisenstaaten«, einem Artikel des Entomologen Yan Fuzhi, erschienen 1948 im britischen *Journal of Theoretical Biology*)

6.

NEUES LEBEN

Der Tag verging quälend langsam. Vor allem am Nachmittag packte mich eine fiebrige Unruhe. Wenigstens musste ich nun nicht mehr die Sorglose spielen, denn Lai Ansheng war nach dem Mittagessen nicht mehr aufs Feld mitgekommen. Deshalb spähte ich immer wieder, die Augen mit der Hand gegen die Sonne abgeschirmt, in die Ferne, in der Hoffnung, ich könnte die drei Männer heimkommen sehen. Dabei wusste ich eigentlich nur zu gut, dass sie, selbst wenn alles glattging, erst nach dem Abendessen von ihrem Gang in die über zwanzig Kilometer entfernte Kreisstadt zurückkehren konnten.

Lin Jing bemerkte, dass etwas mit mir nicht stimmte, und fragte mich leise:

»Qiuyun, warum bist du denn heute so unruhig?«

Er war aufs Land verschickt worden, als er gerade erst die Unterstufe der Mittelschule besucht hatte, war also jünger als die meisten von uns und ein echtes Temperamentsbündel, stets übermütig und den ganzen Tag zu albernen Scherzen aufgelegt. Aber im Grunde war er ein guter, rücksichtsvoller Junge, und als ich nun sein argloses Kindergesicht vor mir sah, hätte ich ihm am liebsten mein Herz ausgeschüttet. Doch natürlich musste ich ein Geheimnis von solcher Tragweite für mich behalten, und so murmelte ich nur:

»Ach, nichts weiter, ich habe nur nicht so gut geschlafen.«

Xiaoxiao war mir den ganzen Vormittag aus dem Weg gegangen und hatte stattdessen ständig die Nähe zu Lai gesucht. Während sie für ihn den Weizen zu Garben band, hing sie mit bewunderndem Blick an seinem kräftigen Rücken. Fairerweise muss ich zugeben, dass bei der Ernte tatsächlich kaum jemand mit ihm mithalten konnte. Als wollte er alles zugleich erledigen, führte er die Sichel tief und doch mit solchem Schwung, dass die Halme wie Wogen niederrauschten und er sie sofort mit dem Fußrücken und der linken Hand aufsammeln und zu vollen Garben bündeln konnte. Doch Xiaoxiaos Bewunderung galt nicht allein seinem Können, sie betrachtete ihn mit einem Blick von unverhohlener Begierde, dem Blick einer liebenden Frau. Ihr Geheimnis war also offensichtlich, doch wenn es noch einer Bestätigung bedurft hätte, so lieferte sie Cen Mingxia, die Xiaoxiao scheele Blicke zuwarf. Xiaoxiao jedoch schien gegen das Gift dieser Blicke immun zu sein und scherzte und lachte nur ununterbrochen im Schlepptau ihres neuen Schwarms.

Erst jetzt am Nachmittag, als der Farmleiter sich nicht mehr auf dem Feld zeigte, suchte sie wieder meine Nähe, und während sie hinter mir den Weizen zu Garben band, unternahm sie immer neue Anläufe, ein Gespräch mit mir zu beginnen. Ich beachtete sie kaum – nicht nur, weil ich versuchte, mich auf die Arbeit zu konzentrieren, sondern auch, weil ich inzwischen vor ihr auf der Hut war.

»Du und Yan Zhe, ihr seid anständig, das weiß ich«, platzte es auf einmal aus ihr heraus. »Die wollen, dass ich mich von euch fernhalte, aber ich denke ja gar nicht daran!«

Ich konnte mir vorstellen, wie wichtig ihr dieses Bekenntnis war, und mir wurde schwer ums Herz. Dennoch konnte ich meinen Argwohn nicht ablegen und antwortete ihr nicht. Im nächsten Moment sprang sie ohnehin schon wieder zu einem anderen Thema:

»Ist es nicht toll, mit welchem Schwung Lai Ansheng den Weizen schneidet? Wie Hong Changqing in dem Ballett! Aber hast du auch gesehen, wie Mingxia mich anglotzt? Als würde sie mich am liebsten auffressen! Pah, die Schlampe! Dabei habe ich unserem Farmleiter doch nur mit den Garben geholfen!«

Ich hörte aus ihren Worten die Eifersucht einer frühreifen Vierzehnjährigen heraus – und die Rivalität zwischen zwei Geliebten. Offensichtlich fühlte sich Xiaoxiao bereits als Lais neue Favoritin. Von nun an durfte ich ihr nichts mehr anvertrauen.

Endlich hatte ich den Nachmittag und das Abendessen überstanden. »Ich hole Yan Zhe ab und komme vielleicht etwas später heim«, sagte ich Dongmei Bescheid.

Sie wusste, dass mir etwas auf der Seele lag – nur dachte sie sicher irrtümlich, es habe damit zu tun, dass ich letzte Nacht nicht ins Wohnheim zurückgekehrt war.

»Geh nur«, antwortete sie mitfühlend. »Das macht gar nichts, wenn du später heimkommst. Ich decke dich.«

Ich mied jede weitere Begegnung und lief zu unserem alten heimlichen Treffpunkt, dem Damm am Staubecken. Von dort aus hatte ich eine gute Sicht auf die Brücke, die der einzige Zugang zur Farm war. Es war eine mondlose Nacht und der Himmel wolkenverhangen, sodass der Weg mitsamt den Rizinusbäumen und Pappeln in tiefe Dunkelheit getaucht war. Nach dem Abendessen gingen auch die anderen Jugendlichen in der Nähe spazieren, und ich versteckte mich, um nicht von ihnen entdeckt zu werden. Doch vielleicht war ihnen die Nacht zu finster, denn sie blieben nicht lange und kehrten bald wieder plappernd aufs Hauptgelände zurück.

Minute um Minute verstrich, doch die drei Männer mit ihren zwei Karren wollten und wollten nicht auftauchen. Ich überschlug im Kopf, wie lang sie schon weg waren: Wenn nichts Außergewöhnliches passiert war – mit anderen Worten: wenn sich das Mordkomplott in nichts aufgelöst hatte –, hätten sie jetzt zurückkommen sollen.

Inzwischen war es so zappenduster geworden, dass ich buchstäblich kaum noch die Hand vor Augen sehen konnte, geschweige denn die ferne Landstraße, auf der ich die Männer erwartete. Mir blieb nichts anderes übrig, als mit bangem Herzen auf Schritte zu lauschen. Vielleicht hatten die Männer in der Finsternis den unbefestigten Feldweg übersehen, der von der Landstraße abzweigte und zur Farm führte? Ich hoffte inständig, dass sich ihre Verspätung so harmlos erklären ließ.

In der tintenschwarzen Nacht konnte ich vor lauter Sorge bald kaum noch einen klaren Gedanken fassen. Ich saß auf glühenden Kohlen und kam mir vor wie Wu Zixu, der berühmte General der Antike, der auf der Flucht von solcher Angst gepackt worden war, dass er über Nacht ergraute.

Auf einmal hörte ich Schritte hinter mir und sah einen grellweißen Lichtkegel, der sich näherte und dabei auf und ab schwankte. An der stattlichen, kräftigen Gestalt erkannte ich schon von Weitem, dass es Lai Ansheng war. An der Brücke blieb er stehen und leuchtete mit seiner Taschenlampe in die Ferne. Doch so groß und leistungsstark seine Taschenlampe auch war, ihr Licht wurde schnell von der Dunkelheit verschluckt und reichte nicht zu der fernen Landstraße. Der Farmleiter ging unaufhörlich auf und ab – offensichtlich waren auch seine Nerven zum Zerreißen gespannt.

So warteten wir beide schweigend, von derselben Situation gebannt, wenn auch aus entgegengesetzten Gründen. Qualvoll langsam dehnte sich die Zeit, bis ich endlich von der Straße vor mir Geräusche hörte: Schritte, Räderknarren und vereinzelte leise Gesprächsfetzen. Lai hielt sogleich seine Taschenlampe in die Richtung, doch es verging erst wieder eine endlos lange Zeit, ehe schließlich die Männer mit ihren Karren im Lichtkegel auftauchten – zwei Karren und zwei Männer! Ich starrte so angestrengt, dass mir die Augen fast aus dem Kopf fielen, bis kein Zweifel mehr möglich war: Es waren nur zwei Männer.

Ich fiel innerlich in einen Abgrund, Lai hingegen klang zufrieden, als er fragte:

»Habt ihr alles erledigt?«

»Jawoll, Genosse Lai, alles erledigt«, antwortete Chen Xiukuan fröhlich.

In diesem Moment brach für mich eine Welt zusammen: Yan Zhe war nicht mehr unter den Lebenden. Und ich war töricht genug gewesen, ihm zu glauben, dass sein »Schatz« ihn retten werde!

Ich wusste, ich hätte in meinem Versteck bleiben sollen, denn wenn die Mörder mich entdeckten, war auch mein Leben nichts mehr wert. Doch meine Welt war ohnehin schon zusammengebrochen, welchen Sinn hatte es, allein weiterzuleben? Also stürzte ich kurzerhand aus meinem Unterschlupf hervor und kreischte verzweifelt: »Yan Zhe! Yan Zhe!«

Lai war zuerst völlig überrumpelt von meinem plötzlichen Auftauchen und starrte mich dann entgeistert an, während er die Taschenlampe unwillkürlich sinken ließ. Ihr Licht wurde vom Boden reflektiert und warf von unten verzerrte Schatten über sein Gesicht, das dadurch wie eine abscheuliche Fratze aussah. Ohne ihn weiter zu beachten, stürmte ich auf die beiden Chens los: Ich wollte meinen Yan Zhe von ihnen zurückfordern. Doch noch bevor ich ihnen an den Kragen gehen konnte, sprang plötzlich – zum ungläubigen Erstaunen von mir und Lai – ein Mann elegant aus dem vorderen Karren und lief auf mich zu: Yan Zhe! Er war also doch nicht tot!

Mein Schmerz war wie weggefegt, und mich überwältigte ein überschäumendes Glück. Ich stürzte auf ihn zu und wollte mich ihm schon an die Brust werfen, konnte mich aber noch rechtzeitig beherrschen – immerhin waren drei Augenpaare auf uns gerichtet. Also ergriff ich nur seinen rechten Arm, und als ich mich so dicht neben ihn stellte, spürte ich, wie real er war, wie warm und vertraut, wie stark – das war kein Phantom und kein Gespenst!

Mit einem strahlenden Lächeln drehte ich mich zum Farmleiter um und weidete mich an seiner Miene. Was für ein Wirrwarr von Gefühlen – fassungslose Wut, Angst und Hass – in diesem Moment wohl in ihm tobte! Ich genoss es, ihn in dieser Bedrängnis zu sehen, und wartete gespannt darauf, wie er sich herausreden würde.

Er richtete den Lichtkegel seiner Taschenlampe auf Brusthöhe seiner beiden Kumpane und zischte zwischen den Zähnen hervor:

»Ihr habt also alles erledigt, ja?«

Die Mienen der beiden Chens waren so eigenartig, dass mir die Worte fehlen, sie zu beschreiben. Die herrische Skrupellosigkeit des einen (Decai) und das kriecherische Grinsen des anderen (Xiukuan) waren einer tiefen, in sich ruhenden Seligkeit gewichen, die aus dem Grund ihres Herzens hervorzuströmen schien und ungemein einnehmend, ansteckend, ja, ergreifend wirkte. Jahre später empfand ich eine ähnliche Rührung, als ich Raffaels »Sixtinische Madonna« sah.

Zum ersten Mal in meinem Leben erblickte ich jenen Ausdruck von Glückseligkeit, dem ich danach noch öfters auf der Farm begegnen sollte.

Mit einem arglosen Lächeln, das so gar nicht zu ihm passte, erwiderte Decai offenherzig:

»Ja, wir haben alles erledigt und den ganzen Dünger besorgt. Zum Glück hatten wir Yan Zhe dabei! Es war so zappenduster, da haben wir uns verlaufen. Wir hatten keinen blassen Schimmer, wo wir von der Landstraße runtermussten, und die Taschenlampe hatten wir auch vergessen. Nur ein paar Streichhölzer hatten wir dabei, aber kaum haben wir eins angezündet, hat der Wind es auch schon wieder ausgepustet. Wir saßen ganz schön in der Patsche! Wir haben richtig Schiss bekommen, aber Yan Zhe hat scharfe Augen, der hat gesehen, dass da so was wie ein Weg war. Da hat er sich hingehockt und rumgetastet. Erst hat er in einen Haufen Kuhscheiße gegriffen, da hat er noch gemeint: ›Das heißt nicht unbedingt, dass das der Weg zu unserer Farm ist.‹ Aber dann hat er einen Haufen Pferdescheiße gefunden und gemeint: ›Unsere Farm ist die einzige im Umkreis von vielen Kilometern, die Pferde hat. Das muss der richtige Weg sein!‹«

Mit einem nicht weniger beseelten Lächeln, das genauso wenig zu ihm passte, ergänzte Xiukuan:

»Aber als wir auf dem Feldweg waren, wurde es sogar noch dunkler! Nicht mal unsere eigenen Beine konnten wir noch sehen! Wie drei beinlose Gespenster im Jenseits sind wir rumgetappt. Wie sollten wir denn da unseren Weg finden? Wenn Yan Zhe nicht so ein helles Köpfchen wäre, wären wir aufgeschmissen gewesen. Er hat sich auf einen Karren gelegt und zum Himmel hochgeschaut, dadurch konnte er gerade so die Baumwipfel am Wegrand in der Dunkelheit ausmachen. So konnte er uns sagen, wie wir gehen müssen, und hat uns zwischen den Bäumen durchgeführt. Auf die Idee muss man erst mal kommen! Was meinst du, wie heilfroh wir waren, als wir endlich die Lichter der Farm und dann deine Taschenlampe gesehen haben!«

Darum also hatte Yan Zhe auf dem Karren gelegen! Auch mir nötigte sein ungewöhnlicher Einfall einigen Respekt ab.

»Seht ihr?«, ergriff er gelassen das Wort. »Ihr müsst von jetzt an nur immer auf mich hören, dann läuft schon alles rund.«

»O ja, das tun wir!«, riefen die beiden aus tiefster Überzeugung. »Wir hören nur noch auf dich!«

Yan Zhe stupste mich sachte mit dem Ellbogen an. Offensichtlich hatte er mit seinen letzten Worten ganz unverhohlen den Farmleiter provozieren wollen. Ich musste mir den Mund zuhalten, um nicht lauthals loszuprusten. Kein Zweifel: Er hatte die beiden unter seine Kontrolle gebracht, hatte sie zu Gefolgsleuten gemacht, die ihm so bedingungslos ergeben waren, dass sie keinerlei Rücksicht mehr auf die Autorität ihres Farmleiters nahmen. Ich hatte eine Ahnung, was diese radikale Wendung gebracht hatte – Yan Zhes Schatz musste wirklich mächtig sein! Lai war zuerst sprachlos. Es musste ihm völlig rätselhaft sein, warum seine beiden vermeintlich so willfährigen Handlanger nicht nur ihren Mordauftrag nicht erfüllt hatten, sondern sogar zum Feind übergelaufen waren.

Aber eins muss ich ihm eingestehen: Er ließ sich nichts anmerken. Auch wenn er in diesem Moment vermutlich schon begriffen hatte, dass sein Gegner sein Mordkomplott gezielt vereitelt hatte, und diese Erkenntnis für ihn ein ziemlicher Schock sein musste, so gelang es ihm doch, die Fassung zu wahren. Nachdem er eine Weile geschwiegen hatte, brummte er mit dumpfer Stimme:

»Geht jetzt zurück. Ihr beide holt Siwa, er soll euch beim Abladen helfen.«

Doch anstatt sich in Bewegung zu setzen, blickten sich die beiden Chens erst fragend zu Yan Zhe um – offensichtlich machten sie keinen Finger mehr krumm, ehe er ihnen nicht den Befehl dazu erteilte.

»Ja, tut das«, bestätigte er. »Geht ihr schon mal vor. Ich habe noch was mit dem Farmleiter zu besprechen.«

Lai starrte ihn grimmig an. Sicher rechnete er damit, dass sein Feind die Karten nun auf den Tisch legen wollte. »In Ordnung«, knurrte er nach einem längeren Schweigen.

»Qiuyun«, wandte sich Yan Zhe an mich, »du kannst schon mal in dein Wohnheim gehen. Ich will unter vier Augen mit dem Farmleiter in seinem Haus sprechen.«

Auch wenn ich mir zu diesem Zeitpunkt schon keine großen Sorgen mehr machte, stellte ich mich nach kurzem Überlegen schmollend. »Ich warte lieber vor dem Haus des Farmleiters auf dich.«

»Na gut«, willigte er ein.

Lai marschierte wortlos vorneweg, gefolgt von Yan Zhe und mir. Nachdem er in seinem Häuschen die Petroleumlampe angezündet hatte, kehrte er noch einmal zurück zum Eingang, durchbohrte mich mit einem wütenden Blick und knallte mir vor der Nase die Tür zu.

Während sich die beiden Männer drinnen unterhielten, wartete ich draußen. Vielleicht war Yan Zhe noch immer in Gefahr, denn ein so skrupelloser Schurke wie Lai war in der Not zu allem fähig, und körperlich war er ohnehin überlegen. Dennoch machte ich mir keine Sorgen mehr, so fest glaubte ich nun an Yan Zhes Fähigkeiten – oder vielmehr an die Fähigkeiten seines Vaters, der im Zuge seiner Forschung anscheinend eine wahre Wunderwaffe entwickelt hatte.

Beim Gedanken an die Eltern meines Freundes und ihren gewaltsamen Tod durchzuckte mich ein leiser Schmerz. Aber trotz diesem Hauch Wehmut stand dieser Abend im Zeichen einer überwältigenden Freude. Denn es sah so aus, als hatte Yan Fuzhi seinem Sohn die Erkenntnis seiner langjährigen Forschung nicht vergeblich anvertraut. Hoffentlich würde sein Nachkomme auch weiterhin unter dem himmlischen Schutz der Eltern und dem irdischen Schutz der väterlichen Hinterlassenschaft stehen!

Die beiden Chens hatten ihren Dünger im benachbarten Lagerhaus abgeladen und gingen zur Kantine. Auch Siwa, der Lagerverwalter, trottete gähnend davon, nachdem er die Tür abgeschlossen hatte, und ich selbst machte mich gleichfalls auf den Weg und eilte zu meinem Wohnheim, um die Dampfbrötchen mit Chilisoße zu holen, die ich beim Abendessen für Yan Zhe zurückgelegt hatte.

Dongmei wachte dabei auf und blickte mich schläfrig an. »Yan

Zhe ist wieder zurück!«, flüsterte ich ihr freudig zu. »Ich bringe ihm sein Abendessen.«

Meine schlaftrunkene Zimmergenossin konnte meinen Überschwang gewiss nicht verstehen. Sie hielt mich vermutlich für liebestoll, dass ich es nicht einen halben Tag ohne meinen Freund aushielt. Im Halbschlaf murmelte sie noch irgendwas, doch da war ich schon wieder zur Tür hinaus.

Als ich zum Haus des Farmleiters zurückkehrte, hatten die beiden Männer ihr Gespräch bereits beendet. Die Tür ging gerade auf, und von drinnen strömte ein heller Lichtschein durch die Öffnung. In dem Moment, als ich Lai wiedersah, wusste ich, dass auch er jene rätselhafte Wandlung durchlaufen hatte: Sein Gesicht strahlte eine tiefe Glückseligkeit aus. In den Händen hielt er ein kleines Bündel aus Bettzeug und diverse Utensilien wie Zahnputzzeug und Handtuch. Ruhig sagte er zu Yan Zhe:

»Warte einen Moment, Genosse Yan. Ich hole nur schnell deine Sachen.«

»Geh nur«, erwiderte Yan Zhe mit der Gelassenheit eines Kaisers, der sich seiner Macht gewiss ist.

Nachdem Lai davongeeilt war, gab ich meinem Freund seine drei Dampfbrötchen, und er begann, sie gierig hinunterzuschlingen – offensichtlich war er völlig ausgehungert. »Lass dir Zeit«, ermahnte ich ihn, »ich hole dir noch ein bisschen Wasser.«

Sobald ich ihm auch das Wasser gebracht hatte, konnte ich meine Neugierde nicht länger zügeln. »Welche Sachen will Lai denn für dich holen?«

»Na, alles, was ich so habe. Er überlässt mir alles, seinen Platz und sein Haus. Die Schlüssel für das Lagerhaus hat er mir auch schon gegeben.« (Es gab zwei Schlüsselbunde dafür, den einen verwahrte der Lagerverwalter, den anderen der Farmleiter.) »Er hat ganz edelmütig und bereitwillig seinen Posten für mich geräumt, weil er findet, dass ich dafür besser geeignet bin.«

Ich musste laut loslachen, doch seine Miene war ernst. »Wirklich?«, fragte ich ihn ungläubig.

Er antwortete mit einem Lächeln, mehr nicht. Dann meinte er es also ernst, todernst! An diesem Abend hatte sich meine Welt so plötzlich und grundlegend gewandelt, dass sich alles drehte. Ich bekam den Mund gar nicht mehr zu vor freudigem Staunen.

»Was ist denn heute eigentlich passiert?«, bedrängte ich meinen Freund. »Wie hast du es geschafft, die beiden Chens und Lai so handzahm zu machen? Das musst du mir alles unbedingt ganz genau erzählen!«

Doch er schüttelte nur schmunzelnd den Kopf. »Morgen erzähle ich dir alles. Heute Abend habe ich noch ein paar Angelegenheiten zu erledigen. Morgen, in Ordnung?«

Lai kehrte bald mit Yan Zhes Sachen zurück und ließ es sich nicht nehmen, seinem neuen Herrn auch noch das Bett zu machen. Als er damit fertig war, blieb er an der Tür stehen, als hätte er noch etwas auf dem Herzen. Im Lichtschein, der aus dem Haus drang, beobachtete ich ihn: Während er in den nächtlichen Himmel starrte, spielte um seine Mundwinkel ein leises Lächeln, so als wäre er in Erinnerungen versunken. Auf meinen fragenden Ausdruck hin bedeutete mir Yan Zhe zu schweigen.

»Bei der Weizenernte macht mir keiner auf der Farm was vor«, brach es endlich aus Lai heraus.

»Ja, ich weiß«, erwiderte Yan Zhe schmunzelnd, »und Qiuyun weiß es auch. Die ganze Farm weiß das.«

Lai hielt eine Weile inne, als wäre ihm etwas eingefallen, ehe er auf einmal fortfuhr: »Ihr seid beide gute Menschen, von Grund auf gute Menschen, das weiß ich.«

»Ja, aber du bist auch ein guter Mensch«, ermutigte ihn Yan Zhe. »Von jetzt an bist du auch ein guter Mensch.«

Freudig wie ein Kind, das von einem Erwachsenen gelobt wurde, lief der ehemalige Farmleiter davon. So tief ich ihn immer verabscheut hatte – in diesem Moment wurde mir beim Anblick seines unschuldigen Lächelns richtig warm ums Herz. Kaum war er weg, riss Yan Zhe alle Türen und Fenster auf und fächelte mit einem Bastfächer energisch die Zimmerluft nach draußen.

»Was treibst du denn da?«, fragte ich ihn verwundert. »Willst du die Mücken verscheuchen? Und was ist das für ein säuerlicher Geruch im Haus?«

»Ich will keine Mücken verjagen, sondern Ameisen«, erwiderte er lächelnd. »Ich habe damit schon so meine Erfahrung: Wenn ich den Schatz meines Vaters benutze, kommen am nächsten Tag Scharen von Ameisen herbei. Ich möchte aber nicht, dass sie in meinem Bett und auf dem Tisch herumwimmeln.«

Ich hatte keine Ahnung, was genau Yan Fuzhis Erfindung mit den Ameisen zu tun hatte und warum sie die Tiere in solchen Massen herbeilockte, doch ich verkniff mir meine Fragen – schließlich hatte Yan Zhe mir versprochen, mich am nächsten Tag über alles aufzuklären. Um mich irgendwie nützlich zu machen, suchte ich im Haus vergeblich nach einem zweiten Fächer und begnügte mich schließlich mit einer Kehrichtschaufel aus Peddigrohr, mit der ich es meinem Freund nachtat und die säuerliche Luft hinauswedelte.

Aufgekratzt, wie ich war, hätte ich danach gern noch ein wenig mit ihm geplaudert, doch er befahl mir, schlafen zu gehen, drängte mich fast gewaltsam aus dem Haus und schloss sofort die Tür hinter mir.

Zwar kehrte ich brav in mein Wohnheim zurück und stieg in mein Bett, doch ich merkte schnell, dass ich viel zu aufgekratzt war, um schlafen zu können. Also schlich ich mich wieder aus dem Wohnheim und ging draußen spazieren. Mein Unterbewusstsein lenkte meine Schritte direkt zum Haus des Farmleiters. Im Innern brannte noch Licht – Yan Zhe las, wie mir die Silhouette auf dem Fensterpapier verriet. Gewiss stand seine Lektüre im Zusammenhang mit seinem »Schatz«. Dabei hatte er doch heute zu Fuß an die fünfzig Kilometer zurückgelegt, er musste doch todmüde sein! Am liebsten hätte ich ihn ermahnt, zu Bett zu gehen, doch ich unterdrückte meinen Impuls.

Lange starrte ich gedankenversunken das Schattenbild am Fenster an, ehe ich mich endlich wieder davon losriss.

7.

DAS ALTRUISMUS-PROJEKT

Der 1. Juni 1970 war für unsere Farm – Volkskommune »Roter Stern«, Stadt Beiyin, Kreis Jiucheng – ein Datum von geschichtsträchtiger, ja, epochaler Bedeutung. Mit diesem Tag brach für uns ein gänzlich neues, selbstloses Leben an. Und ausgerechnet drei vormalige Schurken – oder um es wohlwollend auszudrücken: Männer von nicht ganz so hoher Moral –, nämlich Chen Decai, Chen Xiukuan und Lai Ansheng, gingen als »neue Menschen« auf diesem Weg voran. Die Geschichte wimmelt von derartigen Ironien des Schicksals, die durch eine Verkettung seltsamer Umstände zustande kommen.

Nach dem Frühstück läutete Yan Zhe mit der Glocke den Arbeitstag ein – ein Privileg, das vorher Lai vorbehalten gewesen war. Wir Jugendlichen versammelten uns rings um den Brunnen und warteten darauf, dass Xuexu uns unsere Aufgaben zuteilte. Lai jedoch thronte nicht mehr wie früher auf der Brunnenumfassung, sondern gesellte sich aus freien Stücken zur ersten Gruppe dazu, während sich Yan Zhe auf der Umfassung aufbaute und von dort oben gelassen das Treiben zu seinen Füßen verfolgte.

Die meisten Jugendlichen und Bauern waren in politischen Belangen eher begriffsstutzig und witterten noch immer nichts Ungewöhnliches. Nur Xuexu, der für solche Dinge ein Gespür hatte, schwante etwas, zumal er auch schon die Vorgeschichte mitbekommen hatte. Doch abgesehen davon, dass er mit dem Blick immer wieder Lai und Yan Zhe streifte, ließ er sich nichts anmerken. Wie üblich wollte er gerade beginnen, die Arbeit zu verteilen, da kam ihm Lai mit einem breiten Lächeln zuvor:

»Genosse Zhuang, darf ich vorher kurz noch etwas sagen? Von heute an arbeite ich in der ersten Gruppe mit, und Genosse Yan ist unser neuer Farmleiter.«

Die ganze Versammlung war zunächst wie vom Donner gerührt. Dann erhob sich ein lärmendes Stimmengewirr, als hätte man eine Handvoll Salz in eine Pfanne mit heißem Öl geworfen. Selbst Xuexu konnte seine Fassungslosigkeit nicht mehr verbergen und starrte wechselweise den alten und den neuen Farmleiter und schließlich auch mich an. Yan Zhe dagegen verzog keine Miene, und ich stellte mich ahnungslos.

»Genosse Lai, meinst du das ernst?«, brachte Xuexu endlich stockend hervor.

»Na, und wie!«, rief Lai. »Der Genosse Yan ist ein guter Mensch, es gibt keinen Besseren für diesen Posten. Und mir fehlt die körperliche Arbeit. Ich konnte schon so lange nicht mehr richtig ranklotzen, dass ich fast durchgedreht bin. Bei der Weizenernte macht mir keiner was vor, das hat mir sogar der Genosse Yan bestätigt!« Er hielt kurz inne, ehe er hinzufügte: »Es gibt kein größeres Glück, als zu arbeiten und anderen Menschen zu helfen.«

Spätestens der letzte Satz stimmte die Leute misstrauisch, denn er passte so gar nicht zu dem Mann, den sie kannten. Doch egal, ob Lai nur eine Floskel nachgeplappert oder die Worte selbst gewählt hatte, aus seiner Stimme sprach tiefste Überzeugung.

Da ergriff der neue Farmleiter das Wort. »Genosse Zhuang, du kannst nun die Arbeit zuteilen«, befahl er seinem Stellvertreter.

Seine Stimme war ruhig, doch es sprach aus ihr eine Autorität, die keinen Widerspruch duldete und mit wenigen Worten alle Zuhörer spüren ließ, wer von nun an auf der Farm das Sagen hatte.

Auch Xuexu zögerte jetzt nicht mehr und verteilte sogleich die Aufgaben. Der Tag stand diesmal ganz im Zeichen der Weizenernte; jede Gruppe bekam einen Feldabschnitt zugeteilt. Am Mittag sollte es ausnahmsweise einmal keine Pause geben, der Küchentrupp würde auf die Felder kommen, um Dampfbrötchen und Wasser auszugeben. Nach dieser Bekanntmachung brachen die verschiedenen Gruppen mit ihren Führern an der Spitze zu ihren jeweiligen Einsatzorten auf.

Nachdem sich die anfängliche Fassungslosigkeit gelegt hatte, hing jeder seinen eigenen Gedanken nach. Yan Zhe hatte seine Arbeit immer gewissenhaft erledigt und sich zugleich stets anständig verhalten, weshalb er nicht nur unter den Jugendlichen, sondern auch unter den Bauern hohes Ansehen genoss. Entsprechend freuten sich nun viele über seinen Aufstieg zum Farmleiter. Wang Quanzhong aus der ersten Gruppe, die stellvertretenden Leiter der zweiten und dritten Gruppe, He Zijian und Liu Weidong, und der junge Lin Jing machten aus ihrer Begeisterung keinen Hehl. Die Gruppenführer unter den Bauern – Lao Xiao, Lao Chu und Lao Pang – waren zwar zu erfahren, um ihre Gefühle preiszugeben, doch zumindest gaben sie auch keinen Widerstand zu erkennen. Aus Xiaoxiaos Miene sprach pure Neugierde und sonst nichts. Simpel gestrickt, wie sie war, kam sie vermutlich gar nicht auf den Gedanken, dass Lais Abtritt ihre Zukunftsaussichten schmälern könnte.

Cen Mingxia dagegen hatte sich dem ehemaligen Farmleiter nur deshalb hingegeben, damit er ihr bald eine Arbeit in der Stadt verschaffte. Entsprechend schwer hatten die Geschehnisse dieses Morgens sie offenkundig getroffen. Da räumte der Kerl doch tatsächlich aus freien Stücken seinen Posten, nachdem sie sich für ihn so sehr die Hüfte verrenkt hatte?! Sie versuchte gar nicht erst, ihre Enttäuschung, nein, Wut darüber zu verbergen, und verfolgte Lai und Yan Zhe mit Blicken, aus denen das Gift nur so spritzte.

Xuexu schließlich war als stellvertretender Farmleiter von der unerwarteten Wendung eigentlich am stärksten betroffen, doch er verstand sich gut darauf, die Fassade zu wahren. Nach dem ersten Schock hatte er schnell wieder seine Beherrschung zurückerlangt und führte nun seine Leute in raschem Marsch aufs Feld.

Yan Zhe begleitete uns nicht. Er blickte uns nach und kehrte allein in sein neues Zuhause zurück. Prompt machte sich Enttäuschung auf den Gesichtern vieler Jugendlicher breit, die größtenteils ähnlich anständig und gewissenhaft bei der Arbeit waren wie er selbst bisher. He Zijian zum Beispiel gehörte wie Yan Zhe zu den besten Arbeitskräften auf der Farm, obwohl er körperlich eigentlich von schwächlicher Konstitution war. Einmal hatte er allein eine Fuhre Güter aus einem Dorf westlich der Farm geholt. Auf dem Rückweg gab es eine steile Steigung, die man mit vollem Karren normalerweise nur überwinden konnte, wenn ein Gefährte oder ein hilfsbereiter Passant von hinten schob. Doch statt sich Verstärkung zu holen, biss Zijian einfach die Zähne zusammen und kämpfte sich allein auf die Anhöhe. Danach hatte er noch immer einen Kilometer zu bewältigen, der ihm gewiss eine ungeheure Anstrengung abverlangte. Doch er hielt durch und brach erst, als er glücklich sein Ziel erreicht hatte, vor Erschöpfung zusammen.

Ich wurde zufällig Augenzeugin dieses Vorfalls. Zuerst sah ich ihn mit seinem Karren auf den Hof schwanken. Dann, als er den Karren abgestellt hatte, schien auch der letzte Rest an Kraft aus seinen Gliedern zu weichen; er taumelte noch ein paar Schritte weiter, ehe er zu Boden sackte und die Mädchen ringsum erschrocken loskreischten. Als ich ihn später fragte, warum er denn, auf der Anhöhe angekommen, nicht erst einmal eine kleine Pause eingelegt habe, erwiderte er verlegen:

»Das hätte ich ja gern, aber ich hatte Angst, dass ich mich dann nicht mehr vom Fleck rühren kann.«

Selbst Yan Zhe war von dieser Geschichte beeindruckt gewesen. »Der ist bei der Arbeit noch schonungsloser gegen sich selbst als ich!«

Nun jedoch warf Zijian mir einen Blick zu, in dem das Funkeln von eben schon wieder erloschen war. Dann senkte er den Kopf und marschierte stumm davon. *Kaum ist Yan Zhe Farmleiter geworden, ist er sich auch schon genau wie sein Vorgänger zu fein fürs Malochen?*, dachte er sicher. *Jetzt will er nur noch den Aufpasser spielen, der über uns thront?*

Ich wusste, sie taten ihm unrecht. Um der gesamten Farm den Weg in ein *neues Leben* zu eröffnen, musste er heute, an seinem ersten Tag, sicher viele Dinge in Angriff nehmen. Mir war nicht entgangen, wie blutunterlaufen seine Augen waren – vermutlich hatte er die ganze Nacht kein Auge zugetan. Doch ich konnte den anderen all diese Hintergründe ja nicht erklären; das Einzige, was ich tun konnte, war, mich mit doppelter Anstrengung in die Arbeit zu stürzen, als könnte ich so Sühne leisten für meinen Freund.

Von den drei »neuen Menschen« trennten mich dennoch Welten. Die Bauern auf unserer Farm kamen alle aus Weizenanbaugebieten und hatten die Kunst der Weizenernte seit Jahrzehnten verinnerlicht – in dieser Hinsicht konnten wir Jugendlichen aus der Stadt unmöglich mit ihnen mithalten. Wenn es dagegen eine Technik zu erlernen galt, die für uns alle neu war, wie etwa das Pflanzen der Reissetzlinge, waren wir mit unserer schnelleren Auffassungsgabe im Vorteil. Jedenfalls legte sich Lai nun mit noch größerem Eifer als am Vortag ins Zeug, und diesmal war er nicht allein: Seite an Seite schritten er und seine beiden Mitverschwörer mit nacktem Oberkörper voran, und dabei schwenkten alle drei ihre Sicheln mit einem solchen Schwung, dass es rauschte und wogte wie auf stürmischer See. Es war eine wahre Augenweide, ein Schauspiel schöner als das schönste Ballett, wie Xiaoxiao schon am Vortag so treffend bemerkt hatte.

Der ehemalige Farmleiter räumte damit noch die letzten Zweifel daran aus, ob er sein morgendliches Bekenntnis – es gebe »kein größeres Glück, als zu arbeiten« – auch aufrichtig gemeint hatte. Die drei Männer waren schweißüberströmt, doch ihre Gesichter strahlten mit dem Glanz einer überschäumenden Glückseligkeit, die aus den Tiefen ihrer Herzen kam. Diese ekstatische Seligkeit erzeugte ein starkes Kraftfeld, das auf uns andere ausstrahlte und auch in uns den Funken der Freude entzündete.

Es erübrigt sich zu sagen, dass unsere Arbeitsleistung an diesem Tag ungeheuer war. Ich bedauerte nur, dass Yan Zhe nicht mit eigenen Augen dieses prächtige Spektakel verfolgen konnte.

Den ganzen Tag bekam ich meinen Freund nicht mehr zu sehen – nicht einmal zu den Mahlzeiten. Ich fragte mich, was er wohl trieb.

Während der Weizenernte waren die Tage lang. Als wir nach Arbeitsschluss endlich am Brunnen unsere schmutzigen Schüsseln flüchtig ausgespült hatten, war es schon Mitternacht. Die Erschöpfung steckte mir tief in den Knochen, alles tat mir weh, ich konnte meine Beine kaum noch bewegen. Alles in meinem Körper schrie danach, mich in meinem Wohnheim endlich ins Bett fallen zu lassen und zu schlafen. Und dennoch schleppte ich mich zum Haus des Farmleiters, denn das Versprechen, das Yan Zhe mir gegeben hatte, war einfach zu verlockend: Heute würde er mich in sein Geheimnis einweihen! Egal wie müde ich war, diesen Moment wollte ich auf keinen Fall hinauszögern.

Ich traf ihn in seinem Zimmer an, in die Lektüre eines dicken englischsprachigen Buches vertieft. Wie ich wusste, hatte er heimlich ein großes englisch-chinesisches Wörterbuch und mehrere englischsprachige Bücher aufs Land geschmuggelt. Weil ich selbst nur Russisch gelernt hatte, hatte ich keine Ahnung, um was für Bücher es sich dabei handelte. Vor dem Farmleiter hatte er seine

gedruckten Schätze stets versteckt, um nicht einen neuen Klassenkampf loszutreten. Diese Befürchtung war keineswegs so abwegig,
wie sie klingen mag. Wang Quanzhong, der derselben Gruppe an-
gehörte, hatte einige naturwissenschaftliche Schulbücher mit auf
die Farm gebracht, in die er in Mußestunden manchmal einen
Blick geworfen hatte. Nachdem Lai davon erfahren hatte, kritisierte er ihn auf einer großen Versammlung, ohne ihn beim Namen
zu nennen:

»Unter den gebildeten Jugendlichen gibt es doch tatsächlich
einen, der immer noch Lehrbücher der Mittelschule liest!«

Dass es sich dabei um ein Verbrechen handelte, war so offensichtlich, dass Lai es gar nicht laut aussprechen musste.

Deshalb war dies das erste Mal seit seiner Ankunft auf der
Farm, dass Yan Zhe es wagte, eines seiner Bücher auch tatsächlich
aufzuschlagen. Und obwohl er ähnlich müde wirkte wie ich, las er
mit großer Konzentration und blätterte zwischendurch immer
wieder in seinem Wörterbuch. Ich schob leise die Tür auf und trat
hinter ihn, ohne dass er mich bemerkte. Dann umfasste ich seine
Schultern mit meinen Händen und sagte sanft:

»Entschuldige, dass ich dich vielleicht von Wichtigerem ab-
halte, aber du hast mir versprochen, dass du mich heute in dein
Geheimnis einweihst.«

Er schob sein Buch beiseite und stand lächelnd auf. »Ja, das
habe ich in der Tat.« Er gähnte und rieb sich die Augen. »Ich wusste, du würdest kommen. Ich habe die ganze Zeit auf dich gewartet.«

Nachdem er die Tür geschlossen hatte, fuhr er fort: »Aber dafür
musst du mir auch etwas versprechen: dass wir unserer alten Gewohnheit treu bleiben und zuerst ein bisschen kuscheln.«

Er drückte mich an sich und gab mir wie immer einen Zungen-
kuss, ehe er mit seinen Händen unter meine Kleidung drang. Anfangs protestierte ich noch: »Hier im Zimmer kann uns doch jeder

sehen!«, doch dann packte auch mich die Leidenschaft, ich erwiderte seine Zärtlichkeiten und gab mich dem Glück unserer Intimitäten hin. Als seine Hände allerdings unter meine Gürtellinie vorstießen, riss ich mich zusammen und stoppte ihn, und wie schon bei früheren derartigen Gelegenheiten versuchte er auch jetzt nicht, seinen Willen mit Gewalt durchzusetzen.

Dennoch wurde ich in dieser Nacht das Gefühl nicht los, dass etwas anders war. Denn während er mit mir kuschelte, schien er mich die ganze Zeit wie mit einem dritten Auge zu beobachten, dem kühlen, rationalen Auge eines distanzierten Beobachters. Diese Empfindung blieb vage und eher unbewusst – und doch spürte ich ein untergründiges Unbehagen.

Als sich unsere Leidenschaft etwas gelegt hatte, sagte er ruhig:

»Qiuyun, auch wenn du immer von mir verlangst, ich soll mich mäßigen, so weiß ich doch, dass dein Begehren in Wahrheit nicht schwächer ist als meins. Tief in deinem Innern genießt du es, von mir gestreichelt zu werden, oder etwa nicht?«

Meine Miene verfinsterte sich schlagartig – mit dieser Spitze hatte ich nicht gerechnet. Vielleicht war eine solche Bemerkung unter Liebenden nicht verwerflich, doch ich empfand sie als äußerst verletzend, ich wurde wütend und wollte weg. Offensichtlich hatte er meine Reaktion vorhergesehen; er hielt mich fest und beschwor mich eindringlich:

»Sei mir nicht böse, Qiuyun. Ich weiß, wie sittenstreng du bist und dass du so etwas nicht gern hörst. Aber ich habe einen Grund gehabt, dir das zu sagen: Ich wollte damit einleiten, was ich dir gleich erklären werde. Hör mir zu, dann verstehst du, was für eine Absicht ich damit verfolgt habe.«

Er fixierte mich lächelnd. »Bist du mir noch böse? Wenn nicht, weihe ich dich jetzt in mein Geheimnis ein.«

»Ich bin dir nicht mehr böse – also leg los!«, drängte ich.

»Eigentlich wollte ich dir eben Folgendes sagen: Wir Menschen – Männer und Frauen gleichermaßen – haben wie alle Tiere, die sich zweigeschlechtlich fortpflanzen, einen Geschlechtstrieb. Dieser Trieb hat zwar etwas Mysteriöses, weil man ihn weder sehen noch anfassen kann, trotzdem ist seine Existenz eine handfeste Tatsache, die niemand abstreitet. Und er ist genetisch verankert, auch daran gibt es keinen Zweifel. Die Sexualität von uns beiden zum Beispiel ist uns in die Wiege gelegt und entfaltet sich mit dem Älterwerden ganz von selbst, ohne dass uns irgendjemand darin hätte einführen müssen. Weder unsere Eltern noch unsere Lehrer mussten uns erst einen Zugang zur Sexualität eröffnen, da stimmst du mir doch zu?«

Ich nickte, ohne zu zögern. Bis jetzt hatte er nur Trivialitäten von sich gegeben.

»Auf einer ersten Ebene wird der Geschlechtstrieb also von den Genen bedingt, aber auf einer zweiten Ebene auch von den Hormonen. Ein Eunuch zum Beispiel produziert nach der Kastration kein Testosteron mehr, und damit erlischt auch sein sexuelles Begehren. Selbst die Barthaare fallen ihm nach wenigen Tagen aus.«

»Hm, ich weiß.«

»Und jetzt komme ich zum eigentlichen Thema: dem Altruismus. Wie der Geschlechtstrieb wirkt auch er auf den ersten Blick mysteriös, aber in Wahrheit wird auch der Altruismus – zum Beispiel bei den Ameisen – gänzlich von den Genen und Hormonen gesteuert und bedarf zu seiner Entfaltung keiner Erziehung, keines äußeren Zwangs oder Ansporns. Es ist wie mit dem Nestbau bei den Ameisen und Termiten: So komplex diese Nester auch sind, zu ihrem Bau benötigen die Tiere keinen Plan. Sobald eine Kolonie groß genug ist und die Botenstoffe stark genug, wissen die Tiere von selbst, wie sie ihr Nest bauen sollen – so als wäre die Anleitung dazu aus dem Nichts aufgetaucht. Hast du daran Zweifel?«

Ich schüttelte den Kopf. »Nein, fahr fort.« Tatsächlich glaubte ich ihm ohne Weiteres – nicht nur aufgrund der überzeugenden

Analogie, mit der er seine Argumentation eingeleitet hatte, sondern auch, weil diese Phänomene, so absonderlich sie zunächst auch klingen mochten, sich doch letztlich vollkommen logisch erklären ließen.

»Der Altruismus einer Ameisenkolonie ist angeboren, also intrinsisch und stabil. Seit sich die ersten Ameisenstaaten vor zig Millionen Jahren gebildet haben, ist diese Eigenschaft immer präsent geblieben. Bedauerlicherweise ist der Altruismus nicht Teil unserer menschlichen Natur – oder genauer gesagt: Er ist kein dominanter Teil. Deshalb schwankt die Menschheit von Anbeginn bis heute zwischen den Extremen von Gut und Böse hin und her. Die Läuterung zum Guten, die uns die Weisen und Heiligen vermitteln wollten, konnte unsere angeborene Neigung zum Bösen nie überwinden. Sicher erinnerst du dich noch an die Anfangszeit des Großen Sprungs nach vorn 1958: Wie unschuldig die Gesellschaft damals war! Alle legten sich für die Gemeinschaft ins Zeug, ohne an ihren persönlichen Vorteil zu denken, und genossen die Freuden der Arbeit. Und jetzt schau dir an, was für ein widerwärtiger Exzess die Kulturrevolution ist! Dazwischen liegt ein Unterschied wie zwischen Tag und Nacht. Im Vergleich mit den Ameisen sollten wir Menschen uns wirklich in Grund und Boden schämen!«

Während ich ihm zuhörte, stieg eine eigentümliche Empfindung in mir auf: als wäre ich wieder ein Kind und lauschte der fernen und doch so vertrauten Stimme meiner Mutter, einer Stimme, die mich auf geheimnisvolle Weise in ihren Bann zog. Da begriff ich: Seit ich sechs Jahre alt gewesen war, hatte ich immer wieder Yan Fuzhi von solchen Dingen sprechen hören. Und auch wenn ich damals nichts davon verstanden hatte, hatte sich dieses Wissen mit der Zeit in den Tiefen meines Gedächtnisses abgelagert. Gewöhnlich schlummerte es dort unbemerkt vor sich hin, doch nun hatte Yan Zhe es mit seinen Worten geweckt, und es hallte lange in mir nach.

Was er danach sagte, hörte ich jedoch zum ersten Mal.

»Mein Vater hat die altruistische Natur der Ameisen gründlich erforscht. Auf der tiefsten Ebene ist diese Natur in den Genen verankert, aber auf einer vergleichsweise oberflächlichen Ebene wird die Form, wie sich diese Veranlagung konkret manifestiert, von den Botenstoffen bestimmt. Trotz ihrer geringen Körpergröße besitzen die Ameisen viele komplexe Drüsen, wie zum Beispiel die Dufourschen Drüsen. Und die Botenstoffe, die diese Drüsen absondern, erzeugen in der Kolonie eine positive Rückkopplung, aus der sich schließlich eine Art unsichtbares Feld entwickelt, ähnlich einem Magnetfeld. Alle Ameisen, die den entsprechenden Botenstoff in sich aufgenommen haben, verfügen über einen stabilen Altruismus. Man kann ihn weder sehen noch anfassen, und doch ist er kein Ammenmärchen, sondern eine handfeste Tatsache, wie der Geschlechtstrieb. Und meinem Vater ist es gelungen, diesen Botenstoff zu extrahieren.«

»Und das ...«, brachte ich zögernd hervor, »ist der *Schatz*, von dem du gesprochen hast?«

Er nickte und zog stolz einen Gegenstand hervor: einen zierlichen Zylinder aus rostfreiem Stahl mit einer für mich unverständlichen englischsprachigen Beschriftung und einem kleinen Griff an der Kappe. Der Anblick dieses Gegenstands – eines kleinen Zerstäubers, wie ich ihn noch nie gesehen hatte – verschlug mir die Sprache. Mein Freund und ich waren nun schon seit Jahren ein Paar, und den Inhalt des kleinen Koffers, den er mit auf die Farm gebracht hatte, glaubte ich zu kennen wie meine Westentasche – ja, ich wusste besser als er selbst, wie viele Unterhosen und Strümpfe er besaß. Diesen Zerstäuber jedoch hatte ich noch nie zuvor zu Gesicht bekommen, und es war mir ein Rätsel, wo er ihn all die Zeit versteckt hatte – schließlich hatten wir in unseren Wohnheimen keinerlei Privatsphäre.

Mit einem Mal machte Yan Zhe mir Angst. Was hatte er sonst

noch für Geheimnisse vor mir? Bei genauerem Nachdenken musste ich allerdings zugeben, dass seine Verschwiegenheit gar nicht so ungewöhnlich war – schließlich hielt ich selbst auch manches vor ihm geheim, zum Beispiel meine Mitschuld am Tod seiner Eltern.

»Ja«, bestätigte er, »das ist der Schatz. Mein Vater hat ihn mir einen Tag vor seiner Verhaftung anvertraut. An seiner Wirksamkeit dürftest du ja inzwischen keine Zweifel mehr haben – du musst dir nur mal unsere drei ›neuen Menschen‹ anschauen. Ich habe jeden von ihnen bloß ein Mal damit besprüht, und prompt haben sie sich in wahre Heilige verwandelt. Haha!«

Er reichte mir den Zerstäuber, und ich nahm ihn ehrfürchtig entgegen. Und während ich ihn in Gedanken versunken in der Hand wiegte, nahm eine Frage langsam in meinem Kopf Gestalt an.

»Aber … warum hat dein Vater ihn denn nicht benutzt, um sein Leben zu retten? Er hatte doch genug Zeit, ihn einzustecken, oder? Immerhin hat er, bevor die Rotgardisten ihn verhaftet haben, schon mit deiner Mutter den Selbstmord als letzten Ausweg abgesprochen und die Schuhsohlen mit den Rasierklingen präpariert. Und um dir seinen Schatz zu übergeben, hatte er auch genug Zeit. Warum haben sich deine Eltern dann nicht selbst gerettet?«

Wie so oft in den vergangenen Jahren verfinsterte sich seine Miene auch diesmal schlagartig, sobald ich seine toten Eltern erwähnte. Er hatte mir nie erzählt, wie sie voneinander Abschied genommen hatten, und ich war außerstande, mir die Details auszumalen – doch in jedem Fall musste es eine sehr bedrückende Erinnerung sein. Vielleicht hatten die Eltern es nicht übers Herz gebracht, ihn in ihre Selbstmordpläne einzuweihen, doch irgendwie hatten sie ihn gewiss innerlich auf das vorbereitet, was ihn erwartete. In welcher Stimmung war er zu Bett gegangen, nachdem ihm sein Vater sein kostbarstes Erbe anvertraut und die Eltern sich von ihm verabschiedet hatten? Ich wagte kaum, es mir vorzustellen – schon beim bloßen Gedanken daran fühlte ich, wie sich mir eine tonnenschwere Last auf das Herz legte.

»Es tut mir leid«, stammelte ich beschämt, »ich wollte nicht von deinen Eltern sprechen. Aber diese Sache ist einfach zu wichtig.«

Er schüttelte den Kopf, als wollte er die dunklen Gedanken verscheuchen, und erwiderte:

»Vielleicht verstehst du es nicht, wenn ich es dir erkläre: So erfolgreich mein Vater in seiner Forschung auch war, er hatte nie den Plan, den Botenstoff, den er entdeckt hatte, für die menschliche Gesellschaft zu nutzen. Er meinte: ›Die Vorstellung, man könnte die menschliche Natur auf eine so simple ›technische‹ Weise verändern, mag verlockend erscheinen. Aber sie hat auch etwas Beängstigendes, weil dabei alle möglichen unvorhersehbaren Nebenwirkungen eintreten können.‹ Er hat mir seine Unterlagen und seinen Extrakt in der Hoffnung übergeben, dass ich seine Forschung fortführe. Aber gleichzeitig musste ich ihm schwören, dass ich seine Entdeckung niemals in der Praxis nutzen würde. ›Bis zu einer echten praktischen Anwendung‹, meinte er, ›müssen noch mindestens tausend Jahre vergehen.‹«

Yan Zhe schüttelte traurig den Kopf. »Ich finde, mein Vater war viel zu ängstlich. Als er am Vorabend seiner Verhaftung diese Worte zu mir gesagt hat, lag das wahrscheinlich auch an der bedrückten Stimmung, in der er damals war. Ich teile seine Haltung nicht – welchen Wert hat denn eine Forschung, die keinerlei praktischen Nutzen verspricht? Zumindest in einem kleinen Rahmen muss man doch experimentieren können! Alles Weitere weißt du schon.«

»Ich verstehe.«

In jener Nacht vergaß ich völlig meine Müdigkeit, während Yan Zhe mich mit wachsendem Feuer in sein Geheimnis einweihte.

Seit seiner Ankunft auf der Farm habe er, so erzählte er mir, nie das Vermächtnis seines Vaters vergessen. Lais Mordkomplott habe nur den Anstoß dafür gegeben, den Plan, den er schon so lange mit sich herumtrug, in die Tat umzusetzen.

»Mir ist früh aufgefallen, dass unsere Farm ein relativ isoliertes soziales System ist, in dem wir Jugendlichen mit den benachbarten Bauern kaum in Kontakt kommen. Selbst die Bauern, die auf unserer Farm leben, stammen alle aus fremden Volkskommunen und pflegen mit der lokalen Dorfbevölkerung kaum Umgang. Und von den ›Oberen‹ steht allein das Volkskommunenbüro in direkter Verbindung mit uns, schickt uns aber auch nur selten jemanden vorbei. Normalerweise hält das Büro bloß über zwei Kommunikationskanäle Kontakt zu uns: per Funk und per Telefon.«

»Eigentlich ist es sogar nur eine einzige Verbindung«, korrigierte ich ihn.

»Da hast du recht.«

Die Kommune und unsere Farm waren so arm, dass sie zwischen sich nur ein einziges Kabel verlegt hatten, das gleichzeitig als Funk- und Telefonverbindung diente. Der Farmleiter hatte in seinem Büro einen Schalter, mit dem er die Verbindung wählen konnte. Normalerweise war der Schalter auf Funk eingestellt, für eine Telefonverbindung musste man ihn erst umlegen. Ein eingehender Telefonanruf war darum eine knifflige Angelegenheit, schließlich konnte man vom Farmleiter schlecht erwarten, dass er die ganze Zeit als Telefonist die Stellung hielt. Die meisten privaten Anrufe wurden deshalb indirekt über Funk geführt. Erst nachdem ich mehrere dieser indirekten Anrufe mitbekommen hatte, begriff ich, dass die Pappschalltrichter, die überall an den Wänden hingen, nicht nur als Lautsprecher, sondern auch als Sprechmuscheln dienten.

Der genaue Ablauf dieser indirekten Telefonate war wie folgt: Der eingehende Anruf aus dem Fernnetz erreichte zunächst das

Büro der Volkskommune. Wenn dort ein gutherziger Mensch den Anruf entgegengenommen hatte, gab er danach das Anliegen des Anrufers weiter, indem er es in den Pappschalltrichter an der Wand schrie – etwa so:

»XY von der Farm! Deine Mutter ist krank, sie sagt, du sollst sie mal besuchen!«

Auf der Farm konnten wir alle dann diese Durchsage aus den Pappschalltrichtern hören – jedenfalls wenn wir uns anstrengten, denn die Tonqualität war sehr schlecht. Der Adressat brüllte daraufhin zurück:

»Sag meiner Mutter bitte, dass ich mir Urlaub nehme!«

Im Büro der Volkskommune gab der Angerufene dann die Antwort an den Anrufer weiter. Weil die Übertragung per Funk mehr schlecht als recht funktionierte, mussten die Beteiligten so laut plärren, dass die gesamte Farm das hin und her geschriene Gespräch mitverfolgen konnte und jeglicher Anspruch auf Privatsphäre von vornherein illusorisch war. Deshalb griffen unsere Eltern auch nur im äußersten Notfall zum Telefon – es musste sich schon um eine ernste Angelegenheit handeln, etwa eine schwere Erkrankung eines Elternteils. Kaum etwas fürchtete ich damals so sehr, wie mitten in der Nacht von einer knackenden Lautsprecherdurchsage geweckt zu werden, die mich beim Namen rief.

»Deshalb«, fuhr Yan Zhe fort, »ist unsere Farm ein ideales soziales Experimentierfeld, das sich gut von der Außenwelt abgrenzen und von allen fremden Einflüssen isolieren lässt. Insofern ist das Experiment auch ziemlich sicher: Selbst ein Scheitern würde die Welt da draußen nicht in Mitleidenschaft ziehen. Aber wenn ich mir unsere gegenwärtige Lage so anschaue«, fügte er voller Selbstgewissheit hinzu, »kann unser Experiment gar nicht mehr misslingen: Es ist jetzt schon ein Riesenerfolg! Schau dir doch nur mal an, was das Spray meines Vaters aus unseren drei Halunken gemacht hat: In die reinsten Heiligen hat es sie verwandelt!«

»O ja«, sagte ich und nickte. »Den dreien bei der Arbeit zuzuschauen, ist ein Vergnügen – mit welcher Begeisterung die sich jetzt ins Zeug legen! Sie müssen nur ordentlich schuften, und schon sind sie aufrichtig und aus tiefstem Herzen glücklich und stecken damit auch uns andere an. Das hättest du wirklich sehen sollen!«

»Ja«, stimmte er mir zu, »es ist in der Tat bedauerlich, dass ich heute nicht kommen konnte, aber ich hatte einfach zu viel zu tun. Gestern konnte ich noch die Ameisenessenz benutzen, die mir mein Vater vermacht hat, aber von nun an muss ich die Essenz selbst gewinnen, und die Zeit drängt. Ich bin dabei auf einige knifflige technische Probleme gestoßen und versuche jetzt, in den Unterlagen meines Vaters eine Lösung zu finden. Die glückselige Atmosphäre, die du gerade beschrieben hast, kann ich mir aber nur zu gut ausmalen. Qiuyun, stell dir nur mal vor, wir könnten die ganze Farm, mehr noch: die ganze Gesellschaft auf diese Weise verwandeln! Wäre das nicht großartig?«

Seine Augen leuchteten, beseelt vom erhabensten Ideal, das sich die Menschen zu allen Zeiten und in allen Ländern erträumt hatten. Doch sein Plan war so ungeheuerlich, dass er mir Angst machte. Ich konnte mir nicht vorstellen, dass wir zwei Niemande, mit nichts als einem kleinen Fläschchen Ameisenessenz gewappnet, dazu in der Lage sein sollten, eine neue Menschheitsepoche einzuleiten.

»Und als Nächstes?«, fragte ich zögernd. »Willst du alle auf der Farm mit dieser Essenz einsprühen?«

»Ja, alle bis auf … uns zwei.« Er hielt einen Moment inne. »Bedauerlicherweise wird unsere Farm, selbst wenn wir sie gänzlich in eine altruistische Oase aus lauter kleinen Heiligen verwandeln können, immer noch von einem normalen menschlichen Umfeld umgeben sein. Deshalb muss jemand von uns einen kühlen Kopf bewahren; dieser Jemand darf nicht nur von reinem Edelmut beseelt sein. Er muss, wenn nötig, imstande sein, zum Schutz all der Edelmütigen um ihn herum zu tricksen und zu intrigieren. Darum werde ich die Altruismusessenz fürs Erste nicht bei mir selbst anwenden.«

Er seufzte. »Dabei brenne ich darauf, auch in diese Sphären entrückt zu werden und die Glückseligkeit, von der du mir vorhin erzählt hast, am eigenen Leib zu erleben. Aber ob es mir gefällt oder nicht, ich muss die Verantwortung übernehmen für alle, die ich mit der Essenz besprüht habe. Und ich denke, auch du solltest vorläufig außen vor bleiben. Damit du mich unterstützen kannst. Wenn ich allein bei klarem Verstand bliebe, wäre der Druck, der auf mir lastet, einfach zu groß.«

Um die Schwere seiner Worte abzumildern, fügte er in scherzhaftem Ton hinzu: »Außerdem brauchen wir beide diese Essenz doch gar nicht! Im Ernst, bei uns ist der Altruismus von Natur aus schon so ausgeprägt, dass ich mir um unsere Moral keine Sorgen mache.«

Ich war hin- und hergerissen und fühlte mich außerstande, mir eine klare Meinung zu bilden. Für den Moment konnte ich all das Neue, das an diesem Tag auf mich eingeprasselt war, noch nicht verarbeiten. Ich vertraute meinem Freund seit jeher, genauso wie ich seinen Eltern vertraut hatte. Und die Vorstellung, unsere Farm könnte sich in ein kleines, unschuldiges Paradies verwandeln, klang auch für mich verlockend. Und doch konnte ich die unterschwelligen Ängste nicht abschütteln, die Yan Zhes Vision in mir verursachte. Ohne dass ich diese Ängste hätte benennen können, hatten sie sich tief in meinem Herzen festgesetzt.

»Also gut«, brachte ich schließlich zaudernd hervor. »Ich unterstütze dich.«

Als er mein Versprechen hörte, fiel ihm offensichtlich ein Stein vom Herzen. Er wirkte geradezu euphorisch, was mich wiederum sehr berührte: Augenscheinlich war ihm meine Unterstützung sehr wichtig.

»Unsere dringlichste Aufgabe«, erklärte er, »besteht jetzt darin, mehr Altruismusessenz zu gewinnen, das heißt: genug für alle hier auf der Farm. Mein Vater hat mir eine Anleitung hinterlassen, wie ich die Essenz herstellen kann. Zunächst muss ich das, was übrig ist, dazu gebrauchen, um scharenweise neue Ameisen anzulocken, aus denen ich dann mehr von dem Botenstoff extrahieren kann. Im Prinzip ist das wie beim Getreideanbau: Hat man erst einmal die Saat – oder in unserem Fall: das Fläschchen Essenz, das mir mein Vater vermacht hat –, so ist es ein Kinderspiel, immer neue Saat zu produzieren.

Die letzten zwei Tage war ich nur damit beschäftigt, die Methode meines Vaters noch genauer zu studieren. Als Nächstes werde ich einen Abstecher in die Stadt machen, weil ich ein paar Instrumente benötige, die noch bei uns im Hof lagern. Und ein paar Chemikalien muss ich auch noch besorgen. Zum Glück haben mir meine Eltern eigens für diesen Zweck eine stattliche Summe Geld hinterlassen.

Alles in allem werde ich etwa fünf Tage weg sein, und in dieser Zeit …« – er zögerte einen Moment – »brauche ich deine Hilfe. Ich bitte dich darum, für mich ein Auge auf alles zu haben. Um Lai und die beiden Chens musst du dir keine Sorgen mehr machen, die sind schon zu Engeln geläutert. Aber vor Xuexu musst du dich in Acht nehmen. Und auch vor ein paar notorischen Quertreibern, wie Cui Zhenshan.«

Nachdem ich ihm auch dies versprochen hatte, saßen wir noch lange beieinander und merkten dabei gar nicht, wie der Morgen graute. Schließlich schloss mich Yan Zhe noch einmal in die Arme und drückte mir sanft einen brüderlichen Kuss auf die Stirn. Er wollte sich noch im Morgengrauen auf den Weg machen und verzichtete diesmal darauf, eine »Kuscheleinheit« zum Abschied einzufordern. Unsere Mission lastete so schwer auf uns, dass uns nach solchen Zärtlichkeiten nicht mehr zumute war.

Bevor er aufbrach, gingen wir noch gemeinsam zu Xuexus Wohnheim. Er trat in den Eingang und rief seinen alten Rivalen. Xuexu wachte auf, warf sich schnell etwas über und tappte hinaus, während er sich schlaftrunken die Augen rieb.

»Ich muss in die Kreisstadt und an einer Versammlung des Büros teilnehmen, das für uns zuständig ist. Ich werde wahrscheinlich vier oder fünf Tage weg sein.« Er hatte sich diese Ausrede ausgedacht, um seinen Stellvertreter einzuschüchtern und ihm weiszumachen, er hätte einen guten Draht nach oben. »Deshalb übergebe ich die volle Verantwortung für die Weizenernte an dich. Wenn es irgendwelche Probleme gibt, kannst du dich mit Qiuyun als meiner persönlichen Vertreterin besprechen.«

Mir fiel auf, wie gut ihm die Rolle des Kaders lag. Er hatte seinen Stellvertreter in einem gelassenen Ton instruiert, aus dem trotzdem die ganze Autorität eines Farmleiters sprach.

Xuexu nickte nur wortlos. Vermutlich konnte er sich noch immer keinen Reim auf die abrupte Wendung machen, die die Dinge am Vortag genommen hatten. Wieso hatte Lai Ansheng so bereitwillig seinen Posten frei gemacht und das noch dazu ausgerechnet für denjenigen, den er eigentlich aus dem Weg hatte räumen wollen? Xuexu musste glauben, dass sein alter Nebenbuhler handfeste Beweise gegen Lai in der Hand hatte – Beweise, mit denen er seinen Feind zum Rückzug gezwungen hatte. Doch die Glückseligkeit, die der ehemalige Farmleiter nun ausstrahlte, passte so gar nicht zu dieser Vermutung.

Egal, zu welcher Schlussfolgerung Xuexu gekommen war: Fürs Erste würde er nur abwarten und auf seine Chance lauern. Deshalb ließ er sich wohl auch keinerlei Ärger über Yan Zhes Anordnungen anmerken.

Nachdem Yan Zhe mir seine Schlüssel übergeben hatte, machte er sich in aller Eile auf den Weg. Weil unsere Farm nicht an den öffentlichen Verkehr angebunden war, musste er erst die rund zwanzig Kilometer zur Kreisstadt zu Fuß zurücklegen, ehe er einen Bus nach Beiyin nehmen konnte. Ich stieg auf die Brunnenumfassung und blickte ihm nach. Und während ich sah, wie er allein über die Brücke davonmarschierte und auf der neu angelegten Landstraße den Weg in Richtung Kreisstadt einschlug, bis seine Silhouette mit der aufgehenden Sonne verschmolz, stieg ein schmerzliches Gefühl der Einsamkeit in mir auf.

Außer mir war nur Xuexu auf der Brunnenumfassung. Zwischen uns herrschte ein verlegenes Schweigen; geschlagene fünf Minuten lang wussten wir kaum, was wir sagen sollten. Auch wenn wir zusammen aufgewachsen und einmal eng befreundet gewesen waren, so betrachtete ich ihn doch seit der Kulturrevolution mit anderen Augen – seit ich seine andere, dunkle Seite erlebt hatte. Und auch bei ihm spürte ich eine untergründige Feindseligkeit, denn er zählte mich zum Lager von Yan Zhe. Nachdem wir mit kühler Höflichkeit ein paar belanglose Worte gewechselt hatten, gingen wir auseinander.

8.

DIE NIEDERGESCHLAGENE
REVOLTE

An den ersten Tagen nach Yan Zhes Aufbruch lief die Weizenernte auf unserer Farm reibungslos weiter – nicht nur dank
Xuexus umsichtiger Aufgabenverteilung, sondern auch dank der
drei »neuen Menschen«, die mit ihrer Arbeitsleistung, angetrieben
von einem nicht nachlassenden Enthusiasmus, nahezu zwei ganze
Gruppen von uns Jugendlichen hätten ersetzen können. Ihr Vorbild motivierte auch alle anderen, egal ob alt oder jung, zu un-
geahntem Eifer.

Doch es gab auch eine Gegenströmung, zum Beispiel in Gestalt
von Cen Mingxia. Vor allem die Jungen hassten kein anderes
Mädchen so sehr wie sie und das aus gutem Grund.

Alle paar Tage wurde damals auf unserer Farm ein Arbeitswett-
bewerb veranstaltet, der uns Jugendliche selbst in unserer ohnehin
schon so spärlichen Freizeit noch ausbeutete. Von der ewigen
Plackerei waren wir so todmüde, dass wir nicht selten auf der
Latrine mitten in der Verrichtung unserer Notdurft einnickten.
Bei Liu Weidong war es noch extremer: Einmal schlief er sogar
beim Essen ein, während er auf der Brunnenumfassung hockte.
Die Schüssel glitt ihm aus der Hand zu Boden, und als wir ringsum alle in schallendes Gelächter ausbrachen, schreckte er prompt
wieder auf und stellte uns zur Rede:

»Was? Was? Wer nervt mich schon wieder?«

Eigentlich war für das Mittag- und Abendessen jeweils eine Stunde reserviert, doch es gab immer einige Übereifrige, die schon vorher ihre Arbeit wiederaufnahmen, allen voran Mingxia, die eine schlechte Esserin war – oder vielleicht sollte man besser sagen: die es nicht übers Herz brachte, viel zu essen, schließlich konnte sie die eingesparten Essensmarken später gegen bares Geld eintauschen. Niemand auf der Farm hortete so viele Essensmarken wie sie. Und weil ihre Portionen so klein waren, war sie natürlich auch schnell damit fertig und marschierte nach kaum zehn Minuten schon wieder mit geschultertem Ackergerät zurück auf die Felder, verfolgt von den finsteren Blicken gerade unserer besten Arbeitskräfte, die verdientermaßen einen gesegneten Appetit hatten, sich nun aber genötigt fühlten, ihr Essen hastig in sich hineinzuschaufeln, damit sie ihr hinterhereilen konnten.

Dies allein jedoch reichte noch nicht, um den Hass der Jungen zu erklären. Das eigentliche Ärgernis begann damit, dass Mingxia, kaum war sie auf dem Acker angekommen, regelmäßig dringend aufs Klo musste. Auf den Feldern gab es keine Latrine, und wir Jugendlichen hatten uns nie die Ungeniertheit angeeignet, mit der die einheimischen Bauern ihr Geschäft überall verrichteten. Mingxias Toilettengänge aber zogen sich ausnehmend in die Länge, sie sprengten jedes normale Maß, selbst wenn man hypothetisch davon ausgegangen wäre, dass Mingxia sich um gewaltige Mengen erleichtern musste. Die meisten Jungen jedoch schluckten ihre Wut hinunter – schließlich konnten sie, gut erzogen, wie sie waren, schlecht in die Frauenlatrine eindringen.

Cui Zhenshan aber verhielt sich nicht ganz so ritterlich. Als Mingxia wieder einmal zu ihrem alten Trick griff, heftete er sich an ihre Fersen, nachdem er uns anderen zugeraunt hatte:

»Alle mal herhören: Ich nehme gleich bei Mingxia die Zeit – mal sehen, wie lange sie diesmal zum Scheißen braucht!«

Wir ermutigten sein Vorhaben mit schallendem Gelächter. Weil niemand von uns damals eine Armbanduhr trug, lief er zuerst in die Küche, um sich von dort den farmeigenen Wecker auszuleihen, ehe er in der Hocke vor der Frauenlatrine seinen Posten bezog. Fragte ihn jemand, was er da treibe, weihte er die Person mit einem Grinsen in seinen Plan ein, nicht ohne im Flüsterton zu bitten: »Leise! Nicht, dass sie da drinnen was mitkriegt.«

Zwar suchten in dieser Zeit auch andere Mädchen die Latrine auf, doch keines von ihnen ließ gegenüber Mingxia etwas durchsickern. Als Letztere endlich, die Beine taub vom langen Hocken, an die Wand gestützt wieder heraustappte, verkündete Zhenshan triumphierend die Zeit, die sie in der Latrine verbracht hatte: eine Stunde und zwanzig Minuten. Sobald er das Ergebnis seiner Messung bekannt gegeben hatte, verbreitete es sich unter uns Jugendlichen wie ein Lauffeuer. Danach war Mingxias zur Schau gestellter Arbeitseifer erst einmal deutlich gedämpft.

Als Lai Ansheng von seinem Posten zurückgetreten war, hatte Mingxia aus ihrer Wut keinen Hehl gemacht. Immer wieder hatte sie ihn, aber auch Yan Zhe und sogar mich mit ihren hasserfüllten Blicken durchbohrt. An diesem Tag nun ließ sie sich vollends gehen. Nicht nur, dass sie nicht mehr vorzeitig zur Arbeit marschierte, sie setzte sich auch nach ein paar Sichelhieben ungeniert auf die Erde, um zu verschnaufen. Gegenüber der Dreistigkeit, mit der sie faulenzte und unsere Blicke ignorierte, waren wir machtlos, denn im Wesentlichen wurden wir alle unabhängig von unserer Arbeitsleistung entlohnt. Zwar wurden auch bei uns Arbeitspunkte verteilt und Anwesenheitszeiten kontrolliert, doch solange Mingxia auf dem Acker saß und nicht im Wohnheim schlief, musste man ihr zugestehen, dass sie zur Arbeit erschienen war.

In der Folge machte es Zhenshan ihr nach. Im Grunde war er schon immer faul und obendrein gerissen gewesen, doch solange der rabiate Lai noch die Zügel in der Hand gehalten hatte, hatte er nicht gewagt, über die Stränge zu schlagen. Nun jedoch, da Lai abgetreten war und sein Stellvertreter bei der Arbeitsaufsicht ein Auge zudrückte (oder aus meiner Sicht sogar zur Disziplinlosigkeit anstiftete), nutzte Zhenshan die Gunst der Stunde.

Ich verfolgte diese Entwicklung mit wachsender Unruhe und Besorgnis. Wenn es so weiterginge, drohte die Ordnung auf der Farm noch vor Yan Zhes Rückkehr zusammenzubrechen. Ich wollte dem Vertrauen gerecht werden, das er in mich gesetzt hatte. Allerdings befand ich mich auch in einer unangenehmen Lage: Ich konnte mich nicht auf die Autorität irgendeiner amtlichen Position stützen, ich war nur die Freundin des neuen Farmleiters. Hilflos, wie ich war, stürzte ich mich noch eifriger als vorher in die Arbeit, als könnte ich so meine Angst betäuben.

In diesen Tagen kamen mir oft die Worte von Yan Fuzhi wieder in den Sinn: »In den Ameisenstaaten gibt es keine sozialen Reibungsverluste; ihre Mitglieder arbeiten vollkommen freiwillig und bedürfen keiner Erziehung oder Bekehrung, keiner Strafen oder materiellen Anreize, keiner Arbeitspunkte oder Aufseher. Deshalb gibt es nichts Leistungsstärkeres als die Ameisenstaaten; dank ihrer intrinsischen Stabilität blicken sie auf eine kontinuierliche Geschichte von achtzig Millionen Jahren zurück – ist das nicht außerordentlich?!«

Ich denke, er hatte recht. Wenn man sich nur einmal vor Augen hält, was für ein kompliziertes Regelwerk eine menschliche Gesellschaft aufstellen muss, um die Früchte ihrer Arbeit gerecht zu verteilen und Faulpelze wie Mingxia und Zhenshan zu disziplinieren, und wie viele personelle und finanzielle Ressourcen sie für die Kontrolle dieser Regeln verschwenden muss – und am Ende ist trotzdem alles ein einziges Chaos! Ein Ameisenstaat dagegen braucht nur ein wenig Botenstoff, mehr nicht.

Als Kind hatte ich Yan Fuzhis Worte noch nicht wirklich verstanden; erst jetzt dämmerte mir ihre Bedeutung. Umso dringlicher sehnte ich nun die Rückkehr seines Sohnes herbei: auf dass er mit seiner Ameisen- oder Altruismusessenz jeden Einzelnen auf der Farm in einen neuen Menschen verwandelte.

Am fünften Tag von Yan Zhes Abwesenheit braute sich immer größeres Unheil über der Farm zusammen. Am Abend bekam ich zufällig mit, wie Xuexu drei oder vier andere, darunter Zhenshan, am Rand der Tenne beiseitenahm und mit ihnen tuschelte. Als ich an ihnen vorbeikam, verstummten sie sofort und warfen mir teils düstere, teils verlegene Blicke zu. Ich tat so, als hätte ich sie gar nicht wahrgenommen, und marschierte schnurstracks weiter.

Ich machte mir Sorgen, was Xuexu wohl im Schilde führte, und suchte allein das lauschige Plätzchen auf, an dem Yan Zhe und ich uns so oft getroffen hatten. Doch nur eine kurze Weile später kam Xuexu mir hinterhergelaufen und verlangte von mir den Schlüssel für das Haus des Farmleiters mit der Begründung, er müsse bei der Volkskommune anrufen. Mir schwante, dass er in Wahrheit das Kreisbüro für die gebildeten Jugendlichen kontaktieren wollte, um zu überprüfen, ob Yan Zhe dort wirklich an einer Versammlung teilnahm. Offenbar dämmerte ihm nach einigen Tagen des Grübelns, dass an der Sache etwas faul war, und sein Argwohn war auch nicht weiter verwunderlich, denn normalerweise wäre das Kreisbüro nie auf die Idee gekommen, eine Versammlung – noch dazu eine, die sich angeblich volle fünf Tage hinzog – ausgerechnet zur Erntezeit einzuberufen. Yan Zhes Lüge war also reichlich plump gewesen.

Natürlich versuchte ich, Xuexu Steine in den Weg zu legen. Ich durchwühlte alle meine Taschen und tat, als könnte ich den Schlüssel nirgends finden, während ich mich im Stillen freute, dass unsere Farm nur derart primitiv an das Kommunikationsnetz der Außenwelt angebunden war – diese Hürde musste mein Widersacher erst einmal überwinden!

»Tut mir wirklich leid«, log ich. »Ich war mir sicher, dass ich den Schlüssel in die Jackentasche gesteckt habe! Das ist mir völlig schleierhaft, dass er nicht mehr da ist. Sobald ich ihn finde, bringe ich ihn dir.«

Xuexu war kein Dummkopf und wusste natürlich, dass ich versuchte, sein Vorhaben zu hintertreiben. Mit einem verächtlichen Lachen ging er davon, und während ich ihm nachblickte, musste ich mir selbst eingestehen, dass auch meine Lüge nicht sehr raffiniert ausgefallen war. Doch wenigstens verstand ich jetzt Yan Zhes Überlegung besser: Mindestens einer von uns, besser wir beide durften uns nicht mit der Ameisenessenz besprühen lassen, damit wenigstens wir einen kühlen Kopf bewahren konnten. Denn um unser hehres Ziel zu erreichen, mussten wir unweigerlich zu der einen oder anderen kleinen Finte oder Intrige greifen.

Am nächsten Morgen transportierten wir den Weizen von den Feldern. Ich half meinem Gruppenführer Lao Xiao dabei, den Karren zu ziehen. Mitten während der Arbeit kam Gao Xiangfu, der Rinderhirte, hastig zu mir gelaufen. Seine Miene verriet mir sofort, dass irgendetwas Ernstes geschehen war. Ich holte tief Luft und bedeutete ihm, mit mir an den Ackerrain zu gehen, um vor ungebetenen Lauschern sicher zu sein.

»Qiuyun«, begann er besorgt, »ich frage dich jetzt etwas, was ich dich eigentlich nicht fragen sollte: Yan Zhe nimmt gar nicht an einer Versammlung in der Kreisstadt teil, oder?«

Ich spürte, wie mir das Blut in den Kopf schoss, und stammelte wie benommen: »Wie kommst du denn darauf?«

»Während ihr hier auf den Feldern wart, habe ich gehört, wie Xuexu über Lautsprecher mit der Kreisleitung telefoniert hat, und von dort kam die Antwort, dass es in den letzten Tagen überhaupt keine solche Versammlung gegeben hat.«

Der bange Blick, mit dem er mich anstarrte, hatte nicht nur mit dieser vorgeblichen Versammlung zu tun. Er fragte sich, ob bei

Yan Zhes Aufstieg zum Farmleiter alles mit rechten Dingen zugegangen war – schließlich hatte sich dieser Machtwechsel so abrupt vollzogen, dass er bei allen auf der Farm Fragen aufgeworfen hatte. Gao war ein anständiger Kerl, der immer sehr freundlich zu Yan Zhe und mir gewesen war – und nun waren selbst ihm Zweifel an meinem Freund gekommen. Ich wusste nicht, was ich ihm antworten sollte, denn ich wollte ihn weder anlügen, noch konnte ich ihm die Wahrheit sagen.

»Er hat mir wirklich gesagt, dass er zu einer Versammlung in die Kreisstadt muss«, druckste ich herum. »Zum Glück müsste er heute zurückkommen, dann können wir ihn selbst fragen.«

Natürlich konnte diese Antwort Gaos Misstrauen nicht zerstreuen. Er betrachtete mich mit einer Mischung aus Besorgnis und Zärtlichkeit, denn ich war für ihn wie eine Tochter, und wenn mein Freund gelogen hätte, bekäme er mächtig Ärger.

Nachdem unsere Farm gegründet worden war, hatte die Leitung das lokale Forschungsinstitut für die Rinderzucht so lange bedrängt, bis es uns zu einem Vorzugspreis sieben seiner Nanyang-Rinder überließ. Ich liebte diese Rinder und besuchte sie bei jeder Gelegenheit, und dabei hatte ich mich auch mit dem alten Gao angefreundet, den ich bald vertraulich »Onkel Gao« nannte.

Unsere Tiere waren von reinrassigem Blut – im Gegensatz zu den degenerierten, kümmerlichen Mischlingen, die in der Umgebung dominierten. Das Nanyang-Rind ist die berühmteste Rasse ganz Chinas und gleichermaßen als Last- wie als Schlachttier geeignet. Diese Tiere sind von stattlicher Gestalt und erreichen fast die Höhe eines Menschen. Sie haben gebogene, matt weiße Hörner, die bläulich schimmern wie Jade, mächtige Hufe und ein seidiges, goldgelbes Fell, das bei der leisesten Berührung sanft erzittert, wie eine Welle auf einer Pfütze. Wenn sie auf der Wiese weideten, sich mit dem Schwanz gemächlich über den Rücken strichen und sich in ihren tiefschwarzen Augen der goldene Glanz der Abendsonne spiegelte, dann wirkten sie ungeheuer friedlich und edel. Doch ich mochte nicht nur ihr Äußeres, sondern auch ihr Auftreten und ihre starke Persönlichkeit. Wenn ich mich zu ihnen gesellte, blickten sie mich so gelassen und freundschaftlich an, als wäre ich eine von ihnen. Ihre Schulterblätter ragen so hoch, dass man an ihnen gut das Geschirr befestigen kann – einer der rassetypischen Vorzüge, die in den agrarwissenschaftlichen Büchern hervorgehoben werden. Wenn wir im Vorfrühling nach der Schneeschmelze zwei von ihnen einen Tiefpflug über die Äcker ziehen ließen, brachen sie das dunkle Erdreich mühelos zu lockeren Schollen um, als würde der Pflug durch Wasser gleiten. Gemächlich schritten sie voran, mit einer Seelenruhe, an der ich mich nicht sattsehen konnte.

Einmal verleiteten mich diese Rinder zu einer Frage, die so töricht war, dass ich noch im Nachhinein beim Gedanken daran errötete. Auf einmal war mir aufgefallen, dass eines von ihnen – anders als die Tiere daneben – zwischen den Hinterbeinen zwei Säckchen baumeln hatte.

»Was hat denn die da für Geschwülste?«, fragte ich prompt den alten Gao. »Muss die mal zum Arzt?«

In Wahrheit war ich nicht ganz so einfältig, wie diese Fragen nahelegen; mit ein klein wenig Nachdenken wäre ich wohl selbst auf die Antwort gekommen. Doch vor dem Rinderhirten pflegte ich frei von der Leber weg zu sprechen, und manchmal plapperte ich einfach drauflos.

Diesmal brachte ich Onkel Gao mit meiner Unbekümmertheit in große Verlegenheit. »Du Dummchen«, antwortete er kopfschüttelnd, und als er sich endlich zu einem Erklärungsversuch überwand, wählte er seine Worte so taktvoll wie möglich. »Das ist ein Stier, ein Bulle, also ein Mann. Und die anderen da ohne die Säckchen, das sind die Kühe, also die Frauen.«

Nun fiel es mir wie Schuppen von den Augen, und ich suchte

mit puterrotem Gesicht das Weite. Onkel Gao jedoch war so anständig, unser Geheimnis für sich zu behalten und niemandem von meiner Einfalt zu erzählen. Ich selbst dagegen war redselig genug, um Yan Zhe bei einem unserer heimlichen Treffen meine Blamage anzuvertrauen. Prompt lachte er sich schief, eine Hand auf den Bauch gepresst, während er sich mit der anderen Hand wie ein Bauernmädchen herzhaft auf den Schenkel klopfte. Erst als ich meinem Ärger über seine maßlose Reaktion Luft machte, verkniff er sich sein Gelächter und gelobte mir Verschwiegenheit.

Onkel Gao war auch Yan Zhe sehr zugetan. Wenn er seine Rinder auf den Hügeln weidete oder seine Angehörigen besuchte, vergaß er nie, uns beiden bei seiner Rückkehr ein paar kleine Geschenke mitzubringen: mal ein paar Wachteleier, die er behutsam in Lotosblätter eingewickelt hatte, mal eine hübsche Laubheuschrecke, die er eigenhändig gefangen hatte, oder einen Beutel voll wilder Datteln. Nun sorgte er sich aufrichtig um Yan Zhe, und ich konnte ihn trotzdem nicht in die Wahrheit einweihen.

Ohne ein Wort des Abschieds rannte ich zu Lao Xiao, um ihm zu helfen, den Weizenkarren zu ziehen, Auch meinem Gruppenführer entging nicht, dass ich etwas auf dem Herzen hatte, doch er sah mich nur teilnahmsvoll an, ohne mir eine Frage zu stellen. Auch er war ein anständiger Mensch, wortkarg, aber voller Mitgefühl. Schweigend zogen wir den Karren zur Tenne, wo wir auf Xuexu trafen.

»Genosse Yans Versammlung ist wohl jetzt zu Ende, oder?«, fragte er mich mit übertriebener Höflichkeit. »Ob er heute Abend wohl zurückkommt?«

Seine spöttische Miene räumte bei mir auch die letzten Zweifel aus: Er kannte die Wahrheit – vielleicht nicht die ganze Wahrheit, doch zumindest hatte er sich vergewissert, dass sein Rivale in den letzten fünf Tagen keineswegs an einer Versammlung in der Kreisstadt teilgenommen hatte. Und diese Leerstelle in Yan Zhes

Geschichte würde reichen, um dessen Position als Farmleiter zu erschüttern.

Dennoch wollte ich mich nicht so leicht geschlagen geben – schon gar nicht vor einem so schamlosen Opportunisten wie Xuexu. »Du brennst wohl darauf, dem Farmleiter Bericht über deine Arbeit zu erstatten, Genosse Zhuang?«, erwiderte ich kühl. »Keine Sorge, er wird schon kommen.«

Mit diesen Worten ließ ich ihn stehen.

An jenem Abend kehrte Yan Zhe endlich auf die Farm zurück. Als ich später meine Eltern besuchte, erfuhr ich von ihnen, dass er sich an den Tagen zuvor ununterbrochen in seinem Elternhaus verkrochen und sich so tief in irgendetwas vergraben hatte, dass er darüber alles andere vergaß – selbst das Essen musste meine Mutter ihm bringen. Bei einem dieser Besuche bekam sie einen heftigen Schreck, kaum hatte sie den Nachbarshof betreten: Denn auf der ganzen weiten Fläche wimmelte es von Ameisen, kaum ein Fleckchen Erde war nicht von den Insekten bedeckt.

Bei genauerem Hinsehen erkannte sie, dass all diese Ameisen zu einem gemeinsamen Ziel krabbelten. Während sie diesem gewaltigen Strom folgte, hielt sie Ausschau nach Yan Zhe. Anscheinend verrichtete er gerade hinter den Maulbeerbäumen seine Notdurft. Das Meer aus Ameisen jedoch strömte in das Wohnzimmer, wo sie auf einen Tisch schwappten und von dort in eine langhalsige, dickbäuchige Flasche flossen, die über einer offenen Flamme stand. Natürlich verbrannten die Ameisen, sobald sie das Flascheninnere erreichten, und trotzdem ließen sich die nachrückenden Massen nicht davon abhalten, ihnen mit scheinbar stoischem Gleichmut in den Tod zu folgen.

»Ich traute meinen Augen nicht!«, erzählte mir meine Mutter. »Das war bestimmt irgendein alter Familienzauber, mit dem die Yans die Ameisen rufen können, denn dein Vater hat mal ganz genau so eine Wallfahrt gesehen, und damals hatte der Herr Professor noch seine Finger im Spiel.«

Als Yan Zhe also am fünften Tag, als der Abend schon dämmerte, endlich auf die Farm zurückkehrte, kamen wir gerade von den Weizenfeldern heim. Sun Xiaoxiao rief mir freudig zu:

»Qiuyun, schau mal: Da kommt Yan Zhe, nein, ich meine: unser Herr Farmleiter, der Genosse Yan!«

Er erwartete uns an der Ziegelbrücke, vom goldenen Schein der untergehenden Sonne umhüllt wie ein Heiliger von seiner Aureole. Ich konnte meine Freude kaum zügeln. Xiaoxiao stürmte voran, ergriff Yan Zhes Hand und plapperte auf ihn ein. Auch wenn sie längst die Geliebte von Lai Ansheng war und wusste, was Eifersucht bedeutete, so hatte sie sich doch noch eine mädchenhafte Unschuld bewahrt und ihre Freundschaft mit Yan Zhe nicht vergessen.

Lächelnd begrüßte er mich und die anderen, doch ich registrierte mit schmerzlicher Klarheit, wie distanziert alle ihn musterten – darunter selbst diejenigen, die sich eigentlich immer gut mit ihm verstanden hatten, wie Lin Jing, He Zijian, Liu Weidong und Onkel Gao. Denn sie alle wussten Bescheid, dass ihr Farmleiter an den Tagen zuvor keineswegs an einer Versammlung in der Kreisstadt teilgenommen hatte. Sie alle ahnten, dass auch bei seinem plötzlichen Karrieresprung nicht alles mit rechten Dingen zugegangen war. Er selbst jedoch schien diesen unterschwelligen Argwohn gar nicht zu bemerken und bat mich nur mit gelassener Stimme:

»Qiuyun, schließ mir mal die Tür zu meinem Haus auf.«

Während ich mit ihm auf das Haus des Farmleiters zuging, spürte ich, wie sich die Blicke von Dutzenden von Augenpaaren wie ein Bündel Nadeln in unsere Rücken bohrten.

Kaum hatten wir das Haus betreten, sprudelte es aus mir heraus, und ich erzählte ihm von der Feindseligkeit, die sich auf der Farm zusammengebraut hatte.

»Ist doch egal«, erwiderte er völlig unbekümmert. »Ich habe

die Ameisenessenz fertig. Noch heute Abend werden wir sie allen verabreichen, dann haben wir alle Probleme aus der Welt geschafft.«

Er ging in das benachbarte Lagerhaus, und nach einer Weile kehrte er mit zwei großen Zerstäubern zurück, wie sie in der Landwirtschaft eingesetzt werden. Vermutlich hatte er sie schon mit seiner Essenz befüllt, denn ich nahm wieder jenen säuerlichen Geruch wahr. Der Anblick der Zerstäuber beruhigte mich ein wenig, konnte jedoch noch immer nicht alle meine Sorgen zerstreuen. Denn die scheinbar magische Essenz, die im ursprünglichen Zerstäuber gewesen war, hatte noch Yan Fuzhi höchstpersönlich hergestellt – würde die neue Essenz, die sein Sohn gewonnen hatte, tatsächlich dieselbe Wirkung entfalten?

Yan Zhe selbst zumindest schmunzelte siegesgewiss. »Keine Sorge, Xuexu kann uns nichts mehr anhaben. Komm, lass uns was essen.«

Die anderen hatten sich schon rings um den Brunnen zum Abendessen versammelt.

»Genosse Zhuang«, wandte sich Yan Zhe an Xuexu, »sag allen Bescheid, dass wir heute Abend um acht Uhr eine Versammlung im Lagerhaus abhalten. Ich habe etwas Wichtiges von der Kreisleitung zu verkünden.«

Xuexu blickte ihn an, ohne die Miene zu verziehen, doch seine Augen funkelten vergnügt, wie bei einer Katze, die mit einer Maus spielt. Statt seinen Rivalen der Lüge zu überführen, beschränkte er sich fürs Erste darauf zu fragen:

»Im Lagerhaus? Bei der Hitze?«

An heißen Tagen wie diesem hielten wir solche Massenversammlungen normalerweise auf dem Dreschplatz ab, über dessen weites Rund manchmal ein kühler Lufthauch wehte.

Doch Yan Zhe nickte nur und ließ sich zu keiner weiteren Erklärung herab.

»Ja. Also tu, was ich dir gesagt habe.«

Auch wenn ich Yan Zhe vor dem Unheil gewarnt hatte, das sich über seinem Kopf zusammenbraute, so war ich in diesen Dingen doch zu unerfahren, um den Ernst der Lage wirklich einschätzen zu können. Entsprechend erschrocken war ich, dass Xuexu noch am selben Abend auf der Versammlung einen Aufstand entfesselte – und dass er sich dazu ausgerechnet bei Cui Zhenshan Schützenhilfe holte.

Wir Jugendlichen kamen aus zwei Lagern: Entweder hatten wir vorher die Mittelschule in Beiyin besucht – manche die Ober-, andere die Unterstufe – oder die Unterstufe der Mittelschule im Kreis Jiucheng. Zhenshan gehörte zur letzteren Gruppe, also zu den Jüngeren, doch er war so groß und massig, dass man ihn leicht für älter als Yan Zhe hätte halten können. Seine Familie war arm, bitterarm, und all die Jahre, die er in äußerster materieller Not verbracht hatte, hatten seinen stärksten Instinkt noch weiter gesteigert: den Nahrungstrieb. Sein Lieblingsspruch, den er bei jeder Gelegenheit zum Besten gab, lautete:

»Ein handtellergroßes, fettes Stück Fleisch genüsslich an seinen Stäbchen schwenken und dann, schwups, hinunterschlingen – das ist wahres Glück!«

Eine weitere Eigenart von ihm war, dass er für sein Leben gern wettete, wobei seine Wetten ohne Ausnahme ums Essen kreisten. Einmal, nachdem er zum Mittagessen zwei Dampfbrötchen und eine Schüssel Reisbrei verputzt hatte, was gemessen an unseren Rationen schon das Maximum war, brachte er es noch immer nicht über sich, seine Schüssel wegzulegen.

»Verdammt, ich könnte glatt noch zehn Brötchen weghauen! Will jemand mit mir wetten? Ich setze meine Essensmarken für einen ganzen Monat.«

Prompt rannte He Zijian in die Kantine und kam mit zehn Brötchen beladen wieder heraus, die er zu einem großen Haufen auftürmte. »Hau rein.«

Zhenshan grinste so breit, dass sich seine Augen zu Schlitzen verengten. »Ohne Scheiß?«

»Ohne Scheiß.«

Daraufhin kaufte sich Zhenshan noch zwei Schüsseln Reisbrei dazu – seiner Theorie zufolge »flutschten« die Brötchen dann noch besser »runter« –, ehe er begann, das Essen in sich hineinzuschaufeln. Die ersten sechs oder sieben Brötchen waren im Handumdrehen in seinem Schlund verschwunden, doch danach zeichnete sich ab, dass er seine Fähigkeiten überschätzt hatte. Er aß immer langsamer, und beim letzten Brötchen hatte er an jedem Bissen zu würgen. Er brach sich davon nun immer erst einen Brocken ab, den er zu einem kleinen Bällchen zusammenpresste, ehe er ihn sich in den Mund steckte, als würde das Brötchen auf diese Weise weniger Platz in seinem Magen einnehmen. Sein Gesichtsausdruck war so gequält, dass auch wir Zuschauer mit ihm mitlitten.

»Lass gut sein, wenn du partout nichts mehr runterkriegst«, redete ihm Zijian schmunzelnd zu. »Eine Wette ist es nicht wert, dass du dich dafür zu Tode frisst. Ich will mal nicht so sein und erlasse dir die Hälfte deines Wetteinsatzes.«

Doch Essensmarken für einen halben Monat hätte einer wie Zhenshan für sein Leben nicht hergegeben! Also würgte er todesmutig weiter an seinen Bällchen, und zu guter Letzt hatte er den Brötchenberg tatsächlich restlos bezwungen. Alles in allem hatte er damit zwölf Dampfbrötchen und drei Schüsseln Reisbrei vertilgt, was einer Menge von exakt eintausenddreihundertfünfzig Gramm Getreide entsprach – ein Rekord, der seitdem unerreicht blieb.

Am Nachmittag nach diesem legendären Essen stand eine besonders anstrengende körperliche Arbeit an: Wir mussten Weizensäcke schleppen. Die hundert Kilo schweren Säcke wurden von zwei Männern (im Volksmund »Heizer« genannt) einem Dritten auf den Rücken gewuchtet, der sich damit, tief vornübergebeugt, auf einer Bretterleiter Schritt für Schritt den Weizenhaufen hinaufschleppte. Oben angekommen, stellte er den Sack nicht etwa ab, sondern öffnete ihn mit einem Ruck an der Verschlussleine, damit der Inhalt hinabrauschte. Zu Beginn der Schicht glaubte man noch, dieser Arbeit gewachsen zu sein, doch wenn man am Abend im Bett lag, schmerzte jeder einzelne Muskel.

Zhenshan war zwar ein echter Brocken, hatte sich aber immer als eher schwächlichen Arbeiter betrachtet und selbst beim Karrenziehen zu zweit die eigentliche Arbeit dem jeweils anderen überlassen – wenn man genau hinsah, entdeckte man, dass das Seil, das er an der Seite zu ziehen vorgab, stets schlaff durchhing. Selbstredend hatte er sich auch nie zuvor eine solche Schinderei wie das Schleppen von Weizensäcken aufgebürdet. An diesem Nachmittag jedoch marschierte er schnurstracks ins Lagerhaus, um sich freiwillig für diese Knochenarbeit zu melden, und schuftete und rackerte wie ein Verrückter. Das Abendessen ließ er ausfallen und schwamm stattdessen ausgiebig im Staubecken. Erst als er sich auf diese Weise bis tief in die Nacht verausgabt hatte, kehrte er endlich in sein Wohnheim zurück. Und dennoch bescherte ihm das Völlegefühl eine äußerst unruhige Nacht.

Am nächsten Morgen jedoch war er wieder ganz der Alte und verfolgte Zijian unermüdlich, um dessen Wettschuld einzutreiben. Tagelang versuchte der Verlierer, ihm mit wachsender Verzweiflung aus dem Weg zu gehen. Eigentlich war Zijian ein redlicher Junge – doch wenn er tatsächlich seine Essensmarken für einen ganzen Monat abgetreten hätte, wäre er glatt verhungert. Darum hatten wir, auch wenn er sich nun nicht gerade wie ein Ehrenmann verhielt, alle Mitleid mit ihm. Später konnten einige von uns, darunter Yan Zhe, zwischen den beiden Streithähnen vermitteln, indem sie Zhenshan auf eine Wettschuld von Essensmarken für zehn Tage herunterhandelten. Gegen Ende des Monats hatte der Verlierer folglich keine Essensmarken mehr und schlürfte zu jeder Mahlzeit nur noch eine Schüssel Reisbrei. Ein paar von uns Mädchen, die wir nicht so viel zu essen pflegten, erbarmten sich seiner und legten für ihn zusammen.

Zwei andere kaum weniger legendäre Wetten drehten sich um Frösche. Zhenshan wettete zwei Mao, er könne einem Frosch bei lebendigem Leib die Beine verspeisen – und natürlich gewann er. Prompt setzte er noch eins drauf: Er wette noch mal zwei Mao, dass er einem lebenden Frosch den Kopf abbeißen könne. Wir anderen lachten nur, doch niemand ließ sich darauf ein. Dann jedoch kam der Blinde Huang vorbei, und da er Zhenshans vorherige Mutprobe verpasst hatte, glaubte er nicht an so viel Mut und nahm die Wette an. Allerdings fand er, als er alle seine Taschen durchwühlte, nur zwei Fen. Zhenshan, der wusste, dass sein Gegenüber wirklich nicht mehr Geld besaß, gab sich auch mit diesem mickrigen Sümmchen zufrieden und rief bereitwillig: »Ich mache es auch für zwei Fen!«

Er steckte sich den Kopf des Frosches in den Mund, biss mit einem lauten Knacken rein und kaute noch auf dem Tier rum, während er mit der anderen Hand vom Blinden Huang schon sein Geld einforderte.

Zwei Tage später suchte er schon wieder einen Wettgegner. Diesmal hatte er eine Erdkröte erbeutet und wollte um fünf Mao wetten, er könne das Tier mit Haut und Knochen verspeisen. Die Kröte hatte Hautdrüsen, die ein Gift absonderten – ein klebriges, gelbgrünes Sekret, von dessen bloßem Anblick sich einem der Magen umdrehte. Wie sollte man dieses ekelige Ding essen?! Und dennoch fand Zhenshan niemanden mehr, der die Herausforderung annahm, selbst als er den Wetteinsatz auf zwei Mao gesenkt hatte. Ihm erging es wie einem Kung-Fu-Kämpfer, der seine Kampfkunst so sehr perfektioniert hat, dass er sich vergeblich nach einem ebenbürtigen Gegner sehnt.

Zhenshan und Yan Zhe waren von ihrem Wesen her so grundverschieden, dass sie naturgemäß keine besten Freunde wurden. Andererseits hatte Zhenshan keinerlei politische Ambitionen und war deshalb auch nie in einen Interessenkonflikt mit Yan Zhe geraten; die beiden hatten nie irgendwelche Probleme miteinander gehabt. Warum er sich nun von Xuexu einspannen ließ, blieb mir immer ein Rätsel. Vermutlich weidete er sich einfach daran, wenn die Welt um ihn herum in Chaos versank, denn er gehörte zu jenen Menschen, denen fremder Schaden die reinste Freude bereitet, ganz unabhängig davon, ob sie selbst davon profitieren. Vielleicht missgönnte er Yan Zhe auch dessen kometenhaften Aufstieg, und Xuexu war gerissen genug gewesen, diesen Neid zu bemerken und sich zunutze zu machen.

Pünktlich um acht Uhr abends trafen die Farmmitglieder, die derartige ideologische Schulungen längst gewohnt waren, mitsamt ihren selbst gezimmerten Hockern im Lagerhaus ein. Am Eingang wurden sie von Yan Zhe und Xuexu begrüßt, während ich im Innern Stellung bezogen hatte und heimlich die beiden Zerstäuber bewachte, die in einer Ecke auf ihren Einsatz warteten. Viele der Ankömmlinge murrten als Erstes: »Warum treffen wir uns denn nicht auf dem Dreschplatz? Hier ist es so stickig!«

Ich wusste natürlich, dass Yan Zhe die Versammlung hierherverlegt hatte, um die Wirkung seiner Ameisenessenz sicherzustellen, doch dieses Motiv konnte ich schlecht in alle Welt hinausposaunen.

Mit gutem Grund fühlte ich mich als Mitverschwörerin und mied aus einem leisen Schuldgefühl heraus die Blicke der anderen. Yan Zhe dagegen war die Gelassenheit in Person und beschwichtigte lächelnd jeden, der sich beschwerte:

»Gedulde dich nur noch einen Moment. Gleich wirst du verstehen, warum.«

Auch Lai Ansheng, Chen Decai und Chen Xiukuan kamen, mit einem strahlenden Lächeln im Gesicht, und setzten sich sehr gesittet in eine Ecke. Als Lai noch Farmleiter gewesen war, hatte er sich stets mit in die Hüften gestemmten Armen vorn auf dem Podest aufgebaut und von oben auf uns herabgeblickt, doch auch wenn seine herrische Aura einer liebenswürdigen Sanftmut gewichen war, war den anderen diese abrupte Verwandlung noch nicht geheuer, und sie gingen ihm unbewusst aus dem Weg, weshalb er und die beiden Chens nun eine einsame Insel inmitten der Menge bildeten.

Cen Mingxia tauchte ebenfalls auf. Ihr Gesichtsausdruck war noch immer voll Hass auf Gott und die Welt. Böse blickte sie zuerst Lai, dann Yan Zhe an, dann suchte sie sich ein ruhiges Plätzchen und begann wie üblich, kaum hatte sie sich auf ihren Hocker gesetzt, eine Stoffsohle an einen Schuh anzunähen. Für die armen Frauen von Beiyin war diese Tätigkeit damals eine wichtige Erwerbsquelle; viele lebten von nichts anderem, obwohl diese Arbeit sehr mühselig war und nur ein paar lausige Mao einbrachte. Mingxia arbeitete für ihre Mutter: Immer wenn sie einige Dutzend Paare Schuhe fertig hatte, bat sie jemanden von uns, der gerade seine Familie besuchen wollte, die Schuhe für sie mitzunehmen. So ungeniert sie sich vor der gemeinschaftlichen Arbeit auf der Farm drückte, so unermüdlich werkelte sie für ihre Mutter und das erstaunlich flink und geschickt.

Eine weitere einsame Insel in der Menge war Yan Zhe und vermutlich ich. Normalerweise erfreuten wir uns zwar einiger Beliebtheit, doch nun war mein Freund nicht nur sehr abrupt und unter rätselhaften Umständen zum Farmleiter aufgestiegen, sondern er hatte sich auch noch ausgerechnet zur Weizenernte zu einer fünftägigen Versammlung davongemacht, die es nach allem, was man hörte, in Wahrheit nie gegeben hatte! All dies zusammengenommen sorgte naturgemäß für eine Entfremdung zwischen ihm und den anderen, die ihn jetzt mit distanzierten Blicken musterten.

Nachdem Zhenshan das Lagerhaus betreten hatte, ließ er seinen Blick erst einmal durch den Raum schweifen, und als er in einer Ecke Lai entdeckt hatte, rief er schadenfroh:

»Nanu, Genosse Lai, was verkriechst du dich denn da hinten? Willst du nicht mehr oben auf deinem Farmleiterpodest thronen?«

Alle zuckten zusammen, so verletzend klang diese Bemerkung in ihren Ohren. Zwar hatten sich viele von ihnen über Lais Rückzug gefreut, doch ihn so offen vor allen anderen zu demütigen, erschien ihnen sehr unbarmherzig, als würfe man Steine auf jemanden, der schon in den Brunnen gefallen ist. Lai jedoch schien es dem Spötter nicht übel zu nehmen, sondern antwortete freudig:

»Ich bin kein Farmleiter mehr, ich will arbeiten.« Und er ergänzte: »Es gibt kein größeres Glück, als zu arbeiten und anderen Menschen zu helfen!«

Er sang es mehr, als dass er es sprach – es klang lachhaft, und doch lachte niemand, denn seine Miene war so aufrichtig, und seine Worte schienen so tief aus seinem Herzen zu kommen, dass sie etwas Anrührendes hatten, wie ein kindliches Bekenntnis. Aber Zhenshan bohrte unbeeindruckt nach:

»Ach, das ist wirklich ergreifend! Was für ein hohes politisches Bewusstsein du doch hast! Aber eins wundert mich, Genosse Lai: Warum hast du deinen Posten denn ausgerechnet Yan Zhe überlassen? Sollte nicht dein Stellvertreter nachrücken, wenn du nicht mehr Farmleiter sein willst?«

Im Lagerhaus wurde es schlagartig still. Zhenshan hatte eine Frage aufgeworfen, die eigentlich viel zu heikel war, um sie in aller Öffentlichkeit lauthals auszusprechen. Insbesondere die Bauern, die als Gruppenführer fungierten, und ihre jugendlichen Stellvertreter warteten mit angehaltenem Atem darauf, wie Lai, Yan Zhe und Xuexu reagieren würden.

In diesem Moment kapierte ich: Zhenshan stiftete Unruhe im Auftrag von Xuexu. Später bestätigte sich mein Verdacht: Xuexu hatte die Revolte vorher ausgeheckt, denn er glaubte, nun wäre die Stunde gekommen, um Yan Zhe und Lai zu Fall zu bringen und sich selbst den Posten des Farmleiters zu sichern. Ursprünglich hatte er gehofft, er könnte zwei oder drei angesehene Jugendliche, die als stellvertretende Gruppenführer dienten, als Verbündete gewinnen. Doch alle, die er fragte, wussten, was er für ein Mensch war, und waren mit Yan Zhe besser befreundet als mit ihm. Deshalb war keiner von ihnen bereit gewesen, für Xuexu die Kastanien aus dem Feuer zu holen, und sie alle hatten ihm eine höfliche Absage erteilt. Erst aus dieser Bedrängnis heraus hatte er sich schließlich an den wenig respektierten Zhenshan gewandt.

Nervös blickte ich zu Yan Zhe, doch er wirkte gelassen. Xuexu dagegen tat bestürzt, unternahm aber auch nichts, um Zhenshan Einhalt zu gebieten. Die Atmosphäre war zum Zerreißen gespannt. Selbst die Unbedarfteste von allen, Sun Xiaoxiao, die eben noch mit ihren Sitznachbarn herumgealbert hatte, spürte, dass etwas nicht stimmte, und blickte verwundert zu uns auf.

Nur Lai schien von der Anspannung rings um ihn herum gänzlich unbeeindruckt und antwortete mit unverminderter Fröhlichkeit:

»Ich habe Yan Zhe meinen Posten überlassen, weil er ein guter Mensch ist.« Er überlegte einen Moment, ehe er hinzufügte: »Ich bin kein guter Mensch. Wir« – er zeigte auf die beiden Chens – »sind alle keine guten Menschen. Wir *waren* keine guten Menschen.«

Alle Anwesenden starrten ihn erschüttert an. Einzig und allein Zhenshan blieb ungerührt und drang weiter auf ihn ein:

»Ihr *wart*? Und jetzt seid ihr gute Menschen geworden?«

Lai warf seinen beiden Sitznachbarn einen Blick zu und antwortete freudig:

»Ja, jetzt sind wir gute Menschen geworden, das hat uns unser Farmleiter, der Genosse Yan, selbst gesagt.«

Wir alle spürten die tiefe Seligkeit, die er und seine beiden Begleiter verströmten, und dachten zugleich an den Feuereifer, mit dem die drei »neuen Menschen« sich in den letzten Tagen in die Arbeit gestürzt hatten. Niemand zweifelte an der Wahrheit seiner Worte.

Ich blickte zu Xuexu hinüber: Seine Miene verfinsterte sich allmählich. Vielleicht verliefen die Dinge doch nicht so, wie er es sich gewünscht hatte; vielleicht kam ihm Lais Verhalten allzu absonderlich vor, zumal für jemanden, der vermeintlich nur unter Zwang zurückgetreten war.

Zhenshan warf einen Seitenblick zu Xuexu und verdrehte die Augen, ehe er mit einem verschlagenen Grinsen nachfragte:

»Du sagst, ihr drei wart böse Menschen? Was habt ihr denn Böses getrieben?«

Im Raum wurde es todstill, niemand flüsterte mehr ein Wort, niemand verscheuchte mehr mit dem Fächer die Mücken. Nervös, ja, ängstlich verfolgten alle das Drama, das sich vor ihren Augen abspielte, und alle rochen das Pulverfass, das jeden Moment zu explodieren drohte. Lai jedoch erwiderte arglos und mit unerschütterlicher, seliger Ruhe:

»Als Farmleiter habe ich nur noch gefaulenzt und den anderen übel mitgespielt, und ich habe ständig Pläne geschmiedet, wie ich die Mädchen ins Bett kriege.«

Das Geständnis hatte die Wirkung eines Donnerschlags. Xuexu war wie gelähmt – vielleicht ging ihm nun erst auf, dass die Lage außer Kontrolle geraten war. Zwar hatte er durchaus auch Lais Ansehen schädigen wollen, doch er spürte instinktiv, dass Zhenshans Provokationen eine gefährliche Entwicklung nahmen.

Selbst Yan Zhe runzelte die Stirn und wollte dem Treiben ein Ende bereiten, doch Zhenshan, der nun erst richtig Blut geleckt hatte, kam ihm zuvor.

»Na los, nun sag schon: Wen hast du denn so alles ins Bett gekriegt?«

Es war, als könnten alle im Raum in der Luft den Gestank von Schießpulver riechen, das bei der leisesten Bewegung explodieren würde. Niemand rührte sich. Alle kauerten auf ihren Plätzen, die Köpfe geduckt, und wagten nicht, zu Lai oder sonst wem aufzublicken. Vielleicht findet jeder von uns eine unterschwellige Lust daran, den intimsten Geheimnissen seiner Mitmenschen hinterherzuschnüffeln, doch in aller Öffentlichkeit und noch dazu vor den Augen der betroffenen Mädchen so mitleidlos dieser Lust zu frönen, schien uns allzu unanständig. Nur ein so schamloser Kerl wie Zhenshan war dazu imstande, eine solche Frage über die Lippen zu bringen.

Cen Mingxia, das Gesicht weiß wie Papier, hatte mit ihrer Näharbeit innegehalten, die Nadel war in ihrer Hand erstarrt. Mir kam es vor, als müsste sie nur jemand leicht piksen, und sie würde wie ein Luftballon platzen und dann in sich zusammensacken.

Ich entdeckte noch zwei weitere kreidebleiche Gesichter in der Menge – gewiss waren das die anderen beiden Mädchen, mit denen der ehemalige Farmleiter geschlafen hatte. Immer wieder hatte ich von ihnen munkeln hören, ohne ihre Namen zu kennen; nun hatten sie sich selbst verraten.

Xuexu erwachte aus seiner Erstarrung. »Halt's Maul! Zhenshan, halt endlich dein Maul!«

Doch so leicht gab sein Gefolgsmann keine Ruhe. »Wieso denn?«, fragte er höhnisch. »Du hast mir doch gesagt, ich soll hier richtig Stunk machen! Hast du etwa schon vergessen, wie du mich gestern angebettelt hast?«

Damit war Xuexu der Mund gestopft, er brachte kein Wort mehr über die bebenden Lippen. Stattdessen schaltete sich nun endlich Yan Zhe ein und mahnte mit ruhiger Stimme:

»Zhenshan, hör auf mit den Fragen. Lai Ansheng hat in der

Vergangenheit Böses getan, aber jetzt ist er von Grund auf geläutert. Konntet ihr das nicht alle in den letzten Tagen klar und deutlich an ihm beobachten?«

Viele nickten schweigend. Tatsächlich war niemandem die wundersame Wandlung jener drei Farmmitglieder entgangen, auch wenn die Gründe dafür im Dunkeln lagen.

»Jeder von uns«, fuhr Yan Zhe eindringlich fort, »trägt in seinem Herzen etwas Böses oder zumindest etwas Unehrenhaftes: Der eine drückt sich vor der Arbeit, und wenn er mit an einem Karren ziehen soll, ist sein Seil nie straff gespannt, oder er stiehlt Sesam von der Tenne.« Mit beidem spielte er auf Zhenshan an. »Ein anderer schummelt bei den Essensmarken.« Damit zielte er auf Chen Xiukuan. »Wieder andere biedern sich beim Farmleiter an, um schneller in die Stadt zurückzukehren.«

Statt seine Aufzählung fortzusetzen und auch die schwereren Vergehen – wie die Bereitschaft mehrerer Mädchen, sich für eine Arbeit in der Stadt zu prostituieren – zur Sprache zu bringen, fuhr er fort:

»Es macht nichts, wenn einer etwas Böses in sich getragen hat, solange er sich nur irgendwann wandelt. Wer ein wahrhaft guter Mensch geworden ist wie Lai Ansheng, der spürt echte Erleichterung, Freude, Seligkeit.«

»Ach Gottchen«, warf Zhenshan mit verächtlich verzogenem Mund ein, »ich komme mir vor wie in einer Sonntagspredigt. Yan Zhe, spiel bloß nicht den Heiligen! Sag uns doch, was du die letzten fünf Tage so getrieben hast! In der Kreisstadt wussten die Leute von nichts, es gab überhaupt nie irgendeine Versammlung!«

Nachdem in den Tagen zuvor alle das Gerücht mitbekommen hatten, dass ihr neuer Farmleiter gelogen hatte, brannten sie nun darauf, die Wahrheit zu erfahren. Endlich nahmen Zhenshans Provokationen die Richtung, die sich Xuexu erhofft hatte. Seine Miene blieb unbewegt, doch in seinen Augen sah ich es vor Vergnügen blitzen. Mir brach der kalte Schweiß aus allen Poren: Wie würde Yan Zhe diese hemmungslose Attacke parieren? Zhenshan hatte seinen wundesten Punkt getroffen.

Yan Zhes Miene verfinsterte sich. »Das war ein geheimes Treffen«, entgegnete er kühl. »Niemand ohne den nötigen Rang war eingeweiht.«

Dann wandte er sich an alle. »Ich gebe euch nun bekannt, was auf dieser geheimen Versammlung besprochen wurde. Laut der Abteilung für Seuchenschutz grassiert im Kreis Jiucheng seit Kurzem eine Epidemie der Krankheit Tigerfieber, die in den allermeisten Fällen tödlich endet. Deshalb ist der dringliche Befehl ergangen, der gesamten Bevölkerung im ganzen Kreis einen speziellen Impfstoff zu verabreichen. Niemand ist davon ausgenommen! Um soziale Unruhen zu vermeiden, ist diese Nachricht bislang weder in der Zeitung noch per Funk öffentlich gemacht worden.«

Seine Zuhörer glaubten die Geschichte von der ominösen Krankheit mit dem bedrohlichen Namen sofort. Ein Tumult brach aus. Erst später erfuhr ich von ihm, dass das »Tigerfieber« ganz allein seine Erfindung war. Es existierte keine solche Krankheit, nur die »Tigerseuche«, wie man früher die Cholera nannte. Die Cholera jedoch wird von Bakterien ausgelöst, während ein Impfstoff Viren bekämpft. Damals jedoch waren solche elementaren medizinischen Kenntnisse nicht sehr verbreitet, und niemand durchschaute Yan Zhes Lüge. Er ließ der Menge auch keine Zeit zum Nachdenken, sondern erteilte mir sofort den Befehl:

»Wir fangen jetzt an.«

Bis dahin hatte ich passiv wie eine ruhende Marionette auf dem Podest gesessen und den Lauf der Dinge verfolgt; jetzt wurde ich aktiv. Yan Zhe und ich setzten uns die Atemmasken auf (denn wie er mir erläutert hatte, mussten wir ja kühlen Kopf bewahren), schnallten uns die Zerstäuber auf den Rücken und drückten auf die Düsen. Ein weißer Sprühnebel schoss hervor und füllte die

Luft mit einem säuerlichen, aber durchaus angenehmen Geruch. Trotz Yan Zhes gelassener Körpersprache spürte ich die innere Anspannung, die nun auch ihn gepackt hatte. Ähnlich wie kurz zuvor Xuexu befürchtete er, die Lage könnte außer Kontrolle geraten. Wir mussten so schnell wie möglich unsere Essenz versprühen, erst dann würde er alles im Griff haben.

Zum Glück saß allen noch der Schreck über das »Tigerfieber« in den Gliedern, und sie ließen die vermeintliche Impfkampagne willig über sich ergehen. Nur Xuexu war nach angestrengtem Nachdenken plötzlich ein Verdacht gekommen.

»Genosse Yan, du und Qiuyun, besprüht ihr euch auch selbst?«

»Natürlich«, erwiderte Yan Zhe. »Gleich wenn wir mit euch fertig sind.«

»Und warum tragt ihr dann einen Atemschutz?«

Yan Zhe stutzte. Ihm wollte kein vernünftiger Grund einfallen. Xuexu machte einen Schritt auf ihn zu und schrie ihn an:

»Yan Zhe!«, brüllte er, auf den »Genossen« verzichtete er wohlgemerkt. »Was sprüht ihr da wirklich?«

Seine Frage schreckte alle auf. Ich blickte besorgt zu Yan Zhe, doch der signalisierte mir nur, Ruhe zu bewahren und einfach fortzufahren. Er selbst marschierte kurzerhand auf Xuexu zu und drückte fest auf die Düse seines Zerstäubers, sodass seinem Widersacher ein kräftiger Schwall des weißen Nebels ins Gesicht wallte.

»Du willst wissen, was das hier ist?«, fuhr er ihn an. »Ich verrate es dir: Das ist eine Altruismusessenz, die dich zu einem guten Menschen macht. Jetzt, wo du damit besprüht bist, wirst du anderen nichts mehr antun, anders als bei meinen Eltern, die du in den Tod getrieben hast. Du wirst hier auf der Farm keinen Ärger mehr machen und deinen Aufstieg nicht mehr auf Teufel komm raus vorantreiben.«

Mit sanfterer Stimme fuhr er fort: »Du musst keine Angst haben: Was ich sage, ist wahr. Bald wirst du den Segen der selbstlosen Arbeit am eigenen Leib erfahren. Ein stilles Glück wird dir zuteilwerden.«

Verwirrt sahen alle ihn an. Die meisten Jugendlichen wussten von der alten Feindschaft zwischen ihm und Xuexu und glaubten, er hätte im Zorn gesprochen. Deshalb nahmen sie auch die »Altruismusessenz« nicht weiter ernst. Xuexu versuchte anfangs noch, mit panischer Miene den Sprühnebel vor seinem Gesicht wegzuwedeln, doch schon sackten seine Hände herab, und sein ganzer Körper entspannte sich. Nach und nach breitete sich auf seinem Gesicht und den Gesichtern aller anderen ein Ausdruck tiefer Seligkeit aus, wie ich ihn schon von Lai Ansheng kannte. Still und andächtig lauschten nun alle ihrem Farmleiter, wie Gläubige, die einem Prediger zuhören – oder gar ihrem Gott höchstpersönlich. Yan Zhes Stimme schien eine geheime Macht auszuüben, als er seine Schäfchen anwies:

»Nehmt die Altruismusessenz, die ich euch verabreicht habe, in euren Herzen auf. Befreit euch von allen selbstsüchtigen Begierden, allen bösen Gedanken. Es gibt kein größeres Glück, als zu arbeiten und den anderen zu dienen.«

Die Essenz entfaltete bereits ihre volle Wirkung. Ein Kraftfeld hatte sich gebildet, das sich selbst verstärkte. Niemand redete mehr, aber die Versammlungsteilnehmer strahlten vor Freude. Alle waren von dieser Euphorie erfasst, nicht nur das Trio um Lai Ansheng, sondern auch der eben noch so streitlustige Zhenshan, die eben noch so bestürzte Mingxia und der sonst so verschlagene Xuexu. Wie Lai in jener Nacht seiner wundersamen Wandlung blickte nun auch Xuexu versonnen in die Ferne, als erinnerte er sich an ein früheres Leben.

»Yan Zhe, Qiuyun«, brachte er endlich stockend hervor, »ich habe viel Böses getan, oder?« Und er beeilte sich hinzuzufügen: »Aber von nun an will ich ein guter Mensch sein. Ich glaube, ich bin schon einer.«

Dann trat er zu mir. »Ich kenne Qiuyun sogar noch länger als du«, wandte er sich mit einem strahlenden Lächeln an Yan Zhe. »Ich war für sie wie ein großer Bruder.«

»Ich weiß.« Yan Zhe nickte. »Als ich damals nach Beiyin kam, hast du mit ihr in unserem Hof gespielt.«

Xuexus Blick war heiter und klar wie der des kleinen Jungen, der er einmal gewesen war. Wehmütig stimmte ich ihm leise zu.

»Ja, du warst für mich wie ein großer Bruder. Du hast mich von klein auf beschützt und mir alle meine Launen verziehen. Du hast mich mit deinem Brennglas und deinem Feuerzeug spielen lassen, und einmal, als ich nach einem Skorpion greifen wollte, den ich für eine harmlose große Krabbe hielt, da hast du mich zurückgerissen und den Skorpion zertreten.«

Bei der Erinnerung daran flutete ein neuerliches Lächeln wie eine Welle über Xuexus Gesicht, ein Lächeln so selig, dass es geradewegs aus dem Grund seines Herzens zu kommen schien. Er sah zu Yan Zhe hinüber, als brennte ihm etwas auf der Zunge; dann hob er den Blick, als horchte er auf ein fernes Echo. Wahrscheinlich wollte er seinem alten Rivalen gegenüber seine Schuld bekennen, wollte ihm beichten, was genau er Böses getan hatte, etwa wie er Yan Zhes Eltern drangsaliert oder uns beide beschattet und verraten hatte. Doch diese Taten waren so verwerflich, dass er es selbst unter der wundersamen Macht der Ameisenessenz nicht über sich brachte, sie zu gestehen.

Da drängte sich Zhenshan vor. Auch ihm lag etwas auf der Zunge, auch er rang mit sich, und nachdem sich sein Blick eine Weile in der Ferne verloren hatte, brach es endlich aus ihm hervor:

»Yan Zhe, ich will ehrlich zu dir sein: Ich habe viel mehr Kraft als du, ich habe damit nur immer hinter dem Berg gehalten.«

»Ich weiß.« Yan Zhe lächelte nachsichtig. »Seit unserem Ringkampf weiß ich Bescheid.«

Zhenshan hatte sich stets als schwächlich ausgegeben, ja, er

hatte sich nicht geniert, typische »Mädchenarbeiten« zu übernehmen, und wir anderen hatten dieses Bild mit der Zeit verinnerlicht. Dabei hatten wir völlig vergessen, dass dieser Vielfraß und
Fleischberg uns schon einmal gezeigt hatte, was für eine gewaltige
Kraft in seinem massigen Leib schlummerte – eine Kraft, die die
meines Freundes weit überstieg. Eines Abends nämlich hatte sich
ein gutes Dutzend der Jungen aus purem Übermut zum Ringkampf auf der Tenne versammelt. Die, die als die stärksten Arbeiter galten, wollten dabei ihre Kräfte messen. Trotz seiner eher
schmächtigen Statur war auch Yan Zhe darunter, und obwohl seine Körperkraft nicht allzu groß war, verhalf ihm seine Flinkheit
zum Sieg über He Zijian und Gao Lin.

Da hielt es auch Zhenshan nicht länger auf den Zuschauerplät-
zen. Ungeachtet seiner wuchtigen Physis, hatte sich sein Image als
Schwächling so sehr verfestigt, dass Yan Zhe seinen neuen Heraus-
forderer anfangs gar nicht ernst nahm. Umso überraschter war er
von seiner schnellen Niederlage, die er natürlich unmöglich auf
sich sitzen lassen konnte. Er bedrängte Zhenshan so lange, bis dieser mit provozierender Siegesgewissheit erklärte: »Nur zu, aber
diesmal umklammerst du mich für die Startposition von hinten an
der Taille.«

Erst sträubte sich Yan Zhe gegen diesen Vorteil, der ihm einen
unehrenhaften Sieg zu garantieren schien, doch Zhenshan ließ
sich partout nicht davon abbringen und brachte seinen bären-
haften Körper mit allen vieren auf dem Boden in Stellung. Also
umfasste mein Freund ihn von hinten und schleuderte ihn mit
aller Kraft im Kreis herum, doch sein Gegner fand immer wieder
in eine stabile Bodenposition zurück, sodass Yan Zhe sich schließlich völlig ausgelaugt niederplumpsen ließ und sich keuchend geschlagen gab.

»Früher habe ich meine Kraft für mich behalten, aber in Zukunft kannst du auf mich zählen«, erklärte Zhenshan nun stolz.

»Das glaube ich dir gern«, sagte Yan Zhe. »Kein anderer von uns Jugendlichen wird es mit dir aufnehmen können.«

Auch Mingxia drängelte sich jetzt ungeduldig nach vorn. Ihr Gesicht, das noch eben fahl vor Angst gewesen war, glühte vor Glück.

»Ich bin zwar nicht besonders kräftig, aber niemand hat so flinke Hände wie ich. Qiuyun, da kannst du auch nicht mithalten!«, rief sie überschwänglich.

Sie hatte vollkommen recht. Den tiefsten Eindruck hatte sie bei mir hinterlassen, als sie im Jahr davor die Sesamblätter gepflückt hatte. Die einheimischen Bauern verwendeten diese Blätter, die den typischen Sesamduft verströmen, gern für ihre Nudeln. Noch bevor die Pflanzen ihre Samen gebildet hatten, musste man die Blätter pflücken, durfte aber auch nicht zu viele abreißen, denn sonst hätte man den späteren Samenertrag beeinträchtigt. Den Männern half ihre Körperkraft bei dieser Arbeit nicht weiter. Wenn sie mit der einen Hand den dünnen Stängel festhielten, damit er nicht hin und her schwankte, während sie mit der anderen Hand Blatt um Blatt abpflückten, sahen sie unbeholfen und lächerlich aus. Die Frauen stellten sich geschickter an, doch niemand konnte es mit Mingxia aufnehmen. Ihre Hände huschten anmutig wie zwei Schmetterlinge von der Spitze der Pflanzen nach unten, ohne dass der Stängel auch nur wackelte.

»Ja, da hast du recht«, pflichtete ich ihr aus tiefstem Herzen bei. »Wenn du nur willst, bist du mit deinen Händen schneller und geschickter als jede andere.«

»Ich will, das will ich wirklich! Von morgen an könnt ihr auf mich zählen.«

Im ganzen Raum brach ein Tumult aus. Alle waren von einem glühenden Arbeitseifer beseelt und brannten darauf, ihre Fähigkeiten zu zeigen. Yan Zhe warf mir einen vergnügten Blick zu, der zu sagen schien: *Wir haben es geschafft.* Ich atmete tief durch. Doch obwohl der Überschwang, der vor meinen Augen um sich gegriffen hatte, auch mich erfreute, fühlte ich gleichzeitig eine rätselhafte Traurigkeit in mir aufsteigen.

Dann verkündete Yan Zhe einen bemerkenswerten Beschluss: Vom heutigen Tag an werde keine Glocke mehr zur Arbeit läuten, und es würden auch keine Aufgaben mehr verteilt. Jeder solle sich seine Arbeit aus eigenem Antrieb wählen. Bei der Essensausgabe werde man auch keine Essensmarken mehr benötigen. Denn »eine Gesellschaft, die so hocheffizient ist wie die der Ameisen«, halte sich nicht mit solchen »Formalien« auf.

Nachdem seine Zuhörer diese erstaunliche Erklärung mit einem ergebenen Schweigen aufgenommen hatten, erklärte er die Versammlung für beendet. Als die Teilnehmer in Reih und Glied den Raum verließen, lag auf ihren Gesichtern noch immer ein Ausdruck tiefer Seligkeit. Siwa, den Lagerverwalter, rief Yan Zhe noch zu sich und befahl ihm, in der Nacht das Lagerhaus zu hüten. Fenster und Türen solle er geöffnet lassen und mit einem großen Bastfächer die Luft nach draußen wedeln.

Ich wusste, dass mein Freund so die Essenz zerstreuen wollte, damit die Ameisen am nächsten Tag nicht massenweise in das Lager strömten. Siwa kannte diesen Hintergrund zwar nicht, führte den Befehl deshalb aber nicht weniger eifrig aus. Später erklärte mir Yan Zhe, wenn man eine Ameisenversammlung (also eine »positive Rückkopplung« einer ganzen Kolonie) herbeiführen wolle, komme es in erster Linie nicht auf die Konzentration der Essenz in der Luft an, sondern auf die »ausreichende Stabilität der Essenzquelle«.

Nachdem die Versammlungsteilnehmer auseinandergegangen waren, kam Yan Zhe zu mir und drückte mich an sich.

»Wir haben gesiegt!«, raunte er mir zu. »Die Essenz, die ich hergestellt habe, ist genauso wirksam wie die meines Vaters.«

Ich erwiderte seine Umarmung, sagte jedoch kein Wort. Als er merkte, dass meine Stimmung gedrückt war, erkundigte er sich teilnahmsvoll: »Was hast du denn?«

Nach einem kurzen Zögern antwortete ich: »Ich glaube, dein Beschluss von eben war übereilt. Trotz der Ameisenessenz braucht unsere Farm doch immer noch eine effektive Führung, sonst endet doch alles im Chaos!«

»Ich fürchte, du bist noch immer in den alten Denkmustern gefangen«, erwiderte er mit einem selbstsicheren Schmunzeln. »Wenn du Wasser auf einen Berg schaffen willst, benötigst du eine Menge Dinge: eine Pumpstation, eine Leitung, Elektrizität, nicht zuletzt jemanden, der die Vorgänge kontrolliert, und wer weiß was noch alles. Aber wenn du das Wasser stattdessen nach unten fließen lässt, brauchst du nichts von alledem: Das Wasser wird sich einfach von selbst seinen Weg suchen und die Senken füllen. Und warum ist das so? Weil dieses Ziel seiner Natur entspricht, während das erste Ziel ihr zuwiderläuft.

Mit der menschlichen Gesellschaft verhält es sich genauso: Sobald alle Mitglieder ihre neue, altruistische Art verinnerlicht haben, werden sie aus eigenem Antrieb jede Lücke füllen, die es bei der Arbeit zu besetzen gilt. Denk nur einmal an unser reales Vorbild: Wird in einem Ameisenstaat etwa die Arbeitsleistung gemessen? Oder gibt es dort Essensmarken? Und trotzdem funktioniert dieser Staat reibungslos.«

Als ich nur stumm in seiner Umarmung verharrte und nichts mehr darauf erwiderte, drehte er mein Gesicht zu sich und musterte mich.

»Du hast noch etwas anderes auf dem Herzen. Nun sag schon, was ist es?«

Als er mich immer weiter mit seinen Nachfragen bedrängte, gestand ich schließlich, was mich bedrückte.

»So genau kann ich das gar nicht benennen. Es stimmt, deine Altruismusessenz ist sehr wirksam – ich habe gespürt, wie selig alle sind. Aber dieses Glück ist das Glück von Schlafwandlern. Wir beide haben nun die Kontrolle über all diese Menschen, und dabei gehören wir – und das ist das Entscheidende – nicht zu dieser Gemeinschaft dazu. Deshalb ... na ja, deshalb fühle ich mich irgendwie schuldig, so als hätte ich die anderen betrogen.«

Aus Sorge, meine Worte könnten ihn verletzen, fügte ich eilig hinzu: »Sei mir nicht böse, das ist nur so ein wirrer Gedanke von mir. Selbst wenn wir die anderen wirklich betrogen haben, war es ein gutherziger Betrug. Wahrscheinlich würde ich mich jetzt nicht in diesen Gedanken verlieren, wenn ich selbst auch die Essenz eingeatmet hätte und eins mit den anderen wäre.«

Offensichtlich traf mein »wirrer Gedanke« bei ihm einen Nerv, denn er schwieg lange, ehe er endlich antwortete:

»Auch ich wäre gern mit dieser altruistischen Gemeinschaft verschmolzen. Aber es geht leider nicht: Um die Reinheit unseres kleinen Kollektivs vor der Außenwelt zu beschützen, müssen ein oder zwei von uns einen kühlen Kopf bewahren und die Fäden in der Hand halten. Diese Rolle ist sehr undankbar, das ist mir absolut klar. Aber, Qiuyun, du darfst mich damit nicht alleinlassen. Ich brauche deine Unterstützung.«

Es rührte mich zu hören, wie sehr er unter seiner Rolle litt, und so war nun ich es, die ihn tröstete:

»Hab keine Angst, ich werde dich nicht im Stich lassen. Das habe ich dir versprochen, und du kannst dich auf mein Wort verlassen. Du solltest diesen Tag als einen Tag zum Feiern betrachten: Deine Ameisenessenz ist tatsächlich genauso wirksam wie die deines Vaters! Ich habe mir zu viele Sorgen gemacht: Ich dachte, du könntest scheitern, weil du noch keine praktische Erfahrung damit gesammelt hattest.«

»Genau deshalb – um den Triumph meines Vaters auch wirklich zu wiederholen – habe ich mich ja tagelang in den Büchern vergraben. Erst der heutige Erfolg hat meine Selbstzweifel beseitigt.«

Wir ahnten damals noch nicht, dass die beiden Ameisenessenzen sich durchaus voneinander unterschieden, auch wenn sie eine ähnliche Wirkung erzielt hatten. Das ist auch nicht weiter verwunderlich: Selbst Penicillin, das in großen Pharmafabriken nach standardisierten Verfahren produziert wird, kann von Charge zu Charge variieren. Deshalb muss in Krankenhäusern vor jeder Injektion mit einer neuen Chargennummer erst einmal ein Hauttest durchgeführt werden.

Ich habe einmal am eigenen Leib erfahren, wie gefährlich Nachlässigkeit in dieser Hinsicht sein kann. Als ich die Unterstufe der Mittelschule besuchte, erkrankte ich an einer Lungenentzündung. Der Arzt verschrieb mir Penicillin für drei Tage. Der Hauttest, den ich am ersten Tag machte, ergab keine allergische Reaktion. Doch am dritten Tag wechselte die Chargennummer, und die Krankenschwester vergaß, den neuen Stoff an mir zu testen. Mir wurde das Penicillin gespritzt, und als ich das Krankenhaus gerade durch den Ausgang verlassen hatte, da drehte sich auf einmal alles vor meinen Augen. Zum Glück war ich noch bei klarem Verstand und begriff, dass ich allergisch auf das Penicillin reagierte. Also schleppte ich mich, an die Wände gestützt, zurück zum Behandlungszimmer, wo ich, kaum angekommen, ohnmächtig zu Boden sackte. Erst später dämmerte mir, in was für einer Gefahr ich geschwebt hatte: Hätte mich der allergische Schock nicht direkt vor dem Krankenhaus, sondern irgendwo auf dem Heimweg getroffen, wo ich womöglich lange auf Hilfe hätte warten müssen, wäre ich vielleicht nicht mit dem Leben davongekommen.

Leider erinnerte ich mich bei den Ameisenessenzen nicht an diese Lektion. Fürs Erste jedoch rettete uns ein glücklicher Zufall: Die drei Männer, die schon mit der ersten Charge der Essenz besprüht worden waren, waren nun wie alle anderen auch der zweiten Charge ausgesetzt gewesen, und deren Wirkung überdeckte die der ersten und beseitigte so das verborgene Konfliktpotenzial.

Deshalb kamen Yan Zhe und ich gar nicht auf die Idee, zwischen den beiden Essenzen könnte ein Unterschied bestehen.

Aber ebendieser kleine, aber feine Unterschied sollte später ein Blutbad heraufbeschwören.

9.

DIE SCHWANGERSCHAFT

Am nächsten Tag stand das Dreschen an. Wie die Ernte war auch das Dreschen ein zentraler Bestandteil der landwirtschaftlichen Arbeit. Und wie sich nun zeigte, sollte Yan Zhe mit seinem Bild vom Wasser, das von selbst die Senken füllt, recht behalten. Obwohl niemand mehr die Aufgaben verteilte, versammelten sich gleich nach dem Frühstück alle nötigen Arbeitskräfte auf der Tenne. Auch Yan Zhe selbst war frühzeitig mit seiner Forke dort eingetroffen.

Beim Weizendreschen teilten wir uns die Arbeit in mehrere Schritte auf: Der Erste trennte die Garben auf, der Zweite fütterte die Dreschmaschine mit dem Weizen, der Nächste schob das Stroh, das die Maschine ausspuckte, zur Seite, von wo zwei Leute es mit ihren Forken auf einen Haufen schleuderten – das sogenannte »Haufenwerfen«. Dort arrangierte jemand das Stroh so, dass der Haufen eine kegelförmige Gestalt annahm. Wir schichteten das Stroh, das den Rindern im Winter als Futter diente, deswegen so, damit es besser vor dem Regen geschützt war. Die gedroschenen Weizenkörner breiteten wir zum Trocknen auf der Tenne aus.

Wer diese Arbeit nicht selbst mal erledigt hat, kann sich nicht vorstellen, wie anstrengend sie ist. Von außen sieht es wie ein Kinderspiel aus, die leichten Halme auf den Haufen zu werfen, doch wer diese eine Bewegung über einen längeren Zeitraum wieder und wieder wiederholt, dem schmerzen und versteifen sich zusehends die Muskeln, während gleichzeitig der Strohhaufen vor ihm immer höher wächst und hinter ihm ununterbrochen immer neue Halmladungen ankommen. Lässt man dann auch nur ein bisschen nach, türmen sich die Halme und verhaken sich sofort, sodass das Hinaufwuchten noch schwerer wird.

Von jeher war das Haufenwerfen den besten Arbeitern vorbehalten, und dazu gehörte auch Yan Zhe. Wann immer ich ihn so schuften sah, versetzte es mir einen Stich: wie er sich so gänzlich verausgabte und nur die kurzen Momente, wenn die Dreschmaschine einmal verstopft war, dazu nutzen konnte, auf seine Forke gestützt schwer keuchend nach Atem zu ringen.

An diesem Tag jedoch übernahmen andere seine Arbeit. Er hatte kaum Stellung bezogen, da wurde er von Lai Ansheng und Cui Zhenshan beiseitegedrängt. Das Versprechen, das Letzterer am Vorabend geleistet hatte, hatte bei meinem Freund noch keineswegs alle Zweifel ausgeräumt, und so beobachtete er skeptisch von der Seite aus, wie die beiden Männer sich bei der Aufgabe anstellten. Doch bald waren auch seine letzten Zweifel verflogen. Zwar strengte die Knochenarbeit auch Lai und Zhenshan sichtlich an, doch im Ganzen waren sie dieser Aufgabe viel besser gewachsen als er selbst. Sogar als der Strohhaufen vor ihnen schon beträchtlich in die Höhe gewachsen war und auch sie in den kurzen Pausen auf ihre Forken gestützt vor sich hin keuchten, wich das freudige Strahlen nicht aus ihren Gesichtern.

Die ganze Farm atmete dieses Glück der Arbeit, auch Cen Mingxia, die die Dreschmaschine fütterte. Bei dieser Tätigkeit, die keine große Körperkraft erforderte, konnte sie ihren Trumpf – die flinken Hände – ähnlich gut ausspielen wie beim Annähen von Stoffsohlen. Während ich neben ihr die Weizengarben löste, bewunderte ich, wie sie mit der Anmut einer Ballerina die Bündel, die ich ihr hinüberschob, auflas, zerteilte und ebenmäßig aufgefächert in die Dreschmaschine steckte, ohne diese zu verstopfen. Ihre Kleidung war durchgeschwitzt, ihr Haar klatschnass, ihr Gesicht von Schweiß und feinen Strohsplittern verklebt, und trotzdem verströmte sie die gleiche Seligkeit wie alle anderen.

Der gesamte Farmbetrieb lief wie eine gut geölte Maschine – oder nein, dieser Vergleich hinkt: Maschinen benötigen einen Mechaniker, der sie wartet, die Farm hingegen brauchte niemanden, der sie beaufsichtigte. Treffender wäre deshalb: Die Farm funktionierte so hocheffizient wie ein Ameisenstaat, bestehend aus lauter Arbeitern, die keiner Kontrolle bedurften, ohne innere Reibungsverluste oder unnütze Anstrengungen.

Nur einer von uns fand sich in einer unbequemen Position wieder: Yan Zhe. Egal, wohin er sich an diesem Tag auch wandte und welche Arbeit er aufnehmen wollte, stets drängten sogleich andere an seine Stelle. Während einer Pause nahm er mich beiseite und gestand mir mit einem gequälten Lächeln:

»Mist! Mir ist ein Fehler unterlaufen, den ich nicht einkalkuliert habe und den ich nun auch nicht mehr korrigieren kann.«

»Was für ein Fehler?«, fragte ich überrascht.

»Wahrscheinlich ist das eine Nebenwirkung der Ameisenessenz, jedenfalls behandeln mich nun alle wie ihre Ameisenkönigin und hindern mich am Arbeiten.«

Ich erinnerte mich sofort, wie ich als Sechsjährige unter Xuexus Führung ein Ameisennest ausgegraben hatte: Ein gutes Dutzend Arbeiterinnen hatte die Königin aus der Gefahrenzone gezerrt. Das Gebot, die Königin zu schützen, war bestimmt tief in den Genen und Botenstoffen der Ameisen verankert. Ich konnte mir ein Lachen nicht verkneifen und spöttelte leise:

»Tja, so eine Königin darf eben nicht arbeiten, sie ist ja ausschließlich für die Fortpflanzung zuständig. Das ist jetzt deine Aufgabe.«

Yan Zhe errötete bis über beide Ohren. Doch seine Verlegenheit verdankte sich seinem Erfolg: Weil seine Ameisenessenz so wirksam war, wurde das Verhalten der Farmmitglieder nun auf einer so fundamentalen Ebene vom Altruismus gesteuert, dass es sich von vergleichsweise oberflächlichen Einflüssen wie Argumenten, Erklärungen oder Befehlen nicht mehr korrigieren ließ. Entsprechend ließ sich auch das unterschwellige »Arbeitsverbot«, das seit Jahrmillionen für die Königin galt, nicht so ohne Weiteres aufheben. Doch machte das Yan Zhe nicht überflüssig, wenn auf der Farm kein Leiter mehr benötigt wurde, aber auch niemand, der sich allein um die Fortpflanzung kümmerte?

Wie sehr er sich auch bemühte, er durfte an diesem Tag auf der Tenne nicht mitanpacken. Nur in der Küche ließ man ihn gewähren, und er durfte dabei helfen, die frisch gedämpften Weizenbrötchen und die Bohnensuppe auf den Dreschplatz zu bringen.

Die Bauern im Kreis Jiucheng waren so arm, dass sie kaum einmal im Jahr die »guten« Dampfbrötchen zu essen bekamen, das heißt: die Brötchen aus reinem Weizenmehl. Wer sich an solchen Brötchen satt essen durfte, hielt es für das höchste Glück. Yan Zhe hatte dem Tischlermeister Qi einmal geholfen, Holz, das bei Tischlerarbeiten abgefallen war, aber sich immer noch als Brennholz verwenden ließ, auf einem Karren nach Hause zu transportieren. Weil die Feldwege auf dem Land so holprig waren, erreichten die beiden Qis Zuhause erst nach zehn Uhr abends. Der achtjährige Sohn des Tischlers hatte eigentlich schon geschlafen, wachte aber bei der Ankunft seines Vaters wieder auf und wälzte sich rastlos keuchend im Bett hin und her. »Ist dein Junge krank?«, fragte Yan Zhe teilnahmsvoll.

Der Vater kapierte jedoch sofort, was wirklich los war. Er holte ein gedämpftes Zopfbrötchen hervor, das er von der Farm mitgebracht hatte – es bestand zum kleineren Teil aus Weizenmehl, zum größeren Teil aus Süßkartoffelmehl –, brach die Hälfte davon ab und gab sie seinem Sohn, der sie sogleich gierig hinunterschlang und danach friedlich weiterschlief.

»Wenn nicht gerade Weizenernte ist, gönnen wir uns nie ein Zopfbrötchen, geschweige denn ein Weizenbrötchen«, erklärte der Tischler seinem Gast. »Deshalb hat mein Sohn meiner Heimkehr so entgegengefiebert: Er wusste, dass ich ihm ein Zopfbrötchen mitbringe.«

Seit der Gründung der Farm war das Leben für uns Jugendliche aus der Stadt nicht weniger hart als das der Bauern in der Umgebung. Einen Vorteil allerdings hatten wir: Wie jede andere neue Farm genossen wir das Privileg, in den ersten drei Jahren nichts von unserer Ernte an den Staat abgeben zu müssen. Deshalb kamen wir bei unserer ersten Ernte im zweiten Jahr einige kurze Tage lang in den Genuss einer himmlischen Leckerei: Jeder von uns konnte so viele der zweihundert Gramm schweren Weizenbrötchen essen, wie er wollte. Als die benachbarten Bauern von diesem Luxus hörten, vergingen sie vor Neid; einer lief sogar in die Kreisstadt, um sich über uns zu beschweren.

Während der Mahlzeiten, die wir zur Erntezeit einnahmen, ließ sich ein seltsames Phänomen beobachten: Weil es so heiß und wir so erschöpft waren, verspürten wir keinen richtigen Hunger, aber ein Sättigungsgefühl wollte sich auch nicht einstellen, und wer einmal anfing zu essen, hatte im Nu ein, zwei Pfund von den Brötchen verdrückt. Selbst ich, die ich sonst keine große Esserin war, verputzte bei solchen Gelegenheiten zwei große, längliche Stangenbrötchen, und Cui Zhenshan vertilgte jedes Mal drei, vier Brötchen, sodass er nach der Erntezeit, wenn alle anderen abgemagert waren, fett wie ein Bär aussah, der sich seinen Winterspeck angefressen hat.

Diesmal jedoch war alles anders. Als Yan Zhe den Korb mit den gedämpften Brötchen herbeitrug – zweihundert Gramm schwere Brötchen, die so verführerisch süßlich nach dem frischen Weizen dufteten, dass einem das Wasser im Mund zusammenlief –, da nahm sich ein jeder, egal ob Mann oder Frau, egal ob gute oder weniger gute Arbeitskraft, nur ein einziges Brötchen. Mein Freund ermunterte sie, sie sollten nur tüchtig zugreifen, doch sie alle quittierten sein freundliches Drängen bloß mit einem Lächeln und entfernten sich mit einem letzten, widerstrebenden Blick auf den Korb. Als schließlich auch Lai Ansheng und Cui Zhenshan auf der Tenne aufgeräumt und gegessen hatten, dämmerte Yan Zhe der Ernst der Lage: Selbst der sonst so gefräßige Zhenshan begnügte sich mit einem einzigen Brötchen, ehe er sich – wenn auch sichtlich schweren Herzens – vom Anblick des Korbs losriss und davontrottete.

Yan Zhe nahm mich beiseite, denn mehr denn je war ich nun der einzige Mensch, dem er sich anvertrauen konnte. Seine gerunzelte Stirn verriet, wie angestrengt er über die Situation nachdachte.

»Dass alle jetzt ihr Essen rationieren, scheint keine große Sache zu sein, ist aber in Wahrheit höchst bedeutsam«, räsonierte er. »Wir wussten schon vorher, dass die Altruismusessenz die Ameisen zur selbstlosen Arbeit antreibt, aber etwas anderes haben wir dabei übersehen: Diese Essenz bringt die Ameisen auch dazu, beim Essen Maß zu halten. Denn sonst könnte ein einziges unersättliches Mitglied die Ordnung der Kolonie zerstören.«

Dieses Argument leuchtete mir sofort ein. In der Kantine der Mittelschule hatten wir alle unsere Stäbchen und Schüsseln nach dem Essen auf ein gemeinschaftliches Regal gestellt. Für gewöhnlich funktionierte diese Regelung reibungslos, doch wenn nur ein einziger Unruhestifter auftauchte, der kein eigenes Geschirr besaß und stattdessen einen Mitschüler beklaute, führte das im Handumdrehen zu einer Welle von Diebstählen. Denn wer sein Geschirr nicht mehr fand, hatte es nur umso eiliger zu essen und behalf sich wütend mit dem Geschirr eines anderen, wobei er sich noch nicht einmal im Unrecht fühlte. Einem Ameisenstaat gelingt es, seine Ordnung höchst effektiv aufrechtzuerhalten und das ohne irgendwelche restriktiven Maßnahmen, ohne die Gesetze und sittlichen Gebote, die Strafen und verschlossenen Türen der menschlichen Gesellschaft. Wir können dieser Leistung nur größte Anerkennung zollen.

»Unsere Essenz ist wirklich ein voller Erfolg«, stellte Yan Zhe fest. »Ohne die in der Tiefe wirksamen Mechanismen dahinter zu verstehen, habe ich es geschafft, alle Funktionen zu bewahren, die in der Welt der Ameisen damit verbunden sind.«

Einmal mehr bewunderte ich ihn für seinen Scharfsinn.

»Aber so kann das nicht weitergehen«, fuhr er fort. »Die Erntezeit ist so anstrengend, dass man unbedingt mehr Kalorien aufnehmen muss als zu normalen Zeiten. Das Problem ist ...«

Das Problem lag auf der Hand: Die Altruismusessenz entfaltete ihre Wirkung in einer Tiefe, die einer Verhaltensänderung durch Erklärungen und Befehle nicht zugänglich war. Während Yan Zhe noch ratlos vor sich hin brütete, kam mir auf einmal eine wenn auch provisorische Idee.

»Wie wäre es damit: Du gehst beim Essen mit gutem Beispiel voran, und ich schließe mich dir an? Vielleicht glauben dann die anderen, dass das so etwas wie eine neue Regel ist, und folgen unserem Vorbild – immerhin bist du ja jetzt die Ameisenkönigin, und ich bin sozusagen deine Stellvertreterin.«

Seine Augen leuchteten auf. »Ja, lass uns das probieren.«

Ihm fiel ein Stein vom Herzen, und er lobte mich überschwänglich: Wir seien »ein perfektes Team«. Er gehe immer den geraden Weg, während ich mich darauf verstünde, auch mal um die Ecke zu denken und unkonventionelle Pfade zu beschreiten.

Sein Lob machte mich verlegen. »Warte lieber erst mal ab, ob mein Vorschlag überhaupt funktioniert«, bremste ich ihn.

Doch meine kleine List erwies sich tatsächlich als wirkungsvoll.

Indem wir beide deutlich mehr Essen zu uns nahmen – und zwar so, dass es auch alle sehen konnten –, lösten wir einen kleinen Wirbel aus, der sich aber schnell wieder legte, als alle unserem Vorbild folgten. Um sicherzustellen, dass alle sich auch weiterhin ordentlich satt aßen, zwangen wir uns während der gesamten Erntezeit zum Essen – obwohl ich eigentlich eine schlechte Esserin war und sich auch bei Yan Zhe, den man keine schwere Arbeit mehr verrichten ließ, der Hunger in Grenzen hielt. In der Folge litten wir an Verstopfung, rülpsten und furzten ununterbrochen und hatten einige höchst unangenehme Tage zu überstehen.

Unter den Bauern von Jiucheng kursierte ein Spruch: »Was hatte der Kaiser es gut! Zu seiner Linken im Thronsaal hatte er einen Kessel mit siedendem Öl stehen und zu seiner Rechten noch einen zweiten Kessel mit Krapfenstangen, und wann immer er eine davon verschmausen wollte, musste er die Stange nur noch ins Öl tauchen.«

In der Vorstellung der Bauern war dies das größte Glück, das ein Mensch haben konnte. Ich dagegen habe am eigenen Leib erfahren, wie qualvoll maßlose Völlerei sein kann.

Der Juni war ein arbeitsreicher Monat: Kaum war die Weizenernte beendet, stand das Pflanzen der Reissetzlinge an. Dabei übernahmen wir Jugendlichen die Hauptrolle, denn die Bauern auf unserer Farm stammten alle aus Weizenanbaugebieten und besaßen keinerlei Erfahrung mit dem Anbau von Reis. Und in ihrem Alter – keiner von ihnen war unter vierzig – eigneten sie sich neue Fertigkeiten auch nicht mehr so schnell an wie wir. Deshalb wirkten sie sozusagen hinter der Front, das heißt: Sie transportierten die Setzlinge mit Tragstangen auf das Feld und versorgten uns mit Trinkwasser.

Die eigentliche Hauptstreitmacht der Reispflanzer wäre normalerweise von Yan Zhe angeführt worden, der diese Arbeit ebenso behände wie gewissenhaft meisterte und obendrein auch noch einen Merkspruch dazu ersonnen hatte: »Die Füße vorneweg, die Augen geradeaus, die Hände« – von denen die Linke die Setzlinge hielt und die Rechte sie einpflanzte – »wechselweis hinaus.« Doch nun, da die anderen ihn nicht mehr auf dem Feld schuften ließen, hatte Cen Mingxia ihren großen Auftritt.

Sobald sie das Reisfeld betreten hatte, arbeitete sie sich, ohne sich auch nur ein Mal zwischendrin wieder aufzurichten, so flink vor, dass sie schon bald alle anderen weit hinter sich gelassen hatte – und dabei verstand sie es auch noch, die Setzlinge in einer Reihe zu pflanzen, die wie mit dem Lineal gezogen schien. Sun Xiaoxiao, die ihre frühere Feindseligkeit gegenüber Mingxia längst vergessen hatte (denn seit die Farmmitglieder unter dem Einfluss der Ameisenessenz waren, hegten sie keinerlei »schlechte Gedanken« mehr) – Sun Xiaoxiao also lobte Mingxia lauthals:

»Du bist echt unglaublich, Mingxia! Du pflanzt so schnell und dabei so ordentlich – davon können wir anderen nur träumen!«

Die Gepriesene richtete sich auf und klopfte sich auf die Lendenwirbel. Offensichtlich schmerzte ihr der Rücken, doch gleichzeitig erfüllte es sie mit großem Stolz, ihr Werk in Augenschein zu nehmen, und auf ihr Gesicht trat ein strahlendes Lächeln, ein Ausdruck tiefster Freude, wie ich ihn in diesen Tagen immer wieder zu sehen bekam.

Während ich sie beobachtete, geriet ich ins Grübeln und zwar auf eine so grundsätzliche Weise, wie es sonst eher Yan Zhes Art war. Klar, dachte ich mir, auch in einer Ameisenkolonie gibt es – wie in der Tierwelt überhaupt – einzelne Individuen, die mit ihren Fähigkeiten aus der Masse hervorstechen. Erhält der Eifer dieser herausragenden Ameisen nun einen Dämpfer, wenn sie sich mit derselben Ration an Nahrung begnügen müssen wie alle anderen Artgenossen? Oder anders gefragt: Wird in einer Gesellschaft, die keine Motivationsmechanismen kennt, das Mittelmaß zur Norm?

Wenn ein Ameisenstaat davon nicht betroffen ist, müssen wir ihm jedenfalls noch größere Bewunderung zollen.

So grübelte ich ergebnislos vor mich hin und näherte mich schon langsam der Überzeugung, dass ich solches Theoretisieren lieber Yan Zhe überlassen sollte, als ich ohnehin aus meinen Gedanken gerissen wurde: Denn auf einmal krümmte sich Mingxia vornüber und begann so heftig zu würgen, dass ihr die Tränen kamen und ihr Gesicht rot anlief. Eilig rannte ich zu ihr hinüber, und auch Lai Ansheng, der gerade neue Reissetzlinge brachte, war sogleich bei ihr.

»Was hast du denn?«, fragte ich sie mitfühlend. »Ist dir nicht gut? Ich hole gleich mal einen Sanitäter.«

Mingxia schüttelte den Kopf. »Nicht nötig, mir ist nur plötzlich schlecht geworden. Seit ein paar Tagen habe ich das ständig.«

»Du bist doch nicht etwa schwanger, oder?«, warf Xiaoxiao grinsend ein. »Wenn man schwanger ist, muss man sich doch dauernd übergeben!«

Ich war wie vor den Kopf geschlagen: Wie hatte ich nur so begriffsstutzig sein können! Ausgerechnet die einfältige Xiaoxiao war als Erste auf diesen naheliegenden Gedanken gekommen! Ich war so verlegen, dass ich Mingxia kaum noch anzusehen wagte. In der damaligen Gesellschaft brachte eine Schwangerschaft tiefe Schande über eine unverheiratete junge Frau – von einer gebildeten Jugendlichen ganz zu schweigen. Und der Mann, der die Frau geschwängert hatte, musste mit einer Gefängnisstrafe rechnen, so streng waren damals die Gesetze. Deshalb schämte ich mich für Mingxia und sorgte mich zugleich um Lai, dem ich seit seiner Läuterung keinerlei negative Gefühle mehr entgegenbrachte. Im Gegenteil: Ich hoffte inständig, dass es mit einem guten Menschen wie ihm nicht so ein tragisches Ende nehmen würde.

Die beiden Menschen jedoch, denen meine Scham und Besorgnis galten, hatten – und das war das Erstaunliche – unter dem

Einfluss der Ameisenessenz die üblichen Denkmuster schon gänzlich abgelegt. Auf Mingxias Gesicht zeigte sich nicht die geringste Schamesröte, auf Lais Gesicht kein Anflug von Angst. Offensichtlich dämmerte ihnen, dass Xiaoxiao ins Schwarze getroffen hatte, und sie machten daraus keinen Hehl. Auf ihren Gesichtern erstrahlte ein Ausdruck reinen Glücks, des Glücks der Elternschaft – vermutlich ein instinktives Glücksgefühl, das alle Tiere kennen und das von der Ameisenessenz jedenfalls nicht unterdrückt wurde.

»Bist du wirklich schwanger?«, fragte Lai leise.

»Ja, das muss es sein«, nickte Mingxia. »Ich habe schon seit ein paar Monaten nicht mehr meine Tage.«

Glücklich streichelte sie ihren Bauch. Es war sicher noch zu früh, um die Bewegungen des Kindes zu spüren, und doch schien sie schon seine Präsenz zu fühlen.

Xiaoxiao verkündete die freudige Nachricht sogleich lauthals den anderen, und alle kamen sie herbei, umringten das glückliche Paar und beäugten neugierig Mingxias Bauch, während ich, immer noch rot im Gesicht, fluchtartig das Weite suchte. Im Haus des Farmleiters fand ich Yan Zhe in die Lektüre eines englischsprachigen Buchs vertieft und berichtete ihm, was vorgefallen war. Er reagierte darauf genauso schockiert wie ich – schließlich standen ihm die Konsequenzen einer solchen Schwangerschaft noch klarer vor Augen als mir, und er wusste: Wenn dieser Skandal nach draußen dränge, wäre sein kaum begonnenes Gesellschaftsexperiment schon wieder beendet.

Lange besprachen wir das Problem, ohne dass uns eine brauchbare Lösung eingefallen wäre. Natürlich zogen wir auch eine Abtreibung in Betracht, doch angesichts der puritanischen Sitten der damaligen Gesellschaft schien das kaum möglich und hätte ohnehin die Fähigkeiten zweier Jugendlicher überstiegen. So viel sich Yan Zhe auch sonst auf seinen Intellekt einbildete, mit seiner Neigung, stets den »geraden Weg« zu gehen, kam er hier nicht weiter. Doch auch mir fiel keine unkonventionellere Lösung ein.

Als die Farmmitglieder abends im Licht der untergehenden Sonne von den Feldern heimkehrten, plauderten und scherzten sie, und Mingxia war von einer Traube von Menschen umringt, die eifrig etwas miteinander diskutierten. Besonders Xiaoxiao plapperte ohne Pause. Natürlich hatten alle auf der Farm die »freudige Nachricht« mitbekommen, und alle strahlten sie noch mehr als sonst.

Während wir die heimkommende Menge durch das Fenster beobachteten, erfüllten uns widersprüchliche Emotionen. Einerseits liebten wir die Position des unbeteiligten Betrachters, eine Position, die uns ein Gefühl überlegener Distanz verschaffte, uns aber gleichzeitig an der Freude der anderen teilhaben ließ – sie war ansteckend. Andererseits sahen wir diese Freude an diesem besonderen Abend mit einem lachenden und einem weinenden Auge. Wir sorgten uns um die beiden Unglücksraben, die so nichtsahnend ihrem Unheil entgegengingen, und zermarterten uns die Köpfe, wie wir sie beschützen konnten.

»Na, dann ... soll sie eben ihr Kind zur Welt bringen«, brummte Yan Zhe endlich finster. »Bis dahin muss sie hier auf der Farm bleiben. Wir müssen alles tun, um es geheim zu halten.«

Ich sah ihn nur zweifelnd an.

»Lass es mich dir erklären, Qiuyun: Wenn wir Mingxia ins Krankenhaus bringen, damit sie ihren Embryo dort abtreiben lässt, wird unser Geheimnis höchstwahrscheinlich ans Licht kommen – selbst wenn wir einen vertrauenswürdigen Arzt finden. Und dann geht es Lai Ansheng an den Kragen, und auch mit unserem Experiment einer besseren Gesellschaft ist es vorbei.

Außerdem: Schau dir doch nur mal an, wie glücklich Mingxia schaut – nie im Leben stimmt die einer Abtreibung zu! Dank der Ameisenessenz sind sie und alle anderen nur noch von ihrem altruistischen Instinkt geleitet und nicht mehr von den üblichen Sorgen um ihr eigenes Wohlergehen. Und das oberste Ziel ihres altruistischen Instinkts besteht darin, Nachkommen zu zeugen.«

Mit einem bitteren Lächeln fügte er hinzu: »In Wahrheit ist ihre Ahnungslosigkeit ihr größter Segen. Wie qualvoll ist es dagegen, als hellsichtiger Gott hoch über allen anderen zu thronen!«

Ich konnte sein Leiden nur zu gut nachvollziehen – wie gern wäre ich in diesem Moment selbst ein Teil jener Schar der Ahnungslosen gewesen! Sein Plan gefiel mir jedoch gar nicht.

»Ich verstehe deine Sorge, aber wir können es nicht zulassen, dass ein halbwüchsiges Mädchen wie Mingxia ein Kind zur Welt bringt – mit dieser Schande wäre doch ihr ganzes Leben ruiniert!«

Yan Zhe scheute sichtlich davor zurück, mich rückhaltlos in all seine Überlegungen einzuweihen, doch schließlich sprach er aus, was ihm im Kopf herumging.

»Mein Entschluss, Mingxia das Kind zur Welt bringen zu lassen, hat noch einen tieferen Hintergrund. Vielleicht werden dir meine Gedanken missfallen, aber ich hoffe, dass du mir zumindest erst einmal gut zuhörst und dass du dabei – auch wenn das jetzt vielleicht ein bisschen herablassend klingt – nicht den Standpunkt der weiblichen Intuition, sondern einen philosophischen Standpunkt einnimmst. In Ordnung?«

Während er mich eindringlich fixierte, fragte ich mich, was er in diesem Zusammenhang wohl mit den beiden von ihm genannten Standpunkten meinte. Doch schließlich nickte ich, und er begann:

»Ich muss fast zwanzig Jahre zurückgehen. Mein Vater hat immer gesagt: ›Der Altruismus eines Ameisenstaats ist intrinsisch und stabil.‹ Auf diese Feststellung hat er großen Wert gelegt. Weißt du, was er damit gemeint hat? Im Laufe ihres langen Evolutionsprozesses haben die Ameisen einen stabilen Mechanismus entwickelt, um automatisch genügend Altruismusessenz zu produzieren. Auf diese Weise können sie innerhalb ihrer Kolonie ein geschlossenes, selbstverstärkendes System schaffen, das ihren Altruismus in alle Ewigkeit fortführt, ohne dass sie einen Gott bräuchten, der sie kontrollieren und korrigieren müsste. Dieser aus sich selbst heraus stabile Mechanismus ist die Grundlage für den Erfolg ihrer altruistischen Gesellschaft.

Und nun sieh dir einmal unser Experiment an. Im Moment scheint es ein voller Erfolg zu sein, aber du darfst eins nicht vergessen: In einem entscheidenden Punkt weichen wir von einem Ameisenstaat ab. Unsere kleine altruistische Gesellschaft braucht einen externen Kontrolleur – einen Gott, der ihr die Essenz verabreicht und der, wann immer ein Fehler auftritt, korrigierend eingreifen kann. Aber eine Gesellschaft, die auf einen solchen Kontrolleur angewiesen ist, ist äußerst labil und kann nicht lange existieren. Denn wie soll man sicherstellen, dass stets ein solcher Gott da ist? Das kann man nicht. Es gibt keinen stabilen Mechanismus, der, wann immer es nötig ist, einen pflichtbewussten Gott produzieren könnte.«

Diese Erkenntnis hatte für mich etwas Bestürzendes. An den Tagen zuvor hatte ich mich einfach an der allgemeinen Glückseligkeit berauscht, die über der Farm lag, ohne mir Gedanken über den grundlegenden Konstruktionsfehler unseres Experiments zu machen – einen Fehler, der systemimmanent und irreparabel war. Mehr denn je bewunderte ich Yan Zhes Weitblick.

»Dahinter lauert aber eine noch größere Bedrohung«, fuhr er mit gerunzelter Stirn fort. »Vielleicht erhebt sich auch einmal ein böser, egoistischer Gott über eine solche altruistische Gesellschaft. Denn weil ihr Gott selbst nicht durch die Essenz gezügelt wird, unterliegt er keiner mäßigenden Kraft, und man kann nur auf seine Selbstkontrolle hoffen. Das aber ist ein reichlich wackeliges Fundament. Sobald der Gott eine böse Absicht verfolgt, wird er die hochgradig disziplinierte Gesellschaft, die er beherrscht, in etwas Furchterregendes verwandeln. Stell dir das nur mal vor!«

Mein Entsetzen wuchs, während ich gleichzeitig noch stärker die Kluft zwischen mir und meinem Freund fühlte. Hingebungsvoll hatte ich ihm dabei geholfen, unsere kleine Idealgesellschaft zu errichten, und hatte dabei die drohenden Gefahren nicht gesehen; rückhaltlos hatte ich ihm vertraut, ohne zu ahnen, auf welch dünnem Eis er wandelte. Als ich nun zu ihm aufblickte, fühlte ich nicht nur Bewunderung, sondern sogar Ehrfurcht. Schließlich war er der Gott dieses kleinen altruistischen Idylls; er hätte tun und lassen können, was ihm beliebte, doch er widerstand der Versuchung mit unvermindert klarem, selbstkritischem Verstand. Wenn das keine außergewöhnliche Leistung war!

Als er den Ausdruck ehrfürchtiger Verliebtheit in meinem Blick bemerkte, fuhr er mit einem erleichterten Lächeln fort:

»Zum Glück ist dieses Problem nicht gänzlich unlösbar. Mein Vater hat einen gangbaren Weg entdeckt.«

»Welchen?«

»Im Evolutionsprozess können Lebewesen jederzeit ihre äußere Gestalt oder ihre Verhaltensweisen an die Umwelt anpassen, und diese sogenannten erworbenen Eigenschaften können sie unter Umständen auch vererben. Belege dafür gibt es in Hülle und Fülle: In England beispielsweise gibt es eine Motte, die in der kohlenstaubhaltigen Umwelt innerhalb weniger Generationen eine entsprechend dunklere Tarnfärbung angenommen hat; und der Pandabär, der ursprünglich durchaus auch Fleisch gefressen hat, hat sich mit der Zeit seiner Umwelt so weit angepasst, dass er fast nur noch Bambus isst.

Tatsächlich kann man noch viel weiter gehen: Sämtliche Verhaltensweisen aller Spezies haben sich im Laufe der Evolution allmählich herausgebildet und dann verfestigt, das heißt, sie sind zu Instinkten geworden, die genetisch an die nächste Generation weitervererbt werden. Tierisches Verhalten« – er hob die Stimme, um seinen Worten besonderen Nachdruck zu verleihen – »hat zwar selbst keine materielle Gestalt, aber es wird in materieller Form weitergegeben. Viele Leute verstehen diesen Punkt nicht und wollen ihn nicht wahrhaben, dabei handelt es sich um eine ganz offensichtliche Tatsache.«

»Das leuchtet mir ein. Fahr fort.«

»Deshalb war mein Vater überzeugt: Eine altruistische menschliche Gesellschaft müsste am Anfang zwar von einer externen Kraft erschaffen werden, aber im Laufe einiger Generationen könnte sich das altruistische Wesensmerkmal verfestigen und ein Teil des kollektiven Instinkts werden. Und mithilfe wissenschaftlicher Methoden können wir diesen Zeitraum auf – sagen wir: fünf Generationen verkürzen.«

Ich schwieg. Begriffsstutzig, wie ich war, brauchte ich eine Weile, ehe mir dämmerte, worauf er mit seinem wortreichen Vortrag hinauswollte. »Du meinst ... du hoffst, dass unsere kleine Modellgemeinschaft Kinder hervorbringt, damit du erforschen kannst, ob die erworbene altruistische Eigenschaft bei der nächsten Generation schon im Instinkt verankert ist?«

»Richtig. Mingxias Kind wird der erste Vertreter dieser neuen Generation sein. Man könnte sogar so weit gehen zu sagen: Erst mit der Geburt dieses Kindes wird die neue Gesellschaft, die wir erschaffen wollen, wahrhaftig beginnen. Deshalb bietet sich uns hier eine nahezu einmalige Gelegenheit – die zugleich eine entsprechend große Ehre für Mingxia wäre. Angesichts der außerordentlichen Bedeutung, die ihrem Kind zukommt, sind auch die damit verbundenen Risiken und die Opfer, die sie dafür bringen muss, nicht zu groß.«

Wieder wusste ich im ersten Moment nicht, was ich darauf erwidern sollte. Von der hohen Warte einer »philosophischen« Ehrfurcht war ich jedenfalls wieder herabgefallen auf den niederen Grund der »weiblichen Intuition«. Ich stimmte Yan Zhe durchaus zu, dass sein Vorhaben ebenso visionär wie grandios war – und doch weckte seine Idee, ein ungeborenes Kind zu seinem Versuchsobjekt zu machen, bei mir instinktiv einen Widerwillen. Ich will nicht behaupten, dass dieser Widerwille rational begründet war – vermutlich war er vollkommen ungerechtfertigt –, doch er war eine psychische Realität, die ich nicht ändern konnte.

Und dennoch fühlte ich mich außerstande, meinem Freund zu widersprechen. Ich kam mir selbst viel zu oberflächlich vor, als dass ich seinem Scharfsinn hätte Paroli bieten können. Nach langem Schweigen gab ich endlich zu bedenken:

»Das Kind kann doch unmöglich schon von Natur aus altruistisch sein! Du hattest Lai und Mingxia zum Zeitpunkt der Zeugung noch gar nicht mit der Essenz besprüht.«

»Da hast du recht, aber zumindest ist Mingxia schon zu Beginn ihrer Schwangerschaft ein neuer Mensch geworden, und der Charakter des Embryos wird nicht allein von den Genen der Eltern bestimmt, sondern auch von den Hormonen, die die Mutter in der Schwangerschaft ausschüttet. Außerdem will ich das Kind nach seiner Geburt regelmäßig mit der Ameisenessenz besprühen, um seine altruistische Veranlagung zu stärken.

Natürlich wäre es noch besser, wenn die Eltern nach ihrer Läuterung ein zweites Kind zeugen würden. Dazu sollten wir sie später noch bringen. Mit dem Vergleichsobjekt, das wir dann hätten, wäre unser Experiment natürlich gleich viel aussagekräftiger.«

»Das ist lustig, wirklich lustig!«, lachte ich hysterisch. »Dieses Kind wird der Vorfahre der neuen Gesellschaft werden, sagst du. Dann werden ausgerechnet Lai und Mingxia auf einmal zu den Urahnen des neuen Menschen! Der liebe Gott hat wirklich Humor. Aus dem verkommenen Treiben zweier verkommener Menschen ersteht ein makellos reines neues Geschlecht – wie eine Lotosblume aus dem Schlamm hervorwächst oder der heilende Lingzhi-Pilz aus einem Haufen Scheiße. Was für eine ungeheure Ironie!«

Doch im nächsten Moment schüttelte ich schon den Kopf. »Vergiss, was ich gesagt hab, das war Unsinn. Die Eltern sind ja längst Heilige geworden. Solange ich die Essenz noch nicht selbst eingeatmet habe, bin ich einfach zu kleinherzig.«

Yan Zhe sah mich nur an, ohne ein weiteres Wort zu äußern. Sosehr ich auch versuchte, meine düstere Stimmung vor ihm zu verbergen, er war viel zu intelligent, um mich nicht zu durchschauen. Als er sich mit einem flüchtigen Kuss von mir verabschiedete, schoss mir ein Gedanke durch den Kopf: In jüngster Zeit hatte er die früher so obligatorische Kuscheleinheit gar nicht mehr von mir eingefordert, und auch ich hatte kein Verlangen mehr danach verspürt. Lastete die Bürde, ein allzeit hellwacher Gott zu sein, womöglich so schwer auf uns, dass sie unser Begehren verkümmern ließ? Ich wusste es nicht.

10.

GENOSSE WEI

Wir diskutierten nie wieder über das ungeborene Kind, sodass die Frage nach seiner Zukunft unbeantwortet im Raum stand. Wir schärften nur den anderen ein: »Behaltet diese Neuigkeit für euch! Lasst niemanden aus den Dörfern hier auf der Farm herumlaufen! Wir müssen unser Geheimnis hüten.«

Die Farmmitglieder befolgten dieses Gebot, so gewissenhaft sie nur konnten. Denn eines stand außer Zweifel: Jedes Wort von Yan Zhe und mir galt ihnen als Gesetz, dem sie bedingungslos gehorchten.

Doch indem wir die Entscheidung hinausschoben, erklärten wir uns stillschweigend einverstanden mit dem Lauf der Dinge. Und so teilte sich Mingxias Embryo immer weiter und wuchs von Tag zu Tag. Inzwischen sah man ihr die Schwangerschaft schon an. Sie schwelgte im Mutterglück, und während sie früher in ihrer Freizeit Schuhsohlen angenäht hatte, so nähte sie nun Babykleidung. Im trüben Licht der Petroleumlampe steckte sie mit fliegender Nadel all ihre überströmende Zärtlichkeit in ein akkurat gearbeitetes Kleidungsstückchen nach dem anderen.

Sun Xiaoxiao wich kaum von ihrer Seite. Mit nicht nachlassendem Eifer plapperte sie allerlei törichtes Zeug über Entbindungen und gab Mingxia Empfehlungen ohne jeglichen praktischen Wert.

Mingxias zweiter unermüdlicher Begleiter war Lai Ansheng. Er spielte eine eigenartige Rolle: Seine Fürsorge gegenüber dem ungeborenen Kind kannte keine Grenzen, und dennoch schien er sich nicht als Vater zu sehen. Und auch Mingxia behandelte ihn nicht wie den Vater ihres Kindes, so gern sie ihn auch um sich hatte. Vielleicht sollte man es so sagen: Sie beide betrachteten das Kind, ihrem Verhalten nach zu urteilen, nicht als ihr eigen Fleisch und Blut, sondern als Nachwuchs des Kollektivs, ähnlich wie bei einer Gemeinschaftsehe in einem primitiven Stamm.

Aus meiner distanzierten Zuschauerperspektive heraus vermutete ich, dass dieses sonderbare Verhalten aus einer tieferen psychologischen Hemmung herrührte: Obwohl sich beide in einem schlafwandlerischen Glückszustand befanden, der sie von allem Übel isolierte, das sie vor ihrer wundersamen Wandlung gekannt hatten, war ihnen wahrscheinlich durchaus bewusst, dass ihr Kind nicht die Frucht einer seligen Liebe, sondern das Ergebnis einer schmutzigen Affäre war.

Ich schüttelte den Kopf, als könnte ich meine Gedanken damit verscheuchen. Meine gedrückte Stimmung erfüllte mich angesichts der überschäumenden Freude, die allenthalben herrschte, mit Schuldgefühlen. Es gab dafür nur eine Lösung: Auch ich musste durch die Ameisenessenz geläutert werden, je schneller, desto besser. Nur so würde ich mit der selbstlosen Gemeinschaft um mich herum verschmelzen.

Auf Dauer gelang es uns nicht, Cen Mingxias Schwangerschaft vor der Außenwelt geheim zu halten.

Eines Abends, rund zwei Monate später, suchte ich wie üblich das Haus des Farmleiters auf, um meinem Freund von dem zu berichten, was an diesem Tag vorgefallen war. Seit einiger Zeit verschanzte er sich weitgehend in seinem Haus, vergrub sich in seinen englischsprachigen wissenschaftlichen Abhandlungen und führte einige kleine Experimente durch. Die Farmmitglieder hinderten ihn nach wie vor daran, körperliche Arbeit zu verrichten; er hatte zwar zusammen mit mir versucht, sie umzustimmen, doch vergebens. Anscheinend war das von der Ameisenessenz transportierte unterbewusste Gebot, die Königin zu beschützen, zu mächtig, als dass wir daran hätten rütteln können.

Anfangs konnte sich Yan Zhe nur schwer an seine erzwungene Untätigkeit gewöhnen. Mit welcher Verachtung hatte er damals auf Lai Ansheng geblickt, als der nach seinem Aufstieg zum Farmleiter keinen Finger mehr krümmte! Mit der Zeit jedoch fand sich Yan Zhe mit seiner Lage ab, denn schließlich war er alles andere als faul. Nachdem er unsere kleine Idealgesellschaft aus dem Nichts errichtet hatte, gab es noch so viel, was er planen musste, so viele drohende Gefahren, die er bedenken musste! Dabei konnte ich ihm keine große Hilfe sein, diese Last musste er allein schultern.

In den zwei Monaten, die er nun schon den Posten als Farmleiter bekleidete, war er, obwohl er praktisch keine körperliche Arbeit mehr verrichtet hatte, zusehends abgemagert. Er wirkte blass, und die Augen in den eingesunkenen Höhlen glühten wie die eines Fieberkranken. Wenn er einmal unter seinen Untergebenen auftauchte, bildete er mit seiner bleichen, hageren Erscheinung einen auffälligen Kontrast zu all den braun gebrannten, kräftigen Gestalten. Wenn sie ihn dann umringten, kamen sie mir wie eine von kindlicher Freude beseelte Horde dunkelhäutiger Ureinwohner vor, die sich um einen melancholischen hellhäutigen Gott geschart hatte.

Übrigens hatte dieser Gott endlich doch noch eine körperliche Betätigung für sich gefunden. Als die Farm gegründet worden war, hatten mehrere Tischler von auswärts einige Monate lang bei den Bauten mitgeholfen, und dabei hatte Yan Zhe ihnen eifrig über die Schulter geschaut. Die Tischler waren längst wieder abgezogen, doch es fielen immer wieder einmal kleinere Arbeiten an, die er nun an sich riss, und da diese Arbeiten handwerkliches Wissen verlangten, machte sie ihm auch niemand streitig.

Als ich ihn an diesem Tag in seinem Haus besuchte, bemerkte ich, wie sehr es sich verändert hatte: An den Wänden hingen Sägen, Hobel, Meißel, Äxte, und draußen vor der Tür stand eine Werkbank, der Boden um sie herum war voller Sägemehl und Holzspäne. Vorher waren all diese Gerätschaften in einem Schuppen neben dem Kuhstall untergebracht gewesen, doch Yan Zhe wollte sie, so erklärte er mir, lieber griffbereit haben, damit er in seinen Lektürepausen ein wenig damit werkeln konnte.

»Ist das hier das Haus des Farmleiters oder eine Tischlerwerkstatt?«, witzelte ich. »Und sollen wir dich von nun an Farmleiter oder Tischlermeister nennen?«

»Ganz wie ihr wollt.«

»Vielleicht: ›kleiner Tischlermeister‹? Aber das ist nicht despektierlich gemeint! Immerhin gibt es in unserer Staatsführung mindestens zwei Leute mit einem solchen Hintergrund.«

»Noch jemand war ursprünglich Tischler: Jesus«, antwortete er ruhig.

An diesem Tag dachte ich mir bei dieser Bemerkung nicht viel und verließ ihn nach einem kurzen Geplauder wieder. Später jedoch, als mir seine Worte wieder in den Sinn kamen, klangen sie mir immer bedeutungsschwerer. Vielleicht hatte er sich gar nicht mit Jesus vergleichen wollen, doch die Ähnlichkeiten lagen auf der Hand: die religiöse Inbrunst, die melancholische Aura, die bleiche, asketische Erscheinung und der fiebrig glühende Blick. Ganz ähnlich wie Jesus hatte auch dieser hellhäutige Gott seine Jünger um sich geschart, nur dass er sich seine Anhänger nicht mit übermenschlichen Wundern, sondern mit den Mitteln der Wissenschaft gefügig gemacht hatte.

Als ich mich wieder einmal mit ihm unterhielt, plärrte es über unseren Köpfen plötzlich aus dem Lautsprecher: Genosse Wei von der Volkskommune, der Leiter des Büros für die landverschickten Jugendlichen, wünschte mit unserem Farmleiter, dem Genossen Lai, zu sprechen.

Nur ein einziges Kabel verband ja unsere Farm mit der Kommune, und normalerweise war der Schalter im Büro des Farmleiters auf Funk-, nicht Telefonverbindung eingestellt. Wollte jemand von der Kommune mit uns telefonieren, musste er sich deshalb erst einmal über den Lautsprecher Gehör verschaffen. Yan Zhe wollte den Schalter gerade umlegen, da hörte er schon, wie Lai Ansheng antwortete.

»Genosse Wei!«, rief er fröhlich. »Ich bin nicht mehr Farmleiter, ich wollte wieder richtig arbeiten. Es gibt kein größeres Glück, als zu arbeiten und anderen Menschen zu helfen!«

Im Stillen fluchte ich darüber, dass nun der Machtwechsel auf unserer Farm nach draußen durchgesickert war. Andererseits hatten wir uns schon länger auf diesen Moment eingestellt – ohnehin hätten wir diese Neuigkeit auf Dauer nicht vor der Kommune verheimlichen können, und dass »die da oben« nun davon erfuhren, war eigentlich nicht weiter schlimm. Denn der Posten des Farmleiters war kein Teil des staatlichen Kadersystems, theoretisch konnte jeder ihn bekleiden, und Lai war sowieso nie Kader gewesen. Obendrein hatte Genosse Wei anlässlich der Gründung der Farm drei Monate hier verbracht, und dabei war die Wertschätzung, die er Yan Zhe gegenüber gezeigt hatte, genauso groß gewesen wie seine Verachtung gegenüber Lai. Gewiss würde er sich freuen, wenn er hörte, wer der neue Farmleiter war.

Genosse Wei war der dienstälteste Kader der Volkskommune »Roter Stern«, und all die Jahre hatte er sich eine Gewohnheit bewahrt: Bevor er auf einer Massenversammlung das Wort ergriff, pflegte er immer erst seinen Hintern zu betasten. Diese Angewohnheit rührte noch aus der Zeit der Bodenreform Anfang der Fünfzigerjahre: Als man ihn damals als Kader aufs Land abkommandiert hatte, hatte er quer am Gesäß stets eine Mauserpistole getragen, die er bei Versammlungen zurechtrücken musste.

Bei den Bauern war er sehr angesehen und das aus einem einfachen Grund: Bei der Arbeit packte er zu wie kein anderer. Dabei war er durchaus nicht von imposanter Statur, sondern eher schmächtig und unscheinbar. Dennoch wuchtete er, als wir die Wasserbauanlagen errichteten, ganz allein zwei von den großen, schweren Bambuskörben, die wir anderen jeweils zu zweit stemmten. Dabei überanstrengte er sich so sehr, dass er Blut spuckte – und trotzdem machte er, kaum war er wieder auf den Beinen, mit unvermindertem Elan weiter. Die Kunde von dieser Arbeitswut – einer Eigenschaft, die die Bauern mehr als alles andere schätzten – verbreitete sich wie ein Lauffeuer und machte ihn zu einer Legende.

Außerdem nahm Genosse Wei kein Blatt vor den Mund, auch wenn er damit immer wieder aneckte. Leider war dieser offenherzige Typus seit der Kampagne gegen Rechtsabweichler Ende der Fünfzigerjahre in der Politik nicht mehr gefragt. Und da obendrein das Gerücht umging, dass er eine Geliebte hatte, hatte er es in den letzten zwanzig Jahren nicht weiter als bis zu einem unbedeutenden Kommunenkader gebracht.

Einen Moment kam aus dem Lautsprecher kein Laut, ehe Genosse Wei verdutzt nachfragte: »Was sagst du da? Wenn du nicht mehr der Farmleiter bist, wer dann?«

»Yan Zhe. Er ist ein guter Mensch, wir tun alle, was er sagt.«

Genosse Wei stieß einen derben Fluch aus und fragte: »Wo bist du jetzt?«

»Ich bin im Wohnheim der ersten Gruppe. Ich schlafe jetzt hier.«

»Komm sofort zurück ins Farmleiterhaus! Stell den Schalter auf Telefonverbindung und warte auf meinen Anruf!«

Sein Ton ließ uns nichts Gutes ahnen. Wir blickten einander an, und ich versuchte, Yan Zhe zu trösten:

»Wahrscheinlich kam diese Nachricht für ihn einfach zu plötzlich. Er wird schon nichts gegen dich einzuwenden haben.« Während seiner Zeit auf der Farm hatte Genosse Wei erkennbare Sympathie für den ähnlich unermüdlich arbeitenden Yan Zhe gezeigt. Auch wenn er keinen näheren privaten Umgang mit ihm pflegte – die »Freundschaft des Edlen« ist bekanntlich »fade wie Wasser«, wie es in einem der daoistischen Klassiker, dem *Zhuangzi*, so schön heißt –, so spürte man doch, welch große Stücke er auf ihn hielt.

Später hatte eine kleine Episode diese Zuneigung für Yan Zhe noch vertieft. Für die Arbeiten auf der Farm hatte man von auswärts vier Tischler geholt, denen man vier Jugendliche als Lehrlinge zur Seite stellte. Allerdings erschöpfte sich die Arbeit der Lehrlinge weitgehend darin, mit der Trummsäge Rundholz zu sägen. Nachdem sie die Stammstücke an den vorgesehenen Schnittstellen mit Tinte markiert und mit Krampen aufrecht an einem Baum befestigt hatten, stiegen die jeweiligen zwei Lehrlinge auf Trittleitern und fingen an zu sägen. So ging es Tag für Tag, ohne dass sie dabei irgendetwas vom eigentlichen Tischlerhandwerk gelernt hätten. Yan Zhe jedoch nutzte die Pausen, um den Meistern über die Schulter zu schauen, und er lernte schnell.

Nach einem Monat stießen er und ein anderer Lehrling beim Sägen auf einen ganz besonderen Baum. Seinen wissenschaftlichen Namen kenne ich nicht, doch die einheimischen Tischler nannten ihn »Ingwerholz«. Dieses Holz zeichnet sich durch seine außergewöhnliche Härte aus: Kaum hat man mit der Säge zwei Einschnitte gesetzt, sind die Sägezähne auch schon stumpf. Es hat eine blassgelbe Farbe mit halb durchsichtigen Adern, und sein spezifisches Gewicht ist höher als das von Wasser – wirft man die Späne in einen Bottich mit Wasser, so sinken sie auf den Grund. In den Wäldern Zentralchinas findet sich kein zweites derart schweres Holz. Entsprechend begeistert waren die Tischler auf der

Farm über diesen Fund, den sie wie die zwei Lehrlinge vor uns anderen geheim hielten. Dieses Holz, so befanden sie, sei ideal, um daraus Hobel zu fertigen. Also teilten sie den Stamm in entsprechend große Werkstücke, von denen jeder – Meister wie Lehrlinge – eines erhielt.

Yan Zhe machte sich auf eigene Faust daran, sein Werkstück zu bearbeiten, ohne einen Meister auch nur um Rat zu fragen. Die Meister hatten für so viel Selbstbewusstsein nur Verachtung übrig; sie glaubten, er würde sich maßlos überschätzen. Damals besaßen die Tischler keinerlei Kenntnisse in Trigonometrie oder überhaupt in Geometrie; sie konnten nur irgendwelche Merksprüche herunterbeten, die sie von den Lehrmeistern ihrer Lehrmeister, wenn nicht gar vom legendären Lu Ban höchstselbst geerbt hatten, dem antiken Patron ihres Handwerks. Solche Sprüche wie »Mit einem Maul von knapp zwei Zoll / läuft der Hobel, wie er soll« zitierten sie mit geradezu religiöser Ehrfurcht. Einer der Meister auf der Farm, Meister Yang, der aus einer altehrwürdigen Tischlerdynastie stammte, ließ sich sogar noch immer die Hobel von seinem Vater fertigen, obwohl er selbst inzwischen auch schon ein gutes Dutzend Jahre sein Handwerk ausübte.

Meinem Freund jedoch, der in der Trigonometrie bewandert war, kamen all diese mündlich überlieferten Faustregeln allzu simpel vor. Also kaufte er sich ein Buch namens *Grundlagen des Tischlerhandwerks*, aus dem er lernte, dass es beim Hobel vor allem auf den Schnittwinkel ankommt, mit dem die Schneide auf das Holz trifft: Ein kleiner Winkel spart Kraft, doch sollte der Winkel nicht kleiner als zweiundvierzig Grad sein; ein großer Winkel sorgt für ein glattes Werkstück, doch größer als fünfzig Grad sollte er auch wiederum nicht sein. Im Allgemeinen galt ein Winkel von fünfundvierzig Grad als ideal. Hatte man das verstanden, konnte man auch mit geschlossenen Augen einen guten Hobel anfertigen.

Als Yan Zhe seinen Hobel hergestellt hatte, standen die Meister daneben und sahen ihm beim Probehobeln zu. Spielend leicht glitt sein Hobel über das Holz, und die Späne, die das Hobelmaul ausspuckte, waren dünn wie Papier. Nun drängten sich auch die Meister vor, um den Hobel einmal auszuprobieren, und alle mussten danach einräumen, wie gut es sich mit ihm arbeiten ließ. Diese Erfahrung ließ auch Meister Yang keine Ruhe mehr. »Wie stehe ich denn jetzt vor einem Schüler da!«, rief er und machte sich eilig daran, seinen ersten eigenen Hobel zu fertigen. Von da an sahen er und seine Kollegen meinen Freund mit anderen Augen.

Später sollten auf der Farm zwei Ochsenkarren gebaut werden. Für die Bauern war so ein Karren eine große Sache, auf dem Land hatte er etwa denselben Stellenwert, wie es in der Stadt ein Pkw hatte. Deshalb verzierte jeder Tischler, der etwas auf sich hielt, seinen Karren am Ende mit einem mehr oder weniger künstlerischen Element, das seinem Werk in den Augen der von jeder höheren Kultur unberührten Landbevölkerung einen Hauch von Luxus verlieh. Gewöhnlich wurde zu diesem Zweck das »Rinderhorn« – eine viereckige Stange von der Größe eines kleinen Nudelholzes, die an der Deichsel angebracht war und an der das Geschirr befestigt wurde – so zurechtgeschnitten, dass es wie mehrere übereinanderstehende Würfel aussah; deren je acht Ecken wiederum wurden gleichfalls abgeschnitten, sodass am Ende lauter vierzehnseitige Gebilde übrig blieben.

Yan Zhe jedoch konnte sich für diese Art der Dekoration nicht erwärmen. Stattdessen fasste er den Plan, einen Löwen oder Tiger in das »Rinderhorn« zu schnitzen. Allerdings musste er dafür erst einmal eine Vorlage finden, und auch wenn man es heute kaum mehr glauben mag, war die kulturelle Verwüstung damals so groß, dass sich nicht einmal ein kleines Tierbildchen auftreiben ließ. Wang Quanzhong, der seine Eltern in der Stadt besuchte, durchstöberte auf Yan Zhes Bitte auch dessen altes Zuhause, doch vergebens – während der Kampagne des »Zerschlagt die Vier Alten«

waren alle derartigen Bilder verbrannt worden. Als ich Yan Zhe so verzweifelt nach einer Bildvorlage suchen sah, hatte ich einen Vorschlag:

»Warum muss es denn unbedingt ein Löwe oder Tiger sein? Warum schnitzt du nicht einfach einen Ochsen? Unsere Nanyang-Rinder sind so majestätisch! Da hast du dein Modell direkt vor Augen.«

Doch er ließ sich nicht umstimmen und das aus einem handfesten praktischen Grund: Die Hörner eines solchen Rindes, so erklärte er mir, seien zu schmal und könnten auf solchen Holzstücken leicht kaputtgehen.

Zu guter Letzt besorgte Siwa, der Lagerverwalter, ihm eine Zigarettenpackung mit einem Löwen als Logo. Obwohl das Bildchen denkbar unscharf und nur fingernagelgroß war, ließ er sich nicht davon abhalten, es zur Vorlage zu nehmen – und brachte auf dieser Grundlage tatsächlich einen verblüffend lebensechten Löwen zustande.

Sein Werk verschlang viel Zeit, vor allem, weil er kein geeignetes Werkzeug zur Hand hatte. Um sich ein spezielles Schnitzeisen zu kaufen, fehlte ihm das Geld, weshalb er sich notgedrungen mit einem Sägeblatt begnügte, das er entzweibrach und zu einem provisorischen Schnitzeisen zurechtschliff. Seine Schnitzarbeit nahm ihn damals so sehr in Anspruch, dass er an den Abenden keine Zeit mehr für unsere heimlichen Treffen hatte. Stattdessen leistete ich ihm regelmäßig in seinem Wohnheim Gesellschaft und sah ihm dabei zu, wie er mit Engelsgeduld das Holz bearbeitete.

Nach rund zwei Wochen war sein Werk endlich vollendet. Die linke Vorderpfote auf einen Stoffball gelegt, thronte der Löwe da mit grimmigem Blick und einer fein ziselierten wirbelnden Mähne. In seinem Maul trug er eine kleine Kugel, an der sich ein Ring befand. Kugel und Ring waren aus demselben Stück wie der ganze Löwe geschnitzt; sie ließen sich nicht herausnehmen, aber unabhängig voneinander drehen. Yan Zhe hatte den Löwen nur aus Spaß geschnitzt; natürlich freute er sich nun, da sein Werk fertig war, doch große Bedeutung maß er ihm nicht bei. Die Tischlermeister dagegen, aber auch Genosse Wei kamen aus dem Staunen gar nicht mehr heraus.

»Die jungen Leute aus der Stadt sind einfach aufgeweckter als die Jugend bei uns auf dem Land!«, riefen sie wie aus einem Mund. »Wir hatten schon so viele Lehrlinge, aber so etwas haben wir noch nicht gesehen!«

Nicht lange nachdem die Ochsenkarren fertig geworden waren, schickte sich Genosse Wei an, die Farm zu verlassen. Doch vorher suchte er mich noch in der Nudelwerkstatt auf – ich war zu der Zeit dazu abkommandiert worden, Süßkartoffeln klein zu schneiden und zu zerreiben, um daraus Glasnudeln für den Winter zu machen. Genosse Wei kam herein und betrachtete mich nur mit einem breiten Grinsen, ohne ein Wort zu sagen. Mir wurde dabei so unwohl zumute, dass ich ihn schließlich fragte:

»Stimmt was nicht, Onkel Wei?« Unser Verhältnis war so gut, dass ich diese familiäre Anrede benutzte.

»Qiuyun, du hast ein gutes Auge.«

»Ein gutes Auge?« Ich hatte keine Ahnung, wovon er sprach. »Was meinst du damit, Onkel Wei?«

»Na, Yan Zhe!«, erwiderte er. »Das ist ein guter Junge, hat das Herz am rechten Fleck, und ein helles Köpfchen ist er auch. Schau dir nur mal an, was für einen prächtigen Löwen er geschnitzt hat! Und obendrein ist er nicht nur schlau, sondern auch noch gewissenhaft. Aus dem wird noch was, da gehe ich jede Wette ein! Wenn ich mich irre, kannst du meine Augäpfel ins Scheißhaus schmeißen. Qiuyun, den Jungen darfst du nicht mehr hergeben. Das verzeihe ich dir nie, wenn du dir meinen Schwiegersohn noch entwischen lässt!«

Genosse Wei war immer sehr freundlich zu mir gewesen und

hatte einmal gescherzt, er wolle mich als Patentochter anerkennen. Puterrot im Gesicht, stürzte ich mich auf ihn, trommelte in gespieltem Ärger auf ihn ein und rieb ihm mein weißes Mehl ins Gesicht. »Und ich verzeihe es dir nie, wenn du weiter so einen Unsinn redest!«

Die Erinnerung an dieses Gespräch stimmte mich zuversichtlich, dass er Yan Zhe jetzt keine Schwierigkeiten bereiten würde. Schon hörte ich hastige Schritte von draußen: Lai Ansheng kam hereingestürmt und meldete keuchend, als wäre es eine Frage: »Genosse Wei will, dass ich seinen Anruf annehme?«

Yan Zhe schaltete die Telefonleitung frei und signalisierte ihm, den Anruf entgegenzunehmen. Kaum war die Verbindung hergestellt, wetterte Genosse Wei auch schon drauflos:

»Was ist denn nur in dich gefahren? Du hast deinen Posten eigenmächtig an Yan Zhe abgetreten? Und sagst uns keinen Piep?« Er war offensichtlich so aufgebracht, dass er gar nicht daran dachte, es könnte noch jemand im Zimmer mithören.

»Yan Zhe ist ein guter Mensch«, erklärte Lai offenherzig. »Und er ist klüger als wir anderen, da kommen wir nicht mit.«

»Dass Yan Zhe tausendmal mehr wert ist als so ein Schweinekerl wie du, weiß ich selbst«, antwortete Genosse Wei, nun mit gedämpfter Stimme. »Aber sein Familienhintergrund ist schwierig. Seine Eltern wurden während der Kulturrevolution in den Tod getrieben. Er ist keiner von uns!«

Obwohl er seine Stimme gesenkt hatte, hatten wir seine Worte klar verstanden. Bestürzt blickte ich zu Yan Zhe hinüber. Er war äußerlich unbewegt, doch seine Augen funkelten im Dämmerlicht, gewiss vom Zorn und dem Gefühl der Demütigung. Später gestand er mir, dass nichts ihn mehr hätte verletzen können als die Worte des Genossen Wei. Der alte Kader hatte über Yan Zhes Eltern nicht etwa gesagt, sie hätten »mit der Revolution gebrochen«, sondern sie seien »in den Tod getrieben« worden – und trotzdem war er, ausgehend von dieser korrekten Prämisse, zu dem Schluss gekommen, Yan Zhe sei »keiner von uns«! Dem Sohn der beiden Opfer sprach er damit nicht nur jedes Recht auf eine Entschädigung ab, er übertrug die vermeintliche Schuld der Eltern sogar auf ihn.

Dieses Urteil war besonders schmerzlich, weil ausgerechnet Genosse Wei es gefällt hatte, also jemand, der Yan Zhe eigentlich außerordentlich schätzte. Die Logik, die dahinterstand, war mir ebenso fremd wie meinem Freund: Der »gute Mensch« war »keiner von uns«, der »Schweinekerl« dagegen schon! In diesem Moment schien es mir, als wäre Genosse Wei in zwei Persönlichkeiten gespalten, die nichts miteinander zu tun hatten: den Kader und den gewöhnlichen Menschen.

Lai Ansheng war aufrichtig besorgt um seinen Farmleiter, doch bessere Argumente zu seiner Verteidigung wollten ihm nicht mehr einfallen. Er wiederholte nur immerzu in verschiedenen Formulierungen: »Du irrst dich, Genosse, Yan Zhe ist ein guter Mensch, ein von Grund auf guter Mensch, nicht wie wir anderen, wir sind ja erst auf halbem Weg gut geworden! Und klug ist er auch, er ist einfach ein viel besserer Farmleiter als ich, und deshalb tun wir auch alle, was er sagt.«

Nun riss dem Kader, der aus diesem Wortschwall offenkundig nicht schlau wurde, endgültig der Geduldsfaden. »Genug jetzt!«, schnauzte er Lai an. »Ich komme morgen zu euch!«

Mit diesen Worten knallte er den Hörer auf die Gabel. Lai, seinen Hörer immer noch in der Hand, blickte uns sorgenvoll an. Yan Zhe entließ ihn mit einem Wink, und nachdem sein Vorgänger gegangen war, saß er noch immer äußerlich ungerührt da, doch ich sah, wie die Wut in seinen Augen loderte – man hätte Angst haben können, dass sie ihn von innen ausbrannte.

»Was sollen wir denn jetzt tun?«, fragte ich ihn leise. »Morgen kommt er schon.«

»Soll er doch!«, stieß er grimmig hervor. »Mit dem werde ich auch noch fertig!«

Genosse Wei kam nicht allein, sondern in Begleitung von Genossin Gu. Gu Cuihua war um die vierzig Jahre alt, Vorsitzende des lokalen Frauenbunds und altgedienter Volkskommunenkader wie Wei; auch sie hatte schon einmal längere Zeit bei uns nach dem Rechten gesehen. Sie hatte kurzes Haar, ein großes Gesicht und eine fröhliche, zupackende Art. Zu uns Jugendlichen war sie immer sehr freundlich gewesen.

Yan Zhe hatte das Farmleiterhaus für die Gäste geräumt und war, um ihnen aus dem Weg zu gehen, ins benachbarte Lagerhaus umgezogen. Denn da die Farm kein Gästehaus besaß, war es üblich, dass Kader von der Volkskommune auf ihren Besuchen im Haus des Farmleiters untergebracht wurden. Die nun eingetroffenen beiden Gäste schienen es ohnehin nicht eilig zu haben, mit dem neuen Farmleiter zu sprechen; stattdessen suchten sie sogleich mit allen anderen das Gespräch. Genosse Wei war wie verwandelt: nicht mehr der übellaunige Choleriker, als der er am Telefon aufgetreten war, sondern ein jovialer Gönner, der für jeden ein liebenswürdiges Lächeln übrig hatte, so vertraut grüßte, als wäre er bei Freunden eingekehrt, über Ernte und Familie plauderte und gegenüber den Männern nicht vergaß, auch ein paar derbe Witze einzustreuen. Nur als er zu Lai und Xuexu marschierte, verhärtete sich seine Miene.

Lai und Xuexu jäteten gerade mit ihren Hacken das Unkraut auf den Feldern. Besonders schwer war diese Arbeit zwar nicht, aber trotzdem sehr unangenehm – vor allem an heißen Tagen wie diesem, wenn nirgendwo ein schattiger Flecken zu finden war, in dem man hin und wieder vor der glühenden Sonne Schutz suchen konnte. Beide trugen nichts als kurze Hosen, die schon klatschnass waren. Der Schweiß lief ihnen in die Plastikschuhe, wo er sich mit dem Ackerstaub zu einem klebrigen Matsch vermischte, der bei jedem Schritt unter ihren Füßen schmatzte. Während Genosse Wei näher kam und die beiden so schuften sah, wurde seine Miene ein wenig versöhnlicher.

Dann entdeckte er mich. »Qiuyun, du wirst ja immer hübscher!«, rief er mir lächelnd zu. »Warum hast du denn, als du das letzte Mal deine Eltern besucht hast, unterwegs gar nicht bei der Kommune haltgemacht, um bei mir zu Hause einen Happen zu essen? Hast du deinen Patenonkel etwa vergessen?«

Aus seinen Worten konnte ich nicht den leisesten Missmut heraushören. Eine subtile Veränderung nahm ich aber doch wahr: Er vermied es, vor mir auf Yan Zhe zu sprechen zu kommen, über den er in der Vergangenheit so gern geredet hatte.

Stundenlang inspizierten die beiden Genossen die ganze Farm, und dabei hellte sich ihre Miene zusehends auf. Tatsächlich gab es an unserer wie neu auferstandenen Farm nicht das Geringste auszusetzen: Wo man auch hinschaute, war alles in bester Ordnung, und ein jeder war mit Feuereifer bei der Arbeit. Obendrein lag über allem eine von Herzen kommende Fröhlichkeit, ein tiefes, stilles Glück. Diese Atmosphäre war so intensiv, dass sie mit Händen zu greifen war. Nur ein Blinder hätte diese Verwandlung übersehen können.

Deshalb konnten die Genossen nur zu einem Ergebnis kommen: Der neue Farmleiter war, egal in welcher Hinsicht, weit fähiger als der alte.

Zur Mittagszeit ging Yan Zhe unseren Gästen noch immer aus dem Weg. Als dann am Nachmittag Genosse Wei Lai Ansheng zu sich ins Farmleiterhaus bestellte, nahm mich mein Freund sogleich beiseite und schlich sich mit mir in das Lagerhaus und schloss die Tür hinter uns ab.

Das Haus des Farmleiters und das Lagerhaus teilten sich zwar ein Gebäude, doch sie waren durch eine Wand voneinander getrennt und hatten jeweils ihren eigenen Eingang. Allerdings war in der Trennwand oben ein kleiner Hohlraum zur Beleuchtung ausgespart: Wenn man darin eine Kerze entzündete, konnte man beide Seiten gleichzeitig erhellen. Yan Zhe hatte die Öffnung mit Zeitungspapier zugeklebt, in das er ein kleines Loch zum Hindurchspähen gepikst hatte. Denn schon am Vorabend hatte er den Plan gefasst, die Gespräche nebenan zu belauschen – ein Vorgehen, das er eigentlich immer verachtet hatte, doch wie er nun mit einem zynischen Grinsen erklärte:

»Wenn ich sowieso keiner von denen bin, muss ich mich ja auch nicht an ihren Ehrenkodex halten.«

Ich wusste, wie tief ihn die Worte des Genossen Wei verletzt hatten, und versuchte gar nicht erst, ihn zu besänftigen, sondern seufzte nur.

Um die Unterhaltung im Nachbarhaus zu belauschen, legten wir uns bäuchlings auf die Deckelkörbe, in denen der Weizen lagerte. Auf der anderen Seite der Wand bedrängte gerade Genosse Wei Lai Ansheng:

»Was hat dich denn nun dazu getrieben, Yan Zhe deinen Posten zu überlassen? Wieso hast du so dreist und überstürzt gehandelt und nicht einmal der Volkskommune Bescheid gesagt? Wo ist denn dein Korpsgeist geblieben? Ist dir nicht klar, dass nur die Kommune befugt ist, den Farmleiter zu ernennen?«

Natürlich führte sein Verhör zu nichts, denn der Lai Ansheng, den er befragte, hatte mit dem heimtückischen Farmleiter von früher nichts mehr gemein. »Yan Zhe ist ein guter Mensch«, wiederholte Lai unverdrossen, »ein von Grund auf guter Mensch. Er ist viel besser als ich, und deshalb tun wir alle, was er sagt.«

Endlich riss dem Kader der Geduldsfaden, und er brüllte:

»Verpiss dich! Du gehst mir auf den Sack!«

Ich konnte ein Kichern nicht unterdrücken und presste hastig die Hand auf den Mund.

Nachdem Lai gegangen war, rührte sich nebenan lange nichts mehr. Yan Zhe und ich spähten abwechselnd durch das kleine Guckloch und sahen, wie der Genosse Wei mit dem Gesicht zur Wand stand, die Hände hinter dem Rücken verschränkt, und mit tief gefurchter Stirn angestrengt nachdachte. Offensichtlich steckte er in einem echten Dilemma: Sollte er den »irregulären« Wechsel der Farmleitung als Tatsache anerkennen, oder sollte er einen »Klassenkampf« entfachen? Gewiss tendierte er zu Ersterem, denn er war ein Macher und kein Karrierist, der am liebsten andere auf Linie brachte. Solange auf unserer Farm alles reibungslos lief, würde er sicher ein Auge zudrücken, mehr noch, er würde zwischen uns und der Kommune vermitteln oder sogar seine Genossen hinters Licht führen – genau wie Yan Zhe es vorher kalkuliert hatte.

 , Wir hörten, wie nebenan jemand durch die Tür eintrat – Gu Cuihua war von den Feldern zurückgekehrt. Sie stöhnte, wie durstig sie sei, und stürzte gluckernd eine Tasse Wasser hinunter. Danach hörten wir lange nichts mehr. Als ich mich verwundert vorbeugte und durch das Guckloch spähte, schoss mir die Röte ins Gesicht: Unsere Besucher standen eng umschlungen und küssten einander, während Genosse Wei mit einer Hand unter der Bluse der Genossin herumfuhr. Das Gerücht von der langjährigen Affäre, das überall kursierte, war also wahr! Angeblich hatte die Beziehung zwischen den beiden schon zur Zeit der Bodenreform Anfang der Fünfzigerjahre begonnen, als Wei und Gu an denselben Ort abkommandiert worden waren. Weis Familie war noch nicht nachgezogen und Gu noch ledig, entsprechend schnell hatte es zwischen dem Strohwitwer und der Jungfrau gefunkt. Später war Weis Familie nachgekommen, und Gu hatte geheiratet, doch die Gefühle zwischen ihnen waren nie erkaltet.

Neugierig darauf, was ich gesehen hatte, zupfte mich Yan Zhe am Ärmel und blickte mich fragend an. Ich spürte, wie meine Wangen noch immer glühten, während ich mit der Hand abwehrte und mich weigerte, meinen Platz zu räumen. Solange unser Lauschmanöver allein dem Schutz der Farm und damit dem Schutz unserer kleinen Idealgesellschaft diente, waren auch solche unlauteren Mittel entschuldbar – doch wie tief wären wir gesunken, wenn wir uns nun dieser Mittel bedient hätten, um fremde Liebesaffären auszuschnüffeln!

»Du hoffnungsloser Schwerenöter!«, gluckste Gu Cuihua. »Kannst du deinen Appetit nicht mal bis zum Abend zügeln? Nicht, dass uns am helllichten Tag noch jemand so sieht.«

Nun begriff auch Yan Zhe, was sich auf der anderen Seite der Wand abspielte.

Genosse Wei antwortete so leise, dass ich nichts verstand. Umso deutlicher hörte ich, wie seine Geliebte mit einem tiefen Seufzer klagte:

»Lebenslänglich sind wir zu dieser Heimlichtuerei verurteilt! Und ein Kind kann ich dir auch nicht schenken.«

»Ja, das macht mir wirklich ein schlechtes Gewissen, Cuihua«, antwortete Genosse Wei schuldbewusst.

»Ach, Unsinn! Ein schlechtes Gewissen müssen wir gegenüber deiner Frau und meinem Mann haben.«

»Ich kann mich nur im nächsten Leben bei dir revanchieren.«

»Wer sich bei wem revanchieren muss, das lassen wir mal beiseite. Ich hoffe nur, dass der Totenkönig unser Schicksal fürs nächste Leben umschreibt und wir dann eine richtige Familie gründen können. Ach, genug davon, das zieht uns bloß runter. Reden wir lieber über das, weswegen wir hier sind.«

Die beiden beendeten ihre Zärtlichkeiten und sprachen über die Arbeit. »Eben habe ich noch richtig was ausgegraben«, erklärte Gu ernst. »Jetzt weiß ich, warum Lai nicht mehr Farmleiter ist! Ob du es glaubst oder nicht: Eines der Mädchen – sie heißt Cen Mingxia – ist schwanger!«

»Im Ernst?«, fragte Wei. »Bist du dir da auch ganz sicher?«

»Pah! Ich bin seit zwanzig Jahren im Frauenbund, da werde ich ja wohl ein Auge für so was haben! Ich kann mich unmöglich irren, sie ist mindestens im vierten Monat.«

»Das war bestimmt Lai, dieser Hurensohn!«, zischte Wei wütend. »Ich wusste immer, dass es mit ihm nur Ärger geben würde. Dieser verdammte geile Bock! Schwängert doch tatsächlich eine gebildete Jugendliche – das ist ja noch schlimmer als bei einer Soldatenehe!«

»Da hast du recht. Ich habe zwar nicht weiter nachgebohrt, aber ganz sicher steckt er dahinter. Das Komische ist nur, dass diese Mingxia überhaupt nicht versucht, es vor den anderen geheim zu halten. Neben ihrem Bett hat sie gut sichtbar einen Stapel Babykleidung. Als ich behutsam bei ihr auf den Busch geklopft habe, was sie nun vorhat, stellte sich heraus, dass sie gar nicht daran denkt, ihr Kind heimlich abzutreiben. Anscheinend weiß auch schon die ganze Farm darüber Bescheid, und alle reden ganz ungeniert darüber. Als hätten sie keine Ahnung, was für schwere Konsequenzen so eine Sache nach sich ziehen kann! Sind die Leute hier alle verblödet? Haben sie einen Vergessenstrank getrunken? Ich werde aus dieser Angelegenheit einfach nicht schlau.«

Zwischen den beiden Genossen entspann sich eine lebhafte Diskussion. Gu war sich sicher, dass Yan Zhe etwas gegen Lai in der Hand hatte und ihn so gezwungen hatte, ihm den Posten des Farmleiters zu überlassen.

»Das riecht nach einer Intrige, aber andererseits leistet Yan Zhe als neuer Farmleiter hervorragende Arbeit: Alles ist in bester Ordnung, alles blüht und gedeiht. Und ausnahmslos alle, selbst Lai, sind von ganzem Herzen bei der Arbeit – es ist unglaublich! Also: Was gedenkst du nun zu tun, jetzt, wo Yan Zhe Lais Posten hinter unserem Rücken an sich gerissen hat? Sollen wir ihm helfen, damit durchzukommen?«

Erst nach längerem Schweigen antwortete Wei bedrückt:

»Wenn es nur darum ginge, würde ich ihn decken. So wie er die Farm auf Vordermann gebracht hat, hat er sich das verdient – egal wie problematisch sein Familienhintergrund ist. Eigentlich hatte ich mir dafür gerade schon einen Plan zurechtgelegt: Ich wollte erst mal Lao Hu vom Kreisbüro informieren, denn der hat auch einen guten Eindruck von Yan Zhe. Und wenn der die Sache abgenickt hätte, hätte niemand mehr etwas dagegen gesagt.

Aber mit dem schwangeren Mädchen ist jetzt alles anders: Früher oder später wird das alles ans Licht kommen. Und wenn ich Pech habe, muss ich auch noch den Kopf dafür hinhalten. Deshalb muss ich die Volkskommune und das Kreisbüro für die gebildeten Jugendlichen informieren.«

Angesichts dieser Entscheidung wurde mir angst und bange. Auch Yan Zhe war nun sichtlich nervös und überlegte angestrengt, was er tun sollte. Auf der anderen Seite der Wand herrschte eine Weile Stille, ehe Genosse Wei mit einem Seufzer fortfuhr:

»Heute auf der Farm habe ich eine Atmosphäre gespürt wie damals am Anfang des Großen Sprungs nach vorn. Alle waren voller Begeisterung bei der Arbeit und konnten gar nicht genug davon kriegen, niemand verfolgte irgendein selbstsüchtiges Interesse. Wie viele Jahre habe ich so etwas nicht mehr erlebt! Ehrlich gesagt war ich richtig neidisch und ergriffen. Am liebsten würde ich auf der Stelle hierherziehen, um tüchtig mit anzupacken – dann hätte ich mein Leben nicht vergeudet. Aber ... ach ...«

Wieder versanken beide in Schweigen. Als ich die Anspannung nicht länger aushielt, beugte ich mich wieder vor und spähte durch das Guckloch. Genosse Wei hatte das Telefon schon in der Hand und die Finger an der Kurbel. (Der Apparat war so altmodisch, dass man nur auf diese Weise eine Verbindung herstellen konnte.) Doch er rang noch immer mit sich selbst.

»Wenn ich diesen Anruf mache«, seufzte er, »ist Lai Ansheng erledigt. Falls er nicht gleich erschossen wird, kriegt er mindestens zehn Jahre Gefängnis. Und wenn die Kreisleitung aus Yan Zhes Machtergreifung eine große Sache macht – ich meine: eine Sache des Klassenkampfs –, dann ist auch er erledigt.«

»Er will bei denen da oben anrufen und ihnen alles erzählen!«, wisperte ich Yan Zhe hastig ins Ohr.

Daraufhin drängte er sich wieder ans Guckloch. Offensichtlich zögerte Wei immer noch. »Soll ich?«, hörte ich ihn fragen.

»Na los«, antwortete Gu.

Doch wieder vergingen einige quälend lange Minuten. Schließlich jedoch hörte ich das Quietschen der Telefonkurbel. Yan Zhe sprang auf und marschierte aus dem Lagerhaus, ohne auch nur ein Wort mit mir zu sprechen. Ich rannte ihm hinterher und sah, wie er im Gehen den kleinen Zerstäuber aus rostfreiem Stahl aus seiner Hosentasche hervorzog und sich eine Schutzmaske aufsetzte. Offensichtlich hatte er sich längst für den Ernstfall gewappnet. Vor der Tür nebenan zögerte er keine Sekunde und stürmte schnurstracks hinein.

Erschrocken starrten die beiden Genossen uns an. Wei unterbrach geistesgegenwärtig die Telefonverbindung.

»Bleib, wo du bist, Genosse Wei«, sagte Yan Zhe ruhig. »Auf Anweisung der zuständigen Kreisbehörde muss ich jedem Besucher unserer Farm einen Impfstoff verabreichen.«

Ohne eine weitere Sekunde zu verlieren, drückte er auf die Düse und besprühte die beiden Kader. Wei versuchte noch auszuweichen, doch es war zu spät, er und seine Begleiterin waren schon von einem weißen Dunst umhüllt.

»Was treibst du da? Was soll das?«, brüllte Wei. Sein Verstand arbeitete schnell und stellte sogleich eine Verknüpfung her. »Ist das dein Vergessenstrank? Hast du das auch mit Lai und den anderen gemacht?«

Ich fühlte mich unwohl in meiner Haut und wich den wütenden Blicken der beiden aus. Yan Zhe dagegen war, kaum hatte er seine Attacke abgeschlossen, nicht um ein Wort des Bedauerns verlegen.

»Tut mir aufrichtig leid, Onkel Wei« – er war nun zu der vertraulichen Anrede übergegangen – »aber du hast mir keine andere Wahl gelassen. Keine Sorge, ich habe dir nicht deine Erinnerungen genommen, und vergiftet habe ich dich erst recht nicht. Im Gegenteil: Du wirst einen inneren Frieden und eine Seligkeit spüren, wie du sie nie zuvor gekannt hast. Du wirst das Glück auskosten, zu arbeiten und anderen zu helfen, ganz wie es deiner wahren Natur entspricht. Wärst du nicht am liebsten zu uns auf die Farm gezogen? Bleib einfach eine Weile hier! Bleibt beide eine Weile hier.«

Wachsam und grimmig starrten die beiden uns an, doch dann wurden ihre Blicke allmählich weich. Ich wusste, dass die Essenz ihre Wirkung entfaltete, und atmete auf. Und doch hielt sich meine Erleichterung in Grenzen, denn zwei Kader der Volkskommune waren ein anderes Kaliber als gewöhnliche Farmmitglieder. Wenn wir die beiden hier für längere Zeit festhielten, würden wir uns unweigerlich Scherereien einhandeln. Das Mindeste, womit wir rechnen mussten, waren Angehörige und Kollegen, die nach ihnen suchen würden. Yan Zhe hatte die Gefahr keineswegs beseitigt, sondern nur vorläufig abgewendet. Von nun an schwebte ein Damoklesschwert über uns.

Die beiden Kader jedoch waren bereits in gänzlich neue Sphären entrückt. Auf ihren Gesichtern breitete sich dieses Lächeln aus, das mir inzwischen so vertraut war: ein Lächeln, das eine tiefe, stille Glückseligkeit ausstrahlte. Und mir schien, als wäre dieses Glück bei ihnen beiden besonders vollkommen – vielleicht löste die Altruismusessenz bei ihnen eine ungewöhnlich starke Resonanz aus, weil beide von Natur aus ohnehin schon gutherzig waren.

Gu wandte sich zu Wei. »Gut, dann hören wir auf den Genossen Yan«, sagte sie mit sanfter Stimme. »Lass uns zusammen hierbleiben. Dann müssen wir uns um nichts mehr sorgen.«

»Ja, ist gut«, stimmte Wei zu, »dann sind wir von aller Last befreit.«

Vermutlich meinten beide damit, dass sie sich nun nicht mehr gegen ihr Gewissen dazu überwinden mussten, ihren Vorgesetzten Bericht über die Vorgänge auf der Farm zu erstatten. Allerdings waren sie in diesem Moment wohl schon nicht mehr in der Lage, einen solchen Gedanken in dieser Klarheit zu fassen.

Nach kurzem Überlegen erklärte Yan Zhe: »Was eure Unterkunft angeht: Onkel Wei, du kannst hier im Farmleiterhaus bleiben. Ich ziehe ins Wohnheim der zweiten Gruppe um, dort ist noch ein Bett frei. Und Tante Gu ...« Er hielt einen Moment inne. »Du kannst hier mit Onkel Wei zusammenwohnen.«

Erschrocken versuchte ich, Yan Zhe mit einem missbilligenden Blick zur Besinnung zu bringen – schließlich wusste jeder, dass unsere Gäste kein Ehepaar waren. Wenn sie sich nun ein Bett geteilt hätten, wäre das ganz offensichtlich unschicklich gewesen. Yan Zhe jedoch setzte mir einen genauso entschiedenen Blick entgegen, als wollte er mir bedeuten: *Lass mich mal machen. Ich erkläre es dir später.* Die beiden, die von seiner Entscheidung unmittelbar betroffen waren, wirkten trotz ihres schlafwandlerischen Zustands peinlich berührt – vor allem Gu, die mit schamrotem Gesicht stammelte:

»Ich mit dem Genossen Wei ... das gehört sich doch nicht.«

Yan Zhe fegte ihren Einwand mit einer energischen Handbewegung beiseite. »Ach was! Auf unserer Farm hier gelten neue Regeln des sozialen Miteinanders. Niemand wird sich über euch lustig machen. Ihr habt ja gesehen, wie viel Respekt auch Cen Mingxia und Lai Ansheng genießen.«

Gu dachte nur kurz über seine Worte nach und musste ihm zustimmen. Wie viele Jahre hatte sie genau davon geträumt: ganz offen und ohne jede Geheimnistuerei – und sei es nur für kurze Zeit – mit ihrer großen Liebe zusammenzuleben! Ohne noch eine Sekunde länger zu zögern, war sie mit einem Schritt bei ihm und fasste ihn innig am Arm. Er ließ es willig mit sich geschehen, und beide blickten einander so vertraut an wie ein altes Ehepaar.

»Zeit zum Abendessen«, befand Yan Zhe. »Aber richtet euch hier erst einmal ein. Onkel Wei, du kannst mein Bettzeug benutzen, und Qiuyun wird dir, Tante Gu, ein weiteres Bündel bringen.«

Mit diesen Worten zog er mich mit sich aus dem Haus. Das breite Lächeln auf seinem Gesicht verriet, wie zufrieden er mit dem Verlauf der Dinge war.

Nach dem Abendessen suchten wir erneut zusammen den Genossen Wei auf, und Yan Zhe erklärte ihm schlicht:

»Komm mal mit, Onkel Wei, ich gebe ein kleines Begrüßungsbankett für dich.«

Wei folgte ihm brav aus dem Haus, und auch seine Geliebte hätte ihn augenscheinlich gern begleitet, war sich aber nicht sicher, ob die Einladung auch für sie galt. Auf ihren fragenden Blick hin nickte ich ihr lächelnd zu, und sie schloss sich uns freudig an. Wir kamen zu dem Gemüsefeld und betraten die Hütte, an der die Gurken emporrankten. Lao Ma, der für das Gemüse zuständig war, begrüßte uns beflissen.

»Genosse Yan, Genosse Wei, Genossinnen, bitte setzt euch doch.«

Wir nahmen auf seinem Hocker und seinem Strohlager Platz. Wie ein Taschenspieler zauberte Yan Zhe zwei Flaschen Baofeng-Schnaps, ein Fläschchen Essig und einen Beutel Salz hervor.

»Ich weiß, was für strenge Regeln du dir auferlegt hast, Onkel Wei«, erklärte er lächelnd. »Deshalb schicke ich zu deiner Beruhigung eines gleich vorweg: Dieses kleine Gelage geht nicht auf Staatskosten. Das Geld für den Alkohol habe ich mir selbst abgespart – oder genauer gesagt hat Qiuyun es sich abgespart, denn all mein Taschengeld habe ich von ihr.«

Der Baofeng-Schnaps, hergestellt hauptsächlich aus Hirse, galt damals unter den nordchinesischen Trinkern als einer der edelsten Tropfen überhaupt. Mit leuchtenden Augen starrte Genosse Wei die beiden Flaschen an. Er konnte vor Freude kaum an sich halten – kein Wunder, schließlich war er in der ganzen Kommune dafür bekannt, dass er für sein Leben gern Alkohol trank. Doch weil er kaum Geld besaß, musste er sich gewöhnlich mit dem billigsten Süßkartoffelschnaps begnügen; nicht einmal vor dem fragwürdigsten Fusel, gepanscht mit Industriealkohol, war er früher zurückgeschreckt. Erst seit er den Genuss eines solchen Fusels mit Magenbluten gebüßt hatte, rührte er dergleichen nicht mehr an.

Gleichzeitig war er ein Mann mit festen Prinzipien, der seine Machtstellung niemals zu seinem eigenen Vorteil ausgenutzt hätte. Während er bei uns auf der Farm gewohnt hatte, hatten ihn oft alte Freunde besucht, die natürlich mit einem guten Tropfen bewirtet werden wollten. Doch die Freunde kannten den Charakter ihres Genossen und seine Lebensumstände gut genug, um den Alkohol selbst mitzubringen. Der einzige kleine Machtmissbrauch, den sich ihr Zechkumpan erlaubte, bestand darin, dass er sich aus der Küche ein wenig Salz und Essig beschaffte, ehe er sich auf dem Gemüsefeld mit ein, zwei Mao ein paar Gurken kaufte, die er mit einer Rasierklinge in Scheiben schnitt und mit dem Salz und Essig würzte – und fertig waren die kleinen Häppchen für die Gäste. Mit der Rasierklinge pickte ein jeder reihum die Gurkenscheiben auf und nahm einen Schluck Schnaps direkt aus der Flasche, die die Runde machte. So primitiv das auch gewesen war, es hatte vollauf für ein fröhliches Trinkgelage gereicht. Entsprechend glücklich war Wei nun darüber, dass der neue Farmleiter ihm in allem folgte.

Yan Zhe kaufte Lao Ma für zwei Mao ein paar Gurken ab, bat

ihn, sie anzurichten, und lud ihn mit an unsere Tafel ein. Und schon machte der Schnaps die Runde. Auch Gu nahm am Gelage teil, und sie hatte einen erstaunlich kräftigen Zug. Ich dagegen war eigentlich keine Schnapstrinkerin, aber von allen Seiten angespornt, überwand auch ich mich zu ein paar Schlucken. Prompt musste ich husten, und alle lachten. In Wahrheit war Yan Zhe auch kein großer Trinker, doch weil er vor dem Genossen Wei unbedingt als ganzer Kerl dastehen wollte, zechte auch er mit und hatte bald einen ganz roten Kopf.

Gemächlich ließen die Männer die Flasche kreisen, und dabei breitete sich langsam ein Gefühl der Freundschaft unter ihnen aus, das keine Worte brauchte. Anfangs sprachen sie kaum miteinander, nur langsam kam eine Unterhaltung in Gang. Sie redeten aber über keines der naheliegenden Themen, weder über die irreguläre Übergabe der Farmleitung noch über das schwangere Mädchen. Vielleicht überstiegen diese »Erwachsenenthemen« in diesem Moment schon Weis Horizont. Stattdessen plauderten sie nur über belanglose persönliche Angelegenheiten.

»Onkel Wei«, sagte Yan Zhe, »ich war damals gerade erst auf der Farm angekommen, da habe ich schon deinen Spitznamen gehört: Teufelskerl. Man erzählt sich, bei den Wasserbauprojekten kurz nach der Befreiung hast du immer gleich zwei große Körbe voll Erde auf einmal hochgewuchtet, bis du vor lauter Anstrengung Blut gespuckt hast.«

»O ja«, bestätigte Lao Ma, »jeder hier in der Gegend kennt diesen Spitznamen.«

»Du musst dich aber auch nicht verstecken«, erwiderte Wei lachend. »Als du als Neuling hier auf der Farm das Staubecken mit ausheben solltest, hast du geschuftet, bis du drei Blutblasen an der Hand hattest und dir das Blut den Spaten hinunterlief. Aber du hast dir nur die Hand mit einem Tuch umwickelt und einfach weitergemacht. Einmal hast du mit deiner Arbeitswut an einem einzigen Tag zwei Spaten zerbrochen. Dem armen alten Siwa wurde ganz schwer ums Herz.«

»Onkel Wei, ich weiß noch, wie du dir bei Versammlungen immer erst an den Hintern gegriffen hast, bevor du aufs Podest gestiegen bist. Was ist denn eigentlich aus deiner Mauser geworden?«

»Die habe ich längst wieder abgegeben. Eigentlich war ich nie richtig an der Front, nicht einen Schuss habe ich abgefeuert. Erst als ich mich von der Pistole trennen musste, habe ich vorher am Flussufer noch ein paar Schuss abgegeben, um wenigstens einmal auf meine Kosten zu kommen.

Ach übrigens, Yan Zhe, der Löwe, den du geschnitzt hast, war großartig! Als der Karren zum ersten Mal durch die Gegend gerollt ist, haben alle in der Kommune große Augen gemacht, und alle waren sich einig, dass dieser Wagen der schönste der ganzen Kommune ist.«

»Das kannst du laut sagen«, pflichtete Lao Ma ihm bei. »Mein Dorf ist immerhin fünfzehn Kilometer von hier weg, aber auch dort haben mir die Leute von diesem Wagen vorgeschwärmt. Und prächtige Rinder haben wir auch! Als wären sie vom Himmel herabgestiegen. Die suchen hier in der Gegend ihresgleichen.«

»Diese Schnitzerei war doch nicht der Rede wert«, wehrte Yan Zhe das Lob der beiden ab. »Onkel Wei, wenn dir der Löwe so gut gefallen hat, kann ich dir in den nächsten Tagen noch so einen schnitzen.«

»O ja, das wäre toll!«, rief Wei, korrigierte sich aber kurz darauf kopfschüttelnd. »Aber nein, lass mal, in deiner neuen Position« — womit er Yan Zhe indirekt als Farmleiter anerkannte — »hast du sicher gerade viel um die Ohren. Vielleicht später mal.«

Gu Cuihua und ich entfernten uns vorübergehend aus der Runde, um draußen vor der Hütte ein Gespräch unter Frauen zu führen. Genau wie bei ihrem Geliebten waren auch aus Gus Bewusstsein alle politischen Fragen verschwunden. Stattdessen stimmte sie nun wie eine einfache Bäuerin ein Loblied auf Yan Zhe und mich an:

»Ihr habt beide das Herz am rechten Fleck, und tüchtig bei der Arbeit seid ihr auch! Und was für ein entzückendes Paar ihr seid! Ihr seid vom Himmel füreinander bestimmt. Zu eurer Hochzeit müsst ihr uns unbedingt einladen – aber nein, warte, heiratet bloß nicht hier! Ihr müsst damit warten, bis ihr wieder in der Stadt seid, sonst dürft ihr vielleicht gar nicht mehr in die Stadt zurück – so sind nun mal die Regeln.

Du ahnst ja nicht, wie sehr ich euch beneide! Wären wir beide zwanzig Jahre jünger und noch ledig, dann wäre alles gut, wir würden ein schönes Leben führen. Ich bedaure nichts so sehr wie, dass ich meiner großen Liebe kein Kind schenken konnte.«

Sie vertraute sich mir so rückhaltlos an, dass auch ich mit meinen Gefühlen nicht hinter dem Berg hielt.

»Ich habe mich schon vor Jahren für Yan Zhe entschieden, und meine Eltern sind damit vollkommen einverstanden. Sie mögen ihn auch sehr gern und stören sich nicht an seinem Familienhintergrund. Wir werden auf jeden Fall heiraten, egal, ob wir später in die Stadt zurückkehren können oder nicht. Keine Sorge, Tante Gu, wenn es so weit ist, werden wir dich und Onkel Wei einladen, versprochen.«

Später kehrten wir wieder zu den Zechern in der Hütte zurück. Die Männer waren glänzender Laune, allen voran Yan Zhe. Den Grund dafür konnte ich unschwer erraten: So harmonisch seine Beziehung zu den gewöhnlichen Farmmitgliedern sonst auch war, alle blickten mit solcher Ehrfurcht zu ihm auf, dass er wie ein höheres Wesen über ihnen thronte – mit all der damit verbundenen Einsamkeit. Nun jedoch hatten, vermutlich unter dem Einfluss des Alkohols, Lao Ma und das Kaderehepaar (denn als solches betrachtete ich die beiden inzwischen) alle Ehrerbietung vergessen und verkehrten mit Yan Zhe wie mit einem der Ihren, was ihm ein seltenes Gefühl der Kameradschaft zu bescheren schien.

Zwei Stunden später hatten wir zu fünft die zwei Flaschen Schnaps geleert. Weil wir beiden Frauen dabei vergleichsweise zurückhaltend gewesen waren, hatten die drei Männer nun jeder mindestens eine halbe Halbliterflasche intus. Auf dem Heimweg zum Farmleiterhaus mussten wir den Genossen Wei stützen, so wackelig war er auf den Beinen. Und trotzdem lallte er unermüdlich vor sich hin:

»Yan Zhe, Qiuyun, dieses Besäufnis war einfach großartig! Ich bin so ... so froh. So froh! Ich bleibe hier, ich gehe hier nie mehr weg. Cuihua, wir bleiben hier für immer.«

Auch im fahlen Mondschein sah ich deutlich, wie sehr Gu Cuihua strahlte und wie hoffnungsvoll ihre Augen funkelten.

Und so blieben Genosse Wei und seine »Frau« bei uns auf der Farm. Wie ein richtiges Bauernpaar arbeiteten sie von früh bis spät und schienen nicht nur ihren Status als Kader der Volkskommune, sondern auch ihre Angehörigen völlig vergessen zu haben. Alle Farmmitglieder lebten, seit sie mit der Ameisenessenz besprüht worden waren, in einem Zustand ununterbrochenen Glücks, doch bei Wei und Gu schien diese Seligkeit besonders tief zu reichen – vielleicht weil sie in ihrem Unterbewusstsein schon immer eine solche Gemeinschaft von paradiesischer Unschuld herbeigesehnt hatten und nun, da ihr Traum Wirklichkeit geworden war, alle profanen Gedanken ablegen konnten, um sich von ganzem Herzen ihrem neuen Leben zu verschreiben.

Die anderen Farmmitglieder nahmen sie als Paar in ihrer Mitte auf, als wäre es das Natürlichste auf der Welt. Nur ich lebte in ständiger Angst, das Damoklesschwert über unseren Köpfen könnte schließlich niederfahren. Tatsächlich machte ich mir zu viele Sorgen, denn damals war es nicht weiter ungewöhnlich, dass ein ländlicher Kader, der irgendeiner Einheit einen Besuch abstattete, eine Baustelle besichtigte oder an einer politischen Kampagne teilnahm, gleich für mehrere Monate von zu Hause fortblieb. Seit zwei Monaten lebten Genosse Wei und Genossin Gu nun schon bei uns, und genauso lange hatten sie keinen Kontakt mehr mit ihrer Volkskommune und ihren Familien, und trotzdem hatten sie mit ihrem Verschwinden nicht das leiseste Aufsehen erregt, ja, es hatte sich noch nicht einmal irgendjemand die Mühe gemacht, sich telefonisch nach ihnen zu erkundigen.

Yan Zhe war in diesen Wochen blendender Laune. Offensichtlich hatte die Ankunft des Genossen Wei seine »monarchische« Einsamkeit gemildert. Die Worte, die ihn so tief verletzt hatten – als Wei gesagt hatte, Yan Zhe sei »keiner von uns« –, hatte er verdrängt und zwar genauso gründlich, wie Wei selbst den »klassenfremden« Hintergrund des neuen Farmleiters vergessen hatte. Die Beziehung zwischen den beiden war in ein drittes Stadium eingetreten: Nach anfänglicher Sympathie und kurzzeitiger Feindschaft verband sie nun eine feste Freundschaft. Diese Wendung war so abrupt gekommen, dass ich mich erst daran gewöhnen musste.

Zwischen Yan Zhe und mir jedoch entzündete sich an Wei und seiner »Frau« der erste echte Streit.

Als er verkündet hatte, dass die beiden Genossen zusammenwohnen sollten, hatte er mir versprochen, mir seinen Entschluss bei späterer Gelegenheit zu erklären. Danach schien er dieses Versprechen allerdings wieder vergessen zu haben. Hätte ich es doch nur gleichfalls vergessen! Doch ich konnte es nicht. Denn ich spürte, dass sich hinter seiner Entscheidung etwas verbarg, was ich verabscheute. Nachdem ich ihm eine Weile deswegen zugesetzt hatte, rückte er eines Abends endlich mit der Wahrheit heraus.

Anfangs klagte er mir, wie schwer es sei, ein hellwacher Gott sein zu müssen. Während seine Schäflein sorglos in den Tag hinein leben könnten und mit ihren vertrauensseligen Blicken an ihm hingen, müsse er ganz allein die Verantwortung tragen und im Voraus alle Gefahren bedenken, die diese kleine altruistische Kolonie auf ihrem Weg bedrohten.

Nach dieser Vorrede wurde er konkreter. »Qiuyun, ist dir mal aufgefallen, dass die Ameisenessenz den Geschlechtstrieb zu dämpfen scheint? Jedenfalls übt Lai Ansheng, der vorher so sexbesessen war, nun gegenüber Mingxia strengste Enthaltung. Und Chen Xiukuan, der den Mädchen früher immer so lüstern auf den Hintern und den Busen gestarrt hat, blickt nun ganz unschuldig drein. So belanglos diese Veränderung auch erscheinen mag, sie verdient doch unsere größte Aufmerksamkeit. Weißt du, warum? Verstehst du, warum ich dem Geschlechtstrieb so große Beachtung schenke?«

Als ich den Kopf schüttelte, erklärte er mir geduldig:

»In einer Ameisengesellschaft gibt es kein sexuelles Begehren, jedenfalls kein anhaltendes Begehren unter allen Mitgliedern. Die Königin muss sich nur ein einziges Mal in ihrem Leben paaren, und schon kann sie ununterbrochen Nachwuchs zeugen. Und weil die Arbeiterinnen nicht für die Fortpflanzung zuständig sind, benötigen sie auch keinen Geschlechtstrieb. Deshalb mache ich mir große Sorgen, denn ich habe unsere Essenz ja aus solchen asexuellen Individuen gewonnen. Wird beim Menschen deswegen eine libidodämpfende Nebenwirkung auftreten? Wenn ja, wäre das extrem gefährlich. Denn die menschliche Art der Fortpflanzung ist ja untrennbar mit dem Geschlechtstrieb verbunden, auch wenn wir die Sexualität häufig als etwas Schmutziges betrachten. Wenn unser Geschlechtstrieb erlischt, geht es mit der Menschheit zu Ende.

Natürlich sind nur zwei Fälle – Lai Ansheng und Chen Xiukuan – zu wenig, um diesen Verdacht zu erhärten. Vielleicht resultiert ihre Verhaltensänderung gar nicht aus einer Abschwächung ihrer Libido, sondern aus einem allgemeinen Abscheu gegenüber ihrer früheren Verkommenheit. Allerdings gibt es auch noch einen weiteren Fall, von dem ich nicht weiß, ob er als Beleg dienen kann: uns beide ...«

Er verstummte, doch ich konnte auch so erraten, worauf er hinauswollte. Tatsächlich war er bei unseren Treffen in letzter Zeit nie mehr von sich aus zärtlich geworden, und auch ich selbst spürte nicht mehr solch eine glühende Sehnsucht nach seiner körperlichen Nähe. Vielleicht hatten wir die Ameisenessenz zwar nicht direkt eingeatmet, aber doch in kleinerer Dosis über die Umwelt aufgenommen? Oder lag es einfach nur an der Verantwortung, die wir zu schultern hatten?

Als er sah, dass ich ihn verstand, ging er sogleich zum nächsten Punkt über.

»Jedenfalls muss ich mich vergewissern, ob diese Gefahr tatsächlich besteht oder nicht. Die Natur gleicht einem extrem komplexen Netz: Ziehst du irgendwo an einem Faden, löst du damit vielleicht an ganz anderer Stelle eine unvorhergesehene Reaktion aus. Wir müssen also äußerst vorsichtig sein. Onkel Wei und Tante Gu kamen wie gerufen, um meinen Verdacht zu überprüfen.«

In dem Moment, als ich seine Absicht begriff, erkaltete mein Herz. Zugegeben, was er sagte, klang vernünftig, und hinter der Entscheidung, die er getroffen hatte, steckten keine bösartigen oder egoistischen Hintergedanken. Nein, er handelte allein zum Wohle unserer altruistischen Gemeinschaft, er war ein wahrlich hellsichtiger, pflichtbewusster Gott. Mit meinem oberflächlichen Denken hatte ich seinem scharfen Verstand nichts entgegenzusetzen. Und trotzdem konnte ich den Widerwillen nicht abschütteln, der mich ergriffen hatte. Auch wenn Onkel Wei und Tante Gu miteinander Ehebruch begingen, hatte ihre Beziehung in meinen Augen doch etwas Reines und Unschuldiges. Yan Zhe jedoch missbrauchte ihre intimsten Gefühle für seine Versuchsanordnung. Für mich hatte das einen bitteren Beigeschmack.

Zum ersten Mal in meinem Leben packte mich echter Zorn auf ihn. Hielt er sich wirklich für einen Gott, der Menschen wie Laborratten behandeln konnte? Einen Gott, der über Leben und Tod seiner Geschöpfe entschied und sie, wenn es ihm beliebte, in einen Glaskasten setzte, um ihre Gewohnheiten und ihr Sexualverhalten zu studieren? Diese Gedanken schwirrten mir so wirr durch den Kopf, dass ich selbst nicht aus ihnen schlau wurde und sie erst recht nicht meinem Freund hätte begreiflich machen können. Doch für jemanden mit einer so scharfen Beobachtungsgabe, wie er sie besaß, war auch mein Schweigen vielsagend genug.

»Ich habe deine Missbilligung schon vorausgesehen«, bemerkte er mit einem gezwungenen Lächeln. »Niemand kennt deinen moralischen Rigorismus so gut wie ich. Deshalb habe ich dieses Gespräch immer weiter hinausgeschoben – in der Hoffnung, du würdest die Sache vergessen. Leider … Qiuyun, ich habe alles versucht, dich zu überzeugen, aber leider blicken wir aus ganz unterschiedlichen Perspektiven auf die Dinge – aus grundlegend unterschiedlichen Perspektiven.« Er seufzte. »Vielleicht gehen wir deshalb eines Tages getrennte Wege.«

Ich zuckte zusammen. Auch wenn mir sein Vorgehen missfiel, hatte ich mir keine Sekunde lang vorgestellt – oder gewagt, mir vorzustellen –, dies könnte unsere gemeinsame Zukunft beeinflussen. Er jedoch mit all seinem Scharfblick sah unser Schicksal bereits voraus. Diese Erkenntnis tat mir weh. So viele Jahre hatte ich all die zärtlichen Gefühle, zu denen ich fähig war, auf diesen Jungen gerichtet, der inzwischen zum Mann gereift war! Ein Leben ohne ihn hatte ich mir nie auszumalen gewagt. Stattdessen hatte ich noch kurz zuvor gegenüber Gu Cuihua von unserer Hochzeit fantasiert. Nicht im Traum hätte ich damit gerechnet, dass Yan Zhe schon ein anderes Ende für uns kommen sah.

Die Tränen strömten mir über die Wangen. Wortlos kam Yan Zhe zu mir, wischte mir die Tränen ab und nahm mich in die

Arme. Lange saßen wir so da, schweigend, ohne unsere Umarmung zu lösen.

Wir kamen nie mehr auf dieses unselige Thema zu sprechen. Noch weniger traute ich mich, mir selbst oder geschweige denn ihm eine andere Frage zu stellen: Ob er sich wohl in der Nacht ins Lagerhaus schlich, um durch das Guckloch in der Wand das Liebesleben von Wei und Gu auszuspionieren? Sein Pflichtgefühl als »hellwacher Gott«, als der er sich verstand, gepaart mit der Ernsthaftigkeit eines Wissenschaftlers legten nah, dass er gewiss nicht untätig bleiben würde angesichts einer Bedrohung, die über das Schicksal seiner »neuen Menschen« entscheiden konnte. Ich will nicht behaupten, dass er damit im Unrecht war, doch in jedem Fall war mir allein schon der Gedanke an sein Vorgehen zuwider. Erst als Wei und Gu nicht länger das Farmleiterhaus in Beschlag nehmen wollten und darauf bestanden, in die Mühle umzuziehen, war ich halbwegs beruhigt.

Dennoch blieb die bloße Vorstellung ein Morast, den ich nur meiden, aber nicht trockenlegen konnte.

11.

ARBEITSPUNKTE

Wir hatten unseren Streit bald vergessen, auch wenn wir anfangs wahrscheinlich nur angestrengt versuchten, ihn zu verdrängen, weil die Vorstellung einer Trennung für uns beide unerträglich war. Auf der Farm hatte sich inzwischen alles eingespielt, und Yan Zhe konnte sich entspannen. Wir nahmen wieder unsere heimlichen Treffen auf, und wie von selbst stellte sich zwischen uns auch wieder die alte Zärtlichkeit ein. Nun, da ich wieder so innig wie früher Yan Zhes leidenschaftliche Küsse und Berührungen herbeisehnte, sagte ich mir: *Zumindest wir beide müssen uns um eine »gedämpfte Libido« keine Sorgen machen.*

Mit der Zeit vergaßen wir unseren Streit wirklich.

Als Yan Zhe einige Monate zuvor verkündet hatte, er werde die Arbeiten auf der Farm nicht länger dirigieren, hatte ich diesen Beschluss noch für überhastet gehalten. Doch seitdem hatte es keinerlei Probleme gegeben. Tatsächlich wurden die Arbeiten immer noch zugeteilt, nur passierte das jetzt auf eine Weise, die man erst bei genauerem Hinsehen entdeckte. Jeden Abend beim Essen setzten sich die erfahrensten Arbeiter zusammen und plauderten miteinander wie alte Ameisen, die sich mit den Fühlern betasten – und am nächsten Morgen war die Arbeit scheinbar von selbst verteilt. Gewöhnlich waren es Lao Xiao, Lao Chu und Lao Pang, Lai Ansheng, Zhuang Xuexu und Gao Xiangfu, die sich auf diese Weise versammelten, doch manchmal kam auch noch Wang Quanzhong dazu – es handelte sich um keinen absolut festen Kreis.

Ich fand dieses verborgene System der Lenkung bemerkenswert und berichtete Yan Zhe sogleich davon. Doch zu meiner Überraschung erklärte er nur:

»Wir halten uns da raus, denn wir sollten ein Prinzip befolgen: Alle Prozesse, die systemimmanent funktionieren, sollten von äußeren Eingriffen frei bleiben.«

Nach der Weizenernte und dem Pflanzen der Reissetzlinge hatte eine relativ ruhige Zeit begonnen – jedenfalls verglichen mit der vorherigen Schufterei. Allerdings war unsere Farm unterbesetzt; auf jeden von uns kam im Durchschnitt ein halber Hektar Land, sodass die täglich anfallende Arbeit gewöhnlich kein Ende nahm. Seit unsere Farm jedoch in eine neue Ära eingetreten war, kam es uns auf einmal so vor, als gäbe es nicht mehr genug zu tun. Fast immer wurden wir nun schon vor dem Mittag mit der Arbeit fertig, sodass wir am Nachmittag müßig umherspazierten. Das war auch nicht weiter verwunderlich, denn schließlich war die Arbeitsleistung der Farmmitglieder geradezu explodiert! Gerade die einstigen schwarzen Schafe wie Cui Zhenshan, Cen Mingxia oder Lai Ansheng, die vorher gar nicht oder nur widerwillig gearbeitet hatten, hatten sich schlagartig in wahre Arbeitstiere verwandelt. Das machte einen enormen Unterschied aus.

Als die Farm gegründet worden war, hatten wir auch ein gutes Dutzend Tische aus Beton gefertigt, die wir auf der freien Fläche zwischen den Männer- und den Frauenwohnheimen aufstellen wollten, um eine Stätte für gemeinsame Aktivitäten zu schaffen. Doch dann hatte uns die Arbeit auf den Feldern so in Atem gehalten, dass wir die Umsetzung dieses Vorhabens immer weiter hinausgeschoben hatten. Nun jedoch nahmen wir das Projekt wie auf ein unausgesprochenes Kommando hin endlich in Angriff. Spontan planierten wir einen Platz, stellten die Tische auf und fertigten dazu – gleichfalls aus Beton – passende Hocker. An den Nachmittagen und nach dem Abendessen, wenn es keine Arbeit mehr zu erledigen gab, versammelte sich nun fast die gesamte Farm an diesem Ort, um miteinander zu plaudern und sich zu vergnügen.

Der Platz war zu diesen Zeiten voll fröhlichem Gelächter und Stimmengewirr, und obwohl es dort immer lebhafter zuging, musste sich Yan Zhe den Besuch versagen. Dabei hätte er sich nur zu gern unter die Runde gemischt, doch sobald er dort auftauchte, erhoben sich alle ehrerbietig von ihren Plätzen, um ihn zu begrüßen, und redeten, wenn überhaupt, nur noch in Habachtstellung mit ihm. Nach zwei derartigen Besuchen erklärte er mir mit einem trübseligen Lächeln:

»Qiuyun, ich will nicht mehr der Spielverderber sein. Geh du von nun an für mich, um ein bisschen die Atmosphäre zu schnuppern.«

Auch ich blieb freilich immer ein bisschen ein Fremdkörper, denn in den Augen der anderen war ich eine Art Vizekönigin. Als ich an diesem Abend nach dem Essen dorthin ging, hatten sich schon vierzig oder fünfzig Leute auf dem Platz eingefunden. Die Mädchen hatten sich um Gu Cuihua geschart und trugen um die Wette einheimische Kinderreime vor. An einige Verse erinnere ich mich noch: »Der Mond geht fort, und ich geh fort, geh fort an einen fernen Ort. Kauf mir ein Huhn, mich großzutun. Kauf mir 'nen Affen, mach mich zum Laffen.« Oder: »Schlaf nur, Kindchen, schlaf drauflos. Schlaf nur, und schon bist du groß.« Oder auch: »Die Mutter spinnt, der Vater webt, die Oma ist im Mond und schwebt.«

Irgendjemand sagte auch einen ziemlich derben Reim auf: »Der kleine Lümmel, der mahlt Stroh und deiner Mama den Popo.« Prompt brachen alle in schallendes Gelächter aus. Am lautesten lachte Sun Xiaoxiao.

Die Bauern bildeten einen eigenen Kreis von sieben oder acht Männern. Sie waren es so sehr gewohnt, in die Hocke zu gehen und so auszuharren, dass sie die Sitzgelegenheiten direkt neben sich verschmähten. Jeder von ihnen hatte eine traditionelle langstielige Pfeife im Mund, sodass sich all die Pfeifenköpfe in der Mitte im Kreis aneinanderreihten wie die Staubblätter um eine Blüte. Wortlos zogen sie an ihren Pfeifen; die aufglimmenden und erlöschenden Köpfe gaben ein hübsches Schauspiel ab. Unter den Rauchern kauerte auch Chen Xiukuan, den trotz seines Trippers niemand mehr mied.

Die lebhafteste Männerrunde dagegen bestand aus gut zwei Dutzend Leuten, die sich besonders dicht aneinandergedrängt hatten. Als ich zu ihnen hinüberschlenderte, wurde mir klar, warum bei ihnen solch ein Trubel herrschte: Sie maßen ihre Kräfte im Armdrücken. Genosse Wei hatte sich gerade geschlagen geben müssen und zwängte sich aus dem Pulk hinaus.

»Mit mir geht's bergab, ich bin auch nicht mehr der Jüngste«, bemerkte er selbstironisch.

Als ich sah, dass sein Gegner kein Geringerer als Lai Ansheng gewesen war, konnte ich mir eine kleine Neckerei nicht verkneifen:

»So ein ausgemergeltes Männchen wie du will gegen Lai Ansheng gewinnen? Als du noch jung warst, hättest du auch nicht mehr Chancen gehabt!«

»Ich mag dünn sein, aber dafür bestehe ich auch nur aus Muskeln und habe kein überschüssiges Gramm Fett auf den Rippen«, widersprach er mir ganz ernsthaft. »Als ich jung war, hat mich im Armdrücken kaum einer besiegt!«

»Das glaubst du doch selbst nicht!«, neckte ich ihn weiter. »Das ist doch schon über zwanzig Jahre her, wo willst du denn dafür jetzt noch einen Zeugen auftreiben?«

Prompt wollte er für mich einen Zeugen suchen, so sehr provozierte ihn mein Spott. Doch da grölte die Männerrunde erneut: Lai hatte schon wieder gesiegt, diesmal über Cui Zhenshan.

»Noch jemand?«, rief er triumphierend. »Wer hat genug Mumm und tritt gegen mich an?«

Wang Quanzhong, Yan Zhes alter Freund, bahnte sich seinen Weg nach vorn und setzte sich wortlos ihm gegenüber. Er war kurzsichtig und trug eine Brille, mit der er wie ein Bücherwurm aussah; dazu bewegte er sich so träge, als folgte bei ihm alles einem langsameren Rhythmus als bei gewöhnlichen Menschen.

»Lass dich von seinem Aussehen nicht täuschen«, raunte ich Wei zu. »Er wirkt zwar wie ein typischer Intellektueller, aber in seinen Adern fließt mongolisches Blut, er hat Bärenkräfte und ist unglaublich zäh. Deshalb ist noch nicht gesagt, dass er verliert.«

Mit neuem Interesse drängte sich Wei wieder in den Kreis zurück und bot sich als Schiedsrichter an. Nachdem er die beiden Pranken der Kontrahenten exakt in die Mitte gerückt hatte, gab er mit einer schneidenden Handbewegung das Startsignal: »Und los!«

Die beiden Hände verharrten lange scheinbar regungslos in der Luft, doch an den zitternden Armen und den rot anlaufenden Gesichtern der Wettkämpfer konnte man erahnen, wie sehr sie sich verausgabten. Volle zehn Minuten herrschte zwischen beiden ein Patt, bis Wang Quanzhong langsam die Überhand zu gewinnen schien. Lai leistete erbitterte Gegenwehr, doch als der Winkel, der seine Hand noch von der Tischfläche trennte, auf weniger als dreißig Grad geschrumpft war, war sein Widerstand gebrochen: Quanzhong machte kurzen Prozess mit ihm.

Der Besiegte erhob sich von seinem Platz und schüttelte seinen schmerzenden Arm aus. »Nun habe ich doch noch verloren und das ausgerechnet gegen dich Eierkopf!«

»Ich war ja auch im Vorteil, weil du dich vorher schon in drei Kämpfen aufgerieben hast«, erwiderte der Sieger ruhig.

»Stimmt, daran hatte ich gar nicht gedacht – genauso wenig, wie ich damals mit deiner Wandzeitung gerechnet habe. Bist sonst so ein maulfauler Kerl, aber bei der Wandzeitung um kein Wort verlegen!«

Quanzhong schmunzelte. »Das hatte ich so auch nicht kommen sehen, aber auf der Versammlung damals bist du einfach zu weit gegangen.«

»Das kannst du laut sagen. Lao Hu hat mich noch einen alten Esel geschimpft. Wo er recht hat, hat er recht. Danach habe ich dann deine Arbeitspunkte auf neun runtergesetzt, das war eine ganz schön miese Nummer von mir.«

»Schnee von gestern. Ich hatte damals auch kein Verständnis für die Nöte von euch Bauern.«

Während sich zwei neue Kontrahenten zum Armdrücken zusammenfanden, traten ihre beiden Vorgänger aus dem Kreis hinaus. Lai zog zwei Zigaretten der Billigmarke Dawutai hervor, hielt Quanzhong eine hin und zündete sie ihm mit einem Streichholz an. Beide hatten eine eigentümliche Art zu rauchen: Statt ihre Zigarette zum Mund zu führen, hielten sie sie in einer fixen Position vor sich und beugten sich mit geschürzten Lippen zu ihr vor, wobei Lai mit seinem Froschmaul und Quanzhong mit seiner wulstigen Unterlippe einen reichlich drolligen Anblick boten, sodass ich mir das Lachen verkneifen musste. Gleichzeitig jedoch wurde mir dabei warm ums Herz. Erst im Jahr davor, bei der Episode mit der Wandzeitung, hatten beide noch zwei feindliche Lager repräsentiert, und nun war der ganze Hass verflogen, und sie konnten ganz unbefangen miteinander plaudern.

Auch Lao Huo, der Buchhalter, hatte sich früh auf dem Platz eingefunden, sich allerdings keiner Gruppe angeschlossen. Seiner Miene nach zu urteilen, war er in heller Aufregung, er bat nacheinander mehrere Bauern inständig um ein vertrauliches Gespräch. Doch keiner der Bauern nahm ihn für voll, alle winkten ab.

»Nein«, wiesen sie ihn zurück, »ich habe dir doch gesagt, dass ich das Geld nicht will.«

»Ich muss den Kassenabschluss für diesen Monat machen!«, drängte er mit gepresster Stimme. »Was soll ich denn tun, wenn ihr es nicht nehmt?«

»Die Kasse ist deine Sache, damit haben wir nichts zu tun«, lachten die Bauern, ehe sie sich wieder ihrem Geplauder zuwandten und ihn nicht weiter beachteten. Anscheinend war Yan Zhe nicht der Einzige, dem ein zwangloser Umgang mit den anderen Farmmitgliedern verwehrt war – auch Lao Huo, der sich stets in seinem abgelegenen Büro verkroch wie ein Maulwurf in seiner Höhle und außerhalb seiner Arbeit kaum den Kontakt mit den anderen suchte, war ein Außenseiter geblieben. In dieser Hinsicht hatte auch die Ameisenessenz nichts an seinem Charakter geändert.

Ich ging zu ihm hinüber und fragte ihn beiläufig: »Was ist denn los? Wieso kannst du keinen Kassenabschluss machen?«

Zu meiner Überraschung wurde er schlagartig kreidebleich und brachte kein Wort mehr über die zitternden Lippen, so als hätte ich ihn nach einem dunklen Geheimnis befragt.

»Wovor hast du denn solche Angst? Nur raus mit der Sprache, entspann dich«, versuchte ich, ihn zu beruhigen.

»Es geht um den geheimen Zuschuss von fünf Yuan im Monat für uns Bauern«, warf Gao Xiangfu schmunzelnd von der Seite ein. »Wir haben ihm alle gesagt, dass wir sein Geld nicht mehr wollen, denn wir arbeiten ja auch nicht mehr als ihr jungen Leute – warum sollten wir da mehr bekommen? Und dann noch diese Heimlichtuerei, das ist einfach nicht richtig. Aber Lao Huo lässt nicht mit sich reden, er meint, er führe nur den Beschluss der Farmleitung aus.«

»Ach so ...«

Ich starrte den Buchhalter an. Dieser geheime Zuschuss hatte im letzten Jahr hohe Wellen geschlagen und war, nachdem Wang Quanzhong ihn in seiner Wandzeitung angeprangert hatte, offiziell eigentlich abgeschafft worden – doch offensichtlich war das nur ein Täuschungsmanöver gewesen. Weil ich Lao Huo, der unter meinem Blick jeden Moment zusammenzubrechen drohte, nicht weiter in Bedrängnis bringen wollte, redete ich ihm so sanft wie möglich zu:

»Du musst keine Angst haben. Nachdem Yan Zhe die Leitung übernommen hat, sind einige Dinge vielleicht noch nicht richtig geklärt. Am besten, du suchst ihn einmal auf und besprichst mit ihm, wie es weitergehen soll.«

Lao Huo nickte beflissen und beeilte sich zu beteuern: »Ich wollte eigentlich sowieso nur noch den Kassenabschluss für diesen Monat machen und danach dem Farmleiter Bericht erstatten. Deshalb habe ich die Bauern ja so gedrängt, dass sie ihr Geld annehmen. Ich hätte längst zum Genossen Yan gehen sollen.«

»Das kannst du ja jetzt gleich nachholen.«

Sein unterwürfiges Verhalten ließ in mir kurz einen Gedanken aufblitzen: Alle anderen Farmmitglieder waren durch die Ameisenessenz in Denken und Mimik wie verwandelt, nur an ihm schien die Wirkung verpufft zu sein – wie war das nur möglich? In diesem Moment verfolgte ich diesen Gedanken nicht weiter, doch am nächsten Tag sollte sich meine Intuition bestätigen.

Als ich eine halbe Stunde danach Yan Zhe auf sein Haus zugehen sah, lief ich ihm hinterher, um ihm von dem Sonderzuschlag zu erzählen, doch vor der Haustür wartete schon der Buchhalter auf ihn. Wie es seine alte Gewohnheit war, hockte er so tief zusammengekauert, dass sein Kopf fast zwischen den Beinen verschwand und ihm die spitzen Knie über die Schultern ragten. Als er uns sah, sprang er auf und nahm eine ehrerbietige Haltung an.

»Nanu, Lao Huo, was führt dich zu mir?«, fragte Yan Zhe, während er die Tür öffnete und uns beide hereinbat. Das Zimmer war so karg eingerichtet wie eh und je: ein Tisch, ein Stuhl, ein Bett, ein Waschgestell, dazu sieben oder acht Hocker für Besprechungen und an der Wand ein paar Tischlerwerkzeuge. Yan Zhe nahm auf dem Stuhl Platz, ich setzte mich auf die Bettkante und bedeutete Lao Huo, er solle sich einen Hocker heranziehen und sich zu uns setzen. Doch er wollte sich partout nicht hinsetzen und blieb stattdessen scheu und steif, den Blick gesenkt, vor uns stehen. Seine devote Haltung ließ mich daran denken, wie Lin Jing einmal über ihn gespöttelt hatte, er sehe aus »wie ein geborener Herrscher«. Ich war kurz davor loszuprusten, und prompt warf mir Yan Zhe einen mahnenden Blick zu. Aber eigentlich fand er die Situation genauso komisch wie ich, wie mir seine zuckenden Mundwinkel verrieten.

»Also, Lao Huo, was gibt's?«, fragte er schließlich ruhig.

»Ich würde dir gern … ähm … über die Verbuchung der Arbeitspunkte für den Sommer Bericht erstatten, Genosse Yan«, druckste Lao Huo herum, ehe er mit einem Seitenblick zu mir wieder verstummte. Auch als Yan Zhe ihn aufforderte fortzufahren, sah er nur erneut mit noch betretenerer Miene zu mir herüber. Endlich fiel bei mir der Groschen: Offensichtlich störte ihn meine Anwesenheit.

»Ich gehe mal lieber schlafen, während ihr über eure dienstlichen Angelegenheiten sprecht«, erklärte ich eilig und lächelte.

Doch Yan Zhe hielt mich zurück. »Lao Huo, auf unserer Farm gibt es jetzt keine Geheimnisse mehr. Auch du solltest dich von deinen alten Gewohnheiten frei machen, zumal ich niemandem so sehr vertraue wie Qiuyun. Wenn du mir in Zukunft irgendetwas zu sagen hast und ich nicht vor Ort sein sollte, kannst du es immer direkt mit ihr besprechen.«

Ich wusste, dass seine Worte zur Hälfte für meine Ohren bestimmt waren. Die Hochachtung, die er damit ausdrückte, rührte mich. Als Lao Huo hörte, mit welcher Bestimmtheit der neue

Farmleiter mich zu seiner Vertrauensperson erklärt hatte, schien er sich zumindest ein bisschen zu entspannen.

»Qiuyun, nimm es mir nicht übel, aber Genosse Lai, nein: Lai Ansheng hat, als er noch Farmleiter war, mir strikten Befehl gegeben, nichts von dieser Sache auszuplaudern, sonst würde es mit mir ein böses Ende nehmen. Aber jetzt, wo die Leitung gewechselt hat, kann ich dem Genossen Yan natürlich alles anvertrauen.«

»Von welcher Sache redest du?«, fragte Yan Zhe ahnungslos. »Nur heraus mit der Sprache.«

»Er redet von dem monatlichen Zuschuss von fünf Yuan für die Bauern«, antwortete ich an seiner Stelle.

»Aber dieser Zuschuss sollte doch schon im letzten Jahr abgeschafft werden, oder nicht? Lai Ansheng hatte doch noch vor der ganzen Farm hoch und heilig geschworen, dass es damit vorbei ist!«

»Nach zwei Monaten«, gestand der Buchhalter mit leidender Miene, »haben wir den Zuschuss heimlich wieder eingeführt und sogar für die zwei Monate noch rückwirkend ausgezahlt.«

»Ach so …«

»Da ist noch etwas …«, stammelte Lao Huo mit einem ängstlichen Blick auf seinen Chef. Erst als der ihn mit einer Geste ermunterte, fuhr er fort: »Lai Ansheng bezieht ein Gehalt, das er selbst festgelegt hat: fünfundzwanzig Yuan im Monat. Du weißt ja, unser erster Farmleiter, der Genosse Hu, war ein staatlicher Kader, der sein Gehalt vom Kreis bekommen hat, ohne dass das einen Einfluss auf unser Guthaben gehabt hätte. Nachdem Genosse Hu und die drei anderen Kader, die man uns geschickt hatte, wieder gegangen waren, war ich der Einzige mit einem offiziellen Gehalt. Und weil Lai Ansheng nie ein staatlicher Kader war, mussten wir sein Gehalt von dem Guthaben abzweigen, das uns als Farm zusteht.«

Er blickte erneut zu Yan Zhe, bevor er zaghaft fortfuhr: »Natürlich steht dir dieses Gehalt zu, seit du den Posten als Farmleiter angetreten hast, also seit Juni. Ich bitte dich nur um Anweisung, ob ich Lai Ansheng noch für die letzten zwei Monate, die er Farmleiter war, bezahlen soll. Denn dieses Geld habe ich ihm noch nicht ausgezahlt.«

Yan Zhe schwieg einen Moment, ehe er fragte: »Sonst noch was?«

»Ja, da ist noch der Zuschuss für den Genossen Zhuang als stellvertretenden Farmleiter. Ursprünglich hat er nichts bekommen, weil der Zuschuss nur für die Bauern gedacht war. Aber nachdem diese Angelegenheit so viel Wirbel verursacht hatte, hat Lai auch für den Genossen Zhuang fünf Yuan festgesetzt, um ihn mit den Bauern gleichzustellen.«

»Hm ... Du kannst erst mal gehen, Lao Huo. Ich schlafe eine Nacht darüber und sage dir morgen Bescheid. Du hast recht daran getan, mir all das zu erzählen, jetzt, wo ich der neue Farmleiter bin.«

Erleichtert machte sich der Buchhalter davon.

Heutzutage, wo den jungen Leuten die Taschen vor Geld überquellen, ist es schwer vorstellbar, doch damals genügte die Nachricht von einem geheimen Zuschuss von fünf Yuan im Monat, um uns Jugendliche auf die Barrikaden zu treiben. Losgetreten hatte den ganzen Wirbel Cui Zhenshan. Eines Abends nach der letzten Herbsternte, als Yan Zhe gerade in meinem Wohnheim mit mir geplaudert hatte, war er plötzlich hereingestürmt und mit seiner großen Neuigkeit herausgeplatzt:

»Yan Zhe, ich habe was spitzbekommen, das wird dich umhauen! Die achtzehn Bauern bei uns auf der Farm kassieren alle einen geheimen Zuschuss von fünf Yuan im Monat!«

»Wirklich? Woher weißt du das?«

»Von einer absolut zuverlässigen Quelle: Ich habe es aus Song Sande herausgelockt!«

Song Sande arbeitete bei uns als Friseur, zählte aber eigentlich zu den Bauern. Er und Zhenshan waren Zimmergenossen.

Am Vorabend, so erzählte Zhenshan, war er früh zu Bett gegangen. Ansonsten war nur noch Sande im Zimmer gewesen und hatte eine Opernarie vor sich hingesummt. Dann war ein anderer Bauer, Lao Chu, hereingekommen und gleich mit der Tür ins Haus gefallen:

»Sande, Lao Huo sagt, du sollst dir von ihm deinen …«

Mit einem hastigen Hüsteln unterbrach ihn der Friseur und deutete auf das belegte Bett hinter sich. Ohne ein weiteres Wort zu verlieren, trat sein Besucher prompt den Rückzug an. Doch Zhenshan war auch so schlau genug, um sich auf den aufgeschnappten Satzfetzen einen Reim zu machen. Ohne noch länger an Schlaf zu denken, setzte er sich auf und brummte träge:

»Die Geheimnistuerei kannst du dir schenken, ich weiß eh längst Bescheid.«

»Bescheid? Worüber denn?«, fragte Sande und tat dabei wenig überzeugend so, als hätte er keine Ahnung, was Zhenshan meinte.

»Na, über das Geld, das ihr Bauern bekommt!«

Schon gab Sande, der längst nicht so gerissen wie sein Gegenüber war, jeden Versuch zu leugnen auf. »Wie hast du das rausgefunden? Erzähl das bloß nicht den anderen, ja? Genosse Lai und Genosse Hu haben uns befohlen, das streng geheim zu halten!«

»Ich muss das sowieso nicht mehr an die große Glocke hängen, das hat sich schon vor zwei Monaten unter uns rumgesprochen. Und *du* hast alles rausposaunt, sagen alle.«

»Ich? Wieso ich? Jetzt tut ihr mir aber wirklich unrecht!«

Auf diese Weise kitzelte Zhenshan die ganze Geschichte aus Sande heraus. Demnach war der geheime Sonderzuschlag für die Bauern schon ein halbes Jahr, nachdem die Farm gegründet worden war, eingeführt worden, unter ihrem ersten Leiter, dem Genossen Hu. Ganz zu Anfang waren rund drei Dutzend Bauern auf die Farm gekommen, von denen die Hälfte nach einem halben Jahr wieder ging. Diejenigen, die nur vorübergehend geblieben waren, kamen alle »vom Fluss«, das heißt von den Feldern rings um den Fluss, die im Allgemeinen besonders ertragreich waren. Weil die Arbeit dort vergleichsweise leicht war und das Einkommen höher als anderswo, war den dortigen Bauern das Leben auf unserer Farm zu strapaziös. Zurück blieben nur die Bauern aus dem Hügelland, doch auch sie hielt nicht viel auf der Farm, die mit denkbar dürftigen staatlichen Mitteln auskommen musste – dürftiger noch als in den Dörfern und das bei schwererer Arbeit. Um wenigstens diese Bauern zum Bleiben zu bewegen, gewährte Genosse Hu ihnen deshalb einen geheimen Sonderzuschlag.

Wie in den Dörfern wurden auch auf der Farm zweimal im Jahr – vorläufig im Sommer und endgültig im Herbst – die Arbeitspunkte verbucht und mit den verbrauchten Essensmarken verrechnet. Im letzten Sommer hatte selbst eine so herausragende Arbeitskraft wie Yan Zhe mehr Essensmarken verbraucht als Arbeitspunkte gesammelt, also unterm Strich im Minus gelegen, während wir Mädchen, die wir uns mit weniger Essensrationen begnügten, mit unseren kümmerlichen zwanzig oder dreißig Yuan immer noch ein wenig besser dastanden. Die Bauern dagegen verdienten, weil sie ein festes Jahresgehalt von sechzig Yuan bezogen und deutlich mehr Arbeitspunkte als wir Jugendlichen einlösen konnten, alles in allem das Vier- oder Fünffache von uns. Das war eine himmelschreiende Ungerechtigkeit, wenn man bedachte, welche Arbeitslast manche von uns stemmten, etwa Yan Zhe, Wang Quanzhong oder He Zijian, die nach einem Jahr der Plackerei den Bauern in nichts nachstanden.

Im ersten Moment machte uns diese Nachricht denn auch unglaublich wütend – nicht nur wegen der finanziellen Benachteiligung, sondern auch, weil wir uns auf schmähliche Weise hintergangen fühlten. Und dabei ahnten wir noch gar nichts von dem geheimen Gehalt, das sich Lai Ansheng genehmigt hatte, mit dem er in einem Jahr mehr als zehnmal so viel Geld kassierte wie wir Jugendlichen.

»So eine Schweinerei dürfen wir nicht einfach schlucken!«, stachelte Zhenshan damals Yan Zhe auf. »Wo kommt denn dieser Zuschlag her? Von unserem Schweiß und Blut! Yan Zhe, dich respektieren alle, dein Wort hat Gewicht. Du musst die Sache ans Licht bringen.«

Ich verzog die Miene, um meinen Freund zur Vorsicht zu mahnen. Doch er war so tief ins Grübeln versunken, dass er meine Warnung gar nicht bemerkte. Trotzdem erklärte er nach einer Weile:

»Ach, lass gut sein. Die Bauern haben so viele Mäuler zu stopfen! Wir dagegen müssen nur uns selbst versorgen. Egal, fünf Yuan im Monat sind ja nicht die Welt.«

Dabei hatte keiner von uns Jugendlichen auf der Farm so große Geldnot wie er selbst. Abgesehen von dem Erbe, das er eingedenk der väterlichen Wünsche nicht antastete, erhielt er nicht die geringste Unterstützung von seinen Verwandten. Nur ich steckte ihm manchmal ein klein wenig zu, doch erstens waren meine Mittel begrenzt, und zweitens rührte er aus männlichem Stolz mein »Frauengeld« so wenig wie möglich an. Seit wir auf dem Land lebten, hielt er seinen Lebensstandard so niedrig, wie es nur ging. Nicht einen Fen gab er für Kleidung oder Bettzeug aus. Nur auf manche Güter des alltäglichen Bedarfs wie Zahnpasta oder Seife könnte selbst er nicht verzichten. In diesen zwei Jahren hatte er am eigenen Leib die bittere Wahrheit eines Sprichworts erfahren: »Auch der größte Held ist machtlos ohne Geld.« Umso erstaunter war ich nun, wie großmütig er auf Zhenshans Enthüllung reagierte.

Zhenshan, der noch weniger als ich mit so viel Nachsicht gerechnet hatte, bedrängte ihn daraufhin nur umso mehr.

»Was bist du denn auf einmal so ein Schisser? Alle finden, wir müssen da mal richtig auf die Pauke hauen. Nicht mal Xuexu als stellvertretender Leiter hatte einen Schimmer von diesem Zuschlag. Er hat ganz schön scharfe Worte gewählt: Er meint, Hu und Lai führen sich auf wie Diktatoren.«

Doch Zhenshan erreichte mit seinem Aufstachelungsversuch nur das Gegenteil. »Na, dann soll doch unser stellvertretender Leiter die Kritik öffentlich machen«, erwiderte Yan Zhe kühl. »Er muss es ja noch nicht mal richtig öffentlich machen, er braucht es nur intern bei der nächsten Besprechung einzubringen.«

»Xuexu meint, angesichts seiner Position muss er sich öffentlich zurückhalten. Aber er unterstützt uns, wenn wir uns mit Kritik zu Wort melden.«

Yan Zhe stand auf und reckte und streckte sich, um seinem Gegenüber das Ende ihrer Unterhaltung zu signalisieren. »Dann übernimm du das doch. Keiner ist dafür besser geeignet, immerhin hast du als Erster von der Sache erfahren. Also liegt das Rederecht erst mal bei dir.«

Für einen Moment verschlug es Zhenshan die Sprache, dann trollte er sich.

Doch er ließ sich von diesem Rückschlag nicht entmutigen. Tagelang verbreitete er überall, was er erfahren hatte, bis unter uns Jugendlichen ein mächtiges Feuer schwelte – im Verborgenen noch, doch bereit, beim ersten Windstoß aufzulodern. Im sonst so freundschaftlichen Verhältnis zwischen den Bauern und den Jugendlichen tat sich eine tiefe Kluft auf und das nicht nur bei kleinherzigen Egoisten wie Zhenshan oder Cen Mingxia. Selbst ein so umgänglicher und fröhlicher Junge wie Lin Jing stichelte grinsend gegenüber den Bauern:

»Bei dem, was ihr jeden Monat heimlich abkassiert, müsst ihr aber noch mehr ranklotzen!«

Die Bauern wurden rot und erteilten uns keine Belehrungen mehr.

Besser denn je verstand ich in diesen Tagen das alte Sprichwort: »Nur ein voller Bauch kennt die Moral.« Während der dreijährigen Hungersnot hatte ich als Schülerin der unteren Mittelstufe immer wieder erlebt, wie sich an scheinbaren Nichtigkeiten ein handfester Streit entzünden konnte, wenn etwa irgendjemandes Süßkartoffel verschwunden war oder jemand bei der Essensausgabe besonders dickflüssigen Reisbrei ergattern wollte. Im Nachhinein schämten sich die Beteiligten deswegen, doch so ausgehungert, wie wir damals waren, waren diese Zankereien todernste Angelegenheiten.

Nun auf der Farm verhielt es sich kaum anders. So klein die Summe von fünf Yuan im Monat auch erscheinen mag, sie hätte genügt, um sich ausreichend Zahnpasta und Seife zu kaufen, und wer nikotinsüchtig war, hätte sich stattdessen mit dreiunddreißig Schachteln Zigaretten der Billigmarke Dawutai (die Schachtel zu fünfzehn Fen) eindecken können, also genug Vorrat für einen Monat. Der Blinde Huang wiederum hätte sich endlich ein Moskitonetz leisten können, statt mit seinem Blut die Mücken zu füttern. Deshalb hatten Yan Zhe und ich durchaus Verständnis für die allgemeine Empörung, auch wenn wir selbst dazu Abstand hielten.

Wenn ein gewiefter Taktiker wie Genosse Hu, der zu diesem Zeitpunkt schon zum stellvertretenden Leiter des Revolutionskomitees unserer Volkskommune ernannt worden war, noch die Farmleitung innegehabt hätte, hätte er den schwelenden Aufruhr vermutlich im Keim erstickt. Der ungehobelte Heißsporn Lai Ansheng dagegen goss auch noch Öl ins Feuer, indem er auf einer Versammlung, die er eines Abends einberufen hatte, mit schneidender Stimme verkündete:

»Wenn hier jemand auf der Farm heimlich zu Unruhen aufhetzt, dann ist er ein Konterrevolutionär! Jeder, der seine Nase in Leitungsangelegenheiten steckt, soll sich gefälligst verpissen! Was habt ihr denn für einen Familienhintergrund? Habt ihr etwa eine weiße Weste? Ihr seid hier, um euch umerziehen zu lassen, und dann seid ihr noch so dreist, euch gegen die kleinen Bauern zu stellen?«

Die Jugendlichen saßen da und guckten grimmig. Doch erstaunlicherweise triumphierten auch die Bauern nicht etwa, sondern hielten schuldbewusst die Köpfe gesenkt und wagten uns kaum in die Augen zu sehen. Über den Versammlungsplatz legte sich eine Grabesstille.

Sobald die Versammlung beendet war, lief Wang Quanzhong geradewegs ins Büro von Lao Huo und borgte sich von ihm einen Schreibpinsel, ein Fläschchen schwarze Tusche und ein paar Blatt Papier. Der Buchhalter überließ ihm die ganzen Dinge anstandslos, ohne die Gefahr zu wittern. Später, als die Wandzeitung aushing, musste er deswegen aus Lais Mund eine Flut von Schmähungen über sich ergehen lassen, weil er seinen »Klassenstandpunkt verraten« oder zumindest in seiner »revolutionären Wachsamkeit nachgelassen« hatte.

An diesem Abend nach der Versammlung herrschte auch in den Wohnheimen noch eine bedrückende Stille. Während Bauern und Jugendliche stumm zu Bett gingen, blieb Quanzhong wach, hockte auf seiner Decke und legte sich seine Worte zurecht. Nachdem Yan Zhe seinen allabendlichen Feldzug gegen die Bettwanzen beendet hatte, übernahm sein Freund von ihm die Petroleumlampe und schrieb bäuchlings auf dem Bett liegend seine Wandzeitung. Sein Gruppenführer Lao Xiao, der ein paarmal von seinem Bett hinüberlugte, ahnte Böses, doch er schwieg. Yan Zhe dagegen erhob sich von seinem Bett und sah sofort die Überschrift, die sein Freund zu Papier gebracht hatte:

»Ungleicher Lohn für gleiche Arbeit – ist das gerecht?«

Quanzhong schien gewöhnlich alles egal zu sein, er sagte wenig und machte erst recht keinen Ärger. Und auch angesichts des Aufruhrs, der die Farm in dieser Sache erfasst hatte, war er bisher nicht weiter aufgefallen. Doch auch dem gutmütigsten Menschen platzt irgendwann einmal der Kragen – man weiß nur nicht, wann.

»Quanzhong, darf ich dir einen Rat geben?«, fragte Yan Zhe.

»Nein«, erwiderte sein Freund schmunzelnd. »Das ziehe ich jetzt durch.«

Mit einem Seufzen verzichtete Yan Zhe auf jeden weiteren Versuch, ihn zu beschwichtigen, und schlüpfte zurück in sein Bett, wo er freilich kein Auge mehr zutun konnte und auf das Moskitonetz über sich starrte, bis Quanzhong sein Werk beendet und die Lampe gelöscht hatte.

Am nächsten Morgen prangte die Wandzeitung am Eingang zur Kantine, und die ganze Farm war in heller Aufregung. Lai Ansheng kam sofort herbeigestürmt, als er die Nachricht gehört hatte. Seine kümmerliche Schulbildung reichte gerade aus, um die Zeitung lesen zu können. Als er damit fertig war, war er kreidebleich.

Die klassenkämpferische Agitation des Pamphlets, das da vor seinen Augen hing, war wesentlich schlagkräftiger als sein eigenes leeres Drohgehabe vom Vorabend: Dieses »abgekartete politische Spiel« zerstöre »das sozialistische Grundprinzip der gerechten Entlohnung von Leistung« und schüre »mutwillig den Konflikt zwischen Bauern und gebildeten Jugendlichen«, mehr noch: es sabotiere die von der Partei initiierte Kampagne der Landverschickung gebildeter Jugendlicher.

Wang Quanzhong hatte in der Kulturrevolution schon so manche Schlacht geschlagen, er hatte eine Rotgardistenzeitung herausgegeben und dabei einiges Geschick für derartige Grabenkämpfe entwickelt. Lai dagegen war alles andere als ein gerissener Stratege. In dieser Angelegenheit, die er aus gutem Grund hatte geheim halten wollen, die nun jedoch ins grellste Licht der Öffentlichkeit gezerrt worden war, konnte er nicht einmal mehr seine Macht-position nutzen, um das andere Lager einzuschüchtern.

Unter den Jugendlichen brodelte es. Jeder Versuch, weiter die Wahrheit abzustreiten, war offensichtlich zum Scheitern verurteilt. Nun erst dämmerte Lai, wie viel er als Farmleiter noch zu lernen hatte. Er wagte nicht eine Minute länger auf der Farm zu bleiben, sondern entschloss sich, unverzüglich Hilfe bei seinem Vorgänger, dem Genossen Hu, zu suchen. Also stürzte er zum Rinderhirten Gao Xiangfu und forderte von ihm ein Pferd, denn modernere Verkehrsmittel hatte die Farm nicht zu bieten – keinen Traktor, ja, nicht einmal ein Fahrrad, nur zwei Pferde, die Gao wie seinen Augapfel hütete und die er unter normalen Umständen niemals herausgerückt hätte. Doch nun hatte ihm der Farmleiter persönlich den Befehl erteilt, und er musste sich fügen.

»Geh bitte behutsam mit ihm um, Genosse Lai! Hetz das Pferd bloß nicht!«, rief der Rinderhirte dem Farmleiter besorgt hinter-her. Doch der beachtete ihn gar nicht, knallte mit der Peitsche und jagte Richtung Volkskommune davon.

Nachdem er sich dort von seinem Vorgänger hatte instruieren lassen, was er zu tun habe, eilte er schon am Nachmittag wieder auf die Farm zurück und rief die Bauern sogleich zu einer Ver-sammlung ins Lagerhaus. Hinter verschlossenen Türen besprach er sich stundenlang mit ihnen. Selbst sein Stellvertreter Xuexu durfte an dieser Besprechung nicht teilnehmen. Niemand von uns Jugendlichen arbeitete unterdessen auf den Feldern; scheinbar ziellos schlenderten wir über das Gelände und verloren dabei doch nie das Lagerhaus aus den Augen. Die Luft über der Farm schien von einer starken elektrischen Spannung zu vibrieren, die sich jeden Moment entladen konnte.

Sobald die Versammlung mit den Bauern beendet war, berief Lai eine Versammlung für die ganze Farm ein. Während die Bauern nur schweigend dahockten, warteten wir Jugendlichen beklomm darauf, dass er irgendwelche rigiden Strafmaßnahmen verkünden würde, die er in Absprache mit der Kommunenleitung beschlossen hatte. Verstohlen musterte ich Quanzhong: Er war sichtlich angespannt und bleich, versuchte aber, Ruhe zu bewahren wie ein Märtyrer vor dem Opfertod.

Der Ton, in dem Lai dann anfing zu sprechen, überraschte uns alle: als wäre er von tiefem Gram erfüllt. Zweifellos hatte Genosse Hu ihm diese listige Strategie eingegeben. Normalerweise plapperte er lauter revolutionäre Phrasen nach, wie »Der Ostwind weht, die Schlachtentrommel dröhnt« (wie Mao Zedong einmal dem »amerikanischen Imperialismus« den Krieg erklärt hatte). Doch an diesem Tag begann er ganz schlicht:

»Den geheimen Zuschuss für die Bauern hat damals der Genosse Hu in seiner Zeit als Farmleiter eingeführt. Dieser Zuschuss ist tatsächlich ungerecht, aber der Genosse Hu hatte keine andere Wahl. Denn die Bauern sind dem Aufruf der Partei gefolgt, haben ihre Frauen und Kinder verlassen, um hier am Aufbau der Farm mitzuwirken. Sie sind bereit gewesen, dafür genauso hart zu arbeiten wie die Jugendlichen und das für genauso kargen Lohn – aber was ist mit ihren Frauen und Kindern?«

Unter den Jugendlichen rumorte es. »Und was ist mit uns?«, murrte jemand. »Sind wir vielleicht keine Menschen? Nicht mal ein Moskitonetz können wir uns leisten.«

Lai ignorierte das Gegrummel und fuhr fort: »Dieser Zuschuss ist nur vorübergehend bewilligt worden. Wenn der Farmbetrieb erst einmal richtig läuft, wird jeder von euch ein festes Gehalt beziehen wie ein staatlicher Kader, und dann braucht es keine solchen Zuschläge mehr.«

Das Gemurre schwoll an, denn wir alle wussten, dass er uns nur ein Luftschloss malte. Lai jedoch wechselte plötzlich in einen entschiedenen Ton über:

»So, nun habe ich euch alles gesagt: Der Sonderzuschuss für die

Bauern war aus der Not geboren. Die jetzigen Einwände der Jugendlichen sind berechtigt. Der Genosse Hu hat mir aufgetragen, mich in Selbstkritik zu üben, und das tue ich hiermit. Ich danke den Jugendlichen und besonders dem Genossen Wang Quanzhong für ihre offene Meinungsäußerung und erkläre in meiner Funktion als Farmleiter: Der Zuschuss wird mit sofortiger Wirkung gestrichen! Irgendwelche Einwände? Wenn nicht, ist die Versammlung hiermit beendet.«

Mit diesen Worten marschierte er schnurstracks davon, und die Bauern folgten ihm. Von seinem Auftritt überrumpelt, blickten die anderen Jugendlichen einander fragend an. Die Wut, die sich gut zwei Wochen lang in ihnen aufgestaut hatte, hatte auf einmal ihr Ziel verloren, und das gab ihnen ein schmerzliches Gefühl der Leere. Dennoch konnten sie Lais Beschluss als einen Sieg für sich verbuchen, und nach einer Weile stellte sich bei ihnen eine Hochstimmung ein, die nach ein paar Tagen allerdings schon wieder verflogen war.

Diese Ernüchterung war auch nicht weiter verwunderlich: Die Bauern hatten zwar ihren Zuschuss eingebüßt, und Lai hatte damit unseren Zorn über die Ungerechtigkeit etwas besänftigt, doch wir Jugendlichen hatten dafür kaum etwas hinzugewonnen. Zwar konnten wir nun bei der Verbuchung der Arbeitspunkte einen größeren Gegenwert für uns in Anspruch nehmen, doch der Zuwachs hielt sich in Grenzen: Wenn die sechzig Yuan, die vorher jeder der achtzehn Bauern im Jahr zusätzlich erhalten hatte, gleichmäßig auf die insgesamt sechsundachtzig Farmmitglieder verteilt wurden, ergab sich für jeden Einzelnen ein Zugewinn von nicht einmal zwölf Yuan. Auch diese Summe war natürlich nicht zu verachten, doch für überschwängliche Freude sorgte sie auch nicht gerade – zumal wir nicht sicher sein konnten, ob sie nicht genau wie das feste Gehalt, das Lai uns allen für die Zukunft in Aussicht gestellt hatte, nur ein leeres Versprechen war.

Und so vergaßen die Jugendlichen rasch ihren kleinen Triumph, während sich den Bauern ihre Niederlage umso schmerzlicher ins Gedächtnis brannte, denn sie hatten einen sehr handfesten Verlust erlitten: Fünf Yuan weniger im Monat fühlten sich für sie an, als hätte man ihnen ein Stück Fleisch aus der Brust geschnitten. Damit hatte sich der Wind auf der Farm schlagartig gedreht: Hatten die Bauern anfangs, als die Nachricht von ihrem geheimen Zuschuss zu uns durchgesickert war, noch unter Schuldgefühlen gelitten, so liefen sie nun ganz im Gegenteil mit grimmigen Mienen und zornfunkelnden Blicken umher.

Natürlich richtete sich der allgemeine Unmut der Bauern zuallererst gegen Wang Quanzhong. Lao Xiao zum Beispiel, der Gruppenführer der ersten Gruppe, war eigentlich ein gutherziger Mensch, der sonst immer ein freundliches Wort für die ihm anvertrauten Jugendlichen übrig hatte, doch nun trottete auch er nur noch mit finsterer Miene umher. Er schikanierte Quanzhong zwar nicht, doch er zeigte ihm die kalte Schulter.

Eines Abends nach der Arbeit, nachdem ich gemeinsam mit Lao Xiao die Rinder von den Feldern zu Gao Xiangfu zurückgeführt hatte, standen wir noch eine Weile zu dritt beieinander und plauderten, da kam Quanzhong am Eingang des Stalls vorbei. Der Gruppenführer nahm seine Pfeife aus dem Mund und zeigte auf ihn. »Das ist ein Hetzer«, zischte er.

Gao nickte nur.

Weil ich mit beiden befreundet war, sprachen sie ganz offen vor mir. Angesichts ihrer sonstigen Gutmütigkeit hatte ich Grund zu der Annahme, dass ihr Urteil über Quanzhong noch um einiges milder war als das der anderen Bauern. Das Gute im Menschen, sein Sinn für Gerechtigkeit stößt, so dämmerte mir, schnell auf Grenzen, wann immer er seine ureigensten Interessen verletzt sieht.

Fester und fester zog sich damals die Schlinge um Wang Quanzhongs Hals zusammen.

Wie Yan Zhe mir gegenüber analysierte, hatte der Genosse Hu gewiss aus der Ferne die Kontrolle über die Farm übernommen, denn Lai Ansheng suchte nun viel öfter als früher die Kommune auf, und er schaltete auch viel häufiger die Telefonverbindung frei. Mitunter blieben die Lautsprecher sogar stumm, wenn aus ihnen eigentlich die amtlichen Nachrichten hätten plärren müssen — wahrscheinlich weil Lai gerade wieder einmal mit der Kommune telefonierte.

Yan Zhe führte aber noch einen weiteren Grund für seine Vermutung an. »Lai ist ein alter Esel. Allein wäre er nie auf all diese gerissenen Schachzüge gekommen.«

Einer dieser Schachzüge bestand darin, dass der Farmleiter nun immer wieder spezielle Sitzungen einberief, auf denen die Bauern das »Umerziehungsniveau« der Jugendlichen beurteilen sollten. So viel sich Yan Zhe und Quanzhong sonst auch auf ihre Klugheit einbildeten, in diesem Fall mussten sie doch ihren Hut vor dem Genossen Hu ziehen. Denn diese Sitzungen standen äußerlich in völliger Übereinstimmung mit den politischen Vorgaben, sodass niemand gewagt hätte, sie als ein Ventil für niedere Rachegelüste abzutun.

Außerdem richtete sich die Attacke, die sich auf diesen Sitzungen formierte, erst einmal nur auf das Umfeld der eigentlichen Zielscheibe: auf Cui Zhenshan, Chen Jiang und Ji Ke, die alle bei dem Wirbel um die Wandzeitung mitgemischt hatten und zugleich nicht ohne Fehl und Tadel waren. Von Quanzhong selbst war anfangs noch gar nicht die Rede. Und die Urteile, die die Bauern fällten, waren durchaus ausgewogen: Sie vergaßen nicht, auch auf die Fortschritte hinzuweisen, die die Jugendlichen seit ihrer Ankunft auf der Farm gemacht hatten. Danach jedoch deckten sie schonungslos die Schwächen auf, im Fall von Zhenshan beispielsweise: Vor der Arbeit versuchte er sich stets mit List und Tücke zu drücken, und wenn er etwa mit einem anderen einen Karren ziehen sollte, hing sein Seil stets durch; immer wieder ergaunerte er sich kleine Vorteile und scheute auch nicht davor zurück, heimlich von dem Sesam zu naschen, der auf der Tenne trocknete. All dies war allgemein bekannt, doch niemand hatte es vorher in aller Öffentlichkeit zur Sprache gebracht. Nun jedoch, da sein Fehlverhalten offen angeprangert worden war, schlich der Kritisierte nur noch kleinlaut mit gesenktem Kopf umher.

Ein weiterer noch raffinierterer Schachzug bestand darin, dass Lai verkündete, die Urteile der Bauern würden in unseren persönlichen Akten festgehalten werden – »als wichtige Referenzen bei einer möglichen späteren Arbeitsvermittlung zurück in die Städte«. Dies war insofern eine ungewöhnliche Aussage, als von offizieller Seite damals stets betont wurde, die gebildeten Jugendlichen sollten »auf dem Land heimisch werden«. Unter uns Jugendlichen kursierten zwar Gerüchte, uns stünden in Kürze wieder die von uns so sehnlich erhofften Stellen in unseren Heimatstädten offen, doch öffentlich war davon nie die Rede. Umso höhere Wellen schlug nun die Ankündigung unseres Farmleiters – stand die Erfüllung unserer Träume womöglich unmittelbar bevor?

Quanzhong jedoch fand sich in eine ähnliche Isolation getrieben wie Yan Zhe zu Beginn der Kulturrevolution. Nicht nur die Bauern zeigten ihm die kalte Schulter, auch die Jugendlichen gingen ihm weitgehend aus dem Weg – darunter auch jene, die ihn vorher noch aufgestachelt und zum Helden verklärt hatten. Nur Yan Zhe verhielt sich ihm gegenüber unverändert freundschaftlich, ja, sogar noch vertrauter als vorher. Beim Essen hockte er stets plaudernd und scherzend mit Quanzhong zusammen, und danach rief er mich dazu:

»Qiuyun, Quanzhong und ich schieben das Schöpfrad, wasch du das Geschirr.«

Andernfalls wäre es Quanzhong so ergangen wie dem tripper-kranken Chen Xiukuan, und er hätte nicht einmal seine Schüssel spülen können.

Ich beobachtete Yan Zhes demonstrative Kameradschaft damals mit Sorge. Ursprünglich hatte er sich aus der Wandzeitung und allem, was damit verbunden war, herausgehalten, und die Bauern hegten keinen Groll gegen ihn. Doch nun schien er bewusst den Blitzableiter für seinen Freund spielen zu wollen. Dennoch konnte ich ihn schlecht dazu drängen, sich von Quanzhong abzuwenden, denn das wäre allzu schäbig und treulos gewesen – und war sein Gerechtigkeitssinn nicht genau das, was mich so zu ihm hinzog? Mir blieb nichts anderes übrig, als die Rolle der stillen Zuschauerin einzunehmen.

Diese Situation zog sich bis zur allherbstlichen Besprechung über die Verteilung der Arbeitspunkte hin. Solche Besprechungen fanden – genau wie die Verbuchung der Punkte und die Gesamtabrechnung – zweimal im Jahr statt, im Sommer und im Herbst. Naturgemäß brachen bei solchen Anlässen immer wieder untergründig schwelende Konflikte offen aus. Yan Zhe und Quanzhong hätten sich unter normalen Umständen trotzdem keine Sorgen machen müssen, denn abgesehen von den elf Arbeitspunkten, die für Lao Xiao als Gruppenführer reserviert waren, schienen auch ihre jeweils zehn Punkte unumstößlich festzustehen; niemand hatte je daran gerüttelt. Denn beide pflegten sowohl die körperlich besonders schweren Arbeiten wie das »Haufenwerfen« des Strohs beim Weizendreschen zu übernehmen als auch jene Aufgaben, die hohes Geschick erforderten, wie etwa das Worfeln, bei dem man mit einer Schaufel das Getreide gegen den Wind warf, um so die schwereren Körner von der leichteren Spreu zu trennen.

Kurz vor der Sitzung kommandierte mich Lao Xiao zur Mühle ab. Erst später dämmerte mir, dass er mich so gezielt von der Sitzung ferngehalten hatte. So erfuhr ich von dem, was sich dort abspielte, erst hinterher aus Yan Zhes Mund.

Zuerst stand die Beurteilung von Lao Xiao an, dessen Selbsteinschätzung von elf Punkten anstandslos abgenickt wurde. Als der Gruppenführer danach um eine Beurteilung von Quanzhongs Arbeitsleistung bat, passierte etwas Seltsames: Die ganze Versammlung blieb stumm. Ma Drei, Xiao Lei, der Blinde Huang, all die Jugendlichen, die sonst mit Quanzhong und Yan Zhe befreundet waren, senkten nur betreten die Köpfe. Yan Zhe und Quanzhong wechselten einen enttäuschten Blick.

Erst im Nachhinein erfuhren sie, dass sie den anderen keinen Vorwurf machen konnten. Lai Ansheng nämlich hatte mit allen Jugendlichen der ersten Gruppe (außer Yan Zhe, Quanzhong und mir, die ich bei der Sitzung »verhindert« war) im Vorfeld Gespräche geführt, in denen er ihnen gedroht hatte, sie dürften Quanzhong auf keinen Fall mehr als neun Punkte zusprechen. Ein Punkt weniger würde für ihn keine großen finanziellen Einbußen bedeuten – dem Farmleiter ging es vielmehr darum, dem Stolz seines Widersachers einen Dämpfer zu verpassen.

Doch Quanzhong stand bei den Jugendlichen in hohem Ansehen, und seine Arbeitsleistung war ohnehin über jeden Zweifel erhaben. Dass die anderen Jugendlichen sich auf der Sitzung in Schweigen hüllten, war in Wahrheit ein stummer Protest, ein Kompromiss zwischen ihrem Gewissen und der Unterwerfung unter die Macht des Farmleiters. So schwer das Schweigen ringsum auch auf Quanzhong lastete – Lao Xiao als Sitzungsleiter muss es sogar noch unerträglicher gefunden haben.

Weil Quanzhong und Yan Zhe in diesem Moment aber die Hintergründe nicht ahnten, waren sie sehr enttäuscht und verbittert.

»Dann mache ich einen Vorschlag: zehn Punkte für Quanzhong«, brach Yan Zhe endlich das Schweigen.

»Das entspricht auch meiner Selbsteinschätzung«, stimmte Quanzhong zu. »Ihr alle wisst, wie ich in diesem Jahr gearbeitet habe. Ich muss darüber keine großen Worte mehr verlieren.« Da ergriff ein Mädchen namens Xu Xingfang das Wort, die seit einem halben Jahr als Museumsführerin für eine Ausstellung zur Revolutionsgeschichte in der Kreisstadt abgestellt war, im Vergleich zu uns also einen Traumjob hatte, der mit gutem Essen, weniger körperlicher Arbeit und monatlichen Zusatzeinnahmen verbunden war. Sie war eigens aus der Kreisstadt zurückgekehrt, um an dieser Sitzung teilzunehmen.

»Da ich im letzten halben Jahr nicht auf der Farm gewesen bin«, erklärte sie lächelnd, »habe ich in dieser Angelegenheit eigentlich gar kein Mitspracherecht. Aber ich finde Quanzhongs Äußerung ziemlich unangemessen: Er gibt damit einen gewissen Hochmut zu erkennen. Wir Jugendlichen sind hier, um uns von den einfachen Bauern umerziehen zu lassen, und dabei müssen wir strenge Maßstäbe an uns selbst anlegen und dürfen uns nicht vorschnell mit dem Erreichten zufriedengeben. Vielleicht irre ich mich ja, ich möchte das Quanzhong nur zu bedenken geben, und ...«

Yan Zhe war intelligent genug, um zu begreifen, was hier vor sich ging. Xingfangs Bemerkung klang weit hergeholt, doch Yan Zhe wusste, wie schlau ihr Einwurf war. Ohne die eigentliche Frage anzuschneiden, hatte sie damit halbwegs ihre Schuldigkeit gegenüber Lai getan. Denn aus Angst, sie könnte andernfalls ihren Job in der Kreisstadt verlieren, ganz zu schweigen von der Aussicht auf einen späteren guten Arbeitsplatz, wagte sie nicht, den Farmleiter gegen sich aufzubringen.

»Bleib bei der Sache!«, fiel Yan Zhe ihr ins Wort, in seiner Stimme klangen dabei gleichzeitig Traurigkeit, Mitleid, Verachtung und Empörung durch. »Heute geht es um die Verteilung der Arbeitspunkte, und die bemisst sich gemäß unseren sozialistischen Prinzipien ausschließlich nach der Arbeitsleistung des Betreffenden.

Xingfang, wie du selbst sagst, hast du von der Lage hier keine Ahnung, also halt am besten den Mund und überlass das Reden den Leuten, die Ahnung haben.«

Xingfang errötete und erwiderte nichts mehr, und die anderen Jugendlichen hüllten sich in ein noch verbisseneres Schweigen. Beklommen und wütend zugleich, holte Lao Xiao zum entscheidenden Schlag aus:

»Unsere heutige Sitzung führt zu keinem Ergebnis. Wir haben zu viele tüchtige Arbeitskräfte in unserer Gruppe, und ich bin nicht in der Lage, allen gerecht zu werden. Auf Anweisung unseres Farmleiters soll deshalb die Bauernversammlung über die Verteilung der Arbeitspunkte entscheiden. Die Sitzung ist hiermit beendet.«

Am nächsten Tag setzte die Bauernversammlung die Arbeitspunkte für die zehn Mitglieder unserer ersten Gruppe fest. Die meisten von uns wurden mehr oder weniger fair beurteilt, nur Quanzhong und Yan Zhe wurde je ein Punkt abgezogen.

»Um Yan Zhe tut es mir wirklich leid«, kommentierte Gao Xiangfu mir gegenüber später voll aufrichtigem Bedauern. »Eigentlich wollten wir nur Quanzhong eine Lektion erteilen, aber dann hat sich Yan Zhe selber in die Schusslinie gebracht.«

Für meinen Freund bedeutete dieser Beschluss, dass das leichte Plus auf seinem Punktekonto in ein leichtes Minus umkippte und er der Farm nun zwei Yuan und drei Mao schuldete. An dem Geld lag ihm nichts, doch die Herabsetzung, die sich in dem Punktabzug ausdrückte, traf ihn schwer. Noch lange danach blickte er grimmiger drein als Quanzhong. Den Bauern entging seine Wut nicht, und niemand von ihnen wagte es, ihn zu reizen. Selbst Lai Ansheng hielt sich mit Provokationen zurück.

Natürlich half diese Arbeitspunkteverteilung nicht dabei, den Konflikt zwischen den Bauern und den Jugendlichen zu entschärfen – im Gegenteil. Und Lai Ansheng hatte einen zweiten erbitterten Widersacher hinzugewonnen. Die übrigen Jugendlichen schlossen sich dieser Opposition zwar nicht offen an, doch die unterschwellige Macht, die von ihren beiden Trägern ausging, war nicht zu unterschätzen.

Es schwelte also weiter auf der Farm, die Frage war nur, wann aus dem Schwelbrand ein loderndes Feuer werden würde. Yan Zhe traf sich kaum noch mit mir – ich wusste, er wollte mich nicht in die Angelegenheit mit hineinziehen. Tatsächlich hatte ich schon bemerkt, dass sich die Bauern mir gegenüber auf subtile Weise anders verhielten, seit er sich selbst zum Außenseiter gestempelt hatte: Sie redeten in meiner Gegenwart nicht mehr so zwanglos wie früher.

Mein Freund steckte nun viel mit Quanzhong zusammen, um unter vier Augen zu besprechen, wie sie am besten auf die vermutliche weitere Entwicklung reagieren sollten. Einige Tage später, auf einer für alle Farmmitglieder anberaumten politischen Schulung, stand Quanzhong plötzlich auf und ergriff das Wort:

»In letzter Zeit soll jemand in einem Dorf hier in der Nähe heimlich Getreide gekauft haben. Das stellt einen Verstoß gegen die staatliche Politik des zentral gesteuerten An- und Verkaufs dar. Deshalb ersuche ich die Farmleitung darum, dieser Angelegenheit auf den Grund zu gehen und uns danach Bericht darüber zu erstatten.« Mit einem Lächeln fügte er hinzu: »Das ist zwar kein schweres Vergehen, aber ein Führungskader sollte doch besonders hohe Maßstäbe an sich selbst anlegen.«

Seine Forderung sorgte erst einmal für allgemeine Sprachlosigkeit. Jeder wusste, gegen wen sich seine Anschuldigung richtete: gegen den Genossen Hu von der Volkskommune. Hus Familie wohnte in der Kreisstadt, und weil sein Gehalt zwar hoch, aber das Getreide dort knapp war, hatte er erst vor wenigen Tagen Lai Ansheng beauftragt, einen Sack Weizen für ihn zu kaufen. Dass sich Kader aus der Kreisstadt auf den Dörfern heimlich mit

Getreide eindeckten, war ein offenes Geheimnis und galt, solange niemand dagegen vorging, als nicht weiter der Rede wert. Wenn allerdings jemand wie Quanzhong daraus einen Vorwurf machte, konnte man ihn schlecht ignorieren, denn die offiziellen staatlichen Vorgaben sprachen eine klare Sprache.

Lai Ansheng war aus dem Konzept gebracht. Er wusste, dass das von Quanzhong angeprangerte Fehlverhalten nur ein Bagatelldelikt war, das mit nicht mehr als einer schriftlichen Selbstkritik bereinigt wäre. Doch der springende Punkt war: Dieser Grünschnabel hatte ihn – zusammen mit dem anderen Grünschnabel Yan Zhe – unter einem Vorwand öffentlich herausgefordert, um ihm zu demonstrieren, dass sie sich seinem Druck nicht im Geringsten beugten.

An diesem Abend blieben die Lautsprecher an den Wänden einmal wieder stumm – offensichtlich führte Lai ein langes Telefonat mit dem Genossen Hu. Kurz danach bestellte Hu über den Farmleiter Yan Zhe zu sich ein. Diese Nachricht kam für uns alle völlig überraschend – schließlich war Hu inzwischen stellvertretender Leiter des Revolutionskomitees der Volkskommune und offiziell gar nicht mehr zuständig für uns gebildete Jugendliche, sodass er unter normalen Umständen nicht mit uns verkehrte.

Yan Zhe grübelte lange, ehe er vor seinem Aufbruch noch einmal Quanzhong aufsuchte, um ihm zu versichern:

»Keine Sorge. Ich lasse es nicht zu, dass er einen Keil zwischen uns treibt.«

Quanzhong klopfte ihm nur mit einem breiten Lächeln auf die Schulter.

Yan Zhe glaubte, Genosse Hu wolle ihn und Quanzhong entzweien, um Letzteren noch härter abzustrafen. Er rechnete mit dem Schlimmsten, als er zur Kreisstadt aufbrach, ein wenig wie ein tragischer Held, der in eine aussichtslose Schlacht zieht.

Als er das Büro des Genossen Hu betrat, war der Kader gerade in eine Unterhaltung vertieft und bedeutete ihm mit einer Geste, er möge sich setzen und kurz warten. Das Büro war ziemlich groß, doch eher schäbig möbliert. Nur ein hübscher Korbsessel und zwei Landkarten – eine von China und eine von der Welt – verrieten, dass der Büroinhaber eine Stufe über einem Farmleiter stand.

Genosse Hu war ein Armeekader des fünfzehnten Rangs, der vor der Kulturrevolution stets auf dem Land gedient hatte. Nach Ausbruch der Kulturrevolution war er als Parteigänger der falschen Seite in Ungnade gefallen und an die Basis geschickt worden, sprich: auf unsere Farm. Mit seiner untersetzten, stämmigen Statur und seinem wuchernden Vollbart sah er aus wie ein Haudegen aus dem alten chinesischen Roman *Die Räuber vom Liangshan-Moor*. Angeblich hatte er sich, als er noch auf dem Land gearbeitet hatte, jedes Mal, wenn er an einen neuen Ort gekommen war, als Erstes nach einem tüchtigen Bartscherer erkundigt, denn nur ein sehr scharfes Rasiermesser konnte es mit seinem Haargestrüpp aufnehmen. Als Farmleiter hatte er sich sehr umgänglich gegeben. Nachdem er von Yan Zhes tiefer Angst vor Bettwanzen erfahren hatte, hatte er ihm sogar seine Decke aus Hundefell geliehen – angeblich ein bewährtes Mittel gegen die kleinen Schmarotzer, das in diesem Fall aber leider versagte. Doch so freundlich er im persönlichen Umgang sein konnte, so einschüchternd war er als Farmleiter. Lai Ansheng fürchtete ihn, und auch so ein notorischer Unruhestifter wie Cui Zhenshan erlaubte sich bei ihm keine Mätzchen.

Nachdem sein Besucher gegangen war, erhob sich Hu, um Yan Zhe eine Tasse Tee einzuschenken, und fragte ihn geradeheraus:

»Yan Zhe, dass die Bauern dir nur neun Punkte gegeben haben, findest du ganz schön ungerecht, stimmt's?«

Von so viel Direktheit überrumpelt, stutzte Yan Zhe einen Moment, ehe er unverblümt antwortete: »Stimmt.«

»Mir geht's genauso. Lai Ansheng, der alte Esel, hat alles verbockt. Es liegt weder in deinem noch in meinem Interesse, dass die Dinge so aus dem Ruder gelaufen sind. Ich weiß, dass du eigentlich nichts mit der Wandzeitung von Wang Quanzhong zu tun haben wolltest, oder? Ich habe dich heute hierhergebeten, um mich einmal ganz offen mit dir auszusprechen. Du musst nichts vor mir verbergen, in Ordnung?«

Wachsam blickte Yan Zhe seinen ehemaligen Farmleiter an. Er wusste nur zu gut, was für ein alter Fuchs Hu war. »In Ordnung«, nickte er.

Mit der ihm eigenen Eloquenz setzte Hu daraufhin zu einer längeren Rede an. Zunächst ging er darauf ein, warum er seinerzeit keine andere Wahl gehabt habe, als eine geheime Sonderzulage für die Bauern einzuführen. »Ich weiß, dass ihr gebildeten Jugendlichen es auch nicht leicht habt, aber zumindest müsst ihr keine hungrigen Mäuler stopfen, im Gegenteil, ihr werdet sogar meist noch mehr oder weniger von euren Familien unterstützt. Und dann ist da noch etwas, was ich eigentlich gar nicht sagen sollte: Ihr seid nur vorübergehend auf dem Land. Ein paar Jahre Plackerei, und ihr könnt wieder in eure Heimatstädte zurückkehren. Aber die Bauern müssen ihr Leben lang dort bleiben! Und nun sag selbst: War es so überzogen, dass ich den Bauern diesen kleinen Zuschuss gewährt habe?«

Yan Zhe konnte sich dieser so offenherzig vorgetragenen Argumentation nicht verschließen. »Nein, das war es nicht«, gab er zu. »Ganz am Anfang, als mich Cui Zhenshan gegen die Bauern aufstacheln wollte, habe ich ihm sogar das Gleiche gesagt.«

»Ich danke dir! So ein unparteiisches Urteil aus dem Mund eines Jugendlichen bedeutet mir viel. Eigentlich hätte es gar nicht so weit kommen müssen, dass dein Freund diese Wandzeitung geschrieben hat. Wenn Lai Ansheng einfach ein offenes Gespräch mit euch geführt und euch gesagt hätte, was ich dir gerade erklärt habe, dann hätte Quanzhong dafür doch bestimmt auch Verständnis gehabt, oder? Schade, dass dieser Lai so ein Esel ist! Er will immer alles mit der Brechstange durchziehen, und so hat er es vermasselt.«

»Ja, Quanzhong hat nur aus einem Moment der Wut heraus gehandelt. Eigentlich ist er ein sehr gutmütiger Mensch.«

»Aber damit habt ihr uns nun in eine Sackgasse gebracht. Vor allem habt ihr den achtzehn Bauern in die Suppe gespuckt – kein Wunder, dass sie euch nun dafür hassen! In Wahrheit wollten wir Quanzhongs Punktzahl nur zum Schein herabsetzen, damit die Bauern ein bisschen Dampf ablassen können. Lai sollte die neun Punkte dann heimlich wieder auf die alten zehn heraufsetzen, und beide Seiten wären zufrieden. Ich konnte ja nicht ahnen, dass du dich wieder auf die Seite deines alten Kumpels schlagen würdest. Und so hast du nun auch dein Fett abbekommen, weil die Erregung unter den Bauern so hochgekocht ist, dass wir sie nicht mehr unter Kontrolle hatten.«

Yan Zhe war von dieser Enthüllung überrascht. Er dachte eine Weile drüber nach und musste schließlich zugeben, dass sie plausibel war und nicht wie eine Lüge klang.

»Sie haben wohl nicht erwartet, dass ich so sauer werde. Und zwar sauer zu Recht«, antwortete er nicht im Geringsten kleinlaut.

Genosse Hu lachte herzhaft. »Ja, das gebe ich zu! Und genau das war mein Fehler: dass ich nicht mit eurer durchaus gerechtfertigten Reaktion gerechnet habe. Aber nun, wo die Dinge so außer Kontrolle geraten sind, sollten wir uns einen Weg überlegen, wie wir alles wieder geradebiegen können. Denn es liegt sicher auch nicht in deinem Interesse, dass, wenn Arbeitsplätze in eurer Heimatstadt frei werden, eure achtzehn Bauern ihre Zustimmung für dich und deinen Freund verweigern, oder?«

Yan Zhe erschrak. Dieses Szenario war gar nicht unwahrscheinlich.

Dem Kader entging nicht, dass er einen Nerv getroffen hatte.

»Dann lass uns gemeinsam überlegen«, fuhr er freundschaftlich fort, »wie wir euch beide wieder aus dieser Lage herausmanövrieren können. Euer Arbeitspunkteabzug ist eine Tatsache, damit sollten wir uns nicht länger aufhalten. Ich denke mal, die achtzehn Mao, die euch dadurch verloren gehen, könnt ihr aushalten. Um die Bauern zu besänftigen, müsst ihr nun allerdings selbst die Initiative ergreifen. Wenn du wieder auf der Farm bist, solltest du Quanzhong gut zureden, dass er bei der nächsten Versammlung von sich aus Selbstkritik übt, um den Weg für eine Versöhnung mit den Bauern zu ebnen. Ich verbürge mich persönlich dafür, dass die ganze Angelegenheit nicht in euren Akten vermerkt wird und euch daraus keine Nachteile erwachsen, wenn Arbeitsplätze in der Stadt frei werden.

Und wenn euer Esel von Farmleiter es wagen sollte, euch zu schikanieren«, fügte er grinsend hinzu, »sagt mir einfach Bescheid. Selbst wenn ich dann nicht mehr in der Kommune bin, könnt ihr mich auch in der Kreisleitung aufsuchen. Lai Ansheng ist nicht so dreist, dass er sich über meine Meinung hinwegsetzen würde.«

Beiläufig hatte er damit verraten, dass sein Aufstieg in die Kreisleitung unmittelbar bevorstand. Tatsächlich wurde er kurz darauf zum stellvertretenden Leiter des für die Produktion zuständigen Revolutionskomitees auf Kreisebene befördert.

Yan Zhe zögerte. Er fühlte sich nicht berechtigt, stellvertretend für seinen Freund eine Selbstkritik für ein Fehlverhalten zu versprechen, das es so nicht gegeben hatte. Unvoreingenommen betrachtet, lag die Schuld bei Lai Ansheng, und dennoch sollte Quanzhong nun Prügel beziehen. Andererseits war der Vorschlag des Genossen Hu angesichts der realen Machtverhältnisse zweifellos vernünftig.

Der Kader ahnte, was in ihm vorging, und fuhr freimütig fort: »Ich hoffe, du kannst deinen Freund zum Einlenken bringen, auch wenn er nichts falsch gemacht hat. Ein kluger Mann kann auch mal zurückstecken, wenn es die Situation erfordert – und so eine kleine Entschuldigung ist doch schnell getan. Ihr solltet nie das große Ganze aus den Augen verlieren. Ihr wollt doch keine Stubengelehrten sein! Im Vertrauen gesagt: Das große Ganze, das erfordert von euch zuallererst, dass ihr eure Beziehung zu den Bauern wieder zurechtrückt, damit ihr schnell an einen guten Arbeitsplatz kommt. Das bisschen Geld kann euch doch egal sein! Yan Zhe, ich habe ganz offen mit dir geredet, ich will das Beste für euch und die Farm. Ich will mit dir keine Spielchen spielen. Wenn du mir recht gibst, dann folge meinem Rat.«

»Ich werde Quanzhong gut zureden«, versprach Yan Zhe aufrichtig. »Danke, Genosse Hu. Sie sind ein anständiger Mensch.«

»Ein anständiger Mensch! Ein schöneres Lob kann ich mir nicht wünschen. Ich danke dir. Du bist aber auch ein anständiger Mensch! Weißt du eigentlich, dass ich große Stücke auf dich halte? Ich war schon immer überzeugt, dass du mehr als jeder andere unter euch Jugendlichen dazu bestimmt bist, Großes zu leisten.«

Tief bewegt von so viel Anerkennung, verabschiedete Yan Zhe sich von dem Kader. Zurück auf der Farm, erstattete er Quanzhong wahrheitsgetreu Bericht. Sein Freund sann einen Moment darüber nach, ehe er antwortete:

»Ich gebe zu, dass Genosse Hu recht hat. Ich bin nur ein kleines Licht und sollte mich nicht so aufspielen. Aber wenn er sich früher an dich oder direkt an mich gewandt hätte, um reinen Tisch zu machen, hätte er erst gar nicht so viel Energie mit diesen Machtspielchen verschwenden müssen.«

Yan Zhe schmunzelte. Er wusste, was Quanzhong mit den »Machtspielchen« meinte: die zwei Monate, in denen sie beide das Gefühl gehabt hatten, dass sich eine Schlinge immer straffer um ihren Hals zuzog. Eine Zeit lang hatten sie tatsächlich geglaubt, Genosse Hu wolle sie zum Bauernopfer machen.

»Nun denkst du doch wieder zu sehr wie ein Stubengelehrter«, erwiderte er. »Genosse Hu konnte gar nicht anders handeln, das liegt in seiner Natur. Erst wollte er uns einen heftigen Schlag versetzen, um uns einzuschüchtern, und uns dann gut zureden, damit wir nach seiner Pfeife tanzen. Daran sieht man, was für ein alter Fuchs er ist. Aber ich glaube wirklich, dass er im Grunde seines Herzens keinen Gefallen daran findet, andere fertigzumachen – er tut das nur, um die Lage im Griff zu behalten, als Mittel zum Ziel, nicht als Selbstzweck. Insofern halte ich ihn tatsächlich für einen anständigen Kerl.«

Quanzhong nickte nachdrücklich und erklärte, ohne zu zögern: »Also gut, ich werde Selbstkritik üben. Allerdings«, setzte er nachdenklich hinzu, »hat Genosse Hus Anstand auch Grenzen. Denk nur mal an die Schweinereien, die Lai Ansheng mit den Mädchen treibt – meinst du etwa wirklich, der Genosse hat davon keinen Wind bekommen? So gewieft, wie er ist, kann ich mir das schwer vorstellen. Aber er stellt sich taub und gießt Öl auf die Wogen – mit Anstand hat das wenig zu tun.«

»Da hast du allerdings recht«, gab Yan Zhe seufzend zu.

Kurz danach übte Quanzhong auf einer Versammlung vor allen Farmmitgliedern öffentlich Selbstkritik, und bald verlief das Zusammenleben wieder in den gewohnten Bahnen. Die bis zum Zerreißen gespannte Atmosphäre zwischen den Bauern und den Jugendlichen entspannte sich, ja, Lao Xiao war nun sogar noch freundlicher als vorher zu Yan Zhe und Quanzhong, die ihrerseits nicht nachtragend waren. Im Gegenteil, sie bemühten sich sogar, die Beziehung zu ihrem Gruppenführer zu verbessern.

Erst jetzt, dank Lao Huos Enthüllung, begriff Yan Zhe, was den damaligen Verhaltenswandel bei den Bauern mehr als alles andere bewirkt hatte: die heimliche Wiedereinführung ihrer Sonderzulage. Gutmütig, wie Lao Xiao, Lao Chu, Gao Xiangfu und die anderen Bauern im Grunde ihres Herzens waren, fühlten sie sich nun uns Jugendlichen gegenüber wieder schuldig, da sie ihr Geld auf unsere Kosten zurückerlangt hatten.

Eine Entwicklung freilich hatte vermutlich selbst Genosse Hu all seiner Gerissenheit zum Trotz damals nicht vorhergesehen: Kaum hatte Lai Ansheng die Krise auf seiner Farm so unbeschadet überstanden, agierte er despotischer als je zuvor. Denn nun fühlte er sich gleich durch zwei Erkenntnisse gestärkt: Die Sehnsucht danach, in die Stadt zurückkehren zu dürfen, war der wunde Punkt, an dem man alle Jugendlichen packen konnte; und niemand würde es mehr wagen, sich mit einer Wandzeitung offen gegen ihn zu stellen.

Nachdem der Buchhalter gegangen war, versank Yan Zhe in Grübeln. Er fragte mich zwar nach meiner Meinung, wie wir das Arbeitspunktesystem umstellen könnten, doch ich machte nur einige unausgegorene Vorschläge, die ihn entsprechend wenig beeindruckten. Ich glaube, in Wahrheit hatte er in diesem Moment ohnehin schon seinen Entschluss gefasst.

Am nächsten Abend berief er eine große Versammlung ein. Wir trafen uns auf dem Dreschplatz, auf dem das Weizenstroh sich zum Trocknen türmte. Die hohen Haufen hoben sich wie schwarze Scherenschnitte gegen den Nachthimmel ab. Das fahle Licht der Mondsichel schien auf die über achtzig Personen, die als »neue Menschen« auf der Farm geboren waren, und ein herbstlicher Wind strich über ihre Gesichter. Yan Zhe stellte sich auf das Podest in der Mitte der Menge und erklärte ruhig:

»Es ist Herbst, und die Verteilung unserer Gelder steht wieder an. Auf der letzten Sitzung unseres Leitungsgremiums wurden dafür einige Richtlinien festgelegt, die damals noch vertraulich waren. Doch wir leben jetzt auf einer anderen Farm, einer Farm in einem neuen Geist, und wie ich euch einmal versprochen habe, soll es unter uns keine Geheimniskrämerei mehr geben. Deshalb bitte ich nun Lao Huo als unseren Buchhalter, euch die bisherigen Richtlinien zu erläutern. Ob diese Richtlinien gerechtfertigt sind und ob wir sie weiter befolgen wollen, liegt vollkommen in eurem Ermessen. Bitte, Lao Huo.«

Natürlich hatte er damit ein hochexplosives Thema angeschnitten, doch die Farm war tatsächlich nicht mehr dieselbe wie früher, und seine Zuhörer lächelten weiter still vor sich hin, während sie auf Lao Huo warteten. Der Buchhalter jedoch schien von panischer Angst gepackt; den Mund weit aufgerissen, starrte er seinen Farmleiter ungläubig an. Als Yan Zhe ihn noch einmal ermunterte, auf das Podest zu steigen, zitterten seine Beine so heftig, als wollten sie ihm tatsächlich ihren Dienst versagen.

Endlich überwand er sich dazu vorzutreten, doch sein flehentlicher Blick verriet, wie verzweifelt er darauf hoffte, Yan Zhe könnte sich im letzten Moment noch eines Besseren besinnen. Seine angstverzerrte Miene war so ein starker Kontrast zu den Gesichtern in der Menge, dass sich tief in mir eine vage Ahnung regte, dass hier etwas nicht stimmte – doch was genau es war, wusste ich noch nicht zu benennen.

»Bitte sehr, Lao Huo«, ermutigte ihn Yan Zhe ruhig.

»Genosse Yan ...«, bettelte der Buchhalter.

»Du kannst freiheraus sprechen. Ich übernehme die volle Verantwortung.«

»Genosse Yan ...«

Sooft ihn sein Farmleiter auch drängte, Lao Huo brachte einfach nicht den Mut auf, die geheimen Richtlinien öffentlich bekannt zu geben. Offensichtlich war er davon überzeugt, er würde damit eine verheerende, nicht mehr aufzuhaltende Lawine ins Rollen bringen. So unterwürfig er sich sonst immer gegenüber Höhergestellten gebärdet hatte, so überraschend stur stellte er sich nun. Wieder meldete sich meine Ahnung, dass hier etwas faul war, und diesmal stärker als zuvor.

Auch Yan Zhe hatte mit so viel Starrsinn nicht gerechnet. Sein Gesicht verfinsterte sich, und er legte nun einige Schärfe in seine Stimme:»Lao Huo!«

Der Buchhalter wurde kreidebleich und wagte sich nicht länger zu widersetzen. Die Vorgaben zur Gelderverteilung, die er schließlich stockend und stammelnd bekannt gab, ließen sich in drei knappen Punkten zusammenfassen. Erstens: Die geheime Sonderzulage für die Bauern war insgeheim längst wieder eingeführt worden. Zweitens: Lai Ansheng hatte für sich selbst unter der Hand ein monatliches Gehalt von fünfundzwanzig Yuan festgesetzt. Drittens: Seitdem sich die Aufregung um die Wandzeitung und ihre Beschwerden wieder gelegt hatte, genoss auch Zhuang Xuexu als stellvertretender Farmleiter dieselbe Vorzugsbehandlung wie die Bauern, in Form eines Zuschusses von monatlich fünf Yuan.

Als Lao Huo mit seiner Beichte fertig war, wagte er seinen Zuhörern kaum ins Gesicht zu sehen – immerhin hatte er soeben bei Bauern und Jugendlichen eine tiefe, vermeintlich kaum verheilte Wunde wieder aufgerissen und auch noch Salz hineingestreut. Die Reaktion des Publikums hätte er sich in seinen kühnsten Träumen nicht ausgemalt: Alle lächelten unvermindert friedlich vor sich hin, als beträfe sein Bericht sie gar nicht.

»Danke für die Aufklärung, Lao Huo. Du kannst jetzt wieder vom Podest steigen«, erlöste Yan Zhe seinen Buchhalter, ehe er sich an die Menge wandte. »Nun seid ihr alle dazu eingeladen, unser weiteres Vorgehen zu diskutieren. Ich werde mich eurem Urteil vorbehaltlos anschließen.«

Nach einer kurzen Pause meldete sich schon der erste Teilnehmer zu Wort. »Ich möchte etwas sagen«, begann Lao Xiao, nachdem er aufgestanden war. »Der Zuschuss für uns Bauern ist ungerecht, wir sollten ihn abschaffen. Von jetzt an begnügen wir uns mit unseren elf Arbeitspunkten, das gibt uns ein besseres Gefühl. Eigentlich waren wir vor dieser Versammlung auch schon dazu entschlossen. Lao Huo hat uns zwar ständig gedrängt, den Zuschuss für die letzten zwei Monate abzuholen, aber niemand von uns hat das gemacht.«

Er setzte sich wieder, stand aber gleich noch einmal auf, um zu ergänzen: »Ich war früher sehr egoistisch. Deshalb war ich wütend auf Wang Quanzhong und habe ihm einen Punkt weniger gegeben, um mich an ihm zu rächen. Das war nicht richtig von mir. Ich entschuldige mich dafür bei ihm. Und dass ich dir, Genosse Yan, auch einen Punkt weniger gegeben habe, das war sogar noch unrechter. Auch dich bitte ich um Verzeihung.«

Prompt erhob sich auch Wang Quanzhong. »Ich habe euch Bauern damals aber auch unrecht getan, weil ich mich nicht in euch hineinversetzt habe. Ihr habt schließlich Frauen und Kinder zu versorgen, und deshalb habt ihr es viel schwerer als wir Jugendlichen. Darum habe ich nichts dagegen einzuwenden, wenn wir euch weiter eure Sonderzulage auszahlen.«

»Ich habe auch nichts dagegen«, stimmte Cui Zhenshan zu. »Außerdem habe ich noch etwas zu mir selbst zu sagen: Früher habe ich mir ständig Vorteile erschlichen. Jetzt tue ich zwar redlich meine Arbeit, aber vorher habe ich mich immer davor gedrückt. Deshalb sind die acht Punkte, die ihr mir das letzte Mal gegeben habt, zu viel. Ich bitte um einen Punkt weniger.«

Nun waren alle Dämme gebrochen, und jeder, der sich zu Wort meldete, tat es aus gleichermaßen selbstlosen Motiven. Obwohl ich wusste, dass sich dieses Schauspiel der Ameisenessenz verdankte, war ich davon tief gerührt: Wenn unsere Farm doch auf ewig diesen noblen Geist bewahren könnte!

Auch Lai Ansheng versuchte immer wieder, sich zu Wort zu melden, wartete aber geduldig, bis er endlich an die Reihe kam.

»Dass Lai Ansheng« – er sprach von sich selbst tatsächlich in der dritten Person – »für sich ein Gehalt von fünfundzwanzig Yuan festgesetzt hat, war schamlos von ihm, denn er war ja kein staatlicher Kader und hat vom Staat auch nie Geld bekommen. Also hat er sich das Geld auf Kosten der anderen genommen. Wir sollten sein Gehalt unbedingt streichen.« Nun erst wechselte er zur ersten Person über: »Von jetzt an will ich nur von meinen elf Arbeitspunkten leben, die sind wenigstens redlich verdient.«

Auch Xuexu meldete sich nun zu Wort, und auch er sprach – vielleicht unter dem Einfluss seines Vorredners – von sich selbst zunächst in der dritten Person. »Dass Zhuang Xuexu sich einen Sonderzuschlag hat zahlen lassen, war genauso schamlos, schließlich ist er kein Bauer. Und dann hat er auch noch die Jugendlichen gegen die Bauern aufgehetzt, während er selbst heimlich seinen Zuschlag kassiert hat – das war wirklich niederträchtig. Aber genug davon, das ist Vergangenheit. Jedenfalls sollten wir meinen Zuschlag unbedingt streichen. Meine Arbeitspunkte sind mehr als genug.«

»Ich möchte einen Vorschlag zur Diskussion stellen«, warf Gao Xiangfu ein. »Lai Ansheng sagt, er will auf sein Gehalt verzichten, und wir sollten seinen Wunsch erfüllen. Jetzt ist aber der Genosse Yan unser Farmleiter, und deshalb sollten wir das Gehalt an ihn auszahlen. Schließlich haben wir alle mit eigenen Augen gesehen, wie sehr er sich für unsere Farm ins Zeug legt, oder etwa nicht?«

Wenn jemand anders diesen Vorschlag gemacht hätte, der nicht unter dem Einfluss der Ameisenessenz stand, hätte ich ihn für einen Speichellecker gehalten. Doch Gao meinte es offenkundig vollkommen aufrichtig.

Yan Zhe schaute genauso verblüfft wie ich, während Sun Xiaoxiao schon die nächste Anregung hinterherschob:

»Wir dürfen aber auch Qiuyun nicht vergessen! Sie hat Yan Zhe immer so viel geholfen! Sie hat mehr für die Farm getan als der stellvertretende Leiter, auch wenn sie keinen solchen Posten hat. Deshalb schlage ich vor, dass wir Qiuyun auch ein festes Gehalt zahlen – wie wäre es mit zwanzig Yuan?«

Xuexu äußerte sogleich seine Zustimmung, und eine Reihe von

Jugendlichen und Bauern schloss sich ihm an. Yan Zhe sah mir an, in welche Verlegenheit mich das brachte, und wusste, dass er nun auch selbst Stellung beziehen musste.

»Wie ich gerade gesagt habe, liegt die Verteilung der Gelder in euren Händen. Nur was mich selbst angeht, müsst ihr meinen Willen respektieren: Ich will dieses Gehalt nicht, unter gar keinen Umständen und egal, wie sehr ihr mich dazu drängt. Das Gleiche gilt auch für Qiuyun, ich spreche auch in ihrem Namen. Im Übrigen wisst ihr ja alle, wie wenig Feldarbeit ich in letzter Zeit verrichtet habe. Ich habe ein paar kleine Tischlerarbeiten übernommen, mehr nicht. Ich hätte zwar gern mehr getan«, fügte er mit einem gezwungenen Lächeln hinzu, »aber ihr habt es ja nicht zugelassen. Jedenfalls begnüge ich mich aus diesem Grund mit der niedrigsten Punktzahl, also sechs Punkten.«

Seine Worte lösten einen regelrechten Tumult aus. So bewegt alle Teilnehmer von seinem Vorschlag auch waren, so entschieden lehnten sie ihn ab: Wie hätten sie ausgerechnet ihren Anführer, der in ihren Augen gottgleich über ihnen thronte, mit der niedrigsten Punktzahl von allen abspeisen sollen? Während alle durcheinanderschrien, erhob sich Wang Quanzhong und verschaffte sich Gehör.

»Wir müssen uns gar nicht über die Arbeitspunkte des Genossen Yan streiten. Ich habe einen Vorschlag: Warum schaffen wir die Arbeitspunkte nicht einfach ab? Jeder bekommt das gleiche Geld, und dazu richten wir einen Topf für die Allgemeinheit ein: eine Geldbox, die für alle frei zugänglich ist. Und wer immer gerade etwas braucht – vielleicht weil seine Familie in Not ist –, der nimmt sich einfach davon. Damit könnten wir doch alle gut leben, oder? Der Blinde Huang zum Beispiel kann sich ein paar Yuan nehmen, um sich endlich ein Moskitonetz zu kaufen, und Chen Xiukuan kann mit ein paar Dutzend Yuan seinen Tripper kurieren lassen.«

Er hielt inne, doch etwas lag ihm noch auf dem Herzen, und nach einer Weile fuhr er fort: »Der Genosse Yan und ich sind Freunde, und in der Oberstufe hat er mir viel über Biologie erzählt. Unter den staatenbildenden Insekten – zum Beispiel unter den Ameisen oder unter den Bienen – gibt es keine sozialen Konflikte. Habt ihr die Ameisen mal über Arbeitspunkte diskutieren sehen? Nein! Und trotzdem gibt es unter ihnen keine Faulenzer. Und was die Ameisen schaffen, sollen wir Menschen nicht schaffen?!«

Kurz verschlug es allen die Sprache. Vor allem die rhetorische Frage, in der Quanzhongs Wortmeldung gegipfelt hatte, hallte wie Donner in ihnen nach. Was für eine unerhört kühne Idee, die mit allen Denkmustern brach! Und schon brandete von allen Seiten lautstarke Zustimmung auf:

»Genau! Wir brauchen keine Arbeitspunkte! Jeder bekommt das Gleiche, und wer mehr braucht, nimmt sich einfach, was er braucht. Das ist die simpelste und fairste Methode. Wir werden doch wohl noch schaffen, was die Ameisen schaffen!«

Die Bauern machten sich sogar über sich selbst lustig: »Was sind wir bloß für Esel! Da zerbrechen wir uns die ganze Zeit die Köpfe, ob die Arbeitspunkte gerecht verteilt sind, und kommen überhaupt nicht auf die Idee, die Punkte einfach abzuschaffen! So ein gebildeter junger Bursche hat eben doch mehr Grips als wir!«

Yan Zhe schossen die Tränen in die Augen, so gerührt war er davon, seinen Lebenstraum aus dem Mund eines anderen zu vernehmen. Weil er sich seine Ergriffenheit nicht anmerken lassen wollte, hielt er seine Tränen zurück, doch als er wieder das Wort ergriff, hörte ich seiner belegten Stimme an, wie viel Mühe es ihn kostete, die Fassung zu wahren.

»Gibt es noch weitere Vorschläge?«, fragte er in die Runde. »Nein? Wenn nicht, dann ist unser Beschluss hiermit gefasst. Lao Huo, stell deine Buchführung entsprechend um. Du musst ab jetzt nur noch die Gesamteinnahmen unserer Farm und unsere finanziellen Transaktionen mit der Außenwelt festhalten und jedem von uns nach Abzug einer Summe für den Gemeinschaftstopf den gleichen Betrag auszahlen.«

Lao Huo war der Einzige, der den allgemeinen Überschwang trübte. Zwar wagte er nicht, sich offen gegen den Beschluss zu stellen, den sein Farmleiter soeben verkündet hatte, doch unbewusst schüttelte er ständig den Kopf. Yan Zhe registrierte diesen stummen Protest mit einem Anflug von Missmut, wies Huo aber nicht zurecht und erklärte die Versammlung für beendet. Obwohl er ausdrücklich auch seinen Buchhalter entlassen hatte, war dieser augenscheinlich unwillig zu gehen. Es gärte in ihm, doch am Ende reichte sein Mut nicht aus, um Widerspruch zu erheben, und so trottete er schließlich kopfschüttelnd und seufzend davon.

Die anderen Versammlungsteilnehmer dagegen lachten ausgelassen, während sie ihre Hocker zu ihren Wohnheimen zurücktrugen. Quanzhong wurde von vielen dafür gefeiert, dass er ihnen aus dem Herzen gesprochen habe, so sehr, dass es ihm schon unangenehm war. Während ich Yan Zhe zu seinem Haus begleitete, freute ich mich für ihn, denn seine Augen funkelten so glücklich wie seit Jahren nicht mehr.

»Mit diesem Triumph heute können meine Eltern in Frieden ruhen«, brach es aus ihm heraus.

Er bemerkte das halbherzige Lächeln, mit dem ich ihn anblickte, und fragte irritiert: »Ist was? Willst du mir etwas sagen?«

Immer noch lächelnd, antwortete ich ihm auf sein wiederholtes Drängen hin endlich: »Ich freue mich auch über deinen Erfolg, aber dein Scharfblick lässt heute zu wünschen übrig – ist dir gar nichts Ungewöhnliches aufgefallen?«

Er dachte angestrengt darüber nach, schüttelte aber am Ende ahnungslos den Kopf.

»Lao Huo«, half ich ihm auf die Sprünge.

»Lao Huo? Mit seinem Verhalten ist er heute in der Tat ziemlich aus dem Rahmen gefallen, aber ich weiß immer noch nicht, worauf du hinauswillst. Lai Ansheng hat ihm eben früher solche Furcht eingejagt, dass man bei seiner verängstigten Art immer noch glauben könnte, er hätte keine Ameisenessenz abbekommen …« Plötzlich stutzte er, und im nächsten Moment fiel bei ihm der Groschen. »Die Ameisenessenz! Haben wir ihn überhaupt damit besprüht? Wir haben es vergessen, oder?«

Ich prustete lauthals los. »Verstehst du jetzt? Kein Wunder, dass er sich so verhalten hat! Du musst dir deswegen nicht die Laune verderben lassen – deine Ameisenessenz hat nicht versagt.«

Gerade hatte ich mich wieder daran erinnert, dass ich, bevor wir alle Farmmitglieder mit der Essenz besprüht hatten, vergessen hatte, Lao Huo über die anstehende Versammlung zu informieren. Dieser Lapsus war auch nicht weiter verwunderlich, denn weil der Buchhalter so einsiedlerisch wie ein Maulwurf lebte, betrachteten wir ihn unwillkürlich nicht als Mitglied unserer Gemeinschaft. Später, als die Farm von einer Überschwemmung heimgesucht wurde und wir die Rettung für alle organisierten, übersahen wir ihn darum ein weiteres Mal, was ihn fast das Leben gekostet hätte – aber ich greife vor.

Angesichts dieser Neuigkeit kannte Yan Zhes Euphorie keine Grenzen mehr. Während er Huos befremdliches Verhalten eben noch als Makel an einem sonst vollkommenen Abend empfunden hatte, vertrieb die Erkenntnis, dass es an der Qualität seiner Essenz nichts zu beanstanden gab, nun auch noch den letzten Hauch von Missmut aus seinem Herzen. Ein harmloser menschlicher Fehler war schuld, mehr nicht!

Beim Gedanken daran, dass Huo in den letzten Wochen und Monaten ganz allein (wenn man Yan Zhe und mich nicht mitzählte) unter lauter »neuen Menschen« hatte leben müssen, bekam ich regelrecht Mitleid mit ihm. Er musste die tiefgreifende Veränderung, die seine Umwelt durchgemacht hatte, doch bemerkt haben, musste gespürt haben, was für ein Fremdkörper er darin war! Wie beklemmend musste es für ihn gewesen sein, inmitten einer Gemeinschaft zu leben, die für ihn derart unverständlich war!

Trotzdem hätte ich Yan Zhe am liebsten vorgeschlagen, bei dem Buchhalter auf den Einsatz der Essenz zu verzichten, denn am Fall eines einzelnen »alten Menschen« inmitten von lauter »neuen« hätten wir vermutlich alle möglichen interessanten Phänomene studieren können – zumindest hätten wir beobachten können, ob die Gemeinschaft mit der Zeit einen läuternden Einfluss auf ihr schwarzes Schaf ausgeübt hätte. Ich behielt diese Idee aber für mich, denn Yan Zhe war ein Perfektionist, der sich auf »seiner« neuen Farm nie und nimmer mit einem solchen Schönheitsfleck hätte arrangieren wollen.

Er schnappte sich sogleich seinen kleinen Zerstäuber und marschierte mit mir zum Büro des Buchhalters. Wir fanden ihn mit gequälter Miene über seine Rechnungsbücher gebeugt. Gewiss sorgte er sich nicht um die Arbeitslast, die die Umstellung der Gelderverteilung vorübergehend für ihn bedeutete, sondern darum, dass dieser Beschluss, der ihm aberwitzig erscheinen musste, sich als ungangbar erweisen würde und er selbst am Ende, wenn alles wieder rückgängig gemacht werden würde, den ganzen Irrsinn ausbaden müsste. Als er seinen Farmleiter nun so entschlossen hereinstürmen sah, breitete sich Erleichterung auf seinem Gesicht aus – vermutlich glaubte er, Yan Zhe habe sich umentschieden, oder der soeben öffentlich verkündete Beschluss sei von vornherein nur ein Täuschungsmanöver gewesen. Doch Yan Zhe fragte ihn nur:

»Lao Huo, als wir alle auf der Farm zum Schutz vor dem Tigerfieber mit einem Impfstoff besprüht haben, haben wir dich wohl übersehen, oder?«

»Ein Impfstoff gegen Tigerfieber? Davon weiß ich nichts, und ich habe auch nichts verabreicht bekommen.«

»Das macht nichts, dann holen wir das jetzt nach. Dann« – fügte Yan Zhe doppelsinnig hinzu – »bleibst du nicht mehr als Einziger auf der Farm außen vor.«

Er besprühte den Buchhalter, und kaum hatte sich die weiße Dunstwolke wieder verflüchtigt, breitete sich auf Huos Gesicht das gelöste, selige Lächeln aus, das uns inzwischen so vertraut war. Wieder fragte Yan Zhe ihn, ob er an der an diesem Abend beschlossenen Gelderverteilung irgendetwas auszusetzen habe, und diesmal hatte sich die Ansicht des Buchhalters in ihr Gegenteil verkehrt.

»Nicht das Geringste«, antwortete er im Tonfall tiefster Überzeugung. »Unsere Farm ist jetzt eine Gemeinschaft frei von Egoismus. Wozu müssen wir da noch Arbeitspunkte verteilen? Ich kann es kaum erwarten, dieser Beschluss spart mir so viel Mühe! Und vielleicht brauchen wir später überhaupt keinen Buchhalter mehr! Ein Ameisenstaat braucht ja auch keinen.«

Yan Zhe lachte herzhaft. »Ganz recht! Ist unsere neue Modellgemeinschaft erst einmal erfolgreich, sind viele Berufe zum Aussterben verurteilt: Polizist, Soldat, Anwalt, Verwaltungsbeamter, Torwächter, Kassierer und wer weiß was noch alles. Nur die einfachen Arbeiter werden dann noch übrig bleiben. Aber sei unbesorgt: Selbst wenn man dann keine Buchhalter mehr benötigt, wirst du auch nicht hungern müssen.«

In Hochstimmung verließen wir den Konvertiten. Bevor wir uns an einer Weggabelung trennten, bat mich Yan Zhe noch, Wang Quanzhong zu ihm zu schicken. Als ich später noch einmal selbst im Farmleiterhaus vorbeischaute, saßen die beiden dicht beieinander und waren vollkommen in ihr Gespräch vertieft. Ich hatte damals schon begriffen, dass die Liebe zwischen Mann und Frau eine Männerfreundschaft nicht ersetzen kann, zumal wenn es sich dabei um so langjährige gute Freunde wie diese beiden handelt. Manchmal, wenn wir früher zu dritt miteinander geplaudert hatten, war die Unterhaltung in eine Richtung abgeglitten, die mir als Frau das Gefühl gab, fehl am Platz zu sein – zum Beispiel, wenn die Männer sich schlüpfrige Witze erzählten oder wenn sie über abgehobene philosophische Fragen räsonierten. Stets dauerte es dann nicht lange, bis beide einander mit einem verschwörerischen Schmunzeln anblickten und das Gespräch auf Bahnen zurücklenkten, die auch mir vertraut waren. Das wortlose Einverständnis, das aus ihrem Verhalten sprach, machte mich eifersüchtig.

Nachdem einer der beiden allerdings mit der Ameisenessenz besprüht worden war, hatte ihre Freundschaft eine andere Färbung angenommen. Während die übrigen Farmmitglieder mit einer Mischung aus Furcht und Bewunderung zu Yan Zhe aufblickten, begegnete Quanzhong ihm zwar mit größerer Vertraulichkeit – doch auch er sah nun zu Yan Zhe auf. Und der wiederum klopfte seinem alten Freund zwar scheinbar wie früher auf die Schulter, doch nicht mehr so innig, sondern eher feierlich, wie ein Priester, der einem Gläubigen den Segen spendet.

»Quanzhong«, erklärte er väterlich, »ich danke dir für deine heutige Wortmeldung. Du hast mir aus der Seele gesprochen – nur dass ich Angst hatte, meine Idee könnte zu radikal sein, um bei den anderen Zustimmung zu finden. Und dann kamst du, und alle waren begeistert.«

»Mein Vorschlag«, antwortete Quanzhong mit einem bescheidenen Lächeln, »verdankt sich nur deinem unterschwelligen Einfluss. Du hast so oft dein Wissen über die Ameisenstaaten mit mir geteilt!«

»Was meinst du: Die beiden Maßnahmen, die du angeregt hast – die Abschaffung der Arbeitspunkte und die Einrichtung eines Gemeinschaftstopfs, aus dem sich jeder frei bedienen kann: Können wir diese Maßnahmen auch wirklich umsetzen?«

»Ja, das können wir – solange du uns führst.«

Die Einschränkung, die er in seinem Nachsatz machte, traf Yan

Zhe an einem wunden Punkt. Eine Weile versank mein Freund in Grübeln, ehe er fragte:

»Und wenn ich von hier fortgehe?«

Diese Frage war rein hypothetischer Natur, doch Quanzhong nahm sie wie eine reale Bedrohung auf. »Du gehst von hier fort?« Nach einer kurzen Stille fragte er nach: »Und was ist mit Qiuyun?«

Yan Zhe blickte mich mit einem gequälten Lächeln an. »Es ist nur ein Gedankenspiel, aber nehmen wir mal an, dass sie auch weggeht.«

»Dann wäre garantiert alles verloren! Ohne euch beide würde hier sofort alles zusammenbrechen!«

Panisch blickte er vom einen zum anderen, wie ein Kind, dem die Eltern gerade eröffnet haben, dass sie es verstoßen. Nach einem kurzen Schweigen schmunzelte Yan Zhe und beruhigte ihn:

»Keine Sorge, Qiuyun und ich bleiben hier. Aber du selbst wirst vielleicht von hier fortgehen. Ich verrate dir jetzt etwas im Vertrauen: Die Spinnerei in der Kreisstadt braucht Arbeitskräfte, und du stehst auf unserer Vorschlagsliste.«

Für einen Moment überstrahlte diese profane Verlockung sogar die Wirkung der Ameisenessenz, Quanzhongs Augen blitzten auf. Zu den Eltern in die eigene Heimatstadt zurückkehren, ein festes Gehalt beziehen und ein mehr oder weniger normales Leben führen – welcher Jugendliche sehnte sich nicht danach? Doch schon im nächsten Moment war die Freude verblasst, und Quanzhong antwortete entschlossen:

»Ich gehe nicht von hier fort. Ich will mit euch auf der Farm bleiben.«

Gerührt umarmte Yan Zhe ihn, ehe er ihn zur Tür brachte.

12.

ARBEIT IN DER STADT

Weil am gestrigen Vormittag ein Gewitterregen niedergegangen war und die Felder in einen Morast verwandelt hatte, rieben die meisten von uns nun im Lagerhaus die Maiskörner von den Kolben, statt auf die Äcker auszuschwärmen. Ich selbst war gerade in der Nudelwerkstatt beschäftigt, als es aus dem Lautsprecher über unseren Köpfen plärrte:

»Hallo, Jugendlichenfarm, alle mal herhören! Euer Leiter, der Genosse Lai, soll auf Telefonverbindung umschalten, das Kreisbüro für die gebildeten Jugendlichen hat etwas Wichtiges mit ihm zu besprechen. Und noch was: Ist der Genosse Wei von der Volkskommune bei euch, der Leiter des Büros für die landverschickten Jugendlichen? Wenn ja, soll er auch ans Telefon kommen.«

Zweifellos sollte es in diesem Gespräch um ein überaus heikles Thema gehen, nämlich die Rekrutierung von Arbeitskräften in der Stadt. In der Vergangenheit hätte ein solch unerwarteter Anruf genügt, um die gesamte Farm in helle Aufregung zu versetzen. Doch die Stimmung hatte sich von Grund auf gewandelt: Wo ich auch hinsah, machten die Jugendlichen ungerührt mit ihrer Arbeit weiter, während ich sogleich zum Haus des Farmleiters eilte. Lai Ansheng fehlte, weil er als einer der wenigen auf den Feldern arbeitete, doch Yan Zhe und Genosse Wei hatten sich bereits dort versammelt und die Telefonverbindung freigeschaltet, um den Anruf des Kreisbüros entgegenzunehmen. Der Prozess der Arbeitskräfterekrutierung für die kreiseigene Spinnerei, über den schon so lange Gerüchte kursierten, sollte nun also endlich beginnen. Die Kreisleitung hatte unserer Farm eine stattliche Quote von acht Jugendlichen zugestanden, die als Arbeiter in ihre Heimatstadt zurückkehren durften. Diesen acht Auserwählten ließ das zuständige Kreisbüro ausrichten, dass sie sich auf ihre Versetzung vorbereiten und sich in einigen Tagen zur üblichen medizinischen Untersuchung im Kreiskrankenhaus einfinden sollten.

Der Name von Cen Mingxia tauchte auf unserer Liste nicht auf – ein Indiz dafür, dass Sun Xiaoxiao mir damals die Wahrheit gesagt hatte. Mein Name dagegen stand auf der Liste, was mich nicht weiter überraschte, denn Gao Xiangfu hatte es mir schon längst verraten – zu einer Zeit, als ich noch nichts von der Existenz einer Ameisenessenz geahnt hatte. Umso erstaunlicher war es, dass auch Wang Quanzhong auf der Liste stand.

»Soweit ich weiß«, hatte Genosse Wei uns erklärt, »stand er ursprünglich noch nicht auf der Liste und ist erst auf Wunsch von Genosse Hu dazugekommen – zum einen als Zeichen an ihn, dass er hier wirklich keinen Schikanen ausgesetzt ist, zum anderen, um ihn schneller loszuwerden, damit er nicht wieder mit Yan Zhe eine Revolte anzettelt und womöglich eine neue Wandzeitung schreibt.«

Diese Erklärung klang in unseren Ohren vollkommen plausibel, denn ein solches Vorgehen entsprach genau dem Stil eines gewieften Taktikers wie Hu.

Darin allerdings erschöpfte sich auch schon die Hilfe, die uns der Genosse Wei leisten konnte. »Jetzt weißt du Bescheid, Genosse Yan. Alles Weitere liegt in deiner Hand«, erklärte er mit einem breiten Lächeln und zog sich erleichtert zurück.

»Was hältst du davon, dass du auch auf der Liste stehst?«, fragte Yan Zhe mich.

»Es wäre gelogen, wenn ich behaupten würde, dass so eine

Stelle in meiner Heimatstadt nichts Verlockendes hätte«, bekannte ich seufzend. »Von so einer Chance habe ich so lange geträumt! Und meine Eltern und meine Schwester erst: Wie sie diesen Tag herbeigesehnt haben! Aber erstens will ich dich nicht im Stich lassen, und zweitens will ich auch unsere neue Farm nicht im Stich lassen. Deshalb steht mein Entschluss längst fest: Ich bleibe.«

Gerührt küsste er mich und verlor nicht mehr viele Worte.

Am Abend befragte er auch Wang Quanzhong und die anderen Jugendlichen, die auf der Liste standen, nach ihrer Sicht.

»Qiuyun«, sagte er danach zu mir, »ich habe mich entschieden: Wir schicken dieses Mal keinen Einzigen von uns zur Arbeit in die Stadt.«

Als ich mich zu keinem Wort der Zustimmung durchringen konnte, musterte er mich mit einem bohrenden Blick und forderte mich ruhig auf:

»Sag nur freiheraus, was du denkst.«

»Ich weiß«, antwortete ich, »dass wir, um den Erfolg unseres Experiments zu gewährleisten, unsere Farmmitglieder möglichst lange hierbehalten sollten. Aber diese Arbeitsrekrutierung stellt die Weichen für ihr ganzes weiteres Leben. Ich bringe es nicht über mich, die Entscheidung darüber für sie zu treffen. Du hast sie zwar alle schon nach ihrer Meinung befragt, und alle haben den Wunsch geäußert hierzubleiben – aber diesen Wunsch haben sie erst unter dem Einfluss der Ameisenessenz entwickelt. Vielleicht erhoffen sie sich in Wahrheit etwas ganz anderes. Ich habe meine Entscheidung bei klarem Verstand getroffen und bin bereit, die Konsequenzen zu tragen. Aber die anderen haben diese Möglichkeit nicht!«

Meine Worte verärgerten ihn sichtlich. Der frostige Ausdruck, mit dem er mich musterte, ließ mich erschaudern. Wieder einmal machten sich die »grundlegend unterschiedlichen Perspektiven«, die wir auf die Dinge hatten, auf unheilvolle Weise bemerkbar.

»Anscheinend bist du anderer Meinung«, setzte ich mit gequältem Lächeln hinzu. »Dann rede genauso offen mit mir. Du musst keine Angst haben, du könntest mich verletzen.«

»Dann mach mir aber auch keine Vorwürfe, dass ich so direkt bin. Lass mich dir eine Frage stellen: Glaubst du wirklich an unsere altruistische Modellgemeinschaft? Liebst du sie wirklich?«

Ich fühlte mich so scharf ins Verhör genommen, dass mir im ersten Moment die Luft wegblieb. Unerbittlich fuhr er fort:

»Gewiss wirst du behaupten, du glaubst an sie und du liebst sie. Aber ist das wirklich das, was du auf dem tiefsten Grund deines Bewusstseins fühlst? Du meinst es gut mit unseren Jugendlichen und willst für sie nur das Beste, damit sie in ihrem weiteren Leben nichts versäumen. Aber was wäre denn wirklich zu ihrem Besten? Dass wir sie hierbehalten, an einem Ort ohne Schmutz und Makel, an dem sie vor dem verderblichen Einfluss der Gesellschaft da draußen geschützt sind! *Das* wäre ein wahrhaft glückliches Leben! Alles andere – eine Arbeit in der Stadt, ein festes Gehalt, ein belangloses Spießerleben – ist dagegen wertlos und erbärmlich. Qiuyun, wenn wir mit meinem, nein: unserem Boot zu neuen Ufern aufbrechen wollen, dann darfst du dich nicht mit dem Herzen nach dem alten Hafen zurücksehnen.«

Ich brachte nichts zu meiner Verteidigung über die Lippen. Er hatte recht, und wenn ich ihm jetzt widerspräche, würde ich damit unsere gemeinsame Vision verleugnen. So begründet meine Einwände von einer emotionalen Warte aus auch erscheinen mochten, den Attacken seines scharfen Verstands konnten sie nicht standhalten.

Die Luft im Zimmer war stickig und schwül, offenbar war der Luftdruck gefallen, wie vor einem Gewitter. Tatsächlich ballten sich draußen am nächtlichen Himmel schon die schwarzen Wolken zusammen.

»Was du sagst, leuchtet mir ein«, gab ich mich geschlagen. »Also machen wir es so. Ich gehe jetzt besser wieder zurück und lege mich schlafen.«

Kaum war ich eingeschlafen, brach das Gewitter los. Der Regen brauste und rauschte, als würde er die ganze Welt überfluten, und die Donnerschläge schienen auf das Dach zu krachen wie Bomben. Mitten in das tobende Unwetter hinein hörte ich jemanden schreien, mit einer panischen, flehentlichen Stimme, als ginge es um Leben und Tod. Ich sprang aus dem Bett, warf mir meine Regenjacke über den Schlafanzug und stürzte barfuß zur Wohnheimtür.

Draußen vor der Schwelle hörte ich die Stimme noch deutlicher. Angestrengt lauschte ich ins Dunkel – und glaubte meinen Namen zu hören! Einen Moment später war ich mir sicher: Da rief jemand tatsächlich mich. Vom Donner zerstückelt, drang die Stimme an meine Ohren wie eine Botschaft aus dem Jenseits:

»Qiuyun ... ich bin's ... deine Schwester ...«

Ich traute meinen Ohren kaum. Meine Schwester? Meine große Schwester sollte ausgerechnet bei so einem heftigen nächtlichen Gewitter aus der über zwanzig Kilometer entfernten Kreisstadt hierhergekommen sein? Doch so abwegig diese Vorstellung auch schien, ich stürzte schon in die Richtung, aus der die Schreie kamen. Es war so finster, dass ich die Hand nicht vor Augen sah und mich mal an der Hauswand, mal an den Bäumen am Wegrand entlangtasten musste. Mit einem gewaltigen Donnerschlag riss ein Blitz das Schwarz des Himmels entzwei und ließ die Häuser und Bäume mit seinem grellweißen Licht zu einem Standbild erstarren, das gleich darauf schon wieder in der Finsternis versank. Als ich mich stolpernd und strauchelnd dem Wassergraben näherte, der die Farm umschloss, wurden die Schreie deutlicher – und nun zerstreuten sich auch meine letzten Zweifel: Das war meine Schwester, die mich rief!

Doch dann brachen die Schreie plötzlich ab. Mein Herz krampfte sich zusammen: Ihr war doch nichts zugestoßen? Ich rannte noch schneller weiter, und als ich die Brücke betrat, sah ich auf dem gegenüberliegenden Ufer zwei Umrisse auf mich zukommen, der eine mühsam auf den anderen gestützt. Im weißen Schein eines neuerlichen Blitzschlags erkannte ich die beiden: Yan Zhe stützte meine Schwester. Als er mich sah, schrie er mir entgegen:

»Hilf... du... deiner Schwester... Ihr... Fahrrad... im Graben...«

Nachdem er mir meine Schwester übergeben hatte, spürte ich, wie eisig ihre Hände waren und wie stark sie zitterte. Als wir auf die Brücke traten, stampfte sie auf den Boden, als könnte sie es nicht glauben, dass die Ziegel unter ihren Füßen real waren.

»Es war wie verhext!«, stöhnte sie mir mit einem gequälten Lächeln ins Ohr. »Ich bin bestimmt mehr als zwanzig Mal am Graben hin und her geirrt, aber ich konnte diese Brücke einfach nicht finden!«

Vor uns leuchteten die Lichtkegel mehrerer Taschenlampen auf. Eine Schar von Menschen hastete uns entgegen. »Oje!«, rief meine Schwester aus, während sie durch den dichten Regen spähte. »Da habe ich ja einen schönen Aufruhr verursacht! Das sind doch mindestens dreißig Leute!«

Dutzende von Menschen umringten uns und begleiteten uns zu meinem Wohnheim. Fröhlich lächelnd drängten sie sich an der Tür und musterten meine Schwester. Dann traf auch Yan Zhe ein, das verlorene Fahrrad auf den Schultern. Nachdem er es an der Hauswand abgestellt hatte, befahl er mit lauter Stimme:

»So, Leute, wir lassen die beiden jetzt in Ruhe. Qiuyun, reib du deine Schwester erst mal schön trocken und dann gib ihr frische Kleidung.«

Dongmei und Yueqin schlossen hinter uns die Tür und halfen

meiner Schwester, die klitschnasse Kleidung auszuziehen und sich abzutrocknen, während ich ihr frische Sachen brachte. Erst als sie sich umgezogen und in eine Decke gewickelt hatte, atmete sie tief durch. Der Schreck saß ihr noch in den Gliedern, und ihre Wangen waren noch immer bleich, als sie mit heiserer, erstickter Stimme hauchte:

»Mein Gott, nun habe ich es endlich doch noch zu euch auf die Farm geschafft. Mittags kurz nach eins habe ich mich schon auf den Weg gemacht – und mich dann bis eben abgequält! Je größer meine Panik wurde, desto weniger konnte ich die Brücke finden. Und dabei hätte sie mir doch so ins Auge stechen müssen! Aber ich war wie benebelt.«

Als sie sich mittags zur Fahrt entschlossen hatte, war am Vormittag schon ein strömender Regen niedergegangen, und am Himmel ballten sich erneut bedrohlich dunkle Wolken zusammen. Sie rang mit sich, doch die Angelegenheit, in der sie mit mir reden wollte, war dringlich und ließ sich nicht am Telefon besprechen. Also schwang sie sich schließlich wohl oder übel aufs Fahrrad.

Von der Kreisstadt zur Farm musste sie genau zweiundzwanzigeinhalb Kilometer zurücklegen. Die ersten zwölfeinhalb Kilometer auf der ausgebauten Landstraße brachte sie trotz der vielen Pfützen problemlos hinter sich, doch danach lagen immer noch zehn Kilometer unbefestigter Feldweg vor ihr, und weil das Wasser in der hiesigen Erde kaum versickerte, verwandelte sich der Weg in einen einzigen Morast. Der Schlamm setzte sich zwischen Rädern und Schutzblech fest, sodass meine Schwester schon bald das Fahrrad schultern und zu Fuß weitergehen musste. Doch weil es sich bei ihrem Fahrrad um ein besonders klobiges Modell der Marke »Fliegender Adler« handelte, war es ihr schon nach wenigen Minuten zu schwer, und sie musste es absetzen.

Ihr blieb nichts anderes übrig, als die Fuhrleute, die mit ihren Ochsenkarren vorbeikamen, darum zu bitten, sie ein Stück mitzunehmen. Aber all diese heimkehrenden Karren waren schwer beladen und kamen schon ohne zusätzliches Gewicht nur mühselig voran. Außerdem hatten die Fuhrleute Angst, das schlammbedeckte Fahrrad könnte ihre Ware besudeln. Und so ließen sie einer nach dem anderen meine Schwester stehen, so wortreich diese sie auch zu überreden suchte. Als sie das erzählte, merkte man ihr immer noch die Verzweiflung an, die sie in diesem Moment gepackt hatte.

»Du kannst dir gar nicht vorstellen, wie allein ich mich gefühlt habe! Wie heißt es so schön: Himmel und Erde waren taub für meine Not.«

Glücklicherweise war sie am Ende doch noch einem gutherzigen Menschen begegnet, der sich ihrer erbarmte. Er räumte seine Fuhre um, um Platz für ihr Fahrrad zu schaffen, und nachdem er das Rad auf der Ladefläche verstaut hatte, erlaubte er ihr, sich auf die Deichsel zu setzen. Sie war ihm unendlich dankbar, und die Worte sprudelten nur so aus ihr heraus. Als er erfuhr, dass sie ihre kleine Schwester auf unserer Farm besuchen wollte, lobte er sie überschwänglich:

»Da hat deine Schwester aber Glück, dass sie dich hat! So ein Unwetter, und du scheust trotzdem keine Entfernung – das ist mehr wert, als im Tempel Weihrauchstäbchen zu verbrennen! Die Farm kenne ich: wenig Leute, viel Land, schwere Arbeit, karge Kost. Vielen Bauern war das Leben dort zu hart, die haben sich wieder aus dem Staub gemacht. Die armen jungen Leute!«

Knapp drei Kilometer vor der Farm trennten sich ihre Wege. Es wurde schon dunkel, und der Fuhrmann redete ihr fürsorglich zu:

»Glaub bloß nicht, das letzte Stück Weg wird einfach! Willst du nicht lieber erst mal mit mir mitkommen? Du kannst doch bei mir im Dorf übernachten und morgen früh immer noch zur Farm gehen.«

Doch meine Schwester hatte es so eilig, dass sie seine Einladung höflich ausschlug. Sie suchte sich einen dünnen, aber festen Zweig und schob ihr Fahrrad zu Fuß weiter, und immer wenn der Schlamm das Schutzblech verstopft hatte, stocherte sie es mit dem Zweig wieder frei.

Auf diese mühselige Weise erreichte sie endlich den Graben, der die Farm umschloss. Von ihren zwei früheren Besuchen kannte sie eigentlich die Ziegelbrücke, die sie überqueren musste. Doch inzwischen war es tiefe Nacht geworden, und nun prasselte auch noch ein Gewitterregen auf sie nieder. Sie war wie blind.

»Ach, übrigens: War das Yan Zhe, der mich da gerade gerettet hat? Im Dunkeln konnte ich ihn nicht erkennen.«

»Ja, das war er. Er hat scharfe Ohren. Trotzdem wundere ich mich, dass er dich noch vor mir gehört hat, denn das Farmleiterhaus, in dem er wohnt, liegt viel weiter weg als mein Wohnheim.«

»Er hat halt einen besonderen Draht zu dir, da will er deine Schwester auf keinen Fall verpassen!«

Ihr kleiner Scherz freute mich sehr – offensichtlich hatte sich ihre Einstellung zu Yan Zhe gewandelt, und er hatte mit vergleichsweise wenig Mühe viel gewonnen. Im Hintergrund kicherten Dongmei und Yueqin vor sich hin. Früher hätten sie mich bei einer solchen Gelegenheit prompt geneckt, doch seit sie die Ameisenessenz eingeatmet hatten, begegneten sie mir voller Respekt. Um das Thema zu wechseln, sagte ich vorwurfsvoll zu meiner Schwester:

»Was kommst du bloß bei so einem Wetter hierher? Dir hätte doch sonst was passieren können! Was ist denn so eilig?«

»Ach, nichts«, antwortete sie, während sie unter der Decke meine Hand drückte. »Als ich losfuhr, war es noch ganz trocken. Ich konnte ja nicht ahnen, dass dann noch so ein Wolkenbruch kommen würde. Es ist schon spät, und ich bin todmüde. Lass uns schlafen.«

Doch ich konnte mir schon denken, dass der Grund ihres Kommens – ein Grund, den sie über unsere primitive Telefonverbindung nicht auszusprechen gewagt hatte – mit der anstehenden Einstellung von Arbeitskräften in der Stadt zusammenhing. Noch ahnte sie nicht, dass die jetzige Farm mit der früheren nichts mehr gemein hatte und dass es hier nun keinerlei Geheimnisse mehr gab.

Am nächsten Morgen blieb ich bei ihr und ging nicht mit den anderen zum Entwässern auf die Felder. Doch weil sie so tief schlief und ich sie nicht wecken wollte, drehte ich erst einmal draußen eine Runde. Als ich zurückkam, war sie aufgewacht, und Lao Bi, der Küchentruppführer, brachte ihr gerade eine Schüssel dampfend heiße Ingwersuppe.

»Unser Farmleiter, der Genosse Yan, hat mir aufgetragen, dir diese Suppe zu machen«, erklärte er ihr. »Er hat Angst, dass du dir gestern Nacht eine Erkältung eingefangen hast, und so eine Ingwersuppe hat eine schweißtreibende Wirkung.«

Verdutzt starrte meine Schwester mich an. »Unser Farmleiter, der Genosse Yan?«

»Ja«, nickte ich, »das Schlitzohr hat es doch tatsächlich geschafft, dass alle ihn gewählt haben.«

»Ach, deshalb meintest du gestern, er wohnt jetzt im Farmleiterhaus.« Danach sagte sie lange nichts mehr und schlürfte nur ihre Suppe. Doch wie ich an ihrer Miene ablas, hatten Yan Zhes unverhoffter Aufstieg und seine Fürsorge ihre jüngst erwachte Sympathie für ihn noch vertieft.

Als wir beide unter uns waren, erzählte sie mir endlich, warum sie gekommen war. Tatsächlich ging es um die Arbeit in der Stadt.

»Der Herr Xiang, der in der Spinnerei für die Einstellungen zuständig ist, ist zufällig ein alter Schulfreund von mir. Er hat mir bestätigt, dass du auch auf der Vorschlagsliste eurer Farm stehst – und er hat mir hoch und heilig versprochen, dass er dich nehmen wird. Ich bin jetzt wegen deiner medizinischen Untersuchung hier.«

»Welche Untersuchung?«, fragte ich ahnungslos. »Ich bin doch kerngesund!«

Die Miene meiner Schwester verfinsterte sich. »Es fällt mir schwer, dich das zu fragen. Aber jetzt, wo ich hier bin, komme ich nicht mehr drum herum. Qiuyun, sei bitte ehrlich: Wie weit bist du mit Yan Zhe gegangen? Ich befürchte, dass du beim gynäkologischen Teil der Untersuchung Schwierigkeiten bekommen könntest.«

Ich errötete und schüttelte heftig den Kopf. »Wir haben nichts Unanständiges getan.«

»Sag mir die Wahrheit! Ich habe den weiten Weg auf mich genommen, um die Wahrheit zu erfahren!«

»Das *ist* die Wahrheit«, beteuerte ich nachdrücklich. »Wir sind zwar schon seit fünf Jahren ein Paar, aber wir haben uns immer nur geküsst und geschmust, nie mehr! Also mach dir keine Sorgen. Außerdem habe ich noch nie gehört, dass bei einer solchen Untersuchung auch das Jungfernhäutchen untersucht wird.«

Meine Antwort erleichterte meine Schwester einigermaßen. Trotzdem erwiderte sie mit kaum vermindertem Ernst:

»Dein Fall ist speziell. Egal, ob so eine Überprüfung Teil der normalen Untersuchung ist oder nicht, du solltest dich nicht vorschnell in Sicherheit wiegen.«

»Ich habe wirklich nichts zu befürchten, wie oft soll ich dir das denn noch sagen?«, antwortete ich genervt. »Du musst dir überhaupt keine Sorgen machen.«

Endlich verriet mir meine Schwester, warum ihr diese Angelegenheit keine Ruhe ließ. Am Vortag hatte ihr Freund aus der Spinnerei ihr anvertraut:

»Ich tue alles, was ich kann, damit die Sache mit deiner Schwester reibungslos über die Bühne geht. Aber ich kann dir nichts garantieren. Sie hat sich auf der Farm irgendjemanden zum Feind gemacht, denn kaum war die Vorschlagsliste raus, hat jemand sie in einem anonymen Brief angeschwärzt: ›Sie steigt mit einem gewissen Yan Zhe ins Bett, einem verkommenen Reaktionärssohn, der einen höchst verderblichen Einfluss auf sie hat. Sie hat sogar schon einmal abgetrieben. Wie könnte ein solches Flittchen für eine Arbeit in der Stadt infrage kommen! Die Masse der armen Bauern wird das nicht zulassen!‹«

Meine Schwester seufzte. »Überleg mal: Wen hast du dir hier zum Feind gemacht?«

Dass mich jemand scheinbar grundlos so in den Schmutz zog, verletzte mich tief. In den letzten Monaten hatte ich mich so sehr an die friedliche Atmosphäre unserer altruistischen Idylle gewöhnt, dass ich nun umso mehr vor solchen heimtückischen Intrigen erschauerte. Sosehr ich auch darüber nachdachte, mir fiel niemand ein, den ich auf der Farm derart vor den Kopf gestoßen haben könnte. Am wahrscheinlichsten war noch, dass ich mit meiner Beziehung zu Yan Zhe den Hass von Lai Ansheng und vielleicht auch Cen Mingxia auf mich gezogen hatte – ja, richtig, am ehesten traute ich derartige Machenschaften noch Mingxia zu.

Doch die düsteren Gedanken zerstreuten sich gleich wieder, denn all das war Vergangenheit. Jener anonyme Brief war gewiss geschrieben worden, noch bevor die Ameisenessenz ihre Wirkung entfaltet hatte. Inzwischen jedoch waren alle Farmmitglieder von Grund auf geläutert, und es machte für mich keinen Sinn, mich in irgendwelchen Animositäten zu verheddern – zumal mein Entschluss, auf der Farm zu bleiben, ohnehin bereits feststand. Ich wollte meinem Freund zur Seite stehen, während er seine Vision wahr machte. Und ich war wie berauscht von der unschuldigen, friedvollen Atmosphäre, die hier herrschte. Nein, ich wollte und durfte nicht von hier fortgehen, durfte nicht zulassen, dass Yan Zhe ganz allein die drückende Last eines »hellwachen Gottes« auf sich nehmen musste.

Meine Stimmung hatte sich sogleich wieder aufgeheitert, und

ich beruhigte meine Schwester lächelnd: »Du musst dir deswegen keine Sorgen mehr machen. Der Dreck, mit dem man mich beworfen hat, kann mir nichts anhaben. Ich will sowieso nicht von hier weg. Deshalb werde ich mich auch gar nicht erst dieser medizinischen Untersuchung unterziehen.«

»Was redest du denn da? Bist du jetzt völlig übergeschnappt?«, fuhr meine Schwester mir wütend über den Mund. »Ist es wegen Yan Zhe? Er ist kein übler Junge, aber du kannst dich doch nicht auf Gedeih und Verderb an ihn klammern! Sei nicht dumm, so eine Gelegenheit kommt so schnell nicht wieder! Und ich habe auch keine zweite Uhr mehr, um jemanden für dich zu schmieren.«

In ihrer Erregung war ihr ein kleines Geheimnis herausgerutscht: Um mir eine bessere Zukunft zu ebnen, hatte sie alles Schamgefühl fallen gelassen und den für die Einstellungen in der Spinnerei zuständigen Herrn Xiang, der keineswegs ein Schulfreund war, mit einer Armbanduhr bestochen. Wer damals in einer Position war, dass er über das Schicksal der Jugendlichen bestimmte, der wusste daraus Kapital zu schlagen. Meine Schwester erzählte mir nie im Detail, was sie alles auf sich genommen hatte, um sich Xiangs Gunst zu erkaufen. Sie sagte nur: »Du kannst dir nicht vorstellen, wie zuwider mir die selbstzufriedenen Visagen dieser Typen sind.« Wenigstens hatten solche Leute noch ihr eigenes Ethos: Hatte man sie einmal bestochen, so taten sie, was man von ihnen erwartete.

Die Offenherzigkeit meiner Schwester rührte mich. Ich wusste, dass sie mich unmöglich verstehen konnte – niemand an meiner Stelle hätte sich eine solche Chance, in seine Heimatstadt zurückzukehren, so scheinbar leichtfertig entgehen lassen. Leider musste ich das Geheimnis der Farm hüten und konnte sie nicht in die wundersame Verwandlung einweihen, die sich hier vollzogen hatte. Doch ich tröstete mich damit, dass es für sie schon eindrücklich genug sein würde, einmal die hiesige Atmosphäre zu schnuppern.

»Sei mir nicht böse«, beschwichtigte ich sie lächelnd und schloss sie in die Arme. »Ich weiß, dass du es gut mit mir meinst und dass du für mich über deinen Schatten gesprungen bist. Komm, lass uns zusammen eine Runde über die Farm drehen. Danach können wir immer noch über die Arbeit in der Spinnerei reden, in Ordnung? Du ahnst ja nicht, wie anders die Dinge hier sind, seit Yan Zhe Farmleiter ist! Sie haben sich enorm verändert!«

Sie schnaubte nur verächtlich. Der Schatten des anonymen Briefs lastete ihr noch auf dem Gemüt, sodass ihr meine Worte belanglos vorkommen mussten.

Wir spazierten gemeinsam über das Farmgelände, und natürlich konnte meine Schwester überall eine ungewöhnliche zwischenmenschliche Wärme und Heiterkeit spüren. Infolge des Sturzregens, der in der Nacht niedergegangen war, konnten die Farmmitglieder noch nicht wieder auf den Feldern arbeiten und bummelten stattdessen müßig über den Hof, nachdem sie die Äcker, so gut es ging, entwässert hatten. Bei unserem Anblick begrüßten alle freudig meine Schwester:

»Große Schwester, wieder da? Besuchst du Qiuyun? Bleib doch ein paar Tage hier!«

Dass die Jugendlichen sie allesamt »große Schwester« nannten, war nicht weiter verwunderlich, doch später benutzten auch die Bauern, denen wir begegneten, darunter Lao Xiao, Lao Chu und Chen Decai, diese respektvolle Anrede.

»Ich sehe doch wohl noch nicht so alt aus, dass mich Männer, die über vierzig sind, ›große Schwester‹ nennen, oder?«, fragte sie mich irritiert, nachdem wir die Scharen von Spaziergängern hinter uns gelassen hatten.

»Ach, das ist nur so eine Eigenart der Bauern hier«, behauptete ich lächelnd. »Das machen sie sogar, wenn eine Besucherin noch so jung wie ich ist. Das ist ein Ausdruck von Herzlichkeit.«

»Ich glaube, sie mögen und schätzen dich sehr.«

»Na ja, ich komme mit allen hier gut aus«, antwortete ich vage.

»Mit allen?« Meine Schwester schüttelte unnachsichtig den Kopf. »Mindestens eine Person hier hat dir einen Dolch in den Rücken gestoßen.«

Ich versuchte erst gar nicht, ihr die Hintergründe zu erklären, und erwiderte nur: »Das war, bevor Yan Zhe Farmleiter geworden ist.«

Auf unserem Rundgang statteten wir auch der Küche einen Besuch ab. Dort erwartete uns ein Trubel wie an einem hohen Festtag, denn die Köche hatten gerade ein Schaf geschlachtet und zum Zerlegen an ein Gestell gehängt. Den Befehl dazu hatte Yan Zhe erteilt: Am Mittag solle es Teigtaschen mit Schaffleischfüllung geben. Und da man heute infolge des Regens ohnehin nicht mehr auf den Feldern arbeiten könne, sollten die Mädchen unter den Jugendlichen in der Küche mit anpacken.

Solche *Jiaozi*, also fleischgefüllte Teigtaschen, waren auf der Farm ein großes Ereignis. Normalerweise bekamen wir sie nur zweimal im Jahr zu essen: zum Frühlingsfest, das das neue Jahr nach dem Mondkalender einläutete, und zum Nationalfeiertag am ersten Oktober. Entsprechend überschwänglich war nun die allgemeine Stimmung. Ich vermute, dass Yan Zhe seine Anordnung auch aus einem persönlichen Motiv getroffen hatte: Meine Schwester sollte sich ganz wie zu Hause fühlen.

Ein oder zwei Dutzend Mädchen drängten sich eifrig in der Küche, suchten Gemüse aus, hackten das Fleisch klein, rührten die Füllung an, rollten den Teig aus, formten und füllten die Teigtaschen und entzündeten das Herdfeuer. Lao Bi, der Führer des Küchentrupps, konnte in all dem Gewusel gar nicht mehr selbst Hand anlegen; stattdessen gab er von der Seite aus, im Mund seine Pfeife, mit der gebieterischen Art eines Heerführers die Kommandos.

Sobald wir in die Küche kamen, erhoben sich die Mädchen unaufgefordert und begrüßten meine Schwester im Chor:

»Große Schwester, wieder da? Das trifft sich aber gut, wir wollen gerade groß feiern! Gleich kannst du dir richtig den Bauch vollschlagen!«

Verlegen erwiderte meine Schwester die Begrüßung. »Dann helfe ich euch aber auch bei den Füllungen, ich bin flink«, bot sie an.

Doch Xiaoxiao, Yueqin und ein paar andere schoben sie sogleich nach draußen. »Kommt ja gar nicht infrage, du bist doch unser Gast! Vergnüg dich, bis das Essen fertig ist!«

Auch Cen Mingxia half trotz ihres ausladenden Bauchs freudestrahlend beim Füllen der Teigtaschen mit. Als meine Schwester sie bemerkt hatte – eine schwangere Jugendliche! –, warf sie mir einen irritierten Blick zu. Ich gab ihr zu verstehen, wir könnten draußen weiterreden.

Wir wollten die Küche gerade verlassen, da rief Mingxia auf einmal: »Oh, das hätte ich ja fast vergessen!« Den Bauch mit der Hand stützend, erhob sie sich mühsam und fragte laut und vernehmlich quer durch den Raum: »Große Schwester, du bist bestimmt trotz des Unwetters hierhergekommen, um mit Qiuyun über die Arbeit in der Stadt zu sprechen, oder?«

Meine Schwester wurde blass. Da hatte sie eigens den beschwerlichen Weg auf sich genommen, um sich ganz vertraulich mit mir zu bereden und nicht vor aller Ohren per Telefon, und dann posaunte dieses Mädchen kurzerhand alles hinaus! Grimmig starrte sie Mingxia an, denn sie war sich sicher, dass die Schwangere ihren Plan hintertreiben wollte. Unterdessen blieben zu ihrem Befremden alle anderen im Raum ganz gelassen; niemand wirkte überrascht, alle warteten nur teilnahmsvoll auf ihre Antwort.

»Wer ist die Schlampe da mit dem dicken Bauch?«, zischte sie mir mit unterdrückter Wut zu.

Ich knuffte sie, um sie zum Schweigen zu bringen, aus Angst, jemand würde ihre Schmähungen mitbekommen.

»Da ist noch was«, meldete sich Mingxia besorgt wieder zu Wort. »Wenn du nicht hier aufgetaucht wärst, hätte ich das glatt vergessen: Vor ein paar Monaten, als unsere Vorschlagsliste für die Arbeitsstellen gerade an die Kreisleitung rausgegangen war, habe ich einen anonymen Brief dorthin geschrieben, in dem ich Qiuyun angeschwärzt habe. Ich hatte damals mit Lai Ansheng eine Affäre, und als ich von ihm hörte, dass Yan Zhe vorhatte, ihn bei der Kreisleitung anzuklagen, da wollte ich zuerst losschlagen.«

Völlig entgeistert starrte meine Schwester mich an. Sie traute ihren Ohren kaum. Nun wusste sie also, wer den Brief verfasst hatte – aber dass die Schreiberin derart offenherzig und gelassen von ihren schmutzigen Machenschaften erzählte, war einfach unglaublich! Hatte dieses Mädchen nicht mehr alle Tassen im Schrank?

»Das war, bevor ich ein guter Mensch geworden bin«, fuhr Mingxia fort, »deshalb müssen wir darüber nicht lange reden. Ich hoffe nur, dass der Brief Qiuyun jetzt keinen Schaden zufügt. Oder wir machen es so: Ich schreibe noch einen Brief, in dem ich klarstelle, dass der anonyme Brief von mir war und ich dort nur lauter haltlose Gerüchte in die Welt gesetzt habe. Den Brief kannst du dann zum zuständigen Kreisbüro bringen, in Ordnung?«

Meiner Schwester verschlug es die Sprache, so befremdlich erschien ihr Mingxias Verhalten, so jenseits aller Logik und so schamlos. Auch wenn sich Mingxia reuig gab, meine Schwester glaubte ihr trotzdem nicht. Ich erwiderte ihren fragenden Blick nur mit einem Lächeln. Ich wollte ihr Erstaunen über den Wandel, der sich auf der Farm vollzogen hatte, durch keine Erklärung abmildern. Nach kurzem Nachdenken erwiderte sie kühl:

»Da es sich nur um haltlose Gerüchte gehandelt hat, scheint mir eine Klarstellung überflüssig. Die Leute im Kreisbüro können sich selbst ein Urteil bilden und fallen nicht gleich auf jede daher-gelaufene Dreckschleuder herein.«

Trotz der Schärfe in ihrem Ton reagierte Mingxia weder verärgert noch verlegen. Denn was sie soeben gestanden hatte, hatte eine andere Mingxia begangen, nicht sie selbst, und deshalb fühlte sie sich dafür im Grunde noch nicht einmal verantwortlich.

»Hauptsache, das hat keine negativen Folgen für Qiuyun«, antwortete sie erleichtert, fügte allerdings im nächsten Atemzug unvermittelt hinzu: »Eigentlich ist so eine Arbeit in der Stadt ja eine gute Sache, aber wir würden Qiuyun sooo gern hierbehalten!«

Ihre Augen röteten sich, und schon kullerten ihr die ersten Tränen über die Wangen. Meiner Schwester schwirrte der Kopf von all diesen Widersprüchen. Dieselbe Frau, die solch einen niederträchtigen Brief geschrieben hatte, weinte auf einmal, weil sie sich nicht vom Opfer ihrer Verleumdungen trennen wollte? Was für eine Nummer zog diese Schwangere hier ab? Bei all diesen Kehrtwendungen kam meine Schwester einfach nicht mehr mit. Zu allem Überfluss bettelten nun auch noch all die anderen Mädchen in der Küche mit tränenerstickter Stimme:

»Wir würden dich sooo gern hierbehalten! Qiuyun, geh nicht fort!«

Lao Bi, der Küchentruppführer, ergriff meine Hand und stammelte bewegt:

»Qiuyun … ich weiß nicht, was ich sagen soll … Ich würde es dir von Herzen gönnen, wenn du in die Stadt zu deinen Eltern heimkönntest. Aber gleichzeitig würde es mich schrecklich traurig machen.«

Auch ich hatte Tränen in den Augen, doch ich rang mir ein Lächeln ab und versuchte, alle zu beschwichtigen:

»Wer sagt denn, dass ich gehen will? Ich bleibe hier. Also hört auf mit dem albernen Geflenne und füllt lieber die *Jiaozi*!«

Nach dieser Szene sprach meine Schwester bis zum Essen kaum

noch ein Wort. Gewiss konnte sie sich auf alle diese für sie so abstrusen Geschehnisse keinen Reim machen. Als dann das Essen fertig war und die Teigtaschen aus dem dampfenden Kessel in lauter große Schüsseln gefüllt wurden, die von Hand zu Hand wanderten, bis sie aus dem Küchenfenster nach draußen gereicht wurden – da ging die erste Portion an meine Schwester. Cen Mingxia brachte sie ihr persönlich, als Zeichen ihres aufrichtigen Bedauerns.

Auch Yan Zhe fand sich zum Essen ein, und sofort wurde die Stimmung noch fröhlicher und festlicher. »Genosse Yan!«, schallte es ihm aus Dutzenden von Kehlen entgegen. »Iss du zuerst! Qiuyun sagt, sie bleibt hier und geht nicht zur Arbeit in die Stadt!«

»Das ist gut«, antwortete er schmunzelnd. »Wir hatten auch gar nicht vor, von hier fortzugehen. Sie bleibt. Und ich auch.«

Mit seiner Schüssel Teigtaschen in der Hand hockte er sich zu uns und fragte meine Schwester:

»Musst du dringend zurück an deinen Arbeitsplatz? Wenn nicht, dann bleib doch noch ein paar Tage hier! Qiuyun kann dir Gesellschaft leisten.«

»Nein, ich habe mir nur einen Tag freigenommen. Eigentlich müsste ich jetzt schon wieder auf der Arbeit sein. Nach dem Essen muss ich mich sofort auf den Weg machen.«

»Na gut, dann wird dich jemand mit dem Pferdekarren fahren. So ein Karren hat große Räder, der versinkt nicht so schnell im Schlamm. Auf der Landstraße kannst du dann mit dem Fahrrad weiterfahren.«

»Danke.«

»Das ist doch selbstverständlich.«

»Ja, da hast du recht. Die Förmlichkeiten können wir ja jetzt beiseitelassen.« Sie warf mir einen schelmischen Blick zu, unter dem ich stumm errötete. Ich hatte ihren Wink verstanden: Sie akzeptierte meinen Freund als zukünftigen Schwager. Um Yan Zhes Mundwinkel sah ich ein zufriedenes Lächeln spielen.

»Ich platze gleich, ich habe schon für morgen vorgegessen«, wehrte meine Schwester schließlich ab, nachdem sie von allen Seiten bedrängt worden war, sie solle noch mal tüchtig zulangen. Von ihrem Platz auf der Brunnenumfassung aus sah sie der Menge schmunzelnd beim Essen zu.

»Qiuyun«, fragte sie mich nach einer Weile leise, »ihr benutzt gar keine Essensmarken mehr, oder?«

»Nein«, antwortete ich stolz, »die Essensmarken haben wir längst abgeschafft, und Arbeitspunkte verteilen wir auch nicht mehr. Und schau mal dort zur Kantinenwand: Siehst du das Kästchen, das da angenagelt ist? Weißt du, wofür das ist? Das ist der Gemeinschaftstopf für unsere ganze Farm. Wer Geld braucht, nimmt sich einfach davon, ohne irgendwen um Erlaubnis zu fragen. Das Kästchen ist noch nicht mal verschlossen. All das hat sich geändert, seit Yan Zhe Farmleiter ist.«

Meine Schwester starrte mich an, sie wirkte unschlüssig, ob ich nur scherzte oder verrückt geworden war. Mit einem Schmunzeln forderte ich sie auf, sich selbst von der Wahrheit meiner Worte zu überzeugen. Sie ging zu dem Kästchen aus rohem, unlackiertem Pappelholz, das Yan Zhe eigenhändig dort angenagelt und bewusst schmucklos belassen hatte. Als sie es öffnete, entdeckte sie mehrere Hundert Yuan – für damalige Verhältnisse ein kleines Vermögen, das hier ganz offen und jedermann zugänglich aushing. Auch einige Zettel lagen in dem Kästchen, auf denen jeder, der Geld entnommen hatte, freiwillig die Summe und den Verwendungszweck notiert hatte. Der Blinde Huang beispielsweise hatte sich vier Yuan und sechs Mao genommen, um sich ein Moskitonetz zu kaufen; Chen Xiukuan zwanzig Yuan, um sich ein Medikament gegen seinen Tripper zu besorgen; Lao Chu sechs Yuan, um seinen kranken Sohn zu behandeln.

Als meine Schwester das Geld aus dem Kästchen nahm, um es zu zählen, schenkte ihr niemand Beachtung. Alle aßen und plauderten einfach weiter. Nachdem sie das Geld wieder zurückgelegt und den Deckel geschlossen hatte, kehrte sie tief in Gedanken versunken zu mir zurück. Bis zu ihrem Aufbruch schwieg sie. Es war schwer zu erkennen, ob sie ehrfürchtig oder verstört war.

Nach dem Essen holte Chen Decai sie mit dem Pferdekarren ab. Ihr Fahrrad, blitzblank geputzt, hatte er schon auf der Ladefläche verstaut. Das Land erstrahlte nach dem Regen in einem frischen Glanz. Federförmige, schneeweiße Wölkchen trieben am leuchtend blauen Himmel. Drei oder vier Dutzend Bauern und Jugendliche begleiteten meine Schwester bis zur Brücke – der Abschied war ähnlich feierlich wie die Begrüßung in der Nacht zuvor.

»Komm gut nach Hause, große Schwester!«, riefen ihr alle zu. »Und besuch uns, wann immer du Zeit hast!«

Meine Schwester war so bewegt, dass sie mich nicht mehr drängte, eine Arbeit in der Stadt anzunehmen. Stattdessen erklärte sie beim Abschied von Yan Zhe und mir seufzend:

»Qiuyun, Yan Zhe, ob ihr hierbleiben wollt oder nicht, entscheidet ihr selbst. Ehrlich gesagt muss man nicht unbedingt in die Stadt zurückkehren, wenn man in so einem kleinen Paradies lebt. In der Stadt ist das Leben jetzt hart, schmutzig, bedrückend – das ist kein Ort für einen guten Menschen.

Aber ich bin mir nicht sicher«, fügte sie besorgt hinzu, »ob so jemand wie diese Cen Mingxia sich so schnell in einen guten Menschen verwandeln kann. Kommt das nicht allzu abrupt? Vielleicht spielt sie euch doch nur was vor?«

»Nein«, beruhigten wir sie beide, »sie hat sich wirklich verwandelt.«

Von widersprüchlichen Gefühlen überwältigt – Argwohn, Freude, Verwirrung –, bestieg sie den Karren. Chen Decai knallte mit der Peitsche, und der Wagen setzte sich Schlamm spritzend in Bewegung. Yan Zhe und ich blickten ihr nach, bis sie im dichten Grün der Bäume verschwunden war. Ohne es zu ahnen, hatte sie mit ihren Sorgen auf gewisse Weise doch ins Schwarze getroffen: Zwar waren die bösen Menschen von früher tatsächlich zu guten geläutert, doch diese Wandlung verdankte sich einzig und allein der Ameisenessenz, und niemand konnte voraussagen, wie lange deren Wirkung anhalten würde. Wenn die Wirkung nachlassen und alles in die alten, verkommenen Gleise zurückfallen würde, würde dies meinen Freund und mich gewiss völlig aus der Bahn werfen.

Nachdem meine Schwester gegangen war, rief Yan Zhe die acht Jugendlichen, die auf der Vorschlagsliste für die Arbeit in der Spinnerei standen – darunter Wang Quanzhong, Ji Ke, Liu Weidong, Wang Ying, Li Dongmei und ich selbst –, zu sich ins Farmhaus und fragte sie noch einmal ausführlich nach ihren Wünschen. Natürlich lehnten wir alle es entschieden ab, die Farm zu verlassen. Mit einem Seitenblick auf mich ermahnte mein Freund die anderen sieben zum wiederholten Mal, sie sollten sich ihre Entscheidung gründlich überlegen. Ich wusste, sein Appell sollte vor allem meine Zweifel beruhigen.

»Da gibt es nichts zu überlegen«, antwortete ausnahmslos jeder der sieben im Brustton der tiefsten Überzeugung. »Wir wollen bis an unser Lebensende hierbleiben!«

Mit einem Seufzen verzichtete ich darauf, meinen früheren Einwand noch einmal zu wiederholen. Nachdem Yan Zhe die sieben entlassen hatte, diskutierte ich mit ihm darüber, wie wir dem Kreisbüro für die gebildeten Jugendlichen am besten beibringen sollten, dass gleich alle acht Kandidaten auf eine Arbeit in der Stadt verzichteten. Niemand würde uns glauben, dass dieser Verzicht freiwillig erfolgte; die Nachricht würde im gesamten Kreis hohe Wellen schlagen.

Doch wir zermarterten uns auf der Suche nach einem passenden Vorwand umsonst die Köpfe. Am nächsten Tag teilte uns das Kreisbüro in einem dringlichen Anruf mit, dass alle Einstellungen in der Stadt bis auf Weiteres – das heißt: bis von oben eine neue Weisung kam – ausgesetzt seien. Erst später erfuhren wir, was diese abrupte Kehrtwende in ganz China ausgelöst hatte: Lin Biaos Fahnenflucht. Als die Einstellungen in der Stadt endlich wiederaufgenommen wurden, war unsere Farm bereits zerstört.

13.

BLUTEGEL

Die folgenden Wochen verbrachten Yan Zhe und ich in einer einzigen Hochstimmung. Unsere Meinungsverschiedenheiten und die düstere Prophezeiung, die daraus gefolgt war – womöglich würden wir »eines Tages getrennte Wege gehen« –, hatten wir vergessen. Fast täglich fanden wir uns am Staubecken oder anderswo zu unseren intimen Treffen ein. Wir liebten uns und hatten ein kleines Paradies geschaffen, die ganze Welt erschien uns in strahlenden Sonnenschein getaucht.

Doch unsere unterschiedlichen Sichtweisen waren nicht verschwunden, sie sollten schon bald wieder an die Oberfläche treten. Den Anstoß dazu gab diesmal eines der abscheulichsten Geschöpfe Gottes und zugleich dasjenige, das ich auf dem Land am meisten fürchtete: der Blutegel.

Ich habe nie überprüfen können, ob die Geschichte von der heimtückischsten List der Blutsauger – ihr Eindringen in die Eingeweide – nur ein Altweibermärchen war oder nicht, doch jedenfalls hatte der Tierarzt, als bei uns ein eigentlich kerngesundes Rind verendet war, damals einem Blutegel die Schuld gegeben. Ob seine Diagnose zutraf, wage ich nicht zu beurteilen.

Unter den prächtigen Nanyang-Rindern, die wir auf unserer Farm hielten und die auf mich wie höhere Wesen wirkten, liebte ich am innigsten einen Bullen, den ich zärtlich »Weißnase« nannte.

Wann immer ich eine freie Minute hatte, besuchte ich ihn, streichelte ihm die jadegleichen Hörner und das seidenweiche Fell und ließ ihn mit der feuchten Zunge meine Hände ablecken, oder ich betastete scheinbar kennerhaft seinen »Grasmagen« (also seinen Pansen) und seinen »Wassermagen« (also seinen Blättermagen, denn ein Rind hat bekanntlich mehrere Mägen, in denen es seine Nahrung speichert und verdaut), um herauszufinden, ob er sich schon satt gegessen hatte. Viele Jahre später, wenn ich mit meinen Kindern und Enkeln die Dokus aus der »Tierwelt«-Reihe sah, bewunderte ich zwar die Anmut des Geparden und die Majestät des Löwen, doch die Nanyang-Rinder, die ich als junge Frau kennengelernt hatte, schienen mir mit ihrer Gelassenheit und ihrem Großmut, ihrer Selbstsicherheit und Furchtlosigkeit den Wildtieren der afrikanischen Savanne in nichts nachzustehen.

Der weißnasige Bulle war zu einer Zeit erkrankt, als wir die Ameisenessenz noch nicht versprüht hatten. Sein Appetit hatte zusehends nachgelassen, er war immer weiter abgemagert, und sein Fell hatte seinen Glanz verloren. Anfangs hatte er noch hartnäckig seine Würde behauptet und sich, auch wenn ihm die Beine schon zitterten, aufrecht gehalten. Doch schließlich musste er sich seinem übermächtigen Gegner beugen und sich niederlegen. Tief besorgt bat Gao Xiangfu den damaligen Farmleiter Lai Ansheng, Doktor Tang zu holen, einen weithin geachteten Tierarzt von der Volkskommune. Doktor Tang war Anfang vierzig, trug sein Haar in einem Seitenscheitel, was auf dem Land eher selten war, und kleidete sich wie ein staatlicher Kader. Nachdem er das Tier untersucht hatte, stellte er selbstgewiss fest:

»Da treibt ein Blutegel sein Unwesen. Der Bulle hat ihn versehentlich beim Trinken verschluckt, und nun sitzt der Egel im Magen und saugt sich mit dem Blut seines Wirts voll – kein Wunder, dass der arme Bulle da krank wird!«

Die Krankheitsursache war also gefunden, doch wie konnte

man sie beseitigen? Im Kampf gegen die Blutsauger hatte der Doktor einen raffinierten Trick entwickelt. Zuerst, so erläuterte er uns, gebe er dem betroffenen Rind einen Schlammbrei zu trinken, denn ein Blutegel liebe Schlamm und werde im Magen sogleich darin eintauchen. Danach füttere er seinen tierischen Patienten mit Honig, denn der Honig umschließe dann den Schlammklumpen, sodass der Egel darin gefangen sei und schließlich mitsamt dem Schlamm ausgeschieden werde.

Ich meldete mich bereitwillig, um bei der Behandlung zu assistieren. Während ich an Weißnases Strick zog, drehten Gao Xiangfu und Lao Chu seinen Kopf aufwärts und öffneten ihm mit Gewalt das Maul, damit der Tierarzt ihm den Schlammbrei einflößen konnte. Natürlich widerstrebte es Weißnase, diesen Brei zu schlucken, und er gab tiefe Klagelaute von sich. Voller Mitgefühl streichelte ich ihm den Rücken und versuchte, ihn zu beschwichtigen:

»Weißnase, du hast es gleich geschafft, halt durch! Damit kurieren wir deine Krankheit.«

Einen ganzen Eimer gab der Doktor ihm zu trinken, ehe er endlich erklärte:

»So, das reicht. Und jetzt der Honig!«

Ich lief nach nebenan, um den Honig zu holen, den wir am Vortag von einem benachbarten Arbeitslager gekauft hatten: der Menge nach kaum weniger als der Schlammbrei, genug, um einen Eimer fast voll zu machen. Im Stall ertappte ich Chen Xiukuan, der gerade mit den Augen zur Decke gerichtet den dickflüssigen Honig aus einer Schöpfkelle in seinen Mund herabrinnen ließ. So besudelt, wie sein Gesicht und seine Brust waren, hatte er gewiss schon einiges davon geschlemmt. Bei meinem Anblick wischte er sich hastig den Mund ab und stammelte verlegen:

»Probier auch mal! Dieser Honig ist echt lecker. So was habe ich schon seit einer Ewigkeit nicht mehr gegessen.«

Das Mitleid, das ich sonst mit diesem von allen anderen gemiedenen Tripperkranken hatte, war mit einem Schlag wie weggeblasen. Weißnase war so schwer krank, und dieser Kerl hatte noch den Nerv, ihm die Medizin zu stehlen! Ich machte mir sogar Sorgen, ob Xiukuan nicht womöglich den Honig mit seinem Tripper infiziert hatte. Mit grimmiger Miene riss ich ihm die Schöpfkelle aus der Hand und marschierte mit dem Honigeimer aus dem Stall, während er mir schuldbewusst hinterherlief und Hilfe anbot: »Lass mich das tragen!« Doch ich behandelte ihn wie Luft.

Zum Glück war der Eimer immer noch gut gefüllt. Der Tierarzt flößte seinem Patienten den gesamten Inhalt ein. Seiner Miene nach zu urteilen, schmeckte der Honig für Weißnase genauso scheußlich wie der Schlammbrei.

Nachdem der Doktor das Geld für seinen Hausbesuch kassiert hatte, machte er sich sogleich wieder auf den Weg. Doch Weißnases Zustand verbesserte sich nicht, im Gegenteil, er verschlechterte sich rapide. Gao Xiangfu, der mit seinem Schützling mitlitt, legte mehr als zehn Kilometer zu Fuß zurück, um Doktor Tang noch einmal zu Hilfe zu rufen, doch diesmal erklärte der Tierarzt geradeheraus:

»Wenn meine Methode bei ihm nicht verfangen hat, dann kann ich ihm auch nicht mehr helfen. Niemand kann ihm jetzt noch helfen. Blutegel sind nun mal schwer zu behandeln.«

Sieben Tage später hauchte Weißnase, begleitet von meinen Schluchzern, sein Leben aus.

Die Farmleitung kommandierte mich und Chen Xiukuan dazu ab, den Karren mit dem toten Tier zur Volkskommune zu ziehen, denn laut den gesetzlichen Bestimmungen durften Zugrinder nur in einem Schlachthof geschlachtet werden. Obwohl Weißnase bereits zu einem Gerippe abgemagert war, nahm sein mächtiger Leib noch immer die gesamte Ladefläche ein, und seine erstarrten Beine ragten über den Wagenrand hinaus und klopften während der Fahrt unaufhörlich gegen die Seitenwände. Mir war so schwer ums Herz, als hätte ich einen nahen Verwandten verloren. Ich hasste die Blutegel aus tiefster Seele – ein einziger dieser kleinen Widerlinge hatte doch tatsächlich genügt, um meinem Weißnase das Leben zu rauben! Das Leben eines Geschöpfs, das einmal so prachtvoll, so kraftstrotzend und furchtlos gewesen war. Der Gedanke, dass Weißnases sterbliche Überreste nun auf unseren Tellern landen sollten, schmerzte mich sehr, doch ich war erwachsen genug, um meine kindlichen Gefühle für mich zu behalten.

Xiukuans Miene verriet keine Trauer. Stattdessen war seine Aufmerksamkeit den ganzen Weg über auf meine Brüste gerichtet. Doch so unkompliziert und umgänglich ich mich sonst auch gab, in erotischen Fragen verstand ich keinen Spaß. Das wusste er, deswegen traute er sich nur, mir heimlich auf Busen und Hintern zu schielen. Ich strafte sein lüsternes Gegaffe mit einem frostigen Seitenblick, und als ich dann wieder daran dachte, wie er dem todkranken Weißnase den Honig weggenascht hatte, kannte mein Abscheu keine Grenzen mehr. Im Stillen ließ ich mich sogar zu einem kindischen Schwur hinreißen: Von nun an würde ich ihm nie mehr Wasser bringen, damit er damit seine Schüssel abspülen konnte.

Mit seinem scharfen Messer zerlegte der Schlachter Weißnase rasch in einen Haufen rotes Fleisch. Normalerweise hätte man auch den Blättermagen essen können, ja, er hätte ein wohlschmeckendes Gericht abgegeben, doch in diesem Fall warf ihn der Schlachter, statt ihn zu verwerten, achtlos beiseite, so entstellt von der Krankheit war der Magen: kugelrund und hart wie ein Stein. Ich überwand meinen Ekel und schnitt den Klumpen auf, um ihn genauer zu untersuchen. Jede Schleimhautfalte war mit Schlamm verkleistert, offensichtlich war der Bulle qualvoll an dem aufgequollenen Magen verendet. Bei dieser steinernen Kugel wäre es ein Wunder gewesen, wenn er überlebt hätte. Folglich hatte nicht unbedingt ein Blutegel seinen Tod heraufbeschworen, sondern womöglich erst der Kurpfuscher Tang. Andererseits trug ein Egel womöglich eine Mitschuld, denn Weißnase war ja augenscheinlich schon vor dem Arztbesuch schwer krank gewesen.

Da es inzwischen bereits Mittag geworden war, stellten wir unseren Karren auf dem Schlachthof ab und machten uns auf den Weg zur Kantine der Volkskommune. Am Eingang zur Kommune trafen wir den Genossen Wei, der mich freudig begrüßte:

»Qiuyun, was machst du denn hier? Los, komm, wir essen bei mir zu Hause! Ihr seid beide eingeladen.«

»Wir sind zum Schlachten hergekommen«, erklärte ich ihm trübselig. »Weißnase ist tot.«

Als ich ihm die Todesursache schilderte, fuhr er zornig auf:

»Wieso habt ihr denn ausgerechnet diesen Tang gerufen? Das ist ein berüchtigter Aufschneider und Blender, der kann nichts, außer sich sein Essen ergaunern! Welcher Idiot hat denn den geholt?«

Doch auch noch so viele Worte machten Weißnase nicht wieder lebendig, und nachdem der Genosse Wei noch eine Weile um ihn getrauert hatte, bestand er darauf, uns zum Essen zu sich nach Hause mitzunehmen. Auch Xiukuan hätte nur zu gern diesen kleinen Abstecher unternommen und wartete ungeduldig darauf, dass ich die Einladung annahm, doch ich schlug sie hartnäckig aus. Als ich an Weis Miene ablas, dass seine Stimmung kippte und ich ihn ernsthaft zu verärgern drohte, rang ich mich dazu durch, ihm den wahren Grund meiner Weigerung anzuvertrauen.

»Ich habe wirklich noch eine private Angelegenheit zu erledigen, Onkel Wei«, behauptete ich. »Ich verrate dir auch, welche.«

Mit diesen Worten beugte ich mich vor und flüsterte ihm ins Ohr: »Der Mann da hat Tripper, deshalb will ich nicht, dass er zu dir nach Hause kommt und mit an deinem Tisch isst.«

Genosse Wei musterte meinen Begleiter mit einem durchdringenden Blick, ehe er in jovialem Ton erklärte:»Na, dann will ich dich nicht länger aufhalten. Aber vergiss nicht, mich das nächste Mal zu besuchen!«

Wir setzten uns in die Kantine der Volkskommune und kauften uns jeder zwei gefüllte Dampfbrötchen, um den gröbsten Hunger zu stillen. Abends kam dann jedes Farmmitglied in den Genuss einer randvollen Schüssel Rindfleisch, das früher Weißnase gewesen war. Auch wenn es den Bauern um das tote Tier leidtat, wären sie – pragmatisch veranlagt, wie sie waren – nie auf die Idee gekommen, sich deswegen eine Schüssel Fleisch entgehen zu lassen. Ich dagegen brachte keinen Bissen herunter, und Gao Xiangfu ging es ebenso. Ich teilte meine Portion unter Lao Xiao und Cui Zhenshan auf und Gao unter Siwa und Chen Decai, sodass jeder von ihnen nicht weniger als eine kleine Wanne voll Fleisch bekam. Und trotzdem schlangen sie ihr Festmahl im Nu hinunter wie ausgehungerte Wölfe. Die Elastizität ihrer Mägen nötigte mir aufrichtige Bewunderung ab.

All das war geschehen, bevor Yan Zhe seine Ameisenessenz versprühte. Danach verwandelte sich unsere Farm in einen Garten Eden, in dem für etwas so Widerwärtiges wie die Blutegel kein Platz mehr zu sein schien – aber natürlich war das eine Illusion, und die Blutsauger lebten munter mitten unter uns.

Doch unter uns Mädchen hatte schon zuvor kaum noch wer Angst vor ihnen – mich eingeschlossen, obwohl ich sie ursprünglich mehr als alles andere gefürchtet hatte. Die einzige Ausnahme bildete Sun Xiaoxiao. Wahrscheinlich waren daran hauptsächlich die Jungen schuld, denn sie hatten Xiaoxiao ständig gefoppt und veräppelt, sodass sie sich mit der Zeit immer mehr gefürchtet hatte – oder vielleicht fand sie auch nur Gefallen daran, ihre Angst ein wenig theatralisch zur Schau zu stellen. Jedenfalls hatten wir eines Tages auf der Brunnenumfassung gesessen und waren gerade

beim Essen, als Lin Jing plötzlich auf den Boden zeigte und schrie:
»Ein Egel!«

Mit dem Finger imitierte er die Schlängelbewegungen des Blut-
saugers – und deutete damit direkt unter Xiaoxiaos Fußsohle.
Schreckensbleich sprang Xiaoxiao auf und verstreute dabei ihr
Essen auf dem Boden.

»Hier auf dem Trockenen kriechen doch keine Wasseregel
herum!«, klärten die ringsum Sitzenden sie unter schallendem Gelächter auf. »Und selbst wenn – so schnell können die sich gar
nicht bewegen.«

Als Xiaoxiao dämmerte, dass Lin Jing sich nur einen Spaß mit
ihr erlaubt hatte, stürzte sie sich kreischend auf ihn, hämmerte auf
ihn ein und forderte sein Essen als Entschädigung.

In dieser Nacht schreckte mich schrilles Geschrei aus dem Schlaf.
Die Stimme war weiblich und nicht weit von meinem Wohnheim
entfernt. Ich sprang aus dem Bett, warf mir im Dunkeln eine
Jacke über den Schlafanzug und hastete zur Tür.

Auch Dongmei und Yueqin, die mir inzwischen beide blind
vertrauten, waren aufgewacht. »Qiuyun, was ist denn los?«, fragten sie mich beunruhigt. »Ist was passiert?«

»Nur keine Sorge«, versuchte ich, sie zu beschwichtigen. »Ich
schaue mal nach.«

Draußen ganz in der Nähe bot sich mir im Licht des Vollmonds
ein unsägliches Schauspiel. Sun Xiaoxiao, den Kopf in den Armen
vergraben, stand vor ihrem Wohnheim, nackt bis auf den geblüm-
ten Schlüpfer und ein Unterhemd, das so zerfetzt war, dass es ihre
üppigen Brüste entblößte. Mit angstverzerrter Miene starrte sie
den Mann an, der zu ihren Füßen kauerte und ihre Waden um-
schlang: Lai Ansheng, nackt bis auf die weite Unterhose, sein mus-
kulöser Oberkörper blank.

Auch Xiaoxiaos Zimmergenossinnen Zong Dalan und Cen

Mingxia waren herausgekommen und schauten gebannt zu. Mingxia, deren Schwangerschaft nicht mehr zu übersehen war, lehnte am Türrahmen, die Hand ins Kreuz gestemmt. Erstaunlicherweise schien sie es ihrem früheren Liebhaber nicht im Geringsten zu verübeln, dass er sich einer anderen Frau auf derart obszöne Weise angenähert hatte.

Nach und nach fanden sich auch andere Farmmitglieder ein und scharten sich äußerlich ungerührt rings um die beiden Protagonisten, während ich selbst zutiefst aufgewühlt war: Ich hatte das Gefühl, dass etwas Wunderschönes vor meinen Augen zerstört worden war.

Nicht lange zuvor hatte Yan Zhe mir erzählt, er sei sich inzwischen sicher, dass die Ameisenessenz keine dämpfende Wirkung auf den Geschlechtstrieb habe. Für sein Gesellschaftsexperiment war das natürlich eine gute Nachricht, doch ich vermied es, genauer nachzufragen – ich hatte die Befürchtung, er könnte sich seine Gewissheit durch die heimliche Bespitzelung des Genossen Wei und der Genossin Gu verschafft haben. Das Drama, das sich nun vor meinen Augen abspielte, schien jedenfalls seine Einschätzung zu bestätigen. Und trotzdem bedeutete es zugleich einen schweren Schlag für seine Vision: Denn offenkundig lebte Lai Ansheng seinen Geschlechtstrieb mit Gewalt aus. Xiaoxiaos panische Angst und ihr zerfetztes Hemd ließen daran keinen Zweifel. Auch wenn der Geschlechtstrieb an sich nichts Schmutziges war – wenn er mit solcher Brutalität einherging, konnte es mit der vermeintlichen Unschuld auf unserer Farm nicht weit her sein.

Ich wollte den Gaffern gerade befehlen, sich zu zerstreuen, da kam Yan Zhe herbeigestürzt. Seine Miene verfinsterte sich schlagartig, und in seinen Augen loderte nackte Wut. Niemand verstand seinen Zorn besser als ich. Er hatte all seine Hoffnungen in das kleine altruistische Paradies gesetzt, das er erschaffen hatte, und die jüngsten Fortschritte hatten ihn geradezu euphorisch gestimmt.

Besonders seitdem die Arbeitspunkte abgeschafft waren, schien die Farm in einem überirdischen Glanz zu strahlen – und nun war dieser Glanz jäh erloschen, weil Lai Anshengs abstoßende wahre Natur sich von Neuem regte. Yan Zhe musste eine eisige Ernüchterung fühlen.

Dennoch ahnte ich nicht, wie maßlos er im nächsten Moment reagieren würde. Lai schien gänzlich unbekümmert, er blickte mit einem fröhlichen Lächeln zu Xiaoxiao auf und beschwichtigte sie: »Nur keine Angst, es ist alles gut! Ich habe ihn schon erledigt.« Erledigt? Doch wohl nicht etwa einen Embryo?! Während ich noch über seine Worte rätselte, richtete Yan Zhe den Finger auf Lai und gab Chen Decai und Wang Quanzhong, die neben ihm standen, einen unmissverständlichen Befehl:

»Erwürgt ihn!«

Erschrocken starrten Lai und Xiaoxiao ihn an. Auch Decai und Quanzhong zuckten zusammen, doch im nächsten Moment machten sie sich schon in bedingungslosem Gehorsam daran, den Befehl auszuführen. Sie umstellten Lai, zerrten ihn hoch und fingen an, ihn zu würgen.

Am schockiertesten von allen war vermutlich ich selbst. Wie konnte mein Freund nur einen derart grausamen Befehl geben? Hatte der Jähzorn ihm den Verstand getrübt, oder wollte er Lai nur einen Schreck einjagen? Natürlich war auch ich voller Abscheu und Empörung darüber, dass der ehemalige Farmleiter, selbst nachdem er die Ameisenessenz eingeatmet hatte, sich noch immer derart schamlos aufführte und eine Fünfzehnjährige vergewaltigte – doch bei aller Wut überhörte ich nicht die Stimme der Vernunft. Lai mochte noch so hassenswert sein, wir durften ihn nicht aus einem Affekt heraus zum Tod verurteilen. Dazu hatten wir kein Recht.

Auch die Mienen der Umstehenden, die ich mit einem raschen Blick erfasste, gaben mir zu denken, vor allem die Mienen der mittel- oder unmittelbar Beteiligten: Lai selbst ließ keinerlei Unrechtsbewusstsein erkennen, und Xiaoxiao schien genau wie ihre Zimmergenossinnen Mingxia und Dalan nicht die leiseste Feindseligkeit ihm gegenüber zu empfinden. Ich sah in lauter erschrockene oder verständnislose Gesichter, doch niemand wagte, sich zu widersetzen. Auch wenn ich auf die Schnelle aus meinen Eindrücken nicht schlau wurde, spürte ich intuitiv, dass hier etwas nicht stimmte.

Decai und Quanzhong waren dabei, ihren Auftrag pflichtgemäß auszufüllen, und obwohl sein Gesicht schon tiefrot angelaufen war, leistete ihr Opfer nicht den geringsten Widerstand. Ich wusste, dass ich die Einzige war, die jetzt noch an Yan Zhes Befehl rütteln konnte, und rief:

»Decai, Quanzhong, hört erst mal auf!«

Sofort lösten beide ihren Griff und standen mit hängenden Armen an der Seite da und warteten auf weitere Befehle von Yan Zhe oder mir. Um Yan Zhes Autorität zu wahren, wandte ich mich so respektvoll, wie ich konnte, an ihn:

»Yan Zhe, ich schlage vor, dass wir erst einmal klären, was es mit dieser Sache auf sich hat, bevor wir weitere Maßnahmen ergreifen.«

Yan Zhe hatte inzwischen selbst gemerkt, dass er überreagiert hatte. Noch immer wütend, wandte er den Kopf zur Seite und signalisierte mir damit, dass er mir das weitere Vorgehen überließ. Als Erstes bat ich Dalan, aus dem Wohnheim ein Hemd zu holen, damit Xiaoxiao ihren entblößten Oberkörper verhüllen konnte. Als Dalan mit der Kleidung wieder zurückkam, flüsterte sie mir ins Ohr:

»Genosse Yan hat Lai Ansheng unrecht getan. Lai hat Xiaoxiao nur geholfen.«

»Xiaoxiao, was ist denn eigentlich passiert?«, fragte ich die Betroffene ruhig. »Erzähl mir mal alles der Reihe nach.«

In Wahrheit verhielten sich die Dinge gänzlich anders, als wir sie uns ausgemalt hatten. Xiaoxiao hatte an diesem Tag auf den Reisfeldern gearbeitet, und als sie endlich Feierabend machte, wurde der mondlose Himmel schon dunkel. Mit ein paar anderen suchte sie zunächst wie üblich den Brunnen auf, um sich die schlammverschmierten Beine kurz abzuspülen, ehe sie zum Schlafen ins Wohnheim ging. Doch im Bett fand sie keine Ruhe; im Halbschlaf bildete sie sich ein, dass sich ein Dämon in der Dunkelheit an sie heranschlich und mit seinem fledermausartigen kleinen Maul in ihre Wade biss. Dieser Albtraum fühlte sich schließlich so real an, dass sie sich trotz aller Schläfrigkeit dazu aufraffte, ihren Unterschenkel zu befühlen – und prompt auf ein kaltes, rundes Etwas stieß. Sie rief sogleich Dalan zu Hilfe, und nachdem ihre Zimmergenossin eine Petroleumlampe für sie entzündet hatte, zog sie die Beine an sich und musterte sie, ehe sie mit ihrem Kreischen die ganze Farm aufschreckte.

Ein großer Blutegel hatte sich an ihre Wade geheftet und saugte genüsslich ihr Blut. Durch die blauschwarze, gelb gestreifte Haut seines prallvoll geschwollenen Leibs schimmerte es rötlich. Natürlich hatte er sich schon auf dem Reisfeld auf sein Opfer gestürzt, und da Xiaoxiao ihn beim flüchtigen Abspülen ihrer Beine nicht bemerkt hatte, hatte sie ihn in ihr Bett mitgenommen. Auch wenn die Angst, die sie im Allgemeinen vor Blutegeln an den Tag legte, ein wenig theatralisch war – in diesem Moment hätte gewiss jeder, der wie sie mitten in der Nacht noch im Halbschlaf einen solchen Blutsauger an seinem Bein entdeckt hätte, einen Heidenschreck bekommen. Deshalb war es auch verzeihlich, dass sie danach wie eine Sirene losheulte.

Weil sie im ersten Moment vor Entsetzen wie gelähmt war, wollten Dalan und Mingxia den Egel für sie mit einer Schuhsohle abschlagen, doch da stürzte Xiaoxiao auch schon in Hemd und Schlüpfer aus dem Zimmer. In ihrer kopflosen Panik riss sie sich das Hemd am Türhaken auf. Und da ihr Wohnheim besonders nahe am Männerwohnheim der ersten Gruppe lag, hörte Lai Ansheng sogleich ihre Schreie und kam als Erster herbeigestürmt. Nachdem er mühsam den Grund ihrer Aufregung aus ihr herausbekommen hatte, hockte er sich vor sie hin und schlug mit der Handfläche auf den Egel ein, bis der Blutsauger von der Wade abfiel. Der vermeintlich so bösartige Sittenstrolch Lai Ansheng entpuppte sich also als ritterlicher Helfer in der Not.

Abgesehen von Xiaoxiao und ihren beiden Zimmergenossinnen, hatten bis eben noch alle anderen über die wahren Hintergründe im Dunkeln getappt. Nun, da Xiaoxiao ihren Retter von jedem Verdacht freigesprochen hatte, umringten sie sie und lachten überschwänglich. In dem langärmligen Nachthemd, das Dalan ihr geliehen hatte, wirkte Xiaoxiao wie eine Puppe. Der Schreck hatte sich bei ihr inzwischen einigermaßen gelegt, und mit ihren vor Scham und Erleichterung rot glühenden Wangen sah sie einfach entzückend aus.

Die beiden Männer, die noch eben das Todesurteil hatten vollstrecken sollen, traten zu Lai und klopften ihm auf die Schulter – eine wortlose Entschuldigung für eine Tat, für die sie eigentlich gar keine Verantwortung trugen, schließlich hatten sie nur den Befehl ihrer »Ameisenkönigin« ausgeführt. Lai erwiderte das Schulterklopfen und machte damit deutlich, dass er ihnen nichts nachtrug.

Nur Yan Zhe und ich fühlten eine quälende Verlegenheit. Lai war ein von Grund auf guter Mensch geworden, wir jedoch hatten unsere eigenen Abgründe auf ihn projiziert. In unserer Gesinnung waren wir hinter die Menschen zurückgefallen, über die wir uns so sehr erhoben.

Im Affekt hätte Yan Zhe um ein Haar eine nicht wiedergutzumachende Schuld auf sich geladen. Doch weil ich davon überzeugt war, dass er selbst sich am meisten dafür Vorwürfe machte, ersparte ich ihm meine Kritik. In diesem Moment trat er vor Lai Ansheng, der noch immer mit nacktem Oberkörper dastand, und verbeugte sich plötzlich tief vor ihm. Vor lauter Verlegenheit wusste Lai nicht mehr aus noch ein und rief:

»Aber was machst du denn da, Genosse Yan? Was soll denn das? Das ertrage ich nicht!«

Ohne jede Erklärung, auf den Lippen ein trübseliges Lächeln, zog sich Yan Zhe zurück in sein Haus. Während er einsam davonschritt, schaute ihm die umstehende Menge hinterher, sichtbar gerührt von seiner aufrichtigen Entschuldigung. Nur ich konnte mich nicht von dem beklemmenden Gefühl frei machen, das mich ergriffen hatte. Auch wenn mein Freund vorhin nur aus einem Missverständnis heraus und im Affekt gehandelt hatte, so hatte er doch mit dem entschiedenen Todesurteil seine Machtbefugnisse überschritten. Hielt er sich womöglich wirklich für einen Gott, der über Leben und Tod richten konnte?

Auch die beiden Männer, die er als Henker bestimmt hatte, weckten in mir zutiefst widerstreitende Gefühle – vor allem sein guter Freund Quanzhong. Auf ein kurzes Kommando hin hatten beide sich, ohne zu zögern, an die Vollstreckung des Urteils gemacht. Hatte also selbst jemand wie Quanzhong, der eigentlich durchaus seinen eigenen Kopf hatte, unter der Macht der Ameisenessenz die Fähigkeit eingebüßt, Recht und Unrecht voneinander zu unterscheiden?

Die Menge ringsum wirkte im Gegensatz zu mir ganz unbekümmert, mehr noch: Das Drama, das sich vor ihren Augen abgespielt hatte, hatte bei ihnen eine fast kindliche gute Laune ausgelöst. Sie lachten fröhlich, umringten Xiaoxiao und begutachteten die feine Blutspur an ihrer Wade.

Schließlich verabschiedete Xiaoxiao sich mit den Worten, sie wolle sich schlafen legen. An der Türschwelle drehte sie sich aber noch einmal um und fragte Lai ernst:

»Ansheng, hast du den Egel auch weit genug weggeschmissen? Nicht, dass er durchs Fenster wieder hier reingekrochen kommt!« Und an Mingxia und Dalan gewandt, fuhr sie fort: »Und ihr schließt die Tür und die Fenster gut, ja?«

Prompt lachten alle wieder los.

14.

RISSE

Ich muss eine neue Charge Ameisenessenz herstellen«, teilte Yan Zhe mir eines Tages mit. Denn von der Charge, die er das letzte Mal in seinem Elternhaus produziert und womit er alle Farmmitglieder besprüht hatte, war nicht mehr viel übrig.

Letztlich kam darin der grundlegende Widerspruch zum Tragen, den er schon bei früherer Gelegenheit erörtert hatte: Die altruistische Gesinnung, die in unserer kleinen Modellgemeinschaft herrschte, war zwar intrinsisch, aber nicht stabil verankert; deshalb musste in regelmäßigen Abständen eine außenstehende Person sie mit neuer Essenz auffrischen und ihre Wirkung kontrollieren. Eines Tages würden die Gene der Gemeinschaftsmitglieder die Essenz vielleicht selbsttätig produzieren und steuern, sodass sich ein fester Mechanismus etablieren würde – doch noch war das Zukunftsmusik.

Außerdem war sich Yan Zhe nicht sicher, wie lange seine Essenz eigentlich wirkte. Drei Monate war es nun her, dass er zum ersten Mal alle (oder fast alle) Farmmitglieder damit besprüht hatte, und noch schien die Wirkung relativ stabil zu sein: Die Farm atmete noch immer den Geist eines freudigen, selbstlosen Miteinanders. Die Mitglieder stürzten sich eifrig in die Arbeit, ohne nach irgendwelchen Arbeitspunkten zu schielen; sie nahmen sich aus dem Gemeinschaftstopf nur, was sie brauchten; sie träumten nicht mehr von einer Anstellung in der Stadt; und selbst vermeintliche Rückfälle wie der von Lai Ansheng entpuppten sich als Missverständnis.

Dennoch hatte Yan Zhe guten Grund, genau jetzt eine neue Charge der Essenz herzustellen. Denn in den letzten Tagen war ihm aufgefallen, dass einzelne Farmmitglieder gelegentlich unter Stimmungsschwankungen litten, die sich in Anflügen von Angst, Missmut oder Unruhe äußerten – und die Betroffenen, darunter Zhuang Xuexu, Lai Ansheng, die beiden Chens und Cui Zhenshan, waren ausgerechnet diejenigen, die einen von Natur aus eher fragwürdigen Charakter hatten.

»Das ist ja auch nicht weiter verwunderlich«, erklärte Yan Zhe. »Denn bei all denen, bei denen der Altruismus schon immer die Oberhand gehabt hat – zum Beispiel bei Gao Xiangfu, Lin Jing, Wang Quanzhong, He Zijian, dem Genossen Wei und der Genossin Gu –, verstärken und ergänzen sich die natürliche Veranlagung und die Essenz gegenseitig, sodass deren Wirkung vergleichsweise lange anhält. Bei all denen dagegen, die von jeher zu einem eher egoistischen Verhalten tendiert haben, wirken Veranlagung und Essenz einander entgegen, sodass deren Wirkung schneller verpufft.«

Seine Analyse überzeugte mich sofort, denn sie lieferte eine plausible Erklärung für genau den kaum merklichen Wandel, den auch ich auf der Farm beobachtet hatte. Einzig und allein Cen Mingxia passte nicht in dieses Bild: Trotz des ausgeprägten Egoismus, den sie in ihrem früheren Leben an den Tag gelegt hatte, zeigte die Essenz, wie wir einhellig feststellten, bei ihr noch immer eine sehr stabile Wirkung. Doch Yan Zhe wusste auch dafür eine Erklärung:

»Sie trägt ein Kind in ihrem Bauch, und in der Natur entwickeln alle Weibchen, die Mutter werden, einen starken Altruismus – zumindest gegenüber ihrem Nachwuchs.«

Da er beim letzten Mal die notwendige Ausrüstung mitsamt

den Chemikalien auf die Farm gebracht hatte, musste er für die neue Charge seiner Essenz nicht mehr in sein Elternhaus zurückkehren. Als Produktionsstätte wählte er diesmal eine brachliegende Hügelkuppe nördlich der Farm. Normalerweise verirrte sich kaum einmal ein Mensch an diesen abgelegenen, von kniehohem Gras und Gestrüpp überwucherten Ort, der die höchste Erhebung in der näheren Umgebung war; nur manchmal in den ruhigeren Zeiten außerhalb der Erntesaison trieb ein Rinderhirte seine Herde zum Weiden dorthin.

Auf Yan Zhes Kommando hin errichteten die Farmmitglieder auf dieser Hügelkuppe eine primitive Baracke und transportierten seine Ausrüstung, sein Bettzeug sowie Verpflegung für eine Woche dorthin. Danach erteilte er allen einen strikten Befehl:

»Niemand von euch darf in den nächsten sieben Tagen diesen Hügel betreten.«

»Qiuyun«, sagte er später unter vier Augen zu mir und wirkte dabei verlegen, »das gilt auch für dich, denn bevor mir mein Vater die geheime Technik zur Gewinnung der Essenz anvertraut hat, hat er mir das feierliche Versprechen abgenommen, dass ich niemanden darin einweihen darf. Ich bitte dich um Verständnis, dass ich den Willen meines verstorbenen Vaters respektieren muss.«

»Kein Problem, ich verstehe das«, versicherte ich ihm ruhig.

Ich verstand es tatsächlich, und ich verstand auch die Vorsicht seines Vaters. Denn die Macht der Essenz war so ungeheuer, dass – auch wenn es eine »gute« Macht war – wer auch immer sie in Händen hielt, ihr mit Ehrfurcht begegnen musste. Ich fürchtete inzwischen nur, dass Yan Fuzhi mit seinem Sohn den falschen Erben gewählt hatte. Yan Zhe schien mir zu jung, seine Schultern zu schmal, um diese Bürde zu tragen, sein Geist zu unreif und zu impulsiv – etwa als er im Jähzorn den Befehl erteilt hatte, Lai Ansheng zu erdrosseln. Einem Zwanzigjährigen konnte man kaum zumuten, die Rolle eines kleinen Gottes zu spielen.

Die Farmmitglieder befolgten sein Verbot jedoch uneinge-schränkt, was auch nicht weiter verwunderlich war, wenn man be-denkt, dass sie erst einige Tage zuvor selbst den Befehl zur Hin-richtung von Lai Ansheng, ohne zu zögern, akzeptiert hatten. Eine Woche lang durfte niemand einen Fuß auf jenen Hügel setzen. Während Yan Zhe sich in seine Klause zurückgezogen hatte, versuchte ich, mit doppelter Wachsamkeit jeden Winkel der Farm im Auge zu behalten, um etwaige »Risse« im Gefüge so früh wie möglich aufzuspüren. Im Großen und Ganzen funktionierte un-sere altruistische Gemeinschaft noch immer reibungslos. Die in-dividuellen Stimmungsschwankungen, die Yan Zhe vereinzelt be-obachtet hatte, fielen nach meinen Eindrücken kaum ins Gewicht. Und wer auch immer mir auf meinen Gängen über die Farm be-gegnete, machte mir ehrerbietig Platz.

Als ich an einem Tag nach dem Abendessen über das Gelände schlenderte, kam ich an Cen Mingxias Wohnheim vorbei. Unauf-hörlich gingen die Besucher dort ein und aus – vor allem die Mäd-chen, denn alle wollten der werdenden Mutter ihre Anteilnahme zeigen oder von ihr etwas über die Mutterschaft lernen. Die Hände ins Kreuz gestemmt, konnte sich Mingxia mit ihrem kugelrunden Bauch nur noch mühsam fortbewegen, doch ihr Gesicht strahlte mit einer leicht dümmlich wirkenden Glückseligkeit. Die Genos-sin Gu war die Einzige auf der Farm, die schon einmal ein Kind geboren hatte, und sie teilte mit der Schwangeren gerade ihre Erfahrungen als Mutter. Sie waren umringt von sieben oder acht Mädchen, die ihr andächtig lauschten, darunter auch Ruan Yue-qin und Li Dongmei, mit denen ich besonders gut befreundet war, sowie die gerade erst fünfzehn Jahre alt gewordene Sun Xiao-xiao. Als ich den Raum betrat, erhoben sie sich alle respektvoll und baten mich, Platz zu nehmen.

»Lasst euch von mir nicht stören, ich drehe weiter meine Run-de«, wehrte ich lächelnd ab und verließ das Wohnheim wieder.

Zu meinem großen Leidwesen fühlte ich mich durch die Ehrfurcht, mit der mir alle begegneten, ähnlich isoliert wie Yan Zhe. Auch ich war nun ein Fremdkörper in unserer Gemeinschaft. Selbst Gao Xiangfu, der mich früher beinahe wie seine Tochter behandelt hatte, oder Wang Quanzhong, der mit mir wie mit einer kleinen Schwester umgegangen war, blickten jetzt zu mir auf. Ein Gespräch auf Augenhöhe schien nur mit Yan Zhe möglich, doch seitdem er so kopflos die Todesstrafe über Lai Ansheng verhängt hatte, empfand ich ihm gegenüber einen vagen, aber hartnäckigen Missmut, sodass ich ihm manches, was mir auf dem Herzen lag, nicht mehr anvertrauen wollte. Entsprechend groß war meine Einsamkeit.

Nur in der Mühle, bei dem Genossen Wei – »Onkel Wei«, wie ich ihn nannte –, konnte ich noch auf ein offenes Ohr hoffen, denn er war das einzige Farmmitglied außer Yan Zhe, das nicht ehrfürchtig zu mir aufsah. Bemerkenswerterweise schaute er auch als Einziger unter allen, die die Ameisenessenz eingeatmet hatten, nicht umnebelt wie ein Schlafwandler drein, sein Blick war immer noch hellwach. Deshalb suchte ich ihn auf, wann immer ich mir meinen Kummer von der Seele reden wollte, auch wenn ich nicht erwartete, bei ihm irgendwelche Antworten zu finden. Es genügte mir schon, dass er mir mit einem breiten Lächeln zuhörte, schweigend und ohne mich zu unterbrechen.

Als ich bei der Mühle eintraf, erwartete er mich bereits an der Tür. Mit einer seltsam beunruhigten Miene, als hätten wir keine Sekunde mehr zu verlieren, erklärte er knapp:

»Es gibt da etwas Dringendes, das ich dir zeigen muss. Ich war schon drauf und dran, dich deswegen zu suchen. Komm, ich führe dich hin.«

Im nächsten Moment marschierte er schon mit ausladenden Schritten auf den außerhalb des Farmgeländes gelegenen brachliegenden Hügel zu, auf den Yan Zhe sich zurückgezogen hatte.

Während ich ihm folgte, gingen mir unzählige bange Fragen durch den Kopf, doch ich verkniff sie mir zunächst, und tröstete mich mit dem Gedanken, dass sich ohnehin bald alles aufklären würde. Meine Verstörung darüber, dass er sich noch weniger als sonst wie ein von der Ameisenessenz gefügig gemachter Schlafwandler verhielt, wollte sich jedoch nicht legen.

Unweit der Hügelkuppe, vor der Grenzlinie, mit der Yan Zhe die verbotene Zone markiert hatte, blieb er stehen. Die Nacht hatte Yan Zhes Baracke verschluckt, nicht ein Lichtstrahl drang aus ihr heraus – offenbar hatte er sich schon schlafen gelegt. Genosse Wei ging direkt neben einem Baum in die Hocke und zog mich zu sich hinunter. Er blickte zurück in die Richtung, aus der wir gekommen waren, und flüsterte:

»Warte, sie tauchen bestimmt gleich auf.«

Wen er wohl meinte? Wieder schluckte ich meine Frage hinunter, sein Ernst hatte mich verunsichert. Er hatte noch nicht lange wachsam ins Dunkel gespäht, da schlichen tatsächlich fünf Umrisse heran, leise wie Katzen. Als sie an unserem Versteck vorbeihuschten, erkannte ich sie: Es waren Zhuang Xuexu, Lai Ansheng, Chen Decai, Chen Xiukuan und Cui Zhenshan.

Mein Herz krampfte sich zusammen. Zwar hatten sich diese fünf dank der Ameisenessenz in genauso selbstlose Heilige verwandelt wie alle anderen Farmmitglieder auch, sodass ich ohne guten Grund schlecht an ihnen zweifeln konnte, doch die Verstohlenheit, mit der sie sich ausgerechnet hier versammelten, ließ mein Herz heftig pochen.

Mit einer klaren Geste ermahnte mich Genosse Wei, mich gut versteckt zu halten.

Nachdem die fünf an uns vorübergeschlichen waren, kauerten sie sich direkt an die Grenzlinie, die Yan Zhe gezogen hatte, blickten zur Hügelkuppe hinauf und tuschelten. Leider waren sie zu weit von uns entfernt, als dass ich sie hätte verstehen können; der

Wind wehte ihre Worte nur als unverständliches Brummen zu uns herüber, wie das Gesumme einer Biene. Mit stockendem Atem, den Blick unverwandt auf sie geheftet, rätselte ich, was sie an diesem Ort trieben.

Etwa eine Stunde später erhoben sie sich und schlichen sich genauso lautlos, wie sie gekommen waren, wieder zurück. Als die Entfernung groß genug war, zupfte mich Genosse Wei am Ärmel, und auch wir machten uns auf den Heimweg. Doch am Staubecken blieb er stehen.

»Qiuyun«, flüsterte er mir zu, seine Augen funkelten hellwach in der Dunkelheit, »komm, wir suchen uns hier ein stilles Plätzchen, wo wir ungestört sitzen und reden können. Ich habe viele Fragen an dich.«

Wieder irritierte mich sein entschiedener Ton. In den vergangenen sechs Monaten hatte ich mir angewöhnt, wie von einer Kommandohöhe herab auf die Menschen zu blicken, die unter dem Bann der Ameisenessenz wie Schlafwandler umhertappten. Schweigend führte ich den Genossen Wei an jenes Plätzchen am Staubecken, an dem Yan Zhe und ich uns so gern trafen. Dort setzten wir uns einander gegenüber.

»Qiuyun«, begann Wei ohne Umschweife, »die Wirkung der Ameisenessenz ist bei mir längst verflogen.« Erschrocken starrte ich ihn an, doch er lächelte mir nur beruhigend zu. »Als Yan Zhe mich besprühte, glaubte ich, es sei eine Art Vergessenstrank. Cuihua hatte sich vorher noch gewundert, dass Cen Mingxia überhaupt kein Geheimnis aus ihrer Schwangerschaft machte, und sich gefragt, ob die Leute hier alle einen Vergessenstrank getrunken hätten. Bei Yan Zhes Sprühattacke dachte ich sofort an ihre Worte und hielt den Atem an. Deshalb habe ich keine allzu große Menge eingeatmet und bin schon vor etwa einem Monat wieder nüchtern geworden.«

Als er sah, wie besorgt ich ihn anblickte, beeilte er sich hinzuzufügen: »Aber ich habe in diesem vergangenen Monat nicht so getan, als stünde ich immer noch unter dem Einfluss der Essenz, weil ich irgendwelche Intrigen gegen Yan Zhe aushecken wollte – o nein! Ich liebe diesen Ort. Es gibt kein unschuldigeres Plätzchen auf Erden. Niemand verfolgt egoistische Motive, jeder legt sich bei der Arbeit ins Zeug, alle helfen einander und sind füreinander da. Wie sagte Lai Ansheng damals am Telefon so schön? ›Es gibt kein größeres Glück, als zu arbeiten und anderen Menschen zu helfen.‹ Genau das durfte ich hier am eigenen Leib erfahren. Ich verrate dir etwas: Von so einer Farm habe ich mein Leben lang geträumt. Ich möchte hier wirklich nie wieder weg. Ich möchte hier sterben und begraben werden.«

Er sprach mit einer Inbrunst, die mich rührte. »Onkel Wei«, stammelte ich mit belegter Stimme, »es tut mir so leid, dass ich …«

»Nein, mir tut es leid. Fast hätte ich euch am Telefon bei der Kreisleitung verpfiffen. Mit meinem Anruf hätte ich Yan Zhe in eine schreckliche Lage gebracht. Aber ich hatte nichts als meinen Beamtenposten im Kopf! Und vorher habe ich Lai Ansheng noch gesagt, Yan Zhe sei ›keiner von uns‹! Was war ich bloß für ein Schwein! Beim Gedanken daran schäme ich mich immer noch in Grund und Boden. Ich muss mich wirklich bei euch entschuldigen. In den letzten Tagen bin ich tief in mich gegangen.«

»Onkel Wei, sag doch nicht so was. Als Leiter des Büros für die gebildeten Jugendlichen musstest du so denken und handeln. Das war doch ganz normal.«

»Genau das ist ja das Schlimme«, antwortete er seufzend. »Eigentlich bin ich einfach ein Mensch, aber sobald ich auf diesem Posten sitze, bin ich es nicht mehr.«

Seine Selbstanklage wog so schwer, dass ich im ersten Moment nicht wusste, was ich darauf erwidern sollte. »Onkel Wei«, fragte ich ihn schließlich, »ist Tante Gu auch schon wieder nüchtern?«

»Nein, sie steht noch immer unter dem Einfluss der Ameisenessenz. Aber ich bin mir sicher, dass sie, wenn sie wieder zur Besinnung kommen würde, genauso darüber denken würde wie ich.«

»Qiuyun«, fügte er verlegen hinzu, »ich bin euch sehr dankbar für das, was ihr für Cuihua und mich getan habt. Normalerweise würde unsere Beziehung als etwas Schmutziges gelten, ein Ehebruch, für den man sich schämen müsste. Aber hier können wir ganz offen und ehrenvoll als Paar zusammenleben. Für dieses Geschenk würden wir alles in Kauf nehmen, auch den Tod.«

Unvermittelt fiel mir wieder ein, welchen verborgenen Hintergedanken Yan Zhe damals gehabt hatte, als er sie einsprühte. Mir schoss das Blut in die Wangen. Vor lauter Scham mied ich den durchdringenden Blick meines Gegenübers. Zum Glück ahnte er nichts von meinen Gedanken und wechselte schmunzelnd das Thema.

»Die letzten Wochen waren eine ziemliche Qual für mich. Offen gesagt muss man eure Essenz nur einmal einatmen, und schon macht sie süchtig wie Opium. Was ich dir vorhin gesagt habe – dass die Wirkung bei mir verflogen ist –, ist hundertprozentig wahr. Weißt du, woran ich das erkenne? An dem schrecklichen Jucken, das mich ständig quält – als würden mich Zigtausende von Ameisen beißen. Ich kann es wirklich kaum erwarten, wieder besprüht zu werden, um wieder ganz arglos und selig ein Leben wie im Halbschlaf zu verbringen.«

Halb im Scherz fügte er hinzu: »Wer weiß, vielleicht hätte ich Yan Zhe die Essenz am Ende noch gestohlen, um mich selbst damit zu besprühen – wenn jetzt nicht etwas Dringendes dazwischengekommen wäre.«

Dass die Essenz süchtig machte, war mir neu: Sobald ihre Wirkung verflog, verspürte man anscheinend physisch wie psychisch ein brennendes Verlangen nach ihr – eine Information, die mir von großer Bedeutung für Yan Zhes Pläne schien und die ich ihm unbedingt weitergeben wollte.

»Genug davon«, fuhr er mit ernster Miene fort. »Reden wir jetzt von dieser dringenden Sache. Ursprünglich wollte ich dir gar nicht verraten, dass ich wieder nüchtern bin. Aber dann dachte ich mir, wenn ich dir das verschweige, wirst du meine Worte nicht richtig ernst nehmen. Qiuyun, du musst mir jetzt ganz genau erzählen, wie es dazu kam, dass Yan Zhe Lai Ansheng als Farmleiter abgelöst hat. Von Sun Xiaoxiao und ein paar anderen habe ich in den letzten Tagen schon einige Dinge erfahren. Unzucht und ein Mordkomplott spielten dabei eine Rolle, stimmt das?«

Ich wunderte mich darüber, wie gut er informiert war – schließlich wusste nicht einmal Xiaoxiao vom Mordkomplott. Hatte Lai selbst es ihm womöglich gestanden? Wahrscheinlich fühlte Lai unter dem Einfluss der Ameisenessenz nicht länger die Notwendigkeit, seine früheren Machenschaften zu verbergen. Jedenfalls vertraute auch ich nun dem Genossen Wei in allen Einzelheiten an, was sich auf der Farm ereignet hatte. Dass Lai mehrere Mädchen verführt und in Xiaoxiaos Gegenwart mit Cen Mingxia geschlafen hatte; dass Yan Zhe ihn beim Kreisbüro für die gebildeten Jugendlichen anzeigen wollte und dass Lai sich seines Feindes mithilfe zweier Komplizen entledigen wollte, die sich gleichfalls an einigen Mädchen vergangen hatten; dass Zhuang Xuexu uns aus Eigeninteresse in dieses Komplott einweihte und Yan Zhe sich daraufhin entschied, seine Gegner mit der Ameisenessenz, die sein Vater entwickelt hatte, unschädlich zu machen – nichts verschwieg ich. Selbst vom Tod von Yan Zhes Eltern erzählte ich und von Xuexus Rolle darin.

Genosse Wei hörte mir sehr aufmerksam zu und konnte einen zornigen Fluch nicht unterdrücken. »Ich habe ja nicht geahnt, was für Verwicklungen es hier alles gegeben hat!«, kommentierte er meinen Bericht schließlich. »Yan Zhe hat wirklich Großes geleistet. Ich wünsche ihm von Herzen, dass er Erfolg hat und Lai Ansheng und die anderen Hurensöhne tatsächlich in gute

Menschen verwandeln kann. Wie schön das Leben dann sein könnte!«

»Aber«, fuhr er mit düsterer Miene fort, »denk doch mal darüber nach: Wenn ich wieder nüchtern bin, sind es die fünf von vorhin womöglich auch. Vielleicht sind sie wieder so bösartig wie vorher. Das war nun schon das dritte Mal, dass sie sich heimlich so zusammengerottet haben. Was, wenn sie ihren gescheiterten Mordanschlag jetzt nachholen wollen?«

Augenblicklich krampfte sich mir das Herz zusammen. Die Vorstellung, dass Yan Zhe eine volle Woche auf dem Hügel verbringen wollte und sich damit ganz allein einer solchen Lebensgefahr aussetzte, jagte mir Angst ein. Andererseits wollte ich nicht recht daran glauben, dass diese Bedrohung real war – schließlich hatte ich mit eigenen Augen miterlebt, wie gründlich geläutert Lai war, mit welcher Hingabe, ja, tiefen Seligkeit er sich in die Arbeit stürzte, ganz zu schweigen von dem Kind, das er mit Mingxia gezeugt hatte und das in Yan Zhes Vision die Entstehung einer neuen Menschheit verkörperte.

Und nun sollte all das wieder in seinen hässlichen Ursprungszustand zurückfallen? Dieser Rücksturz wäre allzu schmerzhaft gewesen – nicht nur für die Betroffenen selbst, sondern auch für Yan Zhe.

»Onkel Wei«, wandte ich zögernd ein, »wir sollten kein vorschnelles Urteil fällen. Sonst machen wir noch den gleichen Fehler wie Yan Zhe, als er Lai Ansheng neulich bei der Sache mit dem Egel auf Xiaoxiaos Wade so großes Unrecht getan hat.«

»Ich glaube nicht, dass ich ihnen unrecht tue. Dass sie sich so heimlich vor der verbotenen Zone zusammenscharen, verheißt bestimmt nichts Gutes. Wir dürfen Yan Zhe nicht einer solchen Gefahr überlassen. Vergiss nicht, diese fünf sind von Natur aus niederträchtig. Wenn die Ameisenessenz keine Macht mehr über sie hat, sind sie zu allem fähig.«

»Aber warum schlagen sie denn dann noch nicht zu? Sie sind in der Überzahl, da müssten sie doch leichtes Spiel haben.«

»Das weiß ich auch nicht. Vielleicht übt die Essenz doch noch einen gewissen Einfluss auf sie aus?«

»Also gut«, sagte ich kurz entschlossen. »Dann kehre ich jetzt um und informiere Yan Zhe auf der Stelle.«

»Ganz so eilig ist es auch wieder nicht. Die fünf sind ja schon abgezogen, also werden sie heute bestimmt nichts mehr unternehmen. Wenn du ihm morgen Bescheid sagst, ist es gewiss noch früh genug. Eigentlich hätte ich es längst selbst machen sollen«, fügte er bedauernd hinzu, »aber ich wollte Yan Zhes Verbot nicht verletzen.«

»Dann gehe ich morgen. Keine Sorge, Yan Zhe wird mit den fünf schon fertig.«

»Ja, das glaube ich auch. Du solltest dir aber auch nicht zu viele Sorgen machen. Ich werde für euch die fünf Schurken im Auge behalten.«

Am Eingang zur Farm trennten wir uns voneinander, und ich kehrte ins Farmleiterhaus zurück, in dem ich während Yan Zhes Abwesenheit die Stellung hielt, um eingehende Telefonanrufe entgegenzunehmen. In dieser Nacht tat ich kaum ein Auge zu. Sobald ich einmal eingeschlafen war, fand ich Yan Zhe am Boden liegen, und dann drangen die fünf Verschwörer auf ihn ein, und ich nahm plötzlich Yan Zhes Perspektive ein und sah, wie sie ihn hasserfüllt würgten. Als ich aus diesem Albtraum aufschreckte, stand mir der kalte Schweiß auf der Stirn. Das unbeschwerte harmonische Miteinander der letzten Monate war mir zu einer solchen Selbstverständlichkeit geworden, dass ich die plötzliche Nachricht, dass Yan Zhe in Todesgefahr schwebte, kaum ertragen konnte. Ich machte mir selbst Vorwürfe, wie ich in meiner Sorglosigkeit eine solche Bedrohung hatte übersehen können. Wenn der Genosse Wei mich nicht gewarnt hätte und Yan Zhe etwas zugestoßen wäre, hätte ich mit dieser Schuld nicht mehr weiterleben können. Ich trug schon schwer genug daran, für den Tod seiner Eltern mitverantwortlich zu sein.

Schon im Morgennebel lief ich zum brachliegenden Hügel. Im fahlen Licht der Dämmerung bot sich mir ein bizarrer Anblick: Der gesamte Hügel war von Ameisen bedeckt, so als wären sie vom Himmel herabgefallen und aus der Erde hervorgequollen, ein einziges Gewimmel und Gewoge, unter dem kaum noch ein Flecken Grün hervorschimmerte. Normalerweise werden Ameisen erst am hellen Tag aktiv, doch Yan Zhes Essenz war offenkundig mächtiger als ihre Gewohnheiten. Meine Eltern hatten mir zwar schon erzählt, wie die Ameisen zu Lebzeiten von Yan Fuzhi und später bei der Heimkehr seines Sohnes eine solche »Wallfahrt« zum Hof der Yans unternommen hatten, doch erst jetzt sah ich mit eigenen Augen, was für ein erhabenes Schauspiel das war.

Ich ging in die Hocke, um die tierischen Pilger genauer in Augenschein zu nehmen. Gestützt auf das Wissen, das mir Yan Fuzhi in jungen Jahren vermittelt hatte, identifizierte ich alle möglichen Arten von Ameisen, die dort auf dem Boden entlangströmten: Japanische und Chinesische Waldameise, Asiatische Weberameise und Japanische Rossameise, Formica fukaii und Polyrhachis dives, ja sogar die Pharaoameise, die man sonst kaum einmal außerhalb von Gebäuden zu sehen bekommt. Und alle strömten in großen Wellen auf die Baracke auf dem Hügel zu, wie die Fluten des Ozeans auf Homers »Nabel des Meeres«. Wenn die Angehörigen unterschiedlicher Ameisenarten sich normalerweise begegnen, bekriegen sie sich – als Kind hatte ich oft genug solche Schlachten zwischen schwarzen und gelben Ameisen erlebt. Doch in diesem Moment hatten sie keine Zeit für derartige Auseinandersetzungen; sie betasteten einander allenfalls flüchtig mit den Antennen, ehe sie weiter voraneilten.

Von Weitem war aus Yan Zhes Baracke kein Lebenszeichen auszumachen. Gewiss hielt er sich gerade in ihrem Innern auf – vielleicht hatten die Ameisen ihn überfallen und in ein riesiges, wimmelndes Ameisenungetüm verwandelt ... Als ich nur noch gut zwei Dutzend Schritte von der Hütte entfernt war, schrie ich beunruhigt hinauf: »Yan Zhe! Yan Zhe!«

Kurz darauf kam er heraus – zum Glück noch immer in seiner gewohnten menschlichen Gestalt, mit abgetragener, aber sauberer Kleidung und einer Atemschutzmaske. Sichtlich erfreut, mich zu sehen, trat er durch die Ameisenfluten vorsichtig auf mich zu, während aus der Baracke der säuerliche Geruch zu mir drang, den ich schon von damals auf der Farm kannte, aber stärker. Bei mir angekommen, nahm Yan Zhe seine Maske ab.

»Morgen kann ich zurückkommen«, versprach er erschöpft, aber froh. »Ich bin schon fast fertig. Ich habe jetzt genug Essenz, um die ganze Farm mehr als zweimal zu besprühen.«

»So etwas sehe ich zum ersten Mal«, murmelte ich mit Blick auf die Ameisenfluten. »Dass die Essenz eine solche Macht auf sie hat, hätte ich nicht gedacht.«

»Diese Macht ist nicht weiter verwunderlich. Solange die Quelle der Essenz stabil ist, löst sie eine selbstverstärkende Kettenreaktion aus. Wie ich schon mal gesagt habe, genügt schon eine kleine Menge der Essenz, um bequem in großem Maßstab mehr davon zu gewinnen. Deshalb war die allererste kleine Charge, die mein Vater mir hinterlassen hat, auch so ungeheuer wertvoll.«

Er hielt inne und musterte mich. »Stimmt was nicht? Wieso bist du denn schon so früh hierhergekommen?«

»Ich habe eine wichtige Angelegenheit mit dir zu besprechen«, antwortete ich sorgenvoll und begann, ihm ausführlich die Ereignisse der vergangenen Nacht zu schildern.

»Onkel Wei?«, unterbrach er mich bestürzt. »Er steht nicht mehr unter dem Einfluss der Essenz? Bist du dir da sicher?«

Sein Schreck rührte nicht allein aus der Tatsache, dass die Wirkung der Essenz bei Wei so schnell nachgelassen hatte. Auch der Gedanke machte ihm zu schaffen, dass der Genosse, nüchtern, aber verborgen in der Masse der »Ameisenmenschen«, ihn heimlich beobachtet hatte. Er, Yan Zhe, der seine Schäfchen wie ein Gott im Blick zu haben glaubte, war unbemerkt selbst zum Beobachteten geworden! Diese Tatsache ging ihm offensichtlich gegen den Strich, was wiederum mein Unbehagen weckte. Für die hohen moralischen Maßstäbe, die er an sich selbst anlegte, hatte ich ihn stets bewundert, doch in diesem Moment wurde mir klar, dass im Laufe seiner anhaltenden Herrschaft als »Ameisenkönigin« eine subtile Veränderung in ihm vorgegangen war. Zum Beispiel, dass es ihm nicht gefiel, dass es – abgesehen von mir – außer ihm noch einen weiteren nüchternen Beobachter gab. So unbestimmt und unterschwellig dieser Widerwille auch war, er wurzelte tief in Yan Zhes Innern.

Ich nickte. »Ich habe gestern Nacht lange mit Onkel Wei gesprochen und bin mir ganz sicher, dass er wieder nüchtern ist.«

Ich erzählte ihm auch von den Entzugserscheinungen, von denen mir Wei berichtet hatte. Doch Yan Zhe schenkte diesem Punkt weniger Beachtung, als ich erwartet hatte. Als ich ihm dann schilderte, wie sich die fünf Männer heimlich an der Grenze zur verbotenen Zone versammelt hatten, fragte er stirnrunzelnd:

»Du meinst, diese fünf stehen auch nicht mehr unter der Kontrolle der Essenz und haben uns, versteckt in der Gemeinschaft, die ganze Zeit bloß etwas vorgespielt?«

»Ja, höchstwahrscheinlich. Yan Zhe, ich mache mir große Sorgen …« Ich verstummte, weil ich mich außerstande fühlte, mich ihm klar verständlich zu machen. Ich sorgte mich um meinen Freund, der nun mit fünf kräftigen Männern konfrontiert war, von denen mindestens zwei verschlagen wie ein Fuchs waren. Ich sorgte mich aber auch um die Farm, die mir, seit Yan Zhe sie mit seiner Essenz in einen kleinen Garten Eden verwandelt hatte, rein wie Schnee und klar wie Kristall vorkam. Auch wenn ich gegenüber Yan Zhe eine schleichende Entfremdung fühlte, war ich seinem kleinen Paradies doch von Herzen zugetan; es war mir zu einer seelischen Heimat geworden. Plötzlich jedoch hatte dieses Paradies zu meiner bitteren Enttäuschung wieder überaus irdische Züge angenommen, mit all dem Schmutz, all den Intrigen und all der Gewalt, die dazugehörten.

»Keine Angst«, versuchte mich Yan Zhe, der von meinem inneren Aufruhr nichts ahnte, nach kurzem Nachdenken zu beschwichtigen. »Vielleicht ist es nur wie beim letzten Mal mit Lai Ansheng, und wir tun den Leuten unrecht. Ich kann noch heute mit der Arbeit fertig werden. Geh du erst mal zurück und lass dir nichts anmerken. Am Abend kommst du dann heimlich wieder hierher, und wir warten zusammen auf die fünf. Ich glaube nicht, dass sie es wagen werden, gegen meinen Befehl in die verbotene Zone einzudringen – wenn doch, würde das beweisen, dass sie tatsächlich nicht mehr unter der Kontrolle der Essenz stehen.«

»Und was willst du dann machen?«

»Na, was schon?«, erwiderte er leichthin. »Ich besprühe sie noch mal und fertig. Qiuyun, für mich gibt es keine bösen Menschen mehr. Wenn sie sich trotzdem in diese Richtung entwickelt haben, war die Essenz bei ihnen eben zu niedrig dosiert. Sobald ich ihnen genügend davon verabreiche, werden sie sich wieder in die guten Menschen zurückverwandeln, die wir kennen.«

»Na, hoffentlich«, antwortete ich seufzend, während mir vielerlei Erinnerungen durch den Kopf schossen: der selige Eifer, mit dem sich Lai Ansheng in die Weizenernte gestürzt hatte, die Zärtlichkeit, mit der er die Nachricht von Mingxias Schwangerschaft aufgenommen hatte, und der unschuldige Ausdruck, mit dem er den Blutegel von Xiaoxiaos Wade abgeschlagen hatte; aber auch der kindlich-arglose Blick, mit dem mich Xuexu angesehen hatte, nachdem er die Essenz eingeatmet hatte. Ich hoffte inständig, diese Menschen würden ihre Unschuld zurückerlangen, statt moralisch von Neuem zu verkommen.

Am nächsten Tag begann die Frühreisernte. Obwohl Yan Zhe sich nun schon seit einer Woche nicht mehr auf der Farm hatte blicken lassen, war bis dahin alles reibungslos gelaufen. Der Genosse Wei teilte allen mit, dass der Reis sofort nach dem Sicheln in Haufen gelagert werden solle, denn der Himmel war düster, und am Horizont zuckten schon die ersten Blitze. Auch die Kreiswetterwarte hatte vor einem Gewitterregen gewarnt, der vom Abend bis zum nächsten Tag andauern sollte.

»Aber wenn diese windigen Wetterfrösche Regen vorhersagen, bleibt es meistens trocken«, scherzte Wei lachend und erzählte, wie er in seiner Zeit als Farmleiter von Cuiwan einmal zu seinem großen Schaden einer amtlichen Unwetterwarnung aufgesessen war. Eigentlich wollte er den frisch gemähten Weizen gerade an der Sonne trocknen lassen, doch da verschreckte ihn die Warte, indem sie einen fünftägigen Starkregen vorhersagte. Die Bauern in der Umgebung dagegen, die der Wissenschaft keinen Glauben schenkten, ließen sich davon nicht beirren, und tatsächlich ließen sie ihren Weizen an den nächsten Tagen erfolgreich im Freien trocknen. Als die Wetterwarte dann am sechsten Tag endlich sonniges Wetter vorhersagte und Wei den Weizen nach draußen schaffen und ausbreiten ließ, rief prompt der Leiter der Wetterwarte persönlich bei ihm an, um ihm mit tränenerstickter Stimme zu gestehen: »Im Nachbarkreis regnet es schon heftig. In zwei Stunden kann der Regen auch Cuiwan erreichen. Sammelt euren Weizen bloß schnell wieder ein!« Wei und seine Leute ließen sich das nicht zweimal sagen, denn mit derart kurzfristigen Vorhersagen traf die Wetterwarte tatsächlich stets ins Schwarze. Trotzdem rieb Wei dem Stationsleiter noch Jahre später, wann immer er ihn sah, seinen Patzer unter die Nase, sodass Letzterer bei seinem An- blick unweigerlich zusammenzuckte.

Mit seiner plastischen Schilderung brachte Wei alle zum Lachen. Wir ahnten noch nicht, wie sehr die Wetterwarte diesmal recht behalten sollte. Wie ich Jahre später einmal recherchierte, mar- kierte der Starkregen, der am nächsten Tag niederging, die größte Niederschlagsmenge ganz Chinas der letzten hundert Jahre. Für uns, die wir im von jeher eher trockenen Zentralchina lebten, widersprach dieser Wolkenbruch jeder Intuition.

Während Wei lautstark seine Kommandos gab, warf er mir von Zeit zu Zeit einen bedeutungsschweren Blick zu. Doch dieser stummen Ermahnungen hätte es gar nicht bedurft – ich ließ die verdächtige Fünfergruppe auch während der Arbeit nicht aus den Augen. Tatsächlich verhielten sie sich manchmal ein wenig seltsam und hoben gedankenverloren den Blick, als versuchten sie, sich eine ferne Erinnerung ins Gedächtnis zurückzurufen, wobei sie ihre Arbeit nur noch stockend verrichteten, wie elektronisches Spielzeug, dem der Strom ausgeht. Diese Momente hielten aber nie lange an; gleich darauf stürzten sich die fünf schon wieder so eifrig in die Arbeit wie alle anderen auch. Oder war ihr Eifer nur gespielt? An so viel Verschlagenheit mochte ich nicht glauben.

Auch Cen Mingxia kam zum Arbeiten auf die Felder, wurde aber sogleich wieder von Xiaoxiao und einigen anderen beiseite geführt. Für eine Schwangere wie sie galt das gleiche unausge- sprochene Arbeitsverbot wie für Yan Zhe als »Ameisenkönigin«. Während ich mitverfolgte, wie Xiaoxiao unter allerlei Gelächter Mingxia auf den Ackerrain schob, schlug mein Herz höher. Das zwischenmenschliche Miteinander auf unserer Farm war mir so lieb und teuer geworden, dass ich inständig hoffte, ewig in so einem Umfeld leben zu können. Das Einzige, was ich bedauerte, war, dass mir die Sorglosigkeit der anderen verwehrt war. Denn weil ich nüchtern und wach bleiben musste, hatte ich die Risse im

Fundament unserer altruistischen Gemeinschaft entdeckt, und ich wusste nur zu gut, wie brüchig sie war.

Ich stieß einen tiefen Seufzer aus. Auch wenn ich erst kaum ein halbes Jahr als »rechte Hand Gottes« diente, kam es mir vor, als hätte diese Bürde mich um zehn oder zwanzig Jahre altern lassen. Seelisch war ich mit meinen neunzehn Jahren schon eine alte Frau, die die Wechselfälle des Lebens aus eigener Anschauung kannte.

Als ich mich nach dem Abendessen unbeobachtet fühlte, schlich ich mich auf den brachliegenden Hügel. Das Bild, das sich mir dort bot, hatte sich von Grund auf gewandelt: Die Flut von Ameisen war wieder völlig verschwunden. In der Baracke hing kein säuerlicher Geruch mehr, und die Utensilien, die Yan Zhe zur Gewinnung seiner Essenz benutzt hatte, hatte er schon wieder in seinem Koffer verstaut. Auf dem Boden stand eine sehr große, dickbäuchige Glasflasche, die mit Wachs und einem Stöpsel luftdicht verschlossen war. In ihrem Innern schimmerte eine leicht gelbliche, ölige Flüssigkeit: die Essenz. Daneben stand ein großer Zerstäuber, wie er in der Landwirtschaft verwendet wird. Wie Yan Zhe mir erklärte, war der Zerstäuber bereits gefüllt. Wir waren gewappnet für diesen Abend, gewappnet für die fünf ungebetenen Besucher, die wir erwarteten.

Yan Zhe legte sich den Zerstäuber um und führte mich vor die Hütte, wo wir uns im hohen Gestrüpp versteckten, den Blick auf die Farm gerichtet. Eigentlich sollte dies eine Vollmondnacht sein, doch die dichte schwarze Wolkendecke ließ nicht einen Lichtstrahl hindurch. Nur ein Blitz zerriss von Zeit zu Zeit die Nacht. Die Luft war äußerst stickig und schwül. Ein heftiger Regen kündigte sich an.

Wir schmiegten uns aneinander, ohne die Richtung, in der die Farm lag, aus den Augen zu lassen. Es war so finster, dass wir einander kaum erkennen konnten. Nur die weißen Atemschutzmasken schimmerten schwach im Dunkeln. Wir sprachen kaum ein Wort, und unsere Stimmung war gedrückt. Trotz der tiefen Liebe, die wir füreinander empfanden, spürten wir auch den Riss, der sich zwischen uns aufgetan hatte, und beim Gedanken an die getrennten Wege, die Yan Zhe uns prophezeit hatte, erschauderte ich.

Dann fühlte ich, wie Yan Zhe mich zärtlich berührte. Er ertastete den Träger meiner Maske und nahm sie mir ab, ehe er auch seine eigene Maske löste, sodass sie ihm nur noch an einem Ohr baumelte. Ungestüm drückte er mich an sich, brachte mich mit einem leidenschaftlichen Kuss zum Schweigen und drang mit seiner Zunge in meinen Mund ein. Ich spürte, wie er erbebte und wie es zwischen uns knisterte, als würden wir Funken sprühen. Wie lange hatte ich bei ihm schon nicht mehr eine solche Leidenschaft erlebt! Als ich seine Umarmung erwiderte, glitten seine Hände in meinen Ausschnitt und liebkosten meine Brüste, ehe sie noch tiefer wanderten und die Grenzlinie überquerten, die ich ihnen bis zu diesem Tag gezogen hatte. Doch an diesem Abend war meine Widerstandskraft wie betäubt. Willig gab ich mich Yan Zhe hin – vielleicht, so sagte ich mir, könnte ich auf diese Weise das vermeintlich vorbestimmte Ende unserer Beziehung, das ich so fürchtete, noch einmal abwenden.

Als er merkte, dass meine üblichen Verbote gelockert waren, schob er den Zerstäuber beiseite, begann, mich behutsam auszuziehen, und legte mich auf das dichte, weiche Gras. Er bedeckte meinen Körper über und über mit Küssen, und als ich lichterloh brannte vor Lust, legte er sich auf mich, um auch die letzte Hürde zu nehmen …

Plötzlich schoss mir durch den Kopf, wie er einmal von einer möglichen »libidodämpfenden Nebenwirkung« der Essenz gesprochen hatte. War er in diesem Moment vielleicht gar nicht von seiner sexuellen Lust beherrscht, sondern wollte nur überprüfen, ob unser Begehren noch lebendig war? Dieser Gedanke ließ meine Erregung sofort abschwellen, doch ich konnte ihn nicht mehr verscheuchen. Meine Lust war verschwunden, und mein ganzer Körper versteifte sich. Mir blieb nichts anderes übrig, als Yan Zhe doch noch aufzuhalten.

»Yan Zhe«, sagte ich leise, »heute nicht …«

Er bemerkte meinen Stimmungsumschwung sofort und zog sich stumm von meinem Körper zurück. Ich fühlte mich schrecklich schuldig, stammelnd suchte ich nach einer Erklärung:

»Yan Zhe, es ist nicht … Ich denke nur …«

Ich sah, wie er im Dunkeln den Kopf schüttelte, um meine Erklärungsversuche zu unterbinden. Als er seine Erregung wieder einigermaßen im Griff hatte, half er mir, mich anzuziehen und meine Maske aufzusetzen, ehe er sich neben mich ins Gras hockte. Während all dieser Minuten sprach er kein einziges Wort. Beim Anblick seines verschwommenen Profils fühlte ich einen schneidenden Schmerz. Vielleicht, so schwante mir, würde dieser abgebrochene Liebesakt uns wirklich auf getrennte Wege führen.

Es war schon nach Mitternacht, als Yan Zhe plötzlich leise »Pst!« zischte und mich mit der Schulter anstieß, um meine Aufmerksamkeit auf den Fuß des Hügels zu lenken. Und tatsächlich machte ich im Licht der vereinzelt aufflammenden Blitze eine Reihe von Umrissen aus, die sich uns näherten. Diesmal überquerten sie, ohne zu zögern, die Grenzlinie, die Yan Zhe gezogen hatte, und marschierten geradewegs auf die Baracke zu. Sie kamen also wirklich! Aber wollten sie meinem Freund auch wirklich etwas antun? Mir stockte der Atem, während Yan Zhe mir beruhigend den Arm drückte. Doch ich konnte spüren, wie schweißnass seine Hand war.

Im Schein des nächsten Blitzes stieß er ein erstauntes »Oh!« aus, und ich wusste sogleich, was ihn so sehr überraschte: Der Trupp, der gegen uns vorrückte, bestand nicht aus fünf, sondern aus sechs Männern, der letzte von ihnen war ein wenig zurückgefallen. War die mörderische Rotte nun also noch einmal angewachsen?

Vor der Baracke machten die vorderen fünf halt und scharten sich zusammen, als zögerten sie noch, den entscheidenden Schritt zu wagen. Da plötzlich zerriss eine heisere Stimme die Stille: »Yan Zhe! Yan Zhe! Wach schnell auf, das Gesindel ist da!«

Die Stimme gehörte dem Genossen Wei. Offensichtlich war er den fünf Verschwörern heimlich gefolgt, und als sich vor der Baracke so lange nichts mehr gerührt hatte, hatte ihn wahrscheinlich die Angst gepackt. Wir sahen, wie er sich auf die fünf stürzte und mit ihnen zu kämpfen begann, sodass sich im Handumdrehen ein Menschenknäuel bildete. Doch natürlich konnte er allein nichts gegen eine solche Übermacht ausrichten und wurde bald von seinen Gegnern zu Boden gerungen. Auch Yan Zhe zögerte nun nicht länger und stürmte vorwärts, den Finger auf die Düse des Zerstäubers gedrückt.

Diesmal versprühte er weit mehr Essenz als beim letzten Mal – über zehn Minuten lang nahm er den Finger nicht von der Düse, vermutlich weil er unter einer übergroßen Anspannung stand. Plötzlich fiel mir wieder ein, dass der Genosse Wei noch immer mitten im Getümmel steckte. Sofort brachte ich Yan Zhe dazu aufzuhören und zerrte Wei beiseite, in der Hoffnung, dass er nicht aufs Neue unter die Macht der Essenz geriet.

Heftig keuchend schaltete er seine Taschenlampe ein und reichte sie mir. Ich richtete sie auf den Boden, wo die fünf Verschwörer lagen. Wie beim ersten Mal hatten sie sich bald beruhigt, und auf ihren Gesichtern breitete sich der vertraute Ausdruck tiefer Seligkeit aus. Die Ameisenessenz tat ihre Wirkung, und solange diese Wirkung anhielt, würden alle fünf die anständigsten Menschen unter dem Himmel sein, nicht weniger anständig als der Genosse Wei. Ich atmete beruhigt auf und drehte mich zu ihm.

»Ich danke dir, Onkel Wei. Eigentlich hättest du uns vorhin gar nicht zu warnen brauchen, Yan Zhe und ich waren längst bereit. Hier, deine Taschenlampe.«

Bevor ich ihm die Lampe zurückgab, hob ich sie kurz, um zu beobachten, wie die fünf auf meine Worte reagierten – doch sie reagierten überhaupt nicht darauf, zeigten keine Angst, keine Scham, kein Bedauern, nur jenes tief innerliche, schlafwandlerische Glück. Auch nachdem Yan Zhe aufgehört hatte, die Essenz zu versprühen, sogen sie immer noch begierig die Luft ein – so ähnlich stellte ich mir Drogensüchtige während des Konsums vor.

Ich hielt Wei die Taschenlampe hin, doch er schien sie gar nicht wahrzunehmen. Als ich verwundert den Lichtkegel hob, entdeckte ich, dass auch er wieder in jenen Zustand seliger Trunkenheit zurückgesunken war und sein Gesichtsausdruck sich in nichts mehr von dem der fünf unterschied, die er noch eben so erbittert bekämpft hatte.

Seine Verwandlung schmerzte mich, und ich fühlte mich schuldig. In den letzten Tagen hatte ich mich an seine Gesellschaft gewöhnt – die Gesellschaft des einzig Wachen unter den gewöhnlichen Farmmitgliedern – und an den väterlichen Blick, mit dem er mich angesehen hatte. Ohne diesen Trost würde ich mich noch einsamer als vorher fühlen. Und diesmal spielte er uns gewiss nichts vor, denn während des vorangegangenen Kampfs musste er eine große Menge der Essenz eingeatmet haben.

Ich zupfte Yan Zhe am Ärmel und zeigte auf Wei. »Wir haben nicht aufgepasst«, murmelte ich zerknirscht. »Wir hätten Onkel Wei da raushalten sollen.«

Wei selbst schien meine Worte gar nicht zu verstehen, er blickte nur genauso ehrfürchtig und andächtig zu uns auf wie die anderen auch – wie ein einfacher Gläubiger zu seinem Herrgott. Dieser Blick tat mir in der Seele weh. Yan Zhe dagegen schien keinerlei Schuldgefühl zu haben.

»Als sie gerade alle miteinander gerungen haben, konnte ich sie nicht auseinanderhalten«, erwiderte er seufzend. »Aber das ist ja auch nicht weiter schlimm! Die Essenz macht aus diesem guten

Menschen einen noch besseren, noch reineren, noch aufrichtigeren, und obendrein lebt er nun noch glücklicher mit seiner Tante Gu zusammen, oder etwa nicht?«

Ich schwieg. Rational betrachtet hatte er vollkommen recht. Warum sollte Wei genauso unter dem Wachsein leiden wie wir, wenn er doch unter der Macht der Ameisenessenz so viel ruhiger und sorgloser sein konnte, solange er nur mit seiner großen Liebe zusammen war? Dennoch gefiel mir Yan Zhes Gleichgültigkeit nicht. Vielleicht war ich übertrieben misstrauisch, aber ich wurde den Verdacht nicht los, dass er sich genau diesen Ausgang erhofft hatte, weil es ihm missfiel, von einem anderen wachen Augenpaar beobachtet zu werden.

Seufzend nahm ich Wei am Arm, und er schmiegte sich so vertraulich wie früher an mich. Doch die Art unserer Nähe hatte sich umgekehrt: Nicht ich, sondern er war nun in unserer Beziehung das Kind.

15.

DAS GEMETZEL

Wo ihr schon da seid«, sagte Yan Zhe zu den sechs Männern, »könnt ihr mir auch gleich beim Aufräumen helfen. Die Hütte brauche ich jetzt nicht mehr.«

Im Schein der Taschenlampe rissen wir die Baracke ab, ehe wir die Utensilien, die Yan Zhe zur Gewinnung seiner Essenz benutzt hatte, ins Lagerhaus der Farm zurückschafften. Auch die große Flasche mit der kostbaren Flüssigkeit brachten wir behutsam dorthin, wobei wir uns beim Tragen abwechselten. Weil wir dabei eine recht lange Wegstrecke zurücklegen mussten, graute schon der Morgen, als wir endlich mit allem fertig waren. Die Luft war unterdessen immer schwüler geworden, denn der erwartete Regen fiel und fiel nicht. Mit unserer durchschwitzten Kleidung gingen wir zum Brunnen und schöpften der Reihe nach Wasser, um uns zu waschen.

Von unseren Geräuschen aufgeschreckt, streckte Lao Huo, der Buchhalter, seinen Kopf aus dem Fenster. »He, Lao Huo, wir sind's!«, rief ihm Yan Zhe grinsend zu. »Wir haben gerade noch eine Nachtschicht eingelegt.« Prompt zog sich der Kopf mit dem ergrauten Haar wieder zurück.

Yan Zhe konnte sich denken, wie hungrig wir alle waren. Also hämmerte er an die Kantinentür, bis Lao Bi, der Küchentruppführer, ihm schlaftrunken öffnete. »Genosse Yan«, murmelte er, »was machst du denn so früh hier?« Yan Zhe erklärte ihm, dass wir alle eine Nachtschicht eingelegt hätten und nun etwas bräuchten, um unsere Mägen zu füllen.

Er orderte sechzehn kalte Zopfbrötchen aus Weizen- und Süßkartoffelmehl – zwei für jeden. Natürlich hatte Lao Bi so früh am Morgen noch keine Beilagen parat, doch wir waren solche kargen Mahlzeiten gewohnt. Wir rissen uns alle ein paar rote Chilischoten von den Schnüren, die an der Wand baumelten, und wischten flüchtig den Staub von ihnen ab, ehe wir beherzt in Brötchen und Schoten bissen. Dann schöpften wir noch einmal Wasser aus dem Brunnen, und jeder nahm ein paar Schluck, um die trockenen Brötchen hinunterzuspülen.

Als wir unsere Mahlzeit beendet hatten, war es schon helllichter Tag. »Geht jetzt erst mal nach Hause«, wies Yan Zhe die Männer an, »und ruht euch von eurer Nachtschicht aus. An diesem Vormittag müsst ihr nicht mehr arbeiten.«

Doch alle sechs schüttelten nur lächelnd die Köpfe. Sie bräuchten bloß ein kleines Nickerchen, mehr nicht, erklärten sie einhellig, ehe sie sich auf den Weg zu ihren Wohnheimen machten.

Yan Zhe war so aufgekratzt, dass er keinen Gedanken an Schlaf verschwendete. Stattdessen marschierte er zu Lao Huo, um zu sehen, ob der Buchhalter nach der Abschaffung der Arbeitspunkte im Herbst sein Buchführungssystem erfolgreich umgestellt hatte. Ich selbst dagegen steuerte gähnend auf mein Wohnheim zu, um ein wenig Schlaf nachzuholen. Unterdessen fanden sich bereits die ersten Frühaufsteher mit ihrem Zahnputzzeug am Brunnen ein. Bei unserem Anblick begrüßten sie uns schon von Weitem und lächelten uns zu.

Die sechs Männer vor mir hatten ihre Wohnheime schon fast erreicht, als sie dieser Gruppe begegneten. Alle blieben sie stehen, vermutlich, um ein wenig miteinander zu plaudern. Auch die Genossin Gu sah ich, wie sie ihren Genossen Wei empfing: Wie eine Bäuerin fuchtelte sie mit ihrem Zeigefinger vor seiner Stirn und tadelte ihn zärtlich – bestimmt hatte sie die ganze Nacht aus Sorge um ihn kein Auge zugetan, weil er nicht nach Hause gekommen war.

Nie hätte ich mir träumen lassen, dass sich diese ländliche Idylle mit einem Schlag in einen Albtraum verwandeln würde. Plötzlich kreischte Sun Xiaoxiao auf, dann Cen Mingxia und immer weitere, Männer wie Frauen. Die Schreie waren so schrill und enthemmt, dass sie mir einen kalten Schauder einjagten; sie stellten selbst Xiaoxiaos Schreie in den Schatten, als sie damals den Blutegel entdeckt hatte. Hastig rannte ich hinüber und wurde aus nächster Nähe Zeugin eines zutiefst schockierenden Schauspiels. Dieselben Menschen, die eben noch ganz arglos miteinander geplaudert hatten, umschlangen einander nun in stummer Verbissenheit – aber sie umarmten sich nicht etwa freundschaftlich, sie würgten einander voll tödlichem Hass. Lai Ansheng würgte Lin Jing, Chen Decai würgte Cen Mingxia, Zhuang Xuexu würgte Sun Xiaoxiao, Cui Zhenshan und Wang Quanzhong würgten sich gegenseitig …

Am erschütterndsten jedoch war für mich, dass der Genosse Wei dabei war, ausgerechnet seine große Liebe Gu Cuihua zu erdrosseln – dieselbe Frau, die ihn eben noch so innig begrüßt hatte. Diese ergab sich nicht kampflos ihrem Schicksal, sondern würgte ihrerseits ihren Geliebten, doch sie war ihm unterlegen, ihr Gesicht lief schon bald bläulich an. Noch verstörender wurde dieser Anblick durch die Mienen der beiden: Bekümmert starrten sie einander an, als seien sie in tiefer Sorge um das Leben des anderen – aber trotzdem lockerten sie nicht ihren Griff. Dieser grauenhafte Widerspruch machte die Szene noch verwirrender.

Schreiend stürzte ich auf die beiden zu und versuchte, Weis Hände mit Gewalt zu lösen, doch sie waren fest wie ein Schraubstock.

»Onkel Wei!«, schluchzte ich. »Onkel Wei! Was macht ihr denn da? Nun lasst doch endlich los!«

Hilflos und wie betäubt blickte er mich an, als wollte er mir sagen: »Mein Körper gehorcht mir nicht mehr.«

Mit tränenerstickter Stimme rief ich die Leute ringsum zu Hilfe: »Kommt schnell und trennt sie voneinander!«

Die Unbeteiligten stürmten aber ohnehin schon herbei, um die auf Leben und Tod miteinander Kämpfenden auseinanderzubringen. Doch es wurde nur noch schlimmer: Nachdem sie einen Moment gestutzt und mit zuckenden Nasenflügeln die kämpfenden Parteien beschnuppert hatten, schlugen sie sich, statt den Streit weiter schlichten zu wollen, auf eine der beiden Seiten und bekämpften die Gegenseite mit derselben Unerbittlichkeit.

Die Lage eskalierte rapide. Schnell begriff ich, dass die Menge sich einmütig auf die sechs Männer gestürzt hatte, die die Nacht auf dem Hügel verbracht hatten. Und auch wenn unter diesen sechs einige bärenstarke Kerle waren, hatten sie der feindlichen Übermacht wenig entgegenzusetzen und waren schon bald dem Tode nah, während ihre ursprünglichen Gegner – darunter Mingxia und Xiaoxiao – gerettet waren und nun keuchend und röchelnd auf dem Boden lagen.

Plötzlich wurde mir klar: Die Ameisenessenz war an allem schuld! Die Erkenntnis durchzuckte mich wie ein Blitz. Die Essenz, die Yan Zhe in der Nacht versprüht hatte, war wohl anders als die frühere Charge, und diese Unterschiede hatten unsere Kolonie gespalten und den Krieg entzündet. Die beiden Gruppen betrachteten einander wegen eines unterbewussten Befehls nun als Todfeinde. Nur Yan Zhe und ich, die wir weder die eine noch die andere Essenz eingeatmet hatten, standen jenseits der Lager.

Mir kamen die Schlachten wieder in den Sinn, die ich als Kind bei den Ameisen beobachtet hatte. Wenn eine Kolonie gelber Ameisen auf eine Kolonie schwarzer Ameisen gestoßen war, hatten die Tiere, nachdem sie einander mit den Antennen befühlt hatten, rasch kämpfende Knäuel gebildet, hatten einander mit ihren Mandibeln gebissen oder mit ihren nach vorn gebogenen Schwanzstacheln gestochen. Das Bild, das sich nach solchen Schlachten bot, war herzzerreißend: Der Boden war von zusammengekrümmten Leichen übersät. So tief der Altruismus auch in den Ameisen verankert ist, er gilt nur der eigenen Kolonie – gegenüber fremden Kolonien kann ein Ameisenvolk genauso grausam sein wie wir Menschen. Als Entomologe war sich Yan Fuzhi dieser Tatsache zweifellos bewusst gewesen, doch aufgrund seiner übergroßen Liebe zu den Ameisen hatte er, wenn er uns an seinem Fachwissen teilhaben ließ, diese dunkle Seite der Tiere nie erwähnt. Und so waren wir, ohne es zu ahnen, sträflich sorglos gewesen.

Ich wusste, dass ich das Gemetzel vor meinen Augen unmöglich aus eigener Kraft beenden konnte. Ich musste Yan Zhe holen: Nur wenn er die mordende Menge mit der neuen Essenz besprühte, würde die Feindseligkeit verfliegen. Während der Genosse Wei noch um sein Leben rang, rannte ich, so schnell mich meine Beine trugen, zum Büro des Buchhalters und schrie unter Tränen:

»Yan Zhe, Yan Zhe! Schnell, es ist eine Katastrophe passiert!«

Als Yan Zhe aus dem Büro herausschoss, konnte ich schon keinen klaren Satz mehr herausbringen, so aufgewühlt war ich. Zum Glück machte er sich trotzdem im Handumdrehen einen Reim auf mein konfuses Gestammel. Er wurde kreidebleich, ließ mich ohne ein weiteres Wort stehen und jagte zum Lagerhaus, um einen Zerstäuber zu holen. Kurz darauf stürzte er damit schon auf das Schlachtfeld, dicht gefolgt von mir, und versprühte wie wild seine Essenz. Wer sie eingeatmet hatte, blickte benommen auf, schnupperte ein wenig in der Luft und erhob sich dann wie benebelt.

Doch es war zu spät. Als sich die Menge zerstreute, blieben acht Leichen auf dem Boden liegen. Neben den sechs, die uns in der

Nacht auf dem Hügel besucht hatten, waren darunter auch zwei Angehörige des feindlichen Lagers: Lin Jing und die Genossin Gu, der eine von Lai Ansheng, die andere vom Genossen Wei erdrosselt. Genosse Wei, Zhuang Xuexu, Lai Ansheng, Chen Decai, Chen Xiukuan, Cui Zhenshan, Lin Jing und die Genossin Gu, das waren die acht Opfer. Der Mensch ist ein höchst verletzliches Wesen, fünf Minuten ohne Atem, und er stirbt. Wäre Yan Zhe nur ein paar Minuten früher eingetroffen, wäre alles ganz anders gekommen.

Wie von Sinnen warf er sich nacheinander über jede Leiche und beatmete sie von Mund zu Mund, während ich ihm heulend mit einer Herzdruckmassage assistierte, bis er schließlich die Aussichtslosigkeit seiner Bemühungen einsah und zum nächsten Toten stürzte. Endlich fruchteten unsere verzweifelten Anstrengungen doch noch, und Cui Zhenshan begann wieder ganz schwach zu atmen. Von diesem Erfolg beflügelt, verdoppelten wir unsere Mühen und holten ihn tatsächlich noch einmal von der Schwelle des Todes zurück. Doch für die anderen sieben kam wirklich jede Rettung zu spät. Völlig erschöpft sackten wir schließlich neben den Leichen zusammen.

Während wir uns mit unseren Rettungsversuchen verausgabt hatten, hatten die überlebenden Farmmitglieder sich verstört an die Seite zurückgezogen, wie kleine Kinder, die das Unheil nicht begreifen können, das sie angerichtet haben. Aus dem Instinkt heraus, den ihnen die Essenz eingegeben hatte, waren sie zu Gewalttätern geworden und konnten nun selbst nicht mehr verstehen, welcher Dämon in sie gefahren war. Denn die Feinde, die sie soeben als »artfremd« erdrosselt hatten, verströmten nun denselben Geruch wie sie selbst. Hatten sie, die Überlebenden, sich womöglich nur vertan?

Yan Zhe wiederum hatte diese tragische Wendung körperlich wie seelisch so sehr erschüttert, dass er einem Zusammenbruch nahe war. Doch plötzlich sprang er alarmiert auf, ihm war etwas eingefallen.

»Schnell!«, trieb er mich an. »Wir müssen alle auf der Farm mit einer großen Dosis der neuen Essenz besprühen! Wir dürfen niemanden übersehen! Schnell!«

Danach wandte er sich an die umstehenden Farmmitglieder. »Keiner rührt sich vom Fleck!«, schrie er in scharfem Befehlston. »Ohne meine Erlaubnis bewegt sich niemand auch nur einen halben Schritt!«

Schlagartig begriff ich, was los war: Knapp die halbe Farm hatte er soeben auf dem Kampfplatz mit der neuen Essenz besprüht – doch die über vierzig anderen Farmmitglieder noch nicht. Wenn die schon Besprühten sich nun zerstreuen und dann auf die noch Unbesprühten treffen sollten, würde es zu einem noch größeren Gemetzel kommen. So körperlich und seelisch zerrüttet Yan Zhe auch war, als »wacher Gott« hatte er die drohende Katastrophe noch rechtzeitig erkannt.

Die Umstehenden führten seinen Befehl ohne Wenn und Aber aus, auch ohne dass sie den Sinn dahinter verstanden hätten. In ihrem unbedingten Gehorsam wagten sie nicht einmal mehr, die Köpfe zu drehen, so als wären sie unter einem Fluch zur Salzsäule erstarrt.

Mit auf den Rücken geschnallten Zerstäubern begannen wir, hastig die Farm nach den anderen Mitgliedern zu durchkämmen. Größtenteils hatten sie sich gerade erst von ihren Betten erhoben und waren noch ganz verschlafen, sie begrüßten uns gähnend. Manche hatten auch die Schreie gehört und fragten Yan Zhe schmunzelnd:

»Genosse Yan, was war denn das da gerade für ein Krakeel? Hatte Xiaoxiao wieder einen Egel am Bein?«

Ohne auch nur ein Wort zu verlieren, besprühten wir jeden Einzelnen mit der neuen Essenz. Eingedenk der Lektion, die wir beim letzten Mal im Fall des Buchhalters Lao Huo gelernt hatten, zählten wir die frisch Besprühten mit, um nur ja keinen zu übersehen – weder Lao Ma in seinem Gemüsegarten noch Gao Xiangfu in seinem Rinderstall, weder den dreiköpfigen Küchentrupp noch Lao Huo und seinen Assistenten Xiao Liu. Erst nachdem wir uns wiederholt vergewissert hatten, dass wir auch wirklich jeden erwischt hatten, kehrten wir zurück an den Ort des Gemetzels und verkündeten:

»Ihr könnt jetzt gehen.«

Die erstarrte Menge erwachte wieder zum Leben, reckte und streckte die Glieder und trottete davon. Mit bangem Herzen beobachteten wir, wie sich die eine Gruppe allmählich mit der anderen vereinte. Gott sei Dank blieb alles ruhig, und es kam zu keinem weiteren Zwischenfall. Frisch besprüht mit einer hohen Dosis der Essenz, verströmten die Farmmitglieder eine tiefe Seligkeit. Alles ging seinen gewohnten Gang: Nachdem sie ihr Frühstück eingenommen hatten, marschierten sie zum Arbeiten auf die Felder. Nur als sie unterwegs an den sieben Leichen vorbeikamen, hielten sie zögernd inne, betasteten und beschnupperten stirnrunzelnd und nachdenklich die leblosen Körper, ehe sie verwirrt ihren Weg fortsetzten.

Einige Stunden später versammelten sich auch Scharen von Ameisen um die Toten, und dabei führten sie sich genauso auf wie vor ihnen die Menschen: zaudernd, die Antennen wie suchend gen Himmel gestreckt. An diesem Anblick änderte sich nichts mehr, bis der Befehl erging, die Toten zu begraben.

Der Befehl dazu kam von mir, nicht von Yan Zhe. Nach seiner letzten wichtigen Entscheidung, dem nachträglichen Sprüheinsatz auf der ganzen Farm, war er in ein tiefes Loch gefallen und hatte sich aschfahl in seinem Haus verkrochen. Stunden vergingen, ohne dass er sich noch einmal hätte blicken lassen.

Ich verstand seine Erschütterung. Man stelle sich nur einmal vor: Am Vortag waren der Genosse Wei und seine Genossin Gu noch quicklebendig gewesen, und nun waren sie tot. Und noch an diesem Morgen war unsere Farm ein kleines Paradies gewesen, und nun stand sie plötzlich vor dem Untergang. Und obwohl wir sie noch einmal vor dem Abgrund bewahrt hatten, konnten wir die sieben Leichen nicht wieder zum Leben erwecken. Die Verantwortung für dieses Unglück lastete so schwer auf Yan Zhes Schultern, dass ich notgedrungen das Ruder in die Hand nehmen musste.

Ich rief vier Männer, darunter Gao Xiangfu, He Zijian und Wang Quanzhong, zu mir und befahl ihnen, mit Handkarren die sieben Toten zur höchsten Hügelkuppe zu transportieren, um sie dort zu begraben. Damit verfolgte ich nicht etwa das Ziel, das Geschehene zu vertuschen – nein, dafür war das Blutbad viel zu groß. Doch zumindest wollte ich die Toten nicht vor aller Augen verrotten lassen.

Cui Zhenshan war zu diesem Zeitpunkt schon wieder einigermaßen zu Kräften gekommen. Nur seine Kehle schien noch zu schmerzen, denn er betastete sie ständig, und von seinem früheren großspurigen Auftreten war auch nichts mehr zu sehen. Als ich meinen Befehl erteilte, blickte er mich ebenso schüchtern wie hoffnungsvoll an.

»Wenn du willst, kannst du auch gern mitkommen«, gewährte ich ihm seine stumme Bitte.

Auf meine Anordnung hin hoben die Männer die sieben Toten mitsamt ihrem Bettzeug auf die Karren. Vor dem Abmarsch befahl ich Zhenshan nach kurzem Überlegen, auch Cen Mingxia dazuzuholen – immerhin war einer der Toten der Vater des Kindes, das sie in ihrem Leib trug. Ich wollte ihr nicht die Gelegenheit verwehren, von ihm Abschied zu nehmen.

Schweigend marschierte unser kleiner Zug zur Hügelkuppe.

Auf dem Südhang hoben die Männer sieben Gruben aus. Weil wir auf die Schnelle keine Särge zimmern konnten, mussten wir die Toten bestatten, wie sie waren. Zumindest sorgte ich dafür, dass sie einschließlich ihrer Gesichter ganz in ihren Decken eingehüllt waren, denn gemäß den Sitten meiner Heimat durften auch die Familien, die zu arm waren, um sich einen Sarg zu leisten, die Gesichter ihrer Verstorbenen nicht schutzlos der Erde aussetzen. Andernfalls blieb den Toten womöglich der Übergang ins nächste Leben versperrt.

Als Erstes bestatteten wir Zhuang Xuexu, der nun wieder so friedlich und unschuldig dreinschaute wie als junger Mittelschüler. Als Kind hatte er im Großen und Ganzen einen überaus einnehmenden Eindruck auf mich hinterlassen, der sich erst in der Oberstufe dramatisch getrübt hatte. Ach, könnte der Mensch doch auf ewig ein Kind bleiben! Stattdessen hatten seine Gedanken jahrelang nur darum gekreist, wie er seine Mitwelt für seine Zwecke manipulieren konnte. Nun endlich hatte er wohl sein großes Erwachen gefunden.

Der Zweite war Lai Ansheng. Auch er wirkte mit seiner friedlichen Miene und dem wie zu einem stillen Lächeln geöffneten Froschmaul keineswegs wie das Opfer einer Gewalttat. Ich hatte seine Schurkereien nicht vergessen, doch ich erinnerte mich auch daran, mit welch kindlichem Stolz er, geläutert von der Ameisenessenz, sich seiner Arbeitskraft gerühmt und mit welchem Feuereifer er sich bei der Weizenernte ins Zeug gelegt hatte, und bei diesem Gedanken vergab ich ihm. Ich rief Mingxia herbei, damit sie von ihm Abschied nehmen konnte, doch sie zeigte kaum eine Regung, als sie, den Kugelbauch mit der Hand gestützt, vorsichtig einen Blick in die Grube warf, ehe sie sogleich wieder schweigend zurücktrat.

Als Dritten bestatteten wir Lin Jing. Niemand hatte den Tod weniger verdient als er. Nie hatte er sich an irgendwelchen Streitigkeiten beteiligt, und auch wenn er ständig zu irgendeinem Schabernack aufgelegt gewesen war, so war er doch ein herzensguter Junge gewesen und in Gedanken stets daheim bei seiner herzkranken Mutter. (Der Vater war schon gestorben.) Bedrückt hatte er mir einmal anvertraut, dass er nichts so sehr fürchtete, wie mitten in der Nacht seinen Namen aus den Lautsprechern geplärrt zu hören – denn das hätte aller Wahrscheinlichkeit nach nichts Gutes für den Gesundheitszustand seiner Mutter bedeutet. »Und bei so einer Herzkrankheit«, fügte er hinzu, »kann es viel schneller als bei anderen Krankheiten gehen: Wenn ich die Nachricht von einem Anfall bekomme und mich gleich auf den Weg mache, käme ich vielleicht trotzdem zu spät, um noch von meiner Mutter Abschied zu nehmen.« Seine Worte, die so wenig zu seiner sonstigen Fröhlichkeit passten, machten mir damals das Herz schwer.

Kurz nach unserer Ankunft auf der Farm hatte er einmal mit Yan Zhe gewettet, er könne drei Tage am Stück stumm wie ein Fisch sein. Der Verlierer sollte drei Runden um die Farm drehen und sich dabei selber ständig ohrfeigen. Yan Zhe versuchte, seinen Gegner mit allen erdenklichen Mitteln zum Sprechen zu verleiten. Zum Beispiel scheute er nicht davor zurück, ihn mitten aus dem Schlaf aufzuschrecken. Doch kaum hatte Lin Jing ihn erblickt, war sein Mund wie versiegelt.

Als sich die drei Tage schließlich dem Ende entgegenneigten, griff Yan Zhe zu einem besonders hinterhältigen Trick. Er hatte an diesem Vormittag etwas in der Volkskommune zu erledigen und nutzte die Gelegenheit, um bei uns auf der Farm anzurufen. Dabei gab er sich als Chen Daobin aus, ein Jugendlicher, der gerade auf Familienbesuch in der Stadt war, und behauptete, Lin Jings Mutter sei krank und er solle schnell heimkommen. Doch so lange Yan Zhe auch rief, Lin Jing kam nicht ans Telefon, sodass Yan Zhe schließlich im Glauben, seine List sei durchschaut worden, resigniert aufgab.

Als er sich dann am Nachmittag auf den Rückweg zur Farm machte, machte er auf halbem Weg in der Ferne eine schmächtige Gestalt aus, die mit einem riesigen Bündel auf dem Rücken über den Ackerrain auf ihn zugehastet kam: Lin Jing. Ohne zu begreifen, was er angerichtet hatte, fragte Yan Zhe ihn: »Lin Jing, was hast du denn vor?«

»Meine Mutter hatte einen Herzanfall«, antwortete der andere atemlos. »Ich muss mich sputen, damit ich den Nachmittagszug noch erwische.«

Endlich fiel bei Yan Zhe der Groschen, und er prustete lauthals los. Nun ging auch Lin Jing schlagartig ein Licht auf; alle Anspannung löste sich von ihm, und er ließ sich erleichtert auf den Ackerrain plumpsen.

Als der Anruf gekommen sei, habe er gerade auf den Feldern gearbeitet, erzählte er Yan Zhe. »Ich bin gleich zum Wohnheim gestürzt, aber als ich dort ankam, hatte der Anrufer schon aufgelegt, und ich musste mir die Nachricht von den anderen erzählen lassen.«

Sein unförmiges, mehr als hüfthohes Bündel war damals vollgestopft gewesen mit allen möglichen Dingen, die ihm andere Jugendliche für ihre Familien mitgegeben hatten, darunter über ein Dutzend Paar Stoffsohlen von Cen Mingxia. Einen Urlaub für einen Familienbesuch bewilligt zu bekommen, war damals nicht einfach, und wem es gelang, der wurde von den anderen wie ein Lastesel bepackt.

Danach machte ich Yan Zhe Vorwürfe, dass er ein derart sensibles Thema für einen Streich missbraucht hatte, woraufhin er mir ein ums andere Mal beteuerte:

»Ich habe wirklich nicht geahnt, dass Lin Jings Mutter herzkrank ist!«

Sein Streich tat ihm so leid, dass er sich bei seinem Opfer entschuldigte und ihm seine Wettschuld erließ.

Und nun war der jungenhafte Lin Jing tot und seine alte Mutter noch immer wohlauf. Wie sollte ich ihr das nur beibringen, wenn ich in die Stadt zurückkehrte?

Als Nächstes begruben wir Chen Decai und Chen Xiukuan. Beide waren in ihrem früheren Leben von wenig einnehmendem Charakter gewesen – der Erste ein Grobian, der Zweite ein Kriecher. Doch die Ameisenessenz hatte sie erst geläutert und dann zu Tode gebracht.

Als Letztes kamen der Genosse Wei und die Genossin Gu an die Reihe. Unter dem Einfluss der beiden unterschiedlichen Essenzen hatten sie einander ohnmächtig angegriffen, obwohl sie sich mehr geliebt hatten als alles andere. Auf ihren Gesichtern war immer noch die qualvolle Verstörung abzulesen, in die diese Tat sie gestürzt hatte. Die Tränen flossen mir in Strömen, während ich vor ihren sterblichen Überresten niederkniete. Genosse Wei war nur in diesen Konflikt geraten, weil er versucht hatte, Yan Zhe und mich zu beschützen.

Nur zu gern hätte ich die beiden in ein gemeinsames Grab gebettet, damit sie auch im Jenseits füreinander sorgen konnten, doch ich wusste, dass das nicht ging – schließlich würden noch alle möglichen Verwandten ihnen hier einen Besuch abstatten. Lange weinte ich vor mich hin, ehe ich mich endlich erhob und mit erstickter Stimme befahl: »Ihr könnt sie jetzt begraben.«

Schaufel um Schaufel voll schwarzer Erde regnete auf die verstorbenen Liebenden und die anderen Toten nieder, bis schließlich sieben frische Gräber in den Hang gebettet waren. Sieben Menschen, die wir für immer verloren hatten. Doch die Farmmitglieder, die an der Bestattung teilnahmen, gaben keine allzu tiefe Trübsal zu erkennen – dafür standen sie zu sehr unter dem Einfluss einer hohen Dosis der Essenz. Und trotzdem waren auch sie nicht frei von Traurigkeit, ja, für eine Weile gewann die Trauer sogar die Oberhand über die Seligkeit der Essenz.

Wieder kniete ich nieder und verharrte lange in stummer Andacht vor den Gräbern, bis mir plötzlich etwas Wichtiges einfiel und ich mich eilig erhob.

»Hebt noch eine Grube aus«, befahl ich.

Erschrocken blickte die kleine Trauergemeinde erst mich, dann einander an, ehe ihre Blicke zu Cui Zhenshan wanderten.

»Ich bin aber gar nicht tot, ich bin wieder lebendig«, erinnerte mich Zhenshan zaghaft. »Du und der Genosse Yan, ihr habt mich doch wiederbelebt, hast du das schon vergessen?«

Ich schüttelte den Kopf. »Die Grube ist natürlich nicht für dich. Na los, keine Fragen mehr, grabt einfach.«

Gehorsam begannen sie mit der Arbeit. Ich rief Quanzhong zu mir und befahl ihm, zurückzulaufen und eine Kleidungsgarnitur von Yan Zhe – egal welche – zu holen. Auch wenn ihm offensichtlich rätselhaft war, welche Absicht ich damit verfolgte, rannte er los, ohne nachzufragen. Als er keuchend mit der Kleidung zurückkehrte, war die achte Grube bereits ausgehoben. Sie lag am östlichen Ende der Reihe neuer Gräber. Behutsam bettete ich Yan Zhes Kleidung auf den Grund und verkündete:

»Das ist Yan Zhes Grab. Ihr könnt es jetzt zuschaufeln.«

Wieder tauschte die sechsköpfige Trauergemeinde irritierte Blicke miteinander, ehe Gao Xiangfu zaghaft einwandte:

»Aber, Qiuyun, Yan Zhe ist doch gar nicht tot.«

»Doch, er ist tot, und wir begraben ihn jetzt«, entgegnete ich in einem Ton, der keinen Widerspruch duldete. »Wenn wir wieder zurück auf der Farm sind, müsst ihr es allen sagen: Yan Zhe ist tot, ihr habt ihn eigenhändig begraben. Habt ihr mich verstanden?«

Alle nickten widerstrebend. In ihrem schlafwandlerischen Zustand konnten sie den Gang der Dinge nicht begreifen, doch das minderte nicht ihren Gehorsam.

»Wenn der Genosse Yan tot ist, kümmerst du dich von nun an um uns, oder?«, fragte Mingxia schüchtern.

Offensichtlich sprach sie damit allen aus der Seele, denn ich fühlte, wie mich alle erwartungsvoll anblickten. Ich nickte, während mir von dem kindlichen Ausdruck auf ihren Gesichtern schwer ums Herz wurde. Sofort strahlten alle sechs überglücklich und schaufelten wie beflügelt die letzte Grube zu.

Bald erfuhren alle auf der Farm die große Neuigkeit: Der Genosse Yan war tot, und Guo Qiuyun übernahm von jetzt an die Leitung. Die Freude und Erleichterung darüber war überall mit Händen zu greifen. Ob es nun der eine oder die andere war, ob ein männlicher oder weiblicher Gott – entscheidend war allein, dass überhaupt jemand über die Farm wachte. Doch möglicherweise spielte verborgen im kollektiven Unterbewusstsein auch noch ein anderer Gedanke eine Rolle: Die Göttin war umgänglicher als der Gott. Seltsam war es trotzdem, dass niemand Zweifel an der Nachricht von Yan Zhes Tod anmeldete, obwohl so viele mit eigenen Augen gesehen hatten, wie er wohlbehalten in seinem Farmleiterhaus verschwunden war, wo er sich aller Wahrscheinlichkeit nach noch immer versteckt hielt.

Ich lief auf dem Gelände hin und her, um nach der morgendlichen Katastrophe alles zu regeln, und überall begegneten mir ehrfürchtige Blicke. Im Wesentlichen beschränkten sich meine Maßnahmen darauf, den Farmmitgliedern dabei zu helfen, das Blutbad vorläufig zu vergessen, damit sie beruhigt ihrer Arbeit nachgehen konnten. Dabei gab ich mich keineswegs der Illusion hin, ich könnte die schreckliche Tragödie für immer unter den Teppich kehren – nein, das war gewiss unmöglich. Ich wollte das Geheimnis nur so lange vor der Außenwelt hüten, bis Yan Zhe geflohen und in Sicherheit war.

Weil die Farmmitglieder die Essenz in solch hoher Dosis eingeatmet hatten, leisteten sie mir bedingungslosen Gehorsam, und auf der Farm kehrte äußerlich schnell wieder Normalität ein, ähnlich wie in einem Ameisennest, das ein ungezogenes Kind kurz zuvor aufgeschreckt hatte.

Nach dem Abendessen fand ich endlich Zeit, einen Abstecher zum Farmleiterhaus zu machen, in der Hand einen kleinen Beutel mit Verpflegung aus der Küche. Im ersten Moment brachte ich es nicht über mich, die Tür aufzuschieben. Der Gedanke bedrückte mich unsäglich, dass Yan Zhe nun das Experiment abbrechen musste, in das er all sein Herzblut gesteckt hatte, dass er seine gottgleiche Stellung räumen und sich in irgendeinem entlegenen Winkel verkriechen musste. Auch seine Eltern kamen mir in den Sinn, die zu Lebzeiten so große Hoffnungen auf ihn gesetzt hatten: Die Enttäuschung würde sie noch bis ins Jenseits verfolgen. Doch ich wusste, ich durfte nicht zögern. Ich musste an seiner Stelle eine Entscheidung fällen. Denn er selbst war trotz all des Scharfsinns, den ich immer so sehr an ihm bewundert hatte, offenbar schon zu nachhaltig aus dem seelischen Gleichgewicht geworfen worden, als dass ich noch einen vernünftigen Entschluss von ihm hätte erwarten können.

Als ich schließlich die Tür aufdrückte, starrte mir aus der tiefen Dunkelheit ein glühendes Augenpaar entgegen. Yan Zhe saß kerzengerade an seinem Tisch. Ich entzündete die Petroleumlampe und musterte ihn. Seine Stirn war leicht gerunzelt, seine Miene entschlossen. Offensichtlich war im Laufe eines langen Tages eine Entscheidung in ihm herangereift, wie er weiter vorzugehen hatte. Zu meiner Erleichterung hatte die morgendliche Katastrophe ihn doch nicht so sehr aus der Bahn geworfen, wie ich befürchtet hatte.

Ich räusperte mich und begann, ihm all das zu offenbaren, was mich an diesem Tag umgetrieben hatte. »Yan Zhe, die sieben Toten sind alle schon auf dem Hügel im Norden begraben. Ich glaube ...«

»Qiuyun«, unterbrach er mich in vertraulichem Ton, »ich habe den ganzen Tag nachgedacht und bin zu einer Überzeugung gekommen. Hör dir erst mal an, was ich zu sagen habe, in Ordnung? Vielleicht sind wir ja einer Meinung.«

Bei aller Wärme schwang in seiner Stimme noch immer die alte Überlegenheit mit. Ich nickte zögernd und wappnete mich innerlich im Wissen, dass seine Beredsamkeit immer eine hypnotische Wirkung auf mich hatte. Dieses Mal musste ich wachsam bleiben und einen kühlen Kopf bewahren, statt mich einmal mehr leichthin bereden zu lassen.

Lächelnd wartete er meine Zustimmung ab, ehe er fortfuhr:

»Ich hätte nie gedacht, dass ein kleiner technischer Lapsus ein solches Blutbad heraufbeschwören würde. Das bedaure ich zutiefst. Aber wir dürfen uns das nicht zu sehr zu Herzen nehmen. Wir führen hier ein soziales Feldexperiment durch, bei dem wir alle möglichen Aspekte überprüfen müssen, zum Beispiel solche Fragen, die ich schon früher angesprochen habe, wie die nach der Wirkung auf den Geschlechtstrieb oder die nach der Vererbbarkeit des Altruismus als einer erworbenen Eigenschaft.

Einen wesentlichen Faktor haben wir dabei jedoch übersehen, nämlich dass es in allen Gesellschaften unweigerlich zu Kriegen kommt. Verhält es sich in einer altruistischen Gesellschaft genauso? Ja, davon können wir ausgehen, schließlich kennen auch Ameisenstaaten Kriege. Wenn sich solche Konflikte also nicht vermeiden lassen, müssen wir ihnen offen ins Auge blicken. Den heutigen Zwischenfall können wir als ein Experiment betrachten, das wir zwar unabsichtlich angestellt haben, das wir früher oder später aber ohnehin hätten durchführen müssen. Dieses Experiment hat ein paar Menschenleben gekostet, und das ist natürlich schmerzlich. Doch angesichts der Vision einer neuen Gesellschaft stellt dies ein notwendiges Opfer dar. Ein Gott folgt anderen Moralprinzipien als ein Mensch: Ihm liegt allein am Fortbestand der Spezies, nicht am Schicksal eines Einzelnen ...«

Ich ertrug sein Gerede nicht länger, sprang auf und spuckte ihm ins Gesicht.

Ich selbst war darüber genauso erschrocken wie er. Nie hätte ich mir träumen lassen, dass ich ihn einmal so behandeln und unsere Beziehung auf diese Weise beenden würde. Aber etwas in mir war in diesem Moment zerbrochen. In den vierzehn Jahren, die wir uns nun kannten, hatte ich ihn für seinen Scharfsinn stets bewundert, fast als wäre er ein Halbgott gewesen. Jetzt erst begriff ich, auf welch fürchterliche, ja, bösartige Abwege gerade ein großer Intellekt einen Menschen führen kann, wenn dieser von einer Mission besessen ist. Yan Zhe war doch tatsächlich unverfroren genug, mich an diesem traurigen Tag noch für seine große Vision begeistern zu wollen!

Der Anblick seines fassungslosen Gesichts erschütterte mich zutiefst. Wäre er doch an diesem Morgen gleich mit umgekommen!, schoss es mir sogar durch den Kopf. Dann hätte er wenigstens in meinem Herzen noch weiterleben können. Doch jetzt war er in mir und für mich gestorben und zwar körperlich wie seelisch. Ich empfand für ihn nichts als Verachtung, bestenfalls noch Mitleid. Und ich bereute, dass ich ihn, nachdem er Lai Ansheng so vorschnell zum Tod verurteilt hatte, nicht schärfer kritisiert hatte. Zwar hatte ich ihm ins Gewissen geredet, er solle sich nicht zum Gott erheben, der über Leben und Tod richtet, doch er hatte nur kühl erwidert: »Mein Fehler war einzig und allein, dass ich Lai zu Unrecht beschuldigt habe. Aber wenn er Xiaoxiao wirklich vergewaltigt hätte, wäre mir gar keine andere Wahl geblieben, als ihn erwürgen zu lassen. Denn ein fauler Apfel verdirbt den ganzen Korb.«

In seinen Augen war sein kleines altruistisches Paradies unendlich wertvoller als ein einzelnes Menschenleben. Ich hatte damals nur geseufzt und mich auf keinen Streit eingelassen.

Als sich unsere Gemüter nun ein wenig beruhigt hatten, erklärte ich ebenso kühl wie entschieden:

»Dieses Gerede führt zu nichts. Egal wie du es auch drehst und wendest, du bist für den Tod von sieben Menschen verantwortlich, und das wird dir die Gesellschaft – die *echte* Gesellschaft da draußen – niemals verzeihen. Dir bleibt nur noch die Flucht. Um dir ein paar Tage Zeit zu verschaffen, habe ich für dich zum Schein ein Grab ausheben lassen. Du solltest diesen Aufschub nutzen, um dich so schnell wie möglich aus dem Staub zu machen.«

»Ich soll meine Farm verlassen?«, rief Yan Zhe empört. »Das werde ich garantiert nicht tun! Qiuyun, du tickst wirklich wie eine gewöhnliche Frau. Bei so einem grandiosen Projekt sind solche kleinen Pannen doch völlig normal! Von nun an werden wir noch vorsichtiger und durchdachter vorgehen und so eine noch schönere altruistische Gemeinschaft erschaffen. Wie sagten die Leute im Altertum: Güte hält keine Armee zusammen. Du bist einfach zu weichherzig …«

»Wie gesagt: Es bringt nichts, noch weiter darüber zu diskutieren«, unterbrach ich seinen Redeschwall schroff. »Du hast keine andere Wahl, als zu fliehen.« Nach kurzem Zögern fügte ich unerbittlich hinzu: »Ich habe deinen Tod schon auf der ganzen Farm verkündet und deine Nachfolge als Ameisenkönigin angetreten. Dir muss ich ja nicht sagen, dass ein Ameisenvolk normalerweise nur *einer* Königin gehorcht. Wenn du also aus dieser Tür trittst und von den anderen entdeckt wirst, kann ich für deine Sicherheit nicht mehr garantieren.«

Yan Zhe erbebte. Seine Augen glühten vor Wut. »*Du* willst mich von hier verjagen? Kein Außenstehender, sondern *du*?«

Ich nickte unbarmherzig. »So ist es.«

Er wandte sich ab und versank in langes Grübeln, ehe er schließlich aufstand und die Tür schloss. Als er sich wieder zu mir umdrehte, hatte er sich seine Atemschutzmaske angelegt und richtete den zierlichen Zerstäuber aus rostfreiem Stahl auf mich. Sein Zorn war so unbändig, dass er am ganzen Körper zitterte. Ich wusste genau, was er vorhatte: mich in einen seiner Schlafwandler verwandeln, auf dass ich für immer glücklich unter seiner Herrschaft lebte als seine gefügige Frau. Denn seine kleine Idealgemeinschaft war sein Lebensinhalt geworden, den er sich von niemandem zerstören lassen wollte – schon gar nicht von einer kleingeistigen Frau, selbst wenn sie seine große Liebe war.

Ich war am Boden zerstört. Als wir die Farmmitglieder mit der Essenz besprüht hatten, hatten wir dabei noble Motive verfolgt, doch was er nun im Schilde führte, war nur noch verachtungswürdig: Er wollte mir seinen Willen aufzwingen. Ich wusste, dass ich ihm nicht entkommen konnte: Ein Druck auf die Düse, und ich würde mein eigenständiges Urteilsvermögen verlieren und zu seinem Anhängsel werden – seinem seligen Anhängsel wohlgemerkt.

In Erwartung des Unabwendbaren schloss ich die Augen, ich fühlte, wie mir die Tränen über die Wangen strömten. Doch seltsamerweise rührte sich nichts, und als ich endlich wieder die Augen öffnete, stand Yan Zhe noch immer am selben Platz. Auch wenn sein Ausdruck unverändert feindselig war, hatte er die Maske abgenommen und den Zerstäuber in seine Tasche zurückgesteckt. Offensichtlich war sein Herz doch noch nicht so verhärtet, dass er es über sich gebracht hätte, mir Gewalt anzutun.

Lange standen wir einander schweigend gegenüber, während in mir die Gefühle stritten und mir die widersprüchlichsten Gedanken durch den Kopf schossen. Erinnerungen aus den vierzehn Jahren, die wir uns nun kannten, rasten an meinem inneren Auge vorbei: wie ich ihm mit sechs Jahren zum ersten Mal im Hof seines Elternhauses begegnet war; wie wir zu Beginn des Großen Sprungs nach vorn gemeinsam Eisensand gewaschen hatten; wie ich seiner Familie während der dreijährigen Hungersnot Wildgemüse gebracht hatte; wie seine Eltern uns zu Opernaufführungen mitgenommen hatten; welches Leid seine Eltern hatten aushalten müssen; wie ich ihn, als er in die letzte Oberstufenklasse ging, in seinem Klassenzimmer aufgesucht und zu meinen Eltern zum Essen eingeladen hatte; wie ich ihn, gleichfalls noch in der Oberstufe, in jener tragischen Nacht schlafend in seinem Wohnheim angetroffen hatte; wie wir uns zum ersten Mal geküsst hatten und am ganzen Leib erschauert waren … Und während all diese Bilder an mir vorbeirasten, strömten meine Tränen, ohne dass ich was dagegen tun konnte. Und vermutlich schwirrten ihm ähnliche Szenen im Kopf herum, denn sonst hätte er seinen Sprühanschlag auf mich wohl kaum abgebrochen.

Dennoch wussten wir beide, dass, nachdem ich ihm ins Gesicht gespuckt hatte, auch die letzten zärtlichen Bande zwischen uns für immer zerschnitten waren.

»Es tut mir leid, Yan Zhe«, sagte ich leise, »aber ich kann diesen Weg nicht mit dir zu Ende gehen. Danke, dass du mich verschonst.«

»Also gut«, erwiderte er in eisigem Ton. »Ich gehe von hier fort.«

»Dann beeil dich«, redete ich ihm zu. »Der Himmel ist schon ganz düster und die Luft stickig, es gibt bestimmt bald ein Unwetter. Du solltest dich noch vorher in Sicherheit bringen. Los, ich helfe dir beim Packen.«

Er schüttelte ruhig den Kopf. »Was soll ich mit meinen Habseligkeiten? Ich brauche nur zwei Dinge.«

Aus einem Bücherstapel zog er das englischsprachige Buch hervor, das er so oft studiert hatte, und steckte es zusammen mit dem handlichen kleinen Zerstäuber in ein Bündel, das er sich auf den Rücken hängte. Währenddessen hatte er die Lippen wie ein trotziges Kind zusammengepresst, und in seinen Bewegungen lag etwas Herausforderndes, so als wollte er mir sagen:

Ich gebe mich nicht geschlagen, schon gar nicht einer kurzsichtigen Frau. Ich suche mir einfach einen neuen Ort, an dem ich meine altruistische Gemeinschaft erschaffen kann.

Das Buch und der Zerstäuber mit der Essenz waren die beiden wichtigsten Dinge, die er dafür benötigte. Doch nach kurzem Überlegen nahm er auch noch Säge und Beil von der Wand. Die Säge schnallte er sich auf den Rücken, das Beil steckte er sich an den Gürtel, vielleicht um sich damit auf der Flucht seinen Lebensunterhalt zu verdienen, aber vielleicht auch um der symbolischen Bedeutung willen – immerhin war, wie er mich einmal belehrt hatte, auch Jesus ein Zimmermann gewesen, bevor er seiner göttlichen Mission gefolgt war.

Doch derlei Feinheiten waren mir inzwischen gleichgültig. Ich nötigte ihm nur den mitgebrachten Proviant auf, denn seine Vision mochte noch so erhaben sein, er brauchte doch etwas im Magen, um sie zu verwirklichen. Und wie ich ihn kannte, wäre es gewiss unter seiner Würde gewesen zu betteln. Mein Widerwille gegen ihn ging nicht so weit, dass ich ihm das vorzeitige Ende seiner hochfliegenden Pläne und einen Hungertod in irgendeinem Rattenloch gewünscht hätte.

Neben dem Tisch stand der halb fertig geschnitzte Löwe, den er dem Genossen Wei versprochen hatte. In jüngster Zeit hatte er in seinen Lektürepausen stets ein wenig an dieser Schnitzerei weitergewerkelt. In groben Zügen hatte der Löwe bereits Gestalt angenommen: Die Figur versprach ein noch reiferes Werk als der Vorläufer zu werden, schon jetzt war der Löwe eine majestätische Erscheinung. Leider weilte sein vorgesehener Empfänger nun in einer anderen Welt, und sein Schöpfer hatte keine Muße mehr für solche Spielereien. Yan Zhe nahm ihn in die Hand und inspizierte ihn kurz, ehe er ihn desinteressiert wieder zurückstellte.

Irgendetwas hielt ihn noch vom Aufbruch ab. »Ich denke«, begann er endlich zögernd, »ich kann dir die Hälfte vom Inhalt meines Zerstäubers hierlassen, wenn du das willst. Und die Anleitung, wie man die Essenz gewinnt, kann ich dir auch anvertrauen. Damit verstoße ich zwar gegen den Letzten Willen meines Vaters, aber für solche Rücksichten ist jetzt kein Platz mehr. Denn andernfalls wird auf dieser Farm, die du nun leitest, in ein paar Monaten alles außer Kontrolle geraten. Und dann ist da ja auch noch Cen Mingxias ungeborenes Kind: Was für einen ungeheuren Schatz stellt dieses Kind für die Welt dar! Ich hoffe, du kannst dich gut um es kümmern und ihm in regelmäßigen Abständen eine kleine Dosis der Essenz verabreichen.«

»Danke, dass du dich in diesem Moment noch um meine Zukunft sorgst«, antwortete ich kühl. »Aber ich brauche nichts von dir. Ich spiele nur übergangsweise die Ameisenkönigin, denn mein Entschluss steht fest: Ich werde diese Kolonie zugrunde gehen lassen.«

Mit einem bitteren Lächeln fügte ich hinzu: »Und was das Baby als Vorfahre einer neuen Menschheitsepoche angeht: Wie könnte dieser allein weiterexistieren, wenn das Kollektiv untergeht? Wie haben die Leute im alten China gesagt: Wenn das Nest umkippt, bleibt kein Ei heil.«

Mit diesen Worten versetzte ich ihm einen weiteren schweren Schlag. Hasserfüllt starrte er mich an und verlor kein weiteres Wort. Doch als er mit seinem spärlichen Gepäck auf dem Rücken schon aus der Tür hinausgetreten war, drehte er sich noch einmal zögerlich zu mir um, als könnte er sich nicht von mir losreißen. Und ich begriff, was in ihm vorging. Vor uns lag eine Trennung auf ewig, und egal, wie fremd, ja, feindselig wir einander inzwischen gegenüberstanden, wir hatten einmal eine unauslöschliche Liebe füreinander empfunden. Er wollte mich nun zum Abschied noch einmal in die Arme nehmen und küssen.

Im ersten Moment hätte ich ihm diesen letzten Wunsch nur zu gern erfüllt, doch dann kam mir wieder in den Sinn, was für widerliche Reden er noch kurz zuvor geschwungen hatte und wie ich ihm zur Antwort ins Gesicht gespuckt hatte, und mit diesen noch so frischen Erinnerungen im Kopf konnte ich mich nicht mehr dazu durchringen, mich an seine Brust zu drücken – ich wäre mir wie eine Heuchlerin vorgekommen. Deshalb beschränkte ich mich darauf, ihn so freundlich wie möglich zum Aufbruch zu drängen:

»Nun solltest du aber wirklich gehen. Ich wünsche dir eine gute Reise.«

Er versuchte, seine Enttäuschung zu verbergen, und antwortete kühl: »Dir auch alles Gute. Auf Wiedersehen – oder nein, auf Nimmerwiedersehen.«

Ich sah ihm nach, wie er in der Ferne entschwand, die Säge schief auf den Rücken geschnallt, der Beutel mit den Dampfbrötchen, dem englischsprachigen Buch und dem gefüllten Zerstäuber baumelte an seiner Hüfte. Von Zeit zu Zeit erhellten Blitze die Nacht und hinterließen auf meiner Netzhaut kurze Standbilder, wie eingefroren: seine Silhouette gegen den fahlen Himmel, unter seinen Füßen der Pfad ins Nichts.

16.

UNTERGANG UND
NEUES LEBEN

An diesem Abend kehrte ich nicht mehr in mein Wohnheim zurück, sondern zog in das Farmleiterhaus um. Da die Farmmitglieder nun einmal eine Ameisenkönigin brauchten, würde ich ihnen diesen Gefallen tun und meine Rolle spielen. Eigentlich rechnete ich mit einer schlaflosen Nacht, doch ich war von den seelischen und körperlichen Strapazen des Tages derart erschöpft, dass ich schon bald in einen tiefen Schlaf sank.

Im Traum hörte ich einen heftigen Regen rauschen, aber Yan Zhe, so stellte ich mir vor, war gewiss schon über alle Berge; jenseits aller Gefahr thronte er in lichten Höhen, von wo er, in strahlenden Sonnenschein gehüllt, auf die Wolkendecke der irdischen Welt hinabblickte ...

Ein Hämmern an der Tür schreckte mich aus meinen wirren Fantasien.

»Qiuyun! Qiuyun! Schnell, steh auf! Es gibt eine Überschwemmung!«

Das war Yan Zhes Stimme! Ich sprang aus dem Bett, stürzte zur Tür und riss sie auf. Der Regen peitschte durch den Türrahmen. Draußen war weit und breit keine Menschenseele zu sehen.

»Yan Zhe!«, schrie ich. »Yan Zhe!«

Keine Antwort. Doch mir blieb keine Zeit, nach ihm zu suchen, denn die reißende Flut umspülte schon meine Waden. Das Farmleiterhaus und das Lagerhaus waren die am höchsten gelegenen Gebäude auf dem Hofgelände. Die Wohnheime mussten zu diesem Zeitpunkt schon mindestens bis auf Höhe der Betten überschwemmt sein. Weil unsere Farm auf einem Hang lag, hatten wir uns nie vor Überflutungen Sorgen gemacht, nur vor Dürren. Doch dieser Gewitterregen suchte uns mit einer nie gekannten Wucht heim.

Hastig durchstöberte ich die Schubladen, bis ich eine Taschenlampe fand. Damit wollte ich die Wohnheime abgehen und die Evakuierung organisieren. Draußen konnte ich keinen Weg mehr ausmachen und musste mich mit einem Bambusstock vorsichtig vorantasten. Doch in der Nähe der Wohnheime kam ich nicht mehr weiter, denn das Wasser reichte mir nun schon bis zur Hüfte, und meine Schwimmkünste reichten nicht aus, um gegen die heftige Strömung anzukommen.

Zum Glück hatte mich jemand entdeckt und schrie: »Genossin Guo! Die Farmleiterin ist da, die Farmleiterin ist da!«

Aus der Stimme sprach eine ungeheure Erleichterung, wie bei einem kleinen Kind, das sich verirrt hat und endlich seine Mutter wiederfindet.

»Ihr müsst mich holen!«, schrie ich zurück. Daraufhin bildeten sieben oder acht Leute, darunter Wang Quanzhong, Cui Zhenshan und He Zijian, eine Kette und bahnten sich vorsichtig einen Weg durch die Flut zu mir. Halb auf ihren Rücken, halb auf ihren Armen transportierten sie mich hinüber. Ein Großteil der Farmmitglieder hatte sich bereits oberhalb der Senke versammelt, in der ihre Behausungen standen. Ihr landwirtschaftliches Gerät und ihr Bettzeug hatten sie den Fluten überlassen.

Die Wohnheime waren aus sogenannten Strohziegeln errichtet – eine Bauweise, die in dieser armen Gegend sehr verbreitet war. Dabei pflügten die Bauern im Grünland den Boden in Quadern auf und stachen die Grasnarbe mitsamt den Wurzeln mit dem Spaten ab. Daraus konnten sie dann rohe Lehmziegel – die »Strohziegel« – als Grundmaterial für ihre Häuser herstellen. Die Graswurzeln sorgten für einen besseren Zusammenhalt und erhöhten die Festigkeit. Diese Technik sparte viel Geld und war in trockenen Regionen durchaus praktisch, doch bei einem derart mächtigen Hochwasser, wie ich es damals erlebte, stieß sie schnell an ihre Grenzen.

Ich gab den strikten Befehl aus, geschlossen in das Lagerhaus umzuziehen, das sich nicht nur wegen seiner vergleichsweise hohen Lage, sondern auch wegen seiner massiven Mauern anbot, die der Flut viel länger trotzen konnten. Auf mein Kommando hin schwärmten alle Umstehenden sogleich aus: Die Jungen, die gut schwimmen konnten, waren dafür verantwortlich, sich zu den Wohnheimen durchzukämpfen und die verbliebenen Bewohner zu alarmieren, während die Mädchen an nützlichen Gegenständen mitnehmen sollten, so viel sie tragen konnten.

Eine Weile später setzte sich unsere Schar in einer geordneten Kolonne Richtung Lagerhaus in Bewegung, darunter auch die hochschwangere Cen Mingxia, eskortiert von vier Jungen. Nachdem wir unbeschadet unseren Zielort erreicht hatten, drängten sich an die siebzig Menschen im Lagerhaus. Von den ursprünglich sechsundachtzig Farmbewohnern – achtundsechzig Jugendliche und achtzehn Bauern – waren sieben am Vortag ums Leben gekommen. Weitere neun waren zu Arbeiten am Fluss abgestellt worden oder gerade auf Familienbesuch. Auf meinen Befehl hin begann Ruan Yueqin damit, die Evakuierten durchzuzählen, während ich He Zijian und Wang Quanzhong zu der abgelegenen Kantine schickte – um die Köche zu holen, aber auch, um so viel Essbares wie möglich zu retten.

Bald kehrten die beiden mit den drei Köchen wieder zurück, beladen mit Stapeln von Dampfbrötchen, Salzgemüse und allerlei

Küchengerät und -geschirr. Lao Bi, der Führer des Küchentrupps, schimpfte ununterbrochen vor sich hin:

»Wenn der liebe Gott eins kann, dann Leute schikanieren! Seit Generationen hat man hier im Hügelland keine solche Flut mehr erlebt, und ausgerechnet uns muss es erwischen!«

Allzu viel Essen hatte sein Trupp nicht mehr aufgetrieben, nachdem ich Yan Zhe schon alles zugesteckt hatte, was ich hatte finden können. Doch da wir uns nun im Lagerhaus einquartiert hatten, das auch und vor allem als Getreidespeicher diente, konnten wir uns Weizen- und Maiskörner kochen, so viel wir wollten, sodass ich mir zumindest um unsere Verpflegung keine Sorgen machte.

Als Yueqin alle Evakuierten durchgezählt hatte, stellte sich heraus, dass der Rinderhirte Gao Xiangfu fehlte. Xiaoxiao berichtete, die Flut habe die Rinder mit sich fortgerissen, und Gao habe die Verfolgung aufgenommen – allerdings konnte sie nicht sagen, in welche Richtung. Wir sorgten uns sehr um ihn, doch bei einer derart reißenden Strömung, noch dazu in stockdunkler Nacht, wagte ich niemanden zu seiner Rettung auszuschicken und beschränkte mich auf ein stummes Gebet. Lao Xiao und Lao Chu versuchten, mich zu beschwichtigen, dass alles, was vier Beine habe, schwimmen könne, die Rinder würden also nicht so schnell ertrinken, und der alte Gao müsse sich nur an ihnen festhalten.

Obendrein unterlief uns in all der Hektik ein schweres Versehen: An die drei Köche dachten wir, doch wir vergaßen Lao Huo in seinem Buchhalterbüro. (Sein Kassierer, der eigentlich sonst mit ihm zusammenwohnte, war gerade auf Familienbesuch.) Das war umso unentschuldbarer von mir, als ich ihn nun schon zum zweiten Mal übersehen hatte.

Zwei Tage später glaubten wir, aus der Ferne fast unwirklich schwach vereinzelte Hilfeschreie zu hören und zwar aus der Richtung des Brunnens und der Kantine. Doch selbst jetzt kam uns noch immer nicht der Buchhalter in den Sinn. Stattdessen waren wir überzeugt, die Flut habe jemanden aus dem Nachbardorf zu uns verschlagen. Weil das Hochwasser zu diesem Zeitpunkt schon wieder ein wenig abgeebbt war, schickte ich Liu Weidong und Wang Quanzhong los, um im Morast zu suchen.

Die beiden fanden Lao Huo, wie er sich, ausgemergelt wie eine Gottesanbeterin, an die Astgabel einer Weide klammerte, die über die Brunnenbrüstung ragte. Vor Hunger waren ihm die Augenhöhlen bläulich angelaufen, und er brachte schon keinen Laut mehr hervor. Eilig hoben sie ihn herunter und schleppten und schleiften ihn zurück zum Lagerhaus. Erst nachdem wir ihm einen gekochten Maiskolben gegeben hatten, den er gierig wie ein ausgehungerter Wolf abnagte, waren seine Lebensgeister wieder halbwegs geweckt.

Auf seinem Rücken bemerkte ich ein stattliches blaues Bündel. »Was trägst du denn da bei dir?«, fragte ich ihn. »Sind das etwa deine Rechnungsbücher?«

Sie waren es tatsächlich, zusammen mit dem Kästchen aus Pappelholz, das unseren Gemeinschaftstopf enthielt. Als He Zijian und Wang Quanzhong den Küchentrupp evakuiert hatten, hatte er sie gehört und war schon zur Tür hinausgelaufen, doch da waren ihm plötzlich siedend heiß seine Bücher und das Kästchen eingefallen, also war er noch einmal umgekehrt. Als er dann endlich alles beisammenhatte und mit seinem fertig geschnürten Bündel auf dem Rücken erneut hinausgelaufen war, war der Rettungstrupp schon wieder abgezogen. Und da er nicht schwimmen konnte, hatte er es nicht gewagt, ihnen auf eigene Faust hinterherzuwaten, und stattdessen Zuflucht auf der Weide gesucht, in deren Geäst er am Ende geschlagene zwei Tage und zwei Nächte ausharren musste.

Das Lagerhaus hatte sich in eine einsame kleine Insel mitten im Meer verwandelt. Kein Telefonanruf, keine Lautsprecherdurchsagen drangen zu uns durch – gewiss war die Kabelverbindung gerissen. Nun waren wir wirklich völlig von der Außenwelt isoliert. Ich befahl meinen Leuten, den Weizen in Hanfsäcke zu füllen und die Säcke zum Schutz vor der Flut mannshoch im Eingang aufzutürmen, sodass darüber noch ein rund ein Meter hoher Zwischenraum offen blieb, durch den wir ein und aus klettern konnten. Beim Anblick dieses Weizens, den wir für unsere provisorischen Sandsäcke missbrauchten, blutete Siwa einmal mehr das Herz, doch weil unser Leben auf dem Spiel stand, blieb mir keine andere Wahl. Auf dem Höhepunkt der Flut schwappte das Wasser beinahe über unseren kleinen Damm, aber zum Glück war die größte Bedrohung bald überstanden, und der Pegel sank allmählich wieder.

In einer Ecke des Lagerhauses stellten wir einen primitiven Herd auf, auf dem wir uns in dem Topf, den die Köche aus der Küche gerettet hatten, Bohnen und Mais kochten. Um Getreide mussten wir uns nicht sorgen, um Wasser noch weniger, und auch Brennholz fanden wir fürs Erste genug, wenn auch reichlich nass, sodass es beim Verbrennen den Raum vollqualmte. Auf diese Weise verbrachten wir eine geradezu unbeschwerte Zeit auf unserer kleinen Insel.

Trotzdem schickte ich immer wieder Leute nach draußen – allerdings nur auf den Dachfirst des Lagerhauses, auf dem sie abwechselnd Wache hielten, zum einen um nach Flutopfern Ausschau zu halten, die vielleicht unserer Hilfe bedurften, zum anderen nach dem Bergungstrupp, den wir uns von der Volkskommune oder der Kreisleitung erhofften. Nun, da die Verbindung zwischen uns und unseren vorgesetzten Stellen völlig abgerissen war, würde man uns sicher eine Rettungsmannschaft schicken, doch vermutlich würde sie erst nach einigen Tagen bei uns eintreffen.

Xiaoxiao liebte es, oben auf dem Dach Wache zu schieben. Sie legte sich bäuchlings auf den First und sang fröhlich vor sich hin, den Blick auf die endlose Wasserfläche gerichtet. Von dem, worauf sie eigentlich ein Auge haben sollte, entdeckte sie nichts; stattdessen verkündete sie ab und zu aufgeregt:

»Qiuyun, Qiuyun! Es ist wieder eins umgekippt!«

Unsere Lehmbehausungen waren schon ab dem zweiten Tag der Flut nach und nach eingestürzt. Am fünften Tag – am selben Tag, an dem der Bergungstrupp aus der Kreisstadt eintraf – waren alle unsere Wohnheime dem Erdboden gleichgemacht. Weil die Hütten an der fensterlosen Seite des Lagerhauses gestanden hatten, hatten wir vom Innern aus ihren Einsturz nicht beobachten können; wir hörten nur das Getöse, mit dem sie einbrachen.

Fünf Tage lang harrten wir aus, siebzig Jugendliche und Bauern, verteilt auf drei Räume, in denen es keinen freien Flecken Boden mehr gab. Überall drängten sich die Menschen wie in einem Ameisennest, und dennoch waren diese fünf Tage eine glückliche Zeit, denn gerade die nestgleiche Enge, die im Lagerhaus herrschte, schuf den idealen Rahmen für den »positiven Rückkopplungseffekt«, von dem Yan Zhe immer gesprochen hatte.

Der Altruismus unserer kleinen Kolonie erreichte in diesen Tagen seine Vollkommenheit. Das Kochen beispielsweise zog sich endlos in die Länge, weil wir nur über einen einzigen kleinen Topf verfügten, und trotzdem wollte jeder den anderen beim Essen den Vortritt lassen. Selbst der sonst so gefräßige Cui Zhenshan verkündete trotz des Bärenhungers, den er gewiss hatte, hartnäckig:

»Ich bin nicht hungrig, echt nicht! Erst mal sollen die Mädchen und die Schwangere satt werden.«

Für Cen Mingxia hatten wir den gemütlichsten Platz überhaupt reserviert, nämlich hoch oben auf den Deckelkörben mit dem Weizen, zugedeckt mit einer der wenigen trockenen Bettdecken, die wir hatten auftreiben können, und obendrein sorgsam mit einer Abschirmung umgeben. Und als ich einen Trupp anführte, um die Lage auf der Farm zu erkunden, hüteten mich meine

Begleiter wie eine kostbare Kristallvase. Diese herzliche Fürsorge rührte mich.

Ein Umstand bereitete mir jedoch Unbehagen. Angesichts des Gedränges im Lagerhaus wollte ich einige Mädchen in dem von mir bewohnten Farmleiterhaus nebenan einquartieren, doch trotz meines Befehls folgte mir niemand. Die Mädchen lächelten nur; sie widersprachen nicht, sie rührten sich einfach nicht. Als ich zumindest die schwangere Mingxia zu mir holen wollte, schüttelte auch sie lächelnd den Kopf. Zu sehr schreckten sie alle davor zurück, die von ihnen verehrte Ameisenkönigin in ihrem Frieden zu stören. Seufzend verzichtete ich darauf, sie weiter zu bedrängen. Tatsächlich war ihre Zufluchtsstätte bei aller räumlichen Beengtheit von einer solch intensiven Seligkeit erfüllt – unsichtbar, aber allgegenwärtig wie eine Melodie –, dass selbst ich nur widerstrebend in die Einsamkeit meines kleinen Häuschens zurückkehrte.

Noch eine Kleinigkeit missfiel mir: In all diesen Tagen verlor niemand auch nur ein Wort über Yan Zhe. Die Farmmitglieder hatten ihren einstigen Gott komplett vergessen. Auch wenn sich unser beider Wege getrennt hatten und ich selbst das kollektive Vergessen überhaupt erst angeordnet hatte, schien es mir doch ungerecht, dass seine früheren Untertanen ihn so gründlich aus ihrem Gedächtnis gelöscht hatten.

Nachdem ich am ersten Tag der Flut das Leben auf der Farm halbwegs neu geordnet hatte, zwängte ich mich todmüde, von allerlei hilfreichen Händen emporgehoben, durch den schmalen Zwischenraum, den wir im Lagerhauseingang frei gelassen hatten, und watete zum Farmleiterhaus zurück. Und während ich dort allein im Dunkeln lag, kehrten in dem Maße, in dem das Chaos des Tages verblasste, die Gedanken an Yan Zhe zurück.

Auf dem Tisch stand sein unvollendeter Holzlöwe, am Kopfkissen haftete sein vertrauter Geruch – noch konnte ich es nicht glauben, dass wir nun für immer getrennt sein sollten. Hatte er mich in der letzten Nacht tatsächlich gerufen? In jenem Moment zumindest war ich mir sicher gewesen, seine Stimme gehört zu haben. Inzwischen jedoch waren mir Zweifel gekommen. Vielleicht hatte ich all das doch nur geträumt? Andererseits waren zwischen seinem Aufbruch und dem rätselhaften Ruf nicht mehr als drei Stunden vergangen. Womöglich war er noch nicht weit gekommen, als ihn die Flut überrascht hatte, und er war eilig zur Farm zurückgekehrt, um mich zu warnen. Doch wohin hatte es ihn am Ende verschlagen, wenn ihn das Hochwasser hier eingeschlossen hatte?

Je mehr ich darüber nachgrübelte, desto düsterer erschienen mir seine Aussichten. Obwohl ich ihn verjagt hatte, war er in Gedanken bei mir und der Farm geblieben, mehr noch, er war unter Lebensgefahr noch einmal zurückgekehrt. Schon flossen mir die Tränen aus den Augen. Auch wenn ich endgültig mit ihm gebrochen, ja, sogar eine tiefe Verachtung für ihn empfunden hatte – in diesem Moment vergab ich ihm, vergab ihm so bereitwillig, als wäre nie etwas gewesen.

Der Grund war einfach: Er hatte sich nicht nur von ganzem Herzen dem Ideal einer Gemeinschaft verschrieben, die frei von Selbstsucht war, er hatte auch persönlich aus gänzlich uneigennützigen, edlen Motiven gehandelt. Als ich nun noch einmal an den Weg zurückdachte, den er eingeschlagen hatte – wie er sich über Lai Anshengs schamloses Verhalten empört hatte und damit einen Konflikt heraufbeschworen hatte, der ihn überhaupt erst auf die Idee gebracht hatte, seine Ameisenessenz einzusetzen, und wie er sich danach wider Willen in die Rolle der Ameisenkönigin gedrängt fand, eine Rolle, in die er sich in der Folge immer weiter hineinsteigerte –, im Rückblick konnte ich keine Spur von Egoismus bei ihm entdecken. Also hatte ich auch keinen Anlass, noch länger sauer auf ihn zu sein.

Die Tragik lag woanders: Ein Mensch mag die lautersten Motive hegen, doch wenn seine Mission zur Besessenheit ausartet, ist er zu den schwersten Verbrechen imstande. Sieben Menschenleben hatte Yan Zhe auf dem Gewissen, und obendrein hatte er auch noch die aufrichtige Liebe zerstört, die ich für ihn empfunden hatte. Wie auch immer, in diesem Moment betete ich vor allem, dass er nicht bei der Flut ums Leben gekommen war. Hoffentlich hatten seine Eltern aus dem Jenseits heraus ihre schützende Hand über ihn gehalten!

Mir fielen gerade vor Müdigkeit die Augen zu, da drang durch das Loch in der Mauer ein Schrei aus dem Lagerhaus zu mir herüber.

»Qiuyun! Genossin Guo! Mingxia hat Schmerzen im Unterleib! Vielleicht kommt jetzt ihr Kind!«

Mit einem stummen Fluch auf den Lippen schreckte ich auf, denn der voraussichtliche Geburtstermin lag eigentlich noch in weiter Ferne. Auch wenn ich Mingxia nie nach dem genauen Datum ihrer Empfängnis gefragt hatte, so konnte ich doch ungefähr überschlagen, dass sie wahrscheinlich erst im sechsten, höchstens siebten Monat war. Doch die Aufregung musste sie furchtbar mitgenommen und so vorzeitig die Wehen ausgelöst haben.

Das Problem war nur: Ich hatte genauso wenig Erfahrung in solchen Dingen wie sie selbst und alle anderen auch! Weil ich ihre Königin war, wandten sich die Farmmitglieder mit Problemen an mich, dabei war ich selbst nicht mehr als eine neunzehnjährige Jungfrau. Die Genossin Gu war die Einzige auf der Farm gewesen, die bereits einmal ein Kind zur Welt gebracht hatte, und entsprechend groß waren die Hoffnungen gewesen, die Yan Zhe und ich auf sie als Aushilfshebamme gesetzt hatten – und nun war sie tot.

Hastig watete ich zum Lagerhaus hinüber, wo sich Dutzende von Augenpaaren hoffnungsvoll auf mich richteten, ich konnte

Mingxias qualvolles Stöhnen von ihrem Lager auf den Weizenkörben hören. Ein Gefühl der Ohnmacht lähmte mich, ich wusste nicht mehr ein noch aus. Glücklicherweise drängte sich Sun Xiaoxiao durch die Menge zu mir, um mir zu helfen.

»Genossin Guo«, wisperte sie mir ins Ohr, »ich weiß, was zu tun ist – ich habe der Genossin Gu so oft zugehört!«

Mir fiel es wieder ein: Tatsächlich hatte ich die Genossin Gu gebeten, Mingxia in die Grundlagen der Geburtsvorbereitung einzuführen, und sie war dieser Bitte gern und oft nachgekommen. Aus falscher Scham, aber auch aus Zeitmangel hatte ich mich selbst nie unter die Zuhörerinnen gemischt. Xiaoxiao hingegen hatte so eifrig wie niemand sonst an den Lippen der Lehrerin gehangen, hatte sie mit allerlei Fragen gelöchert und keine Unterrichtsstunde versäumt. Ich erinnerte mich jetzt, wie die Genossin Gu mir einmal kopfschüttelnd von der überschwänglichen Begeisterung erzählt hatte, die dieses Thema in Xiaoxiao entfacht hatte. Nun war der Moment gekommen, ihr Wissen in die Praxis umzusetzen.

Ich schob alle Bedenken beiseite und ernannte Xiaoxiao zur Hebamme. Li Dongmei und mich selbst stellte ich ihr als Assistentinnen zur Seite. Sogleich erteilte sie scheinbar routiniert eine Reihe von Befehlen: Man solle ihr einen Topf Wasser aufkochen, mit dem sie die Gebärende waschen könne, solle ihr aus dem Farmleiterhaus eine Schere zum Durchtrennen der Nabelschnur holen und sie über dem Feuer sterilisieren, solle ihr einige möglichst weiche Tücher für den Säugling bringen ...

Die umstehenden Farmmitglieder, darunter auch ich selbst ungeachtet meiner Position als »Königin«, führten ihre Befehle mit freudigem Eifer aus. Wir boten sicherlich einen denkwürdigen Anblick: Ein junges Mädchen, das eben erst seinen fünfzehnten Geburtstag gefeiert und noch nie eine Entbindung miterlebt hatte, führte das Kommando als Hebamme.

Auch wenn mich all die Vorbereitungen auf Trab hielten, vergaß ich darüber nicht meine Sorge. Schließlich wusste ich nur zu gut, wie es wirklich um Xiaoxiaos Kompetenz bestellt war: Sie mochte sich ein paar grundlegende Kenntnisse von der Genossin Gu angeeignet haben, doch sobald es zu irgendwelchen Komplikationen käme – einer starken Blutung zum Beispiel –, wäre sie gewiss überfordert.

Unter Mingxias mal an-, mal abschwellendem Stöhnen blickte ich von den Weizenkörben hinab auf die wartende Menge ringsum. Die Bauern und Jugendlichen, die noch eben teilnahmsvoll hinaufgestarrt hatten, senkten unter meinem Blick verlegen die Augen, als wäre ihnen plötzlich bewusst geworden, wie unpassend es von ihnen als Männern war, eine Gebärende derart anzuglotzen – dabei konnten sie von ihrem Standpunkt aus Mingxias nackten Körper gar nicht sehen.

Eine endlos lange Nacht harrten wir so aus, der Morgen dämmerte schon herauf, als Xiaoxiao endlich freudig und aufgeregt rief: »Es kommt! Es kommt!«

Unten im Raum entstand ein Tumult, und die besonders Ungeduldigen bestürmten Xiaoxiao mit ihren Fragen:

»Ist es ein Mädchen oder ein Junge? Warum schreit es denn gar nicht?«

»Ich meinte nur, dass die Geburt reibungslos verläuft«, beeilte sich Xiaoxiao zu erklären. »Der Kopf guckt schon heraus.«

Noch war das Kind also nicht auf der Welt. Und als es nach einer Weile endlich auch diese Hürde genommen hatte, gab es keinen Mucks von sich.

»Das macht nichts«, versuchte Xiaoxiao zu beschwichtigen, doch in ihrer Stimme schwang eine unüberhörbare Nervosität mit. »Tante Gu hat gesagt: Wenn das Baby nach der Geburt nicht schreit, muss man es nur an den Beinen hochheben und ihm zwei Klapse geben.«

So weit die Theorie – doch Xiaoxiao wagte nicht, sie umzusetzen. Notgedrungen drängte ich mich vor, hob das Neugeborene an den Beinen in die Höhe und gab ihm ein paar beherzte Schläge auf den Rücken. Endlich fing das Frühchen an zu wimmern, wenn auch so kläglich wie ein kleines Kätzchen.

Die Mutter jedoch, zu Tode erschöpft von den Strapazen einer langen Nacht, sank nach einem flüchtigen Blick auf ihr Kind in einen tiefen Schlaf.

Wir wuschen und wickelten das kleine Kerlchen – es war ein Junge, wie wir an dem winzigen Etwas, das ihm zwischen den Beinen baumelte und das an die Tülle einer Miniaturteekanne erinnerte, unschwer erkennen konnten. Die Augen in dem runzligen Gesichtchen waren geschlossen, und so zerbrechlich, wie er war, wog er wahrscheinlich keine zwei Kilogramm. Auf dem Kopf sprossen ihm ein paar blonde Härchen.

Bei seinem Anblick wurde mir unsäglich weh ums Herz. Dies also war der Vorfahre einer neuen Menschheit, den Yan Zhe sich erträumt hatte und in dem sich – so die Hoffnung – der von außen erworbene Altruismus zur ureigensten Natur verfestigt hatte. Leider wurde diese Vision nie Wirklichkeit. Denn unsere kleine Kolonie war zum Untergang verurteilt, sobald sich die Wirkung der letzten Charge der Essenz verflüchtigte. Und selbst wenn dieses neugeborene Menschlein tatsächlich von Natur aus altruistisch war, so würde es bald in einem Meer aus Egoismus ertrinken – oder am Ende doch mit dem schmutzigen Strom schwimmen.

Dieses Frühchen jedenfalls, schwächlich wie ein Mäuschen, war sicher außerstande, die Bürde zu schultern, die Yan Zhe ihm hatte auferlegen wollen. Um es mit einem Sprichwort aus meiner Heimat zu sagen: Ein Floh trägt keine Decke.

Als wir Jugendlichen einige Monate später in die Stadt zurückkehrten, gab Mingxia ihren Sohn kurzerhand in fremde Hände, und von da an hat sich seine Spur verloren. Ob sie ihn später noch manchmal vermisst hat, weiß ich nicht. Jedenfalls heiratete sie einen Beamten, dem sie nie erzählte, was sich auf der Farm zugetragen hatte. In der Hochzeitsnacht soll sie ihm sogar mit einem Trick ihre Jungfräulichkeit vorgetäuscht haben. Deshalb stellte sie auch keinerlei Nachforschungen nach ihrem unehelichen Kind an, und selbst gegenüber ihren alten Bekannten von der Farm sprach sie dieses Thema nie mehr an.

Wahrscheinlich hat sie den kleinen Unglückswurm allmählich vergessen. Soweit ich weiß, gewann bald, nachdem die Ameisenessenz ihre Macht über sie verloren hatte, ihre alte Natur wieder die Oberhand. Besonders nachdem sie die fünfundvierzig überschritten hatte, galt sie – wohl auch unter dem Einfluss der Wechseljahre – unter Kollegen und Nachbarn einhellig als abstoßend bösartige und selbstsüchtige Giftspritze, die nicht einmal mit ihren eigenen Kindern zurechtkam. Für das uneheliche Kind, das sie gut zwanzig Jahre vorher geboren hatte, hatte sie gewiss noch weniger Platz in ihrem Herzen.

Am Abend des vierten Tages fanden wir endlich auf dem höchsten Hügel des Geländes Gao Xiangfu zusammen mit seiner Rinderherde und den zwei Pferden der Farm. Er hatte ein Kalb verloren, aber sonst waren alle wohlauf. Die Rinder kauten friedlich ihr Gras, schüttelten ab und zu ihr seidig dichtes Fell und blickten mit einem lang gedehnten Muhen zur blutroten Abendsonne auf.

Gao selbst hatte an den vier Tagen seines Eingeschlossenseins nicht einmal Hunger gelitten, denn unter seiner Herde befand sich auch eine Kuh, die gerade säugte. Als die Flut die Herde mit sich fortgerissen hatte, hatte er sich, fest entschlossen, seine Schützlinge nicht im Stich zu lassen, kurzerhand an den Schwanz einer Kuh gekrallt. Ohne im Dunkeln eine Richtung erkennen zu können, hatte es ihn schließlich mitsamt seinen Tieren hierherverschlagen. Bei unserem Anblick vergoss er Tränen des Glücks, packte meine Hand und wollte sie gar nicht mehr loslassen. Nachdem wir einander unsere Erlebnisse der letzten Tage berichtet hatten, flüsterte er mir zu:

»Qiuyun, ich meine: Genossin Guo ... Yan ... Yan ... er ist nicht tot. In der Nacht, als die Flut kam, habe ich ihn hier gesehen.«

»Wirklich?«, fragte ich aufgeregt. »Bist du dir da sicher?«

Er sei sich »so gut wie sicher«, bestätigte er mir. Als er mit seiner Rinderherde auf den Hügel mit den Gräbern geklettert sei, habe er einen jungen Burschen vom Hang hinabspringen und sich bäuchlings auf ein primitives Floß legen sehen, mit dem er dann davongetrieben sei. Von hinten habe der junge Mann genau wie Yan Zhe ausgesehen. In jedem Fall sei es ein Jugendlicher aus der Stadt gewesen und kein einheimischer Bauer, so viel habe er an der Kleidung ablesen können – und im Umkreis von über zehn Kilometern gebe es ja sonst keine jungen Städter. »Also habe ich eins und eins zusammengezählt.« Er habe ihm lange hinterhergeschrien, aber der andere habe ihm nicht geantwortet und sei auch nicht mehr zurückgekehrt.

Auf meine Frage, ob der Mann eine Säge oder Axt auf dem Rücken getragen habe, wusste er keine Antwort, doch er habe auf dem Hügel ein paar Stümpfe von frisch gefällten Bäumen gefunden – gewiss habe der Mann sich mit den Stämmen sein Floß gebaut.

Seine Worte überzeugten mich, dass es sich mit hoher Wahrscheinlichkeit um Yan Zhe gehandelt hatte. Also hatte er mich in jener Nacht tatsächlich gerufen. Nachdem er noch einmal zur Farm zurückgekehrt war, um mich zu warnen, hatte er sich eilig wieder aus dem Staub gemacht und sich mit seinem Tischlerwerkzeug ein Floß gebaut, das ihn über die Fluten davongetragen hatte. Bei dieser Vorstellung löste sich auch der letzte Groll gegen ihn in nichts auf, und die Tränen schossen mir in die Augen.

»Ihm wird schon nichts passiert sein«, versuchte mich Onkel Gao auf seine unbeholfene Art zu trösten.

Tatsächlich war Yan Zhe ein ausgezeichneter Schwimmer, dem eine Flut so leicht nichts anhaben konnte – doch wohin hatte es ihn nun verschlagen? Und wo konnte er wieder an Land gehen? Schließlich schien die ganze Welt unter Wasser zu stehen. Ich schüttelte nur stumm den Kopf, und Onkel Gao war einfühlsam genug, mich nicht mit seinen Fragen zu bedrängen.

Danach entfernte ich mich von meinen Begleitern mit den Worten, dass sie sich ein wenig ausruhen sollten, und suchte allein die Begräbnisstätte auf. Wider Erwarten hatte der sintflutartige Regen die acht neuen Grabhügel nicht eingeebnet – vielleicht hatten die herabprasselnden Tropfen mit ihrer Wucht die frische Erde nur festgeklopft. Obendrein war diese Stätte so hoch gelegen, dass das Hochwasser nie bis hierher gekommen war. Jedenfalls waren die Gräber gänzlich unversehrt.

Was Yan Zhe wohl dazu gebracht hatte, einen Abstecher hierher zu unternehmen? Hatte er die Toten um Vergebung bitten wollen? Oder hatte er an seinem eigenen Grab von seinem früheren Dasein Abschied nehmen wollen? Tatsächlich mochte er zwar noch immer am Leben sein, doch für seine Mitwelt war er auf ewig verschollen und begraben. Von nun an würde er sich in den Nischen und Rändern der Gesellschaft herumtreiben, ein Niemand ohne Identität.

Lange blieb ich an seinem Grab sitzen und vergoss stumme Tränen um ihn. Als ich mich endlich wieder erhoben hatte, verneigte ich mich der Reihe nach vor jedem der acht Gräber, ehe ich zu meiner Gruppe zurückkehrte.

Meine Erinnerung beschleunigt sich nun, als würde ich bei einem DVD-Player vorspulen. Am nächsten Vormittag traf bei uns die Rettungsmannschaft ein, die die Kreisleitung und die Volkskommune gemeinsam entsandt hatten. Angeführt vom Genossen Zhang, dem neuen stellvertretenden Leiter des Revolutionskomitees der Volkskommune, stiefelte sie durch den knietiefen Morast auf unser Gelände. Als der Trupp die eingestürzten Behausungen und die äußere Verwüstung erblickte, aber auch die einträchtige Ordnung, die in unserer Gemeinschaft herrschte, und all die vielen fröhlichen Gesichter, rühmten sie freudig unsere »hohe Kampfmoral«.

Der Genosse Zhang wollte sich sogleich von dem Genossen Lai als dem vermeintlichen Farmleiter und dem Genossen Wei von der Volkskommune Bericht erstatten lassen.

»Sie sind beide von uns gegangen«, klärte ich ihn auf. »Insgesamt acht unserer Leute haben bei ihrem aufopferungsvollen Kampf darum, das Eigentum des Staates zu retten, den Heldentod gefunden. Weil es so heiß gewesen ist, konnten wir ihre Leichen nicht aufbahren und haben sie an Ort und Stelle bestattet.«

Genosse Zhang erbleichte. Acht Todesopfer, darunter der Farmleiter und sein Stellvertreter, zwei Kader der Volkskommune, zwei gebildete Jugendliche und zwei Bauern – das war ein großes Unglück, das er seinen Vorgesetzten nur schlecht würde erklären können. Sichtlich schockiert, wie er war, tat er mir aufrichtig leid, doch nun musste ich bei meiner Linie bleiben. Ursprünglich hatte ich zwar gar nicht beabsichtigt, die Katastrophe, die über uns hereingebrochen war, vor der Außenwelt zu verschleiern, dafür war das Ausmaß viel zu groß. Doch dann hatte mir die Flut in die Hände gespielt. Die Wassermassen hatten nicht nur alle Spuren am Tatort verwischt, sondern auch die vorherigen Erinnerungen der »Ameisenmenschen« zu einem Gutteil ausgelöscht. Deshalb traf ich spontan eine ebenso verwegene wie listige Entscheidung: Ich würde die Flut dazu benutzen, um das wahre Unheil zu vertuschen, und dabei würde ich auch Yan Zhe unter die Opfer einreihen.

Ich führte die Besucher zur Begräbnisstätte, damit sie unseren acht vermeintlichen Märtyrern ihr Beileid bezeigen konnten. Beklommen verfolgte ich, wie sie sich mit feierlichen Gesichtern dreimal vor den Gräbern verneigten. Mich ließ die Furcht nicht los, sie könnten die Farmmitglieder über die Todesumstände der Opfer befragen. Zwar war ich mir sicher, dass alle meine Untergebenen, so gut sie nur konnten, gemäß meinen Befehlen antworten würden, doch ein Geheimnis, das so viele Menschen teilen, ist schwer zu hüten. Noch mehr aber fürchtete ich, unsere Besucher könnten die Gräber öffnen und die Leichen untersuchen. Dann wäre der ganze Schwindel sogleich aufgeflogen, denn die Toten waren offensichtlich nicht ertrunken. Stattdessen trugen sie alle Würgemale an den Hälsen, während ihre Kleidung keine Spuren von Wasser zeigte – von dem leeren Grab ganz zu schweigen.

Glücklicherweise schöpften unsere Besucher nicht den geringsten Verdacht. Im Grunde war das auch nicht weiter verwunderlich, denn die Idee, dass bei einem spontanen blutigen Gemetzel auf einer Jugendlichenfarm acht Menschen ermordet worden waren, wäre für sie viel abwegiger gewesen als die Vorstellung, dass diese Menschen bei der Flut ums Leben gekommen waren.

Zwei kleinere Umstände spielten mir dabei noch zusätzlich in die Karten. Der erste war, dass ein Farmmitglied den »Genossen Yan« als unseren früheren Leiter erwähnte.

»Der Genosse Yan war euer Farmleiter?«, fragte mich der Genosse Zhang, der mit der früheren Situation auf unserer Farm gut vertraut war, erstaunt. »Du meinst bestimmt Yan Zhe, oder? Ich habe von ihm gehört. Genosse Hu, der jetzt stellvertretender Leiter des Kreisrevolutionskomitees ist, hat mir von ihm erzählt. Aber wie kommt es, dass er zum Farmleiter aufgestiegen ist?«

»Erst haben der Genosse Lai und der Genosse Zhuang, also der vorige Leiter und sein Stellvertreter, ihr Leben geopfert«, antwortete ich schlagfertig. »In der Not haben wir dann Yan Zhe zum

Farmleiter gewählt – und als auch er sein Leben hingegeben hat, ist die Wahl auf mich gefallen.«

Der Genosse Zhang war von so viel Opfermut zu Tränen gerührt. »Das habt ihr großartig gemacht, Yan Zhe und du«, brachte er mit belegter Stimme hervor und fragte nicht mehr weiter nach.

Der zweite Umstand, der mir in die Hände spielte, war, dass die Rettungsmannschaft noch am Tag ihrer Ankunft eine unvermeidliche Entdeckung machte: Cen Mingxias Baby. Denn da die Straßen und Wege so kurz nach der Flut noch immer unter Wasser standen, hatte ich keine Möglichkeit gefunden, Mutter und Kind außerhalb der Farm zu verstecken.

Das winzige Kerlchen war sogleich zum allgemeinen Liebling geworden; alle wollten ihn ständig anhimmeln und am liebsten kuscheln. Doch Mingxia und Xiaoxiao hüteten das Frühchen wie ihren Augapfel: So klein, wie es noch sei, dürften wir es noch nicht wahllos in die Arme nehmen. Dennoch übte das Kind eine geradezu magnetische Anziehungskraft aus, die unseren Besuchern natürlich unmöglich verborgen bleiben konnte.

Genosse Zhang zog mich prompt beiseite und stellte mich mit finsterem Gesicht zur Rede: »Was ist denn das für eine Geschichte?«

»Das ist das Ergebnis eines Fehltritts des Genossen Lai«, erklärte ich, ohne zu zögern, denn ich hatte mir meine Antwort längst zurechtgelegt. »Jeder auf der Farm weiß davon. Auch Onkel Wei, ich meine: Der Genosse Wei hat schließlich davon erfahren und wollte eigentlich seinen Vorgesetzten Bericht erstatten, doch dann kam die Flut dazwischen.« Mit gedämpfter Stimme fügte ich hinzu: »Aber weil Genosse Lai nun sein Leben für uns geopfert hat, wollte ich sein Andenken in Ehren halten.«

Das meiste davon entsprach ja auch der Wahrheit, lediglich die Behauptung, nur die Flut habe den Genossen Wei von seinem Bericht abgehalten, war gelogen – in Wahrheit hatte Yan Zhe sein Schweigen erzwungen.

Der Genosse Zhang musterte mich lange, verzichtete aber schließlich auf weitere Nachfragen. Nicht nur er, alle Mitglieder der Rettungsmannschaft schienen von da an stillschweigend übereingekommen zu sein, den Lebenswandel des früheren Farmleiters Lai, der im Kampf gegen die Flut den Heldentod gestorben war, nicht weiter in Zweifel zu ziehen. Niemand von ihnen fragte mehr danach, unter welchen Umständen das Kind gezeugt worden war.

Als sie die Farm wieder verließen, stand Mingxia, die ihr Lager schon wieder verlassen durfte, an der Brücke im Schatten der Bäume. Ihre Lage war ihr anscheinend kein bisschen peinlich. Sie strahlte vor mütterlichem Glück, summte dem Säugling in ihren Armen ein Wiegenlied vor und liebkoste seine winzigen Ohrläppchen, woraufhin die Mitglieder des Rettungstrupps wie auf ein Kommando die Köpfe wegdrehten und Mutter und Kind geflissentlich übersahen. Angesichts der Komik dieser Szene konnte ich mir nur mühsam das Lachen verkneifen, während ich die Besucher verabschiedete.

Bald darauf kehrte der Genosse Zhang noch einmal mit einem kleinen Trupp auf die Farm zurück, um eine große Trauerfeier für die acht Toten abzuhalten und sie offiziell als Märtyrer anzuerkennen. Allerdings wurde ich den Verdacht nicht los, dass es sich dabei nur um eine Scharade handelte. Denn angesichts des Ausmaßes der Tragödie war es absonderlich, dass vom Kreisbüro für die gebildeten Jugendlichen niemand an der Zeremonie teilnahm und die Lokalzeitung das ganze Unglück mit keinem Wort erwähnt hatte. Mein Verdacht sollte sich bald bestätigen, denn die feierliche Erhebung der acht Toten in den Märtyrerstatus war flüchtig wie ein Windhauch und schnell wieder vergessen. Das Andenken der Toten wurde später keineswegs so hochgehalten, wie es die hehren Worte auf der Feier versprachen.

Gleich im Anschluss an die Zeremonie übermittelte uns der Genosse Zhang den Befehl, die Farm aufzulösen. Diese Wendung kam für mich nicht weiter überraschend. Abgesehen vom Lager- und Farmleiterhaus waren alle Gebäude zerstört, und um die Farm zu erhalten, hätte man sie von Neuem errichten müssen. Doch die Welle der Landverschickungen gebildeter Jugendlicher war bereits verebbt, nun rückten die Vorbereitungen für ihre Rückkehr in die Städte in den Vordergrund. Welcher Kader wäre so dumm gewesen, einen beträchtlichen Batzen Geld in die Rettung einer fast vollständig vernichteten Farm zu stecken? Zumal sich mit deren Schließung auch das Unglück, das acht Menschenleben gekostet hatte, besser vertuschen ließ.

Angesichts der außergewöhnlichen Umstände – der Zerstörung der Farm durch die Flut – habe die Kreisleitung, so verkündete der Genosse Zhang weiter, uns bei der anstehenden Rekrutierung von Arbeitskräften in der Stadt eine besonders hohe Quote zugebilligt. Die Hälfte von uns Jugendlichen, darunter Wang Quanzhong, He Zijian, Liu Weidong, Cui Zhenshan und ich selbst, stand bereits auf der entsprechenden Liste und durfte unverzüglich eine Arbeit in der Stadt aufnehmen. Die übrigen Jugendlichen sollten fürs Erste zwar auf andere Farmen verteilt werden, würden aber bei der Vergabe weiterer Arbeitsplätze bevorzugt behandelt werden, sodass auch sie voraussichtlich bis zum nächsten Jahr allesamt in ihre Heimatstadt zurückkehren durften.

Unter normalen Umständen wäre diese Nachricht als ein Geschenk des Himmels aufgenommen worden und hätte einen wahren Freudentaumel ausgelöst. Hatten nicht Cen Mingxia und zwei weitere Mädchen, nur weil sie diesem Tag so sehr entgegengefiebert hatten, ihre Jungfräulichkeit geopfert? Selbst Zhuang Xuexu hatte sich nur derart beflissen auf der hiesigen Karriereleiter emporgearbeitet, um möglichst schnell eine gute Arbeit in der Stadt ergattern zu können. Doch an diesem Tag löste die Nachricht von der Schließung der Farm unter den Jugendlichen große Trauer aus. »Die Tränen strömten wie Regen, die Wehklagen erschütterten die Erde«: Diese Redewendung erschien kaum übertrieben. Noch bevor die Versammlung beendet war, umringten mich alle, zerrten heulend an mir, fielen mir in die Arme und beteuerten, sie wollten sich auf keinen Fall von mir und unserer Gemeinschaft trennen.

»Genossin Guo«, rief jemand, »wenn du hierbleibst, weichen wir nicht von deiner Seite und errichten die Farm neu! Oder wir gehen woandershin, nach Xinjiang in den fernsten Westen, nach Heilongjiang in den höchsten Norden, nach Xishuangbanna in den tiefsten Süden, wir folgen dir überallhin!«

Selbst die Bauern beknieten mich verzweifelt. »Qiuyun!«, flehten Gao Xiangfu und Lao Xiao. »Genossin Guo! Du darfst uns nicht verlassen! Wer soll sich denn sonst um uns kümmern?«

Erstaunt, nein, ergriffen verfolgten die Kader der Volkskommune dieses Schauspiel. Nicht im Traum hätten sie sich vorstellen können, dass eine Neunzehnjährige derart innig von einer ganzen Farm geliebt und verehrt werden könnte. Auf den anderen Farmen der Volkskommune zerfiel die Gemeinschaft in dem Moment, als die städtische Arbeitskräfterekrutierung begann. Schließlich war den dortigen Mitgliedern jedes Mittel von der Intrige bis zur Verleumdung und Denunziation recht, um nur ja früher von ihrem unfreiwilligen Aufenthaltsort wieder wegzukommen. Eine Szene, wie sie sich nun vor den Augen der Kader abspielte, musste ihnen völlig grotesk erscheinen. Hilflos sahen sie mit an, wie die Lage außer Kontrolle zu geraten drohte, und in ihre Gerührtheit mischte sich allmählich Besorgnis, denn ihnen schwante dunkel, dass die innere Bindung dieser kleinen Gemeinschaft so unglaublich stark war, dass sie sich zu einer Gefahr entwickeln konnte.

Als Mittelpunkt dieses Gefühlsaufruhrs fand ich mich in einer peinlichen Lage wieder. Natürlich hatte die Szene etwas Ergreifendes, und ich hätte nur zu gern gleichfalls meinen Emotionen freien Lauf gelassen, meiner Trauer und meiner innigen Zuneigung. Doch leider hatte ich die Position einer Göttin, und als solche war ich als Einzige dazu verurteilt, hellwach zu bleiben. Deshalb gab ich mich auch keinen Illusionen hin: Die überschäumenden Gefühle, die mir entgegenschlugen, verdankten sich der Ameisenessenz – eine Wirkung, die vermutlich nur noch wenige Monate anhalten würde. Danach würden meine »Untertanen« wieder in den alten charakterlichen Sumpf zurücksinken: Cen Mingxia in ihre Schamlosigkeit, Cui Zhenshan in seine Dreistigkeit, Sun Xiaoxiao in ihre Zügellosigkeit – und Zhuang Xuexu wäre, wenn er denn noch gelebt hätte, in seine alte Heimtücke verfallen. Bei anderen würde die Veränderung immerhin weniger schmerzlich ausfallen: Gao Xiangfu und Lao Xiao zum Beispiel würden immer noch gutherzig sein, Lao Huo immer noch loyal, Wang Quanzhong immer noch voller Gerechtigkeitssinn. In jedem Fall kamen die überschwänglichen Gefühle, die mir alle in diesem Moment entgegenbrachten, zweifellos von Herzen – und doch zugleich weitgehend von einer öligen gelblichen Flüssigkeit aus einer dickbäuchigen Flasche. Bei diesem Gedanken überwältigte mich die Traurigkeit mit einer solchen Wucht, dass ich mich fast übergeben musste.

Mich überkam ein Widerwille, weiter die Rolle der Göttin zu spielen. Ich fühlte mich dazu auch gar nicht imstande – und sei es nur, weil ich mir von Yan Zhe nie die Fähigkeit angeeignet hatte, die Ameisenessenz herzustellen. Ich hatte es satt, hellwach über allen anderen thronen zu müssen. Nachdem ich meine Fassung wiedererlangt hatte, machte ich ein letztes Mal von meiner Autorität als Ameisenkönigin Gebrauch.

»Beruhigt euch!«, befahl ich der Menge. »Wir müssen den Anordnungen von oben gehorchen. Die Oberen sind uns bei der Arbeitskräfterekrutierung so weit entgegengekommen! Nun dürfen wir sie auch nicht enttäuschen. Ich selbst werde auf jeden Fall mit gutem Beispiel vorangehen und in die Stadt zurückkehren.«

Natürlich leisteten alle meinem Befehl bedingungslosen Gehorsam. Widerstrebend, schluchzend und mit rot verweinten Augen verließen sie den Versammlungsplatz.

Genosse Zhang, der mit meinem Auftritt offensichtlich hochzufrieden war, kam zu mir und schüttelte mir nachdrücklich die Hand.

»Du hast einen Blick für das große Ganze«, lobte er mich. »Du hast echte Führungsqualitäten.«

»Nein, du überschätzt mich«, wehrte ich müde ab. »Ich bin nicht zur Anführerin geboren. Nur der Zufall hat mich vorübergehend auf den Posten der Farmleiterin verschlagen. Und da ich nun einmal diesen Posten bekleide, muss ich auch der Verantwortung für meine Leute gerecht werden.«

Danach sprach ich ihn noch auf zwei Punkte an. Der erste war ein Unterstützungsgeld für die Hinterbliebenen der acht Toten. »Auch wenn die Verstorbenen nicht in das nationale Märtyrerverzeichnis aufgenommen worden sind« – er warf mir einen raschen Blick zu, und wir vertieften diese Frage in stummem Einverständnis nicht weiter –, »so hoffe ich doch, dass die Angehörigen eine großzügige Entschädigung erhalten.«

Ohne zu zögern, sicherte er mir eine solche Entschädigung zu.

»Außerdem« – das war der zweite Punkt – »bitte ich dich, dein heutiges Versprechen nicht zu vergessen und auch den Jugendlichen von uns, die jetzt noch nicht in die Stadt zurückkehren dürfen, bald eine Arbeit dort zu vermitteln. Ich denke dabei besonders an Cen Mingxia, die es mit ihrem Kind sicher ziemlich schwer haben wird, eine Arbeit zu bekommen.«

»Gemäß den politischen Vorgaben werden an verheiratete Jugendliche keine Arbeitsplätze in der Stadt vergeben«, antwortete er nachdenklich. »Cen Mingxia ist zwar noch nicht verheiratet, aber mit ihrem unehelichen Kind ... Lass es uns so machen: Du redest ihr gut zu, dass sie ihr Kind schnell abgibt, um die ganze

Sache zu vertuschen, und wenn dann die nächste Rekrutierung ansteht, besorge ich ihr eine Arbeit.«

Die Vernunft sagte mir, dass dies der einzig gangbare Weg war, auch wenn es mir um das Kind leidtat – das Kind, auf das Yan Zhe so große Hoffnungen gesetzt hatte.

»Danke, Genosse Zhang. Du bist ein guter Mensch, genau wie Genosse Wei einer war.« Meine Worte kamen von Herzen.

»Ich danke dir für deine Worte«, antwortete er gerührt. »Du hast hier wirklich Außerordentliches vollbracht: Als neunzehnjähriges Mädchen hast du eine solche Katastrophensituation gemeistert! Dein Name war mir schon vorher ein Begriff, denn der Genosse Hu und der Genosse Wei haben oft von dir gesprochen. Beide haben auch große Stücke auf Yan Zhe gehalten – es ist so schade, dass er von uns gegangen ist … Qiuyun, du bist sehr tüchtig, und angesichts der Fähigkeiten, die du während der Flut unter Beweis gestellt hast, wage ich zu sagen: Du wirst in deinem Leben noch Großes leisten.«

Auf einmal fiel mir wieder ein, dass der Genosse Wei Yan Zhe ein ganz ähnliches Lob ausgesprochen hatte, und mir wurde schwer ums Herz. Mit einem Schmunzeln überspielte ich meine Trauer und antwortete:

»Genosse Zhang, nun ist dein Blick aber wirklich getrübt! Ich werde gewiss immer das reinste Mittelmaß bleiben, das hat man mir auch schon mal prophezeit.«

Einen Monat später kehrte ich in meine Heimatstadt zurück und nahm eine Arbeit in einem Hanfseilbetrieb auf. In den Wochen davor hatte ich, so gut ich konnte, die Angelegenheiten der Farm geregelt. Als schwierigste Aufgabe erwies es sich dabei, Cen Mingxia dazu zu überreden, ihr Kind abzugeben. Kaum hatte ich es angesprochen, brach sie in Tränen aus und schluchzte:

»Ich bringe es nicht übers Herz, mich von ihm zu trennen.

Lieber bleibe ich hier auf dem Land. Auch wenn ich dann mein Leben lang keinen Mann finde: Ich will mein Kind großziehen.«

Ihr Baby war tatsächlich ein entzückendes Kerlchen. Obwohl es viel zu früh auf die Welt gekommen war, wuchs es, genährt von reichlich Muttermilch, zu einem echten Wonneproppen heran. Wenn es von einem Erwachsenen geneckt wurde, fixierte es diesen mit seinen schwarzen Augen, und ein bezauberndes Lächeln breitete sich wie eine sanfte Welle über seinem kleinen Gesicht aus. Und hübsch war es auch mit seinen großen, leuchtenden Augen – nur der ein wenig zu groß geratene Mund verriet die Abstammung vom froschmäuligen Lai Ansheng. Während ich auf seine Mutter einredete, berührte es mich zufällig an der Hand, und dann umklammerte es mit seinem winzigen, warmen Händchen meinen Finger so fest, dass es mir einen leisen Stich versetzte.

Auch mir tat die Vorstellung in der Seele weh, dass dieses unschuldige Kerlchen in fremde Hände abgegeben werden sollte. Doch um Mingxias Zukunft willen redete ich trotzdem auf sie ein, und auch wenn ich fürs Erste keinen Erfolg bei ihr hatte, wusste ich, dass die Zeit für mich arbeitete: Noch stand sie unter dem Einfluss der Ameisenessenz, doch sobald diese nachließ, würde eine derart clevere und zugleich gefühlsarme Frau wie sie sich von einem Kind nicht die eigene Zukunft verbauen lassen.

Diese Überlegung stimmte mich melancholisch: Seit wann sah ich die Dinge derart nüchtern? Seit wann durchschaute ich die Berechnung, die so viele menschliche Beziehungen prägt, derart kühl? Ich empfand die neue Klarheit meines Blicks als zweischneidiges Schwert: Auch wenn ich andere Menschen damit nicht verletzte – mich selbst verletzte ich sehr wohl. Jedenfalls sehnte ich mich nach meiner früheren mädchenhaften Arglosigkeit, die nun unwiederbringlich verloren war.

Bevor ich die Farm verließ, suchte ich noch einmal die Begräbnisstätte auf. Während ich vor den Gräbern Totengeld verbrannte, schwante mir, dass ich vielleicht nie mehr hierher zurückkehren würde. Unter Tränen sprach ich ein stummes Gebet für Lin Jing, den Genossen Wei und die Genossin Gu. Um die vier toten »Schurken« vergoss ich zwar keine Tränen, zumal sie mit dem Rückfall in ihre alte Bosheit das ganze Unheil erst heraufbeschworen hatten. Doch ich vergab ihnen und betete auch für ihr Seelenheil – auf dass sie im nächsten Leben gute Menschen sein würden.

Schließlich trat ich auch an das leere Grab an der Ostseite. Yan Zhe war noch immer spurlos verschwunden. Nach der Flut hatte ich mich insgeheim in der Umgebung erkundigt, ob man vielleicht eine namenlose Leiche gefunden hätte, deren Beschreibung auf ihn passte, doch nichts dergleichen. Auch sein Tischlerwerkzeug war nie wieder aufgetaucht. Vielleicht war er also wirklich noch am Leben? Und vielleicht hatte er einen Ort gefunden – womöglich sogar im Ausland –, an dem er, abgeschieden von der Außenwelt, seine ideale Gemeinschaft von Neuem errichten konnte?

Doch die Frage, ob er noch lebte oder schon tot war, betraf mich nicht mehr. Weder der Mensch noch seine Utopie gingen mich noch etwas an.

Ruhig stand ich an seinem Grab und erwies ihm einen letzten Gruß, indem ich mich dreimal verneigte. Damit hatte ich für meinen Teil einen endgültigen Schlussstrich unter unsere Beziehung gezogen.

Am nächsten Tag stieg ich mit den anderen Jugendlichen, die nun eine Arbeit in der Stadt antreten durften, auf einen Lastwagen nach Beiyin. Als Gepäck hatte ich nur ein schlichtes Bündel dabei, das neben meinen persönlichen Habseligkeiten auch ein Kästchen aus rohem Pappelholz enthielt – das Kästchen, das Lao Huo vor der Flut gerettet hatte. Nachdem ich dem Buchhalter das Geld überreicht hatte, hatte ich das leere Kästchen an mich genommen. Dieses unscheinbare Stück Holz hatte einmal Yan Zhes Traum verkörpert und die selbstlose Unschuld der Farmmitglieder. Inzwischen war es nicht mehr als ein Andenken für mich.

Die Jugendlichen, die vorerst noch auf der Farm blieben, aber auch Lao Xiao, Lao Chu und einige andere Bauern, hatten sich an der Brücke versammelt, um unter Tränen von uns Abschied zu nehmen. Als ich Gao Xiangfu – meinen Onkel Gao – nirgendwo entdeckte und mich nach ihm erkundigte, erfuhr ich, dass er sich in den Ruinen seines Rinderstalls verkrochen hatte, weil ihm die Trennung zu naheging. Ich bat den Lastwagenfahrer, noch ein paar Minuten zu warten, sprang von der Ladefläche wieder hinunter und lief zum Stall. Kaum sahen wir beide einander, strömten uns die Tränen über die Wangen – wir weinten ununterbrochen, bis wir schließlich ohne ein Wort voneinander Abschied nahmen.

DRITTES BUCH
DIE AMEISENESSENZ

Die Gene aller Organismen sind ihrer Natur nach egoistisch, denn nur solche egoistischen Gene können den Erwerb der zur Selbstweitergabe nötigen Ressourcen sichern. Im Zuge der kollektiven Evolution haben sich diese Gene jedoch dergestalt weiterentwickelt, dass sie sich auch ins strahlende Gewand des Altruismus kleiden können. Zuallererst ist hier die in der Tierwelt weitverbreitete Mutter- und Vaterliebe zu nennen: Um den Fortbestand der eigenen Gene zu gewährleisten, müssen sich die Tiere fürsorglich um ihren Nachwuchs kümmern, was eine Art komprimierten Altruismus darstellt. Weil unter staatenbildenden Insekten wie den Ameisen und Honigbienen die Fortpflanzung weitgehend einem einzelnen Weibchen obliegt, nämlich der Königin, sind die Angehörigen einer Kolonie genetisch aufs Engste miteinander verwandt, sodass der Schutz anderer Individuen innerhalb der eigenen Kolonie auf den Schutz der eigenen Gene hinausläuft. In der Folge erfährt der Altruismus hier seine größtmögliche Intensivierung und Erweiterung, woraus diesen Spezies ein natürlicher Vorteil erwächst.

So gesehen ist der Altruismus der Ameisenstaaten in Wahrheit nicht auf der fundamentalsten Ebene ihrer Natur verankert, sondern lediglich ein äußerer Ausdruck ihres angeborenen Egoismus. Der einzige Unterschied zu anderen Spezies liegt darin, dass sich dieser Egoismus bei Letzteren auch sichtbar manifestiert – so zum Beispiel im Kanni-

*balismus der Komodowarane oder im Kannibalismus der Haie, der
schon im Mutterleib unter den Embryos zum Tragen kommt, oder
auch in den Massakern, die wir Menschen aneinander begehen.*

*Emotional sind wir vom Altruismus der Ameisen angetan und ver-
abscheuen die Gier und Grausamkeit der Menschen oder Haie, doch
dies berechtigt uns keineswegs dazu, den Bauplan Gottes oder der
Natur zu kritisieren. Aus einer göttlichen Perspektive stellt jede natürliche Veranlagung, die den Fortbestand der eigenen Spezies sichert,
einen Erfolg dar.*

*Tatsächlich sollten wir uns angesichts der eindrucksvollen Natur
der Ameisen nicht allzu sehr grämen. Die Tatsache, dass wir ihren
Altruismus so hochschätzen und zugleich unsere eigenen Unsitten in
jeder Generation aufs Neue so aufrichtig hinterfragen, beweist zur Genüge, wie tief das Ideal der Selbstlosigkeit auch in uns verwurzelt ist.*

(Aus: »Über den Altruismus der Ameisenstaaten«, einem Artikel
des Entomologen Yan Fuzhi, erschienen 1948 im britischen *Journal of Theoretical Biology*)

17.

DIE WALLFAHRT
DER AMEISEN

Im Jahr 2006, im Alter von fünfundfünfzig Jahren, trat Guo Qiuyun endgültig von ihrer Position als Lehrerin der Ersten Mittelschule von Beiyin ab und erledigte die Formalitäten für ihre Pensionierung. Nahezu gleichzeitig wurde auch ihr fünf Jahre älterer Ehemann Gao Ziyuan von seiner Fabrik in den Ruhestand verabschiedet. Wie schnell doch ihr Leben verflogen war! Im Handumdrehen war das eigentliche Drama vorüber, und nun blieb nur noch Zeit für ein, zwei kleinere Nachspiele.

Beim Gedanken an die vermeintliche Berufung zu Großem, die ihr der Genosse Zhang damals in seiner Position als stellvertretender Leiter des Revolutionskomitees der Volkskommune »Roter Stern« attestiert hatte, schüttelte Qiuyun unwillkürlich den Kopf. Offensichtlich war es mit den seherischen Fähigkeiten des Kaders nicht allzu weit her gewesen. Eine ganze Reihe von Altersgenossen dagegen, die seinerzeit mit ihr die Farm verlassen hatten, hatten es danach zu ansehnlichem Erfolg gebracht: Einer war stellvertretender Direktor einer Behörde in der Provinzhauptstadt geworden, ein anderer war sehr reich geworden, und wieder ein anderer hatte sich als Schriftsteller einen Namen gemacht.

Yan Zhes alter Freund Wang Quanzhong war zum stellvertretenden Generalsekretär des Parteikomitees von Beiyin aufgestiegen.

Seinem klangvollen Titel zum Trotz gestaltete sich sein Arbeitsalltag allerdings wenig glamourös: Seit zwanzig oder dreißig Jahren arbeitete er nun seinem Chef zu, indem er Schriftstücke für ihn verfasste, sich durch den Aktendschungel kämpfte und dem faden Bürokratenkauderwelsch einen Reiz abzugewinnen versuchte. Während der Sitzungen hielt er mit formvollendeter Eleganz die Aktenmappe für seinen Boss und schenkte ihm Tee nach.

Ungeachtet seiner gehobenen Stellung, hatte er sich seine frühere Anständigkeit bewahrt. Wenn ein alter Jugendkumpel aus den Tagen auf der Farm ihn besuchte, empfing er ihn mit aller Herzlichkeit.

Er trug inzwischen einen dicken Bauch vor sich her, den er sich bei all den Essen auf Staatskosten angefuttert hatte. In seinem geschmackvoll eingerichteten Büro kündeten ein mächtiger Mahagonischreibtisch aus Taiwan, auf dem die v-förmigen Flaggen von Staat und Partei prangten, und ein hübscher Kristallglobus von seinem Status.

Eingedenk seiner alten Freundschaft zu Yan Zhe hatte Qiuyun ihn früher oft besucht. Eines Tages jedoch war sie ihm gegenüber auf den Aufruhr zu sprechen gekommen, den er mit seiner Wandzeitung heraufbeschworen hatte, und darauf, wie sich Yan Zhe für ihn eingesetzt hatte, als ihm ein Arbeitspunkt abgezogen worden war – und da stellte sich heraus, dass er den Eklat um die Arbeitspunkte doch glatt vergessen hatte! Er spielte ihr das nicht etwa nur vor, aus Angst, sie könnte an die alte Geschichte eine Bitte knüpfen, nein, er konnte sich wirklich nicht mehr daran erinnern. Dabei war er auf der Farm für sein ausgezeichnetes Gedächtnis bekannt gewesen: Den Geburtstag jedes einzelnen Jugendlichen hatte er im Kopf gehabt. Erst nachdem Qiuyun ihm auf die Sprünge geholfen hatte, kehrte seine Erinnerung wieder zurück, und er schlug sich aufrichtig verlegen ein ums andere Mal an den Kopf und entschuldigte sich:

»Diese jahrzehntelange Phrasendrescherei hat meinen Schädel ganz hohl gemacht!«

Danach suchte sie ihn kaum noch auf. Warum sollte sie, da ihre Lebenswege sich längst getrennt hatten, hartnäckig eine Vergangenheit heraufbeschwören, die ihm selbst entfallen war? Musste es ihr nicht genügen, wenn sie beide ihre einstige Freundschaft im Gedächtnis bewahrten?

He Zijian und Liu Weidong hatte es in andere Städte verschlagen. Weiter als bis zu subalternen stellvertretenden Abteilungsleitern hatten sie es nicht gebracht. Li Dongmei und Ruan Yueqin waren bereits im Ruhestand und widmeten sich voll ihrer Rolle als Großmütter. Die meisten jedoch gehörten zur untersten Schicht der Gesellschaft; einige waren sogar auf den staatlichen Unterhaltszuschuss von hundertsiebzig Yuan zur Existenzsicherung angewiesen und lebten von der Hand in den Mund.

Erst vor Kurzem hatte Qiuyun auf der Straße den Blinden Huang getroffen. Zuerst hatte sie ihn kaum erkannt, denn er wirkte mindestens zwanzig Jahre älter, als er war, seine Kleidung wiederum hinkte um zwanzig Jahre der aktuellen Mode hinterher. Qiuyun grüßte ihn und unterhielt sich auf dem Bürgersteig ein wenig mit ihm.

»Qiuyun«, bekannte er zum Abschied, »wenn du mich nicht angesprochen hättest – ich hätte mich nicht getraut.«

»Wieso denn nicht?«

»Weil ich so auf den Hund gekommen bin«, brachte er schmerzlich hervor. »Vor zwei Jahren ist mir Cen Mingxia auf der Straße über den Weg gelaufen, aufgetakelt wie sonst was. Als ich sie gerufen habe, hat sie mich lange angeguckt und dann gesagt: ›Wer sind Sie? Ich kenne Sie nicht.‹ Seitdem grüße ich von mir aus niemanden mehr von den Leuten von damals.«

Qiuyun schmunzelte. Nicht lange davor hatte ihr Dongmei erzählt, wie Mingxia einmal selbstgefällig geprahlt hatte: »Unter den

Jungs von damals haben ein paar ihren Weg gemacht, aber unter den Mädchen bin ich wohl die Einzige, die es zu etwas gebracht hat.«

»Du solltest mich nicht mit ihr vergleichen«, tröstete Qiuyun den Blinden Huang. »Ich bin weder reich noch die Frau eines hohen Beamten. Wir sind beide bloß einfache Leute, also können wir in Zukunft ruhig öfter etwas unternehmen.«

Tatsächlich musste sie sich zwar nicht so jämmerlich durchs Leben schlagen wie der Blinde Huang, doch mehr als eine zutiefst gewöhnliche Mittelschullehrerin, gefangen im immer selben Trott, war aus ihr auch nicht geworden. Nun jedoch, da sie und ihr Mann pensioniert waren, wollten beide ihr Leben noch einmal genießen. Qiuyun hatte, nachdem sie die letzten Formalitäten an ihrer Schule erledigt hatte, sogar darauf verzichtet, ihre Bücher aus dem Büro nach Hause mitzunehmen; Lehr- und Nachschlagewerke, alles hatte sie ihren Kollegen geschenkt und mit diesem symbolischen Akt endgültig einen Schlussstrich unter ihr vierundzwanzigjähriges Dasein als Lehrerin gezogen.

Aus einer ähnlichen Haltung heraus hatte ihr Mann, kaum war er pensioniert, sich gegen eine Gebühr von tausendsechshundert Yuan bei einer Fahrschule angemeldet. Als ältester Schüler nahm er jeden Tag Fahrstunden und war dadurch so viel draußen unterwegs, dass er von der Sommersonne bald tiefbraun gebrannt war. Er träumte davon, sich ein eigenes Auto zu kaufen und darin mit seiner Frau kleine Spritztouren zu unternehmen.

»Noch sind wir mobil«, pflegte er zu sagen. »Wann sollen wir unser Leben genießen, wenn nicht jetzt?«

Sie zogen aus dem Wohnheim von Qiuyuns Mittelschule aus und kehrten zu ihren Eltern zurück. Weil die Schule offiziell als erstklassig anerkannt war und den heutigen Eltern die Ausbildung ihres zumeist einzigen Kindes mehr denn je am Herzen lag, ließen sich viele Mütter und Väter vorzeitig pensionieren, um vor Ort ganz für ihren Nachwuchs da zu sein. In der Folge waren die Mieten in die Höhe geschossen, und für die Lehrer war es ein lohnendes Geschäft, ihre Wohnheimwohnungen unterzuvermieten.

Außerdem verfügten Qiuyuns Eltern über mehr als genug Wohnraum. Lange Zeit hatten die beiden Haus und Hof der Familie Yan nur gehütet, doch als Yan Zhe auch nach Jahren nicht wieder heimgekehrt war, waren sie selbst im nachbarlichen Anwesen eingezogen. Nach der Kulturrevolution, in der Reform- und Öffnungszeit seit Ende der Siebzigerjahre, als ringsum lauter neue Wohnhäuser aus dem Boden schossen, hatte der leer stehende große Hof viele begehrliche Blicke auf sich gezogen, doch Qiuyuns Vater hatte stets darauf beharrt, das Anwesen für die Yans zu verwalten.

»Wir können uns ihren Besitz doch nicht einfach unter den Nagel reißen!«

Erst vor zehn Jahren hatte er sich endlich eines Besseren besonnen und seiner jüngeren Tochter erklärt:

»Qiuyun, wenn du hier ein Haus bauen willst, dann kannst du das tun. Falls doch noch jemand von den Yans zurückkommt, überlassen wir unser Haus einfach ihm und bitten ihn nur darum, uns das Geld für den Bau zu erstatten.«

Daraufhin hatte die ganze Familie mit vereinten Kräften ein großes neues Haus mit insgesamt über zwanzig Zimmern auf dem Anwesen errichtet. Qiuyuns große Schwester hatte zwar kein Geld dazu beigesteuert, doch sie hatte kräftig mit angepackt. Nach dem frühen Tod ihres Mannes war ihre finanzielle Lage angespannt. Obendrein hatte auch noch ihr Sohn seine Arbeit verloren. Umso mehr träumte sie davon, ihm eine Immobilie in ihrer Heimatstadt zu hinterlassen. Doch ihr betagter Vater, der mit den Jahren immer dickköpfiger geworden war, wollte den gesamten Besitz unbedingt auf ihre jüngere Schwester überschreiben. Wahrscheinlich ging es ihm unterbewusst auch darum, dass zwischen Qiuyun und Yan Zhe eine besondere Beziehung bestanden hatte und dass, falls

Letzterer oder ein anderes Mitglied aus dessen Familie unvermutet doch noch auftauchen sollte, man ihm leichter Rechenschaft geben konnte, sofern der Besitz nur vorübergehend unter Qiuyuns Namen gestellt war.

Auch Qiuyun selbst konnte ihn nicht mehr von seinem Entschluss abbringen, sodass sich am Ende die ältere Schwester mit dem Vater überwarf.

»Wenn es was zu arbeiten gibt, denkst du an mich«, schimpfte sie, »aber wenn es die Früchte zu verteilen gilt, nur an deine kleine Tochter – du bist so ungerecht, Papa!«

Als Qiuyun an diesem Tag nach Hause kam, rammte ihr achtzigjähriger Vater seinen Stock auf den Boden und zeigte wütend auf seinen ergrauten Schädel.

»Wie raffgierig deine Schwester geworden ist! Wieso geht es ihr nicht in den Kopf, dass wir den Besitz der Yans nicht einfach unter uns aufteilen können? Wer auf fremden Reichtum schielt, mit dem nimmt es kein gutes Ende!«

»Gegen den Starrsinn deines verkalkten Vaters kommt man einfach nicht an«, kommentierte Qiuyuns Mutter ihr gegenüber mit einem gequälten Lächeln. »Er sorgt sich nur noch, die Leute könnten denken, wir hätten den Besitz der Yans an uns gerissen.«

Auch wenn Qiuyun nachempfinden konnte, was ihre Schwester kränkte, wagte sie nicht rundheraus zu erklären, sie wolle ihr einen Teil abtreten, denn sie hatte immer noch Zweifel, ob Yan Zhe nicht vielleicht doch noch am Leben war. Nach der Kulturrevolution war einmal ein Brief aus dem Ausland gekommen, die Adresse auf dem Umschlag war sowohl in Englisch als auch in ungelenken chinesischen Schriftzeichen. Eine Cousine von Yan Fuzhi hatte sich darin nach der Familie erkundigt. Qiuyuns Vater bat seine Tochter sogleich, den Brief zu beantworten und das Schicksal der Yans zu schildern. Auf sein Geheiß hin erläuterte sie auch, dass die Yans ein Anwesen hinterlassen hätten und die

Angehörigen selbst kommen und entscheiden sollten, wie weiter damit zu verfahren sei.

Doch darauf erhielten sie nie eine Antwort. Anscheinend war der Cousine das alte Anwesen gleichgültig, und da ihre Verwandten in China offenbar keine lebenden Nachkommen mehr hatten, verlor sie das Interesse an ihnen und stellte den Kontakt ein.

Qiuyuns Schwester kehrte kaum mehr in ihr Elternhaus zurück, zu sehr hatte sie sich vom Vater, aber auch der jüngeren Schwester entfremdet. Mit Wehmut dachte die Jüngere daran zurück, wie sich ihre Schwester einmal einem gewaltigen Unwetter zum Trotz zu ihr auf die Farm durchgekämpft hatte oder wie sie ihr mehr als ein Mal eine Schüssel randvoll mit frischem Rührei vorgesetzt hatte. Noch Jahrzehnte später glaubte Qiuyun beim Gedanken daran den Geschmack auf der Zunge zu schmecken. Und diese tiefe schwesterliche Verbundenheit sollte nun mit einem Mal erloschen sein?!

Das Rührei der Schwester hatte einen derart tiefen Eindruck bei Qiuyun hinterlassen, dass es ihr lange Jahre wie der Inbegriff von Wohlgeschmack erschien. Wenn ihr Sohn ihren kleinen Enkel mitbrachte, vergaß sie nie, ihm Rührei zu braten. Als dann der Lebensstandard stieg, verschmähte die ganze Familie ihre Eier – wenn man zu viel davon gegessen habe, schmecke der Mund nach Hühnermist. Qiuyun war zuerst empört über so viel Undank, doch je öfter sie ihre frühere Leibspeise aß, desto mehr musste sie zugeben, dass sie ein bisschen recht hatten.

Umso wehmütiger war die Erinnerung an das Geschmackserlebnis von einst, verbunden mit einer unauslöschlichen Dankbarkeit gegenüber ihrer Schwester. Wenn nicht bald doch noch ein Nachfahre der Familie Yan auftauchen sollte und deren Besitz damit wirklich an Qiuyun selbst fallen würde, so wollte sie die Hälfte auf jeden Fall an die Schwester abtreten. Nur um ihren Vater nicht zu erzürnen, behielt sie dieses Vorhaben noch für sich.

Zwei Zimmer des Anwesens hatte sie allein dafür reserviert, den alten Hausrat der Yans zu verwahren: von englischsprachigen Büchern, einigen Lehnstühlen und allerlei Flaschen und Behältnissen, wie sie in der Biochemie benutzt werden, bis hin zu manchen museumsreifen Gegenständen wie einem Waschknüppel aus Dattelholz und einem Blasebalg aus Tungölbaum für den Brennholzherd. In ruhigen Momenten suchte Qiuyun manchmal diese Räume auf, um inmitten all der staubbedeckten Relikte in die Vergangenheit einzutauchen. Wahrscheinlich, so sagte sie sich, würden diese Überbleibsel für immer herrenlos bleiben, denn die Aussicht, dass Yan Zhe noch einmal zurückkehren könnte, verflüchtigte sich immer mehr.

Am Vortag hatte ihr Mann sich einen Chery QQ gekauft, einen chinesischen Kleinstwagen mit Automatikgetriebe für neunundvierzigtausend Yuan. Er habe unbedingt dieses Modell gewollt, um die einheimische Autoindustrie zu unterstützen, scherzte Gao Ziyuan. In Wahrheit reichten ihre Ersparnisse nicht für mehr. Jedenfalls hatte sich die Frage gestellt, wohin sie beide am nächsten Tag ihre erste Spritztour unternehmen sollten. Qiuyun hatte zuerst den Gedanken gehabt, die alte Farm zu besuchen, auf der sie nicht mehr gewesen war, seit sie Anfang 1970, vor sechsunddreißig Jahren also, von dort fortgegangen war. Doch weil ihren Mann nichts mit diesem Ort verband und weil die Farm obendrein mit manchen schmerzlichen Erinnerungen belastet war, hatte sie die Idee zunächst wieder fallen lassen.

Dass ihr erster gemeinsamer Ausflug im neuen Auto sie beide dann doch dorthin führte, war das Verdienst von Cui Zhenshan.

Zhenshan hatte ursprünglich eine Stelle im Kreis Jiucheng zugeteilt bekommen. Später hatte er den Staatsdienst quittiert und sich auf eigene Faust in Beiyin durchgeschlagen, wo er eine Maschinenfabrik gegründet hatte und als erfolgreicher Unternehmer zu einer lokalen Berühmtheit avanciert war. Qiuyun mied ihn genau wie alle anderen alten Weggefährten von damals. Obwohl sie einst als »Ameisenkönigin« unter den Jugendlichen in höchstem Ansehen gestanden hatte, obwohl sie die Hirtin gewesen war, der ihre Schäfchen blind gefolgt waren, so hatte sie diese Stellung doch weniger ihrer persönlichen Überzeugungskraft als der Macht der Ameisenessenz zu verdanken gehabt. Als sich die Wirkung der Essenz allmählich verflüchtigte, machte sich in den Jugendlichen, die in ihrem schlafwandlerischen Dämmerzustand noch ehrfürchtig zu ihr aufgeblickt hatten, eine schwer in Worte zu fassende Ernüchterung breit, die sich vielleicht nicht als Feindseligkeit, wohl aber als Missmut beschreiben lässt. Dieses Gefühl war unterschwellig, aber darum nicht weniger real. Qiuyun spürte die Reaktion, die sie bei den alten Weggenossen auslöste, und suchte deshalb ähnlich wie der Blinde Huang keinen näheren Kontakt mit ihnen.

Bei Zhenshan kam noch ein zweiter Grund hinzu: Zu Beginn seiner Karriere war er in der Wahl seiner Mittel nicht gerade zimperlich gewesen. Als sein Unternehmen vor zehn Jahren sein erstes Produkt auf den Markt gebracht hatte, waren auf dem Firmenkonto noch ganze vier Mao übrig geblieben. Wenn sich das Produkt nicht verkauft hätte, wäre die Firma pleitegegangen. Doch der erhoffte Hauptabnehmer versuchte, immer bessere Konditionen für sich herauszuschlagen. In dieser Situation schob Zhenshan alle Skrupel beiseite, suchte mit seiner Nichte den Mann auf und verschaffte sich im Tausch gegen ihre Jungfräulichkeit seinen ersten Geschäftsabschluss.

Von da an ging es mit seiner Firma steil bergauf. Nachdem sie sich auf dem Markt etabliert hatte, scheute Zhenshan vor keinem Mittel zurück, um seine Kompagnons loszuwerden – zum Beispiel indem er sie bei der Polizei anonym für Prostituiertenbesuche anschwärzte –, bis er schließlich die alleinige Macht an sich gerissen hatte.

Er und ich, wir haben nichts gemeinsam, war Qiuyuns erster Gedanke gewesen, als ihr diese Gerüchte zu Ohren gekommen waren. Dennoch empfand sie keine moralische Überlegenheit, sie wusste, wie schwer es war, das Richtige zu tun in einer Gesellschaft, die »gute Menschen« inzwischen als Nichtsnutze sah. Wie schnell sich die Zeiten geändert hatten! In ihrer Jugend, als sie am Ufer des Bai-Flusses voller Begeisterung an der »Großen Stahlschmelzkampagne« teilgenommen hatte, als sie danach in der Kulturrevolution voll glühender Inbrunst ihr Land mit ihrem Leben verteidigt hätte oder auf der Farm der Verwirklichung einer wahrhaft altruistischen Gemeinschaft entgegengefiebert hatte – nie hätte sie sich träumen lassen, dass die Menschen einmal derart vom Geld besessen sein könnten. Der Materialismus um sie herum war so allgegenwärtig, dass auch sie selbst sich kaum davon frei machen konnte.

Im Gegensatz zu der in der chinesischen Gesellschaft herrschenden Moral, die sich in nicht einmal einem halben Jahrhundert derart dramatisch gewandelt hatte, wahrten die Ameisenstaaten seit über achtzig Millionen Jahren ihre Stabilität einschließlich ihrer ehernen altruistischen Grundsätze. Wenn Qiuyun sich diesen Gegensatz vergegenwärtigte, erschien ihr der Altruismus der Ameisen bewundernswerter denn je. Als sie sich von Yan Zhe getrennt hatte, hatte sie eine tiefe Verachtung für ihn empfunden, doch nun, nach sechsunddreißig Jahren, hatte sie etwas Distanz zu ihren damaligen Gefühlen und verurteilte ihn nicht mehr so kategorisch. Zwar wollte sie durchaus nicht alles entschuldigen, was er getan hatte; mit manchem wäre sie noch immer nicht einverstanden gewesen. Doch sie hatte gelernt, sich nicht mehr zur Richterin über Himmel und Erde zu erheben. Yan Zhe war ein außerordentlicher Mensch gewesen, der außerordentliche Dinge getan hatte – vielleicht durfte man ihn einfach nicht mit den Maßstäben einer gewöhnlichen Frau messen.

Mit Zhenshan hatte sie in all diesen Jahren nie Kontakt aufgenommen, und auch er war nie mit ihr in Verbindung getreten, obwohl sie ihm damals das Leben gerettet hatte. Gestern jedoch hatte er sie auf einmal angerufen und sie sehr herzlich mitsamt ihrem Mann zu einem Essen im »Jadepavillon« eingeladen, einem Nobelrestaurant am Ufer des Bai-Flusses. Sie hatte gerätselt, welchen Zweck er damit verfolgte – denn dass er sie ohne besonderen Grund einladen könnte, schien ihr ausgeschlossen. Trotzdem hatte sie nicht gezögert, die Einladung anzunehmen – zumal sie nun die Gelegenheit gekommen sah, endlich eine Frage an ihn loszuwerden, die sie sechsunddreißig Jahre mit sich herumgetragen hatte. Dabei handelte es sich um eine durchaus heikle Frage, doch angesichts der vielen Zeit, die seitdem verstrichen war, hoffte sie trotzdem auf eine ehrliche Antwort.

Zhenshan hatte ein großes Separee für sie reserviert. Über ihren Köpfen blitzte ein prunkvoller Kristalllüster, auf dem Tisch lagen Gedecke aus massivem Silber, und an den Fenstern standen stilvolle kleine Bambustische und -stühle, von denen man auf das Lichtermeer am Fluss hinabblicken konnte. Der runde Tisch in der Mitte war groß genug für ein Dutzend Gäste, doch den Gastgeber mitgezählt waren sie nur zu dritt.

»Was für eine Verschwendung!«, kommentierte Gao Ziyuan schmunzelnd. »Herr Cui, warum haben Sie denn nicht noch ein paar alte Kameraden mehr von der Farm eingeladen? Dann würde es hier auch gleich viel lebhafter zugehen.«

»Heute soll aber nur Qiuyun mein Ehrengast sein«, erwiderte Zhenshan lächelnd. »Sie haben bestimmt keinen Schimmer, dass Ihre Frau damals unsere Königin war. Ein Wort von ihr, und wir wären in den Tod gegangen, ohne mit der Wimper zu zucken.«

Gao Ziyuan blickte seine Frau mit großen Augen an, denn ihr alter Weggefährte schien es völlig ernst zu meinen. Zwar hatte sie ihm einiges von der Farm erzählt, doch bewusst oder unbewusst hatte sie die dramatischen Geschehnisse heruntergespielt, und da er nicht selbst dabei gewesen war, hatte er nur eine sehr vage Vorstellung gewonnen. Entsprechend wäre er nie auf die Idee gekommen, dass ausgerechnet seine Frau, die stets so bescheiden und zurückhaltend auftrat, dort einmal das Zepter geschwungen hatte.

»Glaub ihm kein Wort, Ziyuan!«, wehrte sie lachend ab. »Er macht nur gern große Worte, damit verdient er sein Geld.«

»Große Worte? Ich habe ja gerade erst angefangen. Immerhin hast du mir damals das Leben gerettet! Hättest du mich nicht wiederbelebt, wäre ich jetzt seit sechsunddreißig Jahren so mausetot wie die sieben anderen. Wenn ich da nicht in deiner Schuld stehe! In früheren Zeiten hätte ich dir zum Dank eine Gedenktafel errichten sollen.«

»Ach, lass doch die alten Geschichten!«, winkte sie ab.

Zhenshan hatte nicht mehr viel mit dem ewig hungrigen Vielfraß von einst gemeinsam. Mit seinem dicken Bauch, seinem modischen Kurzhaarschnitt und seiner goldenen Halskette, die dick wie ein Hundehalsband war, wirkte er wie ein typischer Neureicher. Um seine Bestellung aufzugeben, ließ er den Restaurantmanager kommen, den er offensichtlich persönlich kannte.

»Stell uns mal was für 888 Yuan zusammen, Getränke extra. Feine, leichte Kost, hauptsächlich vegetarisch. Kannst du das selber übernehmen? Ich habe noch was mit meinen Gästen zu besprechen.«

Nachdem sich der Manager lächelnd mit seinen Kellnerinnen zurückgezogen und die Tür hinter sich geschlossen hatte, spöttelte Qiuyun:

»Feine, leichte Kost, hauptsächlich vegetarisch? Ich erinnere mich noch an deinen Lieblingsspruch von damals: ›Ein handtellergroßes, fettes Stück Fleisch genüsslich an seinen Stäbchen schwenken und dann, schwups, hinunterschlingen – das ist wahres Glück!‹«

»Du hast wirklich ein gutes Gedächtnis«, antwortete Zhenshan schmunzelnd. »Ja, wenn ich daran zurückdenke, wie ich damals reinhauen konnte, werde ich ganz nostalgisch. Heute habe ich zwar genug Geld, aber nichts schmeckt mir mehr so wie früher.«

Bald wurden Alkohol und kalte Vorspeisen aufgetischt. Das Gespräch plätscherte vor sich hin, doch Qiuyun spürte, dass Zhenshan etwas auf dem Herzen hatte – etwas, das gewiss mit Yan Zhe und der Farm zusammenhing. Ohne länger abzuwarten, kam sie ihm kurzerhand zuvor:

»Zhenshan, es gibt da eine Frage, die mich seit sechsunddreißig Jahren nicht mehr loslässt. Ich würde die Gelegenheit gern nutzen und dir diese Frage stellen. Aber mach dir keine Gedanken, vorbei ist vorbei! Ich will nur die Wahrheit wissen, mehr nicht.«

»Frag ruhig. Ich habe nachher auch noch eine Frage an dich.«

»Dann rede ich nicht länger drum herum. Also: Damals, als Yan Zhe sich auf den Hügel zurückgezogen hatte, um die Ameisenessenz herzustellen, und allen verboten hatte, den Hügel zu betreten, da habt ihr euch doch heimlich dort hingeschlichen – du, Zhuang Xuexu und drei andere. Wolltet ihr ihm etwas antun? Wolltet ihr ihn umbringen?«

»Yan Zhe umbringen?«, fragte Zhenshan entgeistert. »Wie kommst du denn darauf?« Er blickte ihr in die Augen und bekräftigte: »Nein, wirklich nicht, ich sage dir die Wahrheit. Selbst wenn wir damals einen Mord geplant hätten, würde mich die Polizei deswegen wohl heute kaum noch ins Gefängnis bringen – ich habe also keinen Grund, vor dir etwas zu leugnen.«

Verdutzt starrte sie ihn an. Diese Geschichte hatte das anschließende Gemetzel überhaupt erst heraufbeschworen. Wenn Zhenshan und seine Kameraden in Wahrheit nie ein Mordkomplott ausgeheckt hatten, musste sie ihr vermeintlich so fest gegründetes Urteil über die Ereignisse von damals noch einmal revidieren.

»Ich glaube dir. Aber warum habt ihr euch denn dann auf den

Hügel geschlichen, obwohl es Yan Zhe verboten hatte? Der Genosse Wei meinte, ihr seid insgesamt vier Mal da gewesen, und beim letzten Mal habt ihr die Verbotslinie überquert und seid direkt auf Yan Zhes Hütte zugesteuert, das habe ich mit eigenen Augen gesehen.«

»Ganz einfach«, erwiderte Zhenshan kopfschüttelnd. »Du weißt doch, dass wir die …« – er warf einen Seitenblick auf Gao Ziyuan – »na, du weißt schon, was eingeatmet haben. Eigentlich sind wir die ganze Zeit nur wie Schlafwandler herumgetappt. Aber wenn mich meine Erinnerung nicht täuscht, dann war das damals so: Als das … das Zeug bei uns nicht mehr gewirkt hat, fühlte sich das an wie kalter Entzug für einen Junkie. Es war, als würden uns Zigtausende Ameisen am ganzen Körper beißen, wir hatten höllische Schmerzen. Uns war klar, was Yan Zhe dort auf dem Hügel trieb, wir konnten den Geruch schon von Weitem riechen. Und wir wussten genau: Sobald wir dieses Zeug wieder einatmen, ist alles gut. Die Arbeit wäre für uns wieder eine Freude, egal wie anstrengend, sie würde noch mehr Spaß machen als ein guter Fick … Entschuldigung, das ist mir rausgerutscht.

Jedenfalls konnten wir der Versuchung nicht widerstehen und sind am Abend dort hingelaufen, aber gleichzeitig haben wir uns nicht getraut, Yan Zhes Verbot zu missachten, also haben wir dort nur herumgelungert und sind dann widerwillig wieder abgezogen. Zhuang Xuexu war unser Anführer, weil er noch versessener auf die Essenz war als wir anderen. ›Ich muss dieses Zeug schnell wieder einatmen, damit ich genauso ein guter Mensch wie Qiuyun bin‹, jammerte er ständig. ›Ich will nicht wieder so wie früher werden …‹«

Qiuyun war tief bewegt. Dieser Gedanke war ihr nie in den Sinn gekommen: Ausgerechnet die fünf »Schurken« waren derart begierig nach der Essenz, derart begierig nach dem Dasein eines geläuterten Menschen gewesen wie ein Drogenabhängiger nach seinem Kokain. Welche Ironie des Schicksals!

Besonders schwer fiel es ihr zu glauben, was Xuexu angeblich gesagt hatte. Doch welchen Grund sollte Zhenshan haben, einen Toten schönzureden? Was für ein Unrecht sie Xuexu getan hatte, indem sie ihn als böse abgestempelt hatte! Dabei hatte er sich so sehr nach dem Guten gesehnt! Als sie sich dann wieder erinnerte, dass auch der Genosse Wei ihr von der süchtig machenden Wirkung der Essenz berichtet hatte, zweifelte sie nicht länger an Zhenshans Darstellung.

»Ach so ... So ... war das also«, antwortete sie gedehnt, von einer Woge der Traurigkeit erfasst. »Aber als ihr das letzte Mal zum Hügel gegangen seid, habt ihr doch das Verbot übertreten und seid direkt zur Hütte marschiert!«

»O nein, wir haben das Verbot nicht übertreten, das hätten wir uns bei einem Befehl von Yan Zhe oder dir nie getraut. Du hast vergessen, dass das Verbot nur für sieben Tage galt. Wir haben uns erst am achten Tag zur Hütte vorgewagt, wir haben extra gewartet, bis Mitternacht vorbei war.« Er lachte und fuhr fort:

»Wir waren so scharf auf die Essenz, dass wir freudig losgestürmt sind, sobald die sieben Tage um waren. Eigentlich wollten wir Yan Zhe nur darum bitten, uns möglichst schnell damit zu besprühen. Wir hatten ja keine Ahnung, was für einen Ärger wir damit auslösen würden!«

Qiuyun war fassungslos. Auf diesen Gedanken war sie nie gekommen, und wenn Zhenshan ihr nicht soeben die Augen geöffnet hätte, wäre sie auch niemals darauf gekommen. Sie selbst, Yan Zhe, der Genosse Wei, sie alle hatten den vermeintlichen Schurken gänzlich unrecht getan und damit die nachfolgende Tragödie erst ins Rollen gebracht. In diesem Moment konnte sie keinen klaren Gedanken mehr fassen, zu sehr quälte sie eine unaussprechliche Reue. Wie gern hätte sie die Zeit um sechsunddreißig Jahre zurückgedreht und die Schuld von damals wiedergutgemacht!

»Aber ... warum habt ihr fünf denn dann den Genossen Wei zu Boden geworfen?«

Zhenshan verzog den Mund zu einem Grinsen. »Es war zappenduster, und da hat sich auf einmal irgendein Kerl auf uns gestürzt – da mussten wir uns doch wehren! Als wir dann gemerkt haben, wer es war, und obendrein auch noch gehört haben, wie er euch gerufen hat, haben wir ihn losgelassen.«

Qiuyun versuchte, sich zu erinnern, und auch wenn ihr die Einzelheiten nach so langer Zeit nicht mehr einfallen wollten, musste sie zugeben, dass seine Darstellung glaubhaft klang.

»Aber wieso haben auf der ganzen Farm nur wir solche Entzugserscheinungen gehabt?«, fragte nun Zhenshan seinerseits. »Das ist mir schleierhaft. Oder hat Yan Zhe uns das absichtlich angetan? Aber das kann ich mir eigentlich nicht vorstellen.«

»Nein, natürlich nicht, darauf gebe ich dir mein Wort. Beim Versprühen der Essenz hat er alle gleich behandelt. Aber vielleicht ...«

Sie zögerte, den wahren Grund auszusprechen – nämlich dass der fragwürdige Charakter der fünf im Widerstreit mit der Essenz gestanden hatte, sodass deren Wirkung relativ früh verflogen war. Doch Zhenshan war auch ohne ihre Erklärung gewitzt genug, um sich auf ihre Miene einen Reim zu machen.

»Verstehe«, antwortete er grinsend. »Dann waren wir fünf einfach von Natur aus zu große Bösewichte, als dass die Essenz lange dagegen angekommen wäre. Kein Problem, Qiuyun, nur raus damit! Ich weiß doch selbst, was für ein übler Kerl ich bin.«

»Aber nein, nicht doch!«, beschwichtigte Qiuyun ihn, sie konnte eine derart scharfe Selbstbezichtigung nicht stehen lassen. »Der Genosse Wei hatte schließlich ganz ähnliche Entzugserscheinungen. Zhenshan, was du gerade gesagt hast, gilt auch für dich: Wenn du etwas auf dem Herzen hast, nur raus damit! Mein Mann kann ruhig alles mithören, ich habe ihm schon von Yan Zhe erzählt.«

Gao Ziyuan, der die ganze Zeit über aufmerksam zugehört hatte, kannte zwar die ungefähre Geschichte der Farm, doch mit den Details war er nicht vertraut, weshalb er nur mit Mühe ihrer Unterhaltung folgen konnte.

»Oder soll ich euch lieber allein lassen?«, warf er schmunzelnd ein.

Qiuyun warf ihm nur einen entnervten Blick zu und ermunterte Zhenshan:

»Hör nicht auf ihn, er macht bloß Spaß. Also, nur zu.«

»Okay. Qiuyun, hat Yan Zhe dich in letzter Zeit kontaktiert?«

»Was? Natürlich nicht. Hast du von ihm gehört? Ist er wirklich noch am Leben?«

Zhenshan musterte sie mit einem durchdringenden Blick, und als er sich sicher war, dass er ihr glaubte, antwortete er:

»Ich habe auch nichts von ihm gehört, aber als ich gestern in der Gegend auf Kundenbesuch war, habe ich die Gelegenheit genutzt und einen kleinen Abstecher zum Farmgelände gemacht, und da haben mir die Bauern von einem wundersamen Vorfall erzählt: einem Pilgerzug der Ameisen. Danach habe ich mich mit eigenen Augen davon überzeugt.«

Diese Nachricht verschlug Qiuyun die Sprache. Sie starrte ihn nur fassungslos an, ohne ein Wort zu sagen. Erst als ihr Mann sie mit dem Ellbogen anstieß, kehrte sie endlich wieder in das Hier und Jetzt zurück. Dreimal war ihr in ihrem Leben das eindrucksvolle Phänomen einer solchen Pilgerschaft der Ameisen begegnet: die ersten beiden Male nur in den Erzählungen ihrer Eltern (wobei beim allerersten Mal Yan Fuzhi noch am Leben gewesen war), das dritte Mal hatte sie es selbst erlebt. Und stets hatte hinter diesem Schauspiel einer der Yans und die Essenz gestanden, sodass sie nie auf die Idee gekommen wäre, es nun dem Wirken irgendwelcher übernatürlichen Mächte zuzuschreiben. Dann war Yan Zhe also wirklich noch am Leben? Und gab so ein Lebenszeichen?

»Qiuyun, ich hatte immer das Gefühl, dass Yan Zhe noch nicht tot ist«, bemerkte Zhenshan, der sie ruhig beobachtet hatte. »Er hat sich einfach zu hochfliegende Ziele gesteckt, um so schnell von der Bühne abzutreten. Du kennst doch bestimmt die Geschichte von Li Jing und Hongfu, der ›Dame mit den roten Ärmeln‹?«

»Natürlich, ich war schließlich Chinesischlehrerin«, erwiderte Qiuyun, ohne zu begreifen, worauf er hinauswollte. »Diese Geschichte ist in einer Novelle der Tang-Zeit überliefert.«

»Darin kommt auch ein geheimnisvoller Kerl namens Drachenbart vor. Eigentlich hat er das Zeug, die untergehende Sui-Dynastie zu beerben und eine neue Dynastie zu begründen, aber nachdem er den jungen Li Shimin gesehen hat, den späteren Kaiser der Tang-Dynastie, sagt er resigniert: ›Das Reich gehört ihm! Ich muss mir fern von hier einen neuen Flecken zum Regieren suchen.‹ Bevor er fortgeht, sagt er noch zu Hongfu und Li Jing: ›Wenn sich in zehn Jahren in einem kleinen Land im Südosten Großes tut, dann bin ich es, der dort den Thron bestiegen hat. Dann könnt ihr mir mit einem Weinopfer gratulieren.‹ Und so ist es dann auch gekommen.«

Zhenshan lachte. »Mir ist schon klar, dass das alles nur ein Märchen ist und die Geschichte in Wahrheit ganz anders verlaufen ist. Aber trotzdem werde ich das Gefühl nicht los, dass Yan Zhe ein Typ wie dieser Drachenbart ist. Bestimmt hat er sich auch irgendwo verkrochen, vielleicht sogar im Ausland, und braut da an seiner Essenz herum, um seinen großen Traum doch noch wahr zu machen. Und wer weiß, vielleicht hören wir irgendwann noch spektakuläre Dinge von ihm.«

»Er wird keinen Erfolg haben«, antwortete Qiuyun entschieden. »Unsere menschliche Natur ist, wie sie ist, und er kann Gott nicht übertrumpfen – das ist der Schluss, zu dem ich nach sechsunddreißig Jahren Grübeln gekommen bin.«

»Ich hoffe trotzdem, dass er es schafft. Vielleicht würde ich mich seiner Gemeinschaft sogar anschließen. Die Geschäftswelt ist ein Haifischbecken, in dem einer den anderen übers Ohr haut und es immer nur ums Geld geht. Nach all den Jahren, die ich dort mitgemischt habe, habe ich dieses schmutzige Spiel gründlich durchschaut, und ich habe es satt. Manchmal denke ich dann zurück, wie freudig ich auf der Farm geschuftet und den anderen geholfen habe, und dann sage ich mir: Dieses dumpfe, schlafwandlerhafte Glück war gar nicht so übel.«

Natürlich nahm Qiuyun seine Worte nicht ganz ernst, und dennoch fand sie es bemerkenswert, dass ein Selfmademillionär wie er überhaupt solche Gedanken äußerte.

»Zu so viel Edelmut ist nur ein reicher Mann imstande!«, spöttelte sie. »Arme Schlucker wie unsereins dagegen sorgen sich nur darum, dass ihre Rente auch pünktlich auf ihrem Konto eingeht. Ich fürchte bloß, du würdest deinen Worten keine Taten folgen lassen – oder brächtest du es wirklich übers Herz, all die Millionen, die du gescheffelt hast, und deine neun Konkubinen zurückzulassen?«

Tatsächlich brüstete sich Zhenshan gern mit den neun Geliebten, die sich von ihm aushalten ließen, wobei er ehrlich genug war, gegenüber seinen Freunden einzuschränken, eigentlich seien es nur achteinhalb, denn die hübscheste und teuerste von allen teile er sich mit einem anderen Mann. Er nahm Qiuyun ihren Spott nicht übel, sondern lachte herzhaft – offensichtlich nahm er sein Bekenntnis selber nicht ganz so ernst.

»Jedenfalls habe ich jetzt Lust, mich auch einmal auf dem alten Farmgelände umzusehen«, fuhr sie ernsthaft fort. »Oder meinst du, der Pilgerzug der Ameisen ist schon vorbei? Schaffe ich es noch rechtzeitig dorthin?«

»Wahrscheinlich schon. Wenn ihr wollt, kann ich euch morgen einen Fahrer vorbeischicken, der euch im Auto hinbringt.«

»Nicht nötig«, antwortete Qiuyun schmunzelnd. »Wir haben

uns gerade einen QQ gekauft, und seit gestern hat er auch ein Nummernschild. Mit deiner Nobelkarosse kann er natürlich nicht mithalten, aber die fünfzig Kilometer schafft er schon noch, und Ziyuan juckt es in den Fingern, ihn endlich zu fahren.«

Nachdem sie noch eine Weile miteinander geplaudert hatten, schärfte Zhenshan Qiuyun zum Abschied ein:

»Wenn du irgendetwas Handfestes von Yan Zhe hörst, musst du mir unbedingt gleich Bescheid sagen, versprochen?«

Der Nachdruck, mit dem er das sagte, irritierte Qiuyun: Schließlich hatte er Yan Zhe nie sehr nahegestanden, warum also sollte er sich ihm jetzt, da die Wirkung der Ameisenessenz längst verflogen war, besonders verbunden fühlen? Und dass er sich wirklich Yan Zhes altruistischer Gemeinschaft, wenn es sie denn geben sollte, würde anschließen wollen, erschien ihr noch abwegiger. Woher also rührte dieses glühende Interesse an Yan Zhe?

»Der Ehrgeiz unseres Herrn Generaldirektors kennt aber auch keine Grenzen«, witzelte ihr Mann auf dem Heimweg.

»Ehrgeiz? Welcher Ehrgeiz?«

»Genau kann ich es dir auch nicht sagen, aber irgendwas führt er bestimmt im Schilde. Vielleicht will er die Rezeptur von Yan Zhes Ameisenessenz an sich bringen und seine Angestellten damit besprühen, damit sie sich freudig für ihn zu Tode schuften. Oder er will sich eine goldene Nase verdienen, indem er die Essenz an andere Chefs verkauft. Dieses Wundermittel ist ja bestimmt noch viel mehr wert als Viagra. Haha, ich mache doch nur Spaß!«

Qiuyun schien es durchaus denkbar, dass ihr Mann mit seinem Scherz ins Schwarze getroffen hatte. Doch womöglich sehnte sich Zhenshan auch tatsächlich nach der Wirkung der Essenz zurück und hoffte, sich Yan Zhes Gemeinschaft anschließen zu können? Wenn sie sich vergegenwärtigte, wie sehr jene fünf »Schurken« damals darauf gebrannt hatten, die Essenz wieder einzuatmen, erschien ihr diese Vorstellung gar nicht mehr so abwegig.

18.

DAS AUSGESCHLAGENE
GESCHENK

Am nächsten Tag mussten sie vorzeitig aus ihrem QQ aussteigen, denn sein Fahrgestell lag zu tief für den Holperpfad vor ihnen – die Schotterstraße, die früher einmal zur Farm geführt hatte, gab es nicht mehr, und eine neue Straße war nie gebaut worden. Also mussten sie ihr Auto am Ende der Landstraße abstellen und die letzten Kilometer zu Fuß zurücklegen. Da sich Qiuyun nach sechsunddreißig Jahren nicht mehr an die genaue Lage der Farm erinnerte, fragte sie einige Bauern. Ein Mann Anfang vierzig erbot sich eifrig, sie persönlich dort hinzuführen. Qiuyun wollte sein Angebot gerade freudig annehmen, da kam ihr Mann ihr zuvor und lehnte höflich ab.

Gao Ziyuan wollte lieber Distanz zu den Einheimischen wahren, denn ihm klang noch Cui Zhenshans Bericht vom Vorabend im Ohr: Nachdem Zhenshan mit seinem Oberklasse-Audi, der bei den Leuten sicher ziemlich Eindruck geschunden hatte, das ehemalige Farmgelände aufgesucht hatte, waren prompt zwei ihm völlig fremde Dörfler aus der näheren Umgebung bei ihm aufgekreuzt, um ihn zu fragen, ob er ihnen nicht mit ein bisschen Geld bei ihren Geschäften unter die Arme greifen könne. Natürlich hatte er sein Geld nicht derart leichtfertig zum Fenster hinausgeworfen, er hatte seinem Pförtner nur aufgetragen, die beiden mit einem einfachen Imbiss abzuspeisen. Solche ungebetenen Besuche wollte Ziyuan vermeiden. Schließlich war auch er in einem Auto gekommen, und er befürchtete, die Dorfbewohner würden alle Autobesitzer für reiche Säcke halten, egal ob sie nun einen protzigen Audi oder einen mickrigen QQ fuhren.

Natürlich würde er, wenn tatsächlich einmal ein Bittsteller an seine Tür klopfen sollte, genauso wenig wie Zhenshan den großen Wohltäter spielen. Mit ihren bescheidenen Renten und Ersparnissen hatten seine Frau und er gerade genug Geld, um ihre Lebenskosten und ihre medizinische Versorgung zu decken. Falls sie darüber hinaus noch ein paar Yuan übrig haben sollten, wollten sie sie in ein kleines Geschäft stecken. Doch unabhängig davon wäre es in jedem Fall unangenehm gewesen, jemandem eine Bitte abzuschlagen.

Er warf seiner Frau einen bedeutungsvollen Blick zu, und sie begriff seine Befürchtung und bedankte sich nun auch bei dem Mann, obwohl sie danach mit sich haderte.

»Vielleicht sind wir einfach zu kleinherzig, und der Mann wollte uns wirklich nur helfen.«

Von den Bauern, die damals auf der Farm gearbeitet und sich danach in alle Winde zerstreut hatten, waren die meisten schon tot. Vor einigen Jahren hatte sie einmal versucht, etwas über Lao Xiao, Lao Huo und vor allem Gao Xiangfu – ihrem »Onkel Gao« – herauszufinden, doch weil die Farm nicht mehr existierte, war sie an keine brauchbare Information herangekommen. Sie schämte sich, dass sie Onkel Gaos Heimatort vergessen hatte, obwohl sie beide damals ein so inniges Verhältnis gehabt hatten. Sie wusste einfach nicht, wo sie bei der Suche nach ihm und den anderen ansetzen sollte.

Nur bei dem Genossen Hu, der in seiner späteren Karriere bis zum Kreisvorsteher von Jiucheng aufgestiegen war, war sie schnell fündig geworden und hatte ihn im letzten Jahr anlässlich des

Frühlingsfestes angerufen. Anfangs hatte sie ihn noch ein wenig rätseln lassen, wer sie denn sei, doch sein kühler Ton hatte sie irritiert – bis ihr plötzlich klar wurde, dass er, obwohl selbst schon pensioniert, als Vater des amtierenden Kreispolizeipräsidenten wahrscheinlich von vielen lästigen Bittstellern behelligt wurde.

»Ich bin Guo Qiuyun«, beeilte sie sich zu erklären, »ich war damals mit Yan Zhe auf der Farm für die gebildeten Jugendlichen. Jetzt erinnern Sie sich bestimmt wieder, oder? Ich habe mir die Mühe gemacht, Ihre Telefonnummer zu erfragen, nur weil ich einmal Hallo sagen wollte, sonst nichts.« Auch wenn es sie einige Überwindung kostete, fügte sie, um jedes Missverständnis zu vermeiden, lächelnd hinzu: »Ich will nichts von Ihnen oder Ihrem Sohn.«

Im ersten Moment verlegen, aber gleichzeitig mit viel mehr Wärme in der Stimme als zuvor, hatte er danach noch lange mit ihr geplaudert. Seine erste Frage galt Yan Zhe: Ob es irgendwelche Nachrichten über seinen Verbleib gebe?

»Es ist so ein Jammer!«, seufzte er auf ihre Antwort hin. »Dieser Bursche hätte Großes leisten können!«

Als sie hörte, wie er seine Prophezeiung von vor sechsunddreißig Jahren wiederholte, hatte sie plötzlich einen Kloß im Hals. Um ihre Traurigkeit vor ihm zu verbergen, brachte sie die Sprache rasch auf einige andere gemeinsame Bekannte. Leider hatte auch er keinen Kontakt mehr zu Gao Xiangfu und den anderen Bauern von damals. Er wusste nur, dass Lao Huo noch lebte – im letzten Jahr war der Buchhalter zusammen mit seiner Frau nach Kanada gezogen, um sich ausschließlich seinen Enkeln zu widmen.

Der alte Kader und Qiuyun verabredeten, in Zukunft häufiger miteinander zu telefonieren, doch weil Qiuyun zu diesem Zeitpunkt noch nicht pensioniert war und viel um die Ohren hatte, war es lange bei diesem einen Anruf geblieben. Als sie dann anlässlich des diesjährigen Frühlingsfestes seine Nummer wieder hervorgekramt und ihn endlich erneut angerufen hatte, erfuhr sie, dass er einen Monat zuvor verstorben war. Nicht einmal die Gelegenheit zu einem zweiten Gespräch hatte das Schicksal ihnen gegönnt!

Nicht ohne Mühe fand Qiuyun schließlich mithilfe der Einheimischen das alte Farmgelände. Nur drei Bauwerke hatten den Zahn der Zeit so weit überdauert, dass sie sie noch identifizieren konnte: das Lagerhaus mit dem angrenzenden Farmleiterhaus, der Brunnen und das Staubecken. Alles in allem war diese Reise auf den Spuren der Vergangenheit eine einzige herbe Enttäuschung, mehr noch: ein regelrechter Schlag für sie. Wie kümmerlich sah das Lagerhaus aus, das in ihrer Erinnerung so groß und stattlich gewesen war! Jämmerlich niedrig kauerte es dort, baufällig und mit leeren Tür- und Fensteröffnungen. Und dieses Häuschen hatte einmal siebzig Menschen Zuflucht vor einer Flut gewährt?

Noch schmerzlicher war der Anblick des Staubeckens – in Qiuyuns Erinnerung ein paradiesischer Sehnsuchtsort von fast schon überirdischer Reinheit und Schönheit, noch überhöht von ihrem ersten Kuss. Und jetzt? Ein stinkender Tümpel, auf dem ein paar Plastiktüten, Verpackungen und anderer Unrat vor sich hin dümpelten – es war einfach grauenhaft.

Qiuyun ertrug den Anblick nicht lange und marschierte kopfschüttelnd schnurstracks weiter zum Grabhügel. Tatsächlich hielt die Wallfahrt der Ameisen noch immer an. Doch so groß ihre Massen auch waren, vor sechsunddreißig Jahren waren sie ihr noch gewaltiger vorgekommen – oder war dieser Eindruck nur dem Übertreibungseffekt der Erinnerung geschuldet? Jedenfalls war das Schauspiel vor Qiuyuns Augen noch immer imposant genug: Das dichte Gewimmel auf und unter den Grashalmen schwärzte den ganzen Hang. Ein Unterschied jedoch zu damals fiel ihr auf: Während die Ameisen vor sechsunddreißig Jahren zu einem zentralen Punkt geströmt waren, wie die Fluten des Ozeans auf den »Nabel des Meeres«, um in dem gekrümmten Hals von

Yan Zhes Flasche zu verschwinden, schienen sie jetzt wirr durcheinanderzuwogen.

Erst bei genauerem Hinsehen begriff Qiuyun, dass sich die Ameisen in Wahrheit doch ähnlich zielstrebig wie damals bewegten: Sie steuerten direkt auf Yan Zhes leeres Grab zu, nur dass sie dort nicht in die Erde entschwanden, sondern nach einer hastigen Umrundung auf demselben Weg wieder zurückliefen, auf dem sie gekommen waren. Damit brachten sie die nachrückenden Scharen in Unordnung, wodurch es wie ein chaotisches Gewirr wirkte.

Qiuyuns Mann, der noch nie einen derartigen Ameisenauflauf erlebt hatte, war fasziniert und packte schnell seine Kompaktkamera aus, um das Spektakel festzuhalten.

»Ziyuan, schau mal hier!«, rief seine Frau ihm plötzlich zu, den Finger auf Yan Zhes Scheingrab gerichtet. »Jemand hat sich vor Kurzem an diesem Grab zu schaffen gemacht!«

Er folgte ihrem Finger, und tatsächlich: Wie die anderen sieben Gräber war auch dieses von Gras überwuchert, doch am Kopfende waren Spuren frisch aufgeworfener Erde zu erkennen. Offenbar hatte jemand den Boden aufgegraben und danach die Grassoden sorgfältig wieder zurückgelegt.

Qiuyun kniete sich hin und begann, mit den Händen hastig die Stelle freizuscharren. Ihr Mann hätte sie am liebsten davon abgehalten – die Ruhe eines Grabes, so schien ihm, sollte man nicht stören, selbst wenn das Grab leer war. Doch schon bald hatte seine Frau etwas entdeckt: Ohne dass sie allzu tief hätte graben müssen – vielleicht einen halben Meter –, stieß sie auf einen zylindrischen Gegenstand. Mit aschfahlem Gesicht, die Augen von einem fiebrigen Glanz erfüllt, präsentierte sie ihm ihren Fund: einen kleinen Zerstäuber aus rostfreiem Stahl.

Die englischsprachige Beschriftung war kaum noch leserlich, doch das stählerne Gehäuse blitzte, als wäre es eben erst hier vergraben worden. Mit einem kurzen Druck auf die Düse löste

Qiuyun einen weißen Sprühnebel aus, der angenehm säuerlich roch. Sie starrte ihren Mann an und stieß leise hervor:

»Das war Yan Zhe! Er lebt!«

Nach dem Treffen mit Cui Zhenshan am Vorabend hatte Ziyuan seine Frau ausgefragt, was denn damals auf der Farm eigentlich geschehen sei, sodass er nun eins und eins zusammenzählen konnte. Offenbar hatte jemand – vermutlich Yan Zhe selbst – den Zerstäuber mit der Ameisenessenz hier vergraben, und von der Essenz war etwas ausgetreten, oder diese Person hatte absichtlich etwas versprüht, um die Ameisen der Umgebung herbeizulocken. Wie hatte Yan Zhe einmal gesagt? Solange die Quelle der Essenz stabil war, genügte schon eine kleine Menge, um eine selbstverstärkende Kettenreaktion auszulösen. Dann wurden immer größere Scharen von Ameisen davon angelockt und vereinten sich schließlich zu einem Pilgerzug, der Tage anhalten konnte.

»Das ist die Essenz, von der ich dir erzählt habe!«, stammelte Qiuyun. »Dieses Fläschchen gehört Yan Zhe! Er war das, er lebt! Und auf diese Weise hat er mir Bescheid gesagt!«

Die Aufregung seiner Frau bereitete Ziyuan Unbehagen. Er neigte nicht zu übertriebener Eifersucht – aber dieser Kerl, der sechsunddreißig Jahre verschwunden und nun plötzlich wiederauferstanden war, war immerhin die große Liebe seiner Frau gewesen. Und offensichtlich nahm dieser Yan Zhe noch immer einen festen Platz in ihrem Herzen ein – ganz anders, als sie immer behauptet hatte:

»Als ich gemerkt habe, wie besessen er von seinem Plan war, habe ich ihm ins Gesicht gespuckt, und danach war er für mich gestorben.«

»Nun beruhige dich erst mal«, versuchte er, sie jetzt zu beschwichtigen, nachdem er ihr aufgeholfen und ihr die Ameisen von der Kleidung gewischt hatte. »Lass uns nüchtern analysieren, was für mögliche Erklärungen es dafür gibt.«

Als ihre Erregung ein wenig abgeklungen war, begannen die beiden, ihren Fund zu erörtern. Zuerst allerdings suchten sie sich einen Platz weiter weg, einen kleinen Erdwall, auf den sie sich setzen konnten, ohne dass andauernd Ameisen an ihnen heraufkrabbelten. Doch so viel sie auch diskutierten, am Ergebnis änderte sich nichts: Wahrscheinlich lebte Yan Zhe noch. Denn erstens – daran hatte Qiuyun keinen Zweifel – war dies der Zerstäuber, den er damals benutzt hatte. Zweitens – auch darin war sie sich sicher – hatte er genau diesen Zerstäuber bei seiner Flucht mitgenommen. Sie erinnerte sich noch genau, wie er ihr die Hälfte des Inhalts hatte überlassen wollen und wie kühl sie sein Angebot ausgeschlagen hatte. Drittens war es zwar theoretisch denkbar, dass er den Zerstäuber nie von hier fortgebracht, sondern schon damals während der Flut hier vergraben hatte. Doch die Wahrscheinlichkeit war äußerst gering, denn nach sechsunddreißig Jahren in der Erde hätte das Behältnis kaum so blitzblank poliert ausgesehen, und die Ameisen hätten auch kaum so viele Jahre gewartet, um ihren Pilgerzug anzutreten. Auch die frisch aufgeworfene Erde sprach dagegen.

Kurz und gut: Am Ende glaubte auch Ziyuan, dass Yan Zhe noch lebte. Doch wo hatte er sich in all den Jahren herumgetrieben? Hatte er sich die ganze Zeit seiner Ameisenessenz und der Vision einer altruistischen Gemeinschaft verschrieben? Und war er dabei womöglich erfolgreich gewesen? Doch warum hatte man dann nie etwas von ihm gehört? Und welchen Zweck verfolgte er mit seinem jetzigen Manöver?

Noch eine andere Frage blieb offen. Qiuyun erinnerte sich klar und deutlich, dass sie, als sie damals Yan Zhe nach dem Gemetzel zur Flucht genötigt hatte, ihm in der Eile nicht erzählt hatte, wo genau sein Scheingrab lag. Vor dem Grab war auch kein Grabstein errichtet oder sonst irgendeine Markierung. Woher also hatte er gewusst, dass das östlichste Grab seins war? Hatte irgendetwas in ihm auf geheimnisvolle Weise auf dieses Grab angesprochen?

All dies blieb im Dunkeln.

Die Ameisen hatten unterdessen den Weg zu ihnen gefunden und strömten nun ihre Hosenbeine hinauf – der unwiderstehliche Duft des Zerstäubers zog sie an. Notgedrungen traten die Eheleute den Rückzug an, sie wischten sich die Scharen von Ameisen von den Hosen, gingen zurück zum Auto und fuhren in die Stadt.

Kaum waren sie wieder in Beiyin angekommen, deponierten sie den Zerstäuber in einer großen Glasflasche, die sie sorgsam mit Wachs versiegelten, um keine neuerliche Wallfahrt der Ameisen auszulösen und damit ein gefundenes Fressen für die Abendnachrichten zu liefern.

An den nächsten Tagen sorgte sich Ziyuan zunehmend um den Gemütszustand seiner Frau: Sie war offensichtlich bedrückt, sie konnte sich abgesehen vom Kochen und Putzen zu nichts mehr aufraffen und brütete nur stumm vor sich hin. Dabei blickte sie starr die große Flasche an oder manchmal auch ein Kästchen aus rohem Pappelholz, das sie sich auf den Schoß stellte. Ihr Mann, der in diesen Tagen darauf brannte, sich ans Steuer seines QQ zu setzen, versuchte, sie immer wieder zu kleinen Spritztouren zu animieren, doch sie fand stets irgendeinen Vorwand, um sich zu entschuldigen. Er wusste, was es mit dem Kästchen auf sich hatte und wie viele Erinnerungen und Träume für seine Frau damit verknüpft waren, und deshalb verstand er auch ihre Wehmut. Sie trug eine Last mit sich herum, von der sie sich nicht leicht befreien konnte, doch er wartete geduldig, dass sie es von sich aus ansprach.

Nach mehreren Tagen brach sie endlich ihr Schweigen.

»Ziyuan, ich habe eine Idee, aber bevor ich dir davon erzähle, musst du mir erst versprechen, dass du mich nicht daran hindern wirst und dass du mich nicht auslachst, in Ordnung?«

Die Verlegenheit, mit der sie ihre Bitte vorbrachte, alarmierte ihn.

»Und was ist das für eine Idee?«

»Ich möchte ... Du weißt doch, dass ich damals auf der Farm mit Yan Zhe eine Art soziales Feldexperiment durchgeführt habe. Einige Monate lang war er der Gott unserer kleinen Gemeinschaft und ich seine rechte Hand, und nach seiner Flucht bin ich sogar ein paar Tage als Göttin für ihn eingesprungen. Am Ende habe ich mich aber völlig desillusioniert von seinem Traum abgewandt, du musst also keine Angst haben, dass ich seiner Vision noch einmal auf den Leim gehe – ich habe sie schon vor sechsunddreißig Jahren durchschaut. Aber weil ich damals die Ameisenessenz kein einziges Mal selbst eingeatmet habe, habe ich keine Ahnung, wie sich das Glück eigentlich anfühlt, das sie auslöst. Vor ein paar Tagen erst hat mir dann Zhenshan die Augen geöffnet, wie versessen sie alle auf die Essenz waren. Und jetzt, wo wir die Essenz in Händen haben, da möchte ich ihre Wirkung gern einmal am eigenen Leib erfahren.«

Eines verschwieg sie ihm: Auch wenn sie damals tatsächlich den Glauben an Yan Zhes großen Traum verloren hatte, so hatte sie dank Zhenshan schließlich erkannt, dass die Schuld für das Scheitern nicht bei den »Ameisenmenschen« mit ihrer vermeintlich wiedererwachten Bösartigkeit gelegen hatte, sondern am Argwohn des Ameisenkönigs und seiner Stellvertreterin und an der unterschwelligen Faszination, die das Böse auf sie beide ausgeübt hatte. Wie anders wäre alles gekommen, hätten sie die Essenz auch selbst eingeatmet und sich damit zur moralischen Höhe ihrer »Untertanen« aufgeschwungen!

Voller Mitgefühl betrachtete Ziyuan seine Frau. Trotz all ihrer gegenteiligen Beteuerungen war das Ideal, dem sie sich vor sechsunddreißig Jahren verschrieben hatte, in Wahrheit in ihr noch immer lebendig; hartnäckig hatte es sich in den Tiefen ihres Unterbewusstseins verwurzelt und trieb nun, da sich die Gelegenheit bot, neue Blüten.

»Es ist nur ein kleines, völlig harmloses Experiment«, beeilte sich Qiuyun zu versichern, als sie sein Zögern bemerkte. »Ich habe damals ja selbst Dutzende von Leuten mit der Essenz besprüht: Sie haben sich ein bisschen wie Schlafwandler verhalten, mehr nicht. Ansonsten waren sie einfach nur ungeheuer glücklich. Wie Lai Ansheng gesagt hat: ›Es gibt kein größeres Glück, als zu arbeiten und anderen Menschen zu helfen.‹ Wirklich, die Essenz ist völlig ungefährlich, du musst dir überhaupt keine Sorgen machen.«

»Hast du nicht selbst gesagt, dass sie sieben Menschen das Leben gekostet hat? Ich ...«

»Das lag nur daran, dass wir zwei verschiedene Essenzen versprüht haben«, fiel seine Frau ihm ins Wort. »Jetzt haben wir nur eine einzige Flasche, es kann also überhaupt nichts schiefgehen.«

Ziyuan überlegte kurz, ehe er ruhig fragte:

»Wenn dein Experiment erfolgreich verläuft, ich meine: wenn diese Essenz immer noch die Wirkung von damals erzielt, was tust du dann?«

Qiuyun lachte auf. »Nichts, rein gar nichts. Ich habe keinerlei hochfliegende Ambitionen, eine neue Gesellschaft zu erschaffen. Und selbst wenn: Was könnte ein kümmerliches Fläschchen Ameisenessenz schon ausrichten in einer Gesellschaft wie der unseren, die vom Geld derart besessen ist? Wie gesagt, es ist nur ein kleines Experiment, um meine Melancholie zu vertreiben, also mach dir nicht so viele Gedanken.«

»Cui Zhenshan hat gesagt, dass sie die Essenz nur einmal eingeatmet haben, und schon waren sie süchtig«, wandte Ziyuan lächelnd ein.

»Du willst mir wohl Angst einjagen, was? Es ist keine Droge, und selbst wenn sie wirklich süchtig macht, ist noch keiner daran gestorben. Dutzende von Leuten haben sie damals eingeatmet, und niemand hatte danach irgendwelche Folgeschäden. Wie schön wäre es, wenn Cen Mingxia, Sun Xiaoxiao und Cui Zhenshan immer noch süchtig danach wären! Dann wäre die Welt ein besserer Ort. Ich mache nur Spaß.«

»Also gut, lass mich in Ruhe darüber nachdenken. In drei Tagen gebe ich dir meine Antwort.«

Drei Tage später bat Gao Ziyuan seine Frau ins Wohnzimmer, wo die ominöse Flasche noch immer auf dem Teetisch thronte, und brach die Wachsversiegelung am Flaschenmund auf.

»Du willst das hier also unbedingt probieren, richtig? Ich habe darüber nachgedacht: Ich bin einverstanden. Allerdings mit einer kleinen Änderung: Ich selbst probiere es, nicht du. Lass mich dir erklären, warum. Erstens: Weil du mit eigenen Augen die Leute gesehen hast, die unter dem Einfluss der Essenz standen, kannst du am besten beurteilen, ob die Flüssigkeit in dieser Flasche hier die gleiche Wirkung hat. Ich dagegen würde völlig im Dunkeln tappen: Woher soll ich denn wissen, ob das Zeug wirkt? Ich habe ja kein Gerät, das misst, um wie viel Prozent dein Altruismus gestiegen ist. Zweitens: Weil ich die Wirkung nie selbst gesehen habe, bin ich auch völlig unempfänglich für irgendwelche unterschwelligen psychologischen Einflüsse. Dadurch wird das Experiment objektiver.«

Als er sah, dass Qiuyun ihm widersprechen wollte, fuhr er rasch fort: »Und drittens ist das Experiment, wie du selbst gesagt hast, völlig harmlos, also musst du dir um mich auch keine Sorgen machen. Das Einzige, was passieren könnte, ist, dass ich ein bisschen glücklicher als vorher bin und dir mehr im Haushalt helfe – das müsste dir doch gelegen kommen, oder nicht? Wenn du die Wirkung unbedingt am eigenen Leib erfahren willst, lass mich das Ganze erst mal probieren. Und wenn sich herausstellt, dass es tatsächlich funktioniert, und zwar ohne Nebenwirkungen, dann kannst du es immer noch selbst einnehmen. Jedenfalls lasse ich nicht zu, dass du zuerst drankommst – dafür hänge ich zu sehr an meinem alten Frauchen! Was soll denn auf meine alten Tage aus mir werden, wenn dir etwas zustößt?«

»Pah, jetzt tu mal nicht so! Du kannst es doch kaum erwarten, dass du dir endlich eine Jüngere schnappen kannst!«

Doch weil ihr kein Gegenargument einfiel, erklärte sie sich schließlich einverstanden. Sofort setzte sie sich eine Atemschutzmaske auf, nahm den Zerstäuber aus der großen Flasche und legte den rechten Daumen auf die Düse.

»Dann fange ich jetzt an, ja?«, fragte sie mit ernster Stimme.

»Nur zu. Gib mir ruhig eine größere Dosis, dann ist das Experiment aussagekräftiger.«

Sie drückte auf die Düse, und schon hüllte ein weißer Sprühnebel das Gesicht ihres Mannes ein, und der säuerliche Duft, den sie so gut kannte, breitete sich aus. Wie von Ziyuan vorgeschlagen, verabreichte sie ihm tatsächlich eine besonders große Dosis, die er bereitwillig in tiefen Zügen inhalierte. Vor Qiuyuns geistigem Auge wurden die Bilder von vor sechsunddreißig Jahren wieder lebendig: der Ausdruck tiefer Seligkeit auf den Gesichtern der Menschen, die die Essenz eingeatmet hatten, dieser schlafwandlerhaft verklärte Blick. Wie vertraut ihr diese Gesichter waren und wie sehr sie sich tief in ihrem Innern nach ihnen zurücksehnte!

Über zehn Minuten vergingen, dann eine Stunde. Ihr Mann blickte sie ruhig an und wartete.

»Qiuyun, ich spüre rein gar nichts, wirklich nicht. Anscheinend ist in dieser Flasche doch nicht die Essenz, oder sie hat im Lauf der Jahre ihre Wirkung verloren. Es gibt natürlich noch eine andere mögliche Erklärung«, fügte er scherzhaft hinzu. »Vielleicht bin ich ja ein noch größerer Schurke als dieser Lai Ansheng, und deshalb kommt die Essenz einfach nicht gegen meine Natur an.«

Qiuyuns Enttäuschung war riesig. Sie wartete noch eine weitere Stunde, ehe sie schließlich zugeben musste, dass das Experiment gescheitert war. Dass die Hoffnungen, die die neuerliche Wallfahrt der Ameisen nach sechsunddreißig Jahren in ihr geweckt hatten, nun ein so klägliches Ende fanden, war für sie nur schwer zu akzeptieren.

»Aber wie ist denn das möglich?«, fragte sie ihren Mann verständnislos. »Wenn die Essenz tatsächlich ihre Wirkung verloren hätte, dann hätte sie doch auch nicht all die Ameisen anlocken können. Das haben wir doch mit eigenen Augen gesehen!«

Dafür hatte ihr Mann auch keine Erklärung.

»Lass den Kopf mal nicht so hängen«, versuchte er, sie zu trösten. »Du hast es doch selbst gesagt: Dieses Experiment ist keine große Sache. Also sollten wir das Ganze gelassen nehmen. Die restliche Essenz können wir ja erst mal für eine spätere Gelegenheit wieder versiegeln.«

Qiuyun erhob keine Einwände, und so steckten sie den Zerstäuber zurück in die große Flasche, versiegelten diese mit Wachs, als würden sie einen Flaschengeist einsperren, und verstauten sie zusammen mit dem Kästchen aus Pappelholz in einem Schrank voller Krimskrams. Einige Tage später dachte Qiuyun, die nun täglich neue Spritztouren mit ihrem Mann unternahm, kaum noch an die ganze Geschichte, und wieder zwei Wochen später berappte sie – obwohl sie sich eigentlich geschworen hatte, nie selbst fahren zu lernen – aus einer plötzlichen Laune heraus sogar tausenddreihundert Yuan, um sich bei einer Fahrschule anzumelden. (Unter den Fahrschulen tobte inzwischen ein derart erbitterter Wettbewerb, dass die Gebühr gerade erst um dreihundert Yuan gesenkt worden war.) Sie ließ keine Gelegenheit einer Fahrstunde ausfallen, egal ob es stürmte oder regnete, und übte selbst im Bett noch Kupplung treten, Gang einlegen, Gas geben. Nach einem holprigen Start ins Rentnerdasein lief bei den Eheleuten nun alles glatt. Und mit der Zeit vergaß Qiuyun erneut den Zerstäuber, das Kästchen und das ungewisse Schicksal ihrer ersten großen Liebe.

Rund einen Monat später kehrte Gao Ziyuan noch einmal – diesmal allein und ohne Wissen seiner Frau – zu dem Hügel auf dem alten Farmgelände zurück und vergrub eine fest versiegelte kleine Glasflasche am Kopfende von Yan Zhes Grab – an ebenjener Stelle, an der seine Frau den Zerstäuber entdeckt hatte. In dieser Flasche war die echte Essenz. Vor dem Experiment hatte er sie heimlich umgefüllt und den gründlich gereinigten Zerstäuber mit einer Flüssigkeit befüllt, die ähnlich aussah und roch. Es war nicht weiter schwierig gewesen, diese herzustellen: Er hatte dafür nur in einer Chemikalienhandlung ein wenig Ameisensäure kaufen müssen. Mit anderen Worten: Das Experiment war ein Schwindel gewesen, getrieben von der Angst, die echte Essenz könnte sich als genauso mächtig erweisen, wie seine Frau es geschildert hatte, und ihn oder sie süchtig machen. Womöglich hätten sie sich sogar immer mehr hineingesteigert und am Ende selbst versucht, die größenwahnsinnige Vision wahr zu machen, an der Yan Zhe gescheitert war.

Zwar war diese Gefahr nicht allzu groß gewesen, doch Ziyuan ließ lieber zu viel als zu wenig Vorsicht walten. Der entscheidende Punkt war, dass er der Essenz nicht über den Weg traute. An ihrer Wirkung wohlgemerkt hegte er keinerlei Zweifel – welche Macht sie auf einen einzelnen Menschen ausüben konnte, hatte sie oft genug bewiesen. Er zweifelte nicht an ihrer Wirkung auf den Einzelnen, sondern daran, dass man auf der Grundlage lauter »geläuterter« Individuen ein funktionierendes Ganzes aufbauen könnte. Das System, das sich dahinter verbarg, war ihm zuwider: Ein Gott, als Einziger hellwach, hielt alle Fäden in der Hand und hütete seine schlafwandelnde, glückliche Herde. Nein, er wollte weder dieser Gott noch ein Teil von dessen Herde sein.

Wie hatte Yan Zhe gesagt: »Es gibt keinen stabilen Mechanismus, der lauter gute, selbstlose Götter produzieren könnte.« Wahre Worte. Leider hatte sich Yan Zhe nicht an seine eigene Einsicht gehalten und stattdessen versucht, eine Rolle zu spielen, die seine Kräfte überstieg.

Und Qiuyun? Sie hatte diesem falschen Gott, der sich an seinen hochfliegenden Plänen berauscht hatte, ins Gesicht gespuckt! Für die Weisheit, die sie damit bewiesen hatte, bewunderte er sie. Leider hatte sie nach sechsunddreißig Jahren einen Rückfall erlitten, sodass er sie vor ihrer eigenen Torheit hatte schützen müssen.

Die Menschheit mochte zwar von Natur aus egoistisch sein, doch nun, da sie sich allen Stolperfallen zum Trotz zur Höhe der heutigen Zivilisation emporgearbeitet hatte, hatte sie doch offensichtlich einiges an Güte und Altruismus gegenüber ihren primitiven Vorfahren hinzugewonnen. Belegte dies nicht zur Genüge, dass Gottes Plan aufgegangen war?

Und die Ameisen? Sie stagnierten noch immer auf dem niedrigen Niveau von vor achtzig Millionen Jahren. Wer wollte da noch allen Ernstes behaupten, die Ameisenstaaten seien weiser als unsere menschlichen Gesellschaften? *Bleiben wir lieber unserer Linie treu. Wer weiß, vielleicht sind unsere egoistischen Gene die grundlegendste Triebkraft des geschichtlichen Fortschritts.*

Nun also hatte er die Essenz unbenutzt wieder zurückgebracht. Wenn dieser Yan Zhe wirklich noch am Leben war und hier tatsächlich vor Kurzem seine Flasche vergraben hatte, um Qiuyun ein Lebenszeichen zu schicken, dann hatte er jetzt seine Antwort:

Wir haben deinen Schatz gesehen (und, wie du bemerken wirst, sogar die Verpackung gewechselt). Du kannst ihn jetzt wieder an dich nehmen und damit treiben, was du willst. Meine Qiuyun kann dir dabei leider keine Gesellschaft leisten. Ich brauche sie noch, damit sie mir die Wäsche wäscht und das Essen kocht, mit mir Spritztouren unternimmt und mir nachts im Winter die Füße wärmt.

Mit diesem Bescheid an das leere Grab drückte er die Grassoden am Kopfende noch einmal zurecht, ehe er laut lachend davonmarschierte.

ANHANG

ANMERKUNGEN

Seite 7 **Aufs Land verschickt**
Während der Kulturrevolution in China (1966–1976), aber auch schon in den Jahren davor und noch bis Ende der 70er-Jahre, wurden zig Millionen von gebildeten jungen Leuten zur Arbeit und vorgeblichen »revolutionären Umerziehung« auf das Land zwangsverschickt – allein zwischen Ende 1968 und Ende 1973 rund acht Millionen.

Seite 17 **Treue-Bewegung**
Mit der »Treue-Bewegung« (*Zhongzihua yundong*) von 1969 erreichte der Personenkult um Mao Zedong einen neuen Höhepunkt. Angeblich von den Massen initiiert, wurde die Bewegung maßgeblich von Lin Biao, damals zweiter Mann im Staat, und seinen Anhängern unterstützt. Mao war dabei in Worten und Bildern allgegenwärtig, er wurde wie eine Gottheit angerufen, in Liedern besungen und in »Treuetänzen« verehrt.

Seite 17 **Liu Shaoqi und Wang Guangmei**
Nach dem katastrophal gescheiterten »Großen Sprung nach vorn« (1958–1961) gewannen für einige Jahre moderatere Politiker an Macht – allen voran Liu Shaoqi (1898–1969). Obwohl Liu von 1959 bis 1968 Staatspräsident war, wurde er schon früh zur Zielscheibe der von Mao 1966 entfesselten Kulturrevolution und fand im Hausarrest einen qualvollen Tod. Seine Frau Wang Guangmei (1921–2006) dagegen überlebte trotz vielfacher Schikanen und langjähriger Haft.

Seite 18 **Lao Chu**
»Lao« (wörtlich: »alt«, z. B. »Lao Wang«: »alter Wang«) ist
eine vertrauliche, keineswegs beleidigende Anrede für ältere
Personen.

Seite 19 **Achte Armee**
Die Achte Marscharmee der Kommunisten kämpfte gemeinsam mit der Nationalrevolutionären Armee der Kuomintang
im Zweiten Chinesisch-Japanischen Krieg (1937–1945).
Nach der Kapitulation Japans brach das Zweckbündnis auseinander, und Kommunisten und Kuomintang bekämpften
einander wieder gegenseitig im Bürgerkrieg (bis 1949).

Seite 19 **Okkupation unserer Insel Zhenbaodao**
Um die kleine Insel Zhenbaodao im chinesisch-russischen
Grenzfluss Ussuri im Norden der Mandschurei entbrannte
im März 1969 ein militärischer Konflikt zwischen China und
der Sowjetunion, der die beiden Staaten an den Rand eines
Kriegs führte. Die damals von der Sowjetunion beanspruchte
Insel ist heute wieder Teil der Volksrepublik China.

Seite 19 **Hundert Schriftzeichen**
Es gibt um die 50 000 chinesische Schriftzeichen, nach ande-
ren Zählungen – je nach Definition – sogar bis zu 100 000
Schriftzeichen (einschließlich unterschiedlicher Varianten).
Aber für den Alltag, d. h. zum Beispiel für die Lektüre einer
einfachen Zeitung, reichen schon etwa 3000 Zeichen. Selbst
Gebildete beherrschen kaum mehr als 6000 Zeichen.

Seite 23 **Ein Mao**
Zehn Fen entsprechen einem Mao und zehn Mao wiederum
einem Yuan.

Seite 24 **Rebellenbewegungen**
Die sogenannten Rebellenbewegungen umfassten ganz un-

terschiedliche Gruppen unter anderem von Arbeitern, die sich in den Jahren 1966/67 in Städten wie Shanghai teilweise gegenseitig bekämpften, teilweise aber auch gegen die lokale Parteiführung rebellierten.

Seite 26   **Liu Bei**
Liu Bei (161–223), aus einfachen Verhältnissen stammend, aber angeblich mit dem Herrscherhaus verwandt, stieg in den Wirren der untergehenden Östlichen Han-Dynastie (25–220) zum Gründer eines eigenen Reiches auf. Er ist der Held von einem der bedeutendsten chinesischen Romane, entstanden in der frühen Ming-Dynastie (1368–1644): *Die Drei Reiche.*

Seite 42   **Mitschurin und Lyssenko**
Trofim Lyssenko (1898–1976) war ein berüchtigter sowjetischer Agrarwissenschaftler, der sich in der Tradition seines Mentors Iwan Mitschurin (1855–1935) sah, eines russischen Botanikers und Pflanzenzüchters. Mit seiner pseudowissenschaftlichen Theorie des »Lyssenkoismus«, derzufolge die Eigenschaften von Organismen ausschließlich durch die Umwelt und nicht durch Gene bestimmt sind, stieg Lyssenko zum Günstling Stalins auf. In der Folge wurden zahlreiche Wissenschaftler, die an der Genetik festhielten, politisch verfolgt.

Seite 55   **Der Große Sprung nach vorn**
Der »Große Sprung nach vorn« (1958–1961) war eine groß angelegte politische Kampagne im Anschluss an die 1957 eingeläutete »Anti-Rechts-Kampagne«. Durch eine radikale landwirtschaftliche Zwangskollektivierung im Rahmen von Volkskommunen, durch infrastruktuelle Großprojekte vor allem im Wasserbau und durch eine massive Ankurbelung der Stahlproduktion mithilfe primitiver Hochöfen wollte

Mao Zedong China in Windeseile zu einer führenden Industrienation machen. Dieser anfangs mit fanatischer Begeisterung betriebene Versuch scheiterte kläglich und mündete geradewegs in die größte Hungersnot der Geschichte (1958–1961 oder 1962), die nach neueren Schätzungen mindestens 45 Millionen Menschenleben kostete.

Seite 60 **Dreizehn-Gräber-Stausee**
Der 1958 erbaute Stausee, der unter dem englischen Namen *Ming Tombs Reservoir* bekannt ist, wurde nach den nahen Grabanlagen von dreizehn Kaisern der Ming-Dynastie (1368–1644) im Norden Pekings benannt. 2008 war er während der Olympischen Sommerspiele Schauplatz der Triathlon-Wettkämpfe. Heute ist das Areal für die Öffentlichkeit gesperrt.

Seite 90 **Literaturnobelpreis**
Erst 2012, also fünf Jahre, nachdem Wang Jinkang seinen Roman veröffentlicht hat, gewann Mo Yan den Nobelpreis für Literatur.

Seite 100 **Die Schlacht am Berg Dingjun**
Beide Stücke, *Die Schlacht am Berg Dingjun* und *Zhuge Liang opfert dem Wind*, handeln von Schlachten zu Beginn des dritten Jahrhunderts – das zweite Stück von der berühmten Schlacht an den Roten Klippen –, die in dem klassischen Roman *Die Drei Reiche* geschildert werden und ein beliebter Stoff der traditionellen chinesischen Oper sind.

Seite 101 **Arhats**
So werden buddhistische Heilige bezeichnet, die ihre weltlichen Gefühle hinter sich gelassen haben und ins Nirwana eingegangen sind. Ursprünglich waren es sechzehn, doch in China wurde diese Liste später auf achtzehn erweitert.

Seite 102 **Wandzeitungen**
Wandzeitungen – große Plakate, die von Hand schreiben
konnte, wer wollte – waren während der Kulturrevolution
ein zentrales Medium der öffentlichen Meinungsbildung
und Diffamierung.

Seite 103 **Lu-Xun-Bücherei**
Der Schriftsteller Lu Xun (1881–1936) gilt als Mitbegründer
der modernen chinesischen Literatur und auch als einer der
Väter der chinesischen Science-Fiction.

Seite 103 **Guo Moruo**
Berühmter chinesischer Schriftsteller (1892–1978), der als
überzeugter Kommunist auch in der Mao-Ära erfolgreich
war.

Seite 103 **Arbeitsgruppen**
Gruppen, die das allgemeine Chaos der Kulturrevolution im
Sinne der Parteiführung zu lenken versuchten und auf Weisung der mächtigen Kulturrevolutionsgruppe des Zentralkomitees der Kommunistischen Partei agierten.

Seite 107 **Bodenreform**
Die Bodenreform war eine besonders einschneidende Re-
form zwischen Juni 1950 und Ende 1952. Dabei wurde fast die
Hälfte der landwirtschaftlichen Nutzfläche an rund dreihundert Millionen Klein- und Pachtbauern umverteilt; Millionen von Grundbesitzern wurden enteignet und hingerichtet.
Auch der gleichzeitigen »Kampagne gegen Konterrevolutionäre« – ein bewusst schwammig gehaltener Begriff – fielen
mehrere Millionen Menschen zum Opfer.

Seite 153 **Hong Changqing in dem Ballett**
Gemeint ist das Ballett *Das rote Frauenbataillon* von 1964,

verfilmt 1970, das zu den acht sogenannten »Modellopern«
zählt, die als einzige Bühnenwerke während der Kulturrevolution aufgeführt werden durften. Hong Changqing ist ein
aufrechter kommunistischer Held, der eine junge Dienerin
aus den Fängen eines bösartigen Grundbesitzers befreit. Im
Frauenbataillon der Roten Armee kämpft die einstige Dienerin gegen ihren ehemaligen Unterdrücker und findet
schließlich sogar Aufnahme im Schoß der Kommunistischen
Partei.

Seite 261 **Befreiung**
Im kommunistischen Sprachgebrauch bezeichnet die »Be-
freiung« (*jiefang*) die Gründung der Volksrepublik China im
Jahr 1949.

Seite 341 **Lin Biao**
Lin Biao (1907–1971), Verteidigungsminister stellvertretender Parteivorsitzender und mächtigster Mann neben Mao,
starb am 13. September 1971 bei einem Flugzeugabsturz in
der Mongolei. Angeblich – so die offizielle Version – hatte er
nach einem gescheiterten Staatsstreich in die Sowjetunion
fliehen wollen. Die Nachricht seines Todes sickerte erst im
Sommer 1972 allmählich an die Öffentlichkeit.

diezukunft.de ›

Das Magazin für die Welt von morgen in Science und Fiction

Täglich aktuelle News, Essays und Rezensionen
Science-Fiction-Romane und Storys aus über fünf Jahrzehnten
Exklusive E-Only-Klassiker im Shop
Bücher-, Comic- und Kinoticket-Verlosungen

Sie finden uns auch auf